本書爲全國高校古委會直接資助規劃重點項目
本書出版得到國家古籍整理出版專項經費資助

中國古典文學基本叢書

# 柳宗元集校注

第一册

〔唐〕柳宗元 撰

尹占華
韓文奇 校注

中華書局

**圖書在版編目(CIP)數據**

柳宗元集校注:典藏本/(唐)柳宗元撰;尹占華,韓文奇校注.—北京:中華書局,2022.12
(中國古典文學基本叢書)
ISBN 978-7-101-12749-2

Ⅰ.柳… Ⅱ.①柳…②尹…③韓… Ⅲ.①唐詩-詩集②古典散文-散文集-中國-唐代 Ⅳ.I214.232

中國版本圖書館 CIP 數據核字(2017)第 200910 號

責任編輯:馬 婧
責任印製:管 斌

中國古典文學基本叢書
**柳宗元集校注(典藏本)**
(全五册)
〔唐〕柳宗元 撰
尹占華 韓文奇 校注
*
中華書局出版發行
(北京市豐臺區太平橋西里 38 號 100073)
http://www.zhbc.com.cn
E-mail:zhbc@zhbc.com.cn
三河市宏達印刷有限公司印刷
*
850×1168 毫米 1/32 · 118½印張 · 10 插頁 · 3000 千字
2022 年 12 月第 1 版 2022 年 12 月第 1 次印刷
印數:1-1600 册 定價:628.00 元

ISBN 978-7-101-12749-2

柳宗元像

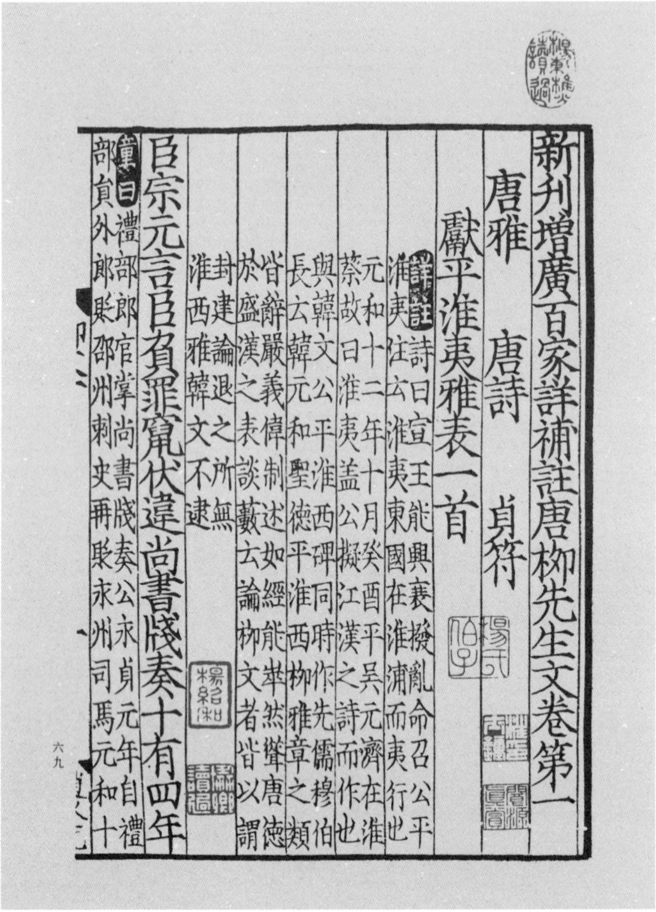
新刊增廣百家詳補註唐柳先生文卷第一
唐雅　唐詩　貞符
獻平淮夷雅表一首
詳註 詩曰宣王能興衰撥亂命召公平淮夷注云淮夷東國在淮浦而夷行也元和十二年十月癸酉平吳元濟在淮蔡故曰淮夷盖公擬江漢之詩而作也與韓文公平淮西碑同時作先儒穆伯長云韓元和聖德平淮西柳雅章之類皆辭嚴義偉制述如經能崒然聳唐德於盛漢之表談藪云論柳文者皆以謂封建論退之所無淮西雅韓文不逮
臣宗元言臣負罪竄伏違尚書牋奏十有四年
童曰 禮部郎官掌尚書牋奏公永貞元年自禮部員外郎貶邵州刺史再貶永州司馬元和十

宋蜀刻《新刊增廣百家詳補注唐柳先生文集》書影

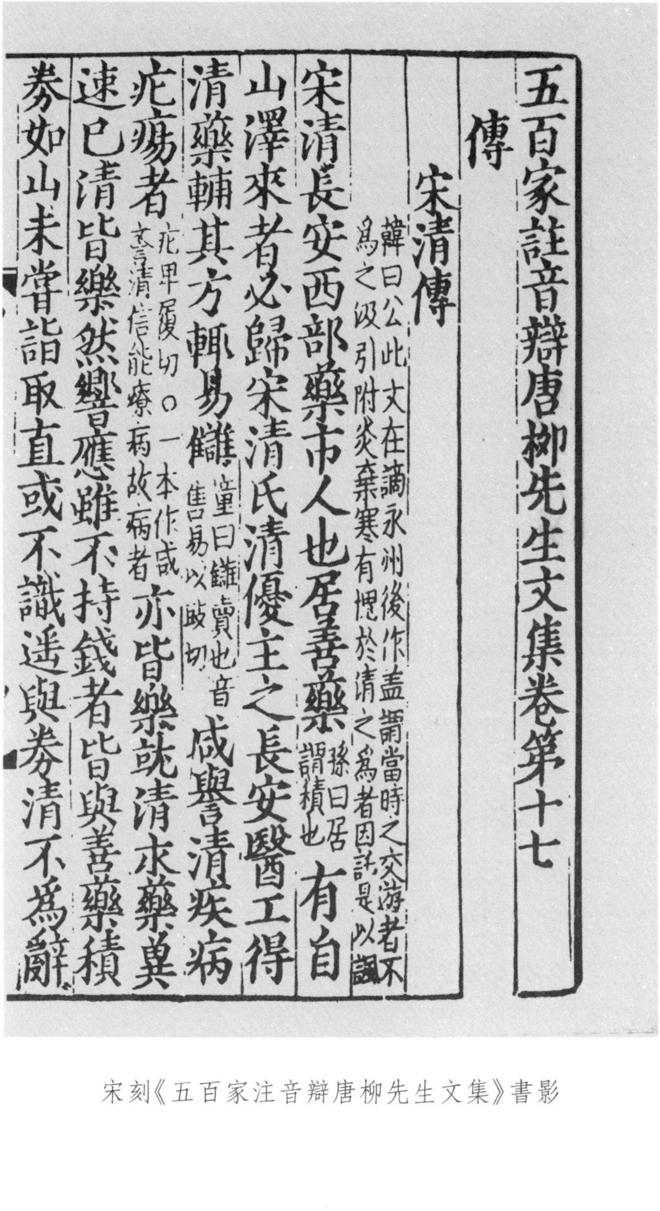

五百家註音辯唐柳先生文集卷第十七

傳

宋清傳韓曰公此文在謫永州後作蓋譏當時之交游者不爲之汲引附炎棄寒有愧於清之爲者因託是以諷

宋清長安西部藥市人也居善藥孫曰居謂積也有自山澤來者必歸宋清氏清優主之長安醫工得清藥輔其方輒易讎童曰讎賣也音售易以豉切咸譽清疾病疕瘍者疕卑履切○一本作咸文言清信能療病故病者亦皆樂就清求藥冀速已清皆樂然響應雖不持錢者皆與善藥積券如山未嘗詣取直或不識遥與券清不爲辭

宋刻《五百家注音辯唐柳先生文集》書影

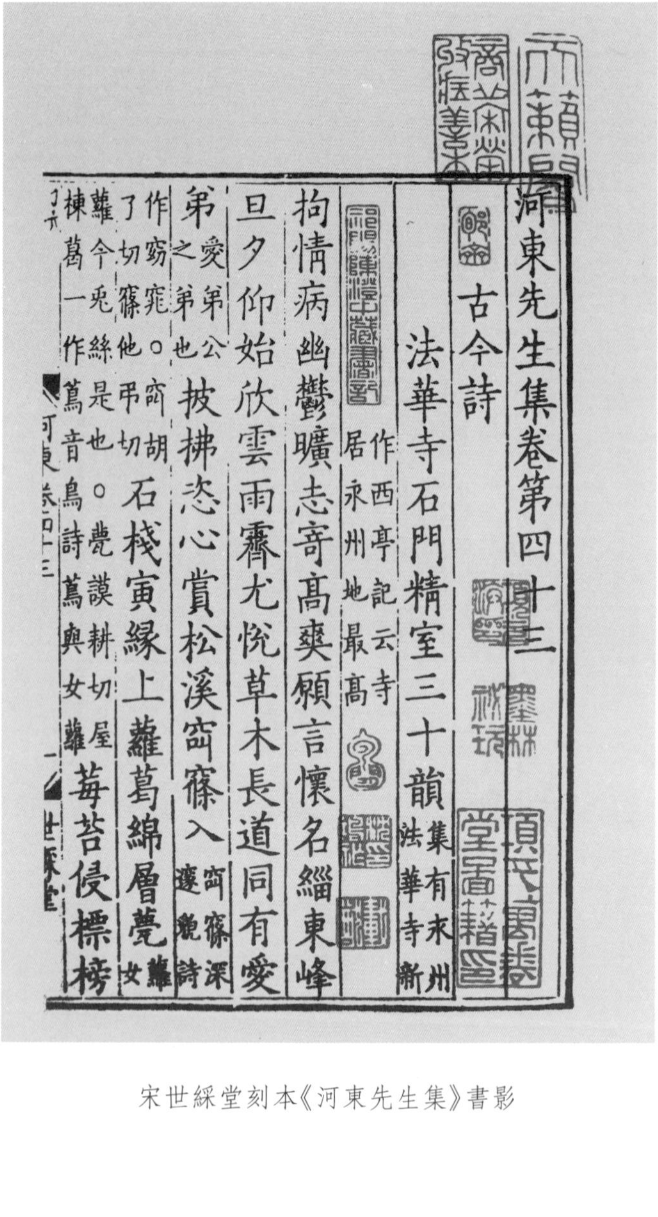
河東先生集卷第四十三

古今詩

法華寺石門精室三十韻集有永州法華寺新作西亭記云寺居永州地最高

拘情病幽鬱曠志寄高爽願言懷名緇東峰旦夕仰始欣雲雨霽尤悦草木長道同有愛弟愛弟公之弟也披拂恣心賞松溪窈窱入窈窱深遠貌詩作窈窕○窈胡了切窱他弔切石棧寅緣上蘿葛綿層甍蘿女蘿今兎絲是也○甍謨耕切屋棟葛一作蔦音鳥詩蔦與女蘿莓苔侵標榜

宋世綵堂刻本《河東先生集》書影

# 總目録

## 第一册



## 第二册



## 第三册



## 第四册

## 第五册



## 第六册



## 第七册



## 第八册

## 第九册



## 第十册

# 目録

卷第四　議辯



卷第五　碑



卷第六　碑

卷第十　誌



卷第十一　誌碣誄

卷第十九 弔贊箴戒



卷第二十 銘雜題

卷第二十一　題序



卷第二十二　序

# 卷第二十三　序別



# 卷第二十四　序



# 卷第二十五　序

卷第二十六　記



卷第二十七　記

卷第三十一　書



卷第三十二　書



卷第三十三　書



卷第三十四　書

卷第三十七　表

卷第三十八　表

卷第三十九　奏狀



卷第四十　祭文

卷第四十一　祭文

卷第四十三　古今詩

卷第四十四　非國語上

卷第四十五　非國語下

## 龍城録卷上



## 龍城録卷下

附　録

# 整理説明

柳宗元是唐代著名的思想家與文學家。其思想涉及政治、哲學、學術。柳宗元以其文名列「唐宋八大家」，其詩也在唐詩中與韋應物並稱「韋柳」。關於柳宗元的思想以及文學創作的研究，目前學術界已取得許多重要的成果，但對其著作的全面整理目前仍爲空白，此項研究工作即爲此而設計和進行。

柳宗元的文集，最早爲劉禹錫所編，爲三十卷，但今天已無由得見。北宋穆修爲柳宗元編集，稱得一舊本，共有四十五卷，劉禹錫序其前，從卷數看，已非劉禹錫原編本。此經穆修所校定的本子，稱《河東先生文集》，遂廣爲流傳。據沈晦《四明新本河東先生集後序》所云：除穆修本外，尚有曾丞相家本三十三卷和晏元獻家本，後者無《非國語》。北宋時期的這幾個本子，如今都已亡佚。北宋後期至南宋，對柳集的整理工作偏重於注釋，其間陸續有孫汝聽的《柳集全解》、文讜的《柳集補注》、劉嵩的《柳集全解》、童宗説的《柳文音釋》、張敦頤的《柳文音辨》、嚴有翼的《柳文切正》、潘緯的《柳文音義》、韓醇的《柳文詁訓》、葛嶠的《柳文音釋》、王儔的《柳集補注》。上述各本初爲單行，讀者使用不便，需要把他們所做的工作彙集在一起，於是就有各種綜合本出。如彙集張敦頤、童宗説、潘緯的「增廣注釋音辯」以及鄭定的「添注」、無名氏的「增廣百家詳補注」、魏仲舉的「五百家注」，廖瑩中的世綵堂本也爲集注性質。綜合本出，各種單行本除韓醇《柳文詁訓》外，皆廢。各家所做的校勘注釋工作，在集注本中有所保留，但多寡因人而異，如「增廣百家詳補注」引用孫汝聽説爲最多。嚴有翼的《柳文切正》，「五百家注」偶有徵引（《天對》徵引最多），其餘不見，則基本歸於亡佚。葛嶠的《柳文音釋》則未見徵引。上述各家注本，皆由穆修的四十五卷本而來。宋乾道本《柳柳州外集》與此不同，然僅存外集，其正集無由得知。據日本澁江全善《經籍訪古志》謂賜蘆文庫藏有宋槧《唐柳先生文集》殘本九卷、外集一卷，無編者姓名，原三十二卷、外集一卷，爲乾道刻本。也非穆修本系統。但中土不見。

《增廣注釋音辯唐柳先生集》爲正集四十三卷、别集二卷（即《非國語》）、外集二卷、附録一卷，題「南城先生童宗説注釋、新安先生張敦頤音辯、雲間先生潘緯音義」，所列引用諸賢姓氏有劉禹錫、穆修、蘇軾、沈晦、童宗説、張敦頤、汪藻、張唐英、潘緯八人，無孝宗以後人物，當是柳集集注本最早的一種。此書現存爲元刻麻沙本，雖非宋刻，當是據宋刻的翻刻本。是書較通行的是四部叢刊據元刻的影印本。《新刊詁訓唐柳先生文集》爲韓醇撰，正集四十五卷、外集二卷、新編外集一卷，原刻於南宋。現藏國家圖書館。易得的是影印文淵閣四庫全書本。《新刊增廣百家詳補注唐柳先生文》正集四十五卷，無外集及附録。國家圖書館所收爲原海源閣楊氏藏本，經專家鑒定爲宋代蜀刻本。一九七八年柳宗元集校點組即以此爲底本校點，一九七九年由中華書局排印出版，名《柳宗元集》。《五百家注音辯唐柳先生文集》爲魏仲舉編，正集亦爲四十五卷，現存南宋刻本爲殘本，僅存正集二十一卷、新編外集三卷、《龍城録》二卷、附録四卷。日本所藏《新刊五百家注音辯唐柳先生文集》基本完整，上面還有一些批語，然無外集，附録爲二卷，爲俞良甫所刻，題記云「歲次丁卯仲秋印題」，日本學者考定丁卯爲日本嘉慶元年，當中國明洪武二十年。俞良甫蓋元人之流寓日本者。鄭定的《重校添注音辯唐柳先生文集》亦爲殘本，現存十七卷。廖瑩中的世綵堂本《河東先生集》以刻版精美著稱，有正集四十五卷、外集二卷。廖瑩中雖然也做了一些校注工作，但基本上是抄撮舊注，卻又將注者姓氏删去，於考察原注頗有不便。羅振常影印世綵堂本時，據濟美堂本補入外集補遺一卷、《龍城録》二卷、附録二卷、集傳一卷、後序一卷。一九六〇年中華書局上海編輯所據後者斷句排印，而删去《龍城録》，一九七四年又由上海人民出版社重印，名《柳河東集》。一九九一年中國書店據世界書局影印之底本亦爲此本。乾道永州刻本《柳柳州外集》爲現存最早的刻本，共收柳文四十三篇，其編排頗與流傳的四十五卷本有異，且有三篇爲各本正、外集所未見。除元人覆刻宋本外，明代所刻柳集有嘉靖中郭雲鵬所刻濟美堂本，實際是《新刊增廣百家詳補注唐柳先生文》删去注者姓氏後的翻刻本，並增入《龍城録》等。又有游居敬柳文與韓文合刻的《柳文》，實際是元刻《增廣注釋音辯唐柳先生集》删去注文後的翻刻本。崇禎間則有蔣之翹輯注的《唐柳河東集》，注文除引用舊注外（也將舊注者姓氏删去），增補了一些新注，並輯録了一些前人的評語。然誤引較多，如將黄唐評語引作童宗説或張敦頤、王錫爵（荆石）引作王世貞、茅坤引作唐順之等，不一而足。所引劉辰翁、虞集等評也難以爲信。本書只照録，不作辨證。是書《四部備要》有排印本。

對於柳宗元集的整理與研究，儘管前人已經做了大量工作，但仍感不足。一是前人的研究成果分散於各書之中，查找與應用十分不便；二是尚有未足之處，如該注而未注的典故或人事、地理有之，作品繫年可商榷者有之，真僞應再作甄辨者有之，這些皆有待發明。此次整理的意圖，首先就是對於柳宗元集的各種注本作一全面梳理，將舊注彙集在一起，並辨明文本的真僞，釐正文字的是非，且補充新注，儘量將現、當代人的研究成果也吸納在内。其次就是彙集所有的關於柳宗元的評論資料，分門別類予以整理和歸納，使其成爲關於柳宗元及其著作的信得過的文本以及資料大全。這樣，可爲研究柳宗元提供一部可靠的作品底本以及齊全的文獻資料。

現將此次關於柳集的校勘、集注及輯評工作説明如下：

一、正集四十五卷所據底本爲百家注本。因百家注本無外集，外集二卷以五百家注本爲底本，標題則從注釋音辯、詁訓等本。詁訓本將沈晦本外集所無者編爲新編外集，羅振常影印世綵堂本曰外集補遺，五百家注本則合曰新編外集三卷，今依世綵堂本題曰外集補遺，仍以五百家注本爲底本，並將新增入的各篇也收入其中。《龍城録》曾被視爲僞作，然證據不足。今依五百家注本仍作爲柳宗元作品收入。

二、工作所用底本採用中華書局一九七九年版《柳宗元集》，句讀重新斟酌，文字有疑問處覆核原底本。原底本爲宋蜀刻《新刊增廣百家詳補注唐柳先生文》，上海古籍出版社一九九四年的影印本，簡稱百家注本。凡可判定爲柳宗元的原注文字，仍置於詩文作品中，用小號字體單行排列，標點符號自成單元。

三、校、注用兩套編號，分别用①、〔一〕表示，置於作品當句末標點符號前。先校後注。

四、文後列【校記】、【解題】、【注釋】、【集評】、【辯證】、【附録】等項目（有的項目可缺）。

五、校記：校對異文，以及有關學者所作的校勘性質的考辨。

所用的主要校本有：

《增廣注釋音辯唐柳先生集》，簡稱注釋音辯本，工作使用爲四部叢刊影印本；

《新刊詁訓唐柳先生文集》，簡稱詁訓本，工作使用爲影印文淵閣四庫全書本《詁訓柳先生文集》；

《五百家注音辯唐柳先生文集》，簡稱五百家注本，工作使用爲影印文淵閣四庫全書本，缺佚部分則使用日本所藏《新刊五百家注音辯唐柳先生文集》的複印本；

《重校添注音辯唐柳先生文集》，簡稱鄭定本；

廖瑩中世綵堂《河東先生集》，簡稱世綵堂本，工作使用爲上海人民出版社排印本，一九七四年新一版；

南宋永州刻《柳柳州外集》，工作本爲清光緒四年合肥蒯氏刻本；

蔣之翹輯注《唐柳河東集》，簡稱蔣之翹輯注本，工作使用爲四部備要本；

郭雲鵬濟美堂《河東先生集》，簡稱濟美堂本；

游居敬校刻《柳文》，簡稱游居敬本。

何焯批校《王荊石先生批評柳文》，簡稱何批王荊石本。

用作校勘的總集類文獻有：
李昉等編《文苑英華》，簡稱《英華》，中華書局影印明刊本；
姚鉉《唐文粹》，簡稱《文粹》，四部叢刊影明本；
郭茂倩《樂府詩集》，中華書局一九七九年校點本；
《全唐詩》，中華書局一九六〇年據揚州書局刻本的排印本；
《全唐文》，中華書局影印清内府刻本。
注釋音辯本、詁訓本、世綵堂本、《柳柳州外集》，校記中詳列異文及校文，其他各本有所選擇，只列重要的異文。
若底本文字不符原意，或與史實有悖（如人名、年代、地理等），有别本爲依據，則予以改正。若無版本依據，不改字，校作「疑爲」。並略述校改依據。
異體字一般從底本。但其中的俗體字、簡體字，或已廢棄的異體字，一律改爲規範字體，也不出校。
柳文的避諱字，後人刻書已經改過的，不再回改。
六、解題：爲有關題目的解釋，如與作品有關的人名、地名、作年、寫作意圖等，以及有關考釋。

七、注釋：引用各家注次序如下：（一）《增廣注釋音辯唐柳先生集》簡稱「注釋音辯」，諸注家之名用括弧補足，如「童（宗説）云」（百家注、五百家注同）；（二）《新刊詁訓唐柳先生文集》簡稱「韓醇詁訓」；（三）《新刊增廣百家詳補注唐柳先生文》簡稱「百家注」，引作「百家注引孫汝聽曰」或「「百家注」：孫（汝聽）曰」；（四）《五百家注柳先生集》簡稱「五百家注」；（五）世綵堂本《河東先生集》簡稱「世綵堂」。蔣之翹輯注《唐柳河東集》簡稱「蔣之翹輯注」。文字全同之注用前不用後。

總集中的注釋（選注者）有新見，亦有選用。

注文中的誤字，爲避免繁瑣，一般徑作改正，不出校記。

舊注引書，不論略引、述引，爲清晰起見，一律加引號。

各種筆記、詩話中的對有關詞語的解釋也收入注釋。

凡所新加之注或對舊注有所補充説明者，以「按：」加於各家之後，從而與舊注原有之「按」相區别。若此條未有舊注，不加「按」。舊注引書一般只標書名，今爲查出出處，按規定標出章節或卷數，也置於「按」後。

補注側重人事、地理、名物、掌故、詞語出處以及疑難詞語等，一般詞語不作注釋。不作串講。

八、集評：所收爲清前人（包括清人）的所有關於此作品的評論性或詮釋性文字。若某條評論提及兩三篇作品，酌收於最先提及的作品之後。

舊注中原置於題後或文中的評論性文字，移於此項下。舊選編之書，有眉批或文中有插入評語者，亦移入此項下。

收録評論文字原則是：若有原書不用轉引；相同的評論文字用前不用後。

九、辯證：關於作者或其他問題的考辨。

一〇、附録：大多爲柳集原附他人與作者唱和或有關的詩文，亦間有所增，爲與本作品有關但不宜入評論的内容。

一一、柳集中的文字及所引書，異體字一般隨原書。基本已廢棄的異體字或俗體字改用通用字，如「栁」改爲「柳」、「逺」改爲「遠」、「髙」改爲「高」、「羣」改爲「群」、「峯」改爲「峰」、「廻」改爲「迴」、「胷」改爲「胸」、「鴈」改爲「雁」、「継」改爲「繼」、「綉」改爲「繡」、「晋」改爲「晉」、「秘」改爲「祕」、「潜」改爲「潛」等，不再作説明。

一二、本書使用逗號、句號、問號、冒號、頓號、分號、驚嘆號、引號、圓括號、方括號、間隔號、省略號、書名號。不用破折號和專名號。慎用驚嘆號。分號只在隔句對偶中使用。詩文題目無論多長，一律不加標點。詩僅在斷句處加標點。

一三、書後附新編《柳宗元年表》，文安禮《柳宗元年譜》不再附入。

一四、書後又附《柳宗元研究資料》，分墓誌與傳記、著録、序跋、藝文、評論、雜録六大類，爲新編有關柳宗元的各種文獻資料。柳集各版本的附録内容，實已彙入其中，故不再另列。

一五、對於柳宗元作品的編集、校勘、注釋與研究工作，清代前（包括清代）就有穆修、孫汝聽、童宗説、韓醇、蔣之翹、何焯、陳景雲等，以後又有許多專家學者投入此項工作之中，甚至於以畢生之精力研究柳宗元，他們的勞動成果無疑對柳宗元集的整理工作提供了極大的便利。如果没有他們的工作，一切都需要從頭做起，將不知困難多少倍。此次柳宗元集的全面整理，實際上是關於柳宗元研究成果的一次總結和展現，故其中包括了許多人的勞動成果在内。如章士釗先生與吴文治先生，章士釗先生精研柳文，作《柳文指要》；吴文治先生曾彙校柳宗元集各種版本的異文，並搜集彙編有關柳宗元的文獻資料。我們無法繞過他們，也不能無視他們的成果，故對他們的成果多有參考和採納。我們所參考的今人的著作主要有：

彭建、吴文治等《柳宗元集》，中華書局一九七九年版；

吴文治《柳宗元資料彙編》，中華書局一九六四年版；

卞孝萱主編《中華大典·文學典·隋唐五代文學分典》唐文學部三，江蘇古籍出版社二〇〇〇年版；

王國安《柳宗元詩箋釋》，上海古籍出版社一九九三年版；

吴文治《柳宗元詩文十九種善本異文匯録》，黄山書社二〇〇四年版；

吴文治、謝漢强主編《柳宗元大辭典》，黄山書社二〇〇四年版。

本書採用他們的研究成果，或注出，或未注出，特向作者表示衷心的感謝。

一六、本書第三十至三十四卷（書），爲韓文奇完成，經由尹占華訂補。其餘正集四十卷、外集二卷、補遺一卷、《龍城録》二卷，皆爲尹占華完成。全書由尹占華統一體例。附録之柳宗元年表和柳宗元資料，皆爲尹占華編纂。

# 柳宗元集校注卷第一

## 雅詩歌曲①

### 獻平淮夷雅表 一首②

臣宗元言：臣負罪竄伏，違尚書牋奏十有四年〔一〕。聖恩寬宥〔二〕，命守遐壤〔三〕，懷印曳紱〔四〕，有社有人〔五〕。臣宗元誠感誠荷，頓首頓首。

伏惟睿聖文武皇帝陛下，天造神斷，克清大憝〔六〕，金鼓一動，萬方畢臣。太平之功，中興之德〔七〕，推校千古，無所與讓。因伏自忖度〔八〕，有方剛之力〔九〕，不得備戎行〔一〇〕、致死命。況今已無事，思報國恩③，獨惟文章。

伏見周宣王時稱中興，其道彰大，于後罕及。然徵于《詩》大、小《雅》〔一一〕，其選徒出狩，則《車攻》、《吉日》〔一二〕；命官分土，則《崧高》、《韓奕》、《烝人》〔一三〕；南征北伐，則《六月》、《采芑》〔一四〕；平淮夷，則《江漢》、《常武》〔一五〕。鏗鍧炳耀〔一六〕，盪人耳目〔一七〕。故宣王之形容與其輔佐，由今望之，若神人然。此無他，以《雅》故也。

臣伏見陛下自即位以來，平夏州〔一八〕，夷劍南〔一九〕，取江東〔二〇〕，定河北〔二一〕。今又發自天衷，克翦淮右〔二二〕，而大雅不作。臣誠不佞，然不勝憤踴④。伏以朝多文臣，不敢盡專數事，謹撰《平淮夷雅》二篇，雖不及尹吉甫、召穆公等〔二三〕，庶施諸後代，有以佐唐之光明。謹昧死再拜以獻⑤。臣宗元誠恐誠懼，頓首頓首，謹言⑥。

【校　記】

①原作「唐雅唐詩貞符」，詁訓本同，注釋音辯本標目作「唐雅」，此據百家注本總目、五百家注本及世綵堂本改。

②注釋音辯本無「一首」二字。《英華》題作「進平淮夷雅篇表」，《文粹》作「獻平淮西雅並表」。

③國恩，注釋音辯本校：「一本作恩德。」

④憤踴，原作「憤懣」，據注釋音辯本改。注釋音辯本校：「一作憤懣，一作踴懣。張（敦頤）云：踴音勇，懣音悶。」

⑤《英華》此句下有「無任兢懼之至」六字。

⑥《文粹》無上十三字。又「頓首頓首」，詁訓本及《英華》作「死罪死罪」。

## 【解　題】

［注釋音辯］案《毛詩》注云：「淮夷在淮浦，而夷行也。」吴元濟在淮蔡，故曰淮夷。宗元擬《江漢》之詩而作也。［韓醇詁訓］元和十三年刺柳州時作。表云「違尚書牋奏十有四年」，蓋公自永貞元年乙酉冬，以禮部員外郎繼謫爲永州司馬，元和十年召至京師，又出爲柳州刺史，至是元和十三年戊戌爲十四年也。據禮部郎官掌尚書牋奏，故云。《雅》與韓文公《平淮西碑》同時作。［百家注詳注］《詩》曰：「宣王能興衰撥亂，命召公平淮夷。」注云：「淮夷，東國，在淮浦而夷行也。」元和十二年十月癸酉平吴元濟，在淮蔡，故曰淮夷。蓋公擬《江漢》之詩而作也。與韓文公《平淮西碑》同時作。按：諸家所注是也。此文爲元和十三年春爲柳州刺史時作。元和十二年十月平定淮西吴元濟的叛亂，宗元作《平淮夷雅》二篇奉獻朝廷，並作此表附進。此表主要歌頌憲宗的英明果斷，並説明寫作雅詩的緣由。

## 【注　釋】

〔一〕［注釋音辯］童（宗説）云：禮部郎官掌尚書牋奏，宗元以永貞元年自禮部員外郎貶爲刺史，至是十四年。

〔二〕［百家注引王儔補注］《周官》：「司刺掌三宥三赦之法，一宥曰不識，再宥曰過失，三宥曰遺忘。」按：見《周禮·秋官司寇·司刺》。

〔三〕［百家注引孫汝聽曰］謂元和十年三月爲柳州刺史也。

〔四〕［百家注］紱，綬也。

〔五〕［百家注引孫汝聽曰］《論語》：「有民人焉，有社稷焉。」［蔣之翹輯注］《白虎通》：「社，土也。人非土不立，故封土立地。」按：見《論語・先進》及董仲舒《白虎通義・社稷》。

〔六〕［注釋音辯］張（敦頤）云：（憝）徒對反，見《康誥》，惡也。謂平吴元濟。［百家注引王儔補注］憝，惡也。《書・康誥》曰：「元惡大憝。」此謂平吴元濟也。

〔七〕［注釋音辯］潘（緯）云：中，陟仲切，再也。《詩》序：「周室中興焉。」按：見《詩經・大雅・烝民》序。

〔八〕［注釋音辯］潘（緯）云：忖，取本切。度，待洛切。［百家注引王儔補注］「忖度」字見《孟子》：「王曰：《詩》云：它人有心，予忖度之。」度，徒各切。按：見《孟子・梁惠王上》。

〔九〕［百家注引孫汝聽曰］《詩》：「膂力方剛，經營四方。」按：見《詩經・小雅・北山》。

〔一〇〕［注釋音辯］（行）音杭，列也。

〔一一〕［百家注引孫汝聽曰］《小雅》：《六月》、《采芑》、《車攻》、《吉日》。《大雅》：《崧高》、《烝民》、《韓奕》、《江漢》、《常武》。

〔一二〕［韓醇詁訓］《小雅・車攻》，宣王復古也。宣王能内修政事，外攘夷狄，復文武之境土，修車馬、備器械，復會諸侯于東都，因田獵而選車徒焉。《吉日》，美宣王田也，能謹微接下，無不自盡以奉其上焉。

〔一三〕［注釋音辯］「烝民」作「烝人」，避唐太宗諱。［韓醇詁訓］《大雅·崧高》，尹吉甫美宣王也。天下復平，能建國，親諸侯，褒賞申伯焉。《韓奕》，尹吉甫美宣王也，能錫命諸侯。《烝民》，尹吉甫美宣王也，任賢使能，周室中興焉。

〔一四〕［韓醇詁訓］《小雅·六月》，宣王北伐也。《采芑》，宣王南征也。

〔一五〕［韓醇詁訓］《大雅·江漢》，尹吉甫美宣王也，能興衰撥亂，命召公平淮夷。《常武》，召穆公美宣王也，有常德以立武事，因以爲戒焉。

〔一六〕［注釋音辯］童（宗説）云：鏗，丘耕切。鍧，呼宏切。鐘鼓聲。

〔一七〕［注釋音辯］盪音蕩，又他浪反。

〔一八〕［注釋音辯］童（宗説）云：永貞元年八月乙巳，憲宗即位。其年冬，夏綏銀節度留後楊惠琳反，元和元年三月辛巳，楊惠琳伏誅。［韓醇詁訓］據史，順宗永貞元年，夏綏銀節度留後楊惠琳反。憲宗元和元年三月，夏州兵馬使周承全斬惠琳，傳首以獻。

〔一九〕［注釋音辯］童（宗説）云：永貞元年八月癸丑，劍南西川節度使韋皋卒，行軍司馬劉闢自稱留後。元和元年正月癸未，命高崇文率李元奕、嚴礪、李康以討劉闢。十月戊子，劉闢伏誅。［韓醇詁訓］據史，永貞元年八月，劍南西川節度使韋皋卒，行軍司馬劉闢自稱留後。元和元年正月，遣高崇文討之。九月，崇文克成都，劉闢伏誅。

〔二〇〕［注釋音辯］童（宗説）云：元和二年十月，鎮海軍節度使李錡反，殺留後王澹。乙丑，命王諤討之。癸丑，鎮海軍兵馬使張子良執李錡。己卯，免潤州今歲租。十一月甲申，李錡伏誅。［韓醇詁訓］據史，元和二年十月，鎮海軍節度使李錡反。癸酉，鎮海軍兵馬使張子良執李錡。十一月甲申，李錡伏誅。

〔二一〕［注釋音辯］童（宗説）云：元和七年八月戊戌，魏博節度使田季安卒，其子懷諫自稱知軍府事。十月乙未，魏博軍以田季安之將田興知軍事。是月，魏博節度使田興以六州歸于有司。十一月辛酉，赦魏、博、貝、衛、澶、相六州，詔田興充魏博節度使，賜名弘正。［韓醇詁訓］據史，元和四年，成德軍節度使王承宗反，五年赦之，至十年有罪，絶其朝貢，詔六節度使進討。十三年，獻德、棣二州，降。**按**：陳景雲《柳集點勘》卷一：「定河北，注引元和七年田興納土事。按憲宗定河北當兼易定、魏博兩鎮言之。元和五年，義武節度使張茂昭以易、定二州歸于有司，事在田氏前，今注但舉其一，于義未盡。」據《舊唐書·憲宗紀下》、《資治通鑑》卷二四〇，王承宗獻德、棣二州，詔復其官爵事在元和十三年三月，爲吳元濟伏誅之後事，韓注非是。

〔二二〕［注釋音辯］童（宗説）云：元和九年閏八月丙辰，彰義軍節度使吳少陽卒，其子元濟自稱知軍事。九月丁亥，命嚴綬、李光顔、李文通、烏重胤討之。十二年十月癸酉，克蔡州。甲申，給復淮西二年。十一月丙戌，吳元濟伏誅。**按**：據《資治通鑑》卷二三九，李光顔、嚴綬討吳元濟爲元和九年十月事。

〔三〕尹吉甫，即兮甲，亦稱兮伯吉父，周宣王重要輔臣。尹爲官名。曾率師北伐玁狁至太原，致宣王中興。相傳《大雅》之《崧高》、《烝民》、《韓奕》、《江漢》諸篇，皆尹吉甫作以贊美宣王。召穆公，即召虎，姬姓。周宣王時，淮夷不服，宣王曾命召虎出征。相傳《大雅·常武》爲召虎所作。

【集評】

《新刊增廣百家詳補注唐柳先生文》卷一《獻平淮夷雅表》解題：先儒穆伯長（修）云：韓《元和聖德》、《平淮西》，柳《雅章》之類，皆辭嚴義偉，制述如經，能崒然聳唐德于盛漢之表。《談藪》云：論柳文者，皆以謂《封建論》退之所無，《淮西雅》韓文不逮。

孫月峰（鑛）評點《柳柳州全集》卷一：表語不華，然鍛鍊得浄，亦頗有色。

陸夢龍《柳子厚集選》卷一：有彝鼎氣。

蔣之翹輯注《唐柳河東集》卷一「獨惟文章」下評：翻一意作節奏，以下文勢更覺奔逸。「以雅故也」下評：一束蘊藉，更唤得醒極。

孫琮《山曉閣選唐大家柳柳州全集》卷一：贊美有唐武功，卻先説宣王中興。此不是揚厲周宣，誇耀唐宗，見得武功既成，大雅宜作，以爲獻雅證佐。至其前後自陳，不亢不促，又寫得婉摯，傑然大雅之作。

何焯《義門讀書記》卷三五：表與韓相當。

康熙敕纂《御選古文淵鑒》卷三七：頌揚國美之文，典雅爲上，宏贍次之，華縟又次之，如此其上乘也。卧子陳子龍曰：子厚諸《雅》，如金人仡立，巖巖龍鱗，可與李華諸頌並爲一代樂府。臣（王）熙曰：頌揚得體，雅飭不浮，諷頌一過，可謂穆如清風。

## 平淮夷雅二篇　并序

皇武，命丞相度董師，集大功也〔一〕。

皇耆其武①〔二〕，于溯于淮〔三〕。既巾乃車②〔四〕，環蔡其來③。狡衆昏嚚〔五〕，甚毒于酲〔六〕。狂奔叫呶〔七〕，以干大刑④。皇咨于度，惟汝一德。曠誅四紀⑤〔八〕，其徯汝克〔九〕。錫汝斧鉞，其往視師。師是蔡人，以宥以釐〔一〇〕。度拜稽首，廟于元龜〔一一〕。既禡既類〔一二〕，于社是宜〔一三〕。金節煌煌〔一四〕，錫盾雕戈⑥〔一五〕。犀甲熊旂〔一六〕，威命是荷〔一七〕。度拜稽首，出次于東。天子餞之〔一八〕，罍斝是崇〔一九〕。鼎臑俎胾〔二〇〕，五獻百籩〔二一〕。凡百卿士，班以周旋。

既涉于滻〔二二〕，乃翼乃前〔二三〕。孰圖厥猶〔二四〕，其佐多賢〔二五〕。宛宛周道〔二六〕，于山于川。遠揚邇昭，陟降連連。

我旆我旂〔二七〕，于道于陌〔二八〕。訓于群帥，拳勇來格〔二九〕。公曰徐之，無恃頟頟〔三〇〕。式和爾容，惟義之宅〔三一〕。

進次于郾〔三二〕，彼昏卒狂。裒兇鞠頑〔三三〕，鋒蝟斧螗⑦〔三四〕。赤子匍匐〔三五〕，厥父是亢〔三六〕。怒其萌芽，以悖太陽〔三七〕。

王旅渾渾〔三八〕，是佚是怙〔三九〕。既獲敵師，若飢得餔〔四〇〕。蔡兇伊窘，悉起來聚〔四一〕。左擣其虚〔四二〕，靡愆厥慮〔四三〕。

載闢載祓〔四四〕，丞相是臨〔四五〕。弛其武刑〔四六〕，諭我德心〔四七〕。其危既安，有長有林⑧〔四八〕。曾是讙譊〔四九〕，化爲謳吟。

皇曰來歸，汝復相予。爵之成國〔五〇〕，胙以夏墟⑨〔五一〕。度拜稽首，天子聖神。度拜稽首，皇祐下人。

淮夷既平，震是朔南〔五二〕。宜廟宜郊，以告德音。歸牛休馬〔五三〕，豐稼于野。我武惟皇，永保無疆。

皇武十有一章，章八句。

【校　記】

①蔣之翹輯注本：「其，一作具。」

②原校：「巾，一作徒。」《文粹》作「既徒既車」。

③環，章士釗以爲恐是「擐」字之形訛。擐，貫也。見《柳文指要》上《體要之部》卷一。按：環，圍也。非「擐」之誤。其來，注釋音辯本校：「一作具來。」

④注釋音辯本校：「干，一作扞。」韓醇詁訓本注：「扞，侯旰切。」

⑤紀，《文粹》作「祀」。韓愈《平淮西碑》「蔡帥之不廷授，于今五十年。」蓋自代宗寶應元年李忠臣爲淮西節度使算起。段文昌《平淮西碑》「四紀逋誅」，「淮夷怙亂，四十餘年」，蓋自代宗大曆十四年李希烈爲淮西留後算起。作「四紀」可通。元和九年吴元濟反，至元和十二年伏誅，凡四年。作「四祀」亦通。陳景雲《柳集點勘》卷一：「曠誅四紀，《文粹》作祀。蓋自元和九年伐蔡，至十二年之秋，元惡尚未伏誅也。作四紀非。」

⑥錫，原誤作「鍚」，據注釋音辯本、世綵堂本等改。

⑦鋒，原訛作「蜂」，據諸本改。

⑧有林，原作「如林」，世綵堂本、鄭定本校：「如，一作有。」據改。《詩經·小雅·賓之初筵》「有壬有林」，毛傳：「林，君也。」宗元此句即仿《詩》，「林」作「君」講。

⑨墟，原作「區」，據諸本及《文粹》改。

【解題】

此二詩爲元和十三年春于柳州作。元和十二年七月，憲宗命裴度督師討吴元濟，于當年十月平淮西之叛，故作《皇武》以贊頌裴度主持軍事，取得平叛的勝利。平定淮西之叛，李愬功多，作《方城》以稱頌李愬的卓越戰功。

【注釋】

〔一〕［注釋音辯］董，督也。元和十二年七月，宰相裴度充淮西宣慰處置使，平吴元濟。［韓醇詁訓］淮西，彰義軍也。德宗貞元五年，拜吴少誠爲節度使。十四年反，詔諸道兵討之，其弟少陽自爲留後。憲宗元和九年，少陽死，子元濟爲表請主兵，不許，遂有反謀。時遣諸節度兵討之，輒不利。朝臣皆請罷兵，獨裴度奏：病在腹心，不時去，且爲大患。十二年，宰相（李）逢吉、（王）涯又建言，宜休師，惟度請身自督戰。憲宗謂曰：「果爲朕行乎？」度俯伏流涕曰：「臣誓不與賊偕存。」即拜彰義軍節度、淮西宣慰招討處置使，以韓弘爲都統，表馬揔爲宣慰副使，韓愈爲行軍司馬，李正封、馮宿、李宗閔備兩使幕府，奏罷中官統監，使將得專制號令。一戰氣倍，未幾，李愬夜入懸瓠城，縛吴元濟以獻。度遣馬揔先入蔡，持節徐進撫定，其人民始知有生之樂。衆皆感泣，留馬揔爲留後。［百家注引孫汝聽曰］元和十二年七月，以宰相裴度爲中書侍郎、同平章事，充淮西宣慰處置使。董，督也。按：元和十二年七月，裴度爲門下侍郎、同平章事，兼彰義節度使，充淮西宣慰招討處置使，見《新唐書·裴度傳》及《資治通鑑》卷二四〇唐憲宗元和十二年。孫言有小誤。

〔二〕［注釋音辯］童（宗説）云：耆，致也。《詩》云「耆定爾功」。耆音旨，又巨移反。［韓醇詁訓］耆音指，又巨移切，致也。《詩·周頌》：「勝殷遏劉，耆定爾功。」蓋頌武王之武焉。按：見《詩經·周頌·武》。

〔三〕［注釋音辯］溵，於斤切。童（宗説）云：唐溵水縣屬陳州。元和九年討蔡，以李光顏爲陳州刺史，充忠武軍都知兵馬使。始踰月，權本軍節度使。詔以其軍當一面。光顏乃壁溵水，明年，大破賊時曲，俄又與烏重胤破賊小溵河。［韓醇詁訓］溵音殷，今商水縣北。《憲宗紀》：李光顏、烏重胤及吴元濟戰于小溵河，即此也。［百家注引孫汝聽曰］溵，水名。《説文》：「水出潁川陽城少室山，東入潁。」

〔四〕［注釋音辯］巾，飾也。《周禮》有巾車。［百家注引王儔補注］巾，飾也。《周官》有巾車之職。《左氏傳》云「巾車脂轄」。按：見《左傳》襄公三十一年。

〔五〕［注釋音辯］（嚚）魚巾切。張（敦頤）云：口不道忠信之言曰嚚。［韓醇詁訓］狡，古巧切。嚚，魚斤切。［百家注引張敦頤曰］狡衆，賊徒也。昏嚚，愚也。口不道忠信之言曰嚚。［世綵堂］狡，《説文》：「少狗也。」匈奴地有狡犬，黑身巨口。一曰獪也，疾也。

〔六〕［韓醇詁訓］酲音呈，酒病也。［百家注引童宗説曰］酲，酒病也。音呈。按：《詩經·小雅·節南山》「憂心如酲」。毛傳：「病酒曰酲。」

〔七〕［注釋音辯］（呶）尼交切。亦作詉，讙聲。［百家注引孫汝聽曰］叫呶，讙聲也。《詩》：「或不知叫號，載號載呶。」呶，尼交切。亦作詉。按：見《詩經·小雅·賓之初筵》。

〔八〕［注釋音辯］韓《平淮西碑》云：「蔡帥之不廷授，于今五十年。」謂自大曆十四年李希烈鎮蔡州，至元和十二年滅吴元濟。［百家注引孫汝聽曰］自吴少誠、少陽至元濟，凡五十年。［世綵堂］按《新唐史·德宗紀》：「貞元二年六月，淮西兵馬使吴少誠殺其節度使陳仙奇，自稱留後。」《憲宗紀》：「元和十二年十月，克蔡州。」又《宰相表》：貞元二年丙寅，元和十二年丁酉。纔三十二年耳，安得四紀也？《憲宗紀》：「元和九年八月，彰義節度使吴少陽卒，其子元濟自稱知軍事。九月，山南東道節度使嚴綬督兵討之。十二年七月，裴度爲淮西宣慰使。」自九年至十二年用兵討元濟，首尾止四年也。然新史《元濟傳》曰：「自少誠盜有蔡，四十年王師未嘗傅城下。」亦自誤耳。按：吴少誠爲淮西節度留後爲德宗貞元二年事，憲宗元和四年卒于鎮，吴少陽自爲留後。元和五年，詔授吴少陽申光蔡節度留後。元和九年卒，其子元濟自主兵務。自貞元二年至元和十二年爲三十二年，孫説非是，廖説是。

〔九〕［百家注］徯，待也。

〔一〇〕［注釋音辯］潘（緯）云：（釐）陵之切，一音僖，福也。《前漢》「祠官祝釐」，師古曰：「釐本字作禧，假借用耳。」［韓醇詁訓］釐音禧。按：潘緯所引見《漢書·文帝紀》。

〔一一〕［百家注引孫汝聽曰］元龜，大龜也。廟于元龜者，謂以元龜卜于廟也。

〔一二〕［注釋音辯］禡，莫駕切。童（宗説）云：師祭。按：《詩經・大雅・皇矣》：「是類是禡」。毛傳：「于内曰類，于野曰禡。」孔穎達疏：「初出兵之時，于是爲類祭。至所征之地，于是爲禡祭。」

〔一三〕［韓醇詁訓］禡，莫駕切。類、禡、社、宜，皆師祭也。《禮記》曰：「天子將出征，類乎上帝，宜乎社，造乎禰，禡于所征之地。」按：見《禮記・王制》。

〔一四〕［百家注引孫汝聽曰］《周禮》：「凡邦國之使節，山國用虎節，土國用人節，澤國用龍節，皆以金爲之。」按：見《周禮・地官司徒・掌節》。

〔一五〕［注釋音辯］盾，之允切。戈謂平頭戟。潘（緯）云：錫音陽，馬頭飾也。［韓醇詁訓］盾，之尹切，兵器，所以蔽身。［百家注引孫汝聽曰］《説文》：「銀鉛之間曰錫。」盾，矛盾，所以扞身蔽目者。雕，琢也。《説文》：「戈，平頭戟。」按：《禮記・郊特牲》「朱干設錫」，鄭玄注：「干，盾也。錫，傅其背如龜也。」錫爲盾背飾物，音陽。諸注未的。

〔一六〕［百家注引孫汝聽曰］《周禮》：「函人爲甲，犀甲七屬。」《楚辭》「操吴戈兮被犀甲」，以犀爲鎧甲也。又《周禮》「熊虎爲旗」。今作「旂」，通用。按：見《周禮・考工記・函人》及《春官宗伯・司常》。

〔一七〕［注釋音辯］（荷）音何。童（宗説）云：《左傳》昭七年「弗克負荷」。平聲。［韓醇詁訓］音河。

《左氏》昭七年「弗克負荷」。音作河。［百家注引孫汝聽曰］《詩》：「百禄是何。」注：「何，任也。」通作荷。按：孫所引爲《詩經·商頌·玄鳥》句。白珽《湛淵静語》卷一：「潘岳詩有『豈敢陋微官，但恐忝所荷。』柳宗元《平淮夷雅》：『錫盾雕戈，威命是荷。』荷皆作平聲。蓋何天之衢，何校滅耳，百禄是何，荷可切，又如字，何、荷通用故也。」

〔一八〕［百家注引孫汝聽曰］是歲八月，度赴淮西，上御通化門送之。

〔一九〕［韓醇詁訓］斝，舉下切，尊名也。［百家注引孫汝聽曰］罍，《説文》云：「龜目酒罇，刻木作雲雷之象，象施不窮也。」斝，玉爵。夏曰琖，商曰斝，周曰爵。一説斝受六升。一音舉下切。

〔二〇〕［注釋音辯］潘（緯）云：臑，汝朱切，嫩軟貌。又奴刀切，羊豕臂也。胾，側吏切，大臠。［韓醇詁訓］臑，奴刀切，羊豕臂也。胾，側吏切。

〔二一〕［韓醇詁訓］《禮記》：「一獻質，三獻文，五獻察。」按：韓引爲《禮記·禮器》。鄭玄注：「察，明也，謂祭四望山川也。」

〔二二〕［注釋音辯］（滻）所簡切。童（宗説）云：水名，在京兆，唐都于此。裴度節度淮西，及行，帝御通化門。臨遣，涉此水以往。［韓醇詁訓］音産，水名也。［百家注引孫汝聽曰］滻，水名。出京兆藍田關，入灞。

〔二三〕章士釗《柳文指要》上《體要之部》卷一：「此謂渡過滻水之後，軍于是分爲左右翼，並于是鼓行而前也。」

〔二四〕［百家注引孫汝聽曰］猶，謂謀猶。《詩》：「王猶允塞。」按：見《詩經·大雅·常武》。

〔二五〕［注釋音辯］裴度表馬摠爲副使，韓愈爲行軍司馬，李正封、馮宿爲判官，李宗閔爲掌書記，李文悦爲都知兵馬使，高承簡爲都押衙。［百家注引韓醇曰］度表馬總爲宣慰副使，韓愈爲行軍司馬，李正封、馮宿、李宗閔備幕府，皆朝廷之選。按：王應麟《困學紀聞》卷一七：「《平淮夷雅》『其佐多賢』出《説苑》『渙其群元吉者，其佐多賢矣。』」

〔二六〕［百家注引孫汝聽曰］周道，猶言大道也。《詩》：「有棧之車，行彼周道。」按：見《詩經·小雅·何草不黄》。

〔二七〕［百家注引孫汝聽曰］《説文》云：「旆者，繼旐之旗，沛然而垂。」

〔二八〕［百家注引孫汝聽曰］阡陌，田間道。南北曰阡，東西曰陌。

〔二九〕［注釋音辯］《巧言》詩注：「拳，力也。」［百家注引孫汝聽曰］《詩·巧言》：「無拳無勇，職爲亂階。」注：「拳，力也。」格，至也。按：見《詩經·小雅·巧言》。

〔三〇〕［注釋音辯］（頟）鄂格切，勇悍貌。一本依《尚書》作頟。［百家注引童宗説曰］頟頟，勇悍之貌。《書》：「罔晝夜頟。」鄂格切。按：《尚書·益稷》：「罔晝夜頟頟」。

〔三一〕［百家注］宅，居也。

〔三二〕［注釋音辯］（郾）於憲切。童（宗説）云：唐許州潁川郡有郾城縣，與蔡州爲鄰。《裴度傳》云：「度屯郾城勞諸軍，宣朝廷厚意，士奮于勇。」《李光顔傳》云：「十二年四月，敗賊于郾城。

郾守將鄧懷金大恐，率諸將來服，開門待光顔入之。城自壞者五十版。」潘（緯）云：音偃。

〔三三〕［注釋音辯］裒，薄侯切。張（敦頤）云：聚也。［韓醇詁訓］裒，蒲侯切，聚也。鞠音菊，與掬同。［百家注引孫汝聽曰］裒，聚也。鞠，告也。《詩·采芑》曰「陳師鞠旅」，鞠旅，謂告其師旅也。

〔三四〕［注釋音辯］潘（緯）云：蝟音胃，蟲，似豪豬。螗音唐，蟲也。《後漢史》作螳。［百家注引孫汝聽曰］《説文》：「蝟，蟲也，似豪豬而小。」《爾雅》：「蝟，毛刺是也。螗，蟬也。」《詩》：「如蜩如螗。」按：蝟即刺蝟。螗當是螳螂。所引《詩》見《詩經·大雅·蕩》。《文選》陳琳《爲袁紹檄豫州》：「欲以螗螂之斧，禦隆車之隧。」

〔三五〕［世綵堂］（匍匐）上音蒲，手行也。又音符。下蒲北切，伏地也。又音服。按：《孟子·滕文公上》：「赤子匍匐將入井，非赤子之罪也。」此借用其語，言淮逆不諳君臣義理。

〔三六〕［注釋音辯］（亢）下郎切。［百家注］亢，拒也。童（宗説）曰：《爾雅》云：「亢，鳥嚨。」《前漢》：「貫高絶亢而死。」師古曰：「亢者，總謂頸也。」音剛。按：此處「亢」爲抗拒之義。

〔三七〕［百家注引王儔補注］太陽，日也。

〔三八〕［韓醇詁訓］（渾）胡本，又胡昆切。按：《荀子·富國》：「渾渾如泉湧。」楊倞注：「渾渾，水流貌。」此狀聲勢浩大。

〔三九〕章士釗《柳文指要》上《體要之部》卷一：「王旅是佚者，乃使王旅逶遲周道，而安逸前進。王旅是怙者，謂王旅强，可得恃而無恐也。」

〔四〇〕［注釋音辯］（餔）音步。童（宗説）云：申時食。潘（緯）云：音步，餹餔餌。又音布，與食也。又音逋，歠也。［韓醇詁訓］蒲故切。

〔四一〕聚，謂歸順朝廷。王師討蔡，吴元濟將吴秀琳、李祐、董昌齡、鄧懷金、董重質等先後皆降。見《資治通鑑》卷二四〇。

〔四二〕［注釋音辯］擣音禱。案《唐書》：李祐言于李愬，請乘虚直抵蔡城，愬從之。用夜半到蔡，擒吴元濟以獻。

〔四三〕［百家注引孫汝聽曰］李祐言于李愬曰：「蔡之精兵皆在洄曲及四境拒守，守城者皆羸老之卒，可以乘虚直抵其城。比賊將聞之，元濟已成擒矣。」愬從之，遂克蔡州。

〔四四〕［韓醇詁訓］祓音弗。［百家注引孫汝聽曰］祓，謂祓除不祥。音弗。

〔四五〕［注釋音辯］謂裴度建彰義節入蔡州。［百家注引孫汝聽曰］十月，度建彰義節，將降卒萬餘人，入蔡州。

〔四六〕［韓醇詁訓］弛，施是切。解也。按：《舊唐書·裴度傳》：「度既視事，蔡人大悦。舊令：途無偶語，夜不燃燭。人或以酒食相過從者，以軍法論。度乃約法，唯盜賊鬭殺外，餘盡除之。」

〔四七〕［百家注引孫汝聽曰］度以蔡卒爲牙兵，或諫曰：「蔡人反側者尚多，不可不備。」度曰：「吾爲彰義軍節度使，元惡既擒，蔡人則吾人也，又何疑焉？」蔡人聞之感泣。

〔四八〕［注釋音辯］長，上聲。

〔四九〕［注釋音辯］（譊）女交切，恚呼。［百家注］讙，音歡。譊，女交切。

〔五〇〕［注釋音辯］一作「公于有晉」。以下文觀之，意若重複。《左傳》哀公十四年：「成國不過半，天子之軍。」成國謂公侯之國。

〔五一〕［注釋音辯］《左傳》定公四年：「分唐叔，命以《唐誥》而封于夏墟。」注：「夏墟，今太原晉陽。」［韓醇詁訓］胙，存故切。度本傳：「度入朝，策勳進金紫光禄大夫、弘文館大學士、上柱國、晉國公，户三千，復知政事。」晉地，即夏之所都，故曰夏墟。《左氏》：「昔武王克商，分唐叔，命以《唐誥》而封于夏墟。」注：「夏墟，大夏，今太原晉陽也。」一本「爵之成國」作「公于有晉」，則意若重複耳。［百家注引韓醇曰］胙，報也。

〔五二〕［注釋音辯］潘（緯）云：（南）叶韻，尼心切。《選》云「鸞鳳飛而北南」。按：此句謂河北諸叛鎮皆爲震懾也。

〔五三〕［百家注引孫汝聽曰］歸馬于華山之陽，放牛于桃林之野，示太下弗服。牛，一作刃。按：孫引爲《尚書·武成》中句。

方城，命愬守也〔一〕。卒入蔡，得其大醜〔二〕，以平淮右〔三〕。

方城臨臨〔四〕，王卒峙之〔五〕。匪徼匪競〔六〕，皇有正命①。皇命于愬，往舒余仁。踣彼艱頑〔七〕，柔惠是馴。

愬拜即命，于皇之訓〔八〕。既礪既攻〔九〕，以後厥刃②。王師嶷嶷〔一〇〕，熊羆是式〔一一〕。銜勇韜力〔一二〕，日思予殛③〔一三〕。

寇昏以狂，敢蹈愬疆。士獲厥心，大祖高驤〔一四〕。長戟酋矛〔一五〕，粲其綏章〔一六〕。右翦左屠，聿禽其良〔一七〕。

其良既宥，告以父母。恩柔于肌，卒貢爾有。維彼攸恃，乃偵乃誘〔一八〕。維彼攸宅，乃發乃守。其恃爰獲，我功我多〔一九〕。陰諜厥圖〔二〇〕，以究爾訛。雨雪洋洋〔二一〕，大風來加〔二二〕。于燠其寒〔二三〕，于邇其遐〔二四〕。

汝陰之茫〔二五〕，懸瓠之峨〔二六〕。是震是拔，大殲厥家〔二七〕。狡虜既縻，輸于國都。示之市人，即社行誅④〔二八〕。

乃諭乃止，蔡有厚喜。完其室家，仰父俯子。汝水沄沄〔二九〕，既清而瀰⑤〔三〇〕，蔡人行歌，我步逶遲〔三一〕。

蔡人歌矣，蔡風和矣。孰類蔡初⑥〔三二〕，胡甄爾居〔三三〕。式慕以康，爲愿有餘。是究是咨，皇德既舒。

皇曰咨愬，裕乃父功〔三四〕。昔我文祖，惟西平是庸〔三五〕。內誨于家，外刑于邦〔三六〕。孰是蔡人，而不率從。

蔡人率止，惟西平有子。西平有子，惟我有臣。疇允大邦⑦〔三七〕，俾惠我人。于廟告功，以顧萬方⑧。

方城十有一章，章八句⑨。

【校記】

① 原注及注釋音辯本注：「正，一作王。」

② 世綵堂本、鄭定本注：「後，一作復。」按：《禮記·曲禮》：「進戈者前其鐏，後其刃。」作「後」是。

③ 注釋音辯本注：「晏（殊）作『思奮予殛』，又作『日思奮殛』。」詁訓本作「日思奮殛」。

④ 注釋音辯本、詁訓本等校：「行，一作以。」

⑤ 彌，注釋音辯本校：「一作夷。」

⑥ 注釋音辯本注：「類，晏本作類。」

⑦ 原注：「一本『允』作『亢』。」詁訓本、注釋音辯本同。

⑧ 顧，《文粹》作「顯」。

⑨ 十有一章，世綵堂本作「十章」。按：今所見諸本柳集，《方城》詩均爲十章，然標題除世綵堂本外，皆標作十有一章。《皇武》十一章，疑《方城》有遺佚。蔣之翹輯注本：「按此篇十有一章，而今止十，疑有闕文。姑仍舊本，以俟知者。」

【注　釋】

〔一〕［注釋音辯］愬音訴。方城，山名，在唐州。元和十一年，李愬爲唐鄧隋節度使。

〔二〕［注釋音辯］謂擒吴元濟。

〔三〕［韓醇詁訓］考愬本傳：初憲宗討吴元濟，唐鄧節度使高霞寓既敗，以袁滋代將，復無功，遂以愬檢校左散騎常侍爲隋唐鄧節度使。愬至軍，推誠待士，衆願爲之死。與元濟戰，數有功。獲其將李祐，釋而不殺，與共謀討賊之計，由是悉賊虚實。愬知其隙可乘，乃遣從事鄭澥見裴度，告師期。元和十二年八月，度至師，責戰益急。十月，愬用李祐計，自方城，因天大雪，疾馳百二十里，夜半至懸瓠城，破其門，取吴元濟以獻，盡得其屬人卒。度入蔡，以皇帝命，赦其人。淮西平，大饗賚功。師還之月，因以其食賜蔡人。凡蔡卒三萬五千，其不樂爲兵，願歸爲農者十九，悉縱之。［百家注詳注］《左氏》「楚國方城以爲城」，方城，山名，在唐州。元和十一年十二月，以李愬爲唐鄧隋節度使，與元濟戰，數有功。十二年十月，愬自文城，因天大雪，疾馳百二十里，夜半至懸瓠城，破其門，取元濟以獻。「得其大醜」謂此。大醜，大酋也。《易》曰：「獲其大醜。」愬，音訴。

〔四〕臨臨，高貌。《靈樞經》卷一〇《通天》：「臨臨然長大，䐃然未僂，此太陰之人也。」

〔五〕［注釋音辯］峙，直里切。張（敦頤）云：具也。［韓醇詁訓］峙，大里切。供、峙，具也。

〔六〕［注釋音辯］徼，古堯切。童（宗説）云：求也。

〔七〕［注釋音辯］踣，蒲墨切，强也。［韓醇詁訓］踣，蒲墨切，僵也。按：「踣」當訓爲「僵」，即滅、破之意。「强」（彊）當是「僵」的訛字。

〔八〕［百家注引孫汝聽曰］《書》「于帝其訓」，于，謂遵行也。按：所引見《尚書·洪範》。

〔九〕［百家注引孫汝聽曰］礪，淬礪。《書》：「礪乃鋒刃。」按：見《尚書·文侯之命》。

〔一〇〕［注釋音辯］（嶷）魚力切，又音疑，山名。［百家注引張敦頤曰］《詩》：「克岐克嶷。」魚力切。又九嶷，山名也。音疑。按：《大戴禮記·五帝德》：「其德嶷嶷」，高貌。

〔一一〕［百家注引王儔補注］式，猶似也。按：《尚書·牧誓》：「如虎如貔，如熊如羆。」喻勇武。「式」可訓爲「法」。

〔一二〕［韓醇詁訓］衒，乎監切。

〔一三〕［百家注引孫汝聽曰］殛，誅也。蓋言欲誅賊也。

〔一四〕［百家注引孫汝聽曰］驤，舉首也。

〔一五〕［百家注引孫汝聽曰］《考工記》「酉矛常有四尺」，注云：「酉，發聲，直謂矛爾。」按：見《周禮·冬官考工記·盧人》。

〔一六〕［注釋音辯］綏，所引以登車者。章，謂有文采。［百家注引孫汝聽曰］《詩》：「王錫韓侯，淑旂綏章。」注云：「綏，所引以登車，有采章也。」粲，采章貌。按：見《詩經·大雅·韓奕》。

〔一七〕［注釋音辯］李愬擒丁士良，不殺，士良感之。擒陳光洽，吴秀琳遂降，愬厚待秀琳。秀琳曰：

「公欲取蔡，非李祐不可。」遂擒祐，不殺，用其策。［百家注引孫汝聽曰］十二年二月，愬擒元濟捉生虞侯丁士良。士良，元濟驍將，愬釋其縛，署爲捉生將。士良感之，言于愬曰：「賊將吴秀琳擁三千之衆，據文城柵，爲賊左臂，官軍不敢近者，有陳光洽爲之謀主也。士良能擒光洽。」戊申，果擒光洽以歸。三月，秀琳以文城柵降，愬撫其背慰勞之。

〔一八〕［注釋音辯］偵，丑盈、丑正二切。童（宗説）云：候也。［百家注引孫汝聽曰］愬厚待秀琳，與之謀取蔡。秀琳曰：「公欲取蔡，非得李祐不可。」愬遣廂虞侯史用誠生擒祐以歸，釋不殺，用其策，戰比有功。偵，候也，問也。

〔一九〕［蔣之翹輯注］此言李祐，賊健將，素所自恃者，今乃爲愬獲之，雖元濟未擒，而我功居多矣。

〔二〇〕［注釋音辯］諜，達協切。［百家注］諜，間諜。達協切。按：《舊唐書·李愬傳》：「舊軍令，有舍諜者屠其家。愬除此令，因使厚遇之，諜反以情告愬，愬益知賊中虚實。」

〔二一〕［韓醇詁訓］雨，去聲。

〔二二〕［百家注引孫汝聽曰］十月，愬軍出攻蔡，夜至張柴村，風雪，旌旗裂，人馬凍死者相望。

〔二三〕［韓醇詁訓］燠，乙六切。

〔二四〕上二句言雖寒如暖，雖遠如近也。

〔二五〕［百家注引孫汝聽曰］汝陰，地名，蔡州之境。

〔二六〕［注釋音辯］瓠音護。童（宗説）云：《李愬傳》云：「愬入蔡州取吴元濟，道分輕兵，斷橋以絶洄曲道，又以兵絶朗山道。行七十里，夜半至懸瓠城，雪甚，城旁皆鵝鶩池，愬令擊之以亂軍聲。賊恃吴房、朗山戍，晏然無知者。」［百家注引孫汝聽曰］懸瓠，蔡州城，取其形似。峨，高也。按：李吉甫《元和郡縣圖志》卷九蔡州：「州理城，古懸瓠城也。汝水屈曲，形如垂瓠，故城取名焉。」

〔二七〕［韓醇詁訓］殲，將廉切。

〔二八〕［百家注引孫汝聽曰］愬至懸瓠城，壬申，攻牙城，毁其外門。癸酉，毁其南門。元濟于城上請罪，梯而下，檻送京師。十一月，以元濟獻廟社，斬于獨柳之下。

〔二九〕［韓醇詁訓］（沄）於分切，水流貌。［百家注引童宗説曰］沄沄，水流轉貌。音云。按：酈道元《水經注》卷二一汝水：「汝水又東逕懸瓠城北。」李吉甫《元和郡縣圖志》卷九蔡州：「汝水經（汝陽）縣西南二里。」

〔三〇〕［百家注引童宗説曰］渺瀰，水貌。按：《詩經·邶風·新臺》：「新臺有泚，河水瀰瀰。」水深滿貌。

〔三一〕［注釋音辯］逶，於危切。按：逶遲，緩慢貌。《文選》江淹《别賦》：「車逶遲于山側。」

〔三二〕［韓醇詁訓］纇，盧對切。

〔三三〕［注釋音辯］甈，丘例切。童（宗説）云：《爾雅》：「康瓠謂之甈。」《説文》：「康瓠，破罌也。」《前漢·賈誼傳》注：「康瓠，瓦盆底。」潘（緯）云：顔師古音五列切，字當作甈，危也。《楊子》

音五計切。［韓醇詁訓］甈，丘例切，毁也。《爾雅》：「康瓠謂之甈。」《説文》：「康瓠，破罌也。」［世綵堂］「甈」當作「鯢」，音五結切，不安也。按：甈，毁壞；鯢，不安。二字義皆可通。

〔三四〕［百家注］裕，大也。按：此句謂李愬功大于其父李晟也。

〔三五〕［注釋音辯］李愬父李晟，事德宗，平朱泚，封西平王。德宗乃憲宗之祖。［韓醇詁訓］愬，李晟子也。李晟事德宗，平朱泚之亂，功居多。後封西平郡王。［百家注引孫汝聽曰］庸，用也。

〔三六〕［百家注引孫汝聽曰］刑，典刑也。

〔三七〕［百家注引孫汝聽曰］《漢書》「疇其爵邑」，疇，等也。蔡平，以愬檢校尚書左僕射、襄州刺史，充山南東道節度使、襄鄧隋唐復郢均房等州觀察使。

## 【集評】

王讜《唐語林》卷二：柳八駁韓十八《平淮西碑》云：「『左飧右粥』，何如我《平淮西雅》云『仰父俯子』？」禹錫曰：「美憲宗俯下之道盡矣。」柳曰：「韓碑兼有帽子，使我爲之，便説用兵討叛矣。」（按：此條原出《劉賓客嘉話録》）

范仲淹《與周騤推官書》：（歐）伯起又謂元結有《皇謨》，柳宗元有《平淮夷雅》，元、柳，唐人也，而深于文。不曰典而曰謨，不曰頌而曰雅，二君誠不佞歟？伯起非唐人也，反爲佞乎？以其册制，特謂之典，豈有優劣之心乎？（《范文正公集》卷九）

唐庚《唐子西文録》：退之《琴操》，柳子厚不能作。子厚《皇雅》，退之亦不能作。

《苕溪漁隱叢話》前集卷一八引《三山老人語録》：柳子厚《平淮夷雅》曰：「赤子匍匐，厥父是亢。怒其萌芽，以悖太陽。」言賊以逆取敗，最爲精確。

王十朋《雜説》：賈誼賦過相如，揚子雲不知也。柳子厚《平淮西雅》過韓退之，子厚自能知之。子厚之文温雅過班固，退之之文雄健過司馬子長，歐陽公得退之之純粹而乏子厚之奇，東坡馳騁過諸公，簡嚴不及也。（《梅溪王先生文集》前集卷一九）

《詩人玉屑》卷一五引陳知柔《休齋詩話》：柳子厚小詩幻眇清妍，與元、劉並馳而争先，而長句大篇，便覺窘迫，不若韓之雍容。惟《平淮西詩》二篇，名爲唐雅。其序云：「雖不及尹吉甫、召穆公等，庶施之後代，有以佐唐之光明。」其自視豈後于古人哉！其一章云：「師是蔡人，以宥以釐。度拜稽首，廟于元龜。」又云：「其危既安，有長如林。曾是讙譊，化爲謳吟。」甚似古人語。而卒章「震是朔南，以告德音。歸牛休馬，豐稼于野」，皆叶以古音。（南，尼心切。馬音母，野音墅。）其卒章云：「蔡人率止，惟西平有子。西平有子，惟我有臣。疇允大邦，俾惠我人。」尤得古詩體。

朱熹《朱子語類》卷一三九：柳學人處便絶似。《平淮西雅》之類甚似《詩》，詩學陶者便似陶。韓亦不必如此，自有好處，如《平淮西碑》好。

《新刊增廣百家詳補注唐柳先生文》卷一引黄唐曰：學者皆以平淮西一事爲章武寯功，韓、柳二詩爲工于文，愚竊笑之。淮蔡，唐地也，元濟，唐臣也，外連姦雄，内刺宰相，併天下之力，僅能取三州困弊之餘。本吾臣子，而以逆誅之；本吾故地，而以新復之，君臣動色相慶，有靦面目矣。昔魏太祖時，國淵破田銀、蘇伯于河間，及上首級，如其實數，太祖問其故，淵曰：「河間，封内之地，銀等叛逆，雖克敵有功，淵竊恥之。」諸葛孔明出祁山，而南安、天水、安定歸降，且拔千餘家還漢中。蜀人皆賀，孔明蹙容曰：「普天之下，莫非漢民，以此爲賀，能不爲愧？」嗚呼！國子尼不以討封内之寇爲有功，孔明不以得漢氏之民爲可賀，則唐室平藩鎮之逆，又果足以形于歌詠乎？二子之見，亦韓、柳有所不及者矣。

李如箎《東園叢説》卷下：但退之之文，其間亦有小疵，至于子厚，則惟所投之，無不如意。如退之《元和聖德詩序》，劉闢與其子臨刑就戮之狀，讀之使人毛骨凜然，風雅中安有此體？至子厚《平淮雅》，讀之如清風襲人，穆然可愛，與吉甫輩所作無異矣。

潘自牧《記纂淵海》卷三七：紹聖二年，禮部言：宏詞除詔誥赦敕不試外，今擬合程試考校格，一試格十條：章表依見行體式。賦如唐人《斬白蛇》、《幽蘭》、《渥洼馬》之類。頌如韓愈《元和聖德詩》、柳宗元《平淮夷雅樂》之類。箴如揚雄《九州箴》之類。銘如柳宗元《塗山銘》、張孟陽《劍閣》之類。誡諭如近體誡諭風俗百官之類。露布如唐人《破蕃賊露布》之類。檄書如司馬相如《喻蜀檄書》之類。序如顔延之、王融《曲水詩序》之類。記亦用四六。

章如愚《群書考索》卷七：唐人作《平淮夷雅》，漢人作《聖主得賢人頌》之類，此即古之雅頌遺體也。

馬祖常《周剛善文稿序》：柳宗元駕其説，忿懥恚怨，失于和平。《淮西雅歌》、《晉問》諸篇，馳騁出入古今天人之間，蔚乎一代之製，而學士大夫皆宗師之。（《石田文集》卷九）

吴訥《文章辨體序説·古詩四言》：宋齊而降，作者日少。獨唐韓、柳《元和聖德詩》、《平淮夷雅》膾炙人口。先儒有云：「二詩體製不同，而皆詞嚴氣偉，非後人所及。」自時厥後，學詩者日以聲律爲尚，而四言益鮮矣。

《王荆石先生批評柳文》卷一：無一字不洗鍊。

郎瑛《七修類稿》卷二九：四言古詩如《舜典》之歌已其始矣。……後惟子厚《皇雅》章其庶幾乎？故子西曰退之不能作也。蓋此意摹擬太深，未免蹈襲風雅，多涉理趣，又似銘贊文體。世道日降，文句難古，苟非辭意渾融，性情流出，安能至哉！

胡震亨《唐音癸籤》卷七：柳州之《平淮西》，最章句之合調。昌黎之《元和聖德》，亦長篇之偉觀。一代四言有此，未覺風雅墜緒。（遯叟）

孫月峰（鑛）評點《柳柳州全集》卷一「鋒蝟斧螗」下評：語太濃，猶是《文選》家數。「銜勇韜力」下評：銜、韜字亦嫌雕斲，然猶近古，勝前「鋒蝟斧螗」。「于邇其遐」下評：此處跡甚奇。此似猶寫得未甚親切。

陸夢龍《柳子厚集選》卷一：韓公不得不讓。

蔣之翹輯注《唐柳河東集》卷一《獻平淮夷雅表》解題：《平淮夷》二詩，子厚已自謂仿佛風雅，而人亦莫不風雅子厚也。翹乃讀之，特意寡而詞衍，語長而氣促，其工拙不逮遠甚。又引黄鑑曰：論柳文者，皆以謂《封建論》退之所無，《淮西雅》韓文不逮。又引茅坤曰：《平淮西》二雅，古崛多奇。

錢謙益《彭達生晦農草序》：有唐之文，莫盛于韓、柳，而皆出元和之世。聖德之《頌》，淮西之《雅》，鏗鏗其音，灝汗其氣，曄然與三代同風。（《牧齋有學集》卷一九）

又《顧麟士詩集序》：唐之詩人，皆精于經學，韓之《元和聖德》，柳之《平淮夷雅》，雅之正也。玉川子之《月蝕》，雅之變也。（《牧齋有學集》卷一九）

儲欣《河東先生全集録》卷一：穆伯長（修）曰：「義正詞嚴，製作如經，峷然聳唐德于盛漢之表。」《平淮夷雅》匪只詞似古人，要其理亦不詘于古。如「公曰徐之」、「往舒余仁」等語，其于古者勝殷遏劉、止戈爲武之義，豈爽毫髮？吾知聖人復起，採而録之，以續正雅，决矣。表亦拔步唐蹊，翱翔乎盛漢之囿。有狎侮韓柳者，其言曰：「元濟，唐臣也，併天下之力取三州，本吾臣子，本吾土地，而君臣動色相慶，有靦面目矣。」嗟乎！《頌》之《殷武》、《雅》之《江漢》，獨非吾臣吾地乎？爲此言者，非不學之人，即不思之甚也。

賀裳《載酒園詩話又編・柳宗元》：《平淮雅》二篇，誠唐音之冠，柳子亦深自負，但終不可以入周詩。（黄白山評：如此詩，當以繼響雅頌目之可爾，謂終不可以入周詩，議論毋乃太刻。）

張謙宜《絸齋詩談》卷五：《平淮夷雅》亦自修潔質鍊，畢竟不及周《雅》之寬裕舒徐。此是風氣限定，文人無可奈何。然其峭勁，又非宋以後所及。

喬億《劍溪説詩又編》：《平淮夷雅》森嚴有體，不及韓更跌宕多姿，然已卓絕古今矣。析裴、李平蔡之功，于各篇叙之，更不見低昂，似出愬妻入譖，詔毀韓碑後。（觀集中上裴晉公、李僕射啟，則子厚之爲二《雅》，亦可憫也。）

近藤元粹《柳柳州集》卷一「我旆我旗」下引沈確士（德潛）評：「公曰」云云，得體。又：沈云：「赤子」云云，即率其子弟攻其父母意。又「王旅渾渾」下：沈云：不詳李愬功有下篇在也。又「皇曰咨愬」下：沈云：歸美于晟，猶周宣美召穆公而曰「召祖是似」也。

何焯《義門讀書記》卷三五：柳雅不如韓碑。

淩廷堪《書平淮西雅後》：柳子厚《平淮西雅》云「鼎臑俎胾」，「鼎臑」二字，蓋本之《楚辭·大招》。案：牲體肱骨三：肩也，臂也，臑也。股骨二：肫也，胳也。脅骨三：代脅也，長脅也，短脅也。脊骨三：正脊也，脡脊也，横脊也。謂之十一體。合左右肱骨、股骨、脅骨，謂之十九體。加兩髀，謂之二十一體。皆載于俎若鼎，或升左右胖，或升豚解，或升體解，不獨一臑也。至于「俎胾」二字猶不典。牛羊豕之胾，則肉之無骨者，皆實于豆。若俎，但載牲之骨體而已，安所謂胾哉！《禮經》十七篇具在，可案而知也。一句之内，雜出不倫，稽之禮例，無一合者。蓋唐之詞人，類皆疏于經術，而經術中尤疏于《禮》。雖表表如子厚者，亦所不免，良可歎也。（《校禮堂文集》卷三二）

陶元藻《唐詩向榮集》卷三：魏晉以來，四言詩惟淵明、叔夜能自寫性靈，其措詞設色，以求異

《三百篇》取勝。餘子則皆欲摹仿《毛詩》而又勿能肖。子厚此詩朴質古茂，頗爲近之。

吴德旋《初月樓古文緒論》：柳州碑誌中，其少作尚沿六朝餘習，多東漢字句，而風骨未超，此不可學。貶謫後之文，則篇篇古雅，而短篇尤妙，蓋得力于《檀弓》、《左》、《國語》最深。《平淮西雅》與昌黎《平淮西碑》亦相埒。

李因培《唐詩觀瀾集》上卷二「惟西平是庸」下評：追溯西平，猶周人美召穆公而曰「召祖是似」也。又「惟我有臣」下評：歸美朝廷，乃雅頌之義。

許印芳《詩法萃編·自序》：子厚《平淮夷雅》、退之《平淮西碑》、《元和聖德》及《琴操》諸詩，更軼楚漢而追兩周，于是唐詩有復古之盛，卓然有百代楷模。

胡薇元《夢痕館詩話》卷二：柳子厚宗元登進士，爲御史，以八司馬力除宦官，被貶柳州，而其詩精警如其文，不可磨滅也。《平淮西雅》力追雅頌。《唐鐃歌十二篇》大力復古。

林紓《韓柳文研究法·柳文研究法》：《詩·大雅·江漢》篇，尹吉甫美宣王能興衰撥亂，命召公平淮夷也。次篇爲《常武》，則召穆公美宣王有常德，以立武事也。不惟美之，又引之以爲戒。子厚《平淮夷雅》亦二篇，一美丞相度，一美西平（李晟）之子愬。《談藪》云：「論柳文者，皆以謂《封建論》退之所無，《淮夷雅》韓文亦不逮。」鄙見非不逮也。昌黎興高，描寫元和戰功，欲窮形盡相，遂不免近于慘酷。昌黎本意，原欲以寒竊據之膽，不知火色過濃，遂微乖乎正聲。柳州之作，力摹《大雅》，于顯叙戰功處，往往爲朝廷留其餘地，示不欲究武之意，得經意矣。《江漢》之詩曰：「匪安匪游，淮夷來求。匪安匪舒，淮夷來鋪。」求者求淮夷所據之境地，鋪者欲懲病以譬之，命意不過如此。以下又曰：「匪疚匪棘，王國來極。」竟言不以兵病害之，不以兵操切之，堂堂乎見王師之仁。其卒章曰：「矢其文德，洽此四國。」矢之爲言施也，布其經緯天地之文德，以和洽此天下四方之國。名爲南征，實不過旬宣之意，説得雍容和藹，此始名爲《大雅》。柳州之雅，正本此意。第一章「狡衆昏嚚，甚毒于酲」，數蔡人之罪也。第二章即曰：「師是蔡人，以宥以釐」，宥之釐之，則不忍草薙而禽獮可知矣。其下寫天子御通化門餞相度，則與《江漢》圭瓚秬鬯同一隆禮。此命將出師，盛朝應有之儀節。至「公曰徐之，無恃頟頟。式和爾容，惟義之宅」，則立言尤爲得體。頟頟，勇悍之貌。勿恃勇悍，正患其浪殺人也。宅，居也。居義以對蔡人，方見得是王者之師。中間寫李愬之功曰：「蔡凶伊窘，悉起來聚。左擣其虛，靡愆厥慮。」擣虛者，擣蔡城也。愬用李祐之言，謂蔡之精兵皆在洄曲，及四境拒守，守蔡皆羸卒。愬用其言，遂擒元濟。靡愆厥慮，謂所謀中也。擒濟以後，不書殺戮，但曰「曾是讙譊，化爲謳吟」，閑閑將一場大戰，以從容不迫之筆總括全局。惟具此聰明，方能摹古。《方城》之什則專紀愬功，不能不點染殺戮之事。其最嚴勵之語曰「左翦右屠，聿禽其良」；曰「是震是拔，大殲厥家」。禽良者，十二年二月，愬禽元濟捉生虞侯丁士良也。所云「左翦右屠」，非屠城之謂，蓋指賊將吴秀琳以三千之衆爲賊左臂，官軍不敢近，有陳光洽爲之謀主。「屠翦」正指此二人，惟得丁士良，此二人始獲耳。「震拔」是大兵臨城之勢。「大殲厥家」但指元濟一家而言。故下章即云：「乃諭乃止，蔡有厚喜。完其室家，仰父俯子。」又云：「蔡人歌矣，蔡風和矣。孰類蔡初，胡頫爾居。式慕以康，爲愿有餘。是究是咨，皇德既舒。」恩勝于威，叙伐蔡竟有周宣風象。劉夢得《嘉話拾遺》言柳八駁《平淮夷碑》云：左餐右粥，何如《平淮夷雅》仰父俯子，此特于字句推求，其實昌黎《碑》適是學《尚書》，子厚《雅》適是學《大雅》，兩臻極地，唯昌黎之《元和聖德詩》較此爲遜耳。

# 唐鐃歌鼓吹曲十二篇 并序①

負罪臣宗元言②：臣幸以罪居永州〔一〕，受食府廩，竊活性命，得視息〔二〕。無治時事，恐懼小閒③〔三〕，又盜取古書文句，聊以自娱〔四〕。伏觀漢魏以來④，代有鐃歌鼓吹詞，唯唐獨無有。臣爲郎時，以太常聯禮部〔五〕，嘗聞鼓吹署有戎樂，詞獨不列。今又考漢曲十二篇〔六〕、魏曲十四篇〔七〕、晉曲十六篇〔八〕，漢歌詞不明紀功德，魏晉歌，功德具⑤。今臣竊取魏晉義⑥，用漢篇數，爲《唐鐃歌鼓吹曲》十二篇，紀高祖、太宗功能之神奇，因以知取天下之勤勞，命將用師之艱難。每有戎事，治兵振旅，幸歌臣詞以爲容〔九〕，且得大戒，宜敬而不害。臣淪棄即死，言與不言，其罪等耳。猶冀能言，有益國事，不敢效怨懟默己〔一〇〕。謹冒死上。

【校　記】

① 世綵堂本注：「一本序在篇末。」

②注釋音辯本校：「一本無『負罪』字。」詁訓本無「負罪」二字。

③「時事」原作「事時」，詁訓本、世綵堂本同，即斷作「無治事，時恐懼，小閒」，亦通。此據注釋音辯本改。

④觀，原作「惟」，此據注釋音辯本、詁訓本及五百家注本改。

⑤詁訓本無「具」字，五字連讀，亦通。

⑥「魏晉」二字原乙，據諸本改。

【解　題】

［注釋音辯］童（宗説）云：《晉書·樂志》云：「漢時有短簫鐃歌之樂。」其曲，有《朱鷺》、《思悲翁》、《釣竿》等曲，列于鼓吹，多序戰陣之事。鐃，女交切。吹，尺僞切。［韓醇詁訓］稽《漢志》及《魏書》，其曲皆不得其詳，惟《晉志》有云：「漢時有短簫鐃歌之曲。」其曲有《朱鷺》、《思悲翁》、《艾如張》、《上之回》、《雍離》、《戰城南》、《巫山高》、《上陵》、《將進酒》、《君馬黄》、《芳樹》、《有所思》、《雉子班》、《聖人出》、《上邪》、《臨高臺》、《遠如期》、《石留》、《務成》、《玄雲》、《黄爵行》、《釣竿》等曲，列于鼓吹。多序戰陣之事。及魏受命，改其十二曲，使繆襲爲詞，述以功德代漢。改《朱鷺》爲《楚之平》，言魏也。改《思悲翁》爲《戰滎陽》，言曹公也。改《艾如張》爲《獲吕布》，言曹公東圍臨淮，擒吕布也。改《上之回》爲《克官渡》，言曹公與袁紹戰，破之於官渡也。改《雍離》爲《舊邦》，言

曹公勝袁紹于官渡，還譙，收藏死亡士卒也。改《戰城南》爲《定武功》，言曹公初破鄴，武功之定始乎此也。改《巫山高》爲《屠柳城》，言曹公越北塞，歷白檀，破三郡烏桓於柳城也。改《上陵》爲《平南荆》，言曹公平荆州也。改《將進酒》爲《平關中》，言曹公征馬超，定關中也。改《有所思》爲《應帝期》，言文帝以聖德受命，應運期也。改《芳樹》爲《邕熙》，言魏氏臨其國，君臣邕穆，庶績咸熙也。改《上邪》爲《太和》，言明帝繼體承統，太和改元，德澤流布也。其餘並同舊名。及晉武帝受禪，乃令傅玄製爲二十二篇，亦述以功德代魏。改《朱鷺》爲《靈之祥》，言宣帝之佐魏，猶虞舜之事堯，既有石瑞之徵，又能用武以誅孟達之逆命也。改《思悲翁》爲《宣受命》，言宣帝禦諸葛亮，養威重，運神兵，亮震怖而死也。改《艾如張》爲《征遼東》，言宣帝陵大海之表，討滅公孫氏，而梟其首也。改《上之回》爲《宣輔政》，言宣帝聖道深遠，撥亂反正，網羅文武之才，以定二儀之序也。改《雍離》爲《時運多難》，言宣帝致討吴方，有征無戰也。改《戰城南》爲《景龍飛》，言景帝克明威教，賞順夷逆，隆無疆洪基也。改《巫山高》爲《平王衡》，言景帝一萬國之殊風，齊四海之乖心，禮賢養士，而纂洪業也。改《上陵》爲《文皇統百揆》，言文帝始統百揆，用人有序，以敷太平之化也。改《將進酒》爲《因時運》，言因時運變，聖謀潛施，解長蛇之交，離群桀之黨，以武濟文，以邁其德也。改《有所思》爲《惟庸蜀》，言文帝既平萬乘之蜀，封建萬國，復五等之爵也。改《芳樹》爲《天序》，言聖皇應曆受禪，弘濟大化，用人各盡其才也。改《上邪》爲《大晉承運期》，言聖皇膺籙受圖，化象神明也。改《君馬黄》爲《金靈運》，言聖皇踐祚，致敬宗廟，而孝道行于天下也。改《雉子班》爲《穆我皇》，言聖皇受禪，德合神明也。改《聖人出》爲《仲春振旅》，言大晉申文武之教，畋獵以時也。改《臨高臺》爲《夏苗田》，言大晉畋狩順時，爲苗除害也。改《遠如期》爲《仲秋獮田》，言大晉雖有文德，不廢武事，順時以殺伐也。改《石留》爲《順天道》，言仲冬大閱，用武修文，大晉之德配天也。改《務成》爲《唐堯》，言聖皇陟帝位，德化光四表也。《玄雲》依舊名，言聖皇用人，各盡其才也。改《黄爵行》爲《伯益》，言赤烏銜書，有周以興，今聖皇受命，神雀來也。《釣竿》依舊名，言聖皇德配堯舜，又有吕望之佐，濟大功，致太平也。然漢、魏、晉之曲，皆二十有二篇，而公之序云「漢曲十二篇」、「魏曲十四篇」、「晉曲十六篇」，豈公意之所取者，止於是耶？公爲禮部員外郎在永貞元年二月八日，憲宗即位，改元元和。十一月，公貶永州司馬。歌曲蓋元和改元後作云。鐃，尼交切，如鈴，無舌有秉。吹，尺僞切。［百家注**引孫汝聽曰**］鐃，小鉦也。軍法，卒長執鐃。《古今注》：「漢樂有黄門鼓吹，天子所以宴群臣。短簫鐃歌，鼓吹之一章爾。亦以錫有功諸侯。」按：郭茂倩《樂府詩集》卷一六《鼓吹曲辭》解題：「鼓吹曲，一曰《短簫鐃歌》。劉瓛定軍禮云：『鼓吹未知其始也，漢班壹雄朔野而有之矣。鳴笳以和簫聲，非八音也。騷人曰鳴篪吹竽是也。』蔡邕《禮樂志》曰：『漢樂四品，其四曰《短簫鐃歌》，軍樂也。黄帝岐伯所作，以建威揚德、風敵勸士也。』……後周宣帝革前代鼓吹，製爲十五曲，並述功德受命以相代，大抵多言戰陣之事。隋制列鼓吹爲四部，唐則又增爲五部，部各有曲。唯《羽葆》諸曲，備叙功業，如前代之制。」又卷二〇《唐鼓吹鐃歌》解題：「《唐鼓吹鐃歌》十二曲，柳宗元作，以紀高祖、太宗功德及征伐勤勞之事……按此諸曲，史書不載，疑宗元私作而未嘗奏，或雖奏而未嘗用，故不被於歌，如何承天之造宋曲云。」此組詩爲仿魏《鼓吹曲》十二曲而作。據《序》，知宗元作於永州，具體年月無考。

【注釋】

〔一〕［注釋音辯］憲宗即位，宗元貶永州司馬。按：柳宗元貶永州司馬在永貞元年十一月己卯，此時憲宗雖已即位，但尚未改元元和，改元元和是第二年正月事，韓醇注誤。

〔二〕視息，《後漢書·列女傳·董祀妻》引蔡琰《悲憤詩》：「爲復强視息，雖生何聊賴。」生存之意。

〔三〕［注釋音辯］［韓醇詁訓］（閒）音閑。

〔四〕［韓醇詁訓］（娱）元俱切。

〔五〕［注釋音辯］謂爲禮部員外郎時，與太常寺相連。［百家注引孫汝聽曰］公爲禮部員外郎，與太常寺相近。

〔六〕［注釋音辯］一《朱輅》，或作《朱鷺》，二《思悲翁》，三《艾如張》，四《上之回》，五《翁離》，六《戰城南》，七《巫山高》，八《上陵》，九《將進酒》，十《有所思》，十一《芳樹》，十二《上雅》。又有《君馬黄》、《雉子班》、《臨高臺》等曲。［百家注引王儔補注］唐歐陽詢載梁沈約《鼓吹曲》十二首云：「漢第一曲《朱輅》，今《木紀謝》。漢第二曲《思悲翁》，今《賢首山》。漢第三曲《艾如張》，今《桐柏山》。漢第四曲《上之回》，今《道亡》。漢第五曲《翁離》，今《抗威》。漢第六曲《戰城南》，今《漢東流》。漢第七曲《巫山高》，今《鶴樓峻》。漢第八曲《上陵》，今《昏主》。漢第九曲《將進酒》，今《石首局》。漢第十曲《有所思》，今《期運集》。漢第十一曲《芳樹》，今《於穆》。漢第十二曲《上雅》，今《大梁》。公云漢曲十二篇，疑本於此也。」按：柳宗元所言漢、魏、晉之曲篇數，與《宋書·樂志》所載不同。郭茂倩《樂府詩集》卷一六《鼓吹曲辭》解題：「漢有《朱鷺》等二十二曲，列於鼓吹，謂之鐃歌。及魏受命，使繆襲改其十二曲，而《君馬黄》、《雉子斑》、《聖人出》、《臨高臺》、《遠如期》、《石留》、《務成》、《玄雲》、《黄爵》、《釣竿》十曲，並仍舊名。是時吴亦使韋昭改製十二曲，其十曲亦因之。而魏、吴歌辭，存者唯十二曲，餘皆不傳。晉武帝受禪，命傅玄製二十二曲，而《玄雲》、《釣竿》之名不改舊漢。宋、齊並用漢曲。又充庭十六曲，梁高祖乃去其四，留其十二，更製新歌，合四時也。」疑宗元云漢曲十二篇指魏改漢之篇數。

〔七〕［注釋音辯］童（宗説）云：及魏受命，改其十二曲，使繆襲爲詞，述以功德代漢。

〔八〕［注釋音辯］童（宗説）云：及晉武帝受禪，乃令傅玄製爲二十二篇，亦述以功德代魏。按：宗元云晉曲十六篇，疑指宋、齊充庭之曲數。

〔九〕［百家注引孫汝聽曰］容，謂容貌威儀也。漢時徐生善爲容是也。

〔一〇〕［注釋音辯］懟音隊。童（宗説）云：《左傳》云「以死誰懟」。［韓醇詁訓］（懟）徒對切。［百家注引童宗説曰］懟，亦怨也。按：見《左傳》僖公二十四年。

【集　評】

李塗《文章精義》：退之《琴操》，平淡而味長。子厚《鐃歌鼓吹曲》，險怪而意到。

胡應麟《詩藪》内編卷一：退之《琴操》、子厚《鼓吹》，鋭意復古，亦甚勤矣。然《琴操》於文王列聖，得其意不得其詞。《鼓吹》於《鐃歌》諸曲，得其調不得其韻，其猶在晉人下乎？

又：唐人諸古體，四言無論。爲騷者太白外，王維、顧況三家，皆意淺格卑，相去千里。若李、杜五言大篇、七言樂府，方之漢魏正果，雖非最上，猶是大乘。韓《琴曲》、柳《鐃歌》，彷彿聲聞階級，此外蔑矣。

孫月峰（鑛）評點《柳柳州全集》卷一：前《雅》果雅。此《鐃歌》信錚錚有金鐵聲，皆操觚上技，但微覺人巧力多。又：《詩譜》謂漢郊廟詩煅意刻酷，鍊字神奇，此詩亦從彼派來，雖失之太峻，然於戎樂固自當行。又：漢歌卓不可及，此歌當在魏晉之間，正可與韋弘嗣埒。

許學夷《詩源辯體》卷二三：楊廉夫云：「《琴操》爲退之獨步，子厚不敢作，遂作《鐃歌》。古之文人，相服而不相忌如此。」愚按：子厚《鐃歌》較繆襲、韋昭雖爲稍勝，而語終不純雅，故《品彙》亦不録也。

陸夢龍《柳子厚集選》卷一：字字珠玉。

蔣之翹輯注《唐柳河東集》卷一：漢鐃歌諸曲，文氣雄奇，淳質古雅，雖間有字句訛脱，而其意已瞭然可尋。魏晉製作，懸殊特甚。故先正王元美云：「擬鐃歌勿便可解，勿遂不可解，須斟酌質文之間。」試執此論，以問子厚然歟？否也？

賀裳《載酒園詩話又編·柳宗元》：《鐃歌鼓吹曲》又不及《皇武》、《方城》，然較之《七德舞》，則綿蕝猶勝盆子君臣也。

儲欣《河東先生全集録》卷一：此亦製作之大者，其曲漢朴唐文，而余録大家别有詩集，故止登其序。

王士禛《古夫于亭雜録》卷三：漢樂府鼓吹二十二曲，今所存《朱鷺》以下是也。魏繆襲、吴韋昭、晉傅玄皆擬之，率淺俗，無復古意。其詞尤多狂悖，如昭之《關背德》、襲之《平南荆》、玄之《宣受命》、《惟庸蜀》等篇，狺狺狂吠，讀之髮指，而左克明、郭茂倩皆取以附漢曲之後，何其謬也！無已，寧取柳宗元、謝翺耳。

王士禛《帶經堂詩話》卷五：漢以後開創武功，莫隆於唐，而柳宗元所造《唐鼓吹》十二曲，頗足以揚厲其盛。元和之世，削平僭亂，於時韓愈氏則有《聖德詩》，柳宗元氏則有《平淮西雅》，昔人謂其辭嚴義偉，製作如經，能萃然聳唐德於盛漢之表。所謂鴻筆之人，爲國雲雨者也。（《蠶尾續文》）

常安《古文披金》卷一四：頌前即以戒後，大有裨益。

張謙宜《絸齋詩談》卷五：《唐鐃歌鼓吹曲》若仿漢調，音節頗近，以漢樂原不純乎古也。

姚範《援鶉堂筆記》卷四二：昔人謂序似《書》、銘似《詩》，余謂銘詞酣恣奮動，正以不全似《詩》爲佳。而子厚乃以《淮夷雅》矜出其上，謬矣。規模章句，何處得此生氣横出耶？

隋亂既極，唐師起晉陽，平姦豪，爲生人義主，以仁興武，爲《晉陽武》第一。

晉陽武，奮義威。煬之渝①〔一〕，德焉歸。氓畢屠〔二〕，綏者誰？皇烈烈，專天機。號以仁，揚其旗。日之昇，九土晞②〔三〕。斥田圻③〔四〕，流洪輝。有其二〔五〕，翼餘隋。斮梟鷙〔六〕，連熊螭〔七〕。枯以肉，勍者羸〔八〕。后土蕩〔九〕，玄穹彌。合之育，莽然施〔一〇〕。惟德輔〔一一〕，慶無期。

右《晉陽武》二十六句。句三字。

【校　記】

① 注釋音辯本、詁訓本、世綵堂本等皆校：「渝，一作淪。」

② 晞，原注與注釋音辯本、世綵堂本皆注：「一作熙。」

③ 原作「訴田坼」，詁訓本同，注釋音辯本作「訴田坼」。注釋音辯本及百家注本皆曰：「一作『斥田坼』。」按：蔣之翹輯注《柳河東集》卷一：「翹按：二本皆非是。以後題有『斥東土』較之，其作『斥』是矣。但『坼』字乃分裂之義，又于文理未安，今當更定爲『斥田圻』。蓋謂開拓其郊甸以流洪光于宇内也。然亦不敢遽信，姑存以俟博雅者焉。」蔣説甚是。《樂府詩集》正作「斥田圻」，故據改。

【解　題】

〔注釋音辯〕晉陽，太原屬邑。〔韓醇詁訓〕晉陽，太原屬邑。唐高祖當隋大業十二年，煬帝以爲太原留守。是時，煬帝南遊江淮，天下盜起，太宗在晉陽，陰有安天下之志。義寧元年，晉陽宫監裴寂、晉陽令劉文静與太宗協謀，遂起義兵晉陽。八月，高祖克長安。武德元年，隋禪位於唐，高祖即位。按：此篇歌頌唐高祖李淵在晉陽起兵反隋，爲武以仁，奠定大唐基業。

【注釋】

〔一〕［注釋音辯］煬，隋帝謚，音漾。張（敦頤）云：暴也。［韓醇詁訓］煬，余亮切。［百家注引孫汝聽曰］淪，喪也。言煬帝失德以亡其國。煬，音漾。按：「渝」可訓爲違背。作「淪」意似更切。

〔二〕［百家注引孫汝聽曰］言民皆屠戮也。

〔三〕［百家注引孫汝聽曰］九土，九州。

〔四〕［韓醇詁訓］（圻）音祈。按：斥，開拓。地廣千里謂圻。

〔五〕［韓醇詁訓］《論語》：「三分天下有其二。」按：見《論語·泰伯》。

〔六〕［注釋音辯］斮，側略切。梟，古堯切。童（宗説）云：前漢《郊祀志》：「古天子春祠黄帝，用一梟、破鏡。梟，鳥名，食母。破鏡，獸名，食父。黄帝欲絶其類，使百吏祠皆用之。破鏡如貙而虎眼。漢五月五日，作梟羹以賜百官。」鷔，五高切。不祥鳥，白身赤口也。［韓醇詁訓］斮，側略切，斬也。梟，古堯切，鳥名。鷔，音敖。［百家注引孫汝聽曰］斮，《説文》云斬也。梟鷔，惡鳥，以喻叛臣。

〔七〕［注釋音辯］潘（緯）云：螭，丑知切，如龍而黄。［世綵堂］螭，《説文》「如龍而黄」，一説無角曰螭。

〔八〕〔注釋音辯〕勍，渠京切，彊也。《左傳》「勍敵之人」。〔韓醇詁訓〕勍音勤。羸，倫爲切。按：見《左傳》僖公二十二年。

〔九〕〔百家注〕蕩，平也。

〔一〇〕〔注釋音辯〕莽，母黨、莫補二切。《莊子》「適莽蒼者」。莽，又莫郎切。

〔一一〕〔百家注引王儔補注〕《書》：「皇天無親，惟德是輔。」按：見《尚書·蔡仲之命》。

【集　評】

何焯《義門讀書記》卷三五：故在繆襲、王粲間，惟退之有周、漢意也。

李因培《唐詩觀瀾集》上卷二評「勍者羸」下：句法。

唐既受命，李密自敗來歸，以開黎陽，斥東土。爲《獸之窮》第二①。

獸之窮，奔大麓〔一〕。天厚黄德〔二〕，狙獷服〔三〕。甲之櫜〔四〕，弓弭矢箙〔五〕。皇旅靖，敵逾蹙②。自亡其徒，匪予戮。屈贅猛〔六〕，虔慄慄〔七〕。縻以尺組，噉以秩〔八〕。黎之陽，土茫茫〔九〕。富兵戎，盈倉箱。乏者德，莫能享〔一〇〕。驅豺兕〔一一〕，授我疆。

右《獸之窮》二十二句。其十八句，句三字。其四句，句四字。

【校記】

①原注及詁訓本、世綵堂本題下皆注曰：「一本題云：李密自邙山之敗，其下皆貳伯王之業，知天授在唐，遂歸于有道，享我爵命。爲《獸之窮》。」注釋音辯本「伯王」作「霸王」。世綵堂本尚注云：「邵本云：《獸之窮》十九句，其十五句句三字，其三句句七字，其一句句四字。以『天厚黄德狙獷服』、『自亡其徒非予戮』、『麋以尺組啗以秩』爲三七字句，『弓弭弓韔』爲四字句。」

②逾，詁訓本作「途」。

【解題】

［韓醇詁訓］李密，遼東襄平人。隋末楊玄感起兵黎陽，密往從之，不見用。玄感敗，密潛歸，以策干東郡賊翟讓。讓推密爲盟主，號魏公。移檄州縣，列煬帝十罪，天下震動。義寧元年，隋遣王世充選卒十萬擊密。唐武德元年，密失利，遂與其衆二萬人歸關中。既至，高祖拜光禄卿，封邢國公。後禮寖薄，密意不平。未幾，高祖遣密詣山東，收其餘衆。適後有詔召密，密懼，遂謀叛，據桃林城。熊州副將盛彦師擊斬之，傳首長安。初密之始起兵也，徐世勣爲其將，取黎陽，就守之。及密歸朝廷，其地東屬海，南至江，西直汝，北抵魏郡，皆世勣所統，未有所屬。勣謂長史郭孝恪曰：「此民衆土地，皆魏公有也。吾若獻之，是利主之敗以爲己功，吾所羞也。」乃録郡縣户口以啟密，請自上之。高祖於是賜勣姓李。至密以謀反誅，帝遣使示勣以密反狀，勣表請收葬，詔從之。**按**：此篇寫李密

降唐，山東之地盡爲唐所有。

【注釋】

〔一〕〔韓醇詁訓〕（麓）音鹿，山足也。〔百家注引孫汝聽曰〕麓，山足。《書》「納於大麓」。以獸喻密，故云奔大麓也。麓音鹿。按：見《尚書·舜典》。

〔二〕〔注釋音辯〕謂唐土德。〔百家注引孫汝聽曰〕唐以土德代隋，故云黄德。

〔三〕〔注釋音辯〕狙，七餘切。獷，古猛切。揚雄《美新》云：「肉角之獸，狙獷而不臻。」〔韓醇詁訓〕揚雄《劇秦美新》：「肉角之獸，狙獷而不臻。」注：「狙獷，犬嚙人者也。」

〔四〕〔韓醇詁訓〕櫜音羔，韜也。《詩》「載櫜弓矢」。〔百家注引孫汝聽曰〕櫜，所以藏弓之器。《詩》言「載櫜弓矢」是也。按：《禮記·檀弓下》：「赴車不載櫜韔。」鄭玄注：「櫜，甲衣。」此處非指爲藏弓之器。

〔五〕〔注釋音辯〕（箙）音服。童（宗説）云：矢房。〔韓醇詁訓〕弭，綿婢切，止也。箙音服，矢房也。〔百家注引孫汝聽曰〕弭，止也。箙，矢房，所以藏矢。按：《爾雅·釋器》：「弓有緣者謂之弓，弓無緣者謂之弭。」蓋弭指無裝飾的弓，非謂止也。

〔六〕〔注釋音辯〕韻中無贙字。或云音眈，或云即《周禮》「虣」字，與暴同。〔韓醇詁訓〕贙字，《唐韻》、《集韻》、《官韻》並無。或謂當作「虣」，音暴，强侵也。《周禮》有司虣氏。〔百家注引孫汝聽曰〕犢，猛獸。音畝。〔世綵堂引徐鉉云〕犢恐誤作犢。

〔七〕〔韓醇詁訓〕（慄）音栗。

〔八〕〔注釋音辯〕李密降唐，唐以爲光禄卿，封邢國公。縻，忙皮切。噉，杜覽切，與啗同。

〔九〕〔注釋音辯〕李密舊境。〔蔣之翹輯注〕唐黎陽屬衛州汲郡，古黎侯國。在今山西潞安府，有黎城縣。

〔一〇〕〔注釋音辯〕（享）音香。張（敦頤）云：協聲，享也。〔韓醇詁訓〕音香，協聲，享也。

〔一一〕〔世綵堂〕《爾雅》：「兕似牛。」郭璞云：「一角，青色，重千斤。」按：見《爾雅·釋獸》。

## 【集評】

劉履《風雅翼》卷一三《獸之窮》：按唐史不載，疑子厚私作，而未嘗用奏于朝廷，然皆不失爲古調。但其詞太嚴密，氣亦促迫，而乏優游之韻。其亦朱子所謂有意于求似者，唯此一篇，詞義若差勝云。

孫月峰（鑛）評點《柳柳州全集》卷一：「獸之窮」三字奇崛甚。又：此篇語特多精峭。

陸夢龍《柳子厚集選》卷一：寫得神武，氣象萬千。

李因培《唐詩觀瀾集》上卷二評「匪予戮」下：本《春秋》梁亡之義，措辭正大。

太宗師討王充，建德助逆，師奮擊武牢下，擒之，遂降充。爲《戰武牢》第三。

戰武牢，動河朔〔一〕。逆之助，圖掎角〔二〕。怒轂䡾〔三〕，抗喬嶽〔四〕。翹萌芽〔五〕，傲霜雹。王謀内定，申掌握。鋪施芟夷〔六〕，二主縛。憚華戎，廓封略。命之曹〔七〕，畢以斮①〔八〕。歸有德，唯先覺〔九〕。

右《戰武牢》十八句。其十六句，句三字。其二句，句四字。

【校　記】

①畢，原作「卑」。注釋音辯本注：「潘（緯）云：『卑』當作『畢』。《楚辭》：『羌兩足以畢斮。』」世綵堂本注：「卑一作畢。又『畢』是。」據以改。蔣之翹輯注本：「『卑』字殊無文理，義當作『畢』。」

【解　題】

［注釋音辯］童（宗説）云：即王世充也，避太宗諱，故去世字。餘倣此。又：（武牢）即虎牢也。唐諱虎字，改爲武。［韓醇詁訓］王世充，西域胡也。隋煬帝時，以戰功累遷至右翊衛將軍。唐武德元年，煬帝凶問至東都，世充等奉越王侗即皇帝位，侗封世充鄭國公。二年，世充脅越王侗求禪，遂僭位，改元，國號鄭。三年，高祖議討王世充，世充聞之，選諸州鎮驍勇，皆集洛陽，以備唐。九月，秦王世民及尉遲敬德、屈突通與世充戰，大破之，世充僅以身免。先是，竇建德乘隋亂，入高雞泊爲盜，

後越王侗封之爲夏王，因與王世充結歡。至是，世充既敗窮蹙，遂遣使求援于建德。建德運糧，遠來助之。秦王乃分兵守洛陽，而親將驍騎出武牢東，以待建德之至。建德迫于武牢，不得進。秦王與戰，大破，遂擒之。因至洛陽城下，以示世充。世充乃降。按：此篇歌頌李世民大敗竇建德軍於虎牢關，迫使王世充投降。

【注　釋】

〔一〕［注釋音辯］竇建德所據。［百家注引孫汝聽曰］河朔謂竇建德所據之地。

〔二〕［注釋音辯］掎，居綺切。童（宗説）云：「譬如捕鹿，晉人角之，諸戎掎之，與晉踣之。」注云：「掎其足也。」見《左傳》襄公十四年。［韓醇詁訓］犄，居綺切。《説文》：「偏引也。」《左氏》：「譬如捕鹿，晉人掎之，諸戎角之。」又《三國志》吴陸遜攻蜀曰：「掎角此寇，正在今日。」按：後世稱分兵牽制或兩軍夾擊叫掎角。見《三國志·吴書·陸遜傳》。

〔三〕［注釋音辯］彀，古候切。童（宗説）云：鳥子生哺者。或作鷇，音丘候切。麛，莫兮切。張（敦頤）云：鹿子。［百家注引孫汝聽曰］彀麛，以喻世充、建德也。

〔四〕［百家注引孫汝聽曰］喬嶽，太山。按：《詩經·周頌·時邁》：「懷柔百神，及河喬岳。」毛傳：「喬，高也。喬岳，岱宗也。」

〔五〕［百家注］翹，舉也。

〔六〕芟夷，削除。

〔七〕［注釋音辯］（瞢）母亘切。童（宗説）云：又蒙、甍、夢三音。［韓醇詁訓］母亘切。又謨中、眉登、莫鳳三切。不明也。［百家注引孫汝聽曰］命謂天命。

〔八〕［韓醇詁訓］（斮）音斫，斬也。

〔九〕《孟子・萬章上》：「使先知覺後知，使先覺覺後覺也。」

【集評】

李因培《唐詩觀瀾集》上卷二評「抗喬嶽」下：奇語。

薛舉據涇以死，子仁杲尤勇以暴，師平之。爲《涇水黄》第四。

涇水黄〔一〕，隴野茫〔二〕。負太白〔三〕，騰天狼〔四〕。有鳥鷙立〔五〕，羽翼張。鉤喙決前〔六〕，鉅趯傍①〔七〕。怒飛飢嘯，翾不可當〔八〕。老雄死〔九〕，子復良〔一〇〕。巢岐飲渭，肆翺翔〔一一〕。頓地紘〔一二〕，提天綱〔一三〕。列缺掉幟〔一四〕，招揺耀鋩〔一五〕。鬼神來助，夢嘉祥。腦塗原野，魄飛揚〔一六〕。星辰復，恢一方。

右《涇水黄》二十四句。其十五句，句三字。其九句，句四字。

【校記】

①鉅，注釋音辯本、詁訓本、世綵堂本諸本皆注曰：「一作距。」蔣之翹輯注本：「鉅一作距，爲是。」

【解題】

［韓醇詁訓］薛舉，隋末起兵隴西，自號西秦霸王。唐武德元年寇涇州，秦王世民帥兵拒之。後逼高墌，至于豳岐，唐兵不設備而敗，舉遂拔高墌城。八月，舉謀取長安，會有疾死。子仁杲立，復圍涇州。十一月，秦王至高墌，仁杲使宗羅睺將兵來拒，秦王與之相持六十餘日，遣將擊之于淺水原，羅睺軍大潰。秦王乃親帥驍騎，據涇水臨之，仁杲遂降。十二月，歸斬于長安市。按：此篇歌頌李世民破薛仁杲于涇州。

【注釋】

〔一〕［百家注引孫汝聽曰］《漢・地理志》：「涇水出安定郡涇陽縣幵頭山，東南至陵陽入渭。」《詩》云「涇以渭濁」，故云「涇水黄」也。按：見《詩經・邶風・谷風》。

〔二〕［注釋音辯］薛舉所據。［百家注引孫汝聽曰］舉盡有隴西之地。茫茫，大也。

〔三〕［注釋音辯］（太白）星名。一云山名。

〔四〕［注釋音辯］（天狼）妖星。［韓醇詁訓］太白、天狼，星名。《天官書》曰：「秦之疆候在太白，占于狼弧。」蓋太白當秦疆，而涇、隴即秦地，故云。又天狼，妖星，以喻貪殘。《楚詞》曰：「舉長矢兮射天狼。」按：所引見《史記・天官書》及屈原《九歌・東君》。

〔五〕［韓醇詁訓］鷙音至。［世綵堂］《説文》：「擊殺鳥也。」

〔六〕［注釋音辯］喙，決穢切。［韓醇詁訓］喙，許噦切，口也。

〔七〕［注釋音辯］趯音惕。童（宗説）云：跳也。［百家注引張敦頤曰］鉅，足距。趯，跳也。音惕。

〔八〕［注釋音辯］翾，隳緣切。［韓醇詁訓］翾，隳緣切，飛也。［世綵堂］小飛貌。［蔣之翹輯注］又《荀子》諸書，「翾」通作「䴉」，義與「儇」同。云輕薄巧慧也。今按此詩上句既有「怒飛」，而此又云「小飛」，恐于意不洽。大抵其字必「儇」字所通，蓋極言其小才便利耳。其説得之。按：蔣説是。《詩經・齊風・還》孔穎達疏：「儇，利。言其便利馳逐也。」

〔九〕［注釋音辯］武德元年，薛舉寇涇州，敗唐兵，有疾死。

〔一〇〕［注釋音辯］薛仁杲僭帝位。

〔一一〕［韓醇詁訓］（翺翔）上牛刀切，下音詳。［百家注引孫汝聽曰］岐，岐山。渭，渭水。按：《漢書・地理志上》右扶風美陽縣：「《禹貢》：岐山在西北。」

〔一二〕［百家注引王儔補注］紘，八紘也。《選》云：「設天網以該之，頓八紘以掩之。」［世綵堂］《列子》：「八紘九野之水。」注：「八極也。」又《前漢》八紘注：「八方之綱維。」按：所引見《列子・湯問》及《文選》曹植《與楊德祖書》。《淮南子・地形》高誘注：「紘，維也。維落天地，而爲之表，故曰紘也。」

〔一三〕［世綵堂］《選・海賦》：「天綱渤潏。」按：見《文選》木華《海賦》。

〔一四〕［注釋音辯］幟，尺志切。列缺，電也。旗幟如此。［韓醇詁訓］列缺，電名。《選》：「霹靂列缺。」［百家注引孫汝聽曰］《陵陽子明經》曰：「列缺氣去地二千四(百)里。」列缺掉幟，言其旗幟飛動如列缺也。按：《文選》揚雄《羽獵賦》：「霹靂列缺，吐火施鞭。」李善注：「應劭曰：霹靂，雷也。烈缺，閃隙也，火電照也。」

〔一五〕［注釋音辯］此斗建指之星，術家謂之破軍。［韓醇詁訓］招摇，星名，《晉志》「招摇主胡兵」。鋩音芒。［百家注引孫汝聽曰］《禮記》：「招摇在上，急繕其怒。」招摇，北斗七星也。北斗居四方宿之中，以斗末從十二月建而指之，則四方宿不差。今軍行法之亦作此。北斗星在軍中，舉之于上，以正四方。按：見《晉書・天文志上》及《禮記・曲禮上》。

〔一六〕［百家注引孫汝聽曰］謂斬仁杲及其首帥等。

## 【集評】

孫月峰(鑛)評點《柳柳州全集》卷一：鎔鍛工。又評「鉅趯傍」下：兩七言特險勁有鋒。

陸夢龍《柳子厚集選》卷一：古峭。

光聰諧《有不爲齋隨筆》壬：子厚《唐鐃歌鼓吹曲》第四《涇水黃》言平薛舉父子，就「舉」字生義，故云「有鳥鷙立……翾不可當」。

輔氏憑江淮，竟東海，命將平之。爲《奔鯨沛》第五。

奔鯨沛〔一〕，蕩海垠〔二〕。吐霓翳日〔三〕，腥浮雲。帝怒下顧，哀墊昏〔四〕。授以神柄，推元臣①〔五〕。手援天矛，截脩鱗〔六〕。披攘蒙霧〔七〕，開海門。地平水静，浮天根〔八〕。羲和顯耀〔九〕，乘清氛。赫炎溥暢〔一〇〕，融大鈞。

右《奔鯨沛》十八句。其十句，句三字。其八句，句四字。

【校　記】

① 世綵堂本注：「推，一作雄。」

【解　題】

〔注釋音辯〕輔公祏稱帝于丹陽，詔趙郡王李孝恭及李靖、李勣討之，傳首京師。〔韓醇詁訓〕輔氏，輔公祏也。隋季與杜伏威爲盜，轉掠淮南。伏威自號總管，以公祏爲長史。賊李子通據東海，伏威使公祏渡江擊之，盡降其衆。唐武德二年，杜伏威遣使歸國，詔授公祏淮南道行臺，封舒國公。六年，伏威入朝，留公祏居守。八月遂僭位，國稱宋。遣將侵海州，寇壽陽。詔趙郡王孝恭及李靖、黄君漢、李世勣等討之。七年三月，公祏敗走，野人執送孝恭，斬之。乃傳首京師。按：此篇歌頌李孝恭、李靖等破輔公祏于淮南。鯨爲大魚，吞食小魚，以喻凶頑。沛，《漢書·禮樂志》載《郊祀歌·練時日》：「靈之來，神哉沛。」顔師古注：「沛，疾貌。」

【注釋】

〔一〕［世綵堂］鯨，魚之王。崔豹《古今注》：「海魚也，大者長千里，小者數千丈。其雌曰鯢。」［蔣之翹輯注］鯨，海中大魚也。其大横海吞舟，穴處海底，出穴則水溢，謂之鯨潮。按：見崔豹《古今注》卷中。

〔二〕［注釋音辯］（垠）魚巾切，岸也。［韓醇詁訓］盪音蕩，又他浪切。垠，魚巾切，岸也。

〔三〕［韓醇詁訓］霓音倪，屈虹也。翳，壹計切。

〔四〕［注釋音辯］蟄，都念切。［韓醇詁訓］蟄，丁念切。《書》：「下民昏蟄。」按：見《尚書·益稷》。

〔五〕［注釋音辯］謂李孝恭等。［百家注引孫汝聽曰］此謂詔襄州道行臺僕射趙郡王孝恭等討公祏也。

〔六〕［百家注引孫汝聽曰］此謂孝恭大敗公祏擒之也。

〔七〕［注釋音辯］（霧）武賦切。童（宗説）云：與「霧」同。又茂、夢二音。［世綵堂］《爾雅》：「地氣發天不應曰霿。」與「霧」同。晦也。

〔八〕天根，星名。《爾雅·釋天》：「天根，氐也。」郭璞注：「角亢下繫于氐，若木之有根。」《國語·周語中》：「天根見而水涸。」

〔九〕［韓醇詁訓］《淮南子》：「羲和，日御也。」按：《楚辭》屈原《離騷》「吾令羲和弭節兮」，王逸注：「羲和，日御也。」

〔一〇〕赫炎，《詩經·大雅·雲漢》：「赫赫炎炎，云我無所。」本形容旱熱，此爲光焰無比貌。

【集評】

葉大慶《考古質疑》卷一：又中宗諱顯，而韓文《袁州上表》曰「顯文頻煩」，《舉韋顗自代》曰「顯映班序」。至柳子厚《鼓吹曲·涇水黄》篇云「羲和顯曜乘清氛」，皆犯中宗之諱，何也？韓公《羅池廟碑》曰其日景辰矣，而《賀慶雲表》乃曰其日丙戌。子厚《平淮夷雅》曰「命官分土，則《崧高》、《韓奕》、《烝人》」矣，而韓《賀即位表》乃曰「以和萬民」，又何耶？是二者容或刊行之誤，而「顯」、「治」二字用之非一，不應皆誤也。當俟知者質之。

孫月峰（鑛）評點《柳柳州全集》卷一：宏壯。

光聰諧《有不爲齋隨筆》壬：第五《奔鯨沛》則因輔氏憑江淮竟東海也，故比之以鯨。

近藤元粹《柳柳州集》卷一：一起叙賊勢，勁拔。

梁之餘，保荆、衡、巴、巫，窮南越，良將取之不以師。爲《苞枿》第六。

苞枿黷矣〔一〕，惟根之蟠。彌巴蔽荆〔二〕，負南極以安。冃我舊梁氏①〔三〕，緝綏艱難。江漢之阻，都邑固以完②。聖人作，神武用。有臣勇智，奮不以衆。投跡死地，謀猷縱〔四〕。化敵爲家，慮則中〔五〕。浩浩海裔，不威而同。係縲降王〔六〕，定厥功。澶漫萬里〔七〕，宣唐風。蠻夷九譯〔八〕，咸來從。凱旋金奏③，像形容〔九〕。震赫萬國，罔不龔〔一〇〕。

右《苞枿》二十八句。其十六句，句四字。其二句，句五字。其九句，句三字。

【校記】

① 冃，注釋音辯本、蔣之翹輯注本、《樂府詩集》、《全唐詩》作「曰」。世綵堂本注：「一作曰。」蔣之翹輯注本：「曰本音越，言詞也。上稍開而不合，又與『日』不同。音冃，義與『冒』同。」

② 完，原作「皃」。注曰：「音完。」當是「完」之形訛。今據注釋音辯本、《樂府詩集》、《全唐詩》改作「完」。蔣之翹輯注本：「按『皃』本『貌』字，又末各切，音莫，亦與貌同。按諸字書未有音『完』字者，況諸本皆作『完』，從之。」

③ 旋，注釋音辯本、詁訓本、世綵堂本皆作「還」。詁訓本曰：「還音旋。」二字可通。

【解　題】

［注釋音辯］蕭銑，後梁宣帝曾孫也，僭稱皇帝。西至三峽，南盡交趾，北拒漢水，皆附焉。武德四年，李孝恭、李靖討平之。（枿）牙葛、牙結二切。伐木餘也，與蘖同。［韓醇詁訓］蕭銑，後梁宣帝曾孫，隋煬帝以外戚擢爲羅川令。大業十三年，岳州校尉董景珍等謀反，推銑爲主。銑即募兵，揚言跡盜，以應景珍，乃以十月稱梁公。初，潁川賊沈柳生來寇縣，至是，亦以衆歸銑。不五日，遠近爭附，衆數萬。乃移巴陵，自稱梁王。義寧二年，僭稱皇帝。遣將拔豫章，取南郡，定嶺表。西至三峽，南交趾，北距漢水，皆附屬，兵至四十萬。唐武德元年，徙居江陵。四年九月，高祖詔發巴蜀兵，以趙郡王孝恭、李靖統十二總管兵，自夔州順流東下，以擊之。李靖乘江漲，掩其不備，抵其城下。孝恭等拔荆門、宜都二鎮，進至夷陵。銑將精兵數萬屯清江，又擊走之。孝恭乘勝直抵江陵，勒兵圍之。銑内外阻絶，問策於岑文本，文本勸銑降。銑謂群臣曰：「天不祚梁，不可復支矣。若必待力屈，則百姓蒙患。奈何以我一人之故，陷百姓于塗炭乎！」十月，下令開門出降。曰：「當死者惟銑耳，百姓無罪，願不殺掠。」孝恭送銑于長安，斬于都市。南方州縣聞之，皆望風欵附。劉洎以嶺南五十餘城降，甯長真以寧越、鬱林之地降，隋漢陽太守馮盎帥所部來降。先是，或説盎曰：「公所領二十餘州地，已廣于趙佗，宜自稱南越王。」盎不從。于是嶺南平。枿，牙葛切，斬木復生曰枿。［世綵堂］枿，《爾雅》曰「烈枿，餘也」，謂木斫髡而復生也。《説文》曰：「伐木餘也。」《詩》「苞有三蘖」，《前漢書敘傳》「三枿之起」注引《詩》云「包有三枿」。《選・東京賦》：「山無槎枿。」按：百家注本引孫

汝聽注較韓醇注本爲簡。樹木斫後復生曰枿，諸家所解是。所引見《爾雅・釋詁》及《詩經・商頌・長發》。蕭銑爲南朝梁之後，故以「苞枿」爲篇名。此篇歌頌李孝恭、李靖平定蕭銑。

【注釋】

〔一〕[注釋音辯]（⿰黑對）音隊。童（宗説）云：茂也。《集韻》作⿰日對字。[韓醇詁訓]⿰黑對字，《官韻》、《唐韻》、《集韻》、《玉篇》並無，恐作⿰日對，誤書「日」爲「黑」。⿰日對音隊，茂也。[世綵堂]⿰日對音隊，茂也。《玉篇》黑部有⿰黑隊字，徒對切。恐誤以「隊」作「對」。邵熊，文士也，直音⿰黑對作隊，注曰：「草木盛貌。」必有所據。

〔二〕[韓醇詁訓]荆州，即江陵也。[百家注引王儔補注]荆即江陵，銑所居地。

〔三〕[注釋音辯]張（敦頤）云：冃音冒。按：《説文・冃部》：「冃，重覆也。」

〔四〕謀猷，《尚書・文侯之命》：「越小大謀猷，罔不率從。」謂計謀也。

〔五〕[注釋音辯]（中）去聲。

〔六〕[韓醇詁訓]縲，力追切。《孟子》：「係縲其子弟。」注：「係縲，猶結縛也。」降，胡江切。[百家注引韓醇曰]謂孝恭送銑于長安也。按：見《孟子・梁惠王下》，作「係累」。

〔七〕[注釋音辯]澶音憚。漫，莫半切。童（宗説）云：杜詩「澶漫山東一百州」，謂散遠也。[韓醇詁訓]澶音憚。漫，謨官切，又莫半切。澶漫，水大貌。按：杜甫詩爲《承聞河北諸道節度入朝歡喜口號絶句十二首》之八。

〔八〕［韓醇詁訓］（譯）音亦。傳四方之言曰譯。按：《韓詩外傳》卷五：「果有越裳氏重九譯而至，獻白雉于周公。」

〔九〕［韓醇詁訓］《趙王孝恭傳》：「蕭銑降，帝悦，遷孝恭荆州大總管，詔圖破銑狀以進。」

〔一〇〕［注釋音辯］張（敦頤）云：（龔）音恭。義同，通用。［世綵堂］《説文》：「肅也。」《前漢》「象龔滔天」。

【集評】

孫月峰（鑛）評點《柳柳州全集》卷一：工峭中稍存古調，以錯落勝。

陸夢龍《柳子厚集選》卷一：足比《頌》。

李因培《唐詩觀瀾集》上卷二評「固以完」下：唐平諸國，惟蕭銑紹梁，名頗正。故詩中無歸罪語。

李軏保河右，師臨之，不克變，或執以降。爲《河右平》第七。

河右澶漫〔一〕，頑爲之魁。王師如雷震，崑崙以頹〔二〕。上聾下聰，驁不可迴〔三〕。助讎抗有德，惟人之災。乃潰乃奮，執縛歸厥命〔四〕。萬室蒙其仁，一夫則病。濡以鴻澤〔五〕，皇之聖。威畏德懷，功以定。順之于理，物咸遂厥性。

右《河右平》十八句。其十一句，句四字。其五句，句五字。其二句，句三字。

【解　題】

［注釋音辯］軌將安興貴執軌。［韓醇詁訓］李軌，方隋大業中，薛舉亂金城，軌與曹珍等據河右，以觀天下變。遂自稱河西大涼王，悉有河西。唐武德元年，高祖與書，招撫之，欲與共圖秦隴。軌大喜，遣其弟懋入貢。高祖命張俟德册拜軌爲涼州總管，封梁王。二年，俟德至涼，軌欲去帝號，受唐官爵，曹珍謂：「己爲天子，不可復自貶黜。」軌從之。遣鄧曉入見，奉書稱皇從弟大涼皇帝臣軌，而不受官爵。高祖怒，始議興師討之。會李軌將安修仁兄興貴仕長安，表請説軌，遂遣之。興貴至武威，軌以爲左右衛大將軍。興貴乘間説軌，令舉河西以歸唐，軌不聽。興貴退，與修仁陰結諸胡，起兵擊軌。軌出戰而敗，興貴遂執軌以聞。河西悉平。［百家注引孫汝聽曰］軌字處則，武威姑臧人。義寧元年七月，自稱河西大涼王，盡有河西五郡之地。唐武德元年，高祖與書招撫之，册拜爲涼州總管，封涼王。二年，軌奉書稱皇從弟大涼皇帝臣軌，而不受官爵。高祖怒，始議討之。五月，軌將安興貴執軌以聞，河西悉平。按：此篇歌頌唐平河西李軌。

【注　釋】

〔一〕澶漫，《文選》張衡《西京賦》「澶漫靡迤」，劉良注：「寬長貌。」

〔二〕［韓醇詁訓］崑音昆。崙，盧昆切。山名，在涼地。頽，徒回切。［蔣之翹輯注］崑崙山在涼地。《一統志》云：「今屬陝西肅州。其巔峻極，冬夏積雪不消。穆王見王母於此。」

〔三〕［注釋音辯］安興貴仕于長安，表請説軌，唐遣之。興貴至武威説軌，令舉河西以歸唐，軌不聽。興貴執軌以聞。［世綵堂］「驁」與「傲」通。《説文》：「倨也。」《莊子》：「則辭以放驁。」

〔四〕［百家注引王儔補注］即謂安興貴執軌以聞也。

〔五〕［百家注］濡，霑濡。

突厥之大，古夷狄莫强焉。師大破之，降其國，告于廟。爲《鐵山碎》第八。

鐵山碎，大漠舒。二虜劲〔一〕，連穹廬。背北海，專坤隅。歲來侵邊，或傅于都〔二〕。天子命元帥，奮其雄圖。破定襄，降魁渠〔三〕。窮竟窟宅，斥余吾①〔四〕。百蠻破膽，邊氓蘇。威武燀耀②〔五〕，明鬼區〔六〕。利澤彌萬祀③，功不可踰。官臣拜手〔七〕，惟帝之謨。

右《鐵山碎》二十二句。其十一句，句三字。其九句，句四字。其二句，句五字。

【校記】

①斥，注釋音辯本、詁訓本注：「一作并。」世綵堂本注：「斥一作并。蜀本作井。」蔣之翹輯注本又云「一作弁」。

② 燀，注釋音辯本作「煇」。注云：「煇，一本作燀，齒善切。」

③ 瀰，注釋音辯本作「彌」。

**【解題】**

［注釋音辯］突厥，古匈奴北部。正觀三年，詔李靖、李勣討之。頡利懼，竄鐵山。靖乘間襲擊，遂大破，滅其國，張寶相追擒之。［韓醇詁訓］突厥，古匈奴北部也。舊史云：隋大業中，始畢可汗立。值天下大亂，中國之人奔之者衆，其族强盛。東自契丹、室韋，西盡吐谷渾、高昌諸國，皆臣屬之，控弦百餘萬。高視陰山，有輕中夏之志。高祖起義兵，遣劉文静聘於始畢，引以爲援。始畢遣其兵衆，從平京城，自後恃功驕踞，高祖以中原未定，每優容之。武德二年，又立突利可汗。頡利、突利承父兄之資，尤有憑陵中國之意。今年寇定襄，明年襲馬邑，得志則深入，負則請和者，屢矣。九年，又入寇便橋，太宗親與盟於渭上。未幾，復寇。貞觀三年，太宗詔李靖、李勣六總管，師凡十餘萬，皆受靖節制，討之。十二月，突利可汗率所部來奔。四年正月，李靖進屯惡陽嶺，夜襲定襄，破之。頡利大懼，遂竄于鐵山，遣使入朝，請舉國内附。太宗遣唐儉、安修仁持節慰撫之。靖乘間襲擊，遂大破，滅其國。頡利出奔，張寶相生擒之。復定襄、常安之地，斥土界自陰山，北至于大漠。［百家注引孫汝聽曰］突厥，古匈奴北部。隋大業中，始畢可汗立，其族强盛。高祖起義兵，遣劉文静聘始畢，引以爲援。遣兵從平京城。自後恃功驕踞。唐武德二年卒，立突利可汗。頡利、突利承父兄之資，尤有憑陵中國之意。九年，入寇便橋，太宗親

與盟於渭上。未幾復寇。貞觀三年，太宗詔李靖、李勣六總管，師凡十餘萬討之。十二月，突利率所部來奔。四年正月，靖進屯惡陽嶺，夜襲定襄，破之。頡利懼，竄鐵山。靖乘間襲擊，遂大破，滅其國。頡利出奔，張寶相生擒之。復定襄、常安之地，斥地界自陰山北至大漠。厥，九勿切。［世綵堂］夏曰獯鬻，殷曰鬼方，周曰獫狁，漢曰匈奴，魏曰突厥。按：此篇歌頌太宗遣李靖、李世勣、柴紹、李道宗等攻滅突厥。《資治通鑑》卷一九三唐太宗貞觀四年二月胡三省注：「鐵山蓋在陰山北。」蔣之翹輯注《柳河東集》卷一曰：「鐵山本無所據，特借以喻其堅不可破也。」蔣説非是。

## 【注釋】

〔一〕［注釋音辯］頡利、突利二可汗。［百家注引孫汝聽曰］二虜，謂頡利、突利二可汗也。

〔二〕［注釋音辯］武德九年，頡利入寇，至便橋，太宗與盟于渭上。潘（緯）云：傅，音附。

〔三〕［注釋音辯］李靖襲定襄，破之。頡利所親康蘇密來奔。又突利率所部來奔。

〔四〕［注釋音辯］斥，開也。余吾，匈奴地名。［韓醇詁訓］《前漢·武帝紀》：「馬生余吾水中。」應劭曰：「在朔方北也。」

〔五〕［百家注引王儔補注］燀，炊也。《左氏》：「燀之以薪。」［世綵堂］《前漢》：「燀耀威靈。」燀，齒善切。按：《史記·秦始皇本紀》：「義誅信行，威燀旁達，莫不賓服。」燀，光烈也。

〔六〕［百家注引王儔補注］鬼區，夷遠。

〔七〕［注釋音辯］《左》襄公十八年：「其官臣偃。」注：「守官之臣。」［世綵堂］《左氏》：「官臣偃實先後之。」注：「官臣，守官之臣。」

【集　評】

《王荆石先生批評柳文》卷一：通篇磊落。

孫月峰（鑛）評點《柳柳州全集》卷一：氣勁。

李因培《唐詩觀瀾集》上卷二評「官臣拜手」：古雅。

劉武周敗裴寂，咸有晉地，太宗滅之。爲《靖本邦》第九。

本邦伊晉，惟時不靖。根柢之搖〔一〕，枝葉攸病。守臣不任〔二〕，勩于神聖〔三〕。惟鉞之興，翦焉則定。洪惟我理①，式和以敬。群頑既夷，庶績咸正。皇謨載大，惟人之慶。

右《靖本邦》十四句。句四字。

【校　記】

① 原注及注釋音辯本、世綵堂本注：「洪，一本作往。」世綵堂本又曰：「一本又作汪。」

【解　題】

［韓醇詁訓］劉武周，馬邑人。隋義寧元年，斬郡守王仁恭，自稱太守，收兵得萬餘人，遣使附于突厥，合兵攻取。三月，襲破樓煩郡，取汾陽宫，僭稱皇帝。會上谷賊宋金剛率衆歸之，遂圖晉陽，南向以争天下。唐武德二年，率兵侵并州，又進寇介州，陷之。五月，高祖遣李仲文討之，一軍全没。六月，右僕射裴寂請自行進討，七月又爲宋金剛所敗。自晉州以北，城鎮俱没。武周進逼并州，齊王元吉委城遁走，武周遂據太原，遣金剛進攻晉州。六日城陷，關中大駭。十月，太宗表請益兵，往擊之。三年四月，破宋金剛于雀兒谷，（世綵堂本注作「雀鼠谷」，是。）又破武周于洛州。（世綵堂本注作「浩州」，是。）武周及金剛遂奔突厥。太宗進平并州，遂復故地。未幾，金剛背突厥而亡，要斬。武周亦謀歸馬邑，爲突厥所殺。按：此篇歌頌太宗擊破劉武周、宋金剛之軍，收復并州。

【注　釋】

〔一〕［注釋音辯］張（敦頤）云：柢，典禮切。木根也。《漢書》音蔕。

〔二〕［注釋音辯］謂裴寂敗，武周進逼并州，遂據太原。［百家注引孫汝聽曰］謂裴寂爲晉州道行軍總管，與武周戰，敗績。

〔三〕［注釋音辯］童（宗説）云：勩，羊至切，勞也。太宗敗宋金剛于雀兒谷，又破劉武周于洛州，遂復故地。［百家注引孫汝聽曰］勩，勞也。謂勞太宗自平之也。羊至切，又音曳。按：「雀兒谷」爲「雀鼠谷」之誤，「洛州」爲「浩州」之誤。見《舊唐書·劉武周傳》。陳景雲《柳集點勘》卷一：「按劉武周始克晉陽而據之，及聞其將宋金剛爲太宗所敗，即懼而出走塞外，唐復取晉陽，是武周未嘗與太宗交兵也。注家殆誤記太宗破劉黑闥于洺州事耳。既以黑闥爲武周，又以洺爲洛，是再誤矣。」

【集評】

孫月峰（鑛）評點《柳柳州全集》卷一：雅辭。

李靖滅吐谷渾西海上。爲《吐谷渾》第十。

吐谷渾盛强，背西海以夸。歲侵擾我疆，退匿險且遐。帝謂神武師，往征靖皇家。烈烈旆其旗〔一〕，熊虎雜龍蛇〔二〕。王旅千萬人，銜枚默無譁〔三〕。束力踰山徼①〔四〕，張翼縱漠沙。一舉刈羶腥，尸骸積如麻。除惡務本根〔五〕，況敢遺萌芽。洋洋西海水，威命窮天涯。係虜來王都〔六〕，犒樂窮休嘉〔七〕。登高望還師，竟野如春華②。行者靡不歸，親戚讙要遮〔八〕。凱旋獻清廟，萬國思無邪。

右《吐谷渾》二十六句。句五字。

【校　記】

①力，百家注本、詁訓本、世綵堂本皆作「刃」。作「刃」難通，故從注釋音辯本。「束」可訓爲聚集，束力即全力。或爲「束馬」之訛。《管子·封禪》：「束馬懸車，上卑耳之山。」尹知章注：「將上山，纏束其馬，懸鉤其車也。」即包裹馬足。

②竟，諸本皆注曰：「一作兢。」

【解　題】

［注釋音辯］張（敦頤）云：（渾）音魂。［韓醇詁訓］舊史《李靖傳》：貞觀初，吐谷渾寇邊，太宗顧謂侍臣曰：「得李靖爲帥，豈非善也。」靖乃見房玄齡曰：「靖雖年老，尚堪一行。」太宗即以靖爲西海道大總管，統諸道總管兵征之。九年，師次伏俟嶺。吐谷渾燒去野草，以餒我師。諸將或言不可赴敵，唯李靖決計而進。深入敵境，遂踰積石山，大破其國。吐渾之衆殺其可汗，來降。［百家注引孫汝聽曰］貞觀九年五月，靖平吐谷渾于西海之上，獲其王慕容伏允。渾音魂。［五百家注引嚴有翼曰］吐谷渾居甘松山之南，洮水之西。隋時，其王慕容伏允寇邊，煬帝敗之。太宗（朝）屢入寇。然伏允耄不能事，其相天柱王用事。貞觀九年，詔李靖爲西海道行軍大總管，與侯君集等擊之。伏允謀入磧，靖等決策深入，破之柏海上。按：此篇歌頌李靖大破吐谷渾。

【注釋】

〔一〕[百家注引王儔補注]《詩》:「武王載旆,有虔秉鉞,如火烈烈。」按:烈烈,熾烈貌。所引爲《詩經·商頌·長發》中句。

〔二〕[百家注引孫汝聽曰]《周禮》:「交龍爲旂,熊虎爲旗。鳥隼爲旟,龜蛇爲旐。」按:見《周禮·春官宗伯·司常》。

〔三〕[韓醇詁訓]《漢史》:「章邯夜銜枚,擊項梁定陶。」顔師古注曰:「銜枚者,止言語讙囂,欲令敵人不知其來也。」周官有銜枚氏。枚狀如箸,横銜之,繣繫于項。繣者,結礙也。繫者,繞也。蓋爲結紐而繞項也。讙音華。按:所引見《漢書·高帝紀》。

〔四〕[注釋音辯](徼)音叫,境也。[韓醇詁訓]克堯切。[世綵堂]《前漢》:「南至牂牁爲徼。」注:「以木石水爲界。」按:見《漢書·司馬相如傳》及張揖注。

〔五〕[百家注引王儔補注]隱六年《左傳》:「善爲國家者,見惡如農夫之務去草焉。芟夷蘊崇之,絶其本根,勿使能殖。」

〔六〕[注釋音辯]貞觀九年,李靖平吐谷渾,獲其王慕容伏允以歸。

〔七〕[韓醇詁訓]犒,口到切。[世綵堂]《周禮》:「共其犒牛。」

〔八〕[注釋音辯]要,伊消切。[韓醇詁訓]要,伊消切。《揚雄傳》:「淫淫與與,前後要遮。」按:所引爲揚雄《羽獵賦》中句。

【集評】

周必大《題蔡君謨書柳子厚吐谷渾詞》：蔡忠惠書《洛陽橋記》與《吐谷渾詞》，皆大書之冠冕也。淳熙癸卯月日。（《文忠集》卷一七《題跋四》）

孫月峰（鑛）評點《柳柳州全集》卷一：以下三首雖五言，卻不作魏晉以下調，故取拗拙語爲工。蓋有意希古，然果亦覺古。

陸夢龍《柳子厚集選》卷一：諸作上追樂府，此便墮落古詩。

李因培《唐詩觀瀾集》上卷二評「竟野如春華」：何等氣象。

近藤元粹《柳柳州集》卷一：快語，有氣勢。

李靖滅高昌。爲《高昌》第十一。

麴氏雄西北〔一〕，別絶臣外區〔二〕。既恃遠且險，縱傲不我虞。烈烈王者師，熊螭以爲徒〔三〕。龍旂翻海浪〔四〕，馹騎馳坤隅〔五〕。賁育搏嬰兒〔六〕，一掃不復餘。平沙際天極，但見黃雲驅。臣靖執長纓〔七〕，智勇伏囚拘〔八〕。文皇南面坐〔九〕，夷狄千群趨。咸稱天子神，往古不得俱。獻號天可汗〔一〇〕，以覆我國都〔一一〕。兵戎不交害①，各保性與軀。

右《高昌》二十二句。句五字。

【校　記】

①　戎，原作「戍」，並注曰：「一作戎。」注釋音辯本、世綵堂本等同。按：作「戎」是，據詁訓本、《樂府詩集》、《全唐詩》改。

【解　題】

〔韓醇詁訓〕高昌地在京師西四千八百里，其國有二十一城。唐武德二年，麴文雅嗣立爲王，自後遣使朝貢不絶。貞觀四年，文雅入朝，太宗禮賜甚厚。久之，文雅與突厥通，凡西域朝貢道其國者，咸見壅掠，遂疏朝貢之禮。太宗下璽書，示以禍福，皆不從。十三年，命吏部尚書侯君集爲交河道大總管，率薛萬鈞等擊之。十四年，文雅聞王師至磧口，悸駭，無他計，發病死。子智盛立。王師進逼其都，智盛乃降。麴氏有國至智盛，凡九世而滅。據新舊史《高昌傳》及《李靖傳》，皆不見靖滅高昌事，而公題云李靖滅高昌，無所考焉。按：此篇歌頌唐軍攻滅高昌，西域之道遂爲通途。滅高昌爲侯君集之功，蓋因君集後參預太子承乾謀反事被殺，故託言李靖。韓注「麴文雅」，據《舊唐書·高昌傳》，「雅」爲「泰」之訛。世綵堂本注已改作「麴文泰」。

【注　釋】

〔一〕〔注釋音辯〕高昌王麴文泰與西突厥通，武德十三年，侯君集討之，文泰死。子智盛降唐。按：「武德」爲「貞觀」之訛。陳景雲《柳集點勘》卷一「武德當作貞觀」，即謂此。

〔二〕［注釋音辯］張（敦頤）云：別，筆列切，異也。［百家注引王儔補注］外區，謂西突厥。

〔三〕［韓醇詁訓］螭，抽知切。

〔四〕［百家注］龍旂，見前篇注。按：《詩經・商頌・玄鳥》：「龍旂十乘，大糦是承。」畫龍之旗。

〔五〕［注釋音辯］童（宗説）云：馹，人實切。傳車也。［韓醇詁訓］馹音日。《説文》：「驛傳也。」按：《孔叢子・問軍禮》：「若不幸軍敗，則馹騎赴告天子。」驛騎也。

〔六〕［注釋音辯］童（宗説）云：賁音奔。孟奔、夏育，皆衛人有勇力者。［韓醇詁訓］孟賁、夏育，古之勇士也。［世綵堂］《楊子》注：「孟賁、夏育，皆衛人。」《漢書》注：「孟賁，古之勇士。水行不避蛟龍，陸行不避豺狼。發怒吐氣，聲響動天。夏育亦猛士。」其唐兵滅高昌，如賁、育之搏嬰兒。郭璞注《爾雅》：「空手執曰搏。」按：世綵堂本注引見《漢書・司馬相如傳》顏師古注。

〔七〕［百家注引王儔補注］漢終軍自請願受長纓，必羈南越王而致之闕下。本傳。按：見《漢書・終軍傳》。

〔八〕［韓醇詁訓］漢《賈誼傳》：「窘若囚拘。」

〔九〕［注釋音辯］唐太宗文皇帝。

〔一〇〕［注釋音辯］童（宗説）云：（汗）音寒。正觀四年滅突厥，四夷君長詣闕，請帝爲天可汗。帝曰：「我爲大唐天子，又下行可汗事乎？」群臣及四夷皆稱萬歲。是後，以璽書賜西北君長，皆稱天可汗。［韓醇詁訓］貞觀四年四月，西北君長請上號爲天可汗。汗音寒。

〔一二〕〔注釋音辯〕覆，去聲。

【集　評】

李因培《唐詩觀瀾集》上卷二評「但見黄雲驅」下：空寫。按滅高昌者侯君集，詩言李靖，殆以君集獲罪而削其功歟？

近藤元粹《柳柳州集》卷一：句格雄渾。

既克東蠻，群臣請圖蠻夷狀如《周書·王會》。爲《東蠻》第十二。

東蠻有謝氏，冠帶理海中。自言我異世，雖聖莫能通。王卒如飛翰〔一〕，鵬騫駭群龍〔二〕。轟然自天墜〔三〕，乃信神武功。繫虜君臣人，累累來自東〔四〕。無思不服從，唐業如山崇。百辟拜稽首，咸願圖形容。如周王會書，永永傳無窮。睢盱萬狀乖〔五〕，咿嗢九譯重〔六〕。廣輪撫四海〔七〕，浩浩知皇風。歌詩鐃鼓間，以壯我元戎。

右《東蠻》二十二句。句五字。

【解　題】

〔注釋音辯〕東謝蠻在黔州西數百里。貞觀三年，其酋長謝元升入朝，冠烏熊皮履，以金銀絡頸，身被毛帔，韋皮衍(行)藤而著履。顔師古因奏言：周武王時，遠國歸欵，周史集其事爲《王會篇》。乃命閻立本圖之。［韓醇詁訓］周書《王會》見今《汲冢周書》第五十九篇。其圖，天子南面立，唐叔、康叔、周公在左，太公望在右。内臺四面者，正北方應諸侯、曹叔，伯舅，比服次之，要服次之，荒服又次之。是皆朝於内者。唐東謝蠻在黔州之西數百里，貞觀三年，其酋長謝元升入朝，冠烏熊皮履，以金銀絡額，身被毛帔，韋皮行縢而著履。中書侍郎顔師古因奏言：「周武王時，遠國歸欵，周史乃集其事爲《王會篇》。今萬國來朝，至如此輩章服，實可圖寫。今請撰爲《王會圖》。」詔從之。以其地爲應州，仍拜元升爲刺史。［百家注引王儔補注］《譚賓録》云：「顔師古奏言，乃命尚書閻立本圖之。」按：謝元升，世綵堂本注作「謝元深」。據《舊唐書・南蠻傳・東謝蠻》，作「謝元深」是。「冠烏熊皮履」亦是「冠烏熊皮冠」之訛。此篇頌東謝蠻首領入朝，歸服王化。

【注 釋】

〔一〕［注釋音辯］張(敦頤)云：翰，侯汗切，又何干切。［韓醇詁訓］侯盰切，又音寒，羽也。［百家注引孫汝聽曰］翰，毛也，《詩》「如飛如翰」。按：見《詩經・大雅・常武》。

〔二〕［注釋音辯］童(宗説)云：騫音軒，飛舉貌。［韓醇詁訓］鵬音朋，鳥也。騫，虚言切，飛貌。［蔣之翹輯注］《莊子》：「北冥有魚，其名爲鯤。化而爲鳥，其名爲鵬。怒而飛，其若垂天之雲。」按：見《莊子・逍遥遊》。

〔三〕［韓醇詁訓］轟，呼宏切，車聲也。［百家注引王儔補注］《漢書》：「周亞夫東擊吴楚，趙涉遮説曰：『將軍何不從此右去，走藍田，出武關，抵雒陽，直入武庫，擊鳴鼓，諸侯聞之，以爲將軍從天而下也。』」此用其意。按：見《漢書·周亞夫傳》。

〔四〕［注釋音辯］累，倫追切。［世綵堂］《前漢志》：「果累累從楚而圍蔡。」注：「累讀曰纍。纍纍，不絶之貌。」按：見《漢書·五行志下之下》。

〔五〕［注釋音辯］張（敦頤）云：睢，許規切。盱，凶於切。張目也。［韓醇詁訓］睢，許規切。盱，凶於切。張目也。《選》：「天地未袪，睢睢盱盱。」注：「視不明貌。」［世綵堂］睢盱，張目貌。《集韻》：「睢盱，小人喜悦貌。」《列子》：「而睢睢，而盱盱。」按：所引見《文選》揚雄《劇秦美新》及《列子·黄帝》。

〔六〕［注釋音辯］童（宗説）云：咿音伊。嘔，乙骨切。言不明也。［韓醇詁訓］咿音伊。嘔，乙骨切，嘔咽也。《前漢紀》：「越裳氏重譯獻白雉。」張衡《東京賦》：「重舌之人九譯，僉稽首而來王。」九譯，謂譯語度九重之國，乃至於此。［世綵堂］咿嘔，言不明也。咿音伊。《字林》：「内悲也。」嘔，乙骨切。《説文》：「咽也。」一曰大貌。按：章士釗《柳文指要》上《體要之部》卷一：「睢盱，質樸貌。王延壽《賦》：『鴻荒樸略，厥狀睢盱。』揚雄《劇秦美新》『權與天地未袪，睢睢盱盱。』蓋元氣未判，或太樸未雕，皆謂之睢盱。咿嘔或作嘔咿，語言不明貌。韓愈《赤藤杖歌》：『滇王掃宫邀使者，跪進再拜語嘔咿。』至宋王逢《聞彈白翎雀引》：『前驅屈盧從繁弱，睢盱嘔啰萬狀錯。』則綜『睢盱』『嘔啰』而合用之，蓋以子厚《鐃歌》爲藍本也。」

〔七〕［注釋音辯］童（宗説）云：廣，古曠切。《周禮》「廣輪之數」，東西爲廣，南北爲輪。［百家注引孫汝聽曰］《周禮·大司徒》：「周知九州之地域廣輪之數。」馬融云：「東西爲廣，南北爲輪。」

【集評】

孫月峰（鑛）評點《柳柳州全集》卷一「啰嘔九譯重」下評：兩語信工，然不無稍傷其樸。又總評：沖然絶塵，可謂還雕於樸。

近藤元粹《柳柳州集》卷一：好句調。

## 貞符　并序①

負罪臣宗元惶恐言②：臣所貶州流人吴武陵爲臣言③〔一〕：「董仲舒對三代受命之符〔二〕，誠然非耶？」臣曰：「非也，何獨仲舒爾。自司馬相如、劉向、揚雄、班彪、彪子固，皆沿襲嗤嗤〔三〕，推古瑞物以配受命〔四〕。其言類淫巫瞽史，誑亂後代〔五〕，不足以知聖人立極之本，顯至德，揚大功④，甚失厥趣⑤。」臣爲尚書郎時〔六〕，嘗著《貞符》，言唐家正德，受命於生人之意，累積厚久，宜享無極之義⑥，本末閎闊。會貶逐中輟，不克備究。武陵即叩頭邀臣⑦：「此大事，不宜以辱故休𢝙〔七〕，使聖王之典不立，無以抑詭類，拔正道，表覈萬代〔八〕。」臣不勝奮激，即具爲書。念終泯没蠻夷，不聞于時，獨不爲也⑧。苟一明大道，施于人世⑨，死無所憾⑩，用是自決。臣宗元稽首拜手以聞曰：

孰稱古初朴蒙空侗而無争〔九〕，厥流以訛〔一〇〕，越乃奮敚⑪〔一一〕，鬭怒振動⑫，專肆爲淫威？曰：是不知道。惟人之初，總總而生，林林而群，雪霜風雨雷雹暴其外⑬，於是乃知架巢空穴⑭，挽草木，取皮革。飢渴牝牡之欲歐其内〔一二〕，於是乃知噬禽獸，咀果穀〔一三〕。合偶而居，交焉而争，睽焉而鬭。力大者搏，齒利者齧〔一四〕，爪剛者決，群衆者軋〔一五〕，兵良者殺。披披藉藉，草野塗血⑮。然後强有力者出而治之，往往爲曹於險阻，用號令起⑯，而君臣什伍之法立〔一六〕。德紹者嗣，道怠者奪，於是有聖人焉曰黄帝，遊其兵車⑰〔一七〕，交貫乎其内。一統類，齊制量〔一八〕，然猶大公之道不克建，於是有聖人焉曰堯，置州牧四岳，持而綱之，立有德有功有能者參而維之⑱，運臂率指，屈伸把握，莫不統率。年老⑲，舉聖人而禪焉，大公乃克建。由是觀之，厥初罔匪極亂，而後稍可爲也⑳。非德不樹，故仲尼敘《書》，於堯曰「克明俊德㉑」，於舜曰「濬哲文明」，於禹曰「文命祇承于帝」，於湯曰「克寬克仁，彰信兆民」，於武王曰「有道曾孫」。稽揆典誓，貞哉！惟兹德實受命之符，以奠永祀。

後之妖淫嚚昏好怪之徒〔一九〕，乃始陳大電〔二〇〕、大虹〔二一〕、玄鳥〔二二〕、巨跡〔二三〕、白狼〔二四〕、白魚〔二五〕、流火之烏以爲符〔二六〕。斯皆詭譎闊誕〔二七〕，其可羞也㉒，而莫知本于厥貞㉓。漢用大度〔二八〕，克懷于有氓，登賢庸能㉔，濯痍煦寒〔二九〕，以瘳以熙，兹其爲符也。而其妄臣㉕，乃下取虺蛇，上引天光〔三〇〕，推類號休〔三一〕，用夸誣於無知之氓㉖。增以騶虞神鼎〔三二〕，脅敺縱臾〔三三〕，俾東之泰山石閭〔三四〕，作大號，謂之封禪〔三五〕，皆《尚書》所無有。莽述承效〔三六〕，卒奮驁逆。其後有賢帝曰光武，克綏天下，復承舊物，猶崇赤伏〔三七〕，以玷厥德。魏晉而下，尨亂鉤裂，厥符不貞，邦用不靖，亦罔克久，駮乎無以議爲也〔三八〕。積大亂至于隋氏，環四海以爲鼎，跨九垠以爲鑪〔三九〕，爨以毒燎〔四〇〕，煽以虐焰〔四一〕，其人沸湧灼爛，號呼騰蹈，莫有救止。

於是大聖乃起〔四二〕，丕降霖雨，濬滌盪沃，蒸爲清氛，疏爲泠風〔四三〕。人乃漻然休然〔四四〕，相睎以生㉗〔四五〕，相持以成，相彌以寧。琢斮屠剔㉘，膏流節離之禍不作，而人乃克完平舒愉，尸其肌膚，以達于夷途。焚坼抵掎㉙，奔走轉死之害不起㉚，而人乃克鳩類集族，歌舞悦懌，用祇于元德。徒奮袒呼，犒迎義旅，讙動六合，至于麾下〔四六〕。大盗豪據，阻命遏德，義威殄戮，咸墜厥緒，無劉于虐〔四七〕。人乃並受休嘉，去隋氏，克歸于唐，躑躅謳歌〔四八〕，灝灝和寧〔四九〕。帝庸威栗，惟人之爲敬〔五〇〕。奠厥賦積藏于下〔五一〕，是謂豐國。鄉爲義廩，斂發謹飭，歲丁大侵㉛〔五二〕，人以有年。簡于厥刑，不殘而懲，是謂嚴威。小屬而支〔五三〕，大生而孥〔五四〕，愷悌祗敬，用底于治㉜。凡其所欲，不謁而獲，凡其所惡，不祈而息。四夷稽服，不作兵革，不竭貨力，丕揚于後嗣，用垂于帝式〔五五〕。十聖濟厥治〔五六〕，孝仁平寬，惟祖之則〔五七〕。澤久而逾深㉝，仁增而益高。人之戴唐，永永無窮。是故受命不于天，于其人；休符不于祥，于其仁。惟人之仁，匪祥于天。匪祥于天，兹惟貞符哉！未有喪仁而久者也，未有恃祥而壽者也。商之王以桑穀昌〔五八〕，以雉雊大〔五九〕，宋之君以法星壽㉞〔六〇〕，鄭以龍衰〔六一〕，魯以麟弱〔六二〕，白雉亡漢〔六三〕，黄犀死莽〔六四〕，惡在其爲符也〔六五〕？不勝唐德之代，光紹明濬，深鴻厖大，保人斯無疆，宜薦于郊廟，文之雅詩，祗告于德之休。帝曰：「諶哉〔六六〕！」乃黜休祥之奏，究貞符之奥，思德之所未大，求仁之所未備，以極于邦治㉟，以敬于人事。其詩曰：

於穆敬德㊱〔六七〕，黎人皇之㊲〔六八〕。惟貞厥符，浩浩將之㊳〔六九〕。仁函于膚，刃莫畢屠〔七〇〕。澤熯于爨㊴〔七一〕，鬻炎以澣〔七二〕。殄厥凶德，乃敺乃夷。懿其休風，是呴是吹〔七三〕。父子熙熙，相寧以嬉。賦徹而藏〔七四〕，厚我糗粻㊵〔七五〕。刑輕以清，我肌靡傷㊶。貽我子孫，百代是康。十聖嗣于治，仁后之子㊷。子思孝父，易患于己㊸。拱之戴之，神具爾宜㊹。載揚于雅，承天之暇〔七六〕。天之誠神，宜鑒于仁。神之曷依，宜仁之歸㊺。濮鉛于北㊻，祝栗于南〔七七〕。幅員西東〔七八〕，祇一乃心。祝唐之紀㊼，後天罔墜。祝皇之壽，與地咸久。曷徒祝之㊽，心誠篤之。神協人同㊾，道以告之〔七九〕。俾彌億萬年㊿，不震不危。我代之延，永永毗之。仁增以崇，曷不爾思？有號于天〔八〇〕，僉曰嗚呼，咨爾皇靈，無替厥符。

**【校記】**

①《英華》題作「唐貞符解」。注釋音辯本此篇在《眎民》後。

②原注及世綵堂本皆注：「一無『負罪』二字。」詁訓本即無「負罪」二字。

③所貶州，《文粹》作「貶所」。又《文粹》「流人」上有「量移」二字。注釋音辯本：「胥山沈晦云：吴武陵初貶永州，《貞符》序中，宜如《唐書》去『量移』二字。」韓醇詁訓本：「諸本『流人』字上有『量移』字。考之史傳，止云『坐事流永州』。胥山沈公（晦）謂當如史去『量移』字。」

④功，諸本皆校：「一作公。」

⑤甚，注釋音辯本作「盛」。

⑥「享」下原有「年」字，注曰：「一無年字。」注釋音辯本、游居敬本、蔣之翹輯注本、《全唐詩》均無「年」字。蔣之翹輯注本：「『享』下或本及《文粹》皆有『年』字。今按如此而意以自足，從舊本爲是。」故删「年」字。

⑦頭，詁訓本、《全唐詩》作「首」。
⑧世綵堂本注：「獨，一作猶。」《全唐詩》即作「猶」。
⑨世，世綵堂本及《英華》作「代」。按柳原文當作「代」，避太宗諱也。當是宋人刻書時回改爲「世」。今不改。
⑩詁訓本及《英華》、《文粹》「死」上有「臣」字。
⑪敚，諸本皆校曰：「一作擊。」《文粹》作「擊」。
⑫詁訓本「動」下有「静」字。注釋音辯本注曰：「一本此下有『静』字，《唐書》無，今從之絶句。」又引沈晦曰：「諸本作『振動静專』，《唐書》無『静』字。」蓋從《新唐書·柳宗元傳》所載《貞符》。
⑬雪霜，《英華》作「雲霜」，《文粹》作「霜雪」。雷雹，五百家注本及《英華》作「雷電」。
⑭世綵堂本注：「一無『乃知』字。下同。」指下句「於是乃知」一本亦無「乃知」二字。
⑮塗，世綵堂本注：「一作流。」
⑯世綵堂本注：「一無用字。」
⑰諸本皆曰：「一無遊字。」遊，《文粹》作「造」。
⑱「有功」下《英華》、《文粹》有「有才」二字，語意更好。
⑲原作「堯年老」，注曰：「一無堯字。」世綵堂本同。注釋音辯本、游居敬本及《新唐書·柳宗元傳》無「堯」字，從之。

⑳ 原注：「一有而字。」注釋音辯本即作「也而」。按：若有「而」字，「而」屬下句。世綵堂本注：「一本『爲』下有『世』字，『也』下有『而』字。」蔣之翹輯注本：「此下諸本或有『而』字，或『以』字，屬下句。今按『而』、『以』皆非是，當作『然』字。」

㉑ 俊，詁訓本、五百家注本及《英華》作「峻」。

㉒ 其，《英華》、《文粹》作「甚」。

㉓ 《新唐書·柳宗元傳》無「而」字。

㉔ 諸本均作「登能庸賢」。

㉕ 妾臣，世綵堂本注：「一本作臣妾。」《英華》「臣」下有「妾」字。《文粹》作「臣妾」。

㉖ 「之」字諸本皆無，據《英華》、《文粹》補。

㉗ 睎，詁訓本、《英華》作「晞」。世綵堂本注：「一作晞。」

㉘ 琢斲，詁訓本及《英華》作「剢屑」，《文粹》作「椓斫」。注釋音辯本引童宗説云：「琢，丁角切。《吕刑》『劓刵椓黥』，疑當從木。」世綵堂本注：「琢，一作椓。去陰之刑也。《書》『劓刵椓黥』。剟，解骨也。」按：「琢」當作「椓」。《詩經·大雅·召旻》鄭玄箋：「椓，毁陰者也。」即宫刑。陳景雲《柳集點勘》卷一：「案從木是也，《文粹》正作『椓』。」斲可釋爲斬、殺。

㉙ 拆，詁訓本、五百家注本及《全唐詩》作「拆」，《英華》作「折」，《文粹》作「析」。

㉚ 原注：「死，一作徙。」注釋音辯本、世綵堂本注同。《全唐詩》即作「轉徙」。蔣之翹輯注本：「今

按上有『流離』字、『轉』字，作『徙』爲是。」起，原作「作」，據諸本改。「起」與「作」義同，因上文已有「膏流節離之禍不作」，互文見意，此作「起」是。

㉛ 侵，《英華》作「祲」，《文粹》作「浸」。

㉜ 治，世綵堂本及《英華》、《文粹》作「理」。柳原文當作「理」，爲宋人回改。

㉝ 原注：「逾，一作愈。」注釋音辯本、世綵堂本同。

㉞ 法，《英華》作「德」。

㉟ 極，《英華》作「柢」。

㊱ 原注及諸本皆曰：「一作穆穆敬德。」

㊲ 皇之，《英華》作「皇皇」。疑作「皇皇」是，「之」爲重字符號「〻」的誤認。皇皇，盛美貌。

㊳ 將之，《英華》作「將將」。疑亦作「將將」是，「之」亦是重字符號的誤認。將將，交集貌。

㊴ 熯，百家注本、注釋音辯本、詁訓本皆曰：「一作寒。」

㊵ 粻，原注：「一本作糧。」注釋音辯本同。

㊶ 肌，注釋音辯本、詁訓本、《英華》、《新唐書·柳宗元傳》作「完」。世綵堂本注：「一本作宗，一本作完。」

㊷ 仁，《英華》作「神」。

㊸ 于，原注曰：「一作乎。」注釋音辯本、世綵堂本皆同。詁訓本即作「乎」。

㊹世綵堂本注："一作神其祐爾。"《文粹》即作"神其祐爾"。
㊺原注："晏本『仁』作『人』。"注釋音辯本同。詁訓本、世綵堂本注："(仁)一作人。"
㊻鉛，原作"沿"，注："晏本『沿』作『鉛』。"注釋音辯本同。詁訓本及《文粹》作"鉛"，據改。彭叔夏《文苑英華辨證》卷四："『滌訟於北』，《集》、《粹》、《唐書》並作『濮鉛』。按《爾雅》：『東至於泰遠，西至於邠國，南至於濮鉛，北至於祝栗。』據此，則當作『濮鉛』。"
㊼世綵堂本注："紀，一作祀。"
㊽徒，《文粹》作"從"。
㊾神，《英華》、《文粹》作"户"。原注："沈晦曰：舊本作『尸協』，今以《唐史》爲據，作『神協』。"注釋音辯本引沈晦曰："舊本作『尸恊人同』，《唐書》作『神恊』，今皆以宋景文公《唐書》爲據。"世綵堂本注："舊本作『尸協』，《唐史》作『神協』。"
㊿彌，世綵堂本作"爾"。《英華》無"億"字，《文粹》無"彌"字。

【解　題】

〔韓醇詁訓〕據序云："臣爲尚書郎時，嘗著《貞符》。"以史考之，公爲尚書禮部員外郎在永貞元年，《貞符》蓋是時作也。然公是年冬繼貶永州司馬，而序又云："臣所貶州吴武陵爲臣言董仲舒對三代受命之符"，則序蓋在永州作爾。公集有《與楊京兆書》，在元和四年，云："去年吴武陵來，美其齒少，才氣壯健，可以興西漢之文章。」則序之作，當元和三、四年間云。按：序云爲尚書郎時著《貞符》，「會貶逐中輟，不克備究」，是當時未完成，至永州始定稿。吴武陵流永州在元和三年，則《貞符》當是年作。此篇大義，一論符瑞之不可信，二以仁德爲指歸，此唐所以享國永遠也。

【注釋】

〔一〕［注釋音辯］流人謂遷謫貶降者。［蔣之翹輯注］吴武陵，信州人，元和初擢進士第。官禮部侍郎。嘗坐事流永州。流人，謂遷謫貶降者。按：吴武陵，信州人，祖籍濮陽。元和二年進士及第。三年，坐事流永州。以史才直史館。後爲忠、韶二州刺史。《新唐書》有傳。

〔二〕［韓醇詁訓］漢武帝元光元年，舉賢良文學之士。制策有曰：「三代受命，其符安在？」董仲舒對曰：「臣聞天之所大奉使之王者，必有非人力所能致而自至者，受命之符也。天下之人，同心歸之，若歸父母，故天瑞應誠而至。《書》曰：『白魚入于王舟，有火復于王屋，流爲烏。』此蓋受命之符也。」按：百家注本引孫汝聽略同。見《漢書·董仲舒傳》。

〔三〕［注釋音辯］潘（緯）云：（嗤）充之切。《揚子》「六國蚩蚩」，注：「無知也。」字不同。［韓醇詁訓］充之切。按：所引見揚雄《法言·重黎》。

〔四〕［韓醇詁訓］司馬相如《封禪文》，劉向集上古以來歷春秋六國至秦漢符瑞災異之記凡十一篇，號《洪範五行傳論》，揚雄《劇秦美新》，班彪著《王命論》，班固《典引》，皆言符瑞之應也。

〔五〕［注釋音辯］詆，古況切。

〔六〕［注釋音辯］在永貞元年。

〔七〕［注釋音辯］潘（緯）云：（鈌）傾雪切。破也，少也。《集韻》：「鈌或作缺。」

〔八〕［百家注引孫汝聽曰］表覈，猶表正也。

〔九〕［百家注引孫汝聽曰］《揚子》：「天降生民，空侗顓蒙。」空侗，無知貌。按：見揚雄《法言·學行》。

〔一〇〕［百家注引孫汝聽曰］流，謂末流。訛，謬也。

〔一一〕［注釋音辯］童（宗説）云：（敚）古奪字，《書》「敚攘矯虔」。按：《尚書·仲虺之誥》作「敚攘僭竊」。

〔一二〕［注釋音辯］「歐」與「驅」同。

〔一三〕［注釋音辯］噬，音誓。咀，在呂切。［世綵堂］吹咀，謂商量斟酌之。一曰含味。《前漢》：「咀噍芝英兮嘰瓊華。」按：所引爲司馬相如《大人賦》中句。

〔一四〕［注釋音辯］（齧）倪結切。［韓醇詁訓］倪結切，噬也。

〔一五〕［注釋音辯］（軋）乙黠切。［世綵堂］《説文》：「輾也。」

〔一六〕［百家注引孫汝聽曰］什伍，謂兵法也。五人爲伍，十人爲什。

〔一七〕王應麟《玉海》卷一四六：「柳文《貞符》：『於是有聖人焉曰黄帝，遊其兵車，交貫乎其内。』《古今注》：『黄帝與蚩尤戰涿鹿之野，蚩尤作大霧，兵士皆迷，於是作指南車。』」「兵車」指征伐。《史記·五帝本紀》：「於是軒轅乃慣用干戈，以征不享，諸侯咸來賓從。」

〔一八〕［注釋音辯］（量）去聲。［百家注引孫汝聽曰］制量，謂法制度量也。

〔一九〕［注釋音辯］童（宗説）云：嚚，魚巾切。《左傳》曰：「口不道忠信之言爲嚚。」作「囂」者非。［韓醇詁訓］嚚，虚嬌切。按：見《左傳》僖公二十四年。

〔二〇〕［注釋音辯］童（宗説）云：《河圖》云：「少典妃附寶，見大電光繞北斗樞星，（照）耀郊野，附寶意感而（孕），生黄帝於壽丘。」［世綵堂］《帝王世紀》：大電光繞北斗樞星，附寶感而懷孕，二十四月生黄帝。按：亦見《宋書·符瑞志上》及《藝文類聚》卷一〇引《帝王世紀》。

〔二一〕［注釋音辯］童（宗説）云：大星如虹，下游華渚，女節意感而生白帝子，即金天氏也。［韓醇詁訓］瑶光如虹貫月，感女樞而生顓頊。大星如虹流華渚，而女節生少昊。見沈約《宋書》。虹，胡公切。［百家注引孫汝聽曰］《世紀》又云：「舜母握登見大虹，意感而生舜。」按：亦見《宋書·符瑞志上》及《藝文類聚》卷一〇引《帝王世紀》。

〔二二〕［注釋音辯］童（宗説）云：《商頌》：「天命玄鳥，降而生商。」注云：「玄鳥，鳦也。湯之先祖。有娀氏女簡狄配高辛氏，生契。」箋云：「鳦遺卵，簡狄吞之而生契。」［韓醇詁訓］殷契母曰簡狄，爲帝嚳次妃。三人行浴，見玄鳥墮其卵，簡狄吞之因孕，而生契。［百家注引孫汝聽曰］《史記》：帝嚳少妃簡狄，以春分祀高禖，而玄鳥遺其卵，簡狄吞之，孕而生契焉。按：童引見《詩經·商頌·玄鳥》，孫引見《史記·殷本紀》。

〔二三〕［注釋音辯］童（宗説）云：《詩·生民》「履帝武敏歆」。箋云：「高辛初郊禖之時，有大神之跡，姜嫄履之而生棄。」［韓醇詁訓］帝嚳元妃姜原，出野見巨人距，心感然，踐之，而身動如孕者，居期而生子，是爲后稷。［百家注引孫汝聽曰］《史記》又云：「帝嚳元妃姜嫄，見大人跡，履之，感而生稷。」按：童引見《詩經·大雅·生民》，孫引見《史記·周本紀》。

〔二四〕［注釋音辯］童（宗説）云：（狼）音郎。《帝王世紀》曰：「有神牽白狼銜鈎入殷朝。」［韓醇詁訓］湯時，白狼銜鈎入朝，時以爲瑞。［百家注引孫汝聽曰］《尚書璿璣鈐》曰：「湯受金符帝籙，白狼銜鈎入殷朝。」按：亦見《宋書·符瑞志上》。

〔二五〕［注釋音辯］童（宗説）云：董仲舒策引《書》曰：「白魚入于王舟。」注謂今文《尚書·泰誓》之辭，謂武王伐紂時有此瑞也。按：今見《史記·周本紀》。

〔二六〕［注釋音辯］童（宗説）云：《前漢·郊祀志》曰：「周得火德，有赤烏之符。」注引《尚書·中侯》曰：「有火自天，止于王屋，流爲赤烏，五至，以穀俱來。」［韓醇詁訓］武王伐紂，渡河中流，白魚躍入王舟中，武王俯取以祭。既渡，有火自上復於下，至於王屋，流爲烏，其色赤，其聲魄云。按：童引見《漢書·郊祀志上》。韓引見《史記·周本紀》。

〔二七〕［韓醇詁訓］詭，古委切。譎，古穴切。

〔二八〕［百家注引王儔補注］《漢書·高紀》：「常有大度。」

〔二九〕［注釋音辯］張（敦頤）云：痍音夷。煦，吁句切。［世綵堂］煦，烝也。一曰温潤。

〔三〇〕［注釋音辯］童（宗説）云：虺，許偉切。班彪《王命論》曰：「高祖始受命，則白蛇分。西入關，則五星聚。」［韓醇詁訓］斬蛇、五星聚東井，皆見《高祖本紀》。班彪《王命論》嘗曰：「高祖靈瑞符應，又可略聞矣。初，劉媪妊高祖，而夢與神遇，震電晦明，有龍蛇之怪。是以王、武感物而折券，吕公睹形而進女，秦皇東遊以壓其氣，吕后望雲而知所處，始受命則白蛇分，西入關則五星聚。故淮陰、留侯謂之天授，非人力也。」公意其指此乎？［百家注引孫汝聽曰］《史記》：「高帝被酒，夜徑澤中，有白蛇當道，高帝拔劍斬之。後人來至蛇所，有一老嫗哭曰：『吾子，白帝子，化爲蛇當道，今爲赤帝子斬之。』」又曰：「高帝入關，五星聚於東井。」

〔三一〕［注釋音辯］童（宗説）云：號，胡刀切。後「有號」同。

〔三二〕［注釋音辯］童（宗説）云：（騶虞）上音側鳩切，仁獸也。司馬相如《封禪書》曰：「囿騶虞之珍群」。又曰：「般般之獸，樂我君囿。白質黑章，其儀可喜。」又云：武帝元鼎元年，得寶鼎汾水上，因是改元。［韓醇詁訓］漢武帝時，得瑞獸曰騶虞。騶虞，蓋白虎黑文，不食生物者。司馬相如《封禪文》曰：「般般之獸，樂我君囿。白質黑章，其儀可喜」者，謂此也。又元鼎元年，得鼎汾水上。四年六月，又得之。六年，遂改元元封，始封泰山。太初三年，行巡東海上，還，修封太山，禪石閭。此公所以言及之也。［百家注引孫汝聽曰］元狩元年，漢武行幸雍，祠五畤，獲白麟。漢無騶虞，當謂此白麟也。元鼎四年六月，得寶鼎汾陰后土祠旁。

〔三三〕［注釋音辯］童（宗説）云：（縱臾）上子勇切，下音勇。出西漢《衡山王傳》。［韓醇詁訓］縱，子用切。臾音勇。西漢《衡山王傳》：「日夜縱臾王謀反事。」注：「縱臾，勉强也。」按：見《漢書·衡山王劉賜傳》。

〔三四〕［注釋音辯］童（宗説）云：（閭）凌如切。武帝太初三年夏四月，還，修封泰山，禮石閭。《郊祀志》云：「石閭者，在泰山下阯南方。方士言仙人閭也，故上親禪焉。」按：所引見《史記·孝武本紀》。

〔三五〕［注釋音辯］童（宗説）云：（禪）音擅。古文作禮。張晏曰：封禪者，天高而可冀近神靈也。

〔三六〕［注釋音辯］王莽、公孫述，皆僞作符命者。［韓醇詁訓］王莽承漢，亦作符命。公孫述效之，亦妄引讖文而稱帝。［百家注引孫汝聽曰］《莽傳》：「前輝光謝囂奏：武功長孟通浚井得白石，上圓下方，有丹書著石，文曰：『告安漢公莽爲皇帝。』符命之起，自此始矣。述爲益州牧，有龍出其府殿中，夜有光耀，述以爲符瑞，因刻其掌，文曰『公孫帝』。」按：所引見《漢書·王莽傳》。公孫述事見《後漢書·公孫述傳》。何焯《義門讀書記》卷三五：「『莽述承效』，《英華》作『莽述成效』。是王莽祖述漢家之成效，不謂公孫述也。注引公孫述，非。」章士釗《柳文指要》上《體要之部》卷一云：「莽述云者，『莽』是形容『述』之狀詞，未必是人名。文中『莽』與其下『驁逆』字相應，蓋莽述猶言獨夫紂與孱獻之類，或當時有此稱號，而後不甚傳，故子厚别以驁逆字釋之。至王莽之名，本文後幅有『黄犀死莽』句，重提殊嫌犯複，故此莽字鄙意並不另指一人。」可備一説。

〔三七〕［注釋音辯］童（宗説）云：光武在長安時，同舍生彊華自關中奉《赤伏符》曰：「劉秀發兵捕不道，四夷雲集龍鬬野，四七之際火爲主。」群臣奏曰：「受命之符，人應爲大。」光武因此崇尚符讖。［韓醇詁訓］東漢《光武紀》：「建武元年，儒生彊華自關中奉《赤伏符》來詣王。六月，王遂即皇帝位。」按：見《後漢書·光武帝紀上》。

〔三八〕［世綵堂］《玉篇》：「駁，馬色不純。」《前漢》：「白黑雜合謂之駁。」本作「駁」。

〔三九〕［注釋音辯］垠音銀。鑪音壚。［世綵堂］垠，《廣雅》「厓也」。《前漢》「潭龍淵而還九垠兮」。按：所引爲揚雄《甘泉賦》句。

〔四〇〕［注釋音辯］張（敦頤）云：（燎）音了，又力照切。［韓醇詁訓］爨，取亂切，炊也。燎音了，放火也。

〔四一〕［注釋音辯］煽音扇。［韓醇詁訓］煽音扇，熾也。焰，以贍切，火光。

〔四二〕［注釋音辯］唐高祖、太宗。

〔四三〕［注釋音辯］泠音霖。［韓醇詁訓］泠音零。

〔四四〕［注釋音辯］童（宗説）云：漻音聊，又音礫。［韓醇詁訓］漻音聊，清深也。按：漻然休然，當是安生休養之意。

〔四五〕晞，［世綵堂］一作晞。按：《廣雅·釋詁》：「晞，視也。」

〔四六〕［注釋音辯］（麾）大將之旗。

〔四七〕［注釋音辯］劉，殺也。［韓醇詁訓］盡殺曰劉。按：章士釗《柳文指要》上《體要之部》卷一云：「各本皆訓『劉』作『殺』，惟無殺於虐，殊不辭。釗疑『劉』由『流』字音訛。」

〔四八〕［注釋音辯］躑，直炙切。躅，除玉切。［韓醇詁訓］行不進貌。

〔四九〕［韓醇詁訓］（灝）音浩。

〔五〇〕［注釋音辯］（爲）去聲。

〔五一〕［百家注］奠，定也。［百家注引王儔補注］《韓詩外傳》曰：「王者藏於天下，諸侯藏於百姓。」按：見《韓詩外傳》卷五。

〔五二〕［注釋音辯］童（宗説）云：如天五穀不熟，謂之大侵。見《穀梁傳》襄公二十四年。

〔五三〕［注釋音辯］屬，之欲切。而，汝也。謂全其肢體。［韓醇詁訓］屬，之欲切。不斷汝支體也。［蔣之翹輯注］屬，不斷也。而，若也。此謂不斷其支體也。

〔五四〕［韓醇詁訓］不戮汝子孫也。

〔五五〕［蔣之翹輯注］謂憲宗。

〔五六〕［注釋音辯］謂太宗至憲宗，凡十帝。［百家注引王儔補注］高祖、太宗、高宗、中宗、睿宗、玄宗、肅宗、代宗、德宗、順宗，凡十帝，是謂十聖。治，高宗諱，恐作「理」字。

〔五七〕［注釋音辯］祖謂高祖，上文所美者。

〔五八〕［注釋音辯］童（宗説）云：商太戊時。［韓醇詁訓］商太戊時，有桑穀共生於朝，一暮大拱。伊陟曰：「妖不勝德。」太戊修德，桑穀死。按：見《尚書·咸有一德》，又見《史記·殷本紀》。

〔五九〕［注釋音辯］童（宗説）云：雊，古侯切。商高宗時。［韓醇詁訓］至高宗時，祭成湯，有飛雉升鼎耳而雊。高宗修政行德，殷道遂復興。［百家注引孫汝聽曰］桑穀，見《書·咸有一德》。雉雊，見《書·高宗肜日》。按：亦見《史記·殷本紀》。

〔六〇〕［注釋音辯］童（宗説）云：宋景公疾，司星子韋曰：「熒惑守心，心，宋之分野。君當祭之，可移於相。」公曰：「相，股肱也。除心腹之疾，而寘之股肱，可乎？」曰：「可移於民。」公曰：「民所以爲國，無民何以爲君？」曰：「可移於歲。」公曰：「歲所以養人也，歲不登，何以畜人乎？」子韋曰：「君善言三，熒惑必退三舍。」見《呂氏春秋》。［韓醇詁訓］宋景公三十七年，熒惑守心。心，宋之分野也。景公憂之。司星子韋曰：「可移於相。」公曰：「相，吾之股肱。」曰：「可移於民。」公曰：「君者待民。」曰：「可移於歲。」公曰：「歲饑民困，吾誰爲君？」子韋曰：「天高聽卑，君有君人之言三，熒惑疑有動。」於是候之，果徙三舍。舍行七星，星當一年，故延二十一年也。景公在位六十四年而卒。［世綵堂］《廣雅》曰：「法星，熒惑也。」按：韓注引文見《史記·宋微子世家》。

〔六一〕［注釋音辯］童（宗説）云：魯昭公十九年，鄭大水，龍鬬於時門之外洧淵。［韓醇詁訓］魯昭公十九年，鄭大水，龍鬬於時門之外洧淵。國人請爲禜焉，子産弗許。曰：「我鬬，龍不我覿也。龍鬬，我獨何覿焉？禳之則彼其室也。我無求於龍，龍亦無求於我，乃止也。」按：見《左傳》昭公十九年。

〔六二〕［注釋音辯］童（宗説）云：哀公十四年春，西狩獲麟。［韓醇詁訓］哀公十四年，西狩獲麟。《左氏》云：「西狩於大野，叔孫氏之車子鉏商獲麟，以爲不祥，以賜虞人。仲尼觀之，曰：『麟也。』然後取之。」按：見《左傳》哀公十四年。

〔六三〕［注釋音辯］童（宗説）云：漢平帝元始元年春正月，越裳氏重譯獻白雉。［韓醇詁訓］漢平帝元始元年，越裳氏重譯獻白雉一、黑雉二，詔以薦宗廟。按：見《漢書·平帝紀》。

〔六四〕［注釋音辯］童（宗説）云：王莽班符命，總説曰：「肇命於新都，受瑞於黄支。」孟康曰：「獻生犀。」［韓醇詁訓］漢平帝元始二年，黄支國獻犀牛。按：見《漢書·平帝紀》。

〔六五〕［注釋音辯］惡音烏。

〔六六〕［注釋音辯］諶，時任切。亦作忱。

〔六七〕［韓醇詁訓］於音烏，嘆辭。穆，美也。

〔六八〕［百家注引孫汝聽曰］言唐有敬德，黎民歸之也。［世綵堂］皇，君也。

〔六九〕［百家注］將，助也。

〔七〇〕［蔣之翹輯注］言唐以仁德爲民介胄，使不得盡戮於隋之鋒刃也。

〔七一〕［注釋音辯］童（宗説）云：（熯）音罕，又音漢。［韓醇詁訓］熯音罕，又作漢，火乾也。

〔七二〕［注釋音辯］鬻與沸同。［韓醇詁訓］鬻，芳味切，涫也。澣音緩，濯垢也。

〔七三〕［注釋音辯］煦，吁句切。［世綵堂］氣以温之。［蔣之翹輯注］《淮南子》：「真人之所游，若吹煦呼吸，吐故内新。」按：見《淮南子・精神》。

〔七四〕［百家注引孫汝聽曰］《孟子》：「周人百畝而徹。」徹謂什一之賦。按：見《孟子・滕文公上》。

〔七五〕［注釋音辯］張（敦頤）云：（糗粻）上去久切，又丘救切。下音張。［韓醇詁訓］糗，去久切，又丘救切。粻音張。《禮記》：「五十異粻。」按：見《禮記・王制》。《尚書・費誓》孔穎達疏：「鄭玄云：糗，擣熬穀也。謂熬米麥使熟，又擣之以爲粉也。」《楚辭・離騷》王逸注：「粻音張，食米也。」

〔七六〕［注釋音辯］張（敦頤）云：（嘏）音假，大也。［百家注引孫汝聽曰］嘏，福也。

〔七七〕［注釋音辯］童（宗説）云：前漢《禮樂志・房中歌》曰「四極爰轃」，師古曰：「四極，四方極遠之處也。《爾雅》曰：東至於泰遠，西至於邠國，南至於濮鉛，北至於祝栗，謂之四極。」［韓醇詁訓］濮鉛，南方國名，見《爾雅》。祝栗，北方遠國也。按：所引見《爾雅・釋地》。

〔七八〕［百家注引孫汝聽曰］《商頌》「幅隕既長」，注云：「隕當作圓。圓，周也。」按：見《詩經・商頌・長發》。

〔七九〕［注釋音辯］告，姑沃切。［世綵堂］告音梏。

〔八〇〕［注釋音辯］［韓醇詁訓］號，音豪。

**【集　評】**

宋祁《宋景文筆記》卷中：柳子厚《正符》、《晉説》，雖模寫前人體裁，然自出新意，可謂文矣。

朱熹《朱子語類》卷一三九：古人作文作詩，多是模倣前人而作之，蓋學之既久，自然純熟。如相如《封禪書》模倣極多，柳子厚見其如此，卻作《貞符》以反之，然其文體亦不免乎蹈襲也。又：《賓戲》、《解嘲》、《劇秦》、《貞符》諸文字，皆祖宋玉之文。《進學解》亦此類。

劉克莊《後村詩話》後集卷一：《賓戲》犯《客難》，《洛神賦》犯《高唐賦》，《送窮文》犯《逐貧賦》，《貞符》犯《封禪書》、《王命論》。

《新刊增廣百家詳補注唐柳先生文》卷一引黄唐曰：古人之治，以德爲本，而符瑞爲報應。後世之治，不本於德，而符瑞爲虚文。《貞符》之作，有見於後。世之虚文，遂欲一舉而盡廢之。豈古人所謂惟德動天，作善降祥之意乎？

王應麟《困學紀聞》卷一七：韓柳並稱而道不同。韓作《師説》，而柳不肯爲師。韓闢佛，而柳謂佛與聖人合。韓謂史有人禍天刑，而柳謂刑禍非所恐。（原注：柳以封禪爲非，而韓以封泰山鏤玉牒勸憲宗。）

史繩祖《學齋佔畢》卷二：唐人作《玉牒真紀》以美玄宗，尤淺陋。及柳宗元《貞符》謂：「受命不於天於其人，休符不於祥於其仁，惟人之仁，匪祥於天，兹爲正符哉，未有棄仁而久者也，未有恃祥而壽者也。」遂一洗前作之陋，爲可喜也。

陳長方《步里客談》卷下：柳子厚《先友記》迺用孔子七十弟子傳體，若《真符》及《雅》，則以《盤》《誥》詩人之文爲祖矣。

張侃《上譙大卿書》：如子厚《貞符》之論、《鐃歌》之曲，艱深漫漶，抒虚無不根之文以惑主聽，中不敢動怨懟之語以覬天回，豈非師不審而學不勤歟？（《張氏拙軒集》卷五）

鄭瑗《井觀瑣言》卷二：柳子厚《貞符》效司馬長卿《封禪書》體也，然長卿之諛不如子厚之正。子厚《答問》效東方曼倩《答客難》體也，然子厚之懟不如曼倩之安。

王文禄《文脈》卷二：夫《封禪》體促，《美新》體方……陳子昂《大周受命頌》佞哉，又子雲下也。惟柳子厚《貞符》貶斥祥瑞，一歸於德，佳哉奇也！詞則疏矣。

《王荆石先生批評柳文》卷一：以上皆金石應制之文，特爲精麗。

徐師曾《文體明辨序説·符命》：夫《美新》之文，遺穢萬世，（邯鄲）淳亦次之，固不足道。而馬、班所作，君子亦無取焉。惟柳氏《貞符》以仁立説，頗協於理，然蘇長公（軾）猶以爲非，則如斯文不作可也。

何良俊《四友齋叢説》卷二三：唐人如李百藥《封建論》、崔融《武后哀册文》、柳子厚《貞符》、韓退之《進學解》，猶是文章之遺，此後不復見矣。

孫月峰（鑛）評點《柳柳州全集》卷一：「是不知道」下：此等起真是奇崛，第是側鋒勢，微覺不甚壯。「而後稍可爲也」下：是《史記》腰鎖法。「非德」一句振起，有力。「漢用大度」下：此段稍近古。「煽以虐焰」下：語非不工，只是太分明。「積藏於下」下：「是謂」法本《禮運》來。「使謂嚴威」下：「嚴威」覺對「豐國」不過。「爞炎以澣」下：四語特險刻。「祇一乃心」下：北南分句，西東合句，正是《禹貢》「東漸西被，朔南曁蓋」。四排則太板。又總評：立意好，文則遠讓馬、揚、班。又評詩：平澹有餘。符命家文遠宜高古宏麗，乃爲合作。

陸夢龍《柳子厚集選》卷一：序如《書》，詩略如《雅》。

蔣之翹輯注《柳河東集》卷一：《貞符》體製雖詰屈幽玄，而意義自繚然可尋，會須觀其步驟神奇處。又「專肆爲淫威」下：只此數語，其體氣以便典奥。「以典永祀」下：一路叙古聖賢以德受命事，若經若史，古雅之極。「休符不于祥于其仁」下：數語是一篇結穴處。「茲惟貞符哉」下：就把上意作抑揚讚歎法而下，又以喪仁恃祥緊跟上語，極跌宕。

顧炎武《日知録》卷二六：柳宗元《貞符》乃希恩餙罪之文，與相如之《封禪頌》異矣，（《唐書》）載之尤爲無識。

張履祥《讀諸文集偶記》：愚常疑三代以上，紀帝王者以德以政，三代以下，紀帝王者以象以相，竊以爲作史之過，讀柳子《貞符》之文，推立極之本，抑受命之符，可謂識高千古。（《楊園先生全集》卷三〇）

儲欣《河東先生全集録》卷一：論近正，詞采兼西、東二京，不媿名作。雖東坡先生嘗譏之，然不害其可存也。

王士禛《池北偶談》卷一九：宋高宗紹興内禪，羅願端良作《帝統》，孝宗淳熙内禪，王子後才臣作《内禪頌》，皆仿《典引》、《貞符》之體。

何焯《義門讀書記》卷三五：《貞符》以德爲符，其論偉矣，然亦本末不該。柳子持論，往往皆據一面，如《封建》則直舍本而齊末者，所以不逮韓子。「流火之烏」下：玄烏、巨跡著於《雅》《頌》，不得而並議之也。「謂之封禪」下：柳子獨排封禪，斷以六藝爲考信。「咨爾皇靈」二句：蘇子美之論尤爲平正，當參觀之。

田雯《柳州題辭》：至於《貞符》傷心，《懲咎》掩泣，雖江潭顦顇，情思纏綿，不是過矣。（《古歡堂集》卷一八）

近藤元粹《柳柳州集》卷一：（評序）此等瑣事，論來重大，可笑。又：行文冗長，不足觀。又：論則正，文則冗長。又：諛言繁縟，可厭。

林紓《韓柳文研究法·柳文研究法》：紓少時讀《封禪文》、《洪範》、《五行傳》、《劇秦美新》、《王命論》、（班）《典引》，苦其淵博難解，則盲讀以領其音節。迨長，頗能分其段落，省其用意，又怪其多頌揚語，且注意瑞應之事，文奇而意未嘗奇也。家貧，不能購書。三十以後，始得濟美堂柳集，讀之經歲，謂《貞符》一篇，實能超出馬、劉、揚、班之樊，舍天事而言人事，得立言旨矣。入手即斥五家之文爲淫巫瞽史，不足揚顯功德，已醒出通篇主意。於本文之前作一小引，不是本文之序，蓋文已宿搆，至永州後，因吴武陵一言，始行進呈耳。入手推源人種肇生之時，營巢衣革，救饑渴，分牝牡，於是遂解仇殺侵掠之事，自得有力者治之，然後社會成。主者更得聖人，然後國家立。「厥初罔匪極亂而後稍可爲也」句總束上文。由開闢而訖於中古，然後拈一德字，立通篇之幹，謂爲德始爲貞符。凡大雹、大虹、巨跡、白狼、魚躍、烏流、虺蛇、天光，貶周黜漢，均妖幻以欺人，不足據爲受命之證。自漢魏兩晉，尤尨亂鉤裂，厥符不貞。將一切駁翻，不復置議，至此作一大頓。留下隋之大亂，沸湧灼爛，引起唐受天命之有據。自「大聖乃起」句以下，全述唐之元德，至「人之戴唐，永永無窮」，其中初不言符瑞，但言孝仁平寬，此即爲天子之貞符。其下點清數語，爲全文關鍵，則曰：「受命不於天於其人，休符不於祥於其仁，惟人之仁，匪祥於天，兹惟貞符哉！未有喪仁而久者也，未有恃祥而壽者也。」此數語精理如鑄，果能闢馬、劉、揚、班之失矣。於是復言「恃祥」之害，妙在鄭以龍衰，魯以麟弱，白雉亡漢，黄犀死莽，語極昭析。末用「極於邦治，敬於人事」作結，堂皇極矣。《宋景文筆記》：「柳子厚《貞符》、《禇説》，能模寫前人體式，然自有新意，可謂文矣。」言新意者，即歸本於德，以不符瑞爲報應，自是此文之本旨。詩平易可誦。

## 睨民詩①

帝睨民情〔一〕，匪幽匪明。慘或在腹，已如色聲〔二〕。亦無動威，亦無止力，弗動弗止，惟民之極〔三〕。帝懷民睨〔四〕，乃降明德〔五〕，乃生明翼〔六〕。明翼者何？乃房乃杜〔七〕。惟房與杜，實爲民路。乃定天子，乃開萬國。萬國既分，乃釋蠹民。乃學與仕，乃播與食〔八〕，乃器與用，乃貨與通。有作有遷，無遷無作。士實蕩蕩，農實董董，工實蒙蒙，賈實融融〔九〕。左右惟一，出入惟同。攝儀以引〔一〇〕，以遵以肆②。其風既流，品物載休。品物載休，惟天子守，乃二公之久。惟天子明，乃二公之成。惟百辟正〔一一〕，乃二公之令。惟百辟穀〔一二〕，乃二公之禄。二公行矣，弗敢憂縱，是獲憂共。二公居矣，弗敢泰止，是獲泰已。既柔一德，四夷是則。四夷是則，永懷不忒〔一三〕。

【校　記】

①注釋音辯本注：「一本在《貞符》後。」世綵堂本注：「一本此詩在外集。」乾道永州本《柳州外集》即有此詩。

②注釋音辯本注：「（肆）合作肄，音曳。」詁訓本亦曰：「（肆）音曳。」世綵堂本注：「一作肄。」蔣之翹輯注本：「『肆』疑作『肄』，音曳，習也。」按：「肆」爲「肄」之訛。肄，修習。

【解　題】

〔注釋音辯〕美房、杜。〔韓醇詁訓〕作之年月日皆不可得而考。古次《貞符》後。詩專以美房玄齡、杜如晦，大意有效於《大雅·崧高》、《烝民》等詩耳。〔蔣之翹輯注〕按房字喬卿，臨淄人。杜字克明，杜陵人。太宗皆舉以爲相。史稱其於大亂之餘，紀綱彫弛，而能使僕植僵使，號令典刑，粲然罔不完。雖數百年，猶蒙其功，宜子厚頌之乃爾。眎，時吏切，視同。按：《舊唐書·杜如晦傳》：「二人共掌朝政，至於臺閣規模及典章文物，皆二人所定，甚獲當代之譽。談良相者，至今稱房杜。」

故宗元此詩以房杜爲「明翼」，其意謂治世之賢相不可或缺。題曰「眎民」，《孟子·離婁下》「文王視民如傷」，則房杜之爲賢相，在於仁政愛民，四民各得其樂，其意更在此乎？

【注釋】

〔一〕［注釋音辯］謂天帝。［百家注］：帝，上帝。

〔二〕《列子·楊朱》：「昔人有美戎菽甘枲莖芹萍子者，對鄉豪稱之。鄉豪取而嘗之，蜇於口，慘於腹，衆哂而怨之。」此謂腹内有痛，已形於色、發爲聲矣。

〔三〕《尚書·君奭》：「作汝民極。」孔安國傳：「爲汝民立中正矣。」

〔四〕［世綵堂］《書》：「天視自我民視。」按：見《尚書·泰誓中》。

〔五〕［注釋音辯］謂唐君。［百家注引孫汝聽曰］明德，謂明德之主。按：《尚書·君陳》：「黍稷非馨，明德惟馨。」語出此。

〔六〕［注釋音辯］謂輔臣。［百家注引孫汝聽曰］《書》：「庶明勵翼。」按：見《尚書·皋陶謨》。

〔七〕［注釋音辯］房玄齡、杜如晦。

〔八〕［百家注引孫汝聽曰］播，謂播種。《書》「汝后稷播時百穀」也。按：見《尚書·舜典》。

〔九〕章士釗《柳文指要》上《體要之部》卷一：「『士實蕩蕩』四句，謂四民渾樸勤勞，相助忘我之象。」「融融者，和之至也。惟蕩蕩、董董、蒙蒙亦然。」

〔一〇〕《詩經・大雅・既醉》:「朋友攸攝,攝以威儀。」毛傳:「言相攝佐者以威儀也。」

〔一一〕《詩經・大雅・假樂》:「百辟卿士,媚于天子。」鄭玄箋:「百辟,畿内諸侯也。」

〔一二〕[百家注引王儔補注]穀,善也。《書》:「凡厥正人,既富方穀。」按:見《尚書・洪範》。

〔一三〕[百家注引孫汝聽曰]忒,差忒也,《詩》「其儀不忒」。按:見《詩經・曹風・鳲鳩》。

【集評】

近藤元粹《柳柳州集》卷一:押韻欠明瞭。

# 柳宗元集校注卷第二

## 古　賦

### 佩韋賦 并序

柳子讀古書，覩直道守節者即壯之①，蓋有激也。恒懼過而失中庸之義，慕西門氏佩韋以戒〔一〕，故作是賦。其辭曰：

邈予生此下都兮，塊天質之慤醇〔二〕。日月迭而化升兮，寖遁初而枉神②〔三〕。雕大素而生華兮③〔四〕，汩末流以喪真〔五〕。晞往躅而周章兮④〔六〕，懵倚伏其無垠⑤〔七〕。世既奪予之大和兮，眷授予以經常。循聖人之通途兮，鬱縱臾而不揚〔八〕。猶悉力而究陳兮，獲貞則於典章。嫉時以奮節兮，憫己以抑志。登嵩丘而垂目兮〔九〕，瞰中區之疆理〔一〇〕。横萬里而極海兮，頽風浩其四起〔一一〕。恟驚怛而躑躅兮〔一二〕，惡浮詐之相詭。思貢忠於明后兮〔一三〕，振教導乎遐軌⑥。紛吾守此狂狷兮〔一四〕，懼執競而不柔⑦〔一五〕。探先哲之奥謨兮〔一六〕，攀往烈之洪休⑧。曰沈潛而剛克兮〔一七〕，固讜人之嘉猷〔一八〕。嗟行行而躓踣兮〔一九〕，信往古之所仇。彼穹壤之廓殊兮，寒與暑而交修。執中而俟命兮，固仁聖之善謀。吾祖士師之直道兮，亦愀然於伐國〔二〇〕。尼父戮齊而誅卯兮，本柔仁以作極〔二一〕。藺竦顔以誚秦兮，入降廉猶臣僕〔二二〕。吉優繇而布和兮，殘萑蒲以屏匿⑨〔二三〕。劇拔刃於霸侯兮，退匔匔而畏服〔二四〕。寛與猛其相濟兮，孰不頌兹之盛德。克明哲而保躬兮，恢大雅之所勗〔二五〕。陽宅身以執剛兮，率易帥而蒙辜⑩〔二六〕。羽愎心以盭志兮，首身離而不懲〔二七〕。雲岳岳而專强兮，果黜志而乖圖〔二八〕。咸觸屏以拒訓兮，肆殞越而就陵〔二九〕。冶訐諫於昏朝兮，名崩弛而陷誅〔三〇〕。苟縱直而不羈兮，乃變罹而禍仍⑪〔三一〕。歷九折而直奔兮〔三二〕，固摧輈而失途。遵大路而曲轍兮，又求達而不能。廣守柔以允塞兮⑫，抵暴梁而壞節〔三三〕。家撝謙而温美兮，胥子公而喪哲〔三四〕。義師仁而惡很兮⑬，遂潰騰而滅裂〔三五〕。斯委懦以從邪兮，悼上蔡其何補〔三六〕！徐偃柔以屏義兮，倏邦離而身虜〔三七〕。桑弘和而卻武兮⑭，涣宗覆而國舉〔三八〕。設任柔而自處兮⑮，蒙大戮而不悟〔三九〕。故曰純柔純弱兮，必削必薄。純剛純强兮，必喪必亡。韜義於中〔四〇〕，服和於躬，和以義宣⑯，剛以柔通。守而不遷兮，變而無窮。交得其宜兮，乃獲其終。姑佩兹韋兮⑰，考古齊同。

亂曰〔四一〕：韋之申申〔四二〕，佩於躬兮。本正生和，探厥中兮。哲人交修，樂有終兮。庶寡其過，追古風兮⑱。

【校　記】

①原注及世綵堂本注：「即，一作則。」注釋音辯本即作「則」。壯之，世綵堂本注：「一作狀之。」

②原注：「枉，一作柱。」詁訓本注：「枉，一作袵。」世綵堂本注：「枉，一作柱。一作袵神，一作在神。」

③原注及注釋音辯本、世綵堂本注：「生，一作成。」

④晞，詁訓本、《全唐文》作「晞」。

⑤世綵堂本注：「垠，一作根。」

⑥注釋音辯本、世綵堂本注：「乎，一作之。」

⑦世綵堂本注：「柔，一作求。」

⑧烈，諸本皆作「列」。世綵堂本注：「列，一作烈。」

⑨蒲，原作「苻」。詁訓本同。世綵堂本注：「萑，音丸。『苻』與『蒲』同。」

⑩率，注釋音辯本作「卒」。帥，原作「師」，《全唐文》同。此據注釋音辯本、世綵堂本等改。

⑪原注：「仍，一作俱。」注釋音辯本、世綵堂本同。

⑫以，詁訓本作「而」。

⑬ 世綵堂本注：「一本無『惡』字。」

⑭ 原注：「桑弘和，一作乘柔知，名字不同，事不可得而考。」詁訓本、世綵堂本同。注釋音辯本注：「桑弘和，一作乘柔知，事不可考。」

⑮ 原注：「任柔，一作仁柔。」詁訓本同。注釋音辯本、世綵堂本注：「任柔，一作仁柔。其事未詳。或云鱄設諸，恐非。」

⑯ 注釋音辯本注：「晏本『和』作『利』。」

⑰ 世綵堂本注：「姑，一作始。」作「始」當是。

⑱ 原注及注釋音辯本、世綵堂本注：「追，一作進。」

【解　題】

［韓醇詁訓］《史記》：「西門豹以性急，嘗佩韋以自緩。」韋者，柔皮也，佩之所以戒，其或過乎剛耳，此公賦之所以作也。然作之時日，不可得而詳。據集《與吕温書》云：「自吾得友君子，而後知中庸之門户堦室。」此貞元末事也。時公之願學中庸，見於文者甚多。賦亦當貞元二十年後歟？［百家注引童宗説曰］西門豹性急，故佩韋以自緩。董安于性緩，故佩弦以自急。韋，皮繩，喻緩也。弦，弓弦，喻急也。事見《韓非子》。按：韓説大致可從。佩韋事見《韓非子·觀行》。章士釗《柳文指要》上《體要之部》卷二：「子厚之《佩韋賦》，當然非無所爲而作。此賦異然典重，中間稱引古人之

處，幾占三分之二。其表明己志，在此一段：『紛吾守此狂狷兮，懼執競而不柔。……』據『穹壤廓殊』一語，可見此賦作於永貞失敗之後。而子厚《與呂温書》云『自吾得友君子，而後知中庸之門户階室』，此貞元末年事，又可見子厚於剛柔如何適中，中心盤桓甚久。其最後一段曰……文中『韜義於中，服和與躬』，及『本正生和，探厥中兮』四語最爲眉目。」

**【注釋】**

〔一〕［注釋音辯］童（宗説）云：韋，雨非切。西門豹性急，故佩韋以自緩。董安于性緩，故佩弦以自急。韋，皮繩，喻緩也。弦，弓弦，喻急也。見《韓子》。［百家注］並見題注。

〔二〕［注釋音辯］愨，苦角切。［韓醇詁訓］（愨醇）上苦角切，下音淳。按：愨醇，謹慎淳樸。

〔三〕［注釋音辯］寖，子鴆切。［蔣之翹輯注］《詩》：「日居月諸，胡迭而微。」注：「迭，更也。」寖，漸也。與浸同。按：見《詩經・邶風・柏舟》。

〔四〕［百家注］華，猶薄也。

〔五〕［注釋音辯］汩，古忽切。［蔣之翹輯注］《楚辭》「汩予若將不及」，注：「汩，水流疾去之貌。」

〔六〕［注釋音辯］周章，不決貌。躅，廚玉切。［百家注引孫汝聽曰］睎，慕也。周章，不決貌。

〔七〕［注釋音辯］潘（緯）云：懵音蒙，無知也。又母揔切，心亂也。又眉登切，惽也。又母亘切，眼不明也。［韓醇詁訓］懵，牟孔切，心迷也。［百家注引孫汝聽曰］懵，迷惑不明也。《老子》：

「禍兮福所倚，福兮禍所伏。」垠，垠堮也。懵，牟孔切，又母亘切。

〔八〕〔注釋音辯〕張（敦頤）云：縱，子勇切。臾音勇。〔韓醇詁訓〕縱，子勇切。臾音勇。猶言勉强也。注見《貞符》。〔百家注〕縱臾，猶勉强也。

〔九〕〔韓醇詁訓〕嵩，息中切。中嶽也。

〔一〇〕〔注釋音辯〕瞰，苦濫切，下視也。〔韓醇詁訓〕瞰，苦濫切，音闞。遠視也。〔蔣之翹輯注〕嵩，中嶽也，在河南登封縣。瞰，下視也。《詩》傳：「疆，畫經界也。理，分地理也。」

〔一一〕〔蔣之翹輯注〕《爾雅》：「暴風從上下曰頹風。」按：《爾雅·釋天》：「焚輪謂之頹，扶搖謂之猋。」郭璞注：「（頹）暴風從上下。（猋）暴風從下上。」

〔一二〕〔注釋音辯〕張（敦頤）云：恟，許卭切，音凶。憂恐也。〔韓醇詁訓〕恟音凶。《説文》：「憂恐也。」躑，直炙切。躅，除玉切。躑躅，行不進貌。〔蔣之翹輯注〕恟，憂恐也。怛，驚懼也。

〔一三〕〔蔣之翹輯注〕明后，君也。

〔一四〕〔注釋音辯〕童（宗説）云：紛，依《楚詞》音焚。

〔一五〕〔百家注引孫汝聽曰〕競，强也。《詩》「執競武王」。按：見《詩經·周頌·執競》。

〔一六〕〔韓醇詁訓〕奥，於到切。

〔一七〕〔百家注引王儔補注〕《書·洪範》曰：「沈潛剛克。」〔蔣之翹輯注〕《書·洪範》「沈潛剛克」，注：「以剛克柔也。」

〔一八〕［韓醇詁訓］讜音黨，直言也。

〔一九〕［注釋音辯］張（敦頤）云：行，並下浪切。童（宗説）云：躓音致，跆也。踣，蒲墨切。［韓醇詁訓］行行，並下浪切。剛强貌。躓音致，跆也。踣，蒲墨切。［百家注集注］《論語》：「子路，行行如也。」［蔣之翹輯注］踣，僵仆也。按：見《論語・先進》。

〔二〇〕［注釋音辯］魯欲伐齊，問柳下惠。下惠歸曰：「吾聞伐國不問仁人，此言何爲至於我哉？」潘（緯）云：愀，七小切，色變。［韓醇詁訓］《魯論》：「柳下惠爲士師，三黜。人曰：『子未可以去乎？』曰：『直道而事人，焉往而不三黜？』」［百家注引孫汝聽曰］《董仲舒傳》：「魯君問柳下惠：『吾欲伐齊，何如？』下惠曰：『不可。』歸而有憂色，曰：『吾聞伐國不問仁人，此言何爲至於我哉！』」按：見《論語・微子》、《漢書・董仲舒傳》。

〔二一〕［注釋音辯］孔子誅齊優施，戮少正卯。［韓醇詁訓］孔子仕於魯，爲大司寇。定公十年，齊與魯會於夾谷，孔子攝相事。齊有司請奏四方之樂，又請奏宮中之樂，優倡侏儒爲戲而前。孔子曰：「匹夫而熒惑諸侯者，罪當誅。」請命有司加法焉，手足異處。齊景公歸而恐，乃歸所侵魯鄆、汶陽、龜陰之田，以謝過。定公十四年，孔子爲魯司寇行相事，七日而誅亂政大夫少正卯，戮於兩觀之下。［百家注引孫汝聽曰］定十年《穀梁傳》：「公會齊侯於頰谷，孔子相焉。齊人使優施舞於魯君之幕下，孔子曰：『笑君者罪當死。』使司馬行法焉，首足異門而出。」《家語》：「孔子爲魯司寇，七日，而誅亂政大夫少正卯，戮之於兩觀之下。」按：見《公羊傳》、《穀梁傳》

定公十年。誅少正卯事則見《荀子·宥坐》及《孔子家語·始誅》。

〔二二〕[注釋音辯]藺相如叱秦王，引車避廉頗。降，音絳，下也。藺，音吝。[韓醇詁訓]藺相如，趙人也，爲趙宦者。秦王會趙王於河外澠池，秦王與趙王飲酒，酣，請趙王鼓瑟，趙王鼓之。藺相如復請秦王鼓缶，秦王不肯，相如曰：「五步之内，臣得以頸血濺大王矣。」左右欲刃相如，相如張目叱之，皆靡。秦王不懌，爲一擊缶。罷酒，終不能有加於趙。趙王歸國，以相如爲上卿，位在廉頗之右。廉頗曰：「我爲趙將，有大功，而藺相如以口舌，位居吾上。」宣言曰：「必辱之。」相如聞之曰：「顧吾念之，强秦不敢加兵於趙者，徒以吾二人在也。今兩虎共鬬，其勢不俱生，吾所以爲此者，先國家之急，而後私讎也。」廉頗聞之，肉袒負荆，至門謝罪，爲刎頸之交。按：見《史記·藺相如廉頗列傳》。

〔二三〕[注釋音辯]游吉，鄭子太叔也。《左傳》昭公二十年：「子太叔爲政，不忍猛而寬。鄭國多盜，取人於萑苻之澤。太叔興徒兵以攻之，盜少止。」萑，音丸。苻，即蒲字。「繇」與「由」同。[韓醇詁訓]吉，鄭子太叔游吉也。《左氏》昭公二十年：「鄭子産卒，太叔爲政，不忍猛而寬。鄭國多盜，取人於萑苻之澤。太叔悔，興徒兵以攻之，萑苻之盜少止。」萑音丸。苻音蒲。[蔣之翹輯注]班固《賓戲》「陸子優繇」，即優游也。按：見《左傳》昭公二十年。阮元《春秋左傳注疏校勘記》：「石經初刻作『萑蒲』，後改作『萑苻』。」方以智《通雅》卷六：「優游，一作優猶、優啞、優繇。《荀子》『優猶知足』，《答賓戲》『陸子優繇』，《楚相碑》『優游』字作『優啞』，柳《佩韋賦》『吉優繇而布和』。」

〔二四〕［注釋音辯］劌，居衛切。匑，丘弓切。敬謹貌。魯莊公十三年，齊侯始霸，與魯會於柯。曹劌以匕首劫桓公，盡歸魯之侵地，桓公許之，乃下壇就群臣之位。《公羊》作曹沬。［韓醇詁訓］劌，曹沬也。《左氏》、《穀梁》作曹劌。劌以勇力事魯莊公爲將。齊桓公與魯會於柯而盟，劌即匕首劫齊桓公，左右莫敢動，而問曰：「子將何欲？」劌曰：「齊强魯弱，而大國侵魯，亦已甚矣。今魯城壞，即壓齊境，君其圖之。」桓公乃許，盡歸魯之侵地。既已言，曹劌投其匕首下壇，北面就群臣之位，顔色不變，辭令如故。劌，居衛切。匑，丘六、丘弓二切。《博雅》：「匑匑，謹也。」按：《史記·刺客列傳》作曹沫。方以智《通雅》卷一〇：「躹，猶躳躳也。《史記·魯世家》『躹躹如畏』，即謹懾之意，音窮。故平水韻增有窮字，曲躳也，本因躹字音窮。又曰與⿰亻曲通，則北人讀曲爲平耳，實則曲躬之狀。子厚《佩韋賦》『退躹躹而莫服』，升庵《字説》亦作躹躹，複矣，音去聲，則依劉淵之音也。智謂躹不必音窮，而況去聲乎？趙德甫言：《令狐先廟碑》劉禹錫撰，碑本有『躹若奉盈』，弘家本作『躹躹若奉盈』，轉道昭訛作匑匑。」徐文靖《管城碩記》卷二四：「（《史記》）《魯周公世家》『匑匑如畏然』，徐廣曰：『匑匑，謹敬貌。』見《三蒼》。音窮。一本作夔夔，今云音麴，又音躬，皆非。」

〔二五〕［注釋音辯］（勗）子玉切。見《烝民》詩。［韓醇詁訓］《大雅》云：「既明且哲，以保其身。」勗，吁玉切。［百家注引孫汝聽曰］勗，勉也。按：見《詩經·大雅·烝民》。

〔二六〕［注釋音辯］《左傳》文公六年：「晉陽處父以剛。晉狐夜姑怨陽子之易其班也，使續折居殺之。」［韓醇詁訓］陽處父也。仕於晉，性剛直，好高尚。《左氏》文公五年：處父聘於衛，反，過甯，甯嬴從之，及温而還。其妻問之，曰：「以剛。」「《書》曰：『沉潛剛克，高明柔克。』夫子壹之，其不没乎！」六年，晉蒐於夷，使狐射姑將中軍，趙盾佐之。處父至自温，改蒐而易之，乃以趙盾將中軍，狐射姑佐之。賈季恐處父之易其班也，而知其無援於晉也。九月，遂使續鞫居殺陽處父。［百家注引孫汝聽曰］文五年《左氏》：「陽處父聘於衛，過甯，甯嬴曰：『沈潛剛克，高明柔克，夫子壹之，其不没乎！』」六年，晉蒐於夷，使狐射姑將中軍，趙盾佐之。陽處父至自温，改蒐於董，易中軍，狐射姑怨陽子之易其班也，九月，使續鞫居殺處父。」

〔二七〕［注釋音辯］童（宗説）云：愎，蒲北切，又弼力切。狠也。盭音戾，又音利。項羽既敗，自刎而死。王翳取其頭，五騎各得其一體。［韓醇詁訓］項羽既敗垓下，自度不能脱，乃自刎而死。王翳取其頭，餘騎相蹂踐，争項王，相殺者數十人。最其後，郎中騎楊喜等五人各得其一體。愎，蒲逼切，很也。盭，音戾。按：見《史記·項羽本紀》。

〔二八〕［注釋音辯］漢朱雲連折五鹿充宗，時人語曰：「五鹿岳岳，朱雲折其角。」［韓醇詁訓］漢朱雲好倜儻大節，成帝時，常言於朝曰：「願賜尚方斬馬劍，斷佞臣一人，以厲其餘。」上問：「誰也？」對曰：「安昌侯張禹。」上大怒曰：「小臣居下訕上，廷辱師傅，罪死不赦。」御史將雲下，雲攀殿檻，折，呼曰：「臣得下從龍逄、比干遊於地下，足矣，未知朝廷何如？」爾時左將軍辛慶忌，以雲素著狂直於世，以死争之，上意始解，乃得已。自是，遂不復仕。「岳岳」字亦見《朱雲傳》。師古曰：「長角貌也。」**按**：百家注本引孫汝聽注作《漢書·朱雲傳》，與韓注略同。《漢書·朱雲傳》：「是時少府五鹿充宗貴幸，爲梁丘《易》。自宣帝時善梁丘氏説，元帝好之，欲考其異同，令充宗與諸《易》家論。充宗乘貴辯口，諸儒莫能與抗，皆稱疾不敢會。有薦雲者，召入，攝齋登堂，抗首而請，音動左右。既論難，連拄五鹿君，故諸儒爲之語曰：『五鹿嶽嶽，朱雲折其角。』」顔師古注：「嶽嶽，長角之貌。」「岳岳」非形容朱雲語，與事不切。光聰諧《有不爲齋隨筆》辛：「《佩韋賦》：『雲嶽嶽而專彊兮，果黜志而乖圖。』《漢書·朱雲傳》：『五鹿嶽嶽，朱雲折其角。』移『嶽嶽』稱雲，與本事不合。此法一開，宋人多踵爲之，蘇黄尤甚。」

〔二九〕［**注釋音辯**］陳萬年病，召其子陳咸，教戒於牀下，咸睡，頭觸屏風，萬年怒。後咸以言石顯，髠爲城旦。［**韓醇詁訓**］前漢陳咸，以父萬年任爲郎，抗直，數言事。萬年當病，召咸，教戒於牀下。語至夜半，咸睡，頭觸屏風。萬年大怒，曰：「乃翁教戒汝，汝反睡，不聽吾言，何也？」咸叩頭謝曰：「具曉所言，大要教咸諂也。」萬年遂不復言。萬年死，元帝擢爲御史中丞。後以言石顯事，髠爲城旦。**按**：見《漢書·陳萬年傳》。

〔三〇〕［**注釋音辯**］訏，居列切。《左傳》宣公九年：陳洩冶諫靈公宣淫，孔寧、儀行父殺之。［**韓醇詁訓**］冶，洩冶也。《左氏》宣公九年：「陳靈公與孔寧、儀行父通於夏姬，皆衷其衵服以戲於朝。洩冶諫曰：『公卿宣淫，民無效焉。且聞不令，君其納之。』公曰：『吾能改矣。』公告二子，二子請殺之，公弗禁，遂殺洩冶。孔子曰：《詩》云：『民之多辟，無自立辟。』其洩冶之謂乎！」訏，居列切，告也。衵，女乙反，又女栗反，婦人近身内衣也。

〔三一〕［百家注］罹，鄰知切。［世綵堂注］罹音漓。

〔三二〕［注釋音辯］九折，險阪也。［韓醇詁訓］漢王陽爲益州刺史，行部至卭崍九折阪，嘆曰：「吾奉先人遺體，奈何數乘此險？」曰九折者，言其險也。按：見《漢書・王尊傳》。

〔三三〕［注釋音辯］後漢胡廣曲從梁冀，鴆殺質帝，立蠡吾侯。［韓醇詁訓］廣，胡廣，梁，梁冀也。後漢梁冀以外戚之勢，暴恣多非法。沖帝即位，以李固爲太尉，與梁冀參録尚書事。冀既鴆殺質帝，李固及胡廣、趙戒、杜喬皆以清河王蒜明德著聞，又屬最親，宜立爲嗣。先是，蠡吾侯志嘗娶冀妹，時在京師，冀欲立之。衆論既異，明日，冀會公卿，意氣凶凶而言辭激切，胡廣、趙戒皆畏憚，曰：「惟大將軍令。」而固與杜喬堅守本議。冀激怒，竟立蠡吾侯，是爲桓帝。冀遂枉害李固及杜喬。固臨命，與胡廣、趙戒書曰：「固受主厚恩，志欲扶持王室，何圖一朝梁氏迷謬，公等曲從，受主厚禄，顛而不扶，傾覆大事。後之良史，豈有所私。固身已矣，於義得矣，夫復何言！」廣、戒得書悲慙，皆長嘆流涕。按：見《後漢・李固傳》。

〔三四〕［注釋音辯］撝，與「揮」同。《左傳》宣公四年，鄭子公謀弑靈公，子家懼而從之。［韓醇詁訓］家，子家，鄭公子歸生也。子公，鄭公子宋也。《左氏》：「楚人獻黿於鄭靈公，公子宋與子家將見，子公之食指動，以示子家曰：『它日我如此，必嘗異味。』及入，宰夫將解黿，相視而笑，公問之，子家以告。及食大夫黿，召子公，而弗與也。子公怒，染指於鼎，嘗之而出。公怒，欲殺子公，子公與子家謀先，子家曰：『畜老猶憚殺之，而況君乎？』反譖子家。子家懼而從之。夏，弒靈公。」〔百家注引孫汝聽曰〕宣四年《左氏》：「子公與子家謀弒鄭靈公，子家曰：『畜老猶憚殺之，況君乎？』反譖子家。子家懼而從之。夏，弒靈公。」

〔三五〕〔**注釋音辯**〕宋義下令，謂項羽狠如狼，羽即帳中斬其頭。潘（緯）云：狠，下懇切，不聽從也。〔**韓醇詁訓**〕西漢翟義，方進之子也。平帝時爲東郡太守。至王莽居攝，義心惡之，乃謂陳豐曰：「吾幸得備宰相子，身守大郡，父子受漢恩厚，當爲國討賊，以安社稷。欲舉兵西誅不當攝者，選宗室子孫輔而立之。設令時命不成，死國埋名，猶可不慙於先帝。」乃立東平王子信爲天子，自號大司馬，舉兵討之。莽聞而大懼，遣將攻之，義不勝，與劉信棄軍庸亡。捕得，尸磔，陳都市，夷滅三族。〔**百家注引孫汝聽曰**〕義，宋義。〔**蔣之翹輯注**〕義謂宋義。《史記》：「宋義事楚懷王，爲上將軍。因下令軍中曰：『猛如虎，狠如羊，貪如狼，彊不可使者，皆斬之。』項羽惡之。晨朝，即其帳中斬宋義。」或又謂義，漢翟義也。翟義爲東郡太守，王莽居攝，義心惡之，乃立東平王子信爲天子，自號大司馬，舉兵討之。莽遣將攻之，義不勝，與劉信棄軍庸亡，捕得，屍磔東都市，夷滅三族。二說未知孰是。**按**：宋義事見《史記·項羽本紀》。翟義事見《漢書·翟方進傳》。惡，厭惡也。由「惡狠」語觀之，當是用宋義事。

〔三六〕〔**注釋音辯**〕趙高説李斯立胡亥，後乃譖斯。斯出獄謂其子曰：「吾欲復牽黄犬，出上蔡東門逐狡兔，其可得乎？」〔韓醇詁訓〕李斯事秦二世爲丞相，時郎中令趙高恃恩專恣，譖丞相長男李由爲三川守與盜通，且丞相居外權重，乃下斯就獄。趙高治之，斯不得已，遂誣服，要斬咸陽市。斯出獄謂其中子曰：「吾欲與若復牽黄犬，出上蔡東門逐狡兔，豈可得乎？」按：見《史記·李斯列傳》。

〔三七〕〔注釋音辯〕周穆王西遊，諸侯皆歸徐偃王。穆王使楚伐之，偃王不忍鬬其民，敗走彭城。潘（緯）云：倏音叔。〔韓醇詁訓〕徐氏出自嬴姓，夏后氏封之於徐，至偃王三十二世，爲周所滅。張華《博物志》：「徐偃王治其國，仁義著聞，諸侯服從。周王使楚伐之，偃王仁，不忍鬬其民，爲楚所敗，走彭城武原東山下。」按：見《博物志》卷七及《後漢書·東夷傳》。

〔三八〕諸注家皆謂事不可得而考。王應麟《困學紀聞》卷一〇：「《吴子》曰：『承桑氏之君，修德廢武以滅其國。』柳子《佩韋賦》：『桑弘和而卻武兮，涣宗覆而國舉。』桑謂承桑氏也。（閻若璩曰：一本改桑爲乘，誤。）」何焯《義門讀書記》卷三五已引《困學紀聞》補正之。見今本《吴子·吴起初見文侯章句》。

〔三九〕〔韓醇詁訓〕《史記》：「專設諸者，伍子胥亡楚如吴，乃進之於吴公子光。光之父曰吴王諸樊，諸樊弟三人，次曰餘祭，次曰夷昧，次曰季子札。諸樊知季子札賢而不立太子，以次傳三弟，欲卒致國於季子札。諸樊既死，傳餘祭。餘祭死，傳夷昧。夷昧死，當傳季子札，札逃不肯立，吴人立夷昧之子僚爲王。公子光曰：『使以兄弟次耶，季子當立。必以子乎，則光真適嗣。』故嘗陰養謀臣以求之。既得專設諸，善客待之。及楚平王死，吴王僚使其二弟將兵圍楚之灊，楚發兵絶其路，吴兵不得還。於是公子光謂專設諸曰：『此時不可失，不求何獲？』後乃伏甲士於窟室中，而具酒請王僚。酒酣，公子光佯爲足疾，入窟室，使專設諸置匕首魚炙之腹中，以進。既至王前，專設諸擘魚，因以匕首刺王僚，王僚立死。左右亦殺專設諸。公子光遂出其伏甲，以攻王僚之徒，而自立爲王。」〔蔣之翹輯注〕其事未詳。或云專設諸刺吴王僚，恐非是。按：何焯《義門讀書記》卷三五亦云：「任柔，其事未詳。或云鱄設諸，恐非。」韓引見《史記·刺客列傳》，然其名作專諸。司馬貞索隱曰：「『專』字亦作『鱄』，音同。《左傳》作『鱄設諸』。」鱄設諸見《左傳》昭公二十年、二十七年。「設」謂專設諸。專諸鬬勇而聽其妻言，故云「任柔」。事見趙曄《吴越春秋》卷三《王僚使公子光傳》。引專諸事不誤。

〔四〇〕〔注釋音辯〕韜，音叨。按：韓醇詁訓本、百家注本皆同。

〔四一〕〔注釋音辯〕亂，理也，所以重理一賦之意。〔蔣之翹輯注〕：亂者，樂節之名。《國語》云「其輯之亂」，輯，成也。凡作篇章既成，撮其大要，以爲亂辭也。《史記》：「《關雎》之亂，以爲《風》始。」《禮》曰：「既奏以文，又亂以武。」又曰：「亂，理也。」所以重理一篇之意。按：百家注本引孫汝聽注與注釋音辯本同。

〔四二〕《論語·述而》：「子之燕居，申申如也，夭夭如也。」申申，舒和貌。此用爲舒展貌。

【集　評】

《新刊增廣百家詳補注唐柳先生文》卷二王儔補注引黄唐曰：佩服之設，非以爲觀美，法象以成己也。玉佩取其德，玦佩取其斷，觿佩取其解紛，象環佩取其立義。己所不足，時觀其近，思之亦可以長善而救失，故曰佩衷之旗。今子厚所行者枉道，而自訟其訐直之名，所秉者柔從，而取象於軟熟之韋，不亦以水濟水乎？嗚呼！果有意於比物醜類，則宜易以董安于之弦。

黄震《黄氏日鈔》卷六〇：《佩韋賦》謂：「讀古書，覩直道守節者，則壯之，常懼過，失中庸，故作。」愚謂子厚所守者何節，而懼其過耶？

戴表元《佩韋辨》：吾讀柳子厚《佩韋賦》，感而悲之。夫子厚謂純柔純弱者必削必薄，純剛純强者必喪必亡，故取於韜義服利之君子，以爲之盟。是行善矣，吾獨不釋於取捨之指。何其持心危、擇利審，惴焉奪於其外將不暇，執其素，委躬而趨之也！且洩冶之争其君而死義也，安有義而可悲者？義不可悲而不免於禍，非洩冶之罪也，而子厚罪之。陳咸在昏上亂臣之間，崛强自異，病在猶未能盡誠直耳。其觸屏而拒教，君子何譏焉，而子厚譏之。充子厚之意，則擬之若何然後爲剛耶？如此而剛者在所惡，則將出於如彼而柔者而後可耶？……吾觀子厚奇才盛氣，言論雄峭，得君之淺，未覩著立何如。而平居與敵以下，言視施於所畏者，悾悾之義，已少衰矣。夫子曰：「棖也慾焉得剛。」慾之害剛，不必已甚，亦孰有大於利禄者乎？子厚悼苦諫之敗名，懲直躬之失職，逃剛太過，逡巡不悟，而墮於黨人之穽也，哀哉！吾故重惜子厚賢而有識，疏於剛柔之辨，不及詳而擇之也。

王君希聖作《佩韋辭》，自西門豹、范丹、柳子厚諸人，至朱夫子，凡取於韋者備矣。徵僕爲之銘，僕不能有所發，獨謂子厚宜慕剛者師之，不得尚愧，不能執柔，故爲其辨。（《剡源文集》卷二三）

吴寬《佩韋記》：豹之後，有唐柳子厚嘗賦《佩韋》，蓋亦有見於此矣。今周京元基則又以佩韋自號。元基其慕豹與？其慕子厚與？豹固良吏，史遷獨以其一事出於俳，遂寘於滑稽之列，固非也。然稱其治鄴，民不敢欺，則亦剛果彊察，其性未克變也。子厚急於仕進，黨於叔文，以汙其身，卒被譴謫，則亦未知所謂緩者也。斯二人者，果足慕乎？（《家藏集》卷三二）

蔣之翹輯注《柳河東集》卷二：句句自寫依回黨惡情狀，蓋亦子輿氏所謂順其過而又爲之辭也。「考古齊同」句下：此段似有道語氣。

林紓《韓柳文研究法·柳文研究法》：屈原之爲《騷》及《九章》，蓋傷南夷之不吾知，於是朝廷爲不知人，於己爲無罪，理直氣壯，傅以奇筆壯采，遂爲天地間不可漫滅之至文。重言之不見其沓，昌言之莫病其狂。後來學者，文既不逮，遇復不同，雖仿楚聲，讀之不可動人。惟賈長沙身世庶幾近之，故悲亢之聲，引之彌長，亦正爲忠氣所激耳。柳州諸賦，摹楚聲，親騷體，爲唐文巨擘。顧得罪而出，但宜閉門思過之言，不能爲狺狺自訟之語，此最難著筆。讀集中《佩韋賦》，欲自進於中庸之門户階室（覆與吕温書），則此賦當作於貞元二十年以後。惡侃直而尚醇和，實有激而作。中間剛柔分段，首推尼父能柔能剛。其下配以藺相如、游居、曹劌，不倫不類。蓋舉是四人指爲寬猛相濟，即是中庸正軌。斥剛之失，則項羽、朱雲、陳咸、洩冶也。斥柔之失，則子家、宋義、李斯、徐偃、桑弘也。

引用紛雜，然音節甚高，賦色甚古。説理之文，卻能以聲容動重，亦云難矣。

## 瓶賦

昔有智人，善學鴟夷〔一〕。鴟夷蒙鴻〔二〕，罍罃相追①〔三〕。諂誘吉士②，喜悦依隨。開喙倒腹〔四〕，斟酌更持。味不苦口，昏至莫知。頹然縱傲，與亂爲期。視白成黑，顛倒妍媸〔五〕。己雖自售〔六〕，人或以危。敗衆亡國，流連不歸。誰主斯罪？鴟夷之爲。不如爲瓶③，居井之眉④〔七〕。鈎深挹潔〔八〕，淡泊是師。和齊五味〔九〕，寧除渴飢。不甘不壞，久而莫遺。清白可鑒，終不媚私。利澤廣大，孰能去之？綆絶身破〔一〇〕，何足怨咨。功成事遂，復於土泥。歸根反初，無慮無思。何必巧曲，徼覬一時〔一一〕。子無我愚，我智如斯。

【校　記】

① 原注及注釋音辯本、世綵堂本注：「罃字當作罌，音鶯，缶也。一本作斚，音假，樽名。」

② 誘，詁訓本作「諂」。

③ 如，《全唐文》作「知」。

④ 原注及注釋音辯本、世綵堂本引《酒箴》注云：「眉，井邊也。若人目上之有眉。作湄者非。」

【解　題】

［注釋音辯］東坡云：「揚子雲《酒箴》有問無答，子厚《瓶賦》蓋補亡耳。子厚以瓶爲智，幾於通道知命者。」［韓醇詁訓］與下《牛賦》其辭意皆有所託，當是永貞元年謫永州後有所感憤而作也。此賦，晁太史《變騷》中序之詳矣。「鴟夷」字又見《史記·齊世家》：「范蠡浮海出齊，變姓名，自號鴟夷子皮。」注云：「蓋以吴王殺子胥而盛以鴟夷，今蠡以有罪，故爲號也。」韋昭曰：「鴟夷，革囊也。」又蠡本傳注則云：「若盛酒之鴟夷，用之則多所容，納則可卷而懷，不忤於物。」賦所云酒器也，大意則以謂鴟夷雖巧曲，不忤於物，而或以致敗衆亡國之患，未若爲瓶師乎？淡泊而不媚私暱，則非巧曲儌覬一時者之比，此公自喻云耳。

【注　釋】

〔一〕［注釋音辯］揚雄《酒箴》云：「鴟夷滑稽，腹大如壺。盡日盛酒，人復借酤。」潘（緯）云：鴟，處脂切，韋囊，以盛酒，即今鴟夷幐也。［蔣之翹輯注］智人，亦謂蠡也。

〔二〕［注釋音辯］潘（緯）云：（蒙鴻）二字並上聲。《漢書》注云：「廣大貌。」

〔三〕［韓醇詁訓］罍音雷，酒樽也。罃音鶯，長頸瓶也。罃一作罋，音假，樽名。

〔四〕［注釋音辯］喙，吁穢切，口也。按：韓醇詁訓本與百家注本同。

〔五〕［注釋音辯］（妍媸）上倪堅切，美好也。下音蚩，癡也。［韓醇詁訓］上倪堅切。下音嗤。按：

妍媸，美醜。

〔六〕［韓醇詁訓］（售）音壽。

〔七〕［注釋音辯］童（宗説）云：前漢《酒箴》注云：「眉，井邊也，若人目上之有眉。」

〔八〕［蔣之翹輯注］挹，酌也。

〔九〕［注釋音辯］和，胡卧切。齊，才詣切。調和也。［韓醇詁訓］齊，才詣切。

〔一〇〕［注釋音辯］綆音硬，井索。［韓醇詁訓］綆音梗。《説文》：「井索也。」

〔一一〕［注釋音辯］張（敦頤）云：徼，古堯切，求也。覬音冀。［韓醇詁訓］徼，克堯切，求也。覬音冀，幸也。

【集評】

蘇軾《志林》卷九：或曰：柳子厚《瓶賦》拾《酒箴》而作，非也。子雲本以諷諫設問以見意耳，當復有答酒客語，而陳孟公（遵）不取，故史略之。子厚蓋補亡耳。然子雲論屈原、伍子胥、晁錯之流，皆以不智譏之，而子厚以瓶爲智，幾於通道知命者，子雲不及也。子雲臨憂患，顛倒失據，而子厚尤不足觀，二人當有媿於斯文也耶？元祐六年六月二十七日。

《增廣注釋音辯唐柳先生集》卷二引晁補之曰：昔揚雄作《酒箴》，謂鴟夷盛酒而瓶藏水，酒甘以喻小人，水淡以比君子，故鴟夷以親近託車，而瓶以疏遠居井而羸，此雄欲同塵於皆醉者之詞也。故子厚復正論以反之，以謂寧爲瓶之潔以病已，無爲鴟夷之旨以愚人，蓋更相明也。（按：詁訓、百家注、世綵堂諸本皆引晁補之此評，然於文後多「亦猶雄爲《反騷》，非反也，合也」之語。）

黃震《黃氏日鈔》卷六〇：《瓶賦》謂鴟夷敗衆，不如瓶之挹潔，東坡注謂補揚子雲《酒箴》之答。

陸夢龍《柳子厚集選》卷一：澹而深。

儲欣《河東先生全集録》卷一：子雲《酒箴》二章，今逸其一，不箴而勸矣。子厚補亡，雖小賦，不可不存。

何焯《義門讀書記》卷三五：《瓶賦》，子雲《酒箴》，正言若反也。

## 【附録】

揚雄《酒箴》（[百家注][世綵堂]：晁太史云：雄以諷成帝，其文爲酒客難法度士。）：子猶瓶矣，觀瓶之居，居井之眉。處高臨深，動常近危。酒醪不入口，藏水滿懷。不得左右，牽於纆徽。一旦叀（世綵堂本作「專」。）礙，爲瓽所轠。身提黃泉，骨肉爲泥。自用如此，不如鴟夷。鴟夷滑稽，腹大如壺。盡日盛酒，人復借酤。嘗爲國器，託於屬車。出入兩宮，經營公家。繇是言之，酒何過乎。（[世綵堂]專，上絹切。瓽，丁浪切。轠，音雷。按：注釋音辯本、詁訓本未附揚雄《酒箴》。）

## 牛　賦

若知牛乎？牛之爲物，魁形巨首。垂耳抱角，毛革疏厚。牟然而鳴〔一〕，黄鍾滿脰〔二〕。抵觸隆曦〔三〕，日耕百畝。往來修直，植乃禾黍。自種自斂，服箱以走〔四〕。輸入官倉，己不適口。富窮飽飢，功用不有。陷泥蹷塊①，常在草野。人不慚愧，利滿天下。皮角見用，肩尻莫保〔五〕。或穿緘縢〔六〕，或實俎豆。由是觀之，物無踰者。不如羸驢〔七〕，服逐駑馬。曲意隨勢，不擇處所。不耕不駕②，藿菽自與〔八〕。騰踏康莊③〔九〕，出入輕舉。喜則齊鼻，怒則奮躑。當道長鳴，聞者驚辟〔一〇〕。善識門户，終身不惕。牛雖有功，於己何益？命有好醜，非若能力。慎勿怨尤，以受多福。

【校　記】

①蹷，原作「蹩」，據注釋音辯本、詁訓本等改。蹩，可訓爲「踏」，蹷，仆倒。後者義切。

②駕，注釋音辯本、游居敬本作「稼」。

③踏，五百家注本作「蹈」。

【解題】

〔注釋音辯〕東坡云：嶺外俗皆恬殺牛，海南爲甚，乃書子厚《牛賦》遺瓊州僧道贇，使曉諭之。〔韓醇詁訓〕公以牛自喻也。謂牛有耕墾之勞，利滿天下，而終不得其所，爲緘縢俎豆之用。雖有功於世，而無益於己。彼羸驢駑馬，曲意從人，而反得所安終。謂命有好醜，非若能力。蓋謫後感憤之辭云。〔百家注引韓醇曰〕公之《瓶賦》、《牛賦》，其辭皆有所託，當是謫永州後感憤而作。按：韓説可從。

【注釋】

〔一〕〔百家注引孫汝聽曰〕《説文》：「牟，牛鳴。」

〔二〕〔注釋音辯〕（脰）音豆，項也。〔韓醇詁訓〕《月令》：「中央土律，中黄鐘之宫。」云黄鐘，謂土也。脰音豆，項也。按：見《禮記·月令》季夏之月。彭大翼《山堂肆考》卷二二一：「《管子》曰：『凡聽宫如牛鳴窌中。』牛含宫聲，柳子以爲『黄鍾在脰』也。蓋牛之鳴曰牟，駝之鳴曰圜。」陳景雲《柳集點勘》卷一：「按《管子》『宫如牛鳴盎中』。黄鐘，五音屬宫，文似用此。」黄鐘謂宫聲。韓注誤。所引見《管子·地員》。

〔三〕〔百家注〕（曦）音羲。〔蔣之翹輯注〕曦，日光。

〔四〕〔注釋音辯〕車上盛物處以箱。〔韓醇詁訓〕《詩》：「睆彼牽牛，不以服箱。」〔百家注引孫汝聽曰」箱，車上之器可以盛者。按：見《詩經・小雅・大東》。

〔五〕［注釋音辯］尻，苦刀切。《説文》：「脽也。」［韓醇詁訓］尻，丘刀切。［蔣之翹輯注］《説文》：「尻，脽也，脊梁盡處。」按：尻、脽，即臀。陳景雲《柳集點勘》卷一：「《禮記》『兔去尻』是也。」

〔六〕［韓醇詁訓］（緘縢）上古咸切，下徒登切。［蔣之翹輯注］緘，束縛也。縢，約也，纏也。《莊子》「攝緘縢」。按：見《莊子・胠篋》。此謂牛首之籠絡物。

〔七〕［韓醇詁訓］羸，倫爲切。

〔八〕［注釋音辯］藿，豆葉。菽，大豆。［韓醇詁訓］（藿）音霍。

〔九〕［注釋音辯］《爾雅》：「道五達謂之康，六達謂之莊。」［韓醇詁訓］康莊，道路也。《説文》：「五達謂之康，六達謂之莊。」按：見《爾雅・釋宮》。

〔一〇〕［注釋音辯］辟，平亦切。項羽叱楊喜，人馬俱驚辟，易數里。謂開張而易其本處。［韓醇詁訓］毘亦切，避也。按：辟，躲避也。

【集　評】

蘇軾《書柳子厚牛賦後》：嶺外俗皆恬殺牛，而海南爲甚。客自高化載牛渡海，百尾一舟，遇風不順，渴飢相倚以死者無數。牛登舟，皆哀鳴出涕。既至海南，耕者與屠者常相半。病不飲藥，但殺牛以禱，富者至殺十數牛。死者不復云，幸而不死，即歸德於巫。以巫爲醫，以牛爲藥。間有飲藥者，巫輒云：「神怒，病不可復治。」親戚皆爲卻藥，禁醫不得入門，人、牛皆死而後已。地産沈水香，香必以牛易之黎。黎人得牛，皆以祭鬼，無脱者。中國人以沈水香供佛，燎帝求福。此皆燒牛肉也，何福之能得？哀哉！予莫能救，故書柳子厚《牛賦》，以遺瓊州僧道贇，使以曉喻其鄉人之有知者，庶幾其少衰乎。庚辰三月十五日記。（《蘇軾文集》卷六六《題跋》）

黄震《黄氏日鈔》卷六〇：《牛賦》謂利滿天下，肩尻莫保。

陸夢龍《柳子厚集選》卷一文首評：韻。又「善識門户」下：自來分别門户。

蔣之翹輯注《柳河東集》卷二：但伾、文擅政之日，子厚之爲鴟夷，爲羸驢，已久矣。乃不自悔，而反怨人，何也？蘇文忠公嘗書此賦，以遺瓊州僧道贇，彼但爲海南殺牛者戒，非别有所取而書之耳。

何焯《義門讀書記》卷三五：東坡書此，亦以譏切當世用事者，不獨喻嶺表也。

浦銑《復小齋賦話》卷下：賦四字爲句，起於子雲《逐貧》，次則中郎《青衣》、子建《蝙蝠》，唐則柳州《牛賦》，元則袁桷《淳賦》是也。

李慈銘《越縵堂讀書記·集部·柳宗元集》：子厚終身摧抑，見於文辭者不勝其哀怨，而絶不歸咎叔文。若《牛賦》、《弔萇弘文》、《弔樂毅文》諸作，皆爲叔文發，蓋深痛其懷忠而死，雅志不遂。雖與中朝當事者言，亦但稱之曰罪人，曰負罪者，終未嘗顯相詆斥。至《與許孟容書》則幾頌言其冤矣。古人此等處自不可及，而世無特識，多爲昌黎《順宗實録》所厭，雖歐陽文忠、宋景文、司馬文正尚皆不免，可歎也夫！

# 解祟賦　并序

柳子既謫，猶懼不勝其口，筮以《玄》，遇干之八，其贊曰：「赤舌燒城，吐水于瓶①。」其測曰：「君子解祟也。」〔一〕喜而爲之賦②。

胡赫炎薰熇之烈火兮③〔二〕，而生夫人之齒牙。上殫飛而莫遁④〔三〕，旁窮走而逾加。九泉焦枯而四海滲涸兮〔四〕，紛揮霍而要遮〔五〕。風雷唬唬以爲橐籥兮〔六〕，回祿煽怒而喊呀〔七〕。炖堪輿爲甗鏊兮〔八〕，爇雲漢而成霞〔九〕。鄧林大椿不足以充於燎兮⑤〔一〇〕，倒扶桑落棠膠轕而相叉〔一一〕。膏搖脣而增熾兮，焰掉舌而彌葩〔一二〕。沃無瓶兮撲無篲〔一三〕，金流玉鑠兮〔一四〕，曾不自比於塵沙。獨凄己而燠物，愈騰沸而骹齣⑥〔一五〕。吾懼夫灼爛灰滅之爲禍，往搜乎《太玄》之奧〔一六〕，訟衆正，訴群邪。曰：去爾中躁與外撓，姑務清爲室而靜爲家。苟能是則，始也汝邇，今也汝遐。涼汝者進，烈汝者賒。譬之猶豁天淵而覆原燎⑦〔一七〕，夫何長喙之紛拏〔一八〕。今汝不知清己之慮，而惡人之譁；不知靜之爲勝，而動焉是嘉。徒遑遑乎狂奔而西傃⑧〔一九〕。盛氣而長嗟，不亦遼乎！

於是釋然自得，以冷風濯熱〔二〇〕，以清源滌瑕。履仁之實，去盜之夸〔二一〕。冠太清之玄冕，佩至道之瑶華〔二二〕。鋪沖虚以爲席，駕恬泊以爲車。瀏乎以遊於萬物者始〔二三〕，彼狙雌倏施⑨〔二四〕，而以祟爲利者⑩，夫何爲邪？

【校　記】

①世綵堂本注：「于，一作千。」

②世綵堂本注：「一有曰字。」

③世綵堂本注：「薰，一作重。」詁訓本作「重」。

④殫，詁訓本作「彈」。當是字訛。

⑤原注及注釋音辯本、詁訓本、世綵堂本皆注：「一本無於字。」

⑥原注及世綵堂本注：「骸齣，一本作骸齣。」注釋音辯本注：「骸，一作骸。」

⑦世綵堂本注：「而，一作以。」

⑧原注及詁訓本注：「傃，一作素。」注釋音辯本注：「（傃）一作索。」世綵堂本注：「傃，一作素。奔，一作莽。西傃，一作四索。」蔣之翹輯注本：「傃，一作素，非是。傃，向也。」

⑨世綵堂本注：「雌，一作雄。」

⑩詁訓本「以」下有「出」字。

【解　題】

［韓醇詁訓］據序云：「柳子既謫，猶懼不勝其口」，蓋公自永貞元年爲禮部員外郎以附王叔文出爲邵州，十一月貶永州司馬，賦當在貶永州時作也。［百家注］童（宗説）曰：祟，禍也。文（讜）曰：《左氏》昭公元年，晉平公有疾，卜人曰：「實沈、臺駘爲祟。」祟，厲鬼也。祟音邃。**按**：韓説是。章士釗《柳文指要》上《體要之部》卷二：「解祟二字，本揚雄《太玄》……陳本禮闡之曰：『赤舌燒城，猶衆口鑠金之意。小人駕辭誣害君子，其舌赤若火，勢欲燒城，燒城者假像也。君子信理，不受其詐，吐水於瓶，亦假像也。彼以假火燒城，此亦以假水厭勝之也。』陳本禮，清嘉慶間人，儀徵籍，號素村，著有《太玄闡祕》，自許甚高。其測曰：『赤舌吐水，君子以解祟也。』此即子厚賦名之所自出。本禮闡之云：『祟，怪異也。赤舌之辭，無端造謊誣衊正人，此所謂祟也。君子惟以不解解之，則祟自滅矣。』」

【注　釋】

〔一〕［注釋音辯］《太玄經》注：「兑爲口舌，八爲木，木生火，火中之舌故赤也。赤舌所敗，若火燒城，金生水，故吐水也。水滅於火，雖有傾城之言，以水拒之，災無由至矣。祟音邃，神禍也。」［韓醇詁訓］《太玄·干》：「以準易之升，次八，赤舌燒城，吐水於瓶。測曰：赤舌吐水，君子以解祟也。」注：「赤舌謂九也。兑爲口舌，八爲木。木生火，火中之舌故赤也。赤舌所敗，若火燒城。《詩》曰『哲婦傾城』，口舌之由也。金生水，故吐水也。水滅於火，雖有傾城之言，以水拒之，災無由生矣。」祟音邃，禍也。按：所引見揚雄《太玄經》卷一及范望注。

〔二〕［注釋音辯］熇，虚嬌、呼酷、呼各三切，炎氣也。［韓醇詁訓］熇，虚嬌切，又呼酷、黑各二切，炎氣也。

〔三〕［注釋音辯］殫音單，極也。遁，徒困切。［韓醇詁訓］殫音單，極盡也。按：章士釗《柳文指要》上《體要之部》卷二：「飛指飛禽，走指走獸。」

〔四〕［注釋音辯］滲，所禁切。涸音鶴。［韓醇詁訓］滲，所禁切，漉也。涸音鶴，渴也。又胡放切。［百家注］滲，漉也。涸，竭也。

〔五〕［韓醇詁訓］要，伊消切。《揚雄傳》：「淫淫與與，前後要遮。」按：見《漢書·揚雄傳》揚雄《羽獵賦》。揮霍，張狂也。要遮，阻攔。

〔六〕［注釋音辯］唬，呼交切。一作虓，又古伯切。［韓醇詁訓］唬，呼交切，又音號，雷聲。橐音託。籥音藥。［百家注引孫汝聽曰］《老子》：「天地之間，其猶橐籥乎。」注云：「橐籥，中空虚，故能有聲。」按：唬唬即吼吼，雷聲。橐籥，今稱風箱。

〔七〕［注釋音辯］童（宗説）云（喊呀）：上呼咸切，下虚牙切。［韓醇詁訓］回禄，火神也。煽音扇，熾也。喊，虚咸切，呵也。呀，虚牙切，張口貌。按：《國語·周語上》：「其亡也，回禄信於聆隧。」韋昭注：「回禄，火神。」

〔八〕［注釋音辯］童（宗説）云：堪輿，天地也。燉，他昆切，火盛貌。齞，女蹇切，鬲屬。鏊，五到切，燒器也。潘（緯）云：齞，語蹇切，無底甑也。又魚軒、魚戰二切。［韓醇詁訓］堪輿，天地也。

燉，他昆切，風而火盛貌。䶕，語蹇切，甑也。又平聲。鏊音傲，燒器也。

〔九〕［注釋音辯］張（敦頤）云：爇，儒劣切，焚也。［韓醇詁訓］爇，儒劣切，焚也。［百家注引張敦頤曰］爇，焚也。《春秋傳》：「爇僖負羈。」爇，儒劣切。按：見《左傳》僖公二十八年。

〔一〇〕［韓醇詁訓］《列子》：「夸父追日影於隅谷之際，渴欲得飲，將北走大澤，未至，道渴而死。棄其杖，尸膏肉所浸，生鄧林。鄧林彌廣數千里。」《莊子》：「上古有大椿者，以八千歲爲春，八千歲爲秋。」按：百家注本引孫汝聽注與韓注略同。所引見《列子·湯問》及《莊子·逍遥遊》。

〔一一〕［注釋音辯］轕音葛。《靈光殿賦》云「轇轕無垠」，廣大貌。《東京賦》「鈒戟轇轕」，雜亂貌。［韓醇詁訓］《淮南子》：「日出於暘谷，登於扶桑，入於虞泉。」轕音葛。膠轕，長遠貌。一曰車馬喧雜貌。《楚詞》「騎膠葛而雜亂兮」。［百家注引孫汝聽曰］《山海經》：「大荒之中，暘谷上有扶桑，十日所浴，九日居上枝，一日居下枝，皆載烏。」按：注釋音辯本所引見《文選》。扶桑見《山海經·海外東經》及《淮南子·天文》。《淮南子·覽冥》：「朝發榑桑，日入落棠。」高誘注：「榑桑即扶桑，神木也。落棠，山名。」《漢書·揚雄傳》揚雄《反離騷》「齊總總撙撙其相膠葛兮」，顔師古注：「膠葛，猶言膠加也。」膠加即交加，縱横交叉貌。

〔一二〕［韓醇詁訓］掉舌見《史記》蘇秦掉三寸舌。葩，披巴切，華也。按：《莊子·盜跖》：「摇唇鼓舌，擅生是非。」

〔一三〕［注釋音辯］篲，旋芮切，又徐醉切。［韓醇詁訓］旋芮切，又徐醉切，掃竹也。［百家注］篲，帚也。

〔一四〕［韓醇詁訓］鑠，式灼切。《説文》：「銷金也。」宋玉《招魂》：「十日代出，流金鑠石。」

〔一五〕［注釋音辯］骹，丘交切。童（宗説）云：骹，苦交切，脚腰也。齣，客牙切，大齧也。［韓醇詁訓］（骹）丘加切，大嚙也。按：骹齣，咬骨也。喻疼痛難忍。

〔一六〕［百家注引孫汝聽曰］《太玄經》之祕奧也。

〔一七〕［韓醇詁訓］豁，呼各切。燎音了，又力照切。《書》：「若火之燎於原，不可向邇。」按：百家注本引孫汝聽注與韓注本同。所引見《尚書・盤庚上》。《禮記・中庸》「溥博如天淵」，鄭玄注：「如天取其運照不已也，如淵取其清深不測也。」豁天淵，即天明水清之意。

〔一八〕［蔣之翹輯注］長喙，赤舌也。杜詩「世道終紛拏」。按：《史記・衛將軍驃騎列傳》「漢、匈奴相紛拏」，張守節正義：「三蒼解詁云：紛拏，相牽也。」紛拏，紛擾、糾纏也。

〔一九〕［百家注］傃，向也。按：章士釗《柳文指要》上《體要之部》卷二：「傃，向也。字或作『素』與『愫』，皆非。言西傃，以奔每向西，猶敗每向北，恒語如是。」

〔二〇〕［百家注引孫汝聽曰］《莊子》：「列子御風而行，泠然善也。」《詩》：「誰能執熱？逝不以濯。」按：見《莊子・逍遥遊》及《詩經・大雅・桑柔》。

〔二一〕［百家注引孫汝聽曰］《老子》：「是謂盜之誇，非盜也哉。」［蔣之翹輯注］《老子》：「大道甚夷，而民好徑。朝甚除，田甚蕪，倉甚虚，服文采，帶利劍，厭飲食，資貨有餘，是謂盜誇。」注：「盜用民力，以爲誇毗也。」

〔二〕［百家注引孫汝聽曰］以太清爲玄冕，以至道爲瑶華也。

〔三〕［注釋音辯］童（宗説）云：瀏，力周切，深貌。又音柳。［韓醇詁訓］瀏，力周切，又二九切，深貌。［蔣之翹輯注］「始」字或屬下句，非是。

〔四〕狙，窺伺。《管子·七臣七主》：「從狙而好小察。」房玄齡注：「狙，伺也。」「雌」可訓爲弱者，《老子》：「知其雄，守其雌。」狙雌，即偵伺淡泊自守者。《韓非子·外儲説左上》：「衛人曰能以棘刺之端爲母猴，燕王説之，養之以五乘之奉。王曰：『吾試觀客爲棘刺之母猴。』客曰：『人主欲觀之，必半歲不入宫，不飲酒食肉，雨霽日出，視之晏陰之間，而棘刺之母猴乃可見也。』燕王因養衛人，不能觀其母猴。」狙即猴。狙雌倏施，施展騙術也。

【集　評】

陳與義《次十七叔去鄭詩韻二章以寄家叔一章以自詠》二：蚍蜉堪笑亦堪憐，撼樹無功更怫然。賦就柳州聊解祟，詩成彭澤要歸田。身謀共悔蛇安足，理遣須看佛舉拳。懷祖定知當晚合，次君未可怨稀遷。（《簡齋集》卷一〇）

吴泳《病中有懷》：二年多病少佳懷，酒落杯中見影猜。青女降霜溪屋冷，白姑記日命宫災。柳州解祟祟頻作，孫子逐痁痁轉來。就使新春年運吉，鈍庚難撥馬頭開。（《鶴林集》卷四）

《王荆石先生批評柳文》卷一：以火喻口，極其震盪。

儲欣《河東先生全集録》卷一：小大二雅之變，言赤舌之害，詳矣。子厚既諳本罪之外，詆訶萬端，故言之尤慄。

乾隆敕纂《御選唐宋文醇》卷一一：宗元以清静爲禦讒之要，譬以身爲甌臾，待流丸之自止。又若藏於九地之下，任烈火之燎原，可謂明晰物情，善自爲謀者矣。雖然，其與無入不自得之君子猶有間，蓋無入而不自得者，入焉而自得，非規以出乎其外而始自得之謂也。是非者理也，得失者命也，毁譽者人也。以得失聽命，以毁譽聽人，而唯理之至是者是從。其從之也，唯曰理在則然，不以有我之見往參其間，沾沾曰我能從理，我無非而有是。夫如是，則雖萬感雜乘，而此一理各隨其萬者以自來，自可徧入於鉅萬之中，各得其一，而萬自畢。夫如是，猶問毁乎？猶問譽乎？雖有金玉，難飾太虚，堯舜事業如浮雲也。雖有汙泥，難塗日月，齒牙爲猾，其何傷己？今畏夫赤舌之燒城，而逃之清静之家，游乎萬物之始，將堅壁清野，索之不可得，豈非所爲規以出乎其外者乎？猶有所謂我者存，是尚不得老子之清静，其於無入不自得之君子遠矣。

林紓《韓柳文研究法·柳文研究法》：《解祟》、《懲咎》、《閔生》、《夢歸》、《囚山》五賦，題目甚似《涉江》、《懷沙》諸作。當日若去「賦」字，但以「解祟」等目標題，亦無不可。或且泥於《九章》、《九辯》，故例不能足成九篇，故以賦名，亦未可定。

又：《解祟賦》，蓋取《太玄》「赤舌燒城，吐水於瓶」之義。謂以水滅火，雖有傾城之言，災無由生。前半極言流金鑠玉之害，及筮玄之後，濯熱以冷風，滌瑕以清源，祟遂不敢爲利。意極平衍，然造句之奇麗，選聲之悲亢，直逼宋玉矣。

## 懲咎賦

懲咎愆以本始兮，孰非余心之所求。處卑汙以閔世兮，固前志之爲尤。始予學而觀古兮，怪今昔之異謀。惟聰明爲可考兮，追駿步而遐遊。潔誠之既信直兮，仁友藹而萃之。日施陳以繫縻兮①〔一〕，邀堯舜與之爲師②。上睢盱而混茫兮〔二〕，下駁詭而懷私③〔三〕。不旁羅列以交貫兮，求大中之所宜〔四〕。曰道有象兮，而無其形。推變乘時兮，與志相迎。不及則殆兮，過則失貞〔五〕。謹守而中兮，與時偕行〔六〕。萬類芸芸兮④〔七〕，率由以寧。剛柔弛張兮〔八〕，出入綸經⑤。登能抑枉兮〔九〕，白黑濁清⑥。蹈乎大方兮，物莫能嬰〔一〇〕。奉訏謨以植内兮⑦〔一一〕，欣余志之有獲。再徵信乎策書兮⑧，謂炯然而不惑⑨〔一二〕。愚者果於自用兮，惟懼夫誠之不一。不顧慮以周圖兮，專茲道以爲服〔一三〕。讒妒構而不戒兮，猶斷斷於所執⑩〔一四〕。哀吾黨之不淑兮〔一五〕，遭任遇之卒迫⑪〔一六〕。勢危疑而多詐兮，逢天地之否隔〔一七〕。欲圖退而保己兮，悼乖期乎曩昔。欲操術以致忠兮，衆呀然而互嚇⑫〔一八〕。進與退吾無歸兮，甘脂潤乎鼎鑊〔一九〕。幸皇鑒之明宥兮，纍郡印而南適〔二〇〕。惟罪大而寵厚兮，宜夫重仍乎禍謫〔二一〕。既明懼乎天討兮，又幽慄乎鬼責〔二二〕。惶乎夜寤而晝駭兮⑬，類麏麃之不息⑭〔二三〕。

凌洞庭之洋洋兮，泝湘流之沄沄〔二四〕。飄風擊以揚波兮，舟摧抑而迴邅〔二五〕。日霾曀以昧幽兮〔二六〕，黝雲涌而上屯⑮〔二七〕。暮屑窣以淫雨兮〔二八〕，聽嗷嗷之哀猿。衆烏萃而啾號兮⑯〔二九〕，沸洲渚以連山。漂遥逐其詎止兮⑰，逝莫屬余之形魂。攢巒奔以紆委兮〔三〇〕，束洶湧之崩湍〔三一〕。畔尺進而尋退兮，盪洄汨乎淪漣〔三二〕。際窮冬而止居兮，羈纍棼以縈纏〔三三〕。哀吾生之孔艱兮，循《凱風》之悲詩〔三四〕。罪通天而降酷兮，不殛死而生爲⑱〔三五〕。逾再歲之寒暑兮，猶貿貿而自持⑲〔三六〕。將沉淵而隕命兮，詎蔽罪以塞禍。惟滅身而無後兮，顧前志猶未可。進路呀以劃絶兮〔三七〕，退伏匿又不果。爲孤囚以終世兮，長拘攣而轗軻〔三八〕。曩余志之脩蹇兮⑳〔三九〕，今何爲此戾也。夫豈貪食而盜名兮，不混同於世也。將顯身以直遂兮，衆之所宜蔽也。不擇言以危肆兮，固群禍之際也〔四〇〕。御長轅之無橈兮㉑〔四一〕，行九折之峩峩〔四二〕。卻驚棹以横江兮，泝凌天之騰波。幸余死之已緩兮，完形軀之既多。苟餘齒之有懲兮㉒，蹈前烈而不頗㉓〔四三〕。死蠻夷固吾所兮，雖顯寵其焉加〔四四〕？配大中以爲偶兮，諒天命之謂何！

## 【校記】

① 原注及注釋音辯本、世綵堂本注：「繫縻，一本作擊摩。」

②世綵堂本注：「一本無師字。」《新唐書·柳宗元傳》收此賦即無「師」字。

③原注、世綵堂本注：「駁，一作駮。」按：二字爲異體字。

④世綵堂本注：「芸芸，一作紛紜。」

⑤世綵堂本注：「綸，一作倫。」

⑥世綵堂本注：「濁清，一本作清濁。」

⑦植，原作「槙」，世綵堂本同，此據注釋音辯本、詁訓本及《全唐文》改。《爾雅·釋宮》：「植謂之傳。」郭璞注：「植，户持鏁植也。」《説文》：「植，户植也。」即閉鎖門户所用之横木。槙，《説文》：「槙，木頂也。從木，真聲。一曰仆木也。」則「槙」與句意不切，故改。

⑧世綵堂本注：「徵信，一作明信。」

⑨烔，詁訓本作「耿」。原注及注釋音辯本、世綵堂本注：「烔，一作耿。」

⑩斷斷，吴汝綸《柳州集點勘》作「齗齗」。齗齗，争辯貌。

⑪遭任遇，《新唐書》本傳「任遇」二字乙。或「遭任」二字當乙，作「任遭遇」，似更通暢。

⑫原注及注釋音辯本、詁訓本、世綵堂本注：「互字一本作予。」

⑬瘏，《全唐文》作「瘵」。

⑭世綵堂本注：「麏，或作麕，從禾。　麃，一作麇。」

⑮原注及注釋音辯本、詁訓本、世綵堂本注：「黝字，一本作玄。」

⑯ 烏，注釋音辯本、游居敬本作「烏」。世綵堂本注：「烏，一作烏。」

⑰ 蔣之翹輯注本：「遥字本作摇，疑古文通。」

⑱ 殛，注釋音辯本、詁訓本、游居敬本及《新唐書》本傳作「亟」。世綵堂本注：「殛，一本作亟。」

⑲ 貿，世綵堂本注：「一作貿，音茂。」

⑳ 蹇，注釋音辯本作「騫」，注云：「騫，晏（殊）本作蹇。」詁訓本亦作「騫」。原注及世綵堂本注：「俗本作修騫，誤。」按：陳景雲《柳集點勘》卷一云：「騫當作蹇。又《祭杜確文》『俾之騫翥』，其誤正同。」

㉑ 橈，蔣之翹輯注本作「撓」。注曰：「撓，或從木，非是。」

㉒ 餘，原作「余」，詁訓本、世綵堂本同，此據注釋音辯本、游居敬本及《新唐書》本傳、《全唐文》改。

㉓ 烈，詁訓本作「列」。世綵堂本注：「烈，一作列。」

【解　題】

［注釋音辯］《唐書》本傳載此賦曰：「宗元不得召，内閔悼，悔念往咎，作賦自儆。」［韓醇詁訓］據賦云「纍郡印而南適」，又云「宜乎重仍乎禍讁」，此謂永貞元年出爲邵州刺史，繼貶永州司馬也。又云「循《凱風》之悲詩，罪通天而降酷」，此謂元和元年丁内艱也。又云「逾再歲之寒暑」，蓋自丁内艱至是服除，爲元和三年秋矣。賦當在是時作。新史亦録之，謂「宗元不得召，閔悼悔，念往咎，作賦

自儆」云。按：宗元母盧氏卒於元和元年，賦云「逾再歲之寒暑」，則爲元和三年矣。韓説可從。章士釗對此賦有很好的詮釋，其《柳文指要》上《體要之部》卷二云：「賦凡九韻，一韻爲一段，凡九段。第一段言：自昔考古有得，處卑汙可容閱世，如魚鹽版築之類，何必今不如古？第二段言：多結仁義之士爲友，上邀堯舜爲師，時局渾沌，雖不甚佳，求以大中行之，應叶所宜。第三段全仿《楚辭・遠遊》，氣格高古，充分發揮求大中所宜、已能自信之理。第四大段爲此賦核心，訴述倏進倏敗之經程，愚者果於自用，惟懼誠之不一，有天下事無不可爲之概。下云『不顧慮以周圖，專兹道以爲服』，韓退之志子厚墓，謂少年不自貴重顧籍，功業可立就，意本此。『任遇卒迫，天地否隔』等語，指叔文驟起，閹寺利用順宗多病，釀爲政變而言。第五段實寫南竄情況。第六段指丁母憂，蓋子厚之母盧氏元和元年歿於永州。第七段傷己無子。第八段洄溯前事，通計一番。第九段作結，歎息之餘，仍回到大中爲偶，自信其志。此賦殆作於元和二年，自怨自艾，不違信守，騷心不遠，允爲嗣響。」

【注　釋】

〔一〕［韓醇詁訓］《騷》「日康娱以自忘兮」。［蔣之翹輯注］《説文》：「縻，牛靷也。」繫縻，猶羈縻，不絶之義。

〔二〕［注釋音辯］睢，火規切。盱，音吁。荒忽不可考信也。［韓醇詁訓］揚雄曰：「天地未分，睢睢盱盱。」按：《文選》揚雄《劇秦美新》：「天地未袪，睢睢盱盱，或玄而萌，或黄而芽。」李善注：

「言混沌之始，天地未開，萬物睢盱而不定也。」又見《莊子·寓言》：「老子曰：睢睢盱盱，而誰與居。」

〔三〕駁詭，雜亂詭怪。

〔四〕大中，《周易·大有》：「大有，元亨。彖曰：大有，柔得尊位大中，而上下應之，曰大有。」王弼注：「處尊以柔，居中以大，體無二，陰以分，其應上下應之，靡所不納，大有之義也。」即尊大而居中也，亦即無過與不及、處事恰如其分的原則與道理。是爲宗元所推崇。

〔五〕《論語·先進》：「子曰：『過猶不及也。』」

〔六〕［蔣之翹輯注］《易》：「終日乾乾，與時偕行。」按：見《周易·乾》。

〔七〕［百家注引孫汝聽曰］《老子》：「夫物芸芸，各歸其根。」注：「芸芸，華葉茂盛也。」

〔八〕［蔣之翹輯注］《禮》：「一張一弛，文武之道。」按：見《禮記·雜記下》。又《周易·繫辭下》：「剛柔相推，變在其中矣。」「剛柔者，立本者也。」

〔九〕［百家注］登，進也。

〔一〇〕［蔣之翹輯注］曰正言其大中之所宜也。嬰，加也。

〔一一〕［韓醇詁訓］訏音吁。訏謨，大謀也。［百家注引韓醇曰］訏，大也。謨，謀也。《詩》：「訏謨定命。」訏音吁。按：見《詩經·大雅·抑》。

〔一二〕［注釋音辯］炯，户頂切，光也。

〔一三〕［蔣之翹輯注］服，叶蒲北切。如《離騷經》「服」與「息」叶是也。按：服，即服從意。

〔一四〕［注釋音辯］斷，丁亂切。按：斷斷，固執堅守。《尚書·泰誓》：「如有一介臣，斷斷猗，無他伎。」

〔一五〕［注釋音辯］謂劉禹錫等。［百家注引孫汝聽曰］吾黨謂王伾、叔文之屬也。

〔一六〕［注釋音辯］卒與猝同。［韓醇詁訓］卒，讀曰猝。按：任遇，信任遇合也。《晉書·任愷傳》：「魏舒雖歷位郡守，而未被任遇。」

〔一七〕［百家注引孫汝聽曰］天地否隔，謂順宗有疾，憲宗監國之際。

〔一八〕［注釋音辯］呀，虚牙切。嚇音赫，怒而拒物聲。［韓醇詁訓］呀，虚牙切。嚇音赫，怒也。又呼駕切，口距人也。《莊子》：「仰而視之曰『嚇』。」按：所引見《莊子·秋水》。

〔一九〕［注釋音辯］（鑊）音穫。［韓醇詁訓］音穫。《説文》：「鑴也。」［蔣之翹輯注］《史》：「身膏鼎鑊。」按：《漢書·酈食其叔孫通傳贊》「猶不免鼎鑊」，顔師古注：「鼎大而無足曰鑊。」

〔二〇〕［注釋音辯］纍，力追切。子厚初貶邵州刺史。［百家注引孫汝聽曰］《漢書》：「印何纍纍，綬若若耶。」永貞元年九月，公初貶爲邵州刺史。按：見《漢書·佞幸傳·石顯》。

〔二一〕［注釋音辯］子厚再貶永州司馬。［百家注引孫汝聽曰］是年十一月，公再貶爲永州司馬。按：《資治通鑑》卷二三六唐順宗永貞元年十一月：「朝議謂王叔文之黨或自員外郎出爲刺史，貶之太輕。己卯，再貶韓泰爲虔州司馬，韓曄爲饒州司馬，柳宗元爲永州司馬，劉禹錫爲朗州司馬。又貶河中少尹陳諫爲台州司馬，和州刺史凌準爲連州司馬，岳州刺史程异爲郴州司馬。」

〔二二〕［韓醇詁訓］《莊子》：「無人非，无鬼責。」按：見《莊子・天道》。

〔二三〕［注釋音辯］麠（宗説）云：麠，九筠切，麞也。或從囷、從禾。麚，音加，牡鹿也。本作麔。［韓醇詁訓］麠，俱倫切，麞也。麚音加，牡鹿也。［百家注引童宗説曰］麠，麞也。麚，《説文》云：「牡鹿也。以夏至解角。」

〔二四〕［蔣之翹輯注］洞庭在今岳州，廣圓五百里，日月若出没於其中。中有君山。湘江在永州，源出廣西興安陽海山，流經郡界，至湘口與瀟水合。水至清，雖十丈見底。

〔二五〕［世綵堂］楚人名轉爲邅。［蔣之翹輯注］迴邅，《楚辭》皆作邅迴，亦或從人。迴邅，不進貌。按：《楚辭》劉向《九歎・離世》：「寧浮沅而馳騁兮，下江湘以邅迴。」王逸注：「邅迴，運轉也。」

〔二六〕［注釋音辯］童（宗説）云：霾，莫諧切。曀音翳。《爾雅》曰：「風而雨土爲霾。」《釋名》曰：「霾，晦也。」《詩・終風》注曰：「陰而風曰曀。」［韓醇詁訓］霾音埋，風雨土也。曀音翳，陰而風曰曀。

〔二七〕［注釋音辯］黝，於糾切，青黑色。［韓醇詁訓］黝，於九切，青黑色。屯，聚也。《列子》：「望之如雲屯。」

〔二八〕［注釋音辯］窣，蘇骨切。［韓醇詁訓］窸窣，雨聲也。

〔二九〕［蔣之翹輯注］萃，集也。

〔三〇〕［注釋音辯］張（敦頤）云：巒音鸞，小山上鋭曰巒。［韓醇詁訓］巒音鸞。小山上鋭爲巒。委，於愧切。

〔三一〕［韓醇詁訓］洶，凶勇切。湧音勇。水大貌。

〔三二〕［注釋音辯］童（宗説）云：汩音骨，又越筆切。［韓醇詁訓］汩，古忽切。水準狀曰淪。漣，水動也。

〔三三〕［注釋音辯］棼，扶分切。按：韓醇詁訓本同。章士釗《柳文指要》上《體要之部》卷二：「揚雄《反離騷》：『因江潭而淮記兮，敬弔楚之湘纍。』注：『諸不以罪死曰纍。』此子厚藉以自況，故曰羈纍。」

〔三四〕［注釋音辯］元和元年，母盧氏卒於永州。［韓醇詁訓］《詩·凱風》，美孝子也。［百家注引孫汝聽曰］元和元年，公之母盧氏卒於永州。按：韓引見《詩經·邶風·凱風》毛傳。

〔三五〕［世綵堂］《説文》：「（亟）從人從口從又從二。二，天地也。」徐鍇曰：「承天之時，因地之利，口謀之，手執之，時不可失，疾也。」殛，訖力、去吏二切。

〔三六〕［注釋音辯］貿音茂，昏也。［韓醇詁訓］貿音茂。［世綵堂］《記·檀弓》：「貿貿然來。」注：「目不明貌。」按：見《禮記·檀弓下》。

〔三七〕［注釋音辯］劃，忽麥切，又音畫。按：呀爲張口貌，劃爲開裂貌。形容道路險惡。

〔三八〕［注釋音辯］（轗軻）坎、可二音。［韓醇詁訓］上音坎，下音可。［世綵堂］《楚辭》：「轗軻而留滯。」按：見東方朔《七諫·沈江》，作「埳軻」。王逸注：「轗軻，不遇也。……埳，一作轗，一作輡。」今通作「坎坷」。

〔三九〕［韓醇詁訓］《楚詞》：「汝何博謇而好脩兮，紛獨有此姱節。」又云：「吾令蹇脩以爲理。」注：「好脩、謇謇，誇異之節。」按：所引見屈原《離騷》。修，美好。蹇，通謇，忠直。

〔四〇〕［蔣之翹輯注］群禍之際，猶言禍之門也。

〔四一〕［世綵堂］《説文》：「橈，曲木。」《周禮》：「唯轅直且無橈也。」橈，乃孝切。按：見《周禮·冬官考工記·輈人》。

〔四二〕［蔣之翹輯注］九折，峻阪也。

〔四三〕［注釋音辯］（頗）音坡。［韓醇詁訓］音坡。《楚詞》：「修繩墨而不頗。」［世綵堂］頗音坡，傾也。［蔣之翹輯注］頗，偏也。按：前烈，指貶逐蠻荒之地者如屈原等人。所引見屈原《離騷》。

〔四四〕［世綵堂］焉，於虔切，何也。後以意求。

【集評】

朱熹《楚辭後語》卷五引晁補之曰：《懲咎賦》者，柳宗元之所作也。貞元十九年，宗元爲監察御史裏行，時年三十三矣。王叔文、韋執誼用事，二人奇其才，引納禁中，與計議，擢禮部員外郎，欲大用之。俄而叔文敗，宗元與劉禹錫等七人俱貶，而宗元爲永州司馬。元和十年，乃徙柳州刺史，以卒。初，宗元竄斥崎嶇蠻瘴間，堙阨感鬱，一寓於文，爲《離騷》數十篇。懲咎者，悔志也。其言曰：「苟餘齒之有懲兮，蹈前烈而不頗。」後之君子欲成人之美者，讀而悲之。（按：注釋音辯本、百家注本、世綵堂本等皆載晁氏此評，然只有「宗元竄斥」以下之語。百家注引王儔補注曰：「晁太史取此賦於《續楚辭》，序曰……」，即此。）

洪邁《容齋五筆》卷五：《柳子厚傳》載其文章四篇，《與蕭俛》、《許孟容書》、《正符》、《懲咎賦》也。《孟容書》，意象步武全與漢楊惲《答孫會宗書》相似。《正符》倣班孟堅《典引》。而其四者次序或失之。至云：「宗元不得召，内閔悼，作賦自儆。」然其語曰：「逾再歲之寒暑。」則謫居日月未爲久，難以言「不得召」也。《資治通鑑》但載《梓人》及《郭橐駝傳》，以爲其文之有理者，其識見取捨，非宋景文可比云。

黄震《黄氏日鈔》卷六〇：《懲咎賦》，念往吝作。

《詩人玉屑》卷一三引《晦庵論楚詞》：柳宗元竄斥崎嶇蠻瘴間，堙阨感鬱，一寓於文，爲《離騷》數十篇。《懲咎》者，悔志也。其言曰：「苟餘齒之有懲兮，蹈前烈而不頗。」後之君子欲成人之美者，讀而悲之。

牟巘《顧伯玉文藁序》：或者曰：伯玉論太高，文太奇，嘗稱作《傷己賦》，以爲雜之退之、子厚《憫己》、《懲咎》諸賦，殆不可復辨。（《牟氏陵陽集》卷一二）

陸文圭《科舉》：三國而下，左、潘、陸、謝之徒，極力模倣，不及漢遠甚。唐韓、柳《復志》、《懲咎》等作，亦能髣髴於騷否歟？《明水》、《披沙》，律賦也，近於戲矣，亦載之集中，何歟？（《牆東類稿》卷三三）

《王荆石先生批評柳文》卷一：此訟冤，非懲咎也，文卻佳。

蔣之翹輯注《柳河東集》卷二：翹按：子厚才實高處，伾、文擅政之際，其上者可以操術致忠，所謂格君心之非，固非小臣之事。吾亦不敢望於其人，但或瀝血廷諫，或抱石沉河，足有爲也。其次，知時不可爲，則飄然引去，自全於草野之間，亦無不可者。而乃有靦面目，失身於奸邪之小人，竟坐貶謫至此。雖作文自懲，尚謂天地否隔，以進退無歸爲辭，甚矣，其欺人也。不若昌黎爲柳志墓云：「子厚少年，勇於爲人，不自貴重顧籍，謂功業可立就，故坐廢退。」其意悲惋，差可解嘲，而此賦竟不及之。又「物莫能嬰」句下：此段格法全學《遠遊》，「道可受兮而不可傳」數語，理玄意眇，子厚其進於道耶？「衆烏萃」句下：其情哀，其景慘，似屈原《涉江》之遺。

儲欣《河東先生全集録》卷一：「暮屑窣以淫雨，聽嗸嗸之哀猿」，離憂極致，出屈、宋呻吟之外。

田雯《柳州題辭》：無如造物忌才，蹇嵼多故，竄逐蠻荒，行吟山澤，作《離騷》數十篇，讀者悲焉。猶夫屈原言愁而託之湘君、帝子、蘭秀、菊芳，呻呻其詈詞也。至於《貞符》傷心，《懲咎》掩泣，雖江潭顑頷，情思纏綿，不是過矣。以播易柳，同調深憐，瘴鄉講學，名流負笈，亦莫可如何耳。譏者云：叔文之黨，坎坷生平。嗟乎！以賓而疑孟堅，以董而誤中郎，所謂「文章憎命達，魑魅喜人過」也，於子

厚奚損哉？宜乎神降柳州之堂，廟享羅池之祀，文人志士，爲之卬天雪涕也。（《古歡堂集》卷二八）

李調元《賦話》卷九：《柳宗元傳》：「宗元不得召，内閔悼悔前吝，作賦自儆曰《懲咎》。」《柳河東集》：「唐人惟柳柳州可稱騷學獨擅，淒清哀旨，自怨自悔，雖其人不足言，其志大可悼也。故《懲咎》、《閔生》，足勝昌黎《復志》、《閔己》。」

劉定之《雜誌·李杜韓柳》：朱文公《楚辭》載子厚謫居時《懲咎賦》，取其有自悔之言。噫，既悔己，又詆主，則亦非真悔也，奚足録哉？（《明文衡》卷五六）

林紓《韓柳文研究法·柳文研究法》：讀《懲咎》一賦，不期嗟歎。若柳州者，真不失爲改過之君子哉！《唐書》本傳載此賦曰：「宗元不得召，内憫悼，悔念往咎，作賦自儆。」蓋爲永州司馬時作也。入手卑汙閔世，前志爲尤，已説出失身叔文之誤。然而初志斷不甘此，故頂起「余學而觀古兮」一句。以下歸本於道，謹守率由，奉訏謨，徵策書，自謂炯然不惑。愚者果於自用，則切責叔文之不慮不戒，均二人不淑所致。顧身已入黨，亦無可辯，因有「藹吾黨之不淑兮」一語。「黨」字既聯己而言也。進退無歸，幾瀕鼎鑊，幸皇鑒明宥，尚得南遷。於是夜寤晝駭，懼罪無已，爲貶永州後作一大結束。……自「凌洞庭」句起，楚鄉風物，一一如畫。屈原《涉江》，亦同此戚。然屈原不以罪行，而柳州實陷身奸黨，故屈原抵死不甘認過，而柳州則自承有通天之罪。等是遷客，正直與回曲自殊。而所以仍吐正聲者，則自信其能懲咎也。以下滅身無後，進路劃絶，伏匿不果，拘攣轗軻，一片哀音，聞者酸鼻。最後結以一語曰：「苟余齒之有懲兮，蹈前烈而不頗。」此萬死中挣出生命之言，故晁太史取此賦於《續楚詞》，且爲之序……正以一息尚存，仍能自拔，歸於君子之林，此柳州之所以成豪傑也。

## 閔生賦

閔吾生之險阨兮，紛喪志以逢尤〔一〕。氣沉鬱以杳眇兮①，涕浪浪而常流〔二〕。膏液竭而枯居兮，魄離散而遠遊。言不信而莫余白兮，雖遑遑欲焉求？合喙而隱志兮，幽默以待盡②。爲與世而斥謬兮，固離披以顛隕〔三〕。騏驥之棄辱兮〔四〕，駑駘以爲騁③〔五〕。玄虯蹶泥兮〔六〕，畏避鼃黽④〔七〕。行不容之崢嶸兮〔八〕，質魁壘而無所隱⑤〔九〕。鱗介槁以橫陸兮，鴟嘯群而厲吻〔一〇〕。心沉抑以不舒兮，形低摧而自愍〔一一〕。肆余目於湘流兮，望九疑之垠垠〔一二〕。波淫溢以不返兮，蒼梧鬱其蜚雲〔一三〕。重華幽而野死兮，世莫得其僞真〔一四〕。屈子之悁微兮，抗危辭以赴淵〔一五〕。古固有此極憤兮，矧吾生之藐艱⑥〔一六〕。列往則以考己兮，指斗極以自陳〔一七〕。登高岊而企踵兮〔一八〕，瞻故邦之殷轔〔一九〕。山水浩以蔽虧兮，路蓊勃以揚氛〔二〇〕。空廬頹而不理兮⑦，翳丘木之榛榛〔二一〕。塊窮老以淪放兮，匪魑魅吾誰鄰〔二二〕？

仲尼之不惑兮，有垂訓之謨言〔二三〕。孟軻四十乃始持心兮，猶希勇乎黝賁〔二四〕。顧余質愚而齒減兮，宜觸禍以阽身〔二五〕。知徙善而革非兮，又何懼乎今之人！

噫！禹績之勤備兮，曾莫理夫茲川〔二六〕。殷周之廓大兮，南不盡夫衡山〔二七〕。余囚楚越之交極兮，邈離絶乎中原。壤汙潦以墳洳兮〔二八〕，蒸沸熱而恒昏。戲鼂鸛乎中庭兮〔二九〕，蒹葭生於堂筵〔三〇〕。雄虺蓄形於木杪兮，短狐伺景於深淵⑧〔三一〕。仰矜危而俯慄兮，弭日夜之拳攣〔三二〕。慮吾生之莫保兮⑨，忝代德之元醇。孰眇軀之敢愛兮，竊有繼乎古先。明神之不欺余兮⑩，庶激烈而有聞。冀後害之無辱兮，匪徒蓋乎曩愆⑪。

【校　記】

①眇，《全唐文》作「渺」。

②盡，注釋音辯本作「静」。

③原注及注釋音辯本、世綵堂本注：「騁，一作哂。」

④鼂，詁訓本作「蜃」。注釋音辯本注：「（鼂鼂）一本作蛙蜃。」原注及世綵堂本注：「一本鼂作蜃。」世綵堂本並注：「大蛤也。」蔣之翹輯注本：「一作蜃，非是。」

⑤世綵堂本注：「壘，一作能。」

⑥原注、世綵堂本注：「藐音邈，一作眇。」

⑦世綵堂本注：「空，一作室。」

⑧諸本皆注：「狐字，一本作弧。」

⑨ 世綵堂本注：「生，一作年。」

⑩ 世綵堂本注：「一本『神』字在『明』上。余，一作爲。」

⑪ 世綵堂本注：「徒，一作攘。」

## 【解　題】

［韓醇詁訓］賦云「肆余目於湘流」，蓋在永州時作。又云：「孟軻四十乃始持心兮，猶希勇乎黝賁。顧予愚質而減齒兮，宜觸禍以阽身。」當在年四十以前也。公生於大曆八年癸丑，至元和七年壬辰爲年四十，「以前」在元和五、六年間歟？按：韓説可從。

## 【注　釋】

〔一〕［韓醇詁訓］《騷》云：「紛逢尤以離謗。」［蔣之翹輯注］（《楚辭》）注：「尤，過也。」按：離，猶言罹也。

〔二〕［注釋音辯］浪，力唐切，流貌。［韓醇詁訓］《騷》：「攬茹蕙以掩涕兮，霑余襟之浪浪。」浪音郎。按：《文選》司馬相如《上林賦》「俯杳眇而無見」，劉良注：「深邃也。」

〔三〕［蔣之翹輯注］離披，分散貌。

〔四〕［百家注］騏驥，音期冀。

〔五〕［百家注］駑駘，音奴臺。［蔣之翹輯注］《楚辭》：「乘駑駘而馳騁。」按：《楚辭》宋玉《九辯》：「卻騏驥而不乘兮，策駑駘而取路。」駑駘，劣馬。

〔六〕［韓醇詁訓］虬，渠幽切，無角龍。［百家注引孫汝聽曰］虬，龍無角者。《莊子》曰：「蹶泥則没足滅跗。」蹶音厥。蚪，渠幽切。［世綵堂］《諸韻》並作虯。按：見《莊子·秋水》。

〔七〕［注釋音辯］（鼃黽）上與蛙同。下武幸切，蛙屬。［韓醇詁訓］鼃，烏瓜切，蝦蟆也。蜃，婢忍切，蛤也。一本作黽。［百家注引童宗説曰］鼃，蝦蟆也。黽，亦鼃屬。鼃與蛙同，音烏瓜切。黽，武幸切。

〔八〕［注釋音辯］崢，助耕切。嶸音宏。［韓醇詁訓］上助耕切，下音宏。按：險峻貌。

〔九〕［注釋音辯］魁，口賄切。壘音磊。《前漢·鮑宣傳》：「魁壘之士。」服虔曰：「壯貌也。」［韓醇詁訓］魁，苦猥切。壘音磊，不平也。［世綵堂］《前漢·鮑宣傳》云：「朝廷亡有者艾魁壘之士。」服虔曰：「魁壘，壯貌也。」壘，一作能。魁能，並如字。《甘泉賦》：「皋伊之徒，冠倫魁能。」按：即身材魁偉也。

〔一〇〕［注釋音辯］吻，武粉切，口邊。［蔣之翹輯注］介鱗，龍母也。《淮南》：「介鱗生蛟龍，蛟龍生鯤鯁。」《詩》傳：「鴟，鴝鶹，惡鳥，攫鳥子而食者也。」按：鱗介指水族。《淮南子·墬形》：「介鱗者，夏食而冬蟄。」高誘注：「介，甲也，龜鱉之屬。鱗，魚龍之屬。」鴟，鷂鷹之類。

〔一一〕［蔣之翹輯注］愍音敏。

〔一二〕［注釋音辯］（垠）音銀。［韓醇詁訓］湘水出零陵，北入江。零陵，永州也。九疑，山名。《湘中記》：「九山相似，行者疑惑，故云。」垠音銀。［五百家注引嚴有翼曰］文穎云：九疑山，半在蒼梧，半在零陵。相傳以爲舜所葬也。其山九峰形勢相似，故曰九疑。［蔣之翹輯注］九疑，山名。半在蒼梧，半在零陵。零陵，永州也。屬楚蒼梧，屬南越。郭璞云：「其山九谿皆相似，或云九峰參差，互相隱映，望而疑之，故名。」然山有九峰，峰下各出一水。四水南流，會於南海。五水北注，會於洞庭。一云九水並注於洞庭，賦所謂「波淫溢而不返」是也。

〔一三〕［韓醇詁訓］蜚，音飛。蒼梧見下注。［百家注］蜚，古飛字。

〔一四〕［注釋音辯］《汲冢書》云：「禹逐舜，終於蒼梧之野。」［韓醇詁訓］《史記》：「舜南巡狩，崩於蒼梧之野，葬於江南九疑，是爲零陵。」《山海經》曰蒼梧山。［蔣之翹輯注］《國語》：「舜勤民而野死。」《史記》：「舜南巡狩，崩於蒼梧之野，葬於江南九疑，是爲零陵。」然賦所言「莫得僞真」者，蓋又主《竹書》「禹逐舜，終蒼梧之野」之説，如所稱舜囚堯，復偃塞丹朱，使不得相見，皆不稽之譚也。**按**：所引見《史記·五帝本紀》。舜囚堯事見《史記·五帝本紀》張守節正義引《括地志》稱《竹書》者。李白《遠别離》「或云堯幽囚，舜野死」，此説並非無稽也。黄震《黄氏日鈔》卷六〇：「《閔生賦》：『重華幽而野死兮，世莫得其僞真。』豈本《汲冢書》之説歟？」

〔一五〕［注釋音辯］悁，規緣切。謂屈原。［韓醇詁訓］屈原仕楚，爲上官大夫、令尹子蘭所讒，賦《離騷》、《九辯》、《九章》，投汨羅而死。悁，規緣切。**按**：見《史記·屈原列傳》。悁，忿怒。

〔一六〕〔注釋音辯〕藐音邈。按：藐艱，弱小而艱難。

〔一七〕斗極，北斗星與北極星。《爾雅·釋地》：「北戴斗極爲空桐。」邢昺疏：「北斗拱極，故云斗極。」《淮南子·齊俗》：「夫乘舟而惑者，不知東西，見斗極則寤矣。」

〔一八〕〔注釋音辯〕喦，魚咸切。按：通巖，山巖。

〔一九〕〔注釋音辯〕（殷轔）上音隱，下音鄰，又栗忍切。言盛多。〔世綵堂〕《前漢》：「振殷轔而軍裝。」轔，注：「盛多也。」殷音隱，又離珍切。〔蔣之翹輯注〕揚雄賦：「入神奔而鶩蹕，振殷轔而軍壯。」注：「盛貌。」按：見揚雄《甘泉賦》。

〔二〇〕〔注釋音辯〕蓊，烏孔切。按：蓊勃，草木繁盛貌。

〔二一〕〔百家注〕翳，一計切。按：榛榛，草木叢生貌。《史記·司馬相如列傳》相如《哀二世賦》：「觀衆樹之塕薆兮，覽竹林之榛榛。」

〔二二〕〔注釋音辯〕魑，丑知切。魅音寐。〔韓醇詁訓〕魑，丑知切。魅音寐。《史記》：「舜流四凶族於四裔，以禦魑魅。」按：《史記·五帝本紀》作「螭魅」。

〔二三〕〔韓醇詁訓〕四十而不惑，見於魯《論》。〔百家注引童宗説曰〕《語》：「孔子曰：『吾四十而不惑。』」按：見《論語·爲政》。

〔二四〕〔注釋音辯〕謂北宮黝、孟賁也。下音奔。〔韓醇詁訓〕黝，伊糾切，北宮黝也。賁音奔，孟賁也。孟子四十不動心，而猶希北宮黝、孟賁之養勇。見《公孫丑上》。按：百家注本引童宗説注與韓醇注本同。

〔二五〕［注釋音辯］張（敦頤）云：阽，音鹽，壁危也。［韓醇詁訓］阽，音鹽，危也。《楚詞》：「阽余身而危死節兮，覽余初其猶未悔。」［蔣之翹輯注］貞元七年，子厚年始四十，猶未也。按：所引見屈原《離騷》。元和七年，柳宗元四十歲。蔣注「貞元」乃「元和」之誤。章士釗《柳文指要》上《體要之部》卷二：「齒滅即謂不足四十。子厚元和七年，始達四十，因推定本篇在元和五、六年作。」

〔二六〕［韓醇詁訓］公上文皆言湘中事，「茲川」意謂湘江也。湘水，《禹貢》不經見，此公謂「曾莫理夫茲川」耶？

〔二七〕［韓醇詁訓］衡山，南嶽也。《周禮・職方氏》：「正南曰荆州，其山鎮曰衡山。」則衡山亦見於《周・職方》矣。公謂殷周「莫盡夫衡山」，未詳。［百家注引孫汝聽曰］《王制》：「南不盡衡山，北不盡恒山。」按：見《禮記・王制》。

〔二八〕［注釋音辯］潦，魯浩、朗到二切。洳，如居切。［韓醇詁訓］汙，魯皓切。潦，郎到切。洳，如倨切。［世綵堂］《左氏》：「潢汙行潦之水。」墳，符吻切。土膏肥也。洳，如倨切，漸濕也。［蔣之翹輯注］墳，土之高者。洳，水浸下濕之處。

〔二九〕［韓醇詁訓］鸛音灌。［蔣之翹輯注］鳧、鸛，皆水鳥名。

〔三〇〕［蔣之翹輯注］蒹，似萑而高數尺。葭，蘆也。皆水草。此言戲乎中庭、生於堂筵，亦猶《九歌》「鳥何萃乎蘋中，罾何爲兮木上」之意，謂失所處耳。

〔三一〕［注釋音辯］景即影字。蜮，短狐也。一名射工，長一二寸，口中有弩形，射人影，不治，則殺人。［韓醇詁訓］虺，許偉切。《楚詞》「雄虺九首」，注：「虺，別名也。」《毛詩》「爲鬼爲蜮」。陸璣疏：「蜮，一名射影。南人將入水，先以瓦礫投水中，令水濁，然後入。」又《博物志》：「江南山有射工蟲，長一二寸，口中有弩形，射人影，不治，則殺人。」「短狐伺景」謂此。［蔣之翹輯注］《楚辭》「雄虺九首」，虺，歧首蛇也。按：百家注本引樊汝霖注與韓醇注本同。所引見《楚辭·天問》，注：「虺，蛇別名也。」《詩經·小雅·何人斯》「爲鬼爲蜮」。《漢書·五行志下之上》：「蜮，猶惑也，在水旁，能射人，射人有處，甚者至死。南方謂之短弧。」顔師古注：「即射工也，亦呼水弩。」

〔三二〕［世綵堂］病體拘曲。《易》：「有孚，孿如。」孿，閭緣切。按：見《周易·乾》。

【集　評】

朱熹《楚辭後語》卷五引晁補之曰：《閔生賦》者，柳宗元之所作也。宗元雅善蕭俛，在江嶺間貽書言情云：「宗元與罪人交十年，官以是進，辱在附會。今天子定邪正，海内皆欣欣怡愉，而僕與四五子者淪陷如此，豈非命歟？然居治平，終身爲頑人之類，猶有少恥，未能盡忘。」此蓋以叔文輩爲罪人。頑人謂己。恥辱雖在，困事當云爾者，然悔厲極矣。其曰：「閔吾生之險阨兮，紛喪志以逢尤。」蓋自以生之不幸喪志，而爲此云。

祝堯《古賦辯體》卷七：子厚在唐憲宗時，坐王叔文黨，貶官永、柳州，幽困歷年，不得還。悔其年少氣鋭，不識幾微，不幸喪志失身以至此，遂作《閔生》、《夢歸》等賦。其悔厲亦極矣。

又：《閔生賦》，賦也。亦用比義。蓋纔有古義，便與後代體不同。

王文禄《文脈》卷二：（李空同）曰「唐無賦」。予曰：李太白《大獵》、《明堂》，楊炯《渾天儀》、李庾《兩都》、杜甫《三大禮》、李華《含元殿》、柳宗元《閔生》、盧肇《海潮》、孫樵《出蜀》，豈曰無賦？

陸夢龍《柳子厚集選》卷一文首評：瀏。

蔣之翹輯注《柳河東集》卷二：唐人惟柳柳州可稱騷學獨擅，淒情哀旨，自怨自悔，雖其人不足言，其志大可悼也。故《懲咎》、《閔生》，足勝昌黎《復志》、《閔己》。

儲欣《河東先生全集録》卷一：此賦自憫，亦自命也。其言曰：「知徙善而革非兮，又何懼乎今之人？」厥後創艾於蠻煙海瘴之鄉，身没言立，彼相郵傳作醜語者，今安在哉！而子厚卒以不腐也。是以《尚書》務崇志，《春秋》大改過。

彭大翼《山堂肆考》卷二一三：柳宗元《閔生賦》「戲梟鶹於中庭」。又宋紹定中，張廣年權縣事，譙樓有巢鶹，中弋帶箭，造庭下哀鳴，若有所訴者。廣年視箭首字，得弋人姓名，追懲之，鶹乃去。

林紓《韓柳文研究法・柳文研究法》：《閔生》一賦，「哀吾生之莫保兮」（賦中語），言「孟軻四十，乃始持心」，當是公四十以前作，在元和五、六年之間，貶永州時也。入手以生逢險阸之故，喪志逢尤，則自承己過矣。因之膏竭魄離，沈痛尤極。言既不信，冤何從白，只有幽默待盡而已。任他駑駘之騁，鼂黽之集，均無可奈何。此是得罪以後，聽人指摘，無可自辯處，故言厲吻之鴟嘯群至也。

因是沈抑不舒，但有自愍，語雖尤人，仍是引過，至此作一小頓。湘水出零陵，北入江。零陵，永州也。故望見九疑，思及重華之死，屈子之沈，古人之無過者尚如此，矧乃我耶！雖然，自原初心，萬非從逆之比，故接上「列往則以考己兮，指斗極以自陳」。自陳者，以心跡質九閶也。心既無他，竟爲遷客，登高巖，瞻故邦，咸有戀闕之意。忽念到窮老淪放，亦惟有死鄰魑魅已耳。文勢到此，已無轉施之地，然寸心未死也。仲尼四十不惑，孟子四十不動心，自問未到二子之年，終寡閱歷，故至觸禍阽身，斗然叫起「知徒善而革非兮，又何懼乎今之人」。此一語生氣滿紙，似把以上過失，一洗而空。魄力壯健，筆亦特舉。以下考衡湘故跡，即是寫貶所風物。雄虺短狐，日來近人，一身孤危，則生之可閔極矣。故曰：「慮吾生之莫保兮，忝代德之元醇。孰眇軀之敢愛兮，竊有計乎古先。」蓋百無所恃，可恃者，德耳。德何在？在能蓋愆，故以蓋愆一語終焉。則生雖可閔，而氣尚壯烈也。

## 夢歸賦

羅擯斥以窘束兮，余惟夢之爲歸。精氣注以凝沍兮〔一〕，循舊鄉而顧懷。夕余寐于荒陬兮〔二〕，心慊慊而莫違〔三〕。質舒解以自恣兮，息愔翳而愈微〔四〕。歘騰湧而上浮兮〔五〕，俄滉瀁之無依〔六〕。圓方混而不形兮，顥醇白之霏霏〔七〕。上茫茫而無星辰兮①，下不見夫水陸②。若有鉥余以往路兮③〔八〕，馭儗儗以回復〔九〕。浮雲縱以直度兮，云濟余乎西北。

風纚纚以經耳兮④〔一〇〕，類行舟迅而不息。洞然于以瀰漫兮⑤〔一一〕，虹蜺羅列而傾側〔一二〕。横衝飈以盪擊兮〔一三〕，忽中斷而迷惑。靈幽漠以瀄汩兮⑥〔一四〕，進怊悵而不得〔一五〕。白日邈其中出兮⑦，陰霾披離以泮釋〔一六〕。施岳瀆以定位兮〔一七〕，乎參差之白黑〔一八〕。忽崩騫上下兮⑧，聊按行而自抑⑨。指故都以委墜兮，瞰鄉閭之脩直〔一九〕。原田蕪穢兮，峥嶸榛莽。喬木摧解兮，垣廬不飾〔二〇〕。山嵎嵎以巖立兮〔二一〕，水汩汩以漂激〔二二〕。魂恍惘若有亡兮〔二三〕，涕汪浪以隕軾⑩〔二四〕。類曛黄之黭漠兮⑪〔二五〕，欲周流而無所極。紛若喜而佁儗兮〔二六〕，心回互以壅塞⑫。鍾鼓喤以戒旦兮〔二七〕，陶去幽而開寤〔二八〕。罾罻蒙其復體兮⑬〔二九〕，孰云桎梏之不固〔三〇〕？精誠之不可再兮，余無蹈夫歸路。

偉仲尼之聖德兮⑭，謂九夷之可居〔三一〕。惟道大而無所入兮，猶流游乎曠野⑮〔三二〕。老聃遁而適戎兮，指淳茫以縱步〔三三〕。？莊之恢怪兮，寓大鵬之遠去⑯〔三四〕。苟遠適之若兹兮，胡爲故國之爲慕〔三五〕？首丘之仁類兮〔三六〕，斯君子之所譽。鳥獸之鳴號兮〔三七〕，有動心而曲顧。膠余衷之莫能捨兮⑰，雖判析而不悟⑱。列兹夢以三復兮⑲〔三八〕，？極明昏而告愬。

【校　記】

① 世綵堂本注：「茫茫，一作茫洋。」

②原注及注釋音辯本、世綵堂本注：「水，一作川。」

③注釋音辯本注：「鉥，音述，當依晏（殊）本作訹。」詁訓本注：「鉥，音述，綦鍼也。一本作訹，音恤，誘也。」世綵堂本注：「鉥音述，導也。《説文》：『綦鍼也。』晏本作訹，言也，音恤。《説文》：『誘也。』《漢書》『怵於邪説』注：『怵體訹字耳。』」按：當作「鉥」，導引也。

④世綵堂本注：「纚纚，風聲也。一作灑灑。」經耳，朱熹《楚辭後語》收此文作「驚耳」。

⑤以，詁訓本作「于」，並注：「一作以。」原注、世綵堂本注：「以字，一本重作于字。」

⑥原注及注釋音辯本、詁訓本、世綵堂本注：「靈，一本作『零雨』二字。」

⑦世綵堂本注：「一本出作無，又一本無出字。」

⑧注釋音辯本注：「晏本『崩騫翔以上下以徊徨兮』。」原注與詁訓本注同。世綵堂本注：「一本作『崩騫翔以上下以徊徨兮』，又作『忽崩騫翔以上下兮』，又作『崩騫上下以徊徨兮』。」朱熹《楚辭後語》作「崩騰上下以恛惶兮」。按：前三字或作「忽崩騰」，或作「忽騫翔」，或無「忽」字，皆可通。崩騰，動盪、紛擾意。騫可通鶱，飛貌。騫翔即飛翔。皆以言夢中景象。

⑨原注及注釋音辯本、世綵堂本注：「行，一作衍。」

⑩世綵堂本注：「汪浪，晁（補之）作浪浪。」

⑪世綵堂本注：「黭漠，晁（補之）作黔漠。」

⑫原注：「互音户。俗作[illegible]，一本又作[illegible]，音支。」注釋音辯本注：「互音濩，俗作[illegible]。」詁訓本「互」

作「眡」，注云：「𠂢，音支，目汁凝也。」世綵堂本注：「諸韻皆無眡字，作『回𠂢』恐是。」章籍、張敦頤釋音作『眡眩』。眩，音縣，目無常主也。」按：回互，回環反覆，猶豫貌。作「回互」是。

⑬ 原注及注釋音辯本、世綵堂本注：「復字，一本作後。」詁訓本即作「後」。蔣之翹輯注本：「復，一作後，非是。」

⑭ 世綵堂本注：「德，一本作位。」

⑮ 注釋音辯本注：「（野）一本作墅。」世綵堂本注：「野，一作墅，非。」

⑯ 注釋音辯本注：「鵬之，一本作筭而。」原注：「一本作寓大鵬而遠去。」蔣之翹輯注本：「鵬，一作筭而。之字又作而字，非是。」

⑰ 世綵堂本注：「衷，一作哀。」

⑱ 析，《全唐文》作「折」。

⑲ 世綵堂本注：「三，一作往。」《楚辭後語》即作「往」。

## 【解題】

［韓醇詁訓］在永州懷思鄉閭而作。集中有《與許孟容書》，云：「先墓在城南無異，子弟爲主，自譴逐來，消息存亡，不一至鄉閭。」又云：「城西有數頃田，樹果百株，多先人手自封植。今已荒穢，恐便斬伐。」有哀憤毁傷之意，與此賦「原田蕪穢，垣廬不飾」之意同。書在元和四年作，賦亦當後先

於此。［百家注引童宗説曰］公在永州，懷思鄉閭而作也。按：韓説雖無確據，然條析宗元思緒，頗有脈絡，故大體可從。

【注釋】

〔一〕［注釋音辯］張（敦頤）云：沍音互，水凝也。《莊子》曰：「河漢沍而不能寒。」［蔣之翹輯注］《西京賦》：「涸陰沍寒。」按：韓醇詁訓本同張注。所引見《莊子·齊物論》。

〔二〕荒陬，荒僻之地。

〔三〕［注釋音辯］慊，苦簟切，恨也，不滿也。［韓醇詁訓］慊，苦簟切，恨也。

〔四〕［注釋音辯］愔，伊淫切。［韓醇詁訓］愔，伊淫切。愔愔，安和貌。按：章士釗《柳文指要》上《體要之部》卷二：「此言入夢之初，氣息安和而隱微。」

〔五〕［注釋音辯］張（敦頤）云：欻，許勿切，暴起也。《説文》：「有所吹起。」諸韻檢尋，無從三火者。杜子美《虎牙行》：「秋風欻吸吹南國。」《文選》江淹詩：「焱吸鵾雞悲。」諸家多用從二「火」字。《莊子釋音》第一卷「朝菌」注下云：「欻生芝也。」後漢張平子《思玄賦》「焱神化而蟬蛻兮」，並作況物、許物二切。云疾貌。惟此字從三火。［韓醇詁訓］疾也，暴起也。［世綵堂］欻，況物切，疾貌。

〔六〕［注釋音辯］滉，力廣切。瀁，余掌切。［韓醇詁訓］滉瀁，深廣貌。

〔七〕［韓醇詁訓］顥音昊，白貌。《楚詞》：「天白顥顥。」又云：「雲霏霏而承宇。」按：圓方指天地。古有天圓地方之説。所引《楚辭》，前見《大招》，後見《惜誦》。

〔八〕［百家注］孫（汝聽）曰：鉥，導也。張（敦頤）曰：鉥，綦鍼也。晏本作訹。訹，誘也。音恤。［蔣之翹輯注］鉥，綦鍼也，導也。按：鉥，長而曲之針，引申爲導引。

〔九〕［注釋音辯］童（宗説）云：儗音擬，惑也。［韓醇詁訓］儗音擬，相疑也。［世綵堂］《漢・食貨志》引《詩》「黍稷儗儗」注：「盛貌。」《詩》作「薿薿」。儗，魚紀切。按：儗儗，疑惑貌。童注與韓注是。

〔一〇〕［注釋音辯］纚，所爾切。［韓醇詁訓］纚音灑，連也。又音離。《楚詞》：「索胡繩之纚纚。」［百家注引孫汝聽曰］纚纚，風聲也。纚音灑。［世綵堂］纚音灑，又音離。［蔣之翹輯注］纚纚，風聲也。按：纚，或解爲連，或解爲風聲，皆可通。「纚」若解作風聲當音「颯」。

〔一一〕［注釋音辯］漫，模官切。［韓醇詁訓］瀰音彌。漫，謨官切。水大貌。［世綵堂］瀰音彌。漫音瞞。

〔一二〕［世綵堂］《爾雅》：「蝃蝀，虹也。蜺爲挈貳，與電同。」又：「蜺，雌虹也。」按：見《爾雅・釋天》。

〔一三〕［百家注］飆，卑遥切。盪音蕩，又他浪切。

〔一四〕［注釋音辯］童（宗説）云：瀄，仄瑟切。汩，越筆切。水流貌。［韓醇詁訓］瀄音櫛。汩，越筆切。瀄汩，水流貌。

〔一五〕〔注釋音辯〕怊，敕驕切。〔百家注〕怊，敕喬切。〔世綵堂〕《楚辭》：「怊悵而自悲。」按：見《楚辭》東方朔《七諫·哀命》，王逸注：「怊悵，悵貌也。」

〔一六〕〔注釋音辯〕童（宗説）云：霾音埋，風雨土也。按：韓醇詁訓本同。披離，分開。泮釋，消散。

〔一七〕岳瀆，五岳四瀆。古以泰山、華山、衡山、恒山、嵩山爲五岳，以江、河、淮、濟四水爲四瀆。此句謂以著名山川確定自己的位置。

〔一八〕〔注釋音辯〕㸦即互字。〔蔣之翹輯注〕㸦即俗互字。或作「牙」，非是。按：此句謂參差不齊、白黑異色也。

〔一九〕〔百家注〕瞰苦濫切。〔世綵堂〕瞰音闞。

〔二〇〕〔百家注引韓醇曰〕公《與許孟容書》云：「先墓在城南無異，子弟爲主，自譴逐來，消息存亡，不一至鄉閭。」又云：「城西有數頃田，樹果百株，多先人手自封植，今已荒穢，恐便斬伐。」有哀憤毁傷之意，與此賦同。

〔二一〕〔注釋音辯〕嵎，牛俱切，山高貌。〔韓醇詁訓〕嵎，音虞。

〔二二〕〔注釋音辯〕汩音骨，又越必切。按：汩汩，水流疾貌。

〔二三〕〔注釋音辯〕恍音怳，惚也。惘音罔。〔百家注〕恍，恍惚也。音怳。惘音罔。〔蔣之翹輯注〕恍惘，失志貌。

〔二四〕〔注釋音辯〕浪音郎。按：汪浪，淚流貌。

〔二五〕［注釋音辯］黤音揜，果實黑壞貌。［韓醇詁訓］《楚詞》：「與纁黃以爲期。」注：「纁黃，蓋昏時。」黤音揜，黑壞貌。［世綵堂］《楚辭·思美人》章：「指嶓塚之西隈兮，與纁黃以爲期。」注：「纁黃，蓋昏時。」黤，果實黑壞貌。掩、黯二音。

〔二六〕［注釋音辯］馬融《笛賦》：「佁儗寬容。」佁，敕吏切。儗音毅，韻音擬。［韓醇詁訓］佁，丑吏切。儗音擬。佁儗，不前也。按：百家注本引注釋音辯本作張敦頤曰。《漢書·司馬相如傳》相如《大人賦》：「沛艾赳螑，仡以佁儗兮。」顔師古注引張揖曰：「佁儗，不前也。」即遲疑。

〔二七〕［注釋音辯］喤音横。按：喤，象鐘聲。

〔二八〕陶，沉迷於其中。「陶」可訓爲某種情狀，如陶醉、樂陶陶、鬱陶等。此言沉迷於醒後的情景。

〔二九〕［注釋音辯］童（宗説）云：罾，音曾。罻，音尉，魚網也。［韓醇詁訓］罾音曾。罻音熨，網也。按：身上衣服如魚網之覆體，既是初醒時之感覺，又暗喻己爲魚也。

〔三〇〕［注釋音辯］桎音質，手械也。梏，姑沃切，足械也。［韓醇詁訓］桎音質，足械也。梏，姑沃切，手械也。［世綵堂］桎，手械。梏，足械。按：韓注是，見《説文》。諸家反訓。

〔三一〕［注釋音辯］童（宗説）云：（居）協韻去聲。［韓醇詁訓］《論語》：「子欲居九夷，或曰陋，子曰：『君子居之，何陋之有？』」［蔣之翹輯注］居，叶去聲。按：見《論語·子罕》。

〔三二〕［蔣之翹輯注］《楚辭》「野」字有與「怒」叶者，作上與反，今從之。《家語》：「孔子在陳絶糧，知諸弟子有愠心，乃召而問曰：『《詩》云「非兕非虎，率彼曠野」，吾道非邪？吾何爲於此？』」

按：見《孔子家語・在厄》。

〔三三〕〔韓醇詁訓〕《史記》：「老聃見周之衰，迺遂去。至關，關令尹喜曰：『子將隱矣，强爲我著書。』於是老子迺著書上下篇五千餘言而去。」《神仙傳》：「老子將去周而出關，以升崑崙。關令尹喜占風，逆知當有神人來過，乃掃門，道見老子。老子知喜命應得道，乃以長生之事教之。」按：見《史記・老子列傳》及皇甫謐《高士傳》卷上。

〔三四〕〔注釋音辯〕莊子，蒙人也。嘗爲蒙漆園吏。〔韓醇詁訓〕莊子，蒙人也。《逍遥》篇云：「北溟有魚，其名爲鯤。化而爲鳥，其名爲鵬。鵬之背，不知其幾千里也。怒而飛，其翼若垂天之雲。是鳥也，海運則將徙於南冥。南冥者，天池也。」

〔三五〕〔蔣之翹輯注〕此結束仲尼、老、莊遠適之意。按：章士釗《柳文指要》上《體要之部》卷二：「『胡爲』之『爲』當作『惟』」，本篇第二句『余惟夢之爲歸』可證。此類文句，其基礎形式爲『惟故國是慕』，或『惟夢是歸』，因須參加一『爲』字以調節文氣，故改代名詞『是』作『之』。」

〔三六〕〔注釋音辯〕首，去聲。《禮記》云：「狐死正丘首。」〔韓醇詁訓〕《禮記》：「古之人有言曰：狐死正丘首，仁也。」按：百家注本引孫汝聽注與韓注本同。見《禮記・檀弓上》。

〔三七〕〔注釋音辯〕號，去聲。出《禮記・三年問》篇。〔百家注引孫汝聽曰〕《禮記》：「鳥獸喪其群匹，越月踰時，則必返巡，過其故鄉。翔回焉，鳴號焉，然後乃能去之。」〔蔣之翹輯注〕號，平聲。

〔三八〕三復，多次反覆。《大戴禮記・衛將軍文子》：「一日三復，白圭之玷，是南宫縚之行也。」

## 【集評】

朱熹《楚辭後語》卷三九引晁補之曰：《夢歸賦》者，柳宗元之所作也。宗元既貶，悔其年少氣鋭，不識幾微，久幽不還，復貽其所知許孟容書。其略云：「立身一敗，萬事瓦裂，墳墓不掃，宅三易主。恐一日死，曠墜先緒。」意託孟容以少北者，故作《夢歸賦》。初言覽故都喬木而悲。中言仲尼欲居九夷、老子適戎以自釋。末云首丘鳴號，示終不忘其舊。當世憐之。然衆畏其才高，竟廢不復云。

祝堯《古賦辯體》卷七：《夢歸賦》，賦也。中含諷與怨意，其有得於變風之餘者。中間意思，全是就《離騷》中脱出。

《王荆石先生批評柳文》卷一：夢境之怳惚，鄉思之蕭條，形容備矣。

陸夢龍《柳子厚集選》卷一：黯然。

儲欣《河東先生全集録》卷一：子厚此時直欲隨寓而安，而勿詹詹故土之爲慕，進一解矣。余每讀之，未嘗不掩卷三歎。

王之績《鐵立文起》前編卷九：王懋公曰：古賦如漢司馬相如《長門》、班婕妤《自悼》、《擣素》、張衡《思玄》、晉潘岳《秋興》、唐柳宗元《夢歸》……以上正體，而俳體間出於其中。

林紓《韓柳文研究法・柳文研究法》：《夢歸》一賦，文乃奇絶。自起二語後，即入夢鄉，至「心回互以壅塞」止，皆夢中境界。説到「質舒解以自恣兮，息愔翳而愈微。歘騰踴而上浮兮，俄滉瀁之無依。」是初入夢時，肢體舒散，氣息安和，若身與枕席相親，沈沈無事。「歘」字，《説文》：「有所吹起也。」此説夢魂若御風而游。滉瀁者，深廣貌。魂入夢境，覺深廣不知所屆，悠悠然亦無憑依而立。描摹虛無，居然生出景象，「上茫茫而無星辰兮，下不見乎水陸」，是正面寫夢，雖奇非奇。頂處忽用一「鉥」字，鉥，導也，綦鍼也。不用此字，則誰導夢而歸？亦並非謂夢神，但以「若有」二字了之，故曰：「若有鉥余以往路兮，馭儗儗（音擬）以回復。」儗儗，相疑也。夢中辨路，決不清晰，故言儗儗回復，真一字不苟。自是以下，均夢中幻境，無非風雲霾雨之類，音節一本《九章》。至「忽崩騫上下兮，聊按行以自抑」，似模糊近鄉井矣。故都之委墜，鄉閭之修直，原田之蕪穢，喬木之摧解，垣廬之不飾，不是真向夢中見出，是平日有此思想，遂歷歷若見諸夢中。脱敍到接見故舊，文酒歡洽，亦未嘗不可。顧騷中未嘗有此體，且惡占賓。「欲周流而無所極」之「欲」字，「紛若喜而佁儗」之「喜」字，皆有制而莫遂意，確是夢欲回時狀態，故直接上「鐘鼓喤而戒旦兮，陶去幽而開寤」，則蘧然覺矣，然尚在惶忪之際。「罾罻蒙其復體兮，孰云桎梏之不固」，妙絶。罾罻，魚網也。魚網蒙體，是人醒時神魂未定，尚有麻木之意。不惟罾罻，且願桎梏，久而久之，知夢歸不可再得，故曰「余無蹈乎歸路」。只好義命自安，引夫子居九夷自慰，又引老聃之適戎，蒙莊之遠去，似不必以故園爲慕。然首丘正也，鳥獸喪匹，尚且過其故鄉嗚號，況乃人乎！　三復茲夢，始還清命題本意。

## 囚山賦

楚越之郊環萬山兮，勢騰踊夫波濤。紛對迴合仰伏以離迾兮[①]〔一〕，若重墉之相褭〔二〕。争生角逐上軼旁出兮〔三〕，其下坼裂而爲壕②〔四〕。欣下頽以就順兮，曾不敢平而又高〔五〕。沓雲雨而漬厚土兮③〔六〕，蒸鬱勃其腥臊〔七〕。陽不舒以擁隔兮，群陰沍而爲曹④〔八〕。側耕危穫苟以食兮〔九〕，哀斯民之增勞⑤。攢林麓以爲叢兮⑥〔一〇〕，虎豹咆㘞代狴牢之吠嘷⑦〔一一〕。胡井眢以管視兮⑧〔一二〕，窮坎險其焉逃〔一三〕！顧幽昧之罪加兮，雖聖猶病夫嗷嗷〔一四〕。匪兕吾爲柙兮〔一五〕，匪豕吾爲牢〔一六〕。積十年莫吾省者兮〔一七〕，增蔽吾以蓬蒿。聖日以理兮⑨，賢日以進，誰使吾山之囚吾兮滔滔⑩？

【校記】

① 原注及詁訓本、世綵堂本注：「一本無對字。」按：章士釗《柳文指要》上《體要之部》卷二：「一本無對字是。紛爲《離騷》語助詞，置於句首，不與連接之字相結成意。迾音列，遮也。離迾猶言遮迾。《後漢·輿服志》：『張弓帶鞬，遮迾出入。』」

② 世綵堂本無「其」字。

③ 詁訓本無「雨」字。世綵堂本注：「一本無而字。漬，作積。」

④ 世綵堂本注：「爲，一作與。」

⑤ 原注：「斯民，一作小人。」注釋音辯本、世綵堂本注：「斯民，一本作下民，一本作小人。」詁訓本注：「斯，一作下。」

⑥攢，注釋音辯本作「積」，並注：「積，一本作攢。」詁訓本、世綵堂本注：「攢，一作積。」《全唐文》作「積」。

⑦世綵堂本注：「𡁵，一作鬫，虎檻切，恐是。蓋韻中無𡁵字。」

⑧注釋音辯本「胡」上有「予」字，並注：「一本無予字。」又注：「眢井，作殞井。」詁訓本注：「（胡）一作予胡。」原注、世綵堂本注：「一本『胡』上有『予』字。眢，又作殞。」《全唐文》亦有「予」字。

⑨世綵堂本注：「聖，一作世。」章士釗《柳文指要》上《體要之部》卷二云：「聖，一本作世，是。原文『世日以治』，或世治，兩字都以避諱而改。」

⑩世綵堂本注：「一本無下『吾』字。」

【解　題】

［韓醇詁訓］公永貞元年貶永州司馬，凡居永十載。在永時所著文皆有感憤之意，如前《閔生》、《夢歸》等賦，情見乎辭，有不能已者。《囚山》又後二賦而作。據賦云「積十年莫余省」，蓋自永貞元年乙酉至九年爲十年矣。明年春召至京師，出爲柳州刺史云。［百家注引孫汝聽曰］永貞元年，公謫居永州。元和九年，有此賦。［世綵堂］元和九年作此賦。按：諸家皆定此賦作於元和九年，甚是。章士釗《柳文指要》上《體要之部》卷二《囚山賦》：「此文元和九年在永州作。從永貞元年起算，至此恰十年。依當時之政局看來，作者大有入山林而不返之勢。」又云：「賦一韻到底，稱意寫去，意盡

而言止，可云愜心貴當之作。」

【注釋】

〔一〕［注釋音辯］迾音列，又音例，遮也。［韓醇詁訓］迾音列，遮也。

〔二〕［蔣之翹輯注］墉，城垣也。

〔三〕［注釋音辯］軼，迭、佚二音。［韓醇詁訓］軼音迭，又音佚，相出也。一曰侵軼。

〔四〕［注釋音辯］（壕）音豪，塹也。［韓醇詁訓］壕音豪，塹也。

〔五〕［蔣之翹輯注］不畝平，言其所平無一畝之廣也。按：章士釗《柳文指要》上《體要之部》卷二：「欣，喜也。此言土地平陂不一，方喜地勢下傾，步趨就順，但平地不過一畝，而高地復臨。此描寫山田形勢，最爲突出。」

〔六〕［注釋音辯］張（敦頤）云：沓，達合切，合也。漬，疾智切，漚物也。按：韓醇詁訓本與張注同。

〔七〕［注釋音辯］腥音星。臊，蘇曹切。《周禮》：「辨腥臊羶香之不可食者。」［韓醇詁訓］上音星。下，蘇曹切。［世綵堂］《説文》：「臊，豕膏臭也。」按：見《周禮·天官冢宰·膳夫》。

〔八〕［注釋音辯］沍，胡固切。與冱同，固寒也。曹，耦也。［韓醇詁訓］沍與冱同，俗作沍，胡故切，涸寒也。《西京賦》：「固陰沍寒」。

〔九〕章士釗《柳文指要》上《體要之部》卷二：「山田坡度高，不能平行施工，故曰側耕。以同一理由，收穫亦甚險，如屬果物，甚或驅遣馴猿，頸懸布袋，成群往摘，故曰危獲。」

〔一〇〕〔注釋音辯〕張（敦頤）云：麓，音鹿，山足曰麓。《易》疏云：「叢棘，謂囚執之處。」〔韓醇詁訓〕麓音鹿，山足曰麓。《易·繫》：「用徽纆寘於叢棘。」疏云：「叢棘，謂囚執之處，以棘叢而禁之也。」

〔一一〕〔注釋音辯〕咆，音庖。噉，虎檻切，虎豹聲也。狴，音陛，獄別名。嗥，音豪。〔韓醇詁訓〕咆音庖。噉，虎檻切，虎聲也。狴音陛。《博物志》：「狴，牢獄別名。」嗥音豪，咆也。〔百家注引孫汝聽曰〕咆噉，虎豹聲。〔蔣之翹輯注〕吠嗥，言守牢之犬也。按：章士釗《柳文指要》上《體要之部》卷二：「咆噉即咆哮。《詩》『闞如虓虎』，闞不加口旁，字書亦未收噉字，子厚蓋隨意連寫成文耳。狴牢亦應作蒲牢，蓋狴犴，狂犬，而蒲牢，海獸，固是二物，子厚亦牽寫成之。杜甫《有事於南郊賦》：『耆艾涕而童子僢，叢棘坼而狴牢傾。』亦用作狴牢，皆指牢獄言，以牢獄皆用惡獸防護也。」

〔一二〕〔注釋音辯〕眢，烏丸切，目無明也。出《左》宣十二年。〔韓醇詁訓〕眢音鴛，目無明也，又廢井也。《左氏》宣公十二年：「河魚腹疾，奈何？曰：目於眢井而拯。」注：「視虛廢井而求拯己。」〔百家注詳注〕《東方朔傳》：「以管窺天。」按：章士釗《柳文指要》上《體要之部》卷二：「眸子枯陷曰眢，因而廢井亦曰眢井。《左》『目于眢井而拯之』。此井眢管視，猶曰坐井觀天。」

〔一三〕章士釗《柳文指要》上《體要之部》卷二：「《易》：『習坎，重險也。』《左》『外强内温』，注：『坎險故强，坤順故温。』」

〔一四〕［蔣之翹輯注］《詩》：「哀鳴嗷嗷。」按：見《詩經・小雅・鴻雁》。「聖」當是「治」字的避諱，猶下文「聖日以理」諱「世」爲「聖」。治，懲治。

〔一五〕［韓醇詁訓］兕，序姊切。似牛，一角。《論語》：「虎兕出於柙。」注：「柙，檻也。」按：見《論語・季氏》。章士釗《柳文指要》上《體要之部》卷二：「此謂吾非兕也，而被人入諸柙。爲，去聲讀。又或釋作：柙中非兕，以吾爲代。爲，平聲讀，亦通。」

〔一六〕［百家注引孫汝聽曰］《詩》：「執豕于牢。」按：見《詩經・大雅・公劉》。

〔一七〕［百家注引韓醇曰］公自永貞元年乙酉貶永州司馬，至元和九年甲午，爲十年矣。明年，始召至京師，又出爲柳州刺史。

## 【集評】

《詁訓柳先生文集》卷二：晁太史无咎取之於《變騷》，曰：《語》云「仁者樂山」，自昔達人，有以朝市爲樊籠者矣，未聞以山林爲樊籠也。宗元謫南海久，厭山不可得而出，懷朝市不可得而復，丘壑草木之可愛，皆陷穽也，故賦《囚山》。淮南小山之詞亦言「山中不可以久留」，以謂賢人遠伏，非所宜爾。何至以幽獨爲狴牢，不可一日居哉？然終其意近《招隱》，故録之。（按：《新刊增廣百家詳補注唐柳先生文》卷二此賦題下補注、《增廣注釋音辯柳先生集》卷二此賦後皆録晁補之此評。

張嵲《續囚山賦序》：余居山二年，汲汲鮮況。讀柳先生《囚山賦》，因嘆曰：「無桎梏而獨居於人之地，真囚也。」或曰：柳先生得罪於時，放逐湘南，欲去不可，故云。今子非得罪居此，其去也，顧不在子耶？余曰：子厚之所爲囚者，人也；其不可去者，罪也。余之所謂囚者，天也；其不可去者，勢也。客未解，作賦以曉之，因命之曰《續囚山賦》。（《紫微集》卷一）

樓鑰《跋李莊簡公與其壻曹純老帖》：韓文公《潮州表》，柳河東《囚山》，劉賓客《謫九年》，文愈奇而氣愈下，盛哉！（《攻媿集》卷七三）

陳造《後囚山賦》：柳先生蜕跡中朝，落身南州，即囚山而命賦，寫胸次之幽憂。讀者哀之，至今心爲之悽悅，而聲爲之悲啾。（《江湖長翁集》卷一）

陸文圭《和戴帥初寄詩韻》：入海逢車陸用艘，仁人不遇歎遊遨。登龍有意師元禮，刻鵠何心效伯高。每笑《囚山》《非國語》，絶憐投閣《反離騷》。此身幸免官驅使，兩手猶能把酒螯。（《牆東類稿》卷一八）

《王荆石先生批評柳文》卷一：此與子瞻居惠州何如？

歸有光《柳州計先生壽序》：吾鄉范文穆公稱湘南江山奇勝，爲天下第一。時公帥廣右，已而移鎮之蜀，有睠睠不忍去之意。而柳子厚刺柳州，乃作《囚山賦》，觀其辭，殆不能以一日居者。范公大帥，名位尊顯，其心誠樂於此。而子厚特以謫徙，久不得召，有悒鬱無聊之志，宜其爲言如是。然其於此邦之山水不薄矣。其序近治可遊者，殆不下於桂山。而所謂靈山拔地，林立四野，自嶠南達於海上，可以想見韓子稱衡湘南爲進士者，皆以柳子爲師。其承子厚指授，爲文悉有法度。由是言之，

柳之山水，不待子厚而顯，而其人才之出，自子厚始也。（《震川集》卷一三）

又《與沈敬甫十八首》二：親故懶作書。向爲公言鐵劍利、倡優拙，固耶？每覽子厚《囚山賦》，亦自無聊也。人還，附此。（《震川集》别集卷八）

陸夢龍《柳子厚集選》卷一：婉秀。

儲欣《河東先生全集録》卷一：賦也者，古詩之流也。柳河東諸賦，其於子雲、相如沈博絶麗之作，未知何如。以作楚騷，可云同工合曲。第其品在屈與宋間，景差以下，不足道也。

林紓《韓柳文研究法·柳文研究法》：通篇著眼在「陽不舒以擁隔兮，群陰沍而爲曹」。沍，涸寒也。是陽慘陰舒之意。至摹寫山林仰伏離迾（遮也）之態，是柳州所長，讀時自能會之。

## 愈膏肓疾賦

景公夢疾膏肓〔一〕，尚謂虛假，命秦緩以候問，遂俯伏于堂下①。公曰：「吾今形體不衰，筋力未寡，子言其有疾者，何也？」秦緩乃窮神極思②〔二〕，曰：「夫上醫療未萌之兆，中醫攻有兆之者。目定死生，心存取捨，亦猶卞和獻含璞之璧〔三〕，伯樂相有孕之馬〔四〕。然臣之遇疾，如泥之處埏〔五〕，疾之遇臣，如金之在冶。雖九竅未擁，四支且安。膚腠營胃③〔六〕，外强中乾〔七〕。精氣内傷，神沮脉殫。以熱益熱，以寒益寒。針灸不達，誠死之端。巫新麥以爲識〔八〕，果不得其所餐〔九〕。」公曰：「固知天賦性命，知彼暄寒。短不足悲，脩不足歡。哂彼醫兮，徒精厥術，如何爲之可觀？」醫乃勃然變色，攘袂而起：「子無讓我，我謂於子：我之技也，如石投水，如弦激矢，視生則生，視死則死。膏肓之疾不救，衰亡之國不理。巨川將潰，非捧土之能塞〔一〇〕；大廈將崩，非一木之能止。斯言足以喻大，子今察乎孰是？」

爰有忠臣，聞之憤怨，忘廢寢食④，擗摽感歎〔一一〕：「生死浩浩，天地漫漫〔一二〕，綏之則壽，撓之則散〔一三〕。善養命者，鮐背鶴髮成童兒〔一四〕；善輔弼者，殷辛夏桀爲周漢〔一五〕。非藥曷以愈疾？非兵胡以定亂？喪亡之國，在賢哲之所扶匡；而忠義之心⑤，豈膏肓之所羈絆〔一六〕？余能理亡國之刓弊〔一七〕，愈膏肓之患難。君謂之何以？」醫曰：「夫八紘之外〔一八〕，六合之中〔一九〕，始自生靈，及乎昆蟲。神安則存，神喪則終。亦猶道之紊也，患出於邪佞；身之憊也〔二〇〕，疾生於火風〔二一〕。彼膏肓之與顛覆，匪藥石而能攻者哉〔二二〕！」因此而言曰：「予今變禍爲福，易曲成直，寧關天命，在我人力。以忠孝爲干櫓〔二三〕，以信義爲封殖。拯厥兆庶，綏乎社稷，一言而熒惑退舍〔二四〕，一揮而羲和匪昃〔二五〕。桑穀生庭而自滅，野雉雊鼎而自息〔二六〕。誠天地之無親⑥〔二七〕，曷膏肓之能極？」醫者遂口噤心醉〔二八〕，跼歛茫然〔二九〕，投棄針石，匍匐而前〔三〇〕：「吾謂治國在天，子謂治國在賢⑦；吾謂命不可續，子謂命將可延。詎知國不足理，疾不足痊，佐荒淫爲聖主，保夭壽爲長年⑧。皆正直之是與，庶將來之勉旃。」

## 【校　記】

①原注及詁訓本、世綵堂本注：「俯伏，一作俯身。」注釋音辯本作「伏身」，並注云：「伏身，一作俯伏。」《全唐文》亦作「伏身」。

②世綵堂本注：「窮，一作究。」

③原注、世綵堂本注：「營字，一作脘。」注釋音辯本注：「營胃，一本作脘胃。」

④注釋音辯本作「忘寢廢食」。

⑤世綵堂本注：「一無而字。」

⑥誠，詁訓本作「成」。

⑦原注及注釋音辯本注：「治，一本作活。」世綵堂本注：「治字，一本作浩。」

⑧爲，注釋音辯本、《全唐文》作「而」。

## 【解　題】

［注釋音辯］肓音荒。晏相（殊）於此賦親書云：「膚淺不類柳文，宜去之。或曰：公少作也。」

［韓醇詁訓］晏元獻公嘗書此賦云：「膚淺不類柳文，宜去之。或謂公尚少時作。」景公，晉景公也。《春秋》成公八年，晉侯殺趙莊姬之子趙同、趙括。十年，晉侯夢大厲，被髮及地，曰：「殺余孫，不義，余得請於帝矣。」公覺，召桑田巫，巫言如夢。公曰：「何如？」曰：「不食新矣。」公疾病，求醫於秦，

秦伯使醫緩爲之。未至，公夢疾爲二豎子曰：「彼良醫也，懼傷我，焉逃之？」其一曰：「居肓之上、膏之下，若我何？」醫至，曰：「疾不可爲也。在肓之上、膏之下，攻之不可，達之不及，藥不至焉，不可爲也。」公曰：「良醫也。」厚爲之禮而歸之。六月丙午，晉侯欲麥，使甸人獻麥，饋人爲之召桑田巫，視而殺之。將食，張，如廁，陷而卒。公藉以論治國之理焉。肓音荒，鬲也。心下爲膏。按：百家注本引孫汝聽注引作「成十年《左氏》」，即《左傳》成公十年，較韓注爲略。晏殊首疑此文非柳宗元所作，王應麟《困學紀聞》卷一七「柳文可疑諸篇」亦列入此賦。吴汝綸《柳州集點勘》：「此非柳文，他唐人爲之耳。」章士釗《柳文指要》上《體要之部》卷二信同吴氏之説，遂删此賦而不論。然晏殊並未以己意爲斷，又記他人言，云爲「公少作」。柳文正集所收之賦除此篇外，皆永州作，此賦與之不類，可證其非永州作，卻未可遽言非柳氏作也。此賦當作於貞元年間，以治病喻治國，時正爲宗元政治上欲大可爲之時也。與此賦相對應的是，《非國語》卷下《醫和》條，也是對醫和作否定評論的。

【注　釋】

〔一〕［注釋音辯］《左傳》成公十年晉景公事。

〔二〕［世綵堂］思，去聲。

〔三〕《韓非子·和氏》：「楚人和氏得玉璞楚山中，奉而獻之厲王。厲王使玉人相之，玉人曰：『石也。』王以和爲誑，而刖其左足。及厲王薨，武王即位，和又奉其璞而獻之武王。武王使玉人相之，又曰：『石也。』王又以和爲誑，而刖其右足。武王薨，文王即位，和乃抱其璞而哭於楚山之下，三日三夜，淚盡而繼之以血。王聞之，使人問其故曰：『天下之刖者多矣，子奚哭之悲也？』和曰：『吾非悲刖也，悲夫寶玉而題之以石，貞士而名之以誑，此吾所以悲也。』王乃使玉人理其璞而得寶焉，遂命曰和氏之璧。」

〔四〕《列子・説符》：「秦穆公謂伯樂曰：『子之年長矣，子姓有可使求馬者乎？』伯樂對曰：『良馬可形容筋骨相也。天下之馬者若滅若没，若亡若失，若此者絶塵弭轍，臣之子皆下才也，可告以良馬，不可告以天下之馬也。臣有所與共擔纆薪采者，有九方臯，此其於馬，非臣之下也，請見之。』穆公見之，使行求馬。三月而反，報曰：『已得之矣，在沙丘。』穆公曰：『何馬也？』對曰：『牝而黄。』使人往取之，牡而驪。穆公不説，召伯樂而謂之曰：『敗矣。子所使求馬者，色物牝牡尚弗能知，又何馬之能知也？』伯樂喟然太息曰：『一至於此乎！是乃其所以千萬臣而無數者也。若臯之所觀，天機也，得其精而忘其麤，在其内而忘其外，見其所見，不見其所不見，視其所視，而遺其所不視。若臯之相馬，乃有貴乎馬者也。』馬至，果天下之馬也。」當用此典。然東方臯僅云「牝（母馬）而黄」。《淮南子・道應》亦載此事，九方堙報曰「牡而黄」，使人視之，牝而驪。皆未言馬有孕也。

〔五〕［注釋音辯］張（敦頤）云：埏，尸延切。地有八埏。又和土也。［韓醇詁訓］尸延切，和土也。

〔六〕［注釋音辯］腠音凑。［韓醇詁訓］腠音凑，膚理也。［世綵堂］膚音孚。腠音凑，肌脈也。

〔七〕［百家注引孫汝聽曰］僖十五年《左氏》：「張脈僨興，外强中乾。」言外雖有强形，而内實乾竭。

〔八〕［韓醇詁訓］（讖）楚禁切，驗也。

〔九〕［注釋音辯］桑田巫也，出《左傳》成公十年。［百家注引孫汝聽曰］成十年《左氏》：「晉侯夢大厲，公覺，召桑田巫，巫言如夢。公曰：『何如？』曰：『不食新矣。』六月，晉侯欲麥，使甸人獻麥，召桑田巫，示而殺之。將食，張，如廁，陷而卒。」餐，七安切。

〔一〇〕［百家注］捧，敷勇切。［世綵堂］捧，上聲。

〔一一〕［注釋音辯］擗音闢。摽，婢小切。［韓醇詁訓］擗音闢，撫也。摽，婢小切，又匹妙切，擊也。［百家注引孫汝聽曰］《詩》：「寤辟有摽。」注：「辟，拊心也。摽，拊心貌。」按：見《詩經·邶風·柏舟》。

〔一二〕［韓醇詁訓］（漫）莫半切。［世綵堂］《甘泉賦》：「指東西之漫漫。」注：「無厓際之貌。」

〔一三〕［蔣之翹輯注］散叶，音畔。

〔一四〕［注釋音辯］鮐音台，魚名也。老人背有鮐文。［韓醇詁訓］鮐音台。［百家注引孫汝聽曰］鮐，魚名也。鮐背，謂背有鮐文。

〔一五〕［注釋音辯］殷辛，紂也。

〔一六〕［注釋音辯］（絆）音半。［韓醇詁訓］上居宜切。下音半。馬絡縶也。［世綵堂］羈絆，馬絡縶也。《前漢》：「貫仁義之羈絆。」羈，居宜切。絆音半。

〔一七〕［注釋音辯］刓，五官切，劓也。［韓醇詁訓］刓，吾官切，劓也，齊也。

〔一八〕［注釋音辯］紘音宏。按：八紘，猶言八極。《淮南子·墜形》：「九州之外，乃有八殥。……八殥之外，而有八紘。」高誘注：「紘，維也。維落天地而爲之表，故曰紘也。」

〔一九〕六合，指天地四方。《莊子·齊物論》：「六合之外，聖人存而不論。」

〔二〇〕［注釋音辯］僡，蒲拜切。按：諸家注同。

〔二一〕中醫以火、風、寒、暑、濕、燥爲六淫，爲發病之因。

〔二二〕《文選》枚乘《七發》：「今太子之病，可無藥石針刺灸療而已。」藥石，藥物總稱。

〔二三〕［韓醇詁訓］（櫓）音魯。［世綵堂］音魯，大盾也。

〔二四〕［注釋音辯］宋景公事，詳見《貞符》注。按：《史記·宋微子世家》：「三十七年，楚惠王滅陳，熒惑守心。心，宋之分野也，景公憂之。司星子韋曰：『可移於相。』景公曰：『相，吾之股肱。』曰：『可移於民。』景公曰：『君者待民。』曰：『可移於歲。』景公曰：『歲饑民困，吾誰爲君？』子韋曰：『天高聽卑，君有君人之言三，熒惑宜有動。』於是候之，果徙三度。」

〔二五〕［注釋音辯］羲和，日御也。魯陽公與韓戰酣，日暮，援戈而揮之，日爲之反三舍。出《淮南子》。按：見《淮南子·覽冥》。韓醇詁訓本、百家注本引孫汝聽注與童注同。

〔二六〕［注釋音辯］雊，古侯切。事並見《貞符》注。［韓醇詁訓］雊，占侯切。熒惑、桑穀、雊雉事，見上《貞符》注。按：《史記·封禪書》：「武丁得傅説爲相，殷復興焉，稱高宗。有雉，登鼎耳雊，武丁懼。祖己曰『修德』，武丁從之，位以永寧。」同書：「至帝太戊，有桑穀生於廷，一暮大拱，懼。

伊陟曰：『妖不勝德。』太戊修德，桑穀死。」

〔二七〕《老子》：「天道無親，常與善人。」《孟子·盡心上》：「天道無親，惟仁是與。」

〔二八〕［注釋音辯］噤，巨京切。［百家注］噤，巨禁切。

〔二九〕［注釋音辯］跼，音局。按：跼，曲身。

〔三〇〕［注釋音辯］匍，扶、蒲二音。匐，音伏，又蒲墨切。按：匍匐，爬行也。

【集評】

王若虚《謬誤雜辨》：退之《復志賦》云「伊時勢而則然」。子厚《夢愈膏肓疾賦》云「中㙜攻有兆之者」。而「則」、「之」者，語病也。科舉子或時犯之，蓋不足怪，孰謂二公而有是乎？（《滹南遺老集》卷三三）

又《文辨》：科舉律賦，不得預文章之數，雖工不足道也。而唐宋諸名公集，往往有之。蓋以編録者多愛不忍割，因而附入，此適足爲累而已。柳子厚《夢愈膏肓疾賦》雖非科舉之作，亦當去之。（《滹南遺老集》卷三七）

陸夢龍《柳子厚集選》卷一：結稍弱。

何焯《義門讀書記》卷三五：《愈膏肓疾賦》，其詞氣似柳少作，未謹潔奥峭耳。

# 柳宗元集校注卷第三

## 論

### 封建論

天地果無初乎？吾不得而知之也。生人果有初乎？吾不得而知之也。然則孰爲近？曰：有初爲近。孰明之？由封建而明之也。彼封建者，更古聖王堯、舜、禹、湯、文、武而莫能去之，蓋非不欲去之也，勢不可也。勢之來①，其生人之初乎②？不初，無以有封建。封建，非聖人意也。

彼其初與萬物皆生，草木榛榛〔一〕，鹿豕狉狉〔二〕，人不能搏噬〔三〕，而且無毛羽，莫克自奉自衛，荀卿有言「必將假物以爲用」者也〔四〕。夫假物者必争，争而不已，必就其能斷曲直者而聽命焉。其智而明者，所伏必衆，告之以直而不改，必痛之而後畏，由是君長刑政生焉。故近者聚而爲群。群之分，其争必大，大而後有兵③，德又大者④，衆群之長又就而聽命焉，以安其屬，於是有諸侯之列。則其争又有大者焉，德又大者⑤，諸侯之列又就而聽命焉，以安其封，於是有方伯、連帥之類〔五〕。則其争又有大者焉，德又大者⑥，方伯、連帥之類又就而聽命焉⑦，以安其人，然後天下會於一。是故有里胥而後有縣大夫，有縣大夫而後有諸侯，有諸侯而後有方伯、連帥，有方伯、連帥而後有天子。自天子至於里胥，其德在人者，死必求其嗣而奉之，故封建非聖人意也，勢也。

夫堯、舜、禹、湯之事遠矣，及有周而甚詳。周有天下，裂土田而瓜分之〔六〕，設五等〔七〕，邦群后，布濩星羅⑧，四周於天下，輪運而輻集〔八〕。合爲朝覲會同〔九〕，離爲守臣扞城〔一〇〕。然而降於夷王，害禮傷尊，下堂而迎覲者〔一一〕。歷於宣王，挾中興復古之德，雄南征北伐之威，卒不能定魯侯之嗣〔一二〕。陵夷迄於幽、厲⑨，王室東徙，而自列爲諸侯矣⑩〔一三〕。厥後，問鼎之輕重者有之〔一四〕，射王中肩者有之〔一五〕，伐凡伯、誅萇弘者有之〔一六〕，天下乖盭〔一七〕，無君君之心。余以爲周之喪久矣，徒建空名於公侯之上耳，得非諸侯之盛强，末大不掉之咎歟〔一八〕？遂判爲十二〔一九〕，合爲七國⑪〔二〇〕，威分於陪臣之邦〔二一〕，國殄於後封之秦〔二二〕。則周之敗端，其在乎此矣。

秦有天下，裂都會而爲之郡邑，廢侯衛而爲之守宰，據天下之雄圖，都六合之上游〔二三〕，攝制四海，運於掌握之内，此其所以爲得也。不數載而天下大壞⑫，其有由矣⑬。亟役萬人，暴其威刑，竭其貨賄。負鋤挺謫戍之徒〔二四〕，圜視而合從〔二五〕，大呼而成群。時則有叛人而無叛吏〔二六〕，人怨於下而吏畏於上，天下相合⑭，殺守劫令而並起。咎在人怨，非郡邑之制失也。漢有天下，矯秦之枉〔二七〕，徇周之制，剖海内而立宗子，封功臣〔二八〕，數年之間，奔命扶傷之不暇⑮。困平城〔二九〕，病流矢〔三〇〕，陵遲不救者三代。後乃謀臣獻畫，而離削自守矣〔三一〕。然而封建之始，郡國居半⑯，時則有叛國而無叛郡〔三二〕。秦制之得，亦以明矣⑰。繼漢而帝者，雖百代可知也。唐興，制州邑，立守宰，此其所以爲宜也。然猶桀猾時起，虐害方域者，失不在於州而在於兵，時則有叛將而無叛州〔三三〕。州縣之設，固不可革也。

或者曰：「封建者，必私其土，子其人，適其俗，修其理，施化易也。守宰者，苟其心思遷其秩而已，何能理乎⑱〔三四〕？」余又非之。周之事跡，斷可見矣。列侯驕盈，黷貨事戎〔三五〕，大凡亂國多，理國寡。侯伯不得變其政，天子不得變其君，私土子人者，百不有一⑲，失在於制，不在於政，周事然也。秦之事跡，亦斷可見矣。有理人之制，而不委郡邑，是矣。有理人之臣，而不使守宰，是矣〔三六〕。郡邑不得正其制，守宰不得行其理，酷刑苦役，而萬人側目，失在於政，不在於制，秦事然也。漢興，天子之政行於郡不行於國，制其守宰，不制其侯王，侯王雖亂⑳，不可變也，國人雖病，不可除也。及夫大逆不道，然後掩捕而遷之，勒兵而夷之耳。大逆未彰，姦利浚財，怙勢作威，大刻於民者，無如之何。及夫郡邑，可謂理且安矣。何以言之？且漢知孟舒於田叔〔三七〕，得魏尚於馮唐〔三八〕，聞黃霸之明審〔三九〕，覩汲黯之簡靖〔四〇〕，拜之可也，復其位可也〔四一〕，卧而委之以輯一方可也〔四二〕。有罪得以黜，有能得以賞，朝拜而不道，夕斥之矣，夕受而不法，朝斥之矣。設使漢室盡城邑而侯王之，縱令其亂人㉑，戚之而已。孟舒、魏尚之術莫得而施，黃霸、汲黯之化莫得而行，明譴而導之㉒，拜受而退已違矣㉓。下令而削之，締交合從之謀㉔〔四三〕，周於同列，則相顧裂眦〔四四〕，勃然而起㉕。幸而不起，則削其半，削其半民猶瘁矣，曷若舉而移之，以全其人乎？漢事然也。今國家盡制郡邑，連置守宰，其不可變也固矣。善制兵，謹擇守，則理平矣。

或者又曰：「夏、商、周、漢，封建而延，秦郡邑而促〔四五〕。」尤非所謂知理者也。魏之承漢也，封爵猶建。晉之承魏也，因循不革，而二姓陵替，不聞延祚。今矯而變之，垂二百祀，大業彌固，何繫於諸侯哉？或者又以爲：「殷、周，聖王也，而不革其制，固不當復議也〔四六〕。」是大不然。夫殷、周之不革者，是不得已也。蓋以諸侯歸殷者三千焉〔四七〕，資以黜夏，湯不得而廢。歸周者八百焉〔四八〕，資以勝殷，武王不得而易。徇之以爲安，仍之以爲俗，湯武之所不得已也。夫不得已，非公之大者也，私其力於己也，私其衛於子孫也。秦之所以革之者，其爲制，公之大者也，其情私也，私其一己之威也，私其盡臣畜於我也。然而公天下之端自秦始。

夫天下之道，理安，斯得人者也㉖。使賢者居上，不肖者居下，而後可以理安。今夫封建者繼世而理，繼世而理者，上果賢乎？下果不肖乎？則生人之理亂，未可知也。將欲利其社稷，以一其人之視聽，則又有世大夫世食禄邑㉗，以盡其封略，聖賢生於其時，亦無以立於天下㉘，封建者爲之也，豈聖人之制使至於是乎？吾固曰：非聖人之意也，勢也。

【校記】

①來，詁訓本作「來則」，並注：「一無則字。」原注與注釋音辯本、世綵堂本注：「一本下有則字。」

②世綵堂本注：「一無生字。」

③《文粹》無「大」字。

④原作「有德又有大者」，《文粹》無二「有」字，據删。

⑤又，詁訓本作「又有」，並注：「一無『有』字。」注釋音辯本注：「一本『又』字下有『有』字。下同。」原注與世綵堂本注：「一作『德又有大者』。」世綵堂本又注：「一本『者』下有『焉』字。」

⑥詁訓本「又」下有「有」，並注：「一無『有』字。」原注與世綵堂本注：「一作『德又有大者』。」世綵堂本又注：「一本『者』下有『焉』字。」

⑦注釋音辯本無「焉」字。

⑧濩，原作「履」，據《文粹》、《全唐文》改。原注與注釋音辯本、詁訓本注：「履，一作濩。」世綵堂本

注：「履，一作濩。濩，散也。《選》：『聲教布濩。』」按：布濩即散佈也，《史記・司馬相如列傳》相如《上林賦》：「布濩閎澤，延曼太原。」蔣之翹輯注本：「布履，履字如《左傳》『賜先君履』字，同義。」未切。蔣注又曰：「揚雄賦『渙若天星之羅』。」則是。

⑨ 世綵堂本注：「迄於，一作『壞於』。」按：厲，林之奇《觀瀾文乙集》、呂祖謙《古文關鍵》皆作「平」。幽王被殺，平王東遷，作「平」字事理甚順。「厲」當爲「平」之誤。

⑩ 注釋音辯本、《文粹》無「矣」字。注釋音辯本注：「一本下有『矣』字。」詁訓本、世綵堂本注：「一無『矣』字。」

⑪ 原注與注釋音辯本、詁訓本、世綵堂本注：「合，一作吞。」

⑫ 載，《文粹》作「世」。

⑬ 原注與注釋音辯本、世綵堂本注：「一無『其』字。」詁訓本無「其」字，並注：「一有『其』字。」

⑭ 世綵堂本注：「合，一作咎。」

⑮ 之，注釋音辯本、游居敬本、《文粹》、《全唐文》作「而」，注釋音辯本注：「而，一本作之。」

⑯ 國，原作「邑」，據注釋音辯本、游居敬本、《全唐文》改。下文云「時則有叛國而無叛郡」，可知作「國」是。

⑰ 世綵堂本注：「（以）一作已。」

⑱ 原注與注釋音辯本、世綵堂本注：「理，一作治。」

⑲ 詁訓本無「有」字。世綵堂本注：「『有』下一有『其』字。」

⑳ 「侯王」二字原闕，據諸本補。

㉑ 世綵堂本注：「一作『縱其令，亂其人』。」

㉒ 世綵堂本注：「一本『譴』作『遣』。」

㉓ 原注與注釋音辯本、世綵堂本注：「一本『違矣』上有『斯必』二字。」詁訓本注：「一有『斯必』字。」

㉔ 合，《文粹》作「約」。世綵堂本注：「一本『合』下有『約』字。」

㉕ 世綵堂本注：「而，一作四。」

㉖ 世綵堂本注：「一無『得』字。」

㉗ 世食禄邑，《文粹》作「食邑」。世綵堂本注：「一無『禄』字。」

㉘ 世綵堂本注：「一無『亦』字。」

## 【解　題】

［韓醇詁訓］唐之藩鎮，初非有取於封建之制，特自天寶之後，安史亂定，君臣幸安，瓜分河北地以授叛將，護養孽萌，以成禍根。亂人乘之，遂擅署吏，以賦稅自私，不朝獻於廷，其與春秋所謂諸侯强而王室弱之患等。至元和間，爲朝廷擾無虛日，公目擊其禍之至此也，推原商、周，封建出於勢之

不得已，而秦、漢郡縣有公天下之端。其曰：「唐興，制州邑，立守宰，此其所以爲宜也。然猶桀猾時起，虐害方域者，失不在於州而在於兵，時則有叛將而無叛州。」蓋猶惜乎唐之不能悉置守宰，而使强藩悍將，爲中國擾也。唐史臣贊「景元子孫」，歷數唐諸儒如魏徵、李百藥、劉秩、杜佑等言，而詳取公之論以爲世鑒，誠知言哉！作者之年月未詳。［百家注引童宗説曰］《唐宗室傳贊》曰：「唐興，疏屬畢王。至太宗時，與名臣蕭瑀等喟然講封建事，欲與三代比隆，而魏徵、李百藥皆謂不然。顔師古獨議建諸侯，當少其力，與州縣雜治，由是罷不復議。至名儒劉秩，目武氏之禍，則謂郡縣不可以久安，大抵與曹、陸相上下。而杜佑、柳宗元深探其本，據古驗今，而反復焉。」［百家注引王儔補注］蘇内翰《志林》曰：「昔之論封建者，曹元首、陸機、劉頌，及唐太宗時魏徵、李百藥、顔師古，其後劉秩、杜佑、柳宗元。宗元之論出，而諸子之論廢矣，雖聖人復起，不能易也。」范太史《唐鑑》亦以公之論爲然，以謂後世如有王者，擇守令以治郡縣，亦足以致太平，何必封建哉？又武威孔氏曰：「韓退之文章過子厚，而議論不及。子厚作《封建論》，退之所無。」按：此文大約作於永州。此文是柳宗元論政治、歷史的一篇名著，充分體現了柳宗元進步的歷史觀與政治思想。中國歷史上封建與郡縣之争，其來已久。唐代安史亂後，河北諸鎮取得主將世襲以及自署郡縣長吏的特權，雖非同姓之王，然形勢已與封建無二，顯然是威脅唐朝統治的最大隱患。柳宗元論封建出於勢不得已，正爲此也。封建與大一統，亦屬地方與中央朝廷權利分割的問題。封建與郡縣，皆有不親其民者也，亦皆不能使其必親其民也。在君主專制且世襲的時代，何者爲優，何者爲劣，這個問題没有答案。《新唐書》卷七八《宗室列傳贊》：「救土崩之難，莫如建封建；削尾大之勢，莫如建守宰。」這些觀點都是以統治者的長治久安、永保一家之天下爲出發點。不過，專制而世襲之主顯然以少爲好，只皇帝一人亦足殆矣。柳宗元曰：「今夫封建者繼世而理，繼世而理者，上果賢乎？」對世襲制的局限看得很清楚。柳宗元自然不可能提出民主治國的理念，然此議之出，亦足以發人深思了。要之，柳宗元在此文中所提出的論政爲公之説，以及論歷史發展之「勢」的理論，誠爲振聾發聵之論。

【注釋】

〔一〕［注釋音辯］榛，側詵切。《文選》注云：「聚貌。」［韓醇詁訓］緇詵切。《説文》曰：「叢也。」［百家注引童宗説曰］《説文》云：「榛，叢也。」《文選》注云：「聚貌。」榛，側詵切。

〔二〕［注釋音辯］狉音丕，狸子曰狉。潘（緯）云：衆貌。［韓醇詁訓］音丕。《説文》曰：「貍子曰狉。」［百家注］張（敦頤）曰：狸子曰狉。孫（汝聽）曰：狉狉，衆貌。狉音丕。［世綵堂］篇韻無狉字。疑當爲伾，伾，有力也。一曰狸子曰狉。疑作駓，《楚辭》：「逐人駓駓。」注：「駓駓，走貌。」按：所引見《楚辭·招魂》。《廣雅·釋訓》：「駓駓，走也。」《文選》張衡《西京賦》「群獸駓騃」，李善注引薛君《韓詩章句》：「趨曰駓駓，行曰騃騃。」

〔三〕［注釋音辯］（搏噬）音博誓。

〔四〕《荀子·勸學》：「假輿馬者，非利足也，而致千里。假舟檝者，非能水也，而絶江河。君子生非異也，善假於物也。」

〔五〕［五百家注引嚴有翼曰］《禮記》：「十國以爲連，連有帥。」［世綵堂］《禮記·王制》：「千里之外，設方伯，五國以爲屬，屬有長。十國以爲連，連有帥。三十國爲卒，卒有正。二百一十國爲州，州有伯。」

〔六〕［百家注引童宗説曰］瓜分，言猶剖瓜也。瓜，如字。［蔣之翹輯注］江淹賦：「竟瓜剖而豆分。」按：所引出鮑照《蕪城賦》，見《文選》。

〔七〕［世綵堂］《王制》：「公侯伯子男，凡五等。」

〔八〕［百家注］輪音倫。輻音福。按：《文選》班固《東都賦》「萬方輻湊」，李善注引張湛曰：「如衆輻之集於轂。」

〔九〕《周禮·春官宗伯·大宗伯》：「以賓禮親邦國，春見曰朝，夏見曰宗，秋見曰覲，冬見曰遇，時見曰會，殷見曰同。」

〔一〇〕［注釋音辯］守，舒救切。扞音干。《詩》：「公侯干城。」［韓醇詁訓］扞，户旦切。《詩·兔罝》：「公侯扞城。」按：百家注本引作童宗説曰。見《詩經·周南·兔罝》。《左傳》成公十二年：「此公侯之所以扞城其民也。」杜預注：「扞，蔽也，言享宴結好鄰國，所以蔽扞其民。」

〔一一〕［注釋音辯］《禮記·郊特牲》篇：「下堂而見諸侯，天子之失禮也，由夷王以下。」［韓醇詁訓］《禮記》：「覲禮，天子不下堂而見諸侯。下堂而見諸侯，天子之失禮也，由夷王以下。」按：《史記・周本紀》：「孝王崩，諸侯復立懿王太子燮，是爲夷王。」

〔一二〕［注釋音辯］魯武公以二子括與戲見宣王，王立戲，仲山甫諫，不聽。魯公卒，國人殺戲而立括。出《國語》。［韓醇詁訓］《史記》：魯武公九年，武公與長子括、少子戲西朝周宣王，王愛戲，欲立戲爲魯太子，周之樊侯仲山甫諫曰：「廢長立少，不順。」宣王弗聽，卒立戲爲魯太子。後武公卒，戲立，是爲懿公。九年，懿公兄括之子伯御與魯人攻弒懿公，而立伯御爲君。伯御即位十一年，宣王伐魯，殺其君伯御，而立懿公弟稱於夷宮，是爲孝公。自是諸侯多畔王命。按：見《國語・周語上》、《史記・魯周公世家》。

〔一三〕［韓醇詁訓］孝公二十五年，諸侯畔周，犬戎殺幽王，秦始列爲諸侯。［蔣之翹輯注］王室遂卑，與列侯無異。按：百家注本引孫汝聽注與韓醇注本同。《詩經・王風・黍離》鄭玄箋：「幽王之亂，而宗周滅，平王東遷，政遂衰弱，下列于諸侯。」「自列爲諸侯」謂周天子，非謂秦也。蔣注是。

〔一四〕［注釋音辯］《左傳》宣公三年：「楚莊王問鼎之小大輕重。」杜預注云：「示欲偪周取天下。」［韓醇詁訓］《春秋》宣三年：「定王使王孫滿勞楚子，楚子問鼎之大小輕重焉。對曰：『在德不在鼎。』」［百家注引韓醇曰］宣三年《左氏》：「楚子觀兵於周疆，定王使王孫滿勞楚子，楚子問鼎之大小輕重焉。」

〔一五〕［注釋音辯］《左傳》桓公五年：「鄭祝聃射周王中肩。」［韓醇詁訓］中，陟仲切。《春秋》桓五年：「周桓王以諸侯伐鄭，蔡人、衛人屬焉，戰于繻葛，蔡、衛、陳皆奔，王卒亂，鄭師合以攻之，王卒大敗，祝聃射王中肩。」［百家注引韓醇曰］桓五年《左氏》：「王以諸侯伐鄭，鄭伯禦之，祝聃射王中肩。」

〔一六〕［注釋音辯］萇音長。《左傳》隱七年：「戎伐凡伯于楚丘。」又哀三年：「周人殺萇弘」。［韓醇詁訓］《春秋》隱公七年：「天王使凡伯來聘，戎伐凡伯于楚丘以歸。」萇音長。《春秋》哀公三年：「劉氏、范氏世爲昏姻，萇弘事劉文公，故周與范氏，趙鞅以爲討。六月，周人殺萇弘。」蓋劉氏，周卿士。范氏，晉大夫。劉、范不當爲婚姻，而周之責則在萇弘也。

〔一七〕［注釋音辯］［韓醇詁訓］（盭）音戾。按：盭，即古「戾」字。

〔一八〕［注釋音辯］掉，徒弔切。尾大不掉。［韓醇詁訓］掉，徒弔切。《説文》曰：「摇也。」《春秋》：「尾大不掉」。按：見《左傳》昭公十一年。

〔一九〕［注釋音辯］《史記·十二諸侯年表》謂魯、齊、晉、秦、楚、宋、衛、陳、蔡、曹、鄭、燕。

〔二〇〕［注釋音辯］謂秦、楚、燕、齊、韓、魏、趙。

〔二一〕［注釋音辯］謂田氏篡齊，韓、魏、趙分晉。

〔二二〕［注釋音辯］秦，伯益之後，其末孫非子，周恭王封爲附庸。及秦仲之孫襄公救周，周室東遷，始列爲諸侯。按：《史記·秦本紀》：「莊襄王元年，東周君與諸侯謀秦，秦使相國吕不韋誅之，盡入其國。秦不絶其祀，以陽人地賜周君，奉其祭祀。」

〔二三〕《吕氏春秋·審分》高誘注：「六合，四方上下也。」《史記·高祖本紀》：「田肯曰：『秦形勝之國，地勢便利，其以下兵於諸侯，譬猶居高屋之上建瓴水也。』」

〔二四〕［注釋音辯］陳勝、吴廣等。［韓醇詁訓］謂陳勝、吴廣之屬。賈生《過秦論》曰：「始皇既没，餘威震於殊俗，然陳涉，甕牖繩樞之子，非有仲尼、墨翟之知，帥罷散之卒，將數百之衆，轉而攻秦，天下雲合嚮應，山東豪傑遂並起而亡秦族矣。」按：百家注本引孫汝聽注引《過秦論》尚有：「鉏耰棘矜，不敵於鉤戟長鎩，謫戍之衆，不抗於九國之師。而成敗異變，何也？」

〔二五〕［注釋音辯］（從）子容切。［百家注引孫汝聽曰］圜視而起，見賈誼《治安策》。圜視，驚愕也。

〔二六〕［百家注引韓醇曰］叛人，謂陳勝、吴廣之屬。按：《史記·秦始皇本紀》：「陳勝遣諸將徇地山東，郡縣少年苦秦吏，皆殺其守尉令丞反，以應陳涉。」

〔二七〕《漢書·諸侯王表序》：「可謂撟枉過其正矣。」顔師古注：「撟與矯同。枉，曲也。正曲曰矯。」

〔二八〕《漢書·高惠高后文功臣表序》：「（高祖）八載而天下迺平，始論功臣而定封。訖十二年，侯者百四十有三人。」

〔二九〕［注釋音辯］高祖七年。［百家注引孫汝聽曰］高祖七年，擊韓王信，困平城。按：見《史記·高祖本紀》、《漢書·高帝紀下》。

〔三〇〕［注釋音辯］［百家注引孫汝聽曰］高祖十二年擊黥布，爲流矢所中，因病而崩。按：見《史記·高祖本紀》、《漢書·高帝紀下》。

〔三一〕［注釋音辯］武帝時，主父偃請分王國，封其子弟而侯，國遂弱。［百家注引孫汝聽曰］謂賈誼、主父偃欲分王子弟也。按：《漢書・諸侯王表序》：「故文帝采賈生之議，分齊、趙。景帝用晁錯之計，削吴、楚。帝施主父之策，下推恩之令，使諸侯王得分户邑以封子弟，不行黜陟而藩國自析。」

〔三二〕［韓醇詁訓］謂若七國之反。《漢書・吴王濞傳》：「景帝即位，晁錯説曰：『高祖初定天下，大封同姓，故孽子悼惠王王齊七十二城，庶弟元王王楚四十城，兄子王吴五十城，封三，庶孽分天下半。今吴王詐，稱病不朝，於古法當誅。今削之亦反，不削亦反，削之其反亟，禍小，不削其反遲，禍大。』遂削諸侯地。廷臣方議削吴，吴王恐削地無已，因發謀舉事。」

〔三三〕［注釋音辯］叛將，謂藩鎮節度使。［韓醇詁訓］謂藩鎮之擁重兵也。按：《新唐書・藩鎮傳》：「安史亂天下，至肅宗大難略平，君臣皆幸安，故瓜分河北地付授叛將，護養孽萌，以成禍根。」

〔三四〕如《文選》陸機《五等諸侯論》曰：「五等之君，爲己思治，郡縣之長，爲利圖物。……夫進取之情鋭，而安民之譽遲，是故侵百姓以利己者，在位所不憚，損實事以養名者，官長所夙夜也。……五等則不然，知國爲己土，衆皆我民，民安己受其利，國傷家嬰其病，故前人欲以垂後，後嗣思其堂構。」

〔三五〕［注釋音辯］黷音讀。事戎，謂用兵。［百家注引孫汝聽曰］戎謂戎事。

〔三六〕高步瀛《唐宋文舉要》甲編卷四引姚鼐曰：「理人之臣，治統於丞相、御史大夫，及監郡御史，不使守宰專擅。」

〔三七〕［注釋音辯］孟舒、魏尚，並守雲中。［韓醇詁訓］《漢書·田叔傳》：「文帝初立，召叔問曰：『公知天下長者乎？』叔曰：『故雲中守孟舒，長者也。』」［百家注引孫汝聽曰］《漢書·田叔傳》：「文帝立，召叔問曰：『公知天下長者乎？』叔曰：『故雲中守孟舒，長者也。』時孟舒坐虜大入雲中，免。上曰：『先帝置舒雲中十餘年矣，虜常一入，不能堅守，士卒戰死者數百人，長者固殺人乎？』叔曰：『孟舒知士卒罷弊，不忍出言，士争臨城死敵，以故死者數百人。是乃孟舒所以爲長者。』」

〔三八〕［韓醇詁訓］《漢書·馮唐傳》：「唐謂文帝曰：『魏尚爲雲中守，匈奴遠避，不近雲中之塞，嘗上功幕府，一言不相應，文吏以法繩之，其賞不行。愚以爲陛下之法，賞太輕，罰太重。』帝悦，遂赦魏尚。」［百家注引孫汝聽曰］《馮唐傳》：「唐謂文帝曰：『魏尚爲雲中守，坐上功首虜差六級，陛下下之吏，陛下雖得李牧，不得用也。』帝悦，令唐持節赦尚，復以爲雲中守。」

〔三九〕［注釋音辯］潁川守。［韓醇詁訓］《漢書·黄霸傳》：「霸爲人明察，治潁川，爲天下第一。」［百家注引韓醇曰］《漢書·黄霸傳》：「霸爲潁川太守，外寬内明，得吏民心，治爲天下第一。徵爲京兆尹，秩二千石。坐發民治馳道不先聞，又發騎士詣北軍馬不適士，劾乏軍興，連貶秩。有詔歸潁川太守官，以八百石，居治如其前。前後八年，郡中愈治。」

〔四〇〕［注釋音辯］淮陽太守。［韓醇詁訓］《漢書·汲黯傳》：「學黄老言，治官民，好清静，不細苛。爲東海太守，多病，卧閤内不出，歲餘，東海大治。上聞，召爲主爵都尉。」

〔四一〕［百家注引王儔補注］即謂孟舒、魏尚、黄霸復守雲中、潁川。

〔四二〕［韓醇詁訓］輯音集，籍入切。［百家注引王儔補注］即謂汲黯卧治東海。輯音集，藉入切。按：《史記·汲黯列傳》：「召拜黯爲淮陽太守……上曰：『淮陽吏民不相得，吾徒得君之重，卧而治之。』黯居郡如故治，淮陽政清。」

〔四三〕［注釋音辯］締，丁計切。從，將容切。［韓醇詁訓］締，丁計切。《説文》曰：「結不解也。」按：如景帝三年吴楚七國之反也。

〔四四〕［注釋音辯］眥，亦作眦，疾智切，目匡也。［韓醇詁訓］疾智切。《説文》曰：「目匡也。」按：裂眥，形容憤怒。

〔四五〕如《藝文類聚》卷一一曹冏《六代論》：「昔夏、殷、周之歷世數十，而秦二世而亡，何則？三代之君，與天下共其民，故天下同其憂，秦王獨制其民，故傾危而莫救。」《晉書·劉頌傳》頌在郡上疏：「三代並建明德，及興王之顯親，列爵五等，開國承家，以藩屏帝室，延祚久長，近者五六百歲，遠者僅將千載。逮至秦氏，罷侯置守，子弟不分尺土，孤立無輔，二世而亡。」

〔四六〕如陸機《五等諸侯論》：「昔者成湯親照夏后之鑒，公旦目涉商人之戒，文質相濟，損益有物，故五等之禮，不革於時，封畛之制，有隆焉爾者。」

〔四七〕《太平御覽》卷八三引《尚書大傳》：「湯放桀而歸於亳，三千諸侯大會，湯取天子之璽，置之於天子之坐，左復而再拜，從諸侯之位。湯曰：『此天子之位，有道者可以處之矣。夫天下非一家之有也，唯有道者之有也，唯有道者宜處之。』湯以此三讓，三千諸侯莫敢即位，然後湯即天子之位。」

〔四八〕《史記·周本紀》：「西伯既卒，周武王之東伐，至盟津，諸侯叛殷，會周者八百。諸侯皆曰：『紂可伐矣。』」

## 【集評】

司空圖《疑經後述》：常得柳子厚《封建論》，以爲三王樹置，蓋勢使之然，又有是萇弘之辨，意其多於救時。（《司空表聖文集》卷三）

廖偁《封建論》：柳子厚爲《封建論》以短封建者，誠以周之亡由立諸侯之過也，故曰「周之失在制不在政」。又云：「諸侯各專其國，繼世而理，其人之賢不肖不可知，而民之理亂，亦不可察也。」又云：「諸侯世禄在位，各據其地，則天下雖有聖賢者生，無以立於天下。」如子厚之論，是蓋知其末而不知其本。知其末而不知其本，故以封建爲非，故曰封建非聖賢之意也，勢也。又云：「湯武之所以不去封建者，因其力以得天下，故不去也。」此亦見子厚之惑者也。夫事有得失，理有是非，固不易也。偁謂：誠聖賢之立封建者道也，非勢也，周之亂天下非制失也，失在政也。又謂：天下諸侯雖專國繼世而理，亦不能亂也，雖世禄在位，亦不能妨天下之聖賢也。又謂：湯武之不去封建者，實以封建者古之常道也，非因其力以取天下而不去也。且夫聖賢之立制度，皆取法於天地，而節制於人，使人悉得其所耳。當生人之初，萬物屯蒙，而莫知其所以理。《易》云「天造草昧，宜建侯而不寧」是也。是封建者，聖人所以理民之達道。觀三代封建之制，因地制民，因民制禄，使大不至於難制，小不至無賴，是故如身使臂，如臂使指，上下相制，罔有不順。則封建者，固因人之利而爲之也。夫所謂勢者，乃不得已之辭也。豈有取法天地，節制於人，而曰不得已哉？以此爲勢，則天下孰不爲勢？是則君臣、父子、夫婦、長幼之分，皆勢也，何止於封建而已乎？倆故曰：封建者，道也，非勢也。且封建之制，地有差等，禄有多少，禮樂器物各有分限，是故下者不可上，少者不可多，降者不可升，無者不可有。執是而行，雖世未有亂者也。若地不必有差等，禄不必有多少，禮樂器物不必有分限，下者不必下，少者不必少，降者不必降，無者不必無，則未有不亂者也。觀周世之末，然矣，豈制之失乎？是蓋失其政而然也。且三代之盛，則非不封建也，而不聞亂，何封建利於三代之初，而不利於三代之末乎？是蓋政存與政失之謂也。使周末之天子，執文、武、成、康之法而不失，則文、武、成、康之時也，又安得有問鼎、射王之事？當夷王而後，禮樂征伐，天子不能有也，安得諸侯不爲逆？設使雖不封建，未有不大亂者也。倆故曰周之亂在失政也。且夫諸侯者，奉天子之法以理其國也，動静進退，莫不由天子也。是故山川神祇有不舉者爲不恭，不恭者，君削以地。宗廟有不順者爲不孝，不孝者，君絀以爵。變禮易樂者爲不從，不從者，君流。革制度衣服者爲叛，叛者，君討。夫然，則天下諸侯，莫敢不爲善也。五國爲屬，屬有長，十國爲連，連有帥，三十國爲卒，卒有正，二百一十國爲州，州有伯。天下八州，各以其屬屬天子之吏，吏以治伯，伯以理正，正以理卒，卒以理帥，帥以理長。長有不善，則帥舉之，帥有不善，則卒舉之，卒有不善，則正舉之，正有不善，則伯舉之，伯有不善，則吏舉之。上下相制，雖有不肖者，固不敢爲不善矣。設有爲者，則流矣，討矣，而不存之於天下也。夫然，則天下無不善矣。設有爲理者也，偁故曰雖專國繼世，而不能爲亂也。且聖賢之用與不用，繫乎在上者也。在上者果其人，則能用之，果非其人，則不能用之，此事之固然者也。當三代之時，不聞有聖賢不居其位，當三代之季，則然後聖賢有不用者，則是用與不用，繫於上明矣。彼封建者，亦所以待聖賢者也，安得反妨聖賢哉？當聖賢不用之時，乃封建失制之時也。曰天子之法不必行，諸侯之惡不必絀，是故天下各據其地，而聖賢棄矣。觀其然，夫豈在於封建，是誠制亂之罪也。偁故曰：雖世禄在位，不能妨聖賢。之於天下必主之者，湣世之亂然也，固不以得天下爲利也。若以湯武不去封建，爲因其力以得天下，則是，湯武苟於得天下也，孔子以湯武爲仁人乎？孔子以爲仁人，則湯武之不苟得，可知也。且聖賢之心，唯欲利後世，益天下，苟事有利益者，雖死焉，爲之也。若封建果不利天下，益後世，則去之以利益乎天下後世矣，又豈肯因而不革？況封建者，以天下爲公也，而守宰者，示天下以私也。封建者，與天下共天下，守宰者，欲以獨制天下爲心，公私之道昭昭矣，而公私之義固有差矣。偁故曰：湯武之不去封建者，蓋古之常道也，非因其力而不去之也。且子厚不究天子之法亂而使諸侯叛，反以封建爲周之失制，不究法不亂則不善莫由在位，反以繼世不肖致亂爲患，不究升賢絀不肖爲當世常法，而反以聖賢不立爲慮，不究聖賢立法制必取法天地而利人，反以立封建爲勢，不究聖賢之心無所苟，反以湯武不去封建爲利其力，偁故曰：子厚之論封建，知其末而不知其本也。雖然，子厚以封建爲非者，以守宰爲是故也。以守宰爲是者，無他，乃曰：「有罪得以絀，有能得以獎，朝拜而不僻，夕斥之矣，夕拜而不僻，朝斥之矣。」又云：「漢知孟舒於田叔，得魏尚於馮唐，聞黄霸之明審，覩汲黯之簡靖，使漢室盡封侯王，則孟舒、魏尚之術莫得施，黄霸、汲黯之化莫得行。明譴而道之，拜受而退已違矣，下令而削之，締交約從之謀周於同列矣。」嗚呼！若是者，子厚果大不明其本也。以是爲是，則豈封建之世，有罪者不得而絀乎？有能者不得而升乎？朝拜而不僻，夕不能斥之乎？夕拜而不僻，朝不能斥之乎？若有罪不絀，有能不升，法制不能拘者，皆已亂之世也。已亂之世，無不失也，何止於封建哉！已亂而罪之，何異惡桀紂之不道而責湯武，嫉商均之不肖而非堯舜也，於理順乎？雖然子厚止知漢之封侯王，而不知古之封建也，止知漢之封侯王，則宜其所謂「明譴而道之，拜受而退已違矣，下令而削之，締交約從之謀周於同列」也。若古之封建，固不至是。三代之封建，凡天下四海、九州、二百一十國，在夏、商，則百里極矣。國凡有五等，五等之國，制度不同，同出於天子者也。古之一大國，止今之一郡耳，是故其力易制，其患易救，固未有能爲亂者也。漢之封侯王，則一侯王之地如古之大國數十，則漢豈行封建之法哉？乃漢自爲之法，非封建之法也。若以漢自爲之法而疑古封建爲短，是由以溺咽之故，欲去舟與食者也，豈封建果非哉？而又孟舒、魏尚、黄霸、汲黯之輩，當三代之時，不啻千萬輩在卿大夫之列，安得謂在封建之世，則不得伸其才術？豈數子者之才，能爲太守而不能爲他哉？而子厚固以爲封建則能用之，不知意之若何也。嗚呼！是非得失之理，明明若是，又何曲爲之言也？倘非好辨也，庶聖

人之道少有明耳。(《宋文鑑》卷九四)

蘇軾《論封建》:秦初並天下,丞相綰等言:燕、齊、荆地遠,不置王無以填之,請立諸子。始皇下其議,群臣皆以爲便,廷尉(李)斯曰:「周文、武所封子弟同姓甚衆,然後屬疏遠,相攻擊如仇讎,諸侯更相誅伐,天子弗能禁止。今海内賴陛下神靈一統,皆爲郡縣,諸子功臣以公賦稅重賞賜之甚足,易制。天下無異意,則安寧之術也,置諸侯不便。」始皇曰:「天下共苦戰鬭不休,以有侯王,賴宗廟,天下初定,又復立國,是樹兵也,而求其寧息,豈不難哉?廷尉議是。」分天下爲三十六郡,郡置守、尉、監。蘇子曰:聖人不能爲時,亦不失時,時非聖人之所能爲也,能不失時而已。三代之興,諸侯無罪,不可奪削,因而君之,雖欲罷侯置守,可得乎?此所謂不能爲時者也。周衰,諸侯相並,齊、晉、秦、楚,皆千餘里,其勢足以建侯樹屏。至於七國,皆稱王,行天子之事,然終不封諸侯,不立彊家世卿者,以魯三桓、晉六卿、齊田氏爲戒也。久矣,世之畏諸侯之禍也,非獨李斯、始皇知之。始皇既并天下,分郡邑,置守宰,理固當然,如冬裘夏葛,時之所宜,非人之私智獨見也,所謂不失時者。而學士大夫多非之。漢高又欲立六國後,張子房以爲不可,世未有非之者。李斯之論與子房何異,世特以成敗爲是非耳。高帝聞子房之言,吐哺罵酈生,知諸侯之不可復,明矣。然卒王韓、彭、英、盧,豈獨高帝,子房亦與焉。故柳宗元曰:「封建非聖人意也,勢也。」昔之論封建者,曹元首、陸機、劉頌,及唐太宗時魏徵、李百藥、顔師古,其後則劉秩、杜祐、柳宗元。宗元之論出,而諸子之論廢矣,雖聖人復起,不能易也。故吾取其説而附益之。曰:凡有血氣必争,争必以利,利莫大於封建。封建者，争之端而亂之始也。自書契以來，臣弒其君，子弒其父，父子兄弟相賊殺，有不出於襲封而争位者乎？自三代聖人以禮樂教化天下，至刑措不用，然終不能已簒弒之禍。至漢以來，君臣父子相賊虐者，皆諸侯王子孫，其餘卿士大夫不世襲者，蓋未嘗有也。近世無復封建，則此禍幾絶，仁人君子，忍復開之歟？故吾以李斯、始皇之言、柳宗元之論，當爲萬世法也。（《蘇軾文集》卷五）

胡寅《辨柳子封建論》：封建與天下共其利，天道之公也。郡縣以天下奉一人，人欲之私也。而世儒乃有以柳宗元之論爲不可易者，豈其然乎？洪水既平，禹别九州，弼成五服，自甸至荒，周五千里，衆建諸侯，又設師長以總維之，是堯、舜、禹共爲此法以公天下，而宗元以爲不得已之勢，誤矣。誠知上古諸侯，已爲民害，非聖人之意，不得已而存之，則洪水懷襄，民無所定，當時侯伯，必不能自有其國也。以堯、舜、禹三聖人不能因此更立制度，乃反畫壤列土，修明五服之法，一何其智之不及歟！宗元又曰：「自天子至里胥，其德在人，死必奉其嗣，故封建非聖人意也，勢也。」夫爲其德之不可忘，是以憫其絶，此仁之至、義之盡，不以爲聖人之意，而歸之勢，可乎？下堂而迎覲者，夷王過也，豈覲者挽而下之乎？不能定魯嗣，宣王過也，豈魯侯自亂長幼之序乎？使周德未衰，誰敢問其鼎？使周不伐鄭，誰敢射其肩？使周常守文武成康之法，諸侯安得盛强，生不掉之患？夫周之所以敗也，譬猶木拔本、水塞源，外諸侯之比王室，所謂枝葉流委耳。論成敗而不循其本源，猶治心疾而歸於手足之辟戾，亦末矣。宗元又曰：「秦之亡天下，有叛人而無叛吏。」陳、吴、劉、項之起，所向下城以數十計，無一爲秦死守者，安謂之無叛吏也？宗元又以封建爲失制而非失政，秦失政而非失制，是未悟制即政、政即制也。又言諸侯國亂，天子不得變其君，是未嘗考之《孟子》也。一不朝則貶其爵，再不朝則削其地，三不朝則六師移之，不朝者如是，他可推矣，烏在其不可變也？漢不制侯王，遏其未萌之惡，及大逆不道，然後勒兵而夷之，此漢之失，袁盎固嘗言之文帝矣，豈可舉此以例禹、湯、文、武所爲哉？方三代盛時，諸侯或自其國人以爲三公，王室有難，諸侯或釋位以問王，故至其衰也，五伯雖大，猶攘夷狄以尊天下之共主。若此類，宗元皆略而不講，乃摘取衰微禍亂之一二，欲舉封建而廢之，是猶見刖者而欲廢天下之屨也。宗元又曰：「殷資三千諸侯以黜夏，周資八百諸侯以翦商，故不得而易。」是聖人於未舉兵之前，要結衆力，及成功之後，姑息求安，此十六國、五代庸主之所行，而謂湯、武爲之乎？宗元又曰：「封建非公之大者，公天下自秦始。」是蔽於理之言也。何謂三代聖王以封建自私，是伯夷而爲盜跖之事也；謂秦以封建公天下，是飛廉而有比干之忠也，何不類之甚歟！宗元又曰：「賢者居上，不肖者居下，天下乃安，彼繼世者，上果賢乎？下果不肖乎？又有世大夫食采地以盡其封域，雖聖賢生於其時，亦無以立於天下。」夫天子而聖明，則諸侯必循法度，不敢用非其人，上固多賢也，有卿舉，有里選，有賢能之貢，有奏言之試，敢問堯、舜、三王之時，遺材不用而詩書譏之者誰歟？若上無明君，下無賢臣，如秦之季，如漢、晉、隋、唐之末，在位者無非小人，而興邦之良佐悉沉於民伍，雖守宰徧天下，將何救於此？夫爲君如堯、舜、湯、武亦足矣，帝王之治，至於唐虞三代，亦無以加矣。并天下之田，使民各有以養其生，經天下之國，使賢才皆得以施其用，人主自治不過千里，大小相維，輕重相制，外無强暴侵陵、微弱不立之患，內無廣土衆民、奢泰恣肆之失，是以義處利、均天下之施，故曰封建之法，天道之公也。若秦，則疾民之兼并而自爲兼并，筦天下之利以自奉，故曰郡縣之制，人欲之私也。（真德秀《文章正宗》卷一三附。又載唐順之《荆川稗編》卷九五，文字小有出入。）

朱熹《朱子語類》卷一〇八：因言封建，只是歷代循襲，勢不容已，柳子厚亦説得是。賈生謂樹國必相疑之勢，甚然。封建後來自然有尾大不掉之勢。成周盛時，能得幾時？到春秋列國强盛，周之勢亦浸微矣。後來到戰國，東西周分治，赧王但寄於西周公耳。雖是聖人法，豈有無弊者？大人先生之意，以爲封建、井田，皆易得致弊。（廣）

又：柳子厚《封建論》，則全以封建爲非，胡明仲輩破其説，則事以封建爲是。要之，天下制度無全利而無害底道理，但看利害分數如何。封建則根本較固，國家可恃，郡縣則截然易制，然來來去去，無長久之意，不可恃以爲固也。

又卷一三九：（陳仲蔚）又問：子厚論封建，是否？曰：子厚説封建非聖人意也，勢也，亦是。但説到後面有偏處，後人辨之者亦失之太過，如廖氏所論封建，排子厚太過。且封建自古便有，聖人但因自然之理勢而封之，乃見聖人之公心，且如周封康叔之類，亦是古有此制。因其有功、有德、有親，當封而封之，卻不是聖人有不得已處。若如子厚所説，乃是聖人欲吞之而不可得，乃無可奈何而爲此，不知所謂勢者，乃自然之理勢，非不得已之勢也。且如射王中肩之事，乃是周末征伐自諸侯出，故有此等事。使征伐自天子出，安得有是事？然封建諸侯卻大，故難制御。且如今日蠻洞，能有幾大，若不循理，朝廷亦無如之何。若古時有許多國，自是難制。如隱公時，原之一邑，乃周王不奈他何，賜與鄭，鄭不能制，到晉文公時，周人將與晉，而原又不服，故晉文公伐原。且原之爲邑甚小，又在東周王城之側，而周王與晉、鄭俱不能制，蓋渠自有兵，不似今日，太守有不法處，便可以降官放罷。古者大率動便是征伐，所以孟子曰「三不朝則六師移之」，在周官時已是如此了。便是古今事勢不同，便是難説。因言孟子所謂五等之地與周禮不同，孟子蓋説夏以前之制，周禮乃是成周之制，如當時封周公於魯乃七百里，於齊尤闊，如所謂東至於海，西至於河，南至於穆陵，北至於無棣。以地理考之，大段闊，所以禹在塗山，萬國來朝。至周初但千八百國。又曰：譬如一樹，枝葉太繁時，本根自是衰枯，如秦始皇，則欲削去枝葉，而自留一幹，亦自不可。（義剛）

又：柳文局促，有許多物事，卻要就些子處安排，簡而不古，更説些也不妨。《封建論》並數長書，是其好文，合尖氣短，如人火忙火急，來説不及，又便了了。（揚）

葉適《習學記言序目》卷四〇：因太宗欲使功臣宗子世襲不行，攬動論封建者。蘇氏謂柳宗元之論出，諸子之論皆廢，雖聖人復起，不能易。然宗元言封建非聖人意也，勢也，觀《易》：「地上有水，比，先王以建萬國，親諸侯。」《書》載萬邦義尤多。聖人惟恐德不足以有諸侯，更分別甚意與勢，而又謂其不得已乎？方堯、舜、三代時，所爲建置其國家者，皆天下之聖賢，故臧文仲聞六蓼滅，謂皋陶庭堅不祀忽諸，德之不建，民之無援。豈如漢、唐以腥臊劍挺之臣，膏粱乳臭之子，加諸億兆人之上哉！自晉、楚滅國最多，已自别爲郡縣，至秦始盡空之，天地霍然一變。宗元乃言「公天下之端自秦始」，何也？　大要古無封建之論，因李斯不主後世之説，方角立。　宗元據末以抗本，自應失其旨也。　漢以後，有國者不論地大小，皆爲置相，王侯未嘗自專，相與守何異哉？　然秦分三十六郡，大於諸侯數十百倍，綱目未繁，粗得體統。　漢稍分至百餘，猶不害其爲踈簡。　比齊、隋、唐，益以釐析，至今愈甚。　長吏削弱，代易促遽，天下之貴聚於一人，德不能化，力不能給，而吏胥制其命，其間藏無限弊事，民何嘗受實惠！　若此者，蓋宗元與諸人之所未通，直謂「善制兵，謹擇守，則理平」。　然則不習治道而强言之，做成標的，後學反受聾瞽之患矣。

呂祖謙《古文關鍵》卷上：　此是鋪叙間架法。

真德秀《文章正宗》卷一三：　按此篇間架宏闊，辯論雄俊，真可爲作文之法。　然其理則有未然者。　致堂胡氏曰……胡氏之論，皆足以破柳子之失，故附焉。

樓昉《崇古文訣》卷一二：　以封建爲不得已，以秦爲公，天下之制皆非正論，所以引周之失、秦之得，證佐甚詳，然皆有説以破之，但文字絶好，所謂强辭奪正理。

《新刊增廣百家詳補注唐柳先生文》卷三引程敦夫論曰：　封建，古之良法，錯出於傳記，寧知非聖人意哉？　今曰堯、舜、三代以勢不可而不欲去之，審若是耶？　苟得其勢，斯可去矣。　武庚、管、蔡之難，固當刑之，如異姓之韓、彭，同姓之吴、楚也。　然方且命微子以繼商，封同姓以五十，何哉？　蓋成王不以先代之嗣爲可廢，周公不以害己之親爲可絶，聖人意以公天下也，柳子何知焉！　若曰湯武不得已者，私其力耶？　苟不私其力，則無庸封之矣。　勝夏去商，雖不期而會，然所賴者，特在伊、呂，湯、武待之，固當如罷侯之秦，錮親之魏矣。彼獨不然。三等之爵，初不之變，而千八百國，益倍於前，何哉？湯、武知天下不可以獨治，故强枝葉而固本根，聖人意以公天下也，柳子弗察焉。大抵子厚徒見魏、晉之弊，思欲有所懲艾，且又太宗以來，群議蜂起，彼其淺中狹慮，期有以度越前人，設爲誇言，不自知覺。殊不知公而不私者，乃所以爲聖人意也。

又引黄唐曰：以封建非聖人意歟？則《易》於《比》言親諸侯，於《豫》言利建侯，於《晉》言錫馬康侯，而《繫辭》言研諸侯之慮。列爵分土見於《書》，諸侯之地序於《禮》，不能錫命諸侯刺於《詩》，安得謂聖人之意不在是乎？以郡縣不可革而行之理且安歟？則二漢《酷吏傳》、唐《酷吏傳》，讀之令人拂膺，安得謂不可革而治安實賴乎？大抵有聖君有善治，則諸侯得人，守令亦得人。非聖君無善治，則諸侯不爲用，守令亦不爲用，人無賢不肖，顧所駕御者如何耳。爲治者奚必執子厚之説，泥一偏之見哉！

程大昌《續考古編》卷八：柳子厚作《封建論》，深原封建之因，以爲古聖人非欲爲之，勢不得已耳。蘇文忠謂此論出，諸家之説皆廢。予案：貞觀十三年，詔群臣襲封刺史，長孫無忌等上表曰：「緬惟三代封建，蓋爲力不能制，因而利之。」則柳之此意，無忌已先言之矣。

陳郁《藏一話腴》乙集卷下：地上有水，比先王以建萬國，親諸侯，蓋天下之至相比而無間可入者，莫如水之與地。先王之民，所以親其上、死其長，歷數百年不可亂者，其上下之相比蓋如此其至也。然其所以能如是者，亦豈徒善而已哉？必有法焉。封建是也。夫建萬國，則萬國之民各比於其君，親諸侯，則萬國合爲一以比於天子。此其所以相維相附，若網在綱，深根固蔕，不可動摇，而後此道成也。後世之郡縣異於是矣。聖人於比之象，特發其義，而傳者多以封建爲聖人不得已，且自附於柳宗元之説，夫豈未之思乎？

黄震《黄氏日鈔》卷五六：《孟秋紀》次曰《蕩兵》，謂未有蚩尤之前，民固剥林木，以戰勝者爲長，猶不足治，故立君，君又不足治，故立天子。天子之立也出於君，君之立也出於長，長之立也出於争。愚謂此柳子厚《封建論》之所祖也。

又卷六〇：《封建論》：生人之初，群聚而求治，聖人因而撫之，而賞罰廢置之，遂因之爲封建。聖人不世出，諸侯相吞而併，於秦秦懲其弊而郡縣之，世變使然也。子厚之論是也。其説固具於《呂覽》矣。然因而撫之者，與天下爲公；吞而併之者，以天下爲私，瞭然可知也。向使不從而撫之，先其未一而併之，則三代爲私。勢既併於一，復分而予諸人，則秦爲公矣。今子厚乃謂因之者不得已，而公天下自秦始，非也。不然，則激也。柳子厚之激，以唐之嘗議封建，將以明理道也。其言曰：「繼世而理者，上果賢乎？下果不肖乎？及夫郡邑，朝拜而不道，夕斥之矣，夕受之而不法，朝斥之矣。」誠哉是言也，抑愚又有感焉耳。唐之欲仕其人也，有公薦，既仕其人也，有考功，故賢者可使其在上，而不道不法者可以朝夕斥。今也場屋之士，資格之官，無復問其賢否，賢者必不肯枉道干人，而不賢者遂得志。然則今之郡邑者，上果賢乎？下果不肖乎？不道不法者，果朝斥之夕斥之乎？嗚呼，悲夫！尚忍言之，然則如之何？曰：公薦未可復，擇名臣以嚴考功，而用西漢久任之法，則庶幾。

又卷六二《蘇文》：謂秦罷侯置守，爲時所趨，可矣。以柳宗元之論爲萬世法，恐主之已甚也。昔五帝三王以盛德爲天下共主，而聽其人之自治，秦始力戰而兼有之，尺布斗粟，皆輸王府矣。顧以帝王爲私，秦爲公，孰公孰私耶？

吴萊《胡氏管見唐柳宗元封建論後題》：予嘗觀柳宗元《封建論》，言封建之法，更古聖王堯、舜、禹、湯、文、武莫能去之，是非不欲去也，勢不可也，故封建非聖人意也，勢也。胡氏《讀史管見》則曰：「封建之法，聖人所以順天理、承人心，而爲公天下之大端大本也，宗元説非是。」予蓋因是而求之，則天下古今之變，日趨於無窮，又不可以一概論矣。夫自夏後氏之衰，有扈之戰，洛汭之畋，商丘之徒，斟尋斟灌之依，禹祀之不絶者如綫，昆吾之强，自衛遷許，又彰彰然自號於世曰霸，此一變也，而商周亦以是而得天下。及周之東，諸侯削弱，世室擅權，魯有三桓，晉有六卿，鄭有七穆，孫寧在衛，崔高在齊，滔滔者天下皆是。雞澤一會，溴梁一盟，君如贅旒於上，而大夫自相歃血於下，此又一變也，而三晉、田和亦以是而得國。孔子曰：「天下有道，禮樂征伐自天子出，天下無道，禮樂征伐自諸侯出。自諸侯出，十世希不失矣；自大夫出，五世希不失矣；陪臣執國命，三世希不失矣。」此蓋通論天下之勢也。夫何戰國之世，兵力日用，游説肆行，申、韓以法術，商、李以耕戰，蘇、張犀首以合從連衡，各以其能分適諸侯之國。始皇雖大索逐客，卒就其吞併六國之謀者，又客之功也。此天下之一變也，而卒歸於士。及天下既一，始皇自以爲前世莫能及，遂舉封建而廢之，郡縣自置，殺豪傑，銷鋒鏑，墮名城，欲盡屏天下之兵而不用，又且貪鶩亡厭，科謫日發，民不堪命，陳勝、吴廣攘臂一呼，執農器以爲兵，而民之從亂，十室而七。項羽以亡楚故將之子，劉季以泗上亭長，分割天下，立十八王，又五歲而盡屬漢，此又天下之一變也，而卒歸於庶人。於乎！聖王不作，世道愈下，天下之變，則亦不知其所終者矣，是豈宗元之所謂勢者非耶？抑又考之，堯、舜、禹、湯遠矣，及周而始詳。商紂之亂，天下之歸周者三分之二，武王既以是而勝商，商之頑民，雖遷於洛，猶且弗率，則又告之。以商之自絶於天，與周之受有天命，勞來安集，無所不用其心，然猶不能已。夫商奄四國之禍也，當是時，周幸不至於奔潰動揺者，豈無其故哉？蓋周都豐鎬，而文王之德化，南被於汝墳漢廣之域，自洛以東，冀、青、兖三州，昔本屬紂，且大封同姓與異姓功臣以鎮之。魯，周公之國也，齊，太公之國也，表在東海、淮夷、徐莒之屬，有所畏焉而不敢動。燕，召公之國也。成王滅唐，而唐又以之封，唐叔介在北邊，北戎追貊之類，有所懼焉，而不敢越。成王在豐，周公又自居洛以統之。商奄既滅，康叔以之國於衛，微子以之國於宋，雖曰治之以德，亦以示天下形勢也。始皇始一天下，據關中，廢封建，勿王子弟，及二世而關東盜起，郡縣吏或降或死，無一肯堅守者。漢興，鑑秦之弊，當項羽專制之餘，燕、趙、梁、楚、太原、淮南，多王異姓，故終高帝之世，用兵不息。韓王信上所親幸，盧綰又故人也，使當匈奴，卒亡入匈奴。吴芮乃以長沙卑濕之國，使當南越，則以國小僅存耳。故又大封同姓，荆以王賈，楚以王交，代以王喜，齊以王肥，吴以王濞，然非制也，是以卒有吴楚七國之亂。何則？漢天子止有關中、巴蜀等十五郡，而諸侯王連城列邑，被於三邊，固不可與成周並論矣。《記》曰：禮時爲大順，次之三代封國。後世郡縣，時也，因時制宜以便其民，順也，是又豈宗元之所謂勢者非耶？於乎！自予前説而觀之，則天下古今之變，至秦而勢爲已極。自予後説而觀之，則天下古今之變，至漢而勢有不同。《管見》之説，守儒之常論也。然而又曰：欲行封建，先自井田始。夫封建、井田，二者蓋同出於堯、舜、禹、湯、文、武之盛時，上之則分土列爵以建國，下之則分田畫野以居民，井田，小封建也，封建，大井田也。秦漢以來，井田廢矣，則是封建之法，雖欲不廢而爲郡縣也，尚可得哉！（《淵穎吳先生文集》卷八）

李贄《藏書》卷三九：李生曰：柳宗元文章識見議論，不與唐人班行者。《封建論》卓且絶矣，其爲叔文等所奇待也宜。

陳霆《兩山墨談》卷一：《吕氏春秋·蕩兵》篇曰：「蚩尤非作兵也，利其械矣。未有蚩尤之時，民固剥林木以戰矣，勝者爲長。長則猶不足治之，故立君。君又不足以治之，故立天子。天子之立也出於君，君之立也出於長，長之立也出於争。争鬭之所自來者久矣。」柳子《封建論》有云：「夫假物者必争，争而不已，必就其能斷曲直者而聽命焉。故近者聚而爲群。群之分，其争必大，大而後有兵德，有大者，衆群之長又就而聽命焉，以安其屬，於是有諸侯之列。則其争又大，德又大者，諸侯又就而聽命焉，以安其封，於是有方伯連帥之類。則其争又大，德又大者，方伯連帥又就而聽命焉，以安其人，然後天下會於一。」柳之立論，則蕩兵之説也。是知柳實用吕紀。然就二者而觀，則柳頗費詞矣。

徐問《讀書札記》卷六：柳子厚以封建爲勢，其言亦近是。但云非聖人意，則是聖人視天下爲己私物，因諸侯合力共取，不得已而分封之，豈天命有德，五服五章之意哉！蓋聖人之心，至公無我，天既付以代天理物之任，而不能獨治，封建有德有功之人，理也，勢也。封同姓，親親也；異姓，尊賢也。後世人非三代，其賢不足以負荷，如漢封功臣及同姓爲諸侯王，未幾叛者數起，遂以滅國。《易》「負且乘，致寇至」，謂之慢藏誨盜，其能久乎？

《王荆石先生批評柳文》卷一：柳論獨有，《封建》得意，餘總不及韓。

王世貞《書柳文後》：柳子才秀於韓而氣不及，金石之文亦峭麗，與韓相爭長，而大篇則瞠乎後矣。《封建論》之勝《原道》，非文勝也，論事易長，論理易短，故耳。其他駁辨之類，尤更破的。永州諸記峭拔緊潔，其小語之冠乎！（《讀書後》卷三）

茅坤《唐宋八大家文鈔》卷二四：一篇强詞悍氣，中間段落卻精爽，議論卻明確，千古絶作。

何喬新《春秋左傳擷英序》：予少讀昌黎、河東二家文，愛其叙事峻潔，摛詞豐潤，及讀《春秋左氏傳》，迺知二家之文皆宗左氏。如韓之《田弘正家廟碑》、《董晉行狀》，柳之《封建論》、《梓人傳》，玩其詞而察其態度，宛然左氏之椝矱也。予因慨然曰：有志學古者，《左傳》不可廢。（《椒丘文集》卷九）

楊慎《封建》：昔之論封建者，曹冏、陸機、劉頌、魏徵、李百藥、顔師古、劉秩、杜佑，自柳宗元之論一出，而諸子之論皆廢。蘇子瞻《志林》一出，而柳子之論益明。余得拾其遺而裨之曰：封建始於黄帝，不得其利已受其害矣。蚩尤亦諸侯也，上干天紀，下肆民殘，以帝之神聖，七十戰而僅勝之，亦殆哉岌岌乎矣。其餘畫野之君，分城之主，雖有蚩尤之心，而未露蚩尤之跡，帝固不得而廢之也。嗣是九黎亂德矣，防風不朝矣，有扈叛逆矣，夷羿篡弑矣，昆吾雄伯矣，皆諸侯之不靖者。其餘尚多有之，而載籍散亡，不可以悉。至周，則其事又可睹矣。大封同姓，以及異姓，謂之萬國。其初建之意，亦曰藩屏京師也，夾輔王室也，使民親於諸侯，而諸侯自相親也。成、康繼世，未百年間，昭王南巡而膠舟溺死矣，穆王西巡而徐偃煽亂矣，藩屏焉在乎？夾輔焉在乎？至於春秋、戰國，干戈日尋，迄無寧歲，肝腦塗地，民如草菅，烏在其爲親也！其立之政典，防其僭竊，爲述職之制曰：一不朝則貶其爵，再不朝則削其地；爲建國之典曰：負固不服則伐之，内外亂、鳥獸行則滅之。其法似嚴矣。周之世，諸侯之不朝多矣，貶誰之爵乎？削誰之地乎？矧敢曰六師移之乎？負固不服，先莫如秦、楚，後莫如吴、越，天王方且遷避之不暇，敢言伐之一字乎？内外亂、鳥獸行，莫如晉之齊姜、衛之宣姜、魯之文姜、哀姜，二嬖之子，非類之孽，方爲太子而世其君，天王册命之不暇，敢言滅之一字乎？三朝之制，殆爲虚設，九伐之典，亦是彌文。則封建非聖人意，明矣。腐儒曲士，是古非今，猶言封建當復，予折之曰：欲目睹封建之利害，何必反古，今有之矣，川、廣、雲、貴之土官是也。夫封建起於黄帝，而封建非黄帝意也；土官起於孔明，而土官非孔明意也，勢也。封建數千萬年，至秦而廢。土官歷千百年，川之馬湖安氏，弘治中以罪除；廣之田州岑氏，正德中以罪除，而二郡至今利之。有復言復二氏者，人必群唾而衆咻之矣，封建之説何以異此？然欲復土官，則人知非之，而復封建，人不之非，是知一方之利害，而不知天下之利害，知今之勢，而不知古之勢也，非腐儒而何哉？曰：如此，則三代聖人猶有弊法邪？曰：《易》曰：「易窮則變，變則通。」《禮》曰：「禮時爲大，順次之。」三代之上，封建時也，封建順也。秦而下，郡縣時也，郡縣順也。總括之曰：封建非聖人意也，勢也；郡縣非秦意也，亦勢也。窮而變，變而通也。雖然，是説也，非柳子、蘇子之説也，孔、孟有是説矣。孔子繫《易》曰：「陽一君而二民，君子之道也。陰二君而一民，小人之道也。」孟子曰：「天下惡乎定，定於一。」夫封建之制，國各有君，君各紀元，是非二君，將千百其君矣，惡能定於一？不定於一，惡能不亂？使孟子生於秦漢之後，必取柳、蘇識時之説，而兩胡腐儒，將麾之門牆之外矣。（《升庵集》卷四八）

陸夢龍《柳子厚集選》卷一：議論極正而無宋人氣。

蔣之翹輯注《柳河東集》卷三：議論亹亹，應對不窮，前後之間，呼吸變化，奔騰控御，若捕龍蛇，真文之至也。孔吴威曰：韓退之文章過子厚，而議論不及，子厚作《封建論》，退之所無。唐順之曰：間架宏闊，議論雄俊。茅坤曰：一篇强詞捍氣，中間段絡卻精爽，議論卻明榷，千古絶作。孫鑛曰：柳論獨有，《封建》得意，餘總不及韓。「非聖人意也勢也」句下：以上原封建之所由始，叙得錯綜反覆。「守臣扞城」句下：以下極言封建之弊。「所以爲得也」句下：此原郡縣之所由始。以下遂次郡縣之所由壞，於以上下秦漢及唐始終之際，而非其制之不善也。「非郡邑之制失也」句下：立論精鑿，兼有節制。只「咎在人怨」四字，便可折倒曹冏、陸機累累千餘言矣。茅坤曰：以下抽情立論，如蠶婦之抽繭，而千條萬縷，併入機杼。非子厚之鑱心刻畫，與其治詞鼓鑄，不能至此。「亦以明矣」句下：唐順之曰：篇法縱横，然血脈自井井。「何能理乎」句下：以下論建郡縣於民之利病。「秦事然也」句下：重複發揮周、秦事，斷制簡省。而下又轉及漢事，反覆極論透徹，勢如駿馬下峻阪，高屋建瓴水，不可遏已。「所不得已也」句下：立論太激，而意亦未安。但不識堯、舜、禹之建諸侯，請問何説？

張履祥《讀諸文集偶記》：柳子厚《封建論》，其論封建始於生民之初，是也。其論三代聖王不廢封建，出於勢之不得已，固非。至云公天下之端自秦始，而三代聖王皆私其力於己，則非之非也。特其文字雄霸，足以發揮，讀者毋爲所欺可也。（《楊園先生全集》卷三〇）

儲欣《河東先生全集録》卷一：漢《過秦》、唐《封建》，各以一論名一代，而柳論尤仁人之言也。厥後宋有天下，銷藩鎮權，任郡縣，而中外晏然百年之間，百姓老死，不識金革。明有天下，太祖崇大諸子之封，擁地擅兵，殂落未幾，北師旋起，嗣君遜荒，雖廟社弗移，而士民之伏刀鋸斧鉞以死者且鉅萬萬矣。自兹以往，百世可知。辟若烏喙，不食則生，食之必死。然且有是古非今，挾殺人之務以勸餐者，何耶？楊詆其腐，猶以爲不智，吾怖其毒，直以爲不仁。文字援引古昔，暢達己意者，雖洋洋洒洒，中間必有一句兩句，重如山岳，不可移也；堅如金鐵，不可屈也；明如星斗，不可掩也。然後爲論古論事之最，余於柳論封建、老蘇策審勢遇之。人人説封建以公天下，先生偏説公天下自秦始。此作家拔幟立幟法。儲在文曰：封建之論，定在此矣。近世魏叔子懲唐宋之亡聚族姓京師，一朝殲滅殆盡，及明季白挺横行南渡，倉卒援立之失，謂宜參封建於郡縣之間，勿令過大，俾世其土而制其政令，天下有變，則人望有歸，持論最爲明辨。然予觀莽、卓之禍，同姓諸侯王者，稽首奉上璽紱，環視屏息，莫敢誰何。而光武、先主起徒步，以恢漢祚，雖係庶宗，不階尺土，是知世變無常，而子孫之賢能光復前緒者，又不必出於封建也。失在於政不在於制，誠萬世不易之論哉！

馮班《鈍吟雜録》卷四：柳子厚《封建論》本於《吕氏春秋》，子厚多學子書作文字。

何焯《義門讀書記》卷三五：《封建論》，荀卿子之文也，其中節制甚謹嚴。李（光地）云：文章古雅精健，《過秦》之匹。「封建非聖人意也」：李（光地）云：未必便得聖人意，如是則興滅國、繼絶世，皆聖人違心之事也。初，吾謂韓、柳者，遷、固之群耳，今觀其才識相亢，若韓氏之學之識，則非班、馬所及也。至子厚者，崛起曠代之下，力追西漢之文，氣稍不如子長之疏宕，而堅密不亞孟堅，其學其識，疑亦無所讓也。逮讀《封建論》，與孟堅《諸侯王表》等，參差誦之，固知子厚所學所識，不如孟堅遠矣。夫論事而但據其一偏，則孰不有利害之數可陳，有成敗之軌可指？如孟堅所云「中外殫微，本末俱弱，權奸不出廟堂而運天下」者，又何如枝葉相持之爲得也？至言聖人不廢封建，私其力於己，私其衛於子孫，柳子之言，何其悖乎？若曰國與天地，有與立焉，蓋雖欲易之而時未可，不猶愈乎？「是故有里胥而後有縣大夫」至「勢也」：李（光地）云：既知是如此，又何以云封建須廢？其下既無所承藉，其上又如何孤懸也？「然而降於夷王」至「其在乎此矣」：「降於夷王」以下，與後「私其衛於子孫」矛盾相陷，不知柳子何以云也。「時則有畔將而無畔州」：畔將即是大諸侯矣，不在繼世與否也。「或者曰封建者必私其土」云云：以上論封建之逼上，以下論封建之病民。「失在於制不在於政」：世得云：幽厲之不由道，而曰失不在政，有興必有廢，其興也以仁，其廢也以不仁，柳子於周則曰失在於制，於秦則曰失在於政，是其語之最無徵者。安溪批「不在於政」旁云：此論亦有病。……「及夫大逆不道」，大逆句帶上一層。「魏之承漢也」至「不聞延祚」：魏豈可謂之封建？晉之八王，既逾其制，又亂自内起，然琅邪猶存渡江之祚，延促之效睹矣。「或者又以爲殷周聖王也而不革其制」至末：上一段言因之無益，革之無損，此一段又言勢不可革，聖人亦姑因之。今非復聖人所處之勢，則革者適得聖人之意也。「蓋以諸侯歸殷者」至「湯武之所不得已也」：李（光地）云：未見此等便是流遁無理之譚，亦非當日事實也。「聖賢生於其時亦無以立於天下」：李（光地）云：三代以後之聖賢用也。世得云：自「天地果無初乎」至「州縣之設固不可革也」爲一意，以利害言。自「或者曰封建必私其土」至「善制兵謹擇守則理平矣」爲一意，以義理言。自「夏商周封建而延」至「何繫於諸侯哉」，又以利害言。自「殷周聖王也」至末，又以義理言。

康熙敕纂《御選古文淵鑒》卷三七：博辨縱横，字字沉鷙，中間錯舉秦、漢、唐之制，引據甚精，斷制甚確。臣（高）士奇曰：事勢之流，蓋亦運會使然。封建之不可行於後世，與井田之不可行於後世一也，柳州此文特窺其要。

沈德潛《唐宋八家文讀本》卷七：郡縣既設以後，自有不能封建之勢，於此而欲復成周之制，雖聖人不能一朝安也。然謂二代聖人不得已而封建，是將聖人公天下之心，盡情説壞矣。蓋謂非聖人不能行封建則可，謂封建本聖人之不得已則不可。特其筆力峭拔，可以雄視一切，目無前人。又引儲同人（欣）曰：第一段原封建由起，在生人之初，非聖人之得已。第二段，援周、秦、漢、唐已然之利害以明之，以下辯駁他説，洗發己意。第一辯極言封建有害於民，而郡縣不然，仍引周、秦、漢事，帶説本朝，與前第二段相照。第二辯破庸人之見。至第三辯而論愈奇，文愈肆，己心亦極盡無餘矣。湯武非公，公天下之端自秦始，乍聽大足駭人，説來卻有至理。賢不肖云云，蓋理之不可易者，亦一篇精神歸宿處也。後學熟讀深思，最長識見、筆力。

浦起龍《古文眉詮》卷五二：作論縱横放恣，如柳州此篇，前後無敵焉。首只追出「封建勢也」一句，卻有破空廿行。中只檢取周封、秦廢二證，卻用挨排四代。後又平綴「或者」三層，卻更分路殊施，醇而肆，博稽而志彀，順軌而極變，實乃謹嚴識職之文。至乎封建之不可復，自當以柳説爲斷，無效老生迂闊論事也。

孫琮《山曉閣選唐大家柳柳州全集》卷二：通篇只以「封建非聖人意」一句爲斷案。封建既非聖人意，乃古來聖人何以有封建？於是尋出一個「勢」字來。起手輕點「勢」字。「彼其初」一段，遂極言「勢」之所必至，而從「勢也」煞住。以下一段言周封建之失，一段言秦郡縣之得，一段言漢矯秦徇周之失，一段言制州立守之得，其於歷代封建得失大略已盡。但封建世守而易理，守宰遞更而難理，畢竟是一説，故以「或者曰」發難，隨將周、秦、漢、唐或得或失以解之，此解爲特詳。且三代封建而延祚，秦郡邑而祚促，畢竟亦是一説，故以「或者又曰」發難，隨將魏晉及唐爲修爲短以解之，此解爲特略。至「或者又以爲」一段，則因殷周不革封建一難，發出不得已之故，與起處「勢」字照應，便以「吾故曰非聖人意也，勢也」繳轉作收。前後一氣呵成，總是言三代以上宜封建，三代以下宜郡縣，識透古今，眼空百世。又引徐揚貢曰：通篇分明五大段文字：前段發端立案，後段收束歸源，中三段一是原封建之始，一是論列周、秦、漢、唐之制，而明秦制郡縣之獨得，一是破從來泥古之見，謂封建之善者。就三段，間又各有層次，反復錯綜，高明廣大，如日月之經天，如江河之緯地。子瞻有云：柳州之論出，而諸家之論廢。信哉！

袁枚《書柳子封建論後》：柳子之論封建辨矣，惜其未知道也。夫封建可行乎？曰不可。封建不可行而何非乎？柳子曰：道可行而勢不可行。勢，吾所無如何也。柳子不以爲勢無如何，而竟以爲道不宜行，是父老堯禹之説也。夫封建非勢也，聖人意也。郡縣非聖人意也，勢也。……然則封建可行乎？曰道可，勢不可。今之阡陌盡矣，城郭改矣，税法變矣，其所封者非紈絝之子弟，即椎理之武夫也，其能與三代比隆乎！且不特無其勢，並無其道。漢興，矯秦弊，大封諸侯王，天下亂。晉封八王，互相殘殺，天下亂。明太祖大封諸子，天下又亂。是何故哉？先王有公天下之心，而封建親親也，尊賢也，興絶國也，舉廢祀也，欲百姓之各親其親，各子其子也，故封建行而天下治。後世有私天下之心，而封建寵愛子也，牢籠功臣也，求防衛也，其視百姓之休戚，如秦人視越人之肥瘠也，故封建行而天下亂。無先王之心，行先王之法，是謂徒政。子之之讓國，宋襄、徐偃之仁義，師丹、王莽之均田限田，王安石之周官周禮，無所不敗。蓋不徒封建然也，因其敗轍而訾起成規，奚可哉？

古論封建者，荀仲豫、陸機、劉頌、顏師古、魏徵、李百藥、劉秩、杜佑，皆能言之，而後人獨愛柳子之説，吾故駁之。其封建之利，諸儒俱已備言，兹不具論。（《小倉山房文集》卷二三）

又《再書封建論後》：若夫有治人，無治法，自古然矣。試問柳子之時，彼懷印曳紱有社有人者，上果賢乎？下果不肖乎？必日朝拜而夕斥之矣，其拜果賢乎？斥者果不肖乎？柳子將何詞以對？（同上）

焦循批《柳文》卷一一：立義既精，運筆又勁，有如此文，焉得不傳？

王文濡《評校音注古文辭類纂》卷二引方苞曰：深切事情，雖攻者多端，而卒不可拔。又曰：氣甚雄毅，而按之實有虛怯處。

林紓《韓柳文研究法·柳文研究法》：《封建》一論，爲古今至文，直與《過秦》抗席。東坡《志林》謂昔之論封建者，曹元首、陸機、劉頌，及唐太宗時李百藥、顏師古，其後劉秩、杜佑、柳宗元。宗元之論出，而諸子之論廢，雖聖人復起，不能易也。范太史《唐鑑》亦以公之論爲然。然程敦夫、黄唐均有攻駁之辭，實皆泥古不化，不足深辯。今就文論文，識見之偉特，文陣之前後提緊，彼此照應，不惟識高，文亦高也。入手言封建非聖人意，歸之於勢，聖人不欲違勢而戾民，故因勢而成封建，正是聖人圓通廣大處。腐儒見一非字，便以爲開罪聖人，抵死與争，謬矣。立一勢字，既定全題之局，遂上溯有生之初，與《貞符》篇同一命意。自「萬物皆生」起，至「然後天下會於一」，有天子始有諸侯，蓋不如是次第鎮攝，争且不息。是言勢不可不封建，非聖人之意必欲封建，語至明顯。以下叙周之大勢，自春秋迄戰國，周之敗端，歷歷指出無遺，就勢提起。秦制四海，運於掌握之內，稱秦之得，是虛頓。得者，能廢封建也，非右秦而左周也。故其下疾接入「不數載而天下大壞」，是迴護上句意，以是防人攻駁語。蓋封建固失，周之國祚長也，郡縣固得，而秦之國祚促也。「其有由矣」四字，專爲秦政之不善言，與封建事一無干涉。蓋脱去秦字，專比較封建與郡縣之得失。中間三用「叛」字，「有叛人無叛吏」一段，是言秦失民心而召叛，非縣吏之失也。「有叛國無叛郡」一段，是言漢縱宗子而驕功臣之失，非郡吏之失也。「有叛將無叛州」一段，是言唐任藩鎮之失，非州吏之失也。何者？郡縣立則權分，大吏雖總其成，一欲謀叛，不能立時聯絡郡縣吏之心，使之同惡，如宸濠之於明，耿精忠之於前清，竟有倔强不服之人，左掣其肘，即其明驗。讀文中斷語曰：「州縣之設，固不可革」，是決言封建之不可行，屹然山立。其下又將周之封建、秦之郡縣，兩兩比較。周時諸侯亂國多，理國寡，此失在封建之制，與政無涉。秦時郡縣酷刑苦役，似疑郡縣之不善，此失在政，不在郡縣之制。蓋郡縣之守宰，一得人，即行其理，諸侯世及，天子不得變其君，此所以爲難也。漢則封建郡縣兼行，然叛者多諸侯，而郡縣往往得循吏，邊庭往往得名將。設使漢室盡倚諸侯，則轉不收循吏名將之益。以上周秦與漢，分爲三段，周之封建，無一得也。秦之郡縣，朝廷自失，不涉郡縣之失。至漢，則封建失而郡縣得。彰明顯著，成案嶄然，讀之爽目。此下設兩或者之難：一言周延而秦促，即駁之曰：晉亦封建，何以有八王之亂，二姓陵替，唐不封建，垂二百祀。一言殷周聖人，不革其制，似郡縣之議，大戾於聖，即駁之曰：湯仍夏故侯，因以黜夏，不能變也，周因殷故侯，因以勝殷，不能變也。此皆湯武之不得已，歸本上文「勢」字，夫因「勢」而不得不爾，則非夙本之公心可知。秦革周制，意似公矣，而其情亦私，此時忽下一斷語曰：「然而公天下之端自秦始。」言端者秦開之，不必秦能守之也。推去秦字，但言郡縣勝於封建，結論清出「勢」字，以應篇首，此是定法。

林紓選評《古文辭類纂》卷一：凡讀長篇文字，須一眼挈其綱領。此篇綱領在一個「勢」字。由勢字探出聖人不得已之苦心，指出封建流弊，萬不可行，卻説得在在都有憑據。入手即曰「勢不可也」，又曰「封建非聖人意也」，指南之針已定矣。「彼其初」三字推開，似探源立論，實爲「勢不得已」四字作確證。種種説宜有諸侯，宜有方伯，宜有天子，皆是時勢所趨，全不由聖人作主也。用「封建非聖人意，勢也」二語，即以醒開頭立柱之本意。「夫堯舜禹湯之事遠矣」句，蓋言古封建之不可考，其可考者，實自有周，至判爲十二，合爲七國，則周之陵夷衰微，流弊均出諸封建，描寫到十分，斷定一語曰：周之敗端，其在此矣。似封建之不可行，已成鐵案。夫不封建，則必須乎郡縣，而郡縣之制，自秦肇也。不好攀秦以擯周，但間間將秦字提起，然秦立郡縣，不再傳而敗，較周家八百年之長久，實抵不過。子厚説到此處，似屬山窮水盡之時，然而絶妙之文心，將漢延秦制，拉入比較。説成陳涉之叛，叛在民，州郡之吏不叛也。漢吴楚之叛，叛在侯國，而州郡之吏又不叛也。唐沿秦漢之制，藩鎮即類諸侯，然藩鎮叛，而州郡之吏又不叛也。説到此，則放筆作斷語曰：州縣之役，不可革也。不曰善，而曰不可革者，制創諸秦，防人惡秦而革其制，此是用字斟酌之處，亦不可不知。顧既論封建之不善，守宰之善，然列侯固多叛人，而守宰豈無貪吏。至此又兩兩權其得失，言封建之不善，失在制，不失在政。守宰之不善，失在政，不失在制。制是呆板，不易更也，政是活動，不難革也。不期然中，軒秦而輊周，妙在都不明言。但論難爲，將周秦之得失，輕輕説過，言中已偏重郡縣矣。然猶拈出實證，謂漢初亦封建諸侯，然非反形呈露，決不敢加兵，至於郡縣之吏，則可以隨時黜陟。復又涉言，果使郡縣盡化爲侯王，不惟循吏無可發展，即朝廷伸討，亦來不及。所謂漢事然也，與秦事然也，同爲一意。「今國家」三字，是指唐室而言，大要在善制兵、謹擇守二語，萬萬不繫於諸侯。實則唐室無封建之事，不過唐太宗曾與蕭瑀議及此，登時即爲魏徵、李百藥所斥。柳州特以文字發明之耳。其下則闡發所以不得已之故，妙在駁封建爲湯武之私己，亦駁郡縣爲秦之私己，歸結到公天下之端開之自秦，言端言開者，人是斥秦之無道，不過謂其變易古制，足爲後代明君所遵守。下語均有斟酌，若説成秦勝於湯武，便不是矣。凡善爲文者，每下一字，必加經營，不能冒昧而出。歸結到非聖人之意也，勢也，應篇首。此是一定之法。

高步瀛《唐宋文舉要》甲編卷四：「不得而知之也」句下引沈確士（德潛）曰：發端變奇傑。「而明之也」句下引汪武曹曰：入封建灑然。「生人之初乎」句下引沈德潛曰：勢字爲一篇主腦。「非聖人意也」句下引沈德潛曰：非聖人意即是勢。「萬物借生」句下引汪武曹曰：已下就有初推封建所由始，以明其勢。「以爲用者也」句下引沈德潛曰：如衣食之類。「聚而爲群」句下：下里胥大夫，皆包群字。「下會於一」句下：逆説到上，由小以成大，方見積勢。「後有天子」句下引汪武曹曰：申明上文意總説一番，極精彩。「至於里胥」句下引汪武曹曰：上兩層自下逆説到上，此自上順説到下。

「而奉之」句下引婁迂齋曰：封建本意。「勢也」句下引汪武曹曰：勢字作一束。又引曾國藩曰：以上封建大勢。又引方望溪（苞）曰：《周官》閭胥里宰，皆二十五家之長耳，州長縣正，二千五百家之吏耳，吏必擇人，雖縣大夫不能求嗣而奉之也，況里胥乎？「之事遠矣」句下引汪武曹曰：撇去堯、舜、禹、湯，專論周。「葨弘者有之」句下引汪武曹曰：此處句法尚未變化。「封之秦」句下引汪武曹曰：串出秦。「在乎此矣」句下引曾國藩曰：以上周。「其有由矣」句下引汪武曹曰：此言秦之亡，非郡縣之制失。「無叛吏」句下引汪武曹曰：無叛吏，無叛郡，無叛州，見郡縣之制得。「之制失也」句下引曾國藩曰：以上秦。「徇周之制」句下引汪武曹曰：插周、秦。「而無叛郡」句下引汪武曹曰：就郡國明封建之失。「亦以明矣」句下引汪武曹曰：言漢初封建之失，郤以秦制之得收住，分明以秦爲主。「可知也」句下引曾國藩曰：以上漢。「不可革也」句下引汪武曹曰：亦隱然以秦制之得收住。又引曾國藩曰：以上唐。「或者曰」句下引儲同人（欣）曰：前列四代，示利害之門，此設三難，破庸人之論。「何能理乎」句下引汪武曹曰：已上是言諸侯郡縣之叛服，此下方是言諸侯郡縣之於民利病。「及夫郡邑」句下引方苞曰：氣弱。「於田叔」句下引吴汝綸曰：柳文用且字皆古義。「一方可也」句下：以三句承上四句，得變化之法。「而侯王之」句下引汪武曹曰：此一翻，又就郡國明封建之失，議論明快，筆力馳騁。「民猶瘁矣」句下引汪武曹曰：此一層更妙。「則理平矣」句下引曾國藩曰：以上校論封建與郡縣之治亂。「諸侯哉」句下引曾國藩曰：以上校論封建與郡邑祚之久暫。「是不得已也」句下引婁迂齋曰：應前封建非聖人意。「不得已也」句下引汪武曹曰：此較前有德在人心，死必求其嗣封之，又進一層，蓋前言封建所由始，此則言封建之不可革也，皆勢也。「自秦始」句下：石破天驚，小儒咋舌。「立於天下」句下引汪武曹曰：前言封建必叛天子，又言封建必虐民，此則言封建不肖居上，而聖賢不能得位行道。「至於是乎」句下引汪武曹曰：收非聖人意。「勢也」句下引汪武曹曰：勢字結。又引曾國藩曰：以上論公私。又引方望溪（苞）曰：深切事情，雖攻者多端，而卒不可拔。又引吴汝綸曰：體勢雄俊，辭理廉悍勁古，宋以來無之。

## 四維論

《管子》以禮義廉耻爲四維〔一〕，吾疑非管子之言也。彼所謂廉者，曰不蔽惡也①，世人之命廉者②，曰不苟得也③；彼所謂耻者④，曰不從枉也⑤，世人之命耻者⑥，曰羞爲非也⑦。然則二者果義歟？非歟⑧？吾見其有二維，未見其所以爲四也。夫不蔽惡者，豈不以蔽惡爲不義而去之乎？夫不苟得者，豈不以苟得爲不義而不爲乎？雖不從枉與羞爲非皆然。然則廉與耻，義之小節也，不得與義抗而爲維。聖人之所以立天下曰仁義⑨，仁主恩，義主斷，恩者親之，斷者宜之，而理道畢矣。蹈之斯爲道，得之斯爲德，履之斯爲禮，誠之斯爲信，皆由其所之而異名。今管氏所以爲維者，殆非聖人之所立乎？又曰：「一維絶則傾，二維絶則危，三維絶則覆，四維絶則滅。」若義之絶，則廉與恥其果存乎⑩？廉與恥存，則義果絶乎？人既蔽惡矣，苟得矣，從枉矣⑪，爲非而無羞矣，則義果存乎？使管子庸人也，則爲此言。管子而少知理道，則四維者非管子之言也。

【校　記】

① 原注與世綵堂本注：「一無也字。」詁訓本無「也」字，並注：「一有也字。」
② 原注與詁訓本、世綵堂本注：「一無世字。」
③ 原注與世綵堂本注：「一無也字。」詁訓本無「也」字，並注：「一有也字。」
④ 「彼」字原闕，諸本同，據《英華》、《文粹》補，與「彼所謂廉者」爲並列句。
⑤ 原注與世綵堂本注：「一無也字。」詁訓本無「也」字，並注：「一有也字。」
⑥ 原注與詁訓本、世綵堂本注：「一無世字。」
⑦ 蔣之翹輯注本：「一本『惡』下、『得』下、『枉』下、『非』下皆無『也』字。『世人』皆無『世』字。」
⑧ 《文粹》「然則」下有「是」字，無「非歟」二字。
⑨ 曰仁義，《英華》、《文粹》作「曰仁曰義」。
⑩ 詁訓本無「則」字，與《文粹》作「且」。
⑪ 原注與世綵堂本注：「諸本作『苟得而從枉矣』。」上「矣」字，注釋音辯本注：「諸本作而。」

【解題】

［韓醇詁訓］《管子》曰：「國有四維，一維絶則傾，二維絶則危，三維絶則覆，四維絶則滅。傾可正，危可安，覆可起，滅則不可復錯也。何謂四維？一曰禮，二曰義，三曰廉，四曰恥。禮不踰節，義不自進，廉不蔽惡，恥不從枉，故不踰節則上位安，不自進則民無巧詐，不蔽惡則行自全，不從枉則邪事不生。」此《牧民篇》之言也。然公大意謂廉恥自禮義中出，未有有禮義而無廉恥，有廉恥而無禮義，故云：「吾見其二維，而未見其所以爲四維也。」作之年月未詳。按：《四庫全書總目》卷一〇一法家類《管子》提要：「舊本題管仲撰，劉恕《通鑑外紀》引《傅子》曰：『管仲之書，過半便是後之好事所加，乃説管仲死後事，《輕重篇》尤復鄙俗。』葉適《水心集》亦曰：『《管子》非一人之筆，亦非一時之書，以其言毛嬙、西施、吴王好劍，推之當是春秋末年。』今考其文，大抵後人附會多於仲之本書，其他姑無論，即仲卒於桓公之前，而篇中處處稱桓公，其不出仲手已無疑義矣。書中稱《經言》者九篇，稱《外言》者八篇，稱《内言》者九篇，稱《短語》者十九篇，稱《區言》者五篇，稱《雜篇》者十一篇，稱《管子解》者五篇，稱《管子輕重》者十九篇，意其中孰爲手撰，孰爲記其緒言如語録之類，孰爲述其逸事如家傳之類，孰爲推其義旨如箋疏之類，當時必有分别。觀其五篇明題《管子解》者，可以類推。必由後人混而一之，致滋疑竇耳。」章學誠《文史通義》卷一《詩教上》：「《管子》嘗有書矣，然載一時之典章政教，則猶周公之有《官禮》也。記管子之言行，則習管氏法者所綴輯，而非管仲所著述也。」嚴可均《鐵橋漫稿》卷八《書管子後》：「近人編書目者，謂此書多言管子後事，蓋後人附益者多，余

不謂然。先秦諸子，皆門弟子或賓客或子孫撰定，不必手著。」可知《管子》一書多爲後學轉述管仲之學説，然並非依託，所述亦大體符合管仲思想。至於「四維」之論，《漢書·賈誼傳》賈誼《陳政事疏》引《管子》曰：「禮義廉恥，是爲四維，四維不張，國乃滅亡。」則是説未必非管仲之意也。蓋宗元標舉仁義之幟，遂以《管子》之言爲不當，疑非《管子》之言者，可避實擊虚也。

【注　釋】

〔一〕［注釋音辯］見《管子·牧民篇》。

【集　評】

真德秀《文章正宗》卷一二：按柳子謂廉恥爲義之小節，蓋得之矣。然禮義其統言，所包者廣，廉恥其專言，所指者切，則《管子》之論亦未可以爲非也。然其言明辨可喜，故取焉。以上論理。

黄震《黄氏日鈔》卷六〇：子厚謂廉與恥義之小節，而病《管子》四維之言。又謂天之貴斯人在剛健純粹，而病《孟子》天爵之言。夫廉與恥，豈特小節？廉縱可屬於義，恥則當屬於禮，又不當盡指爲義之小節也。《管子》之以維言者，蓋指爲治之範防耳，又非如子厚之所謂，子厚何乃不知廉恥之爲大節耶？夫仁義忠信，得之於天，昭昭也，子厚乃謂此存乎人者，而獨指剛健純粹之氣爲得於天。至論剛健，則又指爲孜孜之志，論純粹，則又指爲爽達之明，且證之曰：「敏以求之，明之謂也，爲之不倦，志之謂也。」自今觀之，求之爲之信，皆人爾，何乃反謂之天？其理果安在，而子厚至以此易彼耶？夫以廉恥爲小節，而又强明自貴，如之何不陷叔文之黨，執迷終身乎！吾今而後，知子厚之所以爲子厚矣。

李治《敬齋古今黈》卷一：柳子論四維爲二維，以爲廉與恥皆義之小節也，不得與義抗而爲維。究而觀之，柳子之辯凡數百言，祇是解釋《孟子》「羞惡之心，義之端也」八字。

茅坤《唐宋八大家文鈔》卷二四：建議處自是精研。

明闕名評選《柳文》卷五：「然則二者」句下引王荆石曰：急攻。「若義之絶」句下：此轉尤辨悉。文末引唐荆川曰：賈生翻案。又總評引唐荆川曰：按柳子謂廉恥爲義之小節，蓋得之矣。然禮義其統言，所包者廣，廉恥其專言，所指者切，則《管子》之論亦未可以爲非也。然則明辨可喜，故取焉。

蔣之翹輯注《柳河東集》卷三引茅坤曰：結本賈誼《政事書》。

何焯《義門讀書記》卷三五：「四維者非管子之言也」：質之以經，則難爲言也，固宜。

康熙《四維解》：《管子》曰：「國有四維：一曰禮，二曰義，三曰廉，四曰恥。」又申言之曰：「禮不踰節，義不自進，廉不蔽惡，恥不從枉。」柳宗元著《四維論》，以爲彼所謂廉者，不蔽惡也，世之所謂廉者，不苟得也；彼所謂恥者，不從枉也，世之所謂恥者，羞爲非也。不蔽惡者，豈不以蔽惡爲不義而去之乎？不苟得者，豈不以苟得爲不義而不爲乎？至於不從枉與羞爲非，皆然。則廉與恥，義之小節，不得與義抗而爲維。嘗求其説而爲之解曰：論其統體，人苟能以禮義自守，未有不能以廉恥自防者，則是廉恥即在禮義之中也。而論其節目，人若視廉恥爲小節，則已踰禮義之大閑，是言禮義不得不並舉廉恥也。今有人焉，責人曰：「是無禮義者。」則其人之賢者，不能不以動其心，而不肖者，亦或不以介其意矣。動其心者，則將勉而益進於善；不以介其意者，則將以爲固然而安於不肖之爲。又或責人曰：「是無廉恥者。」則其人之强者，必拂然怒於其色，而弱者，亦必愯然懼於其中矣。怒於色與懼於中者，皆動其心，而勉爲善者之機也。是何也？廉恥之名，視禮義之名爲尤切，無廉恥之名，視無禮義之名爲尤不可居也，故言禮義而並言廉恥，可以警動天下，而興起其爲善去惡之心，是管子之意也。（《聖祖仁皇帝御製文集》第二集卷三〇）

李開鄴、盛符升評《文章正宗》卷一二：立論皆鑿鑿明白。

乾隆敕纂《御選唐宋文醇》卷一六：左史記言，右史記事，事爲《春秋》，言爲《尚書》。《尚書》，《國語》類也；《春秋》，《左傳》類也。列國皆有之，獨魯史以孔子得傳至今耳。孔子以前，無家自爲書者，名卿大夫之嘉言，皆載之右史。《左傳》所稱古志有之，古語有之，又曰著之話言，楚語所稱，教之語使明其德，而知先王之務用明德於民，皆是也。即《論語》亦非孔子所自作，乃曾子、有子之門人，記其所聞於師者而纂之，其曰語者，猶用古史之體例也。春秋降爲戰國，處士始操各國之柄，而人自爲説以行於天下。莊周、荀卿之所評論，具在可考，皆無及於管子者也。孟子曰：「聖王不作，諸侯放恣，處士横議，楊朱、墨翟之言盈天下。」此周室陵遲，至孟子時而始然者也。管仲生於孔子之前，管仲無書，明甚。如其有之，未有七十手之徒無一言評隲之者也。管仲之書，其爲戰國時言富國强兵之流，自以爲所學出於管仲，而假託之無疑也。其不概於理者不勝舉，若宗元《四維論》亦一斑也。

錢大昕《十駕齋養新録》卷一八：禮義廉恥，謂之四維，此言出於《管子》，而賈生亟稱之。獨柳子厚作《四維論》，謂廉恥即義，不當列爲四。此非知道之言也。孔子論成人，則取公綽之不欲，論士，則云行己有恥。廉恥與禮義本同一源，而必别爲言之者，以行事驗之，而決其有不同也。知禮則不妄動，知義則不妄交，知廉則不妄取，知恥則不妄爲。古人尚實事，而不尚空言，故覘國者以四維爲先。「人有土田，女反有之」，是不廉也。「巧言如簧，顔之厚矣」，是無恥也。觀二雅之所刺，知《管子》之言必有中矣。

王文濡《唐文評注讀本》上册：四維只是二維，管子誠不能自圓其説。文之説理透僻，不讓昌黎。或謂《管子》一書，後人多所竄入，信歟？

陳衍《石遺室詩話》卷六：張幼樵（佩綸）有《讀管子十首》……其九云：「牧民有常經，大哉國維四。子厚何偏宕，廉恥屬之義。强用後世語，謬解古文字。謂非管子言，四維止於二。得無有激云，禮樂爲虚器。時令與斷刑，大率皆此類。端明雅耆柳，不以夢得比。太息置斯文，正俗有深意。」

## 天爵論

柳子曰：仁義忠信，先儒名以爲天爵[一]，未之盡也。夫天之貴斯人也，則付剛健、純粹於其躬〔二〕，倬爲至靈〔三〕，大者聖神，其次賢能，所謂貴也。剛健之氣，鍾於人也爲志，得之者運行而可大，悠久而不息，拳拳於得善，孜孜於嗜學，則志者其一端耳。純粹之氣，注於人也爲明，得之者爽達而先覺，鑒照而無隱，盹盹於獨見〔四〕，淵淵於默識，則明者又其一端耳。明離爲天之用〔五〕，恒久爲天之道〔六〕，舉斯二者，人倫之要盡是焉①。故善言天爵者②，不必在道德忠信，明與志而已矣。

道德之於人，猶陰陽之於天也，仁義忠信，猶春秋冬夏也③。舉明離之用，運恒久之道，所以成四時而行陰陽也。宣無隱之明，著不息之志，所以備四美而富道德也。故人有好學不倦而迷其道撓其志者〔七〕，明之不至耳；有照物無遺而蕩其性脱其守者，志之不至耳。明以鑒之，志以取之，役用其道德之本，舒布其五常之質，充之而彌六合，播之而奮百代，聖賢之事也。然則聖賢之異愚也，職此而已。使仲尼之志之明可得而奪④，則庸夫矣。授之於庸夫⑤，則仲尼矣。若乃明之遠邇，志之恒久，庸非天爵之有級哉？故聖人曰「敏以求之」〔八〕，明之謂也；「爲之不厭」〔九〕，志之謂也。道德與五常，存乎人者也；克明而有恒⑥，受於天者也。嗚呼！後之學者，盡力於斯所及焉⑦。

或曰：「子所謂天付之者，若開府庫焉，量而與之耶？」曰：否，其各合乎氣者也。莊周言天曰自然，吾取之。

【校　記】

①盡是焉，詁訓本、《英華》作「盡焉」。

②故，詁訓本、《英華》作「是故」。

③春秋冬夏，《英華》作「春夏秋冬」。

④而，《英華》作「其」。

⑤授，《英華》作「投」。

⑥恒，注釋音辯本作「常」。

⑦注釋音辯本、詁訓本、世綵堂本、《英華》無「斯」字。注釋音辯本注：「一本『所』字上有『斯』字。」

【解　題】

［韓醇詁訓］《孟子》曰：「有天爵者，有人爵者。仁義忠信，樂善不倦，此天爵也。公卿大夫，此人爵也。古之人修其天爵，而人爵從之，今之人修其天爵，以要人爵。既得人爵，而棄其天爵，則惑之甚者也，終亦必亡而已矣。」公以爲未之盡，然所謂「宣無隱之明，著不息之志」，則亦與孟氏修之之説，有以異乎？按：見《孟子·告子上》。孟子言仁義忠信爲天爵，即天所賜予，意爲人之本性。柳宗元不以爲然，認爲「志」與「明」乃天爵。明，其義近今之「聰明」；志，則與「意志」較接近，故一取明離，一取恒久。何者爲先天稟賦，顯然柳宗元之論更具科學性。人之性格與理解力基本與生俱來

（即天），仁義忠信則屬倫理道德的範疇，爲社會之産物，不是自然而然，當然也不是人之本性。柳宗元又曰：「使仲尼之志之明可得而奪，則庸夫矣；授之於庸夫，則仲尼矣。」是聖人雖具有不同於常人的先天之稟賦，但並不是神人，此論也極大地抹去了聖人頭上神聖的光環。宗元又取「自然」一詞言天，其唯物之思想，於此亦可見一斑。

## 【注釋】

〔一〕［注釋音辯］見《孟子》。

〔二〕［百家注引孫汝聽曰］《易》：「大哉乾乎，剛健中正，純粹精也。」按：見《周易·乾》。

〔三〕［注釋音辯］倬音卓。按：倬，高大，顯著。

〔四〕［注釋音辯］盹音諄。［韓醇詁訓］盹音諄。《説文》曰：「目也。」［百家注引韓醇曰］《説文》云：「謹鈍目也。」［世綵堂］《説文》：「鈍目也。」盹音諄。篇韻無此字。《禮記》：「肫肫其仁。」注曰：「懇誠貌。」字從月，《集韻》從日，盹盹懇誠，朱閏切。按：《禮記·中庸》：「肫肫其仁，淵淵其淵。」鄭玄注：「肫肫，讀如『誨爾忳忳』之忳。忳忳，懇誠貌也。」

〔五〕《周易·離》：「明兩作離，大人以繼明照于四方。」

〔六〕《周易·恒》：「恒久也，剛上而柔下。」

〔七〕［注釋音辯］撓，女巧切，擾也。［韓醇詁訓］撓，女巧切。《説文》云：「擾也。」

〔八〕〔百家注引孫汝聽曰〕《論語》：「子曰：『我非生而知之者，好古敏以求之者。』」按：見《論語·述而》。

〔九〕〔百家注引孫汝聽曰〕《論語》又曰：「抑爲之不厭，誨人不倦，則可謂云爾已矣。」按：見《論語·述而》。

【集評】

《新刊增廣百家詳補注唐柳先生文》卷三引黄唐曰：孟子以仁義忠信謂之天爵，使人知有仁義，篤於自信，又知夫天理之自然，則能求諸内而不求諸外，此其意也。子厚從而易之曰：天爵不在乎仁義忠信，而在於明與志，且謂仁義忠信非明不能鑒，非志不能取，故有是説。殊不知仁義忠信，繼之以樂善不倦，雖不及明與志，而二者固在其中矣。樂善，非明以鑒之者然乎？不倦，非志以取之者然乎？孟子之言簡而備，學者可以意會，猶以未盡而少之，子厚亦費於言哉！

《王荆石先生批評柳文》卷一：可删，吾所不解。

何焯《義門讀書記》卷三五：「明與志而已矣」：明與志者，所以修也，明與誠對，而志爲之基。明不可與志並言，柳子殆强爲高論，以求駕乎前人，未之有得者也。「庸非天爵之有級哉」：性無等級，氣質殊分。漢、唐先儒讀孟不詳，疑性之有二，反以修爲屬之天爵，本末舛矣。曰明曰志，不如其曰誠曰明也。忠信即仁義之無不誠焉耳，誠未有不明者，柳子蓋不究心乎思、孟之傳，妄駕其説也。

## 守道論

或問曰：「守道不如守官〔一〕，何如？」對曰：是非聖人之言，傳之者誤也。官也者，道之器也，離之非也，未有守官而失道，守道而失官之事者也①。是固非聖人之言②，乃傳之者誤也③。

夫皮冠者，是虞人之物也④，物者道之準也。守其物，由其準，而後其道存焉。苟舍之，是失道也。凡聖人之所以爲經紀，爲名物，無非道者。命之曰官，官是以行吾道云爾⑤。是故立之君臣、官府、衣裳、輿馬、章綬之數，會朝、表著、周旋、行列之等〔二〕，是道之所存也。則又示之典命、書制、符璽、奏復之文〔三〕，參伍、殷輔、陪臺之役〔四〕，是道之所由也。則又勸之以爵禄、慶賞之美，懲之以黜遠、鞭扑、梏拲、斬殺之慘〔五〕，是道之所行也。故自天子至於庶人⑥，咸守其經分〔六〕，而無有失道者，和之至也。失其物，去其準，道從而喪矣。易其小者，而大者亦從而喪矣。古者居其位思死其官，可易而失之哉？《禮記》曰：「道合則服從，不可則去〔七〕。」孟子曰：「有官守者，不得其職則去〔八〕。」然則失其道而居其官者，古之人不與也⑦。是故在上不爲抗，在下不爲損，矢人者不爲不仁，函人者不爲仁〔九〕，率其職，司其局⑧，交相致以全其工也⑨。易位而處，各安其分，而道達於天下矣⑩。

且夫官所以行道也，而曰守道不如守官，蓋亦喪其本矣。未有守官而失道，守道而失官之事者也⑪。是非聖人之言，傳之者誤也，果矣。

【校記】

① 原注與詁訓本、世綵堂本注：「一無也字。」注釋音辯本無「也」字，並注：「一有也字。」

② 注釋音辯本無「之」字。

③ 原注與注釋音辯本、詁訓本、世綵堂本注：「一無乃字。」

④ 《英華》無「是」字。

⑤ 原注與世綵堂本注：「一本作『命是以行吾道云爾』。」注釋音辯本注：「官是，一本作命是。」

⑥ 人，注釋音辯本、世綵堂本、《英華》作「民」。

⑦ 之人，五百家注本作「令」。

⑧ 兩「其」字，《英華》作「是」。

⑨ 原注：「『工』，一本作『公』。『公』下有『者』字。」注釋音辯本、世綵堂本注：「工，一本作公。」詁訓本無「也」字，並注：「一有也字。」

⑩ 原注與詁訓本、世綵堂本注：「矣，一作也。」矣，注釋音辯本作「也」，並注：「一本作矣。」

⑪「之事」二字原闕，據注釋音辯本、游居敬本、《全唐文》補。注釋音辯本注：「一本無『之事』字。」原注與世綵堂本注：「一本『失官』下有『之事』二字。」此句與首段相呼應，故有「之事」是。

**【解　題】**

〔韓醇詁訓〕《春秋》昭公十九年：「齊侯田于沛，招虞人以旌，不進，公使執之，辭曰：『昔我先君之田也，旃以招大夫，弓以招士，皮冠以招虞人，臣不見皮冠，故不敢進。』乃舍之。仲尼曰：『守道不如守官，君子韙之。』」至孟子謂孔子奚取焉哉？取非其招不往也。則斯言出于孔子，信矣。公曰「傳之者誤」，其果然哉？嘗味其言，至有曰：「失其道而守其官者，古之人不與也。」意者當時之人，必有竊聖人之言，違道而居守者乎？〔百家注引孫汝聽曰〕《左氏》昭公二十年：「齊侯田於沛，招虞人以弓，不進，曰：『昔先君之田也，旃以招大夫，弓以招士，皮冠以招虞人。臣不見皮冠，不敢進。』仲尼曰：『守道不如守官，君子韙之。』」按：韓醇所引出《孟子·滕文公下》、《萬章下》，非出《春秋》。又見《孔子家語》卷九。守官即居官盡職，守道爲遵守一定的原則與道德標準。虞人之行爲顯然是守道而非守官，故孔子用「守道不如守官」贊揚他們。「如」有「依照」義，見楊樹達《詞詮》卷五。柳宗元認爲官、道爲一體，守官就是守道，居官以道，非道則去，二者都不是唯君主之命是從，而是恪盡職守，堅持原則，故守官即守道。柳宗元不便直接否定孔子之言，故云所傳不可信。《舊唐書·褚遂良傳》：「太宗嘗問：『卿知起居，記録何事？大抵人君得觀之否？』遂良對曰：『今之起居，古左右史，書人君言事，且記善惡，以爲鑒誡，庶幾人主不爲非法，不聞帝王躬自觀史。』太宗曰：『朕有不善，卿必記之耶？』遂良曰：『守道不如守官，臣職當載筆，君舉必記。』黄門侍郎劉洎曰：『設令遂良不記，天下亦記之矣。』」此則可作爲守道即守官的注腳。

【注釋】

〔一〕［注釋音辯］出《左傳》昭公十九年。按：見《左傳》昭公二十年，注誤。

〔二〕［注釋音辯］行音航。《左》昭十一年注：「朝内列位常處，謂之表著。」［百家注引孫汝聽曰］昭十一年《左氏》：「會朝之言，必聞於表著之位。」杜預注云：「朝内列位常處，謂之表著。」行，户剛切。

〔三〕［世綵堂］璽，本作壐，《説文》：「王者印也，所以主上，故從爾，從土。籀從玉。」按：徐師曾《文體明辨序説·命》：「上古王言同稱爲命，或以命官，如《書·説命》、《冏命》是也；或以封爵，如《書·微子之命》、《蔡仲之命》是也；或以飭職，如《書·畢命》是也；或以錫賚，如《書·文侯之命》是也；或傳遺詔，如《書·顧命》是也。秦併天下，改名曰制。漢、唐而下，則以策書封爵制誥命官，而命之名亡矣。」又《璽書》：「漢初有三璽，天子之書，用璽以封，故曰璽書，又曰賜書。唐以後獨稱曰書，亦璽書之類也。」又《制》：「按顔師古云：『天子之言，一曰制書，謂爲制度之命也。』蔡邕云：『其文曰制，誥三公、赦令、贖令之屬是也。刺史太守相劾奏、申下土、遷書，文亦如之。其徵爲九卿，若遷京師近官，則言官具言姓名，其免若得罪，無姓。』此漢之制也。」奏復，即批答。吴訥《文章辨體序説·批答》：「蓋批答與詔異，詔則宣達君上之意，批答則采臣下章疏之意而答之也。」

〔四〕［注釋音辯］《周禮·太宰》注：「參謂卿三人。伍謂大夫五人。殷，衆也，謂衆士。輔，府史、庶人在官者。」陪臺，出《左》昭公七年。［百家注引孫汝聽曰］《周禮》：「設其參，傅其伍，陳其殷，置其輔。」注：「參，謂卿三人。伍，謂大夫五人。殷，衆士。輔，府史、庶人在官者。」陪臺者，亦謂臣也。

〔五〕［注釋音辯］遠，去聲。扑，普卜切，擊也，字從手。梏，居沃切，手械也。拲，居悚、居玉二切，兩手共械。［韓醇詁訓］扑，普木切。《説文》：「小擊也。」梏，姑沃切。《説文》：「小械也。」拲，古勇切。《説文》：「兩手同械也。」［百家注引孫汝聽曰］扑，小擊也。梏拲者，《周禮》：「上罪梏拲而桎。」梏，手械。拲，兩手共械。按：見《周禮·秋官司寇·掌囚》。

〔六〕［注釋音辯］［韓醇詁訓］（分）扶問切。

〔七〕［注釋音辯］《禮記·内則》篇。

〔八〕見《孟子·公孫丑下》。

〔九〕矢人，造箭之人。函人，造甲的工匠。《孟子·公孫丑上》：「矢人豈不仁於函人哉？矢人惟恐不傷人，函人惟恐傷人。」

【集　評】

真德秀《文章正宗》卷一二：按《易》曰：「形而上者謂之道，形而下者謂之器。」以一身言之，四支百骸，形而下者也，吾身所具之理，即形而上者也。推之事物，亦莫不然。自異端之學興，於是指形器爲粗跡，而索道於虚無玄漠不可測知之域，形而上下者，始不相屬矣。柳子此論，頗得道器不相離之意，故取焉。

黄震《黄氏日鈔》卷六〇：以守道不如守官，非聖人之言，且謂官所以行道，未有守官而失道，守道而失官之事者，其論正矣。然愚猶謂守道，我之事也；守官，非我之所可必也。若董狐爲史官，以死是官，與道俱守也。舍是而必曰守官，吾恐官之守，道之離也。盍亦反其言而言曰：守官不如守道，庶幾官可守則守，不可則去之，而道未嘗不守也。

茅坤《唐宋八大家文鈔》卷二四：的確。

吴訥《文章辨體序説·論》：按《韻書》：「論者，議也。」梁昭明《文選》所載論有二體，一曰史論，乃史臣於傳末作論議，以斷其人之善惡，若司馬遷之論項籍、商鞅是也。二曰論，則學士大夫議論古今時世人物，或評經史之言，正其訛謬，如賈生之論秦過、江統之議徙戎、柳子厚之論守道、守官是也。唐宋取士，用以出題，然求其辭精義粹，卓然名世者，亦惟韓、歐爲然。

《王荆石先生批評柳文》卷一：其理有正。

明闕名評選《柳文》卷五引唐荆川曰：此全是從《國語》來。「行吾道云爾」句下：喻切。

蔣之翹輯注《柳河東集》卷三：聖人原看得道與官本不相離，謂守官即守道也，故作不如云云。然柳子所論，亦端的是聖人守道不如守官之意，況孟夫子嘗言孔子奚取，取非其招不往也，則其言本聖人之言，非傳者之誤，明矣。又引唐順之曰：子厚此論，全是從《國語》中來。「吾道云爾」句下：引喻分明疏朗，甚佳。切「官是以行吾道」一語，何等把握。「不與也」句下：引經證事實，縈紆委曲，仍折到守道語結。以下又翻出一意作波瀾。又文末評：「是非聖人之言，傳之者誤」二句，篇中三見，一叫一應，是子厚章法。

儲欣《河東先生全集録》卷一：道爲總名，官有定職，守道不如守官，政欲人守職，以合乎道耳。此論最善發明聖言。其曰傳之者誤也，與「隸也不力」一例看。

康熙敕纂《御選古文淵鑒》卷三七：演迤條達，須知柳州文中又有此一種。

何焯《義門讀書記》卷三五：清勁。

沈德潛《御試守道論》：今夫道也者所以居官，而官也者所以行道，道爲全體，官爲一端，有不能離而二之者也。乃因官之不負其職，而於道轉有所低昂於其間，雖古者托爲至人之言，而立論之偏，終不可據以爲訓。昔齊景公田招虞人以旌，而虞人寧死不往，左氏述仲尼之辭曰「守道不如守官」，蓋以歎美虞人也。宗元柳氏以爲非聖人之言，是論也，終無以易之。何言之？道固無往而不在者也，自天人性命之微，君臣父子之大，以及日用飲食言語動作之細，何者可或違乎道？則官固道中之一，守官亦守道之一耳，而固云不如乎哉！且夫不如一言欲重乎官也，不知欲重視乎官，正以輕視乎道。假使執其言而誤用之，將天下之居官者，斤斤焉守其工，虞水火錢穀兵刑之一職，曰吾可告無罪於居官矣，而天人性命之不必探其源，君臣父子不必盡其倫，日用飲食言語動作不妨放焉自恣，軼乎規矩繩墨之外，則所云守官者，一刀筆筐篋之徒優爲之矣。而原其失，由輕視守道以至此也，則惟離道與官而二之也。昔孔子嘗有取虞人矣，曰：「志士不忘在溝壑，勇士不忘喪其元。」取其寧死不違乎節，雖從禽逐獸之小臣，亦庶幾可與乎道耳。是孔子之言未嘗不重守官，而未嘗以守官爲在守道之外，斯誠盡善無弊，而爲聖人之言也。然則左氏所云，其非聖人之言可知已。且當日立言之旨，原爲虛談道而不知有道者言，若以與其鶩乎道之名，不如盡乎官之實之爲得也。而窮其流弊，必將土苴乎道，而視道爲一無所用之物，則大而經邦論道，次而六卿分職，下而百司庶府，惟守道外之官，以爲盡職，其何以治天下國家，而收官人之明效也哉？蓋從其本體而言，當云守道斯能守官；從其居官而言，當云守官即以守道。而左氏傳述之言，不免視官重而視道輕也。洵非仲尼之言，而出於左氏之假託者也，故因柳氏説而詳爲之辨。（《歸愚文鈔》卷六）

乾隆敕纂《御選唐宋文醇》卷一六：韓愈曰道與德爲虛位，夫事有萬矣，而一事各載一理，得乎？理之至善，即協乎事之時宜，成爲行之中正，符於性之自然，而名之曰道，故曰率性之謂道。舍是而别有所謂道，則道其所道也。歧官與道而二之，將官非其官，而道非其道。即有一得，亦必有見於官，即無見於道，有見於道，即無見於官者也。宗元之論當矣。

焦循批《柳文》卷一一：胡總憲督學以此題月課吾郡，余有作，存乙稿中。

## 時令論上

《吕氏春秋》十二紀，漢儒論以爲《月令》，措諸禮以爲大法焉。其言有十有二月七十有二候①〔一〕，迎日步氣〔二〕，以追寒暑之序，類其物宜而逆爲之備，聖人之作也。然而聖人之道，不窮異以爲神，不引天以爲高，利於人，備於事，如斯而已矣。觀《月令》之説，苟以合五事，配五行〔三〕，而施其政令，離聖人之道，不亦遠乎？

凡政令之作，有俟時而行之者，有不俟時而行之者。是故孟春修封疆，端徑術〔四〕，相土宜，無聚大衆〔五〕。季春利堤防②，達溝瀆〔六〕，止田獵，備蠶器，合牛馬，百工無悖於時〔七〕。孟夏無起土功，無發大衆，勸農勉人〔八〕。仲夏班馬政，聚百藥③〔九〕。季夏行水殺草，糞田疇，美土疆，土功、兵事不作〔一〇〕。孟秋納材葦④〔一一〕。仲秋勸人種麥〔一二〕。季秋休百工，人皆入室⑤，具衣裘，舉五穀之要，合秩芻，養犧牲，趨人收斂⑥〔一三〕，務蓄菜⑦，伐薪爲炭〔一四〕。孟冬築城郭，穿竇窖〔一五〕，修囷倉〔一六〕，謹蓋藏⑧〔一七〕，勞農以休息之〔一八〕，收水澤之賦〔一九〕。仲冬伐木，取竹箭〔二〇〕。季冬講武，習射御，出五穀種，計耦耕，具田器，合諸侯，制百縣輕重之法，貢職之數⑨〔二一〕。斯固俟時而行之，所謂敬授人時者也〔二二〕。其餘郊廟百祀，亦古之遺典，不可以廢〔二三〕。誠使古之爲政者，非春無以布德和令、行慶施惠、養幼少、省囹圄〔二四〕、賜貧窮、禮賢者，非夏無以贊傑俊、遂賢良、舉長大、行爵出禄、斷薄刑、決小罪、節嗜慾、静百官〔二五〕，非秋無以選士勵兵、任有功、誅暴慢、明好惡、修法制、養衰老、申嚴百刑、斬殺必當〔二六〕，非冬無以賞死事、恤孤寡、舉阿黨⑩、易關市〔二七〕、來商旅、審門閭、正貴戚近習、罷官之無事者、去器之無用者〔二八〕，則其闕政亦以繁矣，斯固不俟時而行之者也。變天之道，絶地之理，亂人之紀，舍孟春則可以有事乎？作淫巧以蕩上心，舍季春則可以爲之者乎？夫如是，内不可以納於君心，外不可以施於人事，勿書之可也。

又曰：「反時令，則有飄風〔二九〕、暴雨、霜雪、水潦、大旱、沈陰、氛霧、寒暖之氣，大疫、風欬、鼽嚏、瘧寒、疥癘之疾〔三〇〕，螟蝗、五穀瓜瓠果實不成、蓬蒿、藜莠並興之異〔三一〕，女災、胎夭傷〔三二〕、水火之訛，寇戎來入相掠〔三三〕、兵革並起、道路不通、邊境不寧、土地分裂、四鄙入保〔三四〕、流亡遷徙之變。」若是者，特瞽史之語，非出於聖人者也⑪。然則夏后、周公之典逸矣〔三五〕。

【校記】

①十有二月，原作「十二月」，據詁訓本補「有」字。

②季，《全唐文》作「仲」。

③原注與世綵堂本注：「此一句在《禮記》乃孟夏，非仲夏。」

④原注與世綵堂本注：「此一句『季夏』，非『孟秋』。」

⑤原注與世綵堂本注：「此二句『季夏』，非是『季秋』。」

⑥收，五百家注本、世綵堂本作「牧」。按：《禮記·月令》作「趨民收斂」。

⑦原注與世綵堂本注：「此二句『仲秋』，非『季秋』。」

⑧原注與世綵堂本注：「此四句『仲秋』，非『孟冬』。」

⑨原注與世綵堂本注：「自『合諸侯』以下至此『季秋』，非『季冬』。」職，注釋音辯本、游居敬本、《英華》、《全唐文》作「賦」。按：《禮記·月令》作「職」。

⑩舉，蔣之翹輯注本作「察」，並校云：「察，諸本皆作『舉』字，無理。按此句《呂覽》作『察阿上亂法者』，《禮記》作『察阿黨』，其爲『察』字甚明，柳子蓋用《禮記》全文也。大抵『舉』字形畫相近，傳寫者誤耳，今特正之。」何焯《義門讀書記》卷三五云：「『舉阿黨』，《月令》作『察阿黨』，柳子祖諱察躬，故爲舉。然非二名不偏諱，臨文不諱之義也。」

⑪原無「於」字，據注釋音辯本、世綵堂本、《英華》、《全唐文》補。

【解　題】

［注釋音辯］論《禮記·月令》。［韓醇詁訓］《呂氏春秋》，呂不韋之所作也，其《月令》之不合於周法者尚矣。嘗觀孔穎達《禮記》疏，案鄭《目録》云：「名曰《月令》者，以其記十二月政之所行也。本《呂氏春秋》十二月紀之首章，以禮家好事抄合之，後人因題之，名曰《禮記》，言周公所作。其中官名時事多不合周法。」今申鄭旨釋之。案呂不韋集諸儒士著爲十二月紀，合十餘萬言，名爲《呂氏春秋》，篇首皆有《月令》，與此文同，是一證也。又周無太尉，唯秦官有太尉，而此《月令》云「乃命太尉」，此是官名不同周法，二證也。又秦以十二月建亥爲歲首，而《月令》云「爲來歲受朔日」，是九月爲歲終，十月爲受朔，此是時不合周法，三證也。又周有六冕，郊天迎氣，則用大裘，乘玉輅，建大常日月之章，而《月令》服飾車旗並依時色，此是事不合周法，四證也。故鄭云其中官名時事多不合周法。然案秦始皇十二年呂不韋死，二十六年併天下，然後以十月爲歲首，歲首用十月，時不韋已死十五年，而不韋不得以十月爲正。又云《周書》先有月令，何得云不韋所造？又秦併天下立郡，何得云諸侯？又秦以好兵殺害，毒被天下，何能布德施惠，春不興兵？既如此不同，鄭必謂不韋所作者，以《呂氏春秋》十二月紀正與此同，不過三五字别。且不韋集諸儒所作，爲一代大典，亦採擇善言之事，遵立舊章，但秦自不能依行，何怪不韋所作也？然則《月令》之書，先儒固已疑之，公曰夏后周公之典逸矣，信然哉。［世綵堂］按《秦紀》，昭王四十一年，先書十月宣太后薨，次書九月穰侯出之陶。四十八年，先書十月韓獻垣雍，秦軍伐趙，次書正月兵罷。五十年，先書十月白起有罪爲士伍，次書

十二月益發卒軍汾城旁，次書二月攻晉軍斬首六千。然則始皇以十月爲歲首，特立定爲制耳。其實二十六年以前，已用十月也。或又曰：秦併天下，立郡縣，何得云合諸侯？又秦以好兵毒禍，何能布德行惠，春不興兵？是又不然。夫不韋集諸儒所作，爲一代大典，亦捃摭善言，遵立舊章，秦自不能盡法依行，何怪其非不韋所作也？按昭王五十三年，楚、齊、韓、燕、趙皆來賓，又孝文、莊襄世，赦罪人，弛苑囿，布德惠於民，解《秦紀》所書，而此書作於昭、孝文、莊襄之後，亦其行事之一驗也，又可指此爲限斷乎？且官名時事各不同周法，又安得指爲周公作乎？公曰夏后周公之典逸矣，信然。

**按**：《四庫全書總目》卷二一張虙《月令解》提要：「《月令》於劉向《别録》屬《明堂陰陽記》，當即《漢書·藝文志》所云古明堂之遺事，在《明堂陰陽》三十篇之内者，《吕氏春秋》録以分冠十二紀，馬融、賈逵、蔡邕、王肅、孔晁、張華皆以爲周公作，鄭康成、高誘以爲即不韋作。論者據《漢書·百官表》言太尉爲秦官，或又據《國語》晉有元尉、輿尉之文，謂尉之名不必起於秦，然究不得因元尉、輿尉，遂斷三代必有太尉也。意不韋採集舊文，或附益以秦制歟？」余嘉錫《四庫提要辨證》卷一《月令解十二卷》：「嘉錫案：隋杜臺卿《玉燭寶典序説》云：『先儒所説《月令》，互有不同。鄭玄以孟夏命太尉，周無此官，季秋爲來歲受朔日，隨秦十月爲歲首，遂云作《禮記》者取《吕氏春秋》。蔡邕以爲《月令》自周時典籍，《周書》有《月令》第五十三，《吕氏春秋》取周之《月令》，或與秦相似者，是其時所改定也。束晳又云：案《月令》四時之月，皆夏數也，殆夏時之書，而後人治益。略檢三家，並疑不盡，何者？案《春秋運斗樞》舜以太尉受號即位爲天子，然則堯時已有此職。其十月歲首，王肅難云：始皇十二年吕不韋死，廿六年秦併天下，然後以十月爲歲首，不韋已死十五年，便成乖謬。蔡云周典籍者，案《周書序》周公制十二月賦政之法，作《月令》，自《周書·月令》耳。且《論語》注云：《周書·月令》有更火之文，今《月令》聊無此語，明當是異。束云四時皆夏數者，孔子云行夏之時，以夏數得天，後王宜其遵用，非必依夏正朔，即爲夏典。其夏時書《小正》見存，文字多古，與此叙事亦别。唯《皇覽》所引《逸禮》髣髴相應，當是七十子之徒，及其時學者，雜爲記録，無以知其姓氏。吕氏取爲篇目，或因治改，遂令二本俱行於世。恐猶有拘，故辨明焉。』今案：《月令》或云周公作，或云吕不韋作，自漢氏諸儒，已無定論。後儒紛紛論辨，各是其是，其説亦無以相勝。《提要》謂爲不韋採集舊文，而傅益以秦制，較爲持平，未始非解紛之道。《玉燭寶典》，書已亡佚，光緒初始自日本得之。今觀其説，以爲周末學者所記，而不韋治改之，與《提要》之説先後懸同，故著之於此，以與《提要》相印證焉。」《月令》是否爲聖人所作無關緊要，柳宗元在此文中主要批判了其中認爲國家政治必須按十二月時令規定行事的迷信思想。宗元不好以聖人爲靶子，只好拿吕不韋開刀。章士釗《柳文指要》上《體要之部》卷三：「《時令論》表明數義：一，《戴記》雜秦、漢人語，猶有妄人左袒吕紀之爲秦典，應不待論。二，以暴秦所爲爲聖人之作，顯屬謬妄。三，所謂《月令》措諸禮以爲大法，説明此乃禮法問題，非禮革無從釐正。四，聖人之道，利人備事而止，苟合五事，妄配五行，是瞽史所爲。五，飄風暴雨，何預人事？　骫涕疥癘，豈是天災？　如此窮異爲神，引天爲高，子厚指斥爲妄，不啻三令五申。六，末云夏后、周公之典逸矣，可見中國之舊禮教，不外暴秦餘毒。」

【注釋】

〔一〕［百家注引孫汝聽曰］每月六候，故十二月爲七十二候。

〔二〕［百家注］步，謂推步。［蔣之翹輯注］迎，數之也。日月、朔望、未來而推之，故曰迎日。步謂推步。氣，謂二氣也。

〔三〕［蔣之翹輯注］《洪範》一：五行：一曰水，二曰火，三曰木，四曰金，五曰土。二：五事：一曰貌，二曰言，三曰視，四曰聽，五曰思。

〔四〕［注釋音辯］（徑術）上古定切，下音遂。出《禮記》。［韓醇詁訓］術音遂。《説文》曰：「六鄉之外地，一曰道也。」［百家注］按《禮記》當作「遂」。［世綵堂］鄭康成曰：「術，《周禮》作遂。遂上有徑。遂，小溝也。步道曰徑。」

〔五〕［蔣之翹輯注］相，去聲。無，《禮記》作「毋」。修，治也。封，界也。起其疆畔紀，督惰窳於疆下也。步道曰徑。術與遂同，田之溝洫也。審而端之，使無迂壅也。相土宜，相其丘陵阪險原隰，以殖五穀之所宜也。

〔六〕［百家注］（瀆）音讀。

〔七〕［蔣之翹輯注］《禮記》季春之月：「修利隄防，導達溝瀆，田獵畢，弋罝罘羅網，餧獸之藥，毋出九門。明野虞，毋伐桑柘。具曲直蘧筐，百工咸理，監工日號，毋悖於時。乃合累牛騰馬，游牝於牧。犧牲駒犢，舉書其數。」按：何焯《義門讀書記》卷三五：「『合牛馬』三字上加『季春』。」

〔八〕［蔣之翹輯注］勸農勉人，《禮記》作「勞農勸民」，以避唐諱，故「民」皆作「人」，下仿此。起土功，發大衆，皆妨蠶農，故禁止之。

〔九〕［蔣之翹輯注］按「聚畜百藥」句在《禮記》乃孟夏，非仲夏也。季春遊牝於牧，至此妊孕已遂。班，布也。馬政，養馬之政令。《周禮·圉人》圉帥所掌。聚藥爲供醫事也。

〔一〇〕［蔣之翹輯注］《禮記》：「是月也，土潤溽暑，大雨時行，燒薙行水利，以殺艸。如以熱湯，可以糞田疇，可以美疆土。」

〔一一〕［蔣之翹輯注］《禮記》此一句在季夏，非孟秋。蒲葦之屬，生於澤中，而可爲用器，故曰材。

〔一二〕［蔣之翹輯注］種，去聲。

〔一三〕［注釋音辯］趨，逡遇切，疾也。一音促。［韓醇詁訓］趨音促。《説文》曰：「速也。」［百家注引張敦頤曰］趨，疾也。逡遇切。［世綵堂］督也。

〔一四〕［蔣之翹輯注］按《禮記》「合百縣之秩芻，以養犧牲」，在季夏。「乃命有司，趨民收斂，務蓄菜，多積聚」，在仲秋。今在季秋，皆非是。

〔一五〕［注釋音辯］（竇窖）音豆教。［韓醇詁訓］竇音豆。《説文》曰：「空也。」窖音教。《説文》曰：「地藏也。」

〔一六〕［注釋音辯］囷，區倫切，圓廩。［韓醇詁訓］囷，區倫切。《説文》曰：「廩之圓者也。」

〔一七〕［韓醇詁訓］藏，才浪切，又如字。

〔一八〕［注釋音辯］勞，郎到切。［韓醇詁訓］勞，郎到切。《説文》曰：「慰也。」

〔一九〕［蔣之翹輯注］按《禮記》，「築城郭，穿竇窖，修囷倉」三句在仲秋，作「孟冬」非是。勞農，即《周禮》黨正屬民飲酒之禮。《禮記》：「仲冬，乃命水虞漁師收水泉池澤之賦。」

〔二〇〕［蔣之翹輯注］仲冬陰盛，則材成，故伐而取之。大曰竹，小曰箭。

〔二一〕［蔣之翹輯注］《禮記》「講武習射御」在孟冬。自「合諸侯」至「之數」十四字在季秋，皆非季冬也。

〔二二〕［蔣之翹輯注］敬授人時，見《虞書》。謂耕獲之候，凡民事早晚之所關也。

〔二三〕［蔣之翹輯注］《月令》「郊廟百祀」，如孟春元日祈穀於上帝，仲春玄鳥至，至之日，以太牢祀高禖之類。

〔二四〕［注釋音辯］省，息井切，察也。囹圄，音零語，獄也。［韓醇詁訓］省，息井切。《説文》曰：「察也，審也。」［蔣之翹輯注］省，察也。囹，牢也。圄，止也。《禮》疏云：「周曰圜主，殷曰羑里，夏曰鈞臺。囹圄，秦獄名也。」

〔二五〕［蔣之翹輯注］傑，《禮記》作「桀」，嗜，作「耆」，字通。斷，都玩切。「傑俊」以才言，「贊」則引而升之也。「賢良」以德言，「遂」謂使之得行其志也。「長大」以力言，《王制》言執技論力。「舉」謂選而用之也。

〔二六〕［注釋音辯］［韓醇詁訓］（當）丁浪切。［蔣之翹輯注］勵，《禮記》作「厲」。當，丁浪切。《禮記》：「仲秋養衰老，授几杖，行麋粥飲食。」

〔二七〕〔注釋音辯〕易，去聲。

〔二八〕〔蔣之翹輯注〕按《禮記》「易關市，來商旅」，在仲秋，非冬也。

〔二九〕〔蔣之翹輯注〕飄風，《禮記》作「猋風」。《爾雅》：「扶搖謂之猋風。」謂風之回轉也。

〔三〇〕〔注釋音辯〕欬，苦代切。鼽音求。《月令》云：「人多鼽齅。」《說文》：「病寒鼻塞也。」嚏，丁計切，鼻解氣。〔韓醇詁訓〕鼽音求。《說文》：「病寒鼻塞。」嚏，丁計切。〔蔣之翹輯注〕欬，上氣也。《說文》：「鼽，病寒鼻塞也。」《禮》疏：「鼽者，氣窒於鼻。嚏者，聲發於口。皆肺疾。以夏火克金，故病此也。」按：注釋音辯本之注，百家注本引作張敦頤曰。

〔三一〕〔蔣之翹輯注〕莠音有。螟蝗，皆害苗之蟲。

〔三二〕〔注釋音辯〕夭，烏老切。〔蔣之翹輯注〕胎，未生者。夭，方生者。

〔三三〕〔注釋音辯〕（掠）力灼切，又音諒，奪也。〔世綵堂〕《禮記》：「民多相掠。」掠音諒。後同。

〔三四〕〔韓醇詁訓〕堡音寶。《說文》曰：「堤也，墇也。」〔世綵堂〕《禮記》作「保」，注：「都邑之城曰保。」堡音保。〔蔣之翹輯注〕掠，力灼切。境，《禮記》作「竟」，「堡」作「保」，字同。掠，奪也。裂，折也。堡，小城也。入堡，入而依以爲安也。

〔三五〕〔百家注引孫汝聽曰〕《夏小正》、《周時訓》，二書名。夏后、周公之典謂此也。

## 時令論下

或者曰：「《月令》之作所以爲君人者法也①，蓋非爲聰明睿智者爲之②，將慮後代有昏昧傲誕而肆於人上，怨先王之典，舉而廢之，近而取之，若陳、隋之季是也。故取仁義禮智信之事，附於時令，俾時至而有以發之也。不爲之時③，將因循放蕩，而皆無其意焉爾。於是又爲之言五行之反戾、相蕩、相摩、妖災之説，以震動於厥心，古之所以防昏亂之術也。今子發而揚之，使前人之奥祕布露顯明，則後之人而又何憚耶？」曰：聖人之爲教，立中道以示於後，曰仁、曰義、曰禮、曰智、曰信，謂之五常，言可以常行者也④。防昏亂之術，爲之勤勤然書於方册，興亡治亂之致，永守是而不去也。未聞其威之以怪，而使之時而爲善⑤，所以滋其怠傲而忘理也。語怪而威之，所以熾其昏邪淫惑，而爲禱禳、厭勝〔一〕、鬼怪之事，以大亂於人也。且吾子以爲畏册書之多，孰與畏人之言？使謂者言仁義利害，焯乎列於其前而猶不悟⑥〔二〕，奚暇顧《月令》哉？是故聖人爲大經以存其直道，將以遺後世之君臣⑦，必言其中正，而去其奇衺〔三〕。其有囂然而不顧者〔四〕，雖聖人復生，無如之何，又何册書之有？若陳、隋之季，暴戾淫放，則無不爲矣。求之二史，豈復有行《月令》之事者乎⑧？然而其臣有勁悍者⑨，争而與之言先王之道，猶十百而一遂焉。然則《月令》之無益於陳、隋，亦固矣⑩。立大中，去大惑，捨是而曰聖人之道，吾未信也。用吾子之説罪我者，雖窮萬世，吾無憾焉爾。

【校　記】

①作所，注釋音辯本、游居敬本、《全唐文》作「所作」。

②世綵堂本注：「一有也字。」

③原注與詁訓本、世綵堂本注：「一無時字。」注釋音辯本無「時」字，並注：「一有時字。」

④原注與注釋音辯本、世綵堂本注：「一本『行』字下有『之』字。」詁訓本有「之」字，並注：「一無之字。」

⑤世綵堂本注：「一又有『使之時而爲善』六字。」

⑥世綵堂本注：「悟，一作顧。」

⑦世綵堂本注：「一本重出『後世』字。」

⑧復有，五百家注本作「有復」。

⑨有，注釋音辯本作「可」。

⑩固，《英華》作「明」。

【注釋】

〔一〕［注釋音辯］厭，一涉切，塞也。按：厭勝，用符咒驅除鬼怪的巫術。

〔二〕［注釋音辯］焯音灼，明也。［韓醇詁訓］焯音灼。《説文》曰：「明也。」

〔三〕［注釋音辯］（奇衺）上居宜切。下與「邪」字同。二字出《周禮》。［百家注引孫汝聽曰］奇衺，不正也。

〔四〕［韓醇詁訓］嚚，魚巾切。《説文》曰：「語聲也。」《春秋傳》曰：「口不道忠信之言爲嚚。」

【集評】

蘇軾《御試制科策》：夫五行之相沴，本不至於六。六沴者，起於諸儒欲以六極分配五行，於是始以皇極附益而爲六。夫皇極者，五事皆得，不極者，五事皆失，非所以與五事並列而别爲一者也。是故有眊而又有蒙，有極而無福，曰五福皆應，此亦自知其疎也。吕氏之時令，則柳宗元之論備矣，以爲有可行者，有不可行者，其可行者皆天事也，其不可行者皆人事也。若夫禜社伐鼓，本非有益於救災，特致其尊陽之意而已。《書》曰：「乃季秋月朔，辰弗集于房，瞽奏鼓，嗇夫馳，庶人走。」由此言之，則亦何必正陽之月而後伐鼓救變如左氏之説乎？盛夏報囚，先儒固已論之，以爲仲尼誅齊優之月，固君子之所無疑也。（《蘇軾文集》卷九）

李廌《師友談記》：太史公講《月令》，開題凡數千言，備陳歷世遵陰陽爲政事之跡，與魏相、柳宗元之説反復甚明，前世論時令者，莫能過也。且曰：「儒者多言不必從《月令》，故《時令論》立説，誠有以破漢儒附會災異之弊，然《洪範》以五事應五行，有休徵咎徵，符契甚明，後之人君，不可不爲鑒也。」

黄震《黄氏日鈔》卷六〇：《時令論》二篇，專病《月令》。謂聖人不窮異以爲神，不引天以爲高，凡政令有俟時而行之者，有不俟時而行之者，又反時令之變特瞽史之語，非出於聖人者也。或曰「所以防昏亂之術也」，然聖人立中道以示後，未聞威之以怪，而使之時而爲善。愚謂此正論也。

蔣之翹輯注《柳河東集》卷三：古人立《月令》之意，大抵以政事必皆因時致宜，所謂舉者，舉於一時，則時舉可知。戒者，戒於一時，則時戒可知。固非必俟時而行，亦限時而戒之者也。子厚之論，言雖款款，而辯實强。但其言曰聖人不窮異以爲神，不引天以爲高，此正論也。

儲欣《河東先生全集録》卷一：（上）言辨而正。（下）雄才悍氣，辨而失其正矣。武王非聰明睿智者乎？休徵咎徵，箕子胡譊譊乎爾？惟天聰明，惟聖時憲，而子厚《斷刑論》曰「古之言天者皆爲蚩蚩者」，言之是，直以佛氏天堂地獄之言爲《説命》、《洪範》之言也，惡乎可？

孫琮《山曉閣選唐大家柳柳州全集》卷二：吕氏《月令》，其言互有是非，故柳子論其言，亦互有可否。如言政有俟時而行者，是因其説之是而可之者也。如言政有不俟時而行者，是因其説之非而否之者也。兩路百論，議論方不偏苟。知此，可以讀《吕覽》，即可以上下千古之文。又引徐揚貢曰：通篇兩大段，一反一覆，波瀾壯闊，而筆力尤奇峭。

焦循批《柳文》卷一一：（上）立格整樸，用筆健峭，而立義尚未盡。（下）語辨而意駃，文人之不可説經如是。

## 斷刑論上 文闕

## 斷刑論下

余既爲《斷刑論》〔一〕，或者以《釋刑》復於余，其辭云云。余不得已而爲之一言焉。

夫聖人之爲賞罰者非他，所以懲勸者也。賞務速而後有勸，罰務速而後有懲，必曰賞以春夏而刑以秋冬〔二〕，而謂之至理者，僞也。使秋冬爲善者①，必俟春夏而後賞，則爲善者必怠；春夏爲不善者②，必俟秋冬而後罰，則爲不善者必懈〔三〕。爲善者怠，爲不善者懈，是毆天下之人而入於罪也〔四〕。毆天下之人入於罪，又緩而慢之，以滋其懈怠，此刑之所以不措也③。必使爲善者不越月踰時而得其賞，則人勇而有勸焉；爲不善者不越月踰時而得其罰，則人懼而有懲焉。爲善者日以有勸，爲不善者日以有懲④，是毆天下之人而從善遠罪也。毆天下之人而從善遠罪，是刑之所以措而化之所以成也。

或者務言天而不言人，是惑於道者也，胡不謀之人心，以熟吾道〔五〕？吾道之盡而人化矣⑤。是知蒼蒼者焉能與吾事⑥，而暇知之哉？果以爲天時之可得順，大和之可得致，則全吾道而得之矣。全吾道而不得者，非所謂天也，非所謂大和也，是亦必無而已矣，又何必枉吾之道，曲順其時，以諂是物哉？吾固知順時之得天，不如順人順道之得天也，何也？使犯死者自春而窮其辭，欲死不可得⑦，貫三木〔六〕，加連鎖，而致之獄。更大暑者數月⑧，癢不得搔〔七〕，痹不得搖〔八〕，痛不得摩，飢不得時而食，渴不得時而飲，目不得瞑〔九〕，支不得舒，怨號之聲⑨〔一〇〕，聞於里人。如是而大和之不傷，天時之不逆，是亦必無而已矣。彼其所宜得者，死而已也，又若是焉何哉？或者乃以爲：「雪霜者⑩，天之經也；雷霆者，天之權也。非常之罪，不時可以殺，人之權也；當刑者必順時而殺，人之經也。」是又不然。夫雷霆雪霜者，特一氣耳，非有心於物者也，聖人有心於物者也。春夏之有雷霆也，或發而震，破巨石，裂大木，木石豈爲非常之罪也哉？秋冬之有霜雪也，舉草木而殘之，草木豈有非常之罪也哉？彼豈有懲於物也哉？彼無所懲，則效之者惑也。果以爲仁，仁必知經，果以爲智，智必知權⑪，是又未盡於經權之道也。何也？經也者常也，權也者，達經者也，皆仁智之事也，離之，滋惑矣。經非權則泥〔一一〕，權非經則悖⑫，是二者，强名也。曰當〔一二〕，斯盡之矣。當也者，大中之道也，離而爲名，大中之器用也。知經而不知權，不知經者也；知權而不知經，不知權者也。偏知而謂之智，不智者也；偏守而謂之仁，不仁者也。知經者，不以異物害吾道；知權者，不以常人佛吾慮⑬。合之於一而不疑者，信於道而已者也⑭。且古之所以言天者，蓋以愚蚩蚩者耳〔一三〕，非爲聰明睿智者設也，或者之未達，不思之甚也。

【校　記】

①原注與世綵堂本注：「一無冬字。」注釋音辯本、《英華》無「冬」字。注釋音辯本注：「一本『秋』下有『冬』字。」

②原注與世綵堂本注：「一無夏字。」注釋音辯本、《英華》無「夏」字。注釋音辯本注：「一本『春』下有『夏』字。」

③注釋音辯本無「之」字，並注：「一本『刑』下有『之』字。」

④日，世綵堂本作「月」。

⑤矣，注釋音辯本作「乎」，並注：「一本作矣。」世綵堂本注：「矣，一本作乎。」

⑥《文粹》無「知」字。世綵堂本注：「一無知字。」

⑦世綵堂本注：「一無可字。」

⑧更，原作「吏」，據注釋音辯本、詁訓本、《英華》等改。注釋音辯本注：「更，平聲。一本作吏。」若

作「吏」，在「獄吏」下斷句，亦可通。

⑨ 怨，《英華》作「悲」。

⑩ 世綵堂本注：「一無爲字。」

⑪ 原作「果以爲仁必知經，智必知權」，詁訓本重「仁」字。此從《英華》。世綵堂本注：「一本『仁』下又有一『仁』字、『若以爲智』四字。」何焯《義門讀書記》卷三五：「『果以爲仁必知經』，『仁』下疊一『仁』字。『智必知權』上補『果以爲智』四字。」

⑫ 原無「泥權非經則」五字，據注釋音辯本、詁訓本、世綵堂本、《英華》等補。

⑬ 佛，《英華》作「拂」。

⑭ 《英華》無「者」字，當是。者也，《文粹》、《全唐文》作「矣」。世綵堂本注：「一無於字。」

**【解題】**

[韓醇詁訓]賞以春夏，刑以秋冬，此《左傳》襄公二十六年載蔡聲子之言也。然自古刑賞，初豈嘗有拘時者哉？ 按《唐書·刑法志》：「太宗親録囚徒，閔死罪者三百九十人，縱之還家，期以明年秋即刑，及期，囚皆詣朝堂，無後者。太宗嘉其誠信，悉原之。」觀此，則唐之刑賞，亦固不以時而區别也。公之斯言，其必有自而發之哉？ 按：《斷刑論下》曰：「余既作《斷刑論》，或者以《釋刑》復於余。」可知上篇獨立成篇，下篇是對上篇的補充論證和對於對方觀點的辯駁。文中主要闡述賞罰及

時、不必待以天時的觀點。章士釗《柳文指要》上《體要之部》卷三：「《斷刑論》者，與《時令論》相輔而行之所爲作也。從來論刑，必與禮相連，子厚之《駁復讎議》，標出禮與刑之比重量，大非退之之游詞寡斷者所得抗衡。今《斷刑論》之不得去禮不言，自不待論，而論上闕略，不識措詞云何。今吾人所寓目而口誦者，止於論下一篇，亦唯默喻斯旨而已。」又云：「凡言禮者必及天，言天者必及時，因此惹出子厚一段達經明權、舍天從人之絶大議論，明曰斷刑，實乃訂禮；名曰訂禮，實乃非天。」

【注釋】

〔一〕［注釋音辯］［韓醇詁訓］斷，都玩切。

〔二〕［注釋音辯］出《左傳》襄公二十六年。［百家注引孫汝聽曰］二句《左傳》襄公二十六年蔡大夫聲子之言。［蔣之翹輯注］《左傳》：「蔡大夫聲子曰：『古之治民者，勸賞而畏刑，恤民不倦，賞以春夏，刑以秋冬。』」

〔三〕［韓醇詁訓］（懈）居隘切。《説文》曰：「怠也。」

〔四〕［注釋音辯］［韓醇詁訓］（毆）音區。下同。按：同「驅」。

〔五〕［韓醇詁訓］熟，或作「孰」，非是。當取《孟子》「夫仁亦在乎熟之而已」之意。

〔六〕［注釋音辯］三木謂項、手、足皆有械。［百家注引孫汝聽曰］《後漢·范滂傳》：「皆以三木囊頭。」三木，項、手、足皆有械。司馬遷曰：「魏其，大將也，衣赭，關三木。」按：見《文選》司馬遷

《報任少卿書》。

〔七〕［百家注］（搔）蘇曹切。［世綵堂］癢，以兩切。

〔八〕［注釋音辯］痹，必至切，足氣不至病。［韓醇詁訓］痹，必至切。《説文》：「足氣不至病。」

〔九〕［注釋音辯］（瞑）莫定切。［韓醇詁訓］母迴切。《説文》曰：「瞑睟，目不明也。」［世綵堂］閉目也。

〔一〇〕［注釋音辯］怨音冤。號，平聲。［韓醇詁訓］（怨號）並平聲。

〔一一〕［注釋音辯］［韓醇詁訓］（泥）乃計切。

〔一二〕［注釋音辯］張（敦頤）云：（當）丁浪切。下同。按：韓醇詁訓本同。

〔一三〕［百家注引孫汝聽曰］《説文》云：「蚩蚩，敦厚貌。」

## 【集評】

黄震《黄氏日鈔》卷六〇：謂賞務速，不必春夏，罰務速，不必秋冬，是矣。而謂「蒼蒼者焉能與吾事」，古之言天愚蚩蚩者耳，何言之無忌憚若是哉！

王若虚《議論辨惑》：柳子厚《斷刑》、《時令》、《四維》、《貞符》等論，皆覈實中理，足以破千古之惑，而東坡痛非之，乃知秦漢諸儒迂誕之病，雖蘇氏亦不免也。（《滹南遺老集》卷三〇）

張自烈《與柳子厚論刑賞書》：子厚足下：傳曰：「賞以春夏，刑以秋冬。」辭雖淺近，不悖經傳。足下獨非之，曰：「賞務速而後有勸，罰務速而後有懲。使秋爲善，必俟春夏而後賞，則爲善者必殆。

春爲不善，必俟秋冬而後罰，則爲不善者必懈。是驅天下之人而入於罪也。」僕以爲不然。夫賞以春夏，刑以秋冬者，言賞罰準天道生殺而已，不與然後可以無過，猶《書》所謂天命天討，《詩》所謂不僭不濫。豈賞必於春夏，刑必於秋冬，如子厚云爾哉？漢賈誼曰：「慶賞以勸善，刑惡以懲惡，先王行此之令，信如四時。」董仲舒曰：「人君好惡喜怒，必當義乃出，若暖清寒暑必當其時。」審此二説，則所謂賞以春夏，刑以秋冬，其無足疑明甚。彼如曰「賞於春夏，刑於秋冬」，是惑也，子厚非之，宜也。今其爲説如此，子厚失其義，又從而辨之，不亦固乎！孟子有言：「不以文害辭，不以辭害志。」子厚反是。聞僕言，或少有悟耳。（《與古人書》卷上）

陸夢龍《柳子厚集選》卷一：有名理語。

蔣之翹輯注《柳河東集》卷三：「所以成也」句下評：一反一正，文勢如關河放溜，一瞬千里。「何哉」句下：辨論未爲確當，豈囹圄之慘，有甚於刀鋸乎？吾不信也。

儲欣《河東先生全集録》卷一：創論。讀此可以破拘牽附會，亦所謂辨而正者。

何焯《義門讀書記》卷三五：「非常之罪不時可以殺」至「人之經也」：斯言善矣，柳子則徒爲詞費也。至云「古之言天蓋以愚蚩蚩者」，尤悖戾而不知反焉。

## 辨侵伐論

《春秋》之説曰：「凡師有鐘鼓曰伐，無曰侵〔一〕。」《周禮·大司馬》九伐之法曰：「賊賢害人則伐之，負固不服則侵之〔二〕。」然則所謂伐之者，聲其惡於天下也。聲其惡於天下，必有以厭於天下之心，夫然後得行焉。古之守臣有朘人之財①〔三〕、危人之生而又害賢人者，内必棄於其人，外必棄於諸侯，從而後加伐焉，動必克矣。然猶校德而後舉，量力而後會，備三有餘而以用其人②。一曰義有餘，二曰人力有餘，三曰貨食有餘，是三者大備，則又立其禮，正其名，脩其辭。其害物也小，則誥誓徵令不過其鄰，雖大，不出所暴，非有逆天地横四海者，不以動天下之師。故師不踰時而功成焉，斯爲人之舉也，故公之。公之，而鐘鼓作焉〔四〕。夫所謂侵之者，獨以其負固不服而壅王命也。内以保其人，外不犯於諸侯，其過惡不足暴於天下〔五〕，致文告，修文德，而又不變，然後以師問焉。是爲制命之舉，非爲人之舉也，故私之。私之，故鐘鼓不作③〔六〕，斯聖人之所志也。

周道既壞，兵車之軌交於天下，而罕知侵伐之端焉。是故以無道而正無道者有之，以無道而正有道者有之，不增德而以遂威者又有之，故世日亂，一變而至於戰國，而生人耗矣。是以有其力無其財，君子不以動衆；有其力有其財無其義，君子不以帥師。合是三者而明其公私之説④，而後可焉⑤。嗚呼！後之用師者，有能觀乎侵伐之端⑥，則善矣。

【校　記】

①原注與注釋音辯本、詁訓本、世綵堂本注：「朘，一作没，一作私，一作傷。」

②《英華》無「以」字，《全唐文》無「而」字。

③鐘鼓，原作「鼓鐘」，據注釋音辯本、詁訓本、世綵堂本及《英華》改。因本文前兩處均作「鐘鼓」。

④是，《英華》作「此」。

⑤世綵堂本注：「一本『可』下有『行』字。」

⑥注釋音辯本、游居敬本、《全唐文》「乎」作「其」、「端」作「論」。

【解　題】

［注釋音辯］在集賢院爲征天下兵討淮西作，時德宗貞元十五年，討吴少誠。［韓醇詁訓］按唐史，德宗貞元十五年，彰義軍節度使吴少誠反，詔宣武、河陽、鄭滑、東都汝、成德、幽州、淄青、魏博、易定、澤潞、河東、淮南、徐泗、山南東西、鄂岳軍討之，公時爲集賢殿正字，有此論。意者謂淮右一方負固，似不足以勤天下之兵，信然矣。然自少誠死，少陽、元濟繼立十有八年，訖憲宗元和十二載而兵不解，迨憲宗排群任度，乃克擒吴元濟，而翦平之。則前日之所以申其惡於天下，亦所不免矣。［百家注］在集賢院爲征天下兵討淮西作。孫（汝聽）曰：德宗貞元十五年三月甲寅，淮西節度使吴少誠反，遣兵襲唐州，掠百姓千餘人而去。九月丙辰，詔削奪少誠官爵，令諸道進兵討之。時公爲集

賢院正字作也。按：諸家所定是也。柳宗元論征伐之「三有餘」之説切中當時朝政之弊。安史亂後，藩鎮動輒與朝廷對抗，而朝廷之征討皆爲倉促行事，致使無有成效。柳宗元論「三有餘」非不主征討也，須事先做好方方面面的準備，以期戰必勝、攻必克，即不打無準備之仗之意也。是有遠見之論。

【注　釋】

〔一〕［注釋音辯］《左傳》莊公二十九年句。［韓醇詁訓］《春秋》莊公二十九年：「鄭人侵許。」《左氏傳》曰：「凡師有鐘鼓曰伐，無曰侵，輕曰襲。」

〔二〕［百家注引孫汝聽曰］負，恃也。固，險固也。

〔三〕［注釋音辯］童（宗説）云：（朘）音宣，縮也。［韓醇詁訓］朘，遵全切。《説文》：「縮也。」

〔四〕［蔣之翹輯注］《左傳》注：「伐者鳴鐘擊鼓，聲其罪而伐之也。」

〔五〕［注釋音辯］暴音僕。

〔六〕［蔣之翹輯注］《左傳》注：「侵者寢其鐘鼓，潛入其境而陵之也。」

【集　評】

《王荆石先生批評柳文》卷一：此篇殊少味。

陸夢龍《柳子厚集選》卷一：讀之爽然。

蔣之翹輯注《柳河東集》卷三：論侵伐之前，先自有一段工夫，此正得其肯綮。「不以帥師」句下：束有力，覺前面勢更自遒緊。

何焯《義門讀書記》卷三五：迂晦。

乾隆敕纂《御選唐宋文醇》卷一六：用兵固不得泥於古，然聖人之意不可悖也。《師》之彖傳曰：「以此毒天下。而民從之，吉又何咎？」苟非以生道殺人，雖死無怨，殺者其何可以言兵？未能以生道殺人而言兵，皆違天而戕人也。違天而戕人，敗固禍而勝亦禍，古可鑒矣。宗元此文，可作《左傳》義疏。

## 六逆論

《春秋左氏》言衛州吁之事，因載六逆之説〔一〕，曰賤妨貴、少陵長、遠間親、新間舊、小加大、淫破義，六者，亂之本也。余謂少陵長、小加大、淫破義，是三者，固誠爲亂矣，然其所謂賤妨貴、遠間親、新間舊①，雖爲理之本可也②，何必曰亂？夫所謂賤妨貴者，蓋斥言擇嗣之道，子以母貴者也。若貴而愚、賤而聖且賢，以是而妨之，其爲理本大矣，而可捨之以從斯言乎？此其不可，固也。夫所謂遠間親、新間舊者，蓋言任用之道也③。使親而舊者愚、遠而新者聖且賢，以是而間之，其爲理本亦大矣，又可捨之以從斯言乎④？必從斯言而亂天下，謂之師古訓，可乎？此又不可者也。

嗚呼！是三者，擇君置臣之道⑤，天下理亂之大本也⑥。爲書者，執斯言，著一定之論，以遺後代，上智之人固不惑于是矣⑦，自中人而降，守是爲大據⑧，而以致敗亂者⑨，固不乏焉。晉厲死而悼公入，乃理〔二〕，宋襄嗣而子魚退，乃亂〔三〕，貴不足尚也。秦用張禄而黜穰侯，乃安〔四〕，魏相成璜而疏吴起，乃危〔五〕，親不足與也。苻氏進王猛而殺樊世，乃興〔六〕，胡亥任趙高而族李斯，乃滅⑩〔七〕，舊不足恃也⑪。顧所信何如耳。然則斯言殆可以廢矣。

噫！古之言理者，罕能盡其説。建一言，立一辭，則臲卼而不安〔八〕，謂之是可也，謂之非亦可也，混然而已。教於後世⑫，莫知其所以去就。明者慨然將定其是非，則拘儒瞽生相與群而咻之〔九〕，以爲狂爲怪，而欲世之多有知者，可乎？夫中人可以及化者⑬，天下爲不少矣，然而罕有知聖人之道，則固爲書者之罪也。

【校　記】

①《英華》、《文粹》、《全唐文》「舊」下有「者」。

②《英華》、《文粹》、《全唐文》「爲」上無「雖」。

③ 任用，注釋音辯本、《英華》作「任用者」，注釋音辯本注：「一本無者字。」

④《英華》此句下有「此其不可固也」一句，疑是。
⑤道，注釋音辯本、《英華》、《全唐文》作「事」。
⑥注釋音辯本無「大」，並注：「一本『之』下有『大』字。」
⑦原注與詁訓本、世綵堂本注：「一無矣字。」注釋音辯本無「矣」，並注：「一本有矣字。」
⑧原注與世綵堂本注：「『是』下一有『以』字。」是，注釋音辯本、游居敬本作「以」，詁訓本、《英華》作「是以」。
⑨原注與注釋音辯本、世綵堂本注：「敗，一作賊。」
⑩滅，《全唐文》作「亡」。
⑪恃，《全唐文》作「倚」。
⑫「混然而已」之「已」，《英華》、《文粹》作「以」。《文粹》無「後」。
⑬「中」字原闕，據注釋音辯本、詁訓本、《英華》、《文粹》等補。以，世綵堂本作「知」。

【解　題】

〔韓醇詁訓〕《春秋》隱公三年。《左氏傳》曰：「公子州吁，嬖人之子也，有寵而好兵，公弗禁。石碏諫曰：『臣聞愛子教以義方，弗納於邪。驕奢淫佚，所自邪也。且夫賤妨貴、少陵長、遠間親、新間舊、小加大、淫破義，所謂六逆也。君義、臣行、父慈、子孝、兄愛、弟敬，所謂六順也。去順效逆，所以速禍也。君人者將禍，是務去而速之，無乃不可乎？』弗聽。」公謂石碏六逆之論有不可概者，故從而辨之。按：本文就「六逆」之説展開論辯，認爲賤妨貴、遠間親、新間舊不當爲「逆」，且是「理之本」，主要針對擇君置臣的問題而論，與其任人唯賢的思想是一致的。

【注　釋】

〔一〕［注釋音辯］《左傳》隱公三年。

〔二〕［注釋音辯］《左傳》成公十八年。［韓醇詁訓］《晉世家》：「厲公多外嬖，欲盡去群大夫而立諸姬兄弟，寵姬兄曰：『胥童，公使爲卿。』厲公遊匠驪氏，欒書、中行偃襲捕厲公，囚之，殺胥童，而迎公子固於周而立之，是爲悼公。悼公曰：『寡人自以疎遠，毋幾爲君。今大夫不忘文、襄之意，而惠立桓叔之後，使得奉晉祀，敢不戰戰乎？』於是逐不臣者七人，脩舊功，施德惠。」［世綵堂］晉厲公多外嬖，欲盡去群大夫，而立其左右。使胥童、夷陽、五長魚矯殺郤錡、郤犨、郤至，遂以甲劫欒書、中行偃於朝，既而免之。公遊於匠麗氏，欒書、中行偃遂執公，使程滑弑之，逆周子於周而立之，是爲悼公。既入，逐不臣者七人，修舊功，施德惠，晉以復霸。按：見《史記·晉世家》。

〔三〕［注釋音辯］子魚，名目夷，宋襄之庶兄。事見《左傳》僖公八年。［韓醇詁訓］《宋世家》：「湣公七年，宋水，魯使臧文仲往弔。公曰：『寡人不能事鬼神，政不修，故水。』臧文仲善此言，此言乃公子子魚教滑公也。及襄公立，十三年，伐鄭，楚伐宋以救鄭，襄公欲戰，子魚諫，公弗聽，遂與楚成王戰，大敗，傷於泓而卒。」［世綵堂］宋穆公疾，太子兹父請立子魚，子魚辭，兹父即位，是爲襄公，以子魚爲左師。後襄公欲求諸侯，子魚連諫，不聽，襄公於是爲楚所執，既而釋之。又伐鄭，楚伐宋以救鄭，襄公欲戰，子魚諫，公又弗聽，遂與楚戰，敗，傷於泓而卒。按：見《史記·宋微子世家》。

〔四〕［注釋音辯］張禄，范雎也。穰侯，魏冉也。《史記》秦昭王事。［韓醇詁訓］張禄，魏人范雎也，自號爲張禄先生。穰侯，魏冉也，秦昭王母宣太后弟。先是，穰侯事秦，攻取無虚日，至周赧王四十九年，秦拔魏。范雎説秦王曰：「臣在山東時，聞齊之有孟嘗君，不聞有王。聞秦之有太后、穰侯，不聞有王。夫擅國之謂王，能利害之謂王，制生殺之謂王，今太后擅行不顧，穰侯出使不報，國不危者，未之有也。」王於是廢太后，出穰侯，以范雎爲丞相，封爲應侯。事見史。［世綵堂］秦武王薨，昭王立，宣太后自治事，任其弟魏冉政，封爲穰侯，威振秦國。范雎得罪於魏，更姓名曰張禄，西入秦。秦拔魏，説秦王曰：「秦安得王？臣在山東時，聞太后擅行不顧，穰侯出使不報，皆謂秦之有太后、穰侯，不聞其有王也。」王聞之大懼，曰善，繇是廢太后，收穰侯之印，黜穰侯，拜范雎以爲相，與謀國事，封爲應侯。事見史。按：見《史記·穰侯列傳》及《范雎列傳》。

〔五〕［注釋音辯］成璜謂魏成、翟璜，《史記》魏文侯事。［韓醇詁訓］（璜）胡光切。成，魏成，魏文侯之弟。璜，翟璜也。魏文侯二十五年，問李克，以魏成爲相。時吴起事於魏，有功，至魏武侯立，以田文爲相，吴起不悦，與之論功，自是起遂去魏之楚，楚以爲相。事見史。按：見《史記·魏世家》、《吴起列傳》。

〔六〕［注釋音辯］《晉載記·苻堅》。［韓醇詁訓］《晉史》：「尚書吕婆樓薦王猛於苻堅曰：『其人謀略不世出，殿下宜請而咨之。』堅因招猛，一見如舊友。及堅繼立，遂以王猛爲中書侍郎。猛日親幸用事，宗親勳舊多疾之，特進姑臧侯樊世與猛争論於堅前，世欲擊猛，堅怒斬之，於是群臣見猛皆屏息，堅日熾矣。」按：見《晉書載記·苻堅上》。

〔七〕［注釋音辯］秦二世。［韓醇詁訓］胡亥，秦二世也。李斯自始皇初即位，已用於秦，然胡亥嘗有私於趙高，及即位，高恃恩專恣，遂誣奏李斯反狀，鞫治之，腰斬咸陽市，夷其三族。二世乃以趙高爲丞相，事無大小決焉。事見史。按：見《史記·秦始皇本紀》及《李斯列傳》。

〔八〕［注釋音辯］童（宗説）云：鯢，兒結切。卼，五忽切。不安也。潘本作甈，云諸韻並作甈甈，書作杌隉。後《答許京兆書》鯢甈，固此鯢字，非甈。音中列切，諸韻同。［韓醇詁訓］鯢音櫱，卼音兀，危也。［蔣之翹輯注］鯢卼，一本作甈甈。今按：鯢，破罌也。甈，字書無之，大抵即卼字，音屋非也。書作杌隉。後《答許京兆書》鯢兀，即此字。《易》：「困于卼鯢。」注：「不安也。」

〔九〕［注釋音辯］童（宗説）云：咻音休，又況羽切，皆痛念聲也。［韓醇詁訓］咻音休。《説文》曰：「痛念聲也。」《孟子》：「衆楚人咻之。」按：陳景雲《柳集點勘》卷一：「群而咻之，注：『咻，痛念聲。』誤。按《孟子》趙注：『咻，讙也。』」

【集評】

黄震《黄氏日鈔》卷六〇：謂少陵長、小加大、淫破義，三者誠爲亂矣。賤妨貴，言擇嗣也，貴而愚，賤而聖且賢，貴不足尚也。遠間親、新間舊，言任用也，親而舊者愚，遠而新者聖且賢，不足與也，舊不足恃也。辨之良是。

《王荆石先生批評柳文》卷一：亦平平。又文末評：冷語不可忽。

茅坤《唐宋八大家文鈔》卷二四：所言亦是，特其淺者耳。

楊慎《柳子六逆論》：柳子此言是矣，然未究其事與時矣。蓋衛將立州吁，而州吁乃賤嬖之子，賤妨貴之一言，專指州吁，此事之不同也。若遠間親、新間舊，則周之用人尚親親，先宗盟而後異姓，魯之大聖如孔子，亞聖如顔回，固不得先三桓，此時之不同也。石碏之言未失也。嗚呼！「世胄躡高位，英俊沈下僚，地勢使之然，由來非一朝。」爲此詩者，其知道乎？此周公所以思成、湯之立賢無方，而畎畝、版築、魚鹽之事，孟子特稱之，以爲千古之希遇也。然則光武之禮子陵，昭烈之顧孔明，謂非三代明良之盛事乎？（《升庵集》卷五二）

陸夢龍《柳子厚集選》卷一：偏詞。

蔣之翹輯注《柳河東集》卷三引陳仁錫曰：用翻案法而筆琅琅然，古。

儲欣《河東先生全集録》卷一：結尾峭厲，然子厚所云亦偏論也。晉獻立奚齊而殺恭世子，故亂。漢武信江充而黜衛氏，故危。宋神任王安石而廢韓、富，故亡。若此類，更僕不能盡概，曰理本，可乎？大抵君父有知人之明，則國家受妨間之益。不然者，如子瞻所云，未能察脈而欲試華佗之方，其不至於殺人者，幾希矣。

何焯《義門讀書記》卷三五：「胡亥任趙高而族李斯，乃滅，舊不足恃也」：李斯不可謂之新。

林紓《韓柳文研究法·柳文研究法》：柳州聰明，能以理析之。如《六逆論》、《問守原議》、《翦桐封弟辯》，皆明澈醒人眼，造語極古，而析理又極明達，不著一閑語，於此見用意之精。

又：《六逆》中所謂賤妨貴、遠間親、新間舊三事，不佞始讀時，亦已疑之，顧未暇論也。柳州不惟不斥爲亂源，而且直據爲理本，使人不能不加意於此文。貴而愚，賤而聖且賢，此不可言妨。親而舊者愚，遠而新者聖且賢，此尤不可以言妨。以下引據，節節精當，用筆活跳。蓋有理之文，始能縱横如意。若文無把柄，一力搬演，雖引用宏富，究無著也。

# 柳宗元集校注卷第四

## 議辯

### 晉文公問守原議

晉文公既受原於王，難其守，問寺人教鞮，以畀趙衰〔一〕。余謂：守原，政之大者也①，所以承天子、樹霸功，致命諸侯②，不宜謀及媟近〔二〕，以忝王命。而晉君擇大任，不公議於朝，而私議於宫，不博謀於卿相，而獨謀於寺人，雖或衰之賢足以守，國之政不爲敗，而賊賢失政之端，由是滋矣。況當其時不乏言議之臣乎？狐偃爲謀臣，先軫將中軍〔三〕，晉君疏而不咨，外而不求，乃卒定於内豎〔四〕，其可以爲法乎？且晉君將襲齊桓之業〔五〕，以翼天子，乃大志也。然而齊桓任管仲以興，進豎刁以敗〔六〕。則獲原啟疆，適其始政，所以觀示諸侯也③〔七〕，而乃背其所以興，跡其所以敗。然而能霸諸侯者，以土則大，以力則强，以義則天子之册也〔八〕，誠畏之矣，烏能得其心服哉？其後景監得以相衛鞅〔九〕，弘、石得以殺望之〔一〇〕，誤之者晉文公也④。

嗚呼！得賢臣以守大邑，則問非失舉也，蓋失問也⑤。然猶羞當時陷後代若此，況於問與舉又兩失者，其何以救之哉？余故著晉君之罪⑥，以附《春秋》許世子止、趙盾之義⑦〔一一〕。

**【校記】**

① 政，《英華》作「改」。

② 世綵堂本注：「命，一作令。」

③ 示，注釋音辯本、世綵堂本作「視」，後者注：「視，一本作示。」

④ 原注與詁訓本、世綵堂本注：「誤，一作設。」注釋音辯本作「設」，並注：「設，一本作誤。」

⑤ 詁訓本作「文非失問，舉非失舉」，並注：「一作『問非失舉蓋失問也』。」注釋音辯本注：「一本作『問非失問舉非失舉也』。」原注與世綵堂本注：「一作『文非問舉非舉』，一作『問非失問舉非失舉』。」

⑥ 世綵堂本注：「晉君，一作『晉文公』。」

⑦ 《英華》文末有「謹議」二字。

【解　題】

［注釋音辯］事見《左傳》僖公二十五年。［韓醇詁訓］不詳其作之年月。然觀公旨意，當作於憲宗元和間。蓋自德宗懲艾泚賊，故以左右神策、天威等軍委宦者主之，置護軍中尉、中護軍，分提禁兵，是以威柄下遷，政在宦人，其視晉文問守原於寺人，殆有甚焉。故首論晉文公之失，而終之以景監、弘、石之亂國政，其曰：「不公議於朝而私議於宫，不博謀於卿相而獨謀於寺人，雖或衰之賢足以守，國之政不爲敗，而賊賢失政之端，由是滋矣。」蓋亦深憫當時宦者之禍，當時之君，由之而不知也。憲宗元和十五年，而陳弘志之亂作，至是驗矣。**按**：陳景雲《柳集點勘》卷一：「疑爲憲宗任用吐突承璀而發。元和中師討王承宗，時文武名臣環布中外，乃獨命宦官主兵，正所謂不博謀於卿相，而獨謀之寺人。文託論古，以規時意，蓋微而彰矣。然當時抗章廷諍者接踵，曾不少迴，況謫籍孤臣，以瘦詞自攄所見者乎？憲宗好近刑人，晚節卒蹈餘祭之禍，君以此始，亦以此終，斯蔚宗引以論宦者之亡漢也。觀憲宗之始終，不益信哉！」韓説與陳説皆有未妥之處。蓋憲宗以吐突承璀爲統帥與晉文公問敎鞮守原事缺乏可比性。順宗即位病瘖，賴牛美人與宦官李忠言傳達旨令，李忠言善王叔文，而宦官俱文珍惡叔文專權，勸順宗立廣陵王李純爲皇太子監國，帝納其奏，叔文等遂敗。順宗朝之政局翻覆，二宦者之力也。永貞革新，成也宦官，敗也宦官。《舊唐書・宦官傳・俱文珍》：「順宗即位，風疾不能視朝政，而宦官李忠言與牛美人侍病，美人受旨於帝，復宣之於忠言，忠言授之王叔文。……唯貞亮（俱文珍）建議與之爭，知其朋徒熾，慮隳朝政，乃與中官劉光琦、薛文珍、尚衍、解玉

等謀，奏請立廣陵王爲皇太子，勾當軍國大事，順宗可之。」《新唐書・宦者傳上・劉貞亮》所載同。疑柳宗元此文爲總結永貞朝政教訓而作，當作於元和初年。

## 【注釋】

〔一〕［注釋音辯］童（宗説）云：（教鞮）上步忽反，下都黎切。晉寺人名。張（敦頤）云：（衰）初危切。晉大夫也。［韓醇詁訓］《春秋》僖公二十五年傳：「夏，晉侯朝王，請隧，弗許，與之陽樊、温、原、攢茅之田。陽樊不服，圍之，出其民。冬，晉侯圍原，原又不降，命去之，諜出，曰：『原將降矣。』軍吏曰：『請待之。』公曰：『信，國之寶也，民之所庇也，得原失信，何以庇之？』退一舍而原降。晉侯於是問原守於寺人教鞮，對曰：『昔趙衰以壺飧從，徑餒而弗食。』故使處原。」教，音孛。鞮，音低。《史記》或作履鞮，或作教鞮，注云：「教鞮，披也。」衰，初危切。晉大夫。

〔二〕［注釋音辯］媟音薛，瀆也。謂寺人，即今之宦者。［韓醇詁訓］媟音薛。《説文》：「嬻也。」

〔三〕［韓醇詁訓］是時楚及諸侯圍宋，宋如晉告急，先軫、狐偃爲晉謀，若伐曹、衛，楚必救之，則宋免矣。於是晉作三軍，狐偃將上軍，先軫佐下軍。事見史。［世綵堂］楚師圍宋，宋如晉告急，乃蒐於被廬，使郤縠將中軍，狐偃佐上軍，先軫佐下軍。未幾，縠卒，使軫將中軍。晉侯之霸，皆偃之謀也。按：見《左傳》僖公二十七年。何焯《義門讀書記》卷三五：「先軫將中軍，問原守在僖二十五年，至二十八年二月，先軫始將中軍，時軫並未爲下軍佐也。」

〔四〕［百家注］（竪）音樹。

〔五〕［百家注］襲音習。

〔六〕［注釋音辯］「刁」字亦作「貂」。齊桓公用之，由是因内寵，殺群吏，擅廢立。［韓醇詁訓］周莊王十二年，齊桓公立，鮑叔牙曰：「君欲伯王，非管夷吾不可。」桓公從之。自仲用而齊以大治。及桓公四十一年，管仲病，桓以竪刁、易牙、開方三子問誰可相，仲歷數其不可，公卒用三子。三子專權，自是因内寵，殺群吏，擅廢立，無所不至矣。按：見《史記·齊太公世家》。

〔七〕［注釋音辯］覿，去聲。

〔八〕［注釋音辯］《左》僖二十八年，策命晉侯爲侯伯。［蔣之翹輯注］《左傳》僖二十八年：「周襄王策命晉侯爲侯伯，曰：『王謂叔父，敬服王命，以綏四國，糾逖王慝。』」

〔九〕［注釋音辯］鞅，於亮切。《史記》：「商鞅入秦，因寵臣景監以見秦孝公。」［韓醇詁訓］按史：景監，秦孝公之寵臣也。衛鞅，公孫氏，衛之諸庶孽公子。始事魏相公叔座，其後去魏之秦，因景監以見孝公，凡一再以帝王爲説，孝公不納，終獻强國之説，孝公始善之，謂景監曰：「汝客可與語矣。」鞅遂用於秦。鞅，於亮切。按：百家注本引作童宗説曰。見《史記·商君列傳》。

〔一〇〕［注釋音辯］漢元帝時，宦官弘恭、石顯，譖殺蕭望之。［韓醇詁訓］按史：弘恭、石顯，自宣帝時久典樞機，明習文法，元帝即位，多病，委以政事，蕭望之等頗疾恭、顯擅權，建白以爲中書政本國家樞機，用宦者非古制也，宜罷中書宦官，應古不近刑人之義。由是大與恭、顯忤，恭、顯遂譖望之，令自殺。按：見《漢書・蕭望之傳》。

〔二〕［注釋音辯］盾，徒本切。魯宣公二年，趙穿殺靈公，《春秋》書曰：「晉趙盾弒其君夷皋。」又昭公十九年，許悼公疾，飲太子之藥而卒，《春秋》書曰：「許世子止弒其君買。」［韓醇詁訓］《春秋》宣公二年，書：「晉趙盾弒其君夷皋。」《左氏》云：「趙穿攻靈公於桃園，宣子未出山而復。」太史書曰：「『趙盾弒其君』以示於朝，宣子曰：『不然。』對曰：『子爲正卿，亡不越竟，反不討賊，非子而誰？』」昭公十九年，書「許世子止弒其君買」。《左氏》云：「許悼公瘧，五月，飲太子之藥而卒，太子奔晉。書曰『弒其君』。君子曰：『盡心力以事君，舍藥物可也。』」盾，徒本切，宣子名。

【集評】

呂祖謙《古文關鍵》卷上：看回互轉換，貫珠相似，辭簡意多。大抵文字使事，須下有力言語。

王霆震《古文集成》卷七三引東萊（呂祖謙）批：「以畀趙衰」：先説事因，使事起頭，要接有力。「致命諸侯」：文勢見意，已著寺人。「以忝王命」：接有力，分開鋪叙，見得出處應。「不爲敗」：正文公罪，輕過了。「由是滋矣」：上説朝與宫，下説卿相寺人，下四句不合掌，所謂異様不俗。承上説，雙關回互。下字好輕過。「之臣乎」：此一段生下句，先理一句，亦應卿相。大抵如貫珠，前既説不謀於卿相，到此説疏外。「定於内豎」：與媟近相應。「乃大志也」：換新意，好。與政之大者相應。「觀視諸侯也」：文勢，下字文字好處。「其心服哉」：過好，換好。下文回緩。衰既是賢，説到此，正難解説，故「以土則大」幾句，見得有力回互好處。「以殺望之」：緣他好，誤了。「蓋失問也」：此一段餘意精神。又是一意，舉趙衰未爲不是，問寺人則非。「以救之哉」：精神。「趙盾之義」：外事結，切。又是一個意，繳結好。

朱熹《朱子語類》卷一三九：柳《伐原議》極局促，不好，東萊不知如何喜之。

黄震《黄氏日鈔》卷六〇：守原雖得人，不當謀之寺人。

謝枋得《文章軌範》卷二：字字經思，句句有法，無一字一句懈怠，此柳文得意者也。（邱維屏評：只一口氣直下，作段段轉煞轉緊，精力萬倍。）

薛瑄《讀書續録》卷三：柳子《晉文公問守原議》，胡不讀？

又卷四：柳子《守原議》有關於世道。

貝瓊《唐宋六家文衡序》：至宗元《守原議》、《桐葉封弟辯》，鑿鑿乎是非之公，使聖人復作，無以易之。（《清江文集》卷二八）

茅坤《唐宋八大家文鈔》卷二四：精悍嚴謹。

明缺名評選《柳文》卷五：先説事，因承接下，分開鋪叙，又極有力。「晉文公也」句下引閔午塘（如霖）曰：説到晉文誤後世處，雖似深文，然亦見人君一舉一動，毫不可苟，稍詿誤，終有不得辭其責者，是深一節議論。又文末引林次崖（希元）曰：步驟嚴謹，得韓之奇。末一結筆力尤高。

陸夢龍《柳子厚集選》卷一：議最雅正，文尤遒緊。

蔣之翹輯注《柳河東集》卷四：終篇看其反覆激昂，一節緊一節，而意如貫珠，詞如繁露，又特粘定「不宜謀及媟近」一句作綱領。「以忝王命」句下引虞集曰：先説事，因承接下，分開鋪敘，又極有力。「由是滋矣」句下：「衰之賢」一句回護，絶妙。文末引顧充曰：步驟嚴謹，得韓之奇。末一結筆力尤高。

儲欣《河東先生全集録》卷一：唐政在任宦人，此議雖曰正晉文之失，實憫當時宦者之禍。又曰：意議層出，他人爲之，累幅矣。

金聖歎批《才子古文》卷一二：不遺餘力之文，全篇中多作倒注之筆，最難學。若學得，最是好看。

林雲銘《古文析義》二編卷六：唐宦官之禍，始於明皇，盛於肅、代，成於德宗，極於昭宗。子厚之時，宦官典禁旅，其權最重。是篇全爲時事起見，借晉文之守原問教䂐一事，層層罪其作俑，意謂履霜堅冰，宜防其漸。此輩只合備灑掃，供使令者，國家用人，行政大節，毋論其知與不知，是與不是，總無問及之理。前面「端」字是其禍萌，後面「得以」二字是其流毒。篇中雖有許多曲折，皆步步承接照應，看來是一氣文字。坊本恣意分截，未悉此中出落收縱之妙故也。

康熙敕纂《御選古文淵鑒》卷三七：豎議精嚴，遺調警拔，森然法戒之文。閻修王志堅曰：趙衰爲文公從亡之臣，豈待人先容者問之教䂐而後畀，正當時左右得人之一徵也。子厚此篇有感時事，借古人發議耳。卧子陳子龍曰：此子厚深痛於宦官之禍，而爲此論也。當時伾、文之黨盡欲奪北衙之勢，張南衙之權，但其行事躁妄，終以自敗，然於國謀，不可謂非正也。

沈德潛《唐宋八家文讀本》卷七：文極謹嚴，森然法戒。前人謂借晉文之失，以諷當時宦者之禍，按時勢誠有之，唐不以此鑒，後甘露、白馬之變，所以迭興也。

浦起龍《古文眉詮》卷五二：借晉文爲授權宦寺之戒，猥賤何緣上千，君假之也。拈「問」字，下判嚴冷，得失皆失，門自我開，盜自我揖故。

乾隆敕纂《御選唐宋文醇》卷一一：宦寺之禍，列代覆轍相尋。唐自天寶以後，寖昌寖熾，積成甘露之變，而天子僅守府矣。宗元爲王叔文之友，叔文敗，宗元亦貶，唐史懲叔文之黨，於宗元無恕辭，即昌黎韓愈，亦譏宗元不自顧藉貴重。雖然考其時，宦官既掌禁旅，復監天下軍，叔文輩欲一旦盡解其兵柄，還之朝廷，其意非不善也。事敗身死，當時震於宦寺之威，不敢論曲直耳。乃至於今，尚尤之不止，豈非惑哉！《易》不云乎：「過涉滅頂，凶，无咎。」孔子繫之辭曰：「過涉之凶，不可咎也。」若叔文輩，當大過棟撓之時，不度德，不量力，涉大川而不顧滅頂而死，當爲君子之所哀，雖身敗名裂，可不謂之乃心王室乎？善夫！明陳子龍之論曰：「伾、文之黨，欲盡奪北衙之勢，張南衙之權，其於國謀，不可謂非正也。」子厚假晉文以立論，謂守原一問，得不償失，所以申履霜堅冰之戒者深矣，其言可爲後世法戒。雖然，子厚固未經深考，不達左氏紀載之意也。夫趙衰者，文公出亡五年，所爲患難與共者也。作三軍，謀元帥，趙衰曰：「郤縠可。」則從之，衰豈更藉人汲引者？且衰已爲卿，其不以守原，輕重明矣。而寺人敦鞮者，即寺人披文公斬袪之仇也夫，豈其嬖倖哉？《左傳》紀此，蓋以見晉文此舉於一飯之德必償，而殺身之仇歸斯受之，無纖芥之憾於中，即可爲勳戚如趙衰者，商其逸事，此其心胸誠有度越千古者耳。宗元乃曰：「狐偃爲謀臣，先軫將中軍，文公疏而不咨，外而不求，而卒定於内豎。」若文公之暱愛寺人披者，然豈不闊遠於情事哉？然則宗元之垂戒後世，雖是也，而其尚論晉文，則非也。

孫琮《山曉閣選唐大家柳柳州全集》卷四：一篇主意，只是爲後世用人舉問俱失者而發，卻先將晉文作一榜樣，説得晉文公已是十分不是，則後世舉問俱失者，豈是加等。妙在説晉文公不是處，疊下五番斷案。妙在二番只就守原上發揮，其餘三番，俱是從旁援引。真是無中生有，波瀾橫起之文。又引林次崖評：步驟緊嚴，得韓之奇。末一結筆力尤高。

何焯《義門讀書記》卷三五：「以附春秋許世子止趙盾之義」：所附不類。

蔡鑄《蔡氏古文評注補正全集》卷七：過珙評：趙衰之賢，足以守原，敦鞮之對，亦非失舉。然偶幸以不失舉而聽之，後有失舉者，亦幾從而信之矣。其利在一時，其禍將在數世，漸何可長也。爲探本之論以責文公，有山嶽不動之概。蔡氏評：按唐代宦官之禍最烈，是時宦官方典禁旅，子厚借敦鞮以爲言，見得國家用人行政，總不可謀及寺人。文雖極曲折，然步步承接照應，仍是一氣相生。

王文濡《評校音注古文辭類纂》卷二引方苞曰：此文及《桐葉封弟辯》皆效韓公《子卻克分謗》篇。又引梅曾亮曰：子厚之論，《封建》勝耳。其他多辯所不必辯，震而矜之，於義儉矣。

王文濡《唐文評注讀本》上册：寵信閹宦，唐代尤甚，軍國大權，入其掌握。文借晉文立議，以守原一問爲貽禍後世，雖似深摯，頗得諷諫遺意。

林紓《韓柳文研究法·柳文研究法》：《守原》一議，論者謂柳州憫當時宦者之禍，故有此作。意不在指斥晉文，且晉文萬非齊桓之比。或且守原無人，宮中思索守者不得，偶見教鞮在側，姑爲問之，一舉趙衰，恍然有悟，故立下詔令。若教鞮別舉宦者以對，則晉文亦決不之應。蓋齊桓因難出走，旋得鮑叔之力反國，又得管仲之力定霸，身處順境，故宦寺之言易入。晉文在外十九年，豈不知謀及媟近之有害，然而欲責此大義，則不能據此四字爲定案。柳州論失政之端，明斥晉文，實隱譏德宗之遷政於閹人，暢論流弊所及，於是景監、弘、石之禍，謂皆晉文兆之。此種法程，呂東萊幾奉爲祕訣，蘇東坡、王船山尤甚。然皆深文也。

## 駁復讎議①

臣伏見天后時，有同州下邽人徐元慶者②〔一〕，父爽爲縣尉趙師韞所殺③〔二〕，卒能手刃父讎④，束身歸罪。當時諫臣陳子昂建議誅之而旌其閭〔三〕，且請編之於令，永爲國典。臣竊獨過之。

臣聞禮之大本，以防亂也⑤，若曰無爲賊虐，凡爲子者殺無赦。刑之大本，亦以防亂也⑥，若曰無爲賊虐，凡爲理者殺無赦⑦。其本則合，其用則異，旌與誅莫得而並焉⑧。誅其可旌，兹謂濫，黷刑甚矣〔四〕。旌其可誅，兹謂僭〔五〕，壞禮甚矣。果以是示於天下，傳於後代，趨義者不知所以向⑨，違害者不知所以立，以是爲典，可乎？蓋聖人之制，窮理以定賞罰，本情以正褒貶，統於一而已矣。嚮使刺讞其誠僞〔六〕，考正其曲直，原始而求其端，則刑禮之用，判然離矣。何者？若元慶之父⑩，不陷於公罪，師韞之誅，獨以其私怨，奮其吏氣〔七〕，虐於非辜，州牧不知罪，刑官不知問，上下蒙冒，籲號不聞〔八〕，而元慶能以戴天爲大恥⑪，枕戈爲得禮〔九〕，處心積慮，以衝讎人之胸〔一〇〕，介然自克，即死無憾⑫，是守禮而行義也。執事者宜有慙色，將謝之不暇，而又何誅焉？其或元慶之父，不免於罪⑬，師韞之誅，不愆於法，是非死於吏也，是死於法也⑭，法其可讎乎⑮？讎天子之法，而戕奉法之吏〔一一〕，是悖驁而凌上也⑯〔一二〕。執而誅之，所以正邦典，而又何旌焉？

且其議曰：「人必有子，子必有親，親親相讎，其亂誰救？」是惑於禮也甚矣。禮之所謂讎者，蓋以冤抑沉痛，而號無告也，非謂抵罪觸法⑰，陷於大戮。而曰「彼殺之，我乃殺之」，不議曲直，暴寡脅弱而已，其非經背聖，不亦甚哉⑱！《周禮》：「調人掌司萬人之讎。凡殺人而義者，令勿讎，讎之則死。」「有反殺者，邦國交讎之。」〔一三〕又安得親親相讎也？《春秋公羊傳》曰：「父不受誅，子復讎可也。父受誅，子復讎，此推刃之道。復讎不除害。」〔一四〕今若取此以斷兩下相殺⑲，則合於禮矣。且夫不忘讎，孝也；不愛死，義也。元慶能不越於禮，服孝死義，是必達理而聞道者也。夫達理聞道之人，豈其以王法爲敵讎者哉？議者反以爲戮⑳，黷刑壞禮，其不可以爲典㉑，明矣。

請下臣議，附於令㉒，有斷斯獄者㉓，不宜以前議從事。謹議㉔。

【校　記】

①《英華》無「駁」字。

②徐元慶，《文粹》皆作「徐君先」。世綵堂本注：「元慶，一作君。」《新唐書》卷一九五《孝友傳》作「徐元慶」。

③詁訓本、《文粹》無「爽」字。尉，原作「吏」，此據注釋音辯本、《新唐書·孝友傳》及《全唐文》改。

④能，《英華》作「得」。

⑤詁訓本、《英華》、《文粹》「以」上有「蓋」。世綵堂本注：「『本』下有『蓋』字。」

⑥《文粹》無「以」字。

⑦原注與世綵堂本注：「理，一作治。」注釋音辯本作「治」，並注：「治，一本作理。」

⑧原注與注釋音辯本、世綵堂本注：「一本作『不得並也』。」詁訓本即作「不得並也」，並注：「一作『莫得而並焉』。」

⑨所以，注釋音辯本、世綵堂本、《英華》無「以」，下句「所以」同此。詁訓本注：「一無以字。」

⑩元慶，原注與注釋音辯本、《英華》、《文粹》均作「君」，據詁訓本、世綵堂本改。蔣之翹輯注本：「『元慶』二字或只作『君』字，非是。」

⑪《文粹》無「元慶」二字。

⑫《文粹》作「死而無憾」。

⑬罪，《英華》作「死」。

⑭世綵堂本注：「一無『是』字。」

⑮《文粹》無「法」字。

⑯《文粹》無「而」字。

⑰《文粹》無「抵罪」二字。

⑱亦，原作「以」，詁訓本作「已」，據注釋音辯本、《英華》、《文粹》改。原注與世綵堂本注：「一作『不亦甚哉』。」

⑲《文粹》無「今」字。下，詁訓本作「不」。

⑳議者，《文粹》作「而議者」。

㉑《文粹》無「以」字。

㉒《文粹》「令」上有「法」。

㉓《英華》無「有」字。有，《文粹》作「如有」。

㉔議，《文粹》作「獻」。

【解　題】

［注釋音辯］《唐書·孝友傳》載：徐元慶復父讎，自囚詣官，左拾遺陳子昂議誅元慶，然後旌閭墓，時韙其言。後禮部員外郎柳宗元駁之。駁音剥。（以上百家注引作童宗説曰）［韓醇詁訓］事之本始，詳《新史·張琇傳》，所載子復父讎者凡七人。韓文公亦有此議，見於集。韓謂子復父讎，雖不詳於律，然先王之意，將使法吏一斷於法，而經術之士得引經而議，不可著爲定制。公則以服孝死義之人，不可以王法從事，欲下所議附於令。豈公之意，深罪夫陳子昂議法之爲非其人哉？史載公此議甚詳，蓋有以夫。駁音剥。按：陳景雲《柳集點勘》卷一：「此議之作，歲月無可考。然篇中不避高宗廟諱，知爲元和中作。蓋自元和元年七月，順宗升祔後，高廟已祧，故可不諱。前此，公家文字中無不避諱者。《唐史·刑法志》憲宗命刑部侍郎許孟容等删定制敕，疑議以此時上。篇末云：『請下臣議附於令，有斷斯獄者，不宜以前議從事。』蓋因時方有删定之令，故特上此議，欲朝廷命刑官採新議而删舊令也。《新史·孝友傳》載子厚此文，於姓名上冠以禮部員外郎，則在永貞中，高廟之諱無緣不避也。」柳宗元此文作於貞元二十一年在京爲禮部員外郎時，陳説未的。避諱字該避不避，可因後人回改所致，且文中亦有諱「治」爲「理」處，其據未確。章士釗《柳文指要》上《體要之部》卷

四：「《復讎議》，韓、柳兩家均有之，而所議非同一案。元和六年秋九月，《通鑑》載：『富平人梁悅報父讎，殺秦杲，自詣縣請罪，敕：復讎，據《禮經》則義不同天，徵法令則殺人者死，禮、法二事，皆王教之大端，有此異同，固資論辯，宜令都省集議聞奏。職方員外郎韓愈議……敕：梁悅杖一百，流循州。』辭本退之《復讎狀》，顧子厚《駁復讎議》所據爲天后時同州下邽人徐元慶事，與退之狀並非同案。其所以然者，則退之時爲職方員外郎，以當官議當案，於法有據。子厚則貶在遠州，不與其事，勢不得援同案而參末議……故其搜討舊案，以天后諫臣陳子昂爲的彀，期與當朝梁悅現案相避，文中不提退之狀一字，乃勢不得不然，應須昭察。」以此文亦作於元和六年，理由不足。子報父讎事，《新唐書·孝友傳》載張琇、王君操、趙師舉、同蹄智壽、徐元慶、余常安、梁悅、康買得等數人，並載陳子昂、柳宗元、韓愈之議。陳子昂議爲徐元慶發，柳宗元則駁陳議，韓愈議則爲梁悅發。在禮、法並行的中國古代，此種案例殊難判斷，左袒爲法，右袒爲禮。評論者亦衆説紛紜，各自爲辭。陳子昂之正國之典、旌表閭墓實爲調和折中之法。柳宗元則認爲執法與旌表二者不可兼行，徐元慶事有可原。韓愈議曰：「有復父讎者，事發，具其事下尚書省集議以聞，酌處之。」是説要具體分析，分別而論。以法制社會而言，法律爲世人一切行爲的準則，依法辦事，違法者按律懲處，且執法之權歸於法律部門，個人不得自行其事。汪琬《堯峰文鈔》卷一《復讎議》：「復讎之議，載於《周官》、《禮記》、《春秋》，見於陳子昂、韓愈、柳宗元、王安石之文者詳矣，吾不敢復勦其辭，惟以國家之律。」庶可避免各執一端也。柳宗元議執法與旌表不可兼行，是也；然報讎屬私自執法，則未可貸。柳宗元之意在爲無權勢者開脱，緣此等人法律上屬於弱勢群體，爲其辯解，是可諒，而不可法也。故治法者，亦應爲弱勢群體着想，廣開法治之門，爲冤案昭雪，以求社會之公正。

**【注　釋】**

〔一〕［注釋音辯］（天后）唐武后。邽，音圭。

〔二〕［百家注引孫汝聽曰］師韞時爲下邽尉。

〔三〕［百家注引孫汝聽曰］後師韞爲御史，元慶變姓名，於驛家傭力。久之，師韞以御史舍亭下，元慶手刃之，自囚詣官。時議者以元慶孝烈，欲捨其罪，子昂建議：以爲國法專殺者死，元慶宜正國法，然後旌其閭墓，以褒其孝義可也。議者以子昂爲是。

〔四〕［韓醇詁訓］黷音讀。《説文》：「握持垢也。」

〔五〕［百家注引孫汝聽曰］《左傳》：「善爲國者，賞不僭，刑亦不濫。」按：見《左傳》襄公二十六年。

〔六〕［注釋音辯］童（宗説）云：讞，語蹇、魚列、魚戰三切，並議罪也。［韓醇詁訓］《説文》：「並議罪也。」

〔七〕［世綵堂］《漢・王尊傳》：「吏氣傷沮。」按：吏氣，官氣，指官吏的架子、威嚴。

〔八〕［韓醇詁訓］籲音裕。《書》：「無辜籲天。」號音豪。下同。［百家注引張敦頤曰］籲，呼也。按：見《尚書・泰誓中》。

〔九〕〔注釋音辯〕《禮記·曲禮》云：「父之讎不與共戴天，寢苫枕干，弗與共天下也。」〔韓醇詁訓〕《禮記·檀弓》：「子夏問於孔子曰：『居父母之讎，如之何？』夫子曰：『寢苫枕干不仕，弗與共天下也。』」又《曲禮》：「父之讎，弗與共戴天。」〔世綵堂〕枕，去聲，臥首據物也。按：「不與共戴天」見《禮記·曲禮上》，「枕干不仕」見《禮記·檀弓上》。

〔一〇〕〔百家注〕讎，是周切。

〔一一〕〔韓醇詁訓〕（戕）音牆。按：即殺害。

〔一二〕〔注釋音辯〕童（宗説）云：悖音孛。驁音敖。按：韓醇詁訓本同。

〔一三〕〔注釋音辯〕《周禮·地官》。按：《周禮·地官司徒·調人》：「調人掌司萬民之難而諧和之。凡過而殺傷者，以民成之。鳥獸亦如之。凡和難父之讎，辟諸海外。兄弟之讎，辟諸千里之外。從父兄弟之讎，不同國。君之讎眡父，師長之讎眡兄弟，主友之讎眡從父兄弟。弗辟，則與之瑞節而以執之。凡殺人有反殺者，使邦國交讎之。凡殺人而義者，不同國，令勿讎。讎之則死。」

〔一四〕〔注釋音辯〕《公羊》定公四年。〔百家注引孫汝聽曰〕定四年《公羊傳》之文。注云：「一往一來曰推刃。不除害，謂取讎身而已，不得兼其子。」

## 【集評】

黄震《黄氏日鈔》卷六〇：武后時，徐元慶手刃父讎，陳子昂建議誅之而旌其閭，著爲令。駁謂旌與誅莫得而並，當考正其曲直。所論甚精，合與昌黎《復讎議》參看。

《王荆石先生批評柳文》卷二：文謹嚴而不甚鬯，迂齋獨取之，何也？

茅坤《唐宋八大家文鈔》卷二四：此議即韓公「不可行於今」半邊，而精悍嚴緊，柳文之佳者。又引唐荆川曰：此等文字極嚴，無一字懶散。又曰：理精而文正，《左氏》、《國語》之亞也。

明闕名評選《柳文》卷五引李九我曰：韓愈亦有復讎之議，終不若宗元此文明白痛快。「殺無赦」句下引唐荆川（順之）曰：以禮、刑大本上説起，是議論大根源處。且謂誅、旌不得並，破其首鼠兩端之説，最有意見。「元慶之父」句下引錢豐寰（穀）曰：此下設爲兩段議論，又深明旌、誅所以不可並處。「又何誅焉」句下引唐荆川（順之）曰：千萬世不朽之談，足爲元慶洩憤。「死於法也」句下引樓迂齋（昉）曰：死於吏、死於法等語，剖判精詳，真辨折得倒。「公羊傳曰」句下引林次崖（希元）曰：引《周禮》、《公羊傳》，便見大意。「合於禮矣」句下引錢豐寰（穀）曰：一篇主意，始見於此。

陸夢龍《柳子厚集選》卷一：大似《公羊》。

蔣之翹輯注《柳河東集》卷四：立論疏越，貶駁得倒。但韓之言純，柳之言鋭，固未可漫致優劣。唐順之曰：此等文字極謹嚴，無一字懶散，理精而文工，《左氏》、《國語》之流也。歸有光曰：子昂此議卻於大綱上説道理，亦不可少。子厚引《禮》以折其非，特爲元慶辯寬地耳。所謂律設大法，理順人情，又不可執一論也。「一而已矣」句下：窮理、本情二語，説得細。「爲典明矣」句下引錢穀曰：以上論旌、誅不可並，至此以達理聞道與元慶，而深抑當時之議誅者，甚有著落。

儲欣《河東先生全集録》卷一：胎息《左》《國》，亦參之《穀梁》，以厲其氣。

吕留良《晚村先生八家古文精選・柳文精選》：專在駁子昂舊議，只是「旌誅莫得而並」一句，一番洗剔，一番精彩，舊議真成粉碎。

林雲銘《古文析義》二編卷六：徐元慶已議旌，則父讎當復，何待再問。然施於百姓相殺，即不必誅，亦不必旌，可也。乃趙師韞爲縣尉，則天子之吏，吏殺人而聽復讎，將來爲吏者，必不敢殺人，且殺人亦必不勝被殺矣。子昂之議，爲防亂計，出於不得已。不知國家大柄全在禮刑，二者以爲勸戒之用，旌所以明禮，誅所以明刑，豈可施之於一人之身乎？柳州此議，當把韓昌黎《復讎狀》參看，方見其妙。昌黎亦引《周禮》、《公羊》二説，與柳相同，但謂《周官》可行，《公羊》不可行，以爲官可誅，異於百姓之相殺耳。又引《周官》云「凡報讎者書於士，殺之無罪」等語，柳州雖以《公羊》不受誅之説爲斷，玩其前段所云「上下蒙冒，吁號不聞」二句，是推究元慶未下手之先，以師韞妄殺之罪，上聞於州牧，刑官不爲伸理，因激而手刃。是與《周官》所云「書於士，殺之無罪」二語脗合，所謂原始而求其端者此也。況爲治賊虐者殺無赦，與爲子賊虐無異。則《公羊》之説不可行而可行，旌誅並行，不應爲典，自是確論。

李光地《榕村語録》卷二九：歐、蘇之文何嘗不好？然見解不甚透，自是本領差，説事説理皆不透。韓、柳便透，如《復讎議》，柳已凌牙厲齒，言之鑿鑿，韓就理論之，更明而盡。

何焯《義門讀書記》卷三五：駁陳有餘，若折典法之中，則必待韓議而後定也。李（光地）云：兩下相殺，及以上誅下，韓辨别分明，柳則質爲一條而已。合此兩篇義與詞觀之，便定韓、柳優劣。或言柳議過韓者，不知文者也。「蓋聖人之制」至「又何旌焉」：李云：議論在韓範圍之中，猶不若韓之渾涵。蓋聖人制法所難明著者，今固不得而明著之也。「春秋公羊傳」至「則合於禮矣」：《公羊》之説，蓋謂父以非罪見殺於君者也，安得並引以斷兩下相殺哉？此柳子少年之作，於治經尚疎。至「復讎不除害」五字，不加裁翦，乃小失耳。

康熙敕纂《御選古文淵鑒》卷三七：挈出「刑」、「禮」二字，並提作骨，駁辨至爲精核。西山真德秀云：退之亦有復讎之議，終不若子厚此文明白痛快。

沈德潛《唐宋八家文讀本》卷七：理無兩是，旌與誅，判是非以行賞罰也，天下有是非賞罰並行之理哉？元慶手刃父讎，束身歸罪，宜旌不宜誅，明矣。前半論平旨，側後見元慶非敵讎王法之人，論懸日月，可以不朽。

吴楚材、吴調侯《古文觀止》卷九：「永爲國典」句下：叙述其事作案。「獨過之」句下：總駁一句。「殺無赦」句下：以禮、刑大本上説起，是議論大根原處。「得而並焉」句下：一句點醒，破其首鼠兩端之説。「壞禮甚矣」句下：互發以足上句意。「可乎」句下：以上泛言旌誅並用之非。「一而已矣」句下：此言聖人旌誅不並用，窮理本情四字，甚細。「判然離矣」句下：承上正轉一筆，起下二段議論。「又何誅焉」句下：一段寫旌之不宜誅。「又何旌焉」句下：一段寫旌之不宜誅。二段透發旌與誅，莫得而並之意。「其亂誰救」句下：述子昂原議。「不亦甚哉」句下：此段申明讎字之義，正駁子昂言讎之失。「合於禮矣」句下：引《周禮》、《公羊》，以明殺人不義，與不受誅者，皆可復讎。論有根據，一篇主意，具見於此。「爲典明矣」句下：收段就元慶立論，所以重與之，而深抑當時之議誅者，是通篇結案。總評：看叙起「手刃父讎、束身歸罪」八字，便見得宜旌不宜誅。中段是論理，故作兩平之言。後段是論事，故作側重之語。引經據典，無一字游移，乃成鐵案。

王之績《鐵立文起》前編卷六：王懋功曰：然爲駁議者，文欲明白痛快，能如柳柳州之《駁復讎議》，則善矣。

又後編卷三：王懋公曰：如漢劉歆《毁廟議》，唐柳宗元《駁復讎議》，即昌黎猶不能及。

過珙《古文評注》卷七：只「旌誅莫得而並」一句，便已駁倒。以下設爲兩段議論，深明旌誅所以不可並處，更明白痛快，蕭、曹恐亦無此卓識。

浦起龍《古文眉詮》卷五二：元慶之事往矣，此因檢閲成例，見陳拾遺議並用誅旌而駁之，以旌誅不並施立論柱，以宜旌不宜誅歸論旨。韓狀深渾，柳議嚴肅。

乾隆敕纂《御選唐宋文醇》卷一七：韓愈《復讎議》曰：「凡有復父讎者，事發，具其事申尚書省，尚書省集議奏聞，酌其宜而處之。」蓋謂不爲定律，而使朝士引經以斷也。宗元之議，則謂當讎不當讎，自有一定，更爲明白。自明代至今，凡父、祖被人殺，子孫救護，登時殺其人者勿論，非登時，並予杖。其報讎殺官吏如此篇所云者，律無明文。非無明文也，其不當讎歟？自以殺本管官，律論不待言也。其當讎歟？則即用此律科斷，亦不待言也。然則宗元之議，今實用之矣。

孫琮《山曉閣選唐大家柳柳州全集》卷一：前半幅説旌與誅不可並用，後半幅説宜旌不宜誅。蓋前半是論理，故作兩平之論，後半是論事，故作側重之語。前半寫旌誅不可並用，妙在中幅分寫得明暢。後半寫宜旌不宜誅，妙在引證得的確。又引盧文子（元昌）曰：「手刃父讎，束身歸罪」八字立案，見得宜旌不宜誅。

姚範《援鶉堂筆記》卷五〇：柳子厚《駁復讎議》「無爲賊虐，凡爲子者殺無赦」，此豈指父讎不共戴天，父不受誅子復讎言之耶？按此乃推人子遭變而深痛至憤所不能已者，而因爲之，緣事以制禮，揆義以垂刑，豈假是以爲賊虐者之防乎？云無赦，詞意亦未愜當，「且其議曰」以下，亦緩弱不振。荆川云：「不懶散。」望溪云：「義理切，著文亦勁暢，退之以文墨事相推，以有此種耳。」皆余所未允。余欲乙「誅其可旌」五十三字、「嚮使刺讞其誠僞」二十七字、「奮其吏氣」八字、「介然自克」四字。此文疑官禮部時作也。

光聰諧《有不爲齋隨筆》辛：子厚之七世祖慶之兄檜，爲魏興郡守，爲賊黄寶所殺，寶後率衆歸朝，朝廷待以優禮，檜子雄亮，白日手刃寶於長安城中，卒以慶之辭辯獲免。子厚作《駁復讎議》，其亦寄感於先世事歟？

曾國藩《求闕齋讀書録》卷八：柳子厚此議，最爲允當。

王文濡《評校音注古文辭類纂》卷一六引方苞云：《謗譽》、《段太尉逸事狀》、《乞巧文》，皆思與退之比長而相去甚遠，惟此文可肩隨。又引劉大櫆云：子厚此等文雖精悍，然失之過密，神氣拘滯，少生動飛揚之妙，不可不辨。

## 桐葉封弟辯

古之傳者有言〔一〕：成王以桐葉與小弱弟①〔二〕，戲曰：「以封汝。」周公入賀，王曰：「戲也。」周公曰：「天子不可戲。」乃封小弱弟於唐〔三〕。吾意不然。王之弟當封耶？周公宜以時言於王，不待其戲而賀以成之也。不當封耶〔四〕？周公乃成其不中之戲〔五〕，以地以人與小弱者爲之主，其得爲聖乎？且周公以王之言不可苟焉而已，必從而成之耶？設有不幸，王以桐葉戲婦寺〔六〕，亦將舉而從之乎？凡王者之德，在行之何若，設未得其當〔七〕，雖十易之不爲病②。要於其當，不可使易也，而況以其戲乎③？若戲而必行之，是周公教王遂過也。

吾意周公輔成王宜以道，從容優樂，要歸之大中而已，必不逢其失而爲之辭〔八〕。又不當束縛之，馳驟之，使若牛馬然，急則敗矣。且家人父子尚不能以此自克，況號爲君臣者耶？是直小丈夫缺缺者之事〔九〕，非周公所宜用，故不可信。或曰：封唐叔，史佚成之〔一〇〕。

【校記】

① 小弱，《英華》作「少」。

② 十，世綵堂本注：「十，一作千。」

③ 而，《英華》作「又」。其，《英華》作「爲」。

【解題】

［韓醇詁訓］《史記·晉世家》：「成王與叔虞戲，削桐葉爲珪，以與叔虞曰：『以此封若。』史佚因請擇日立之。成王曰：『吾與之戲耳。』佚曰：『天子無戲言。』於是遂封叔虞於唐。」觀此，則桐葉封弟，史佚成之，明矣。若曰「周公入賀」，史不見之。公謂周公之輔成王，宜以道從容，必不逢其失而爲之辭，誠至言也。［百家注引孫汝聽曰］事又見劉向《説苑》。按：桐葉封弟一事，《吕氏春秋·審應·重言》、劉向《説苑·君道》均載其事，賀者亦皆爲周公。《漢書·地理志上》潁川郡父城縣應劭注引《韓詩外傳》、《史記·梁孝王世家》褚先生補，言成王以桐葉戲封者爲應侯，傅瓚、顔師古、張守節皆斥其非。「天子無戲言」之説，目的在神化帝王，似乎咳唾皆成珠玉。柳宗元力駁其説，帝王亦人也，如果説錯，「雖十易之不爲病」；也可嘻笑，「且家人父子尚不能以此自克」。故宗元此文，意在破除「聖人迷信」，並批判某些人「拿着雞毛當令箭」。又按：文以「大中」之道立論，源出《春秋》，爲陸質所講授。《劉夢得文集》卷三《宣歙池觀察使贈左散騎常侍王公神道碑》云王質爲文中子王通

之後，「始文中先生有重名於隋末……以大中立言」；張洎《賈氏譚録》：「文中子，隋末隱白牛溪，著《王氏六經》。北面學者，國初多居佐命之列。劉禹錫盛稱王通能明王道，以大中立言，遊其門者，皆天下俊傑。」當爲王通所發明。

## 【注釋】

〔一〕〔世綵堂〕傳，去聲。

〔二〕〔注釋音辯〕成王與弟唐叔虞戲翦桐葉爲珪曰：「以此封君。」

〔三〕〔百家注引孫汝聽曰〕謂唐叔虞。按：桐、唐，先秦音同。唐地有數説。《史記・晉世家》裴駰集解：「案世本曰居鄂。宋忠曰：鄂地今在大夏。」張守節正義：「《括地志》云：故鄂城在慈州昌寧縣東二里。按與絳州夏縣相近。禹都安邑故城在縣東北十五里，故云在大夏也。然封於河、汾二水之東，方百里，正合在晉州平陽縣，不合在鄂。未詳。」又正義：「《括地志》云：故唐城在并州晉陽縣北二里。城記云：堯築也。《宗國都城記》：唐叔虞之子燮父，徙居晉水傍，今並理故唐城。唐者，即燮父初徙之處也。《毛詩譜》云：叔虞子燮父，以堯墟南有晉水，改曰晉侯。」

〔四〕〔注釋音辯〕當，並如字。

〔五〕〔注釋音辯〕〔韓醇詁訓〕中，去聲。

〔六〕《詩經・大雅・瞻卬》：「時維婦寺。」毛傳：「寺，近也。」《周禮・天官冢宰・寺人》鄭玄注：

「寺之言侍也。」

〔七〕［注釋音辯］［韓醇詁訓］當，丁浪切。

〔八〕［百家注引孫汝聽曰］逢，謂逢迎也。《孟子》曰：「逢君之惡其罪大。」按：見《孟子·告子下》。

〔九〕［注釋音辯］鴃，傾雪切。［韓醇詁訓］鴃，傾雪切。《説文》曰：「器破也。」［百家注引孫汝聽曰］《老子》：「其政察察，而民缺缺。」缺缺，小智貌。與「鴃鴃」同。

〔一〇〕［注釋音辯］童（宗説）云：佚，夷質切。周武王時太史尹佚。事見《史記·晉世家》。按：百家注引童宗説尚云：「佚音逸。」《史記·周本紀》稱史佚，亦稱尹佚。

## 【集評】

呂祖謙《古文關鍵》卷上：此一篇文字，一段好如一段。大抵做文字，須留好意思在後，令人讀一段好一段。又：結束委蛇曲折，有不盡意。不指定史佚，又設一難在此。

王霆震《古文集成》卷六六引東萊（呂祖謙）批：「弱弟於唐」：此一段只是叙事。「吾意不然」：難。「弟當封邪」：開二段説。「苟焉而已」：又難。「行之何若」：自「設有不幸」止「何若」，難得倒處。大抵難文字，須難得倒，譬如争訟，須争得倒。「之不爲病」：前既難倒，須説正理，此幾句卻是正理。「教王遂過也」：破得好。「馳驟之」：意思好。「急則敗矣」：警策。

《新刊增廣百家詳補注唐柳先生文》卷四引黄唐曰：觀經而不盡信於經，始可與言經，觀史而不盡信於史，始可與言史。經、史猶有不可信者，阨於灰燼之餘，汩於異端之學也。謂伊尹以滋味干湯，謂西伯以陰謀傾商，遷史每每如此，豈特翦桐一事誣周公哉？讀遷史者，當知其爲實録，又當知史之失自遷始。

黄震《黄氏日鈔》卷六〇：謂不當因其戲而成之，甚當。

謝枋得《文章軌範》卷二：七節轉换，義理明瑩，意味悠長。字字經思，句句著意，無一字懈怠，亦子厚之文得意者。「得爲聖乎」：第一節。此是正理正論，開下段辯難。「而從之乎」：第二節。又難。「以其戲乎」：第三節。「王遂過也」：第四節。此一轉尤妙，破得好。「而爲之辭」：第五節。「急則敗矣」：第六節。此一段是正理。「史佚成之」：第七節。此一結尤高。（邱維屏評：《桐葉封弟辯》，議論段段摧心破的，全要看他出之婉轉聳快，龍行虎逐，步驟絶佳處。）

吴訥《文章辨體序説・辨》：昔孟子答公孫丑問好辯曰：「予豈好辯哉？予不得已也。」中間歷叙古今治亂相尋之故，凡八節，所以深明聖人與己不能自已之意，終而又曰：「豈好辯哉？予不得已也。」蓋非獨理明義精，而字法句法章法，亦足爲作文楷式。迨唐韓昌黎作《諱辯》，柳子厚《辯桐葉封弟》，識者謂其文斆《孟子》，信矣。大抵辯須有不得已而辯之意，苟非有關世教，有益後學，雖工亦奚以爲？

《王荆石先生批評柳文》卷二：老吏筆。

茅坤《唐宋八大家文鈔》卷二四：此等文並嚴謹，移易一字不得。又引唐荆川曰：此篇與《守原議》、《封建論》二篇，所謂大篇短章，各極其妙。

陸夢龍《柳子厚集選》卷一：如此文正不易得。

蔣之翹輯注《柳河東集》卷四：反覆重疊，愈不厭，如眺層巒，但見蒼翠。謝枋得曰：七節轉換，絶無雷同之弊。李性學（贄）曰：雄健飄肆，有懸崖峭壁之勢。孫鑛曰：老吏手。「而從之乎」句下：一句折倒，使人無從解辯。「君臣者邪」句卜引李性學曰：觀其節接轉換，辯難分明，易見模次第。文末引茅坤曰：結束有不盡意。不指定史佚，又設一難在此。

儲欣《河東先生全集録》卷一：謝疊山先生云七節轉換，余按此文大略三節一結尾耳。第三節論君臣之際尤深。世有自負大儒，交疎官賤，而責其君以家人父子所不堪者，倘遇柳公，得不與鞅鞅者等誚。

儲欣《唐宋八大家類選》卷三：奇正相生。史佚明載《史記》，翻實爲虚，作餘波疑案，最屬文字妙處。

吕留良《晚村先生八家古文精選·柳文精選》：辨難文字，如抽繭絲，緒盡乃止。其間用筆有起倒，有擒縱，勢有順送，有嶮易，一篇之中有數轉，一轉之中有幾折。初學熟此，自無平曼之病矣。

金聖歎批《才子古文》卷一二：裁幅甚短，而爲義弘深，斟酌不盡。不惟文字頓挫入妙，惟處人倫之至道，亦全於此。

林雲銘《古文析義》初編卷五：題目既是個辯，就當還他一個辯體。此篇先以當封、不當封二意夾擊，見其必不因戲行封。次復就戲上設言，戲非其人，何以處之，則戲不可爲真也明矣。然後把「天子不可戲」五字痛加翻駁，以王者之行止求至當，不妨更易，而周公當日輔導正理，不但無代君掩飾其過之事，亦無箝制其君若牛馬之法，則以爲天子不可戲，有戲而必爲之詞者，非周公所宜行，又明矣。篇中計五駁，文凡七轉，筆筆鋒刃，無堅不破，是辯體中第一篇文字。

張伯行《唐宋八大家文鈔》卷四：一折一意，皆是絶頂識見，辯駁得倒。但末段謂不當束縛之云云，議論太鬆。觀伊川諫折柳，方是事君之道。

何焯《義門讀書記》卷三五：「王以桐葉戲婦寺」二句：李（光地）云：設以桐葉戲婦寺，則將易賀爲諫矣。設王曰戲也，則亦將曰「天子無戲言」云爾，庸何悖乎？

沈德潛《唐宋八家文讀本》卷七：一層進一層，一語緊一語，筆端有鋒，無堅不破。

浦起龍《古文眉詮》卷五二：案内「不可戲乃封」五個字拈作辯眼，盡之矣。後片論不可，尤深。在陸言疏賤而責其君以家人所不堪，蓋隱指伊川訶哲宗事。愚意前史中如封桐等，直宜斷之曰無。

吴楚材、吴調侯《古文觀止》卷九：「吾意不然」句下：一句抹倒。「以成之也」句下：一層。「得爲聖乎」句下：二層。「而從之乎」句下：三層。「王遂過也」句下：此段方是正論，嚴切不留餘漏。下乃就周公身上另起，再作斷。「而爲之辭」句下：一層。「急則敗矣」句下：言不能從容優樂，若制牛馬然，束縛之使不得行，馳驟之使之必行，迫之太甚，則敗壞矣。二層。「君臣者邪」句下：言父子之間，尚不能以束縛馳驟之事相勝，何況君臣。三層。「故不可信」句下：正結一段。文末：結束有不盡意，不指定史佚，妙。總評：前幅連設數層翻駁，後幅連下數層斷案，俱以理勝，非尚口舌便便也。讀之反覆重疊，愈不厭，如眺層巒，但見蒼翠。

汪基《古文喈鳳新編》卷七：辨之爲言，判別也。論者云：其原出於《孟子》，蓋本於至當不易之理，而以反復曲折之詞發明之。比於良吏斷獄，任堂下人支吾其詞，隨難而倒。直令心服，無可置喙，乃盡其義。韓、柳二家，實推擅場。然此視韓辨，尤爲煞有關係文字。葛巖評：就一戲字反復剥擊，説出聖賢正大之理，以壓倒傳言。筆力謹嚴，氣體遒健，唐文人中自樹一幟，此所以俎豆不祧也。

乾隆敕纂《御選唐宋文醇》卷一一：桐葉封弟事雖載《史記》及劉向《説苑》，然年遠傳訛，如此不可信者衆矣。宗元辯此，具有確見。至云：「王者之德在行之何，若設未得其當，雖十易之不爲病。要於其當，不可使易也。」語尤切至。雖然，要於其當，豈不難哉！非具太公無我之量，實有正心誠意之學，考之詩書，博之史籍，而識古人之所已經，極之民風土俗之不齊，物情事勢之屢變，而識今時之所宜稱，析之入於錙銖而不爽，挈之舉乎六合而不遺，知周乎萬物，而懷匹夫匹婦一能勝予之心，道濟乎天下，而視堯舜事業若浮雲太虛之過者，其孰能事事要乎其當哉！不得其當而不知易，自必又有得其當而妄易之者也。具曰：「予聖誰知，烏之雌雄。」君子所以有終身之憂，而未嘗一日以位爲樂歟？成王之詩曰：「惟予小子，不聰敬止。日就月將，學有緝熙於光明。」於戲，其庶幾乎？

朱宗洛《古文一隅》卷中：凡文章必須於接落過脈處見精神，如此文首段叙事，次段翻駁，末段斷案，其段落次序易明。余最愛其中間「王者之德」一段，接上生下，令文勢停蓄，而血脈流貫，此最文章有氣度、有力量處。蓋筆不流則滯，不留則味便薄，此機與氣之所以一而二、二而一也。惟留處有流，流處亦留，則神乎技矣。讀此文中段可悟。

孫琮《山曉閣選唐大家柳柳州全集》卷四：一篇短幅問字，讀之卻有無限鋒芒。妙在前幅連設三層翻駁，後幅連下四五層斷案，於是前幅遂有層波疊浪之勢，後幅亦有重岡複嶺之奇。

余誠《古文釋義》卷八：此文之層層辯駁，一層緊一層，一層好一層，盡人所知也。然尤須知次段「周公宜以時言於王」是從「賀」字對面看出，三段「以地易人」是從「小弱」著眼，四段「婦寺」又是從「弟」字上想出，五段「王者之德」數語又是從「戲」字上想出，「輔成王」段又是緊從「周公」看出。且段段皆著意周公，總妙在能於首段中字字勘出破綻，又能於破綻處發出正理，所以奇警驚人。可見精卓文字，只不過將題目勘得透徹耳，原無他妙巧也。後學悟此，思過半矣。

蔡鑄《蔡氏古文評注補正全集》卷七：過珙評：辨難文字難得倒，猶争訟者要争得倒。觀其節節轉换，節節翻駁，讀上節不料其有下節，讀下節不料其又有下節，意味悠長，是令人讀一段好一段。蔡氏評：按封唐叔事，《吕覽·重言》篇以爲周公，《説苑·君道》篇採之，《史記·晉世家》則以爲史佚。篇中計五駁，文凡七轉，筆筆鋒刃，無堅不破，是辨體中上乘之文。但柳文雖筆鋒犀利，終有强詞奪理處。方宗城云：此文陳義雖正，實未知周公所以輔成王之心，大臣事君，務格君心之非，於幼主尤當涵養其氣質，薰陶其德性。王與弟戲，乃其親愛之心出於至誠也。周公入賀，所以養其良知良能也。及王曰戲，則不曰不可戲以戒之，但言小弱弟不可不封，以成其美，而薰陶其德性，涵養其氣質，而又以格異日之非，心非聖人不能若是也，子厚豈足以知之？持論殊屬精到，尤勝子厚。

章懋勳《古文析觀解》卷五：按晉世系，桐葉封弟乃史佚事。若周公入賀之説，議論出自劉向《苑》中。史未詳載，而見於別傳，必無之事也。昌黎（按：當作子厚）之辯，正欲駁倒周公入賀一説耳，故先將當封不當封兩路夾敲，見得必不因戲成封。復就戲上設言，「倘戲非其人，將何法處之」，只此二語，斬釘截鐵，駁盡疑案。妙在後把天子不可戲痛加翻駁。王者御世，一言一行，惟求其理之至當，設或理有未合，不妨更易，務規於至當。周公輔導成王，不但無代君飾過之事，併無箝制其君若牛馬者然。故昌黎反覆辯難，只是出脱周公。尤妙在臨了結出史佚來，便不置深辯，留有餘不盡之意。篇中計五段七轉，段段辯難，轉轉緊嚴，頓挫入神，是辯體中第一文字。

平步青《霞外攟屑》卷七上：蕫隖云：封唐叔事，《吕覽·重言》篇以爲周公，《説苑·君道》篇採之，褚先生補《史記·梁孝王世家》從之，若《晉世家》則以爲史佚。庸按：柳州本以《史記》爲主，特借《吕覽》爲文之波瀾，翻空出奇耳。結尾反點，又故作疑詞，使人忘其匠巧。昌黎《對禹問》以《孟子》「天與賢」語作翻筆，不知通篇實從此作丹頭點化來，同一法也。

王符曾《古文小品咀華》卷三：理足機圓，神清氣渾。結處忽作一掉，更覺通體皆靈。

王文濡《評校音注古文辭類纂》卷二引方苞曰：此篇苦效韓公《子郤克分謗》篇，筆墨之跡，劃然可尋。

林紓《韓柳文研究法·柳文研究法》：翦桐一事，《史記·晉世家》有之，《説苑》亦然。鄙見不盡可據爲實録，即不辯亦可。辯中謂以桐葉封婦寺，亦將舉而從，周公大聖，豈憒憒至此！柳州此語，特用爲瀾耳。文中大要，在「王者之德行之何若，設未得其當，雖十易之不爲病，要於其當，不可使易也」數語，實深明大體之言。

林紓選評《古文辭類纂》卷一：此事見《史記·晉世家》，實史佚，非周公也。至周公入賀，史不之見，而《説苑》中亦曾記之。文用「當封」、「不當封」二字，已得立言之體。婦寺事，特推其流弊所至，萬無其事。上用兩「當」字、「如」字，下用兩「當」字（丁浪切），妙極。未成事而中於理曰當（丁浪切）。不易者，遂過也。戲而成之而不敢易，決非周公之意，斷以不可信，大有史眼。此篇無他妙巧，但理正詞嚴，令讀者肅然耳。

高步瀛《唐宋文舉要》甲編卷四：首句下引汪武曹曰：下字便含有不可信意。「天子不可戲」句下引汪武曹曰：説逢其失而爲之辭，帶束縛之急意。「弱弟于唐」句下：以上立案。「吾意不然」句下：一句轉正。李剛己曰：「轉捩迅捷。」按此雖常語，然使非先著此句，駁倒上文，揭明主意，則以下數行文字均散緩不得勢矣。「以成之也」句下引汪武曹曰：本使言戲，言不可行，卻自先有不待戲一層，説得極周帀。「得爲聖乎」句下引李剛己曰：自「王之弟當封耶」以下，純用宕漾之筆，以展拓文勢。「而成之耶」句下引唐荆川曰：轉。「而從之乎」句下引汪武曹曰：較小弱者更進一層。又引李剛己曰：此數語駁辯至爲透快，然其用筆則仍取宕漾之勢。「行之若何」句下引唐荊川曰：轉。「不可使易也」句下引汪武曹曰：上文説戲言不可必行，此又再上一層言，即使真實，所行不當，不妨屢易，則戲言之不當成之愈見矣。此意説得更周帀。「王遂過也」句下引謝疊山曰：此一轉尤妙。又引李剛己曰：自「凡王者之德」以下，爲前半篇文字結穴，筆勢雖仍屈曲盤旋，然較上文則爲堅重。即此可悟浮聲切響之法。又總説：以上言周公必不因君戲言以成其事。「輔成王」句下引唐荊川曰：轉。「大中而已」句下引沈德潛曰：與不中應。「而爲之辭」句下引汪武曹曰：上文皆説不當逢其失而爲之辭，此處説宜從容輔導，卻仍從不當逢其失説來，乃牽上搭下法。「君臣者耶」句下引李剛己曰：此數語提頓有力。「故不可信」句下引汪武曹曰：收周公開出結句。又引李剛己曰：斷制森嚴。又總説：以上又以輔君之道斷其不然。「或曰」句下引唐荊川曰：轉。「史佚成之」引李剛己曰：結筆妙遠不測。總評又引李剛己曰：此文名言至論，間見層出，令人應接不暇，此製局之妙也。

## 辯列子

劉向古稱博極群書〔一〕，然其録《列子》獨曰鄭穆公時人，穆公在孔子前幾百歲，《列子》書言鄭國，皆云子産、鄧析〔二〕，不知向何以言之如此？《史記》：鄭繻公二十五年①〔三〕，楚悼王四年，圍鄭，鄭殺其相駟子陽〔四〕。子陽正與列子同時。是歲，周安王四年②，秦惠公③、韓列侯、趙武侯二年，魏文侯二十七年，燕釐公五年〔五〕，齊康公七年，宋悼公六年，魯穆公十年〔六〕。不知向言魯穆公時遂誤爲鄭耶？不然，何乖錯至如是？其後張湛徒知怪《列子》書言穆公後事〔七〕，亦不能推知其時。然其書亦多增竄④，非其實。要之，莊周爲放依其辭〔八〕，其稱夏棘、狙公、紀渻子、季咸等〔九〕，皆出《列子》，不可盡紀。雖不概於孔子道，然其虚泊寥闊，居亂世，遠於利，禍不得逮乎身⑤，而其心不窮，《易》之「遁世無悶」者〔一〇〕，其近是歟？余故取焉。其文辭類《莊子》，而尤質厚，少爲作〔一一〕，好文者可廢耶⑥？其《楊朱》、《力命》〔一二〕，疑其楊子書。其言魏牟、孔穿皆出列子後〔一三〕，不可信。然觀其辭，亦足通知古之多異術也⑦，讀焉者慎取之而已矣。

【校　記】

① 五，原作「四」，據《唐宋文舉要》改。高步瀛《唐宋文舉要》甲編卷四：「案『四』當作『五』，蓋涉下文『四』字而誤。此下皆依《史記·六國表》，其不合者，殆皆傳寫之誤。」按此文云「圍鄭，鄭殺其相駟子陽」，事在楚悼王四年，即鄭繻公二十五年。

② 四，原作「三」，據《全唐文》改。何焯《義門讀書記》卷三五：「『是歲周安王三年』，當是四年。」據《史記·六國年表》，亦當作「四年」。

③ 公，原作「王」，據《全唐文》改。何焯《義門讀書記》卷三五：「『惠王』當是『惠公』。」

④ 世綵堂本注：「一本『多』下有『遭』字。」《全唐文》即作「多遭」。

⑤ 乎，注釋音辯本、《全唐文》作「于」。

⑥ 世綵堂本注：「一本（者下）有『其』字。」

⑦ 世綵堂本注：「術，一本作述。」

**【解　題】**

［注釋音辯］列禦寇所作，唐號《沖虛至德真經》。［韓醇詁訓］公謂列子當在魯穆公時，其曰鄭穆公時非是，言實信然。蓋嘗考之：鄭穆公立於周襄王二十五年，則其生當在周莊、惠王之際，其去孔子生於周靈王二十年，誠幾百歲。若列子當鄭穆時，則是先夫子而生已若干年，今觀其書乃有《仲尼篇》，且多所紀述夫子及諸門弟事，則列子當生魯穆時，而非鄭穆時決矣。一字之誤乃爾哉！魯穆公之立，在夫子既没之後云。［百家注引孫汝聽曰］《漢志》：「《列子》八篇，先於莊子，莊子稱之。」［蔣之翹輯注］《漢志》：「《列子》八篇，姓列名禦寇。或名圄寇。先於莊子，故莊子稱之。」其學本於黄帝、老子清虛無爲，務崇不兢，唐號《沖虛真經》云。按：《列子》卷首劉向《列子書録》：「列子者，鄭人也，與鄭繆公同時，蓋有道者也。其學本於黄帝、老子，號曰道家。道家者，秉要執本，清虛無爲，及其治身接物，務崇不競，合於六經。而《穆王》、《湯問》二篇，迂誕恢詭，非君子之言也。至

於《力命篇》一推分命，《楊子》之篇唯貴放逸，二義乖背，不似一家之書。然各有所明，亦有可觀者。孝景皇帝時貴黄老術，此書頗行於世，及後遺落，散在民間，未有傳者。且多寓言，與莊周相類，故太史公司馬遷不爲列傳。」柳宗元以爲「鄭穆公」當作「魯穆公」，不如以「鄭繆公」爲「鄭繻公」之誤爲近是。（「繆」、「穆」二字通用。）葉大慶《考古質疑》卷三：「按繆公（原注：案以下『繆公』即上『鄭穆公』二字，古通用，原本未畫一，今姑仍之）立於魯僖三十二年，薨於魯宣三年，正與魯文公並世。《列子》書《楊朱篇》云：『孔子伐木於宋，圍於陳蔡。』夫孔子生於魯襄二十二年，繆公之薨五十五年矣，陳蔡之厄，孔子六十三歲，統而言之已一百十八年，列子，繆公時人，必不及知陳蔡之事，明矣。況其載魏文侯、子夏之問答，則又後於孔子者也。不特此爾，第二篇載宋康王之事，第四篇載公孫龍之言，是皆戰國時事，上距鄭繆公三百年矣。晉張湛爲之注，亦覺其非，獨於公孫龍事乃云：『後人增益，無所乖錯，而足有所明，亦何傷乎。』如此皆存而不除。大慶竊有疑焉。因觀《莊子·讓王》篇云：『子列子窮，貌有飢色，客有言於鄭子陽曰：列禦寇，有道之士也，居君之國而窮，君無乃不好士乎？子陽即令官遺之粟，列子再拜而辭。使者去，其妻曰：妾聞爲有道者之妻子，皆得佚樂，今有飢色，君過而遺先生食，先生不受，豈不命耶！列子笑曰：君非自知我也，以人之言而遺我粟，至其罪我也，又且以人之言，此吾所以不受也。其卒，民果作難而殺子陽。』觀此，則列子與鄭子陽同時。及考《史記·鄭世家》，子陽乃繻公時，二十五年殺其相子陽，即周安王四年癸未歲也。然則列子與子陽乃繻公時人，劉向以爲繆公，意者誤以『繻』爲『繆』歟？雖然，大慶未敢遽以向爲誤，姑隱之於心。續見蘇子由《古史列子傳》，亦引辭粟之事，以爲禦寇與繻公同時。又觀吕東萊《大事記》云：『安王四年，鄭殺其相駟子陽。』遂及列禦寇之事，然後因此以自信。蓋列與莊相去不遠，莊乃齊宣、梁惠同時，列先於莊，故莊子著書多取其言也。若列子爲鄭繻公時人，彼公孫龍乃平原之客，赧王十七年，趙王封其弟勝爲平原君，則公孫龍之事蓋後於子陽之死一百年矣，而宋康王事又後於公孫龍十餘年，列子烏得而豫書之？信乎後人所增，有如張湛之言矣。然則劉向之誤，觀者不可不察，而公孫龍、宋康王之事爲後人所增益，尤不可以不知。」胡應麟《少室山房筆叢》卷二七《九流緒論上》：「劉向叙《列子》，以鄭穆公同時，柳子厚謂穆公前孔子百年，當是繻公，舉繻公二十四年鄭殺其相子陽爲證。當矣。或謂向之誤當由古文以穆公爲繆公，『繻』與『繆』字相近，非魯穆公故也。余以中壘博極群書，不應乖錯至是，當是向序本作『繻公』，後人不解，因見秦、魯二公皆謚繆，遂改『繻公』爲『繆公』。繆、穆音義本同，故『繆』再譌爲『穆』，而與『繻』迥不同矣。張湛注亦以穆公爲疑，則知晉世已誤，不始唐也。」誠然，鄭繻公與魯穆公同時。

【注　釋】

〔一〕《漢書·藝文志》：「至成帝時，以書頗散亡，使謁者陳農求遺書於天下，詔光禄大夫劉向校經傳諸子詩賦，步兵校尉任宏校兵書，太史令尹咸校數術，侍醫李柱國校方技。每一書已，向輒條其篇目，撮其指意，録而奏之。」劉向，《漢書》有傳。

〔二〕［蔣之翹輯注］鄧析，鄭國辯智之士，執兩可之説，而時無抗者。按：《列子·力命》：「鄧析操兩可之説，設無窮之辭，當子産執政，作竹刑，鄭國用之，數難子産之治，子産執而戮之，俄而誅之。」《楊朱》篇亦提到子産、鄧析。《仲尼》篇提到鄧析。張湛注曾辯鄧析非子産所殺。

〔三〕［注釋音辯］［韓醇詁訓］繻音須。

〔四〕［蔣之翹輯注］鄭殺其相駟子陽事詳《史記·鄭世家》。

〔五〕［注釋音辯］釐，古文僖字。［韓醇詁訓］僖公，古文並用釐，虚其切。

〔六〕［百家注引孫汝聽曰］此皆據《史記·年表》。

〔七〕［百家注引孫汝聽曰］（張）湛，字處度，東晉人。注《列子》。

〔八〕［注釋音辯］放，方往切。按：通「仿」。

〔九〕［注釋音辯］［韓醇詁訓］湝音省。［蔣之翹輯注］狙，子余切。棘，《列子》作革，《莊子》作棘。湝音省。夏棘字子棘，湯大夫。狙公好養猿猴，宋人。紀姓，湝名。爲周宣王養鬭雞者季咸，神巫也。按：夏棘，《莊子·逍遥遊》「湯之問棘也是已」，《列子·湯問》作「殷湯問於夏革」。狙公，見《莊子·齊物論》、《列子·黄帝》。紀湝子，見《莊子·達生》、《列子·黄帝》。季咸，見《莊子·應帝王》、《列子·黄帝》。此外，兩書互見者尚有多處。高似孫《子略》卷二：「然則是書（《列子》）與《莊子》合者十七章，其間尤有淺近迂怪者，特出後人會萃而成之耳。」姚際恒《古今僞書考》：「意戰國時本有其書，或莊子之徒依託爲之者，但自無多，其餘盡後人所附益也。以莊稱列，則列在莊前，故多取莊書以入之。至其言西方聖人，則直指佛氏，殆屬明帝後人所附益無疑。佛氏無論戰國未有，即劉向時又寧有耶？……後人不察，咸以《列子》中有《莊子》，謂《莊子》用《列子》，不知實《列子》用《莊子》也。」

〔一〇〕《周易·乾》：「遯世無悶。」

〔一一〕高步瀛《唐宋文舉要》甲編卷四：「少爲作，猶言少造作，其文自然也。方、姚選『爲』字作『僞』，僞、爲雖通用，然柳集各本皆作『爲』，不作『僞』。」

〔一二〕［注釋音辯］《列子》篇名。按：高步瀛《唐宋文舉要》甲編卷四：「案楊朱書不傳，賴此稍見大略，雖亦後人僞託，然或輯他書，或舊説相傳，未必全出臆造也。」

〔一三〕［蔣之翹輯注］魏牟，文侯子。孔穿，孔子之孫，公孫龍弟子也。見《列子·仲尼》篇。按：《列子》多有後人附益之者，姚際恒《古今僞書考》已言之。《四庫全書總目》卷一四六《列子》提要：「今考第五卷《湯問篇》中併有鄒衍吹律事，不止魏牟、孔穿，其不出禦寇之手，更無疑義。」

【集　評】

《新刊增廣百家詳補注唐柳先生文》卷四引黄唐曰：《列子》之書，其言皆出於列子之後，《文子》之書，或合孟子數家之旨，亦可謂駁而不純矣，而不甚斥於柳子者，蓋君子論人，愛憎有權。陽虎竊寶玉、大弓，乃魯之賊，而爲富不仁之言，《孟子》稱之於七篇，憎而知其善者也。子厚之於二書，亦

《孟子》取陽虎之意歟？

王世貞《讀列子》：吾始好《列子》文，謂其與《莊子》同，叙事而獨簡勁有力，以爲差勝之，于鱗亦以爲然。而柳子厚故謂《列子》辭尤質厚，少譌作。最後稍熟《莊子》，始知《列子》之不如《莊子》遠甚。凡《列子》之談理引喻皆明淺，僅得其虚泊無爲以幻破（闕）於膚膜之間，而《莊子》則往往深入而探得其髓，其出世處世之精妙，有超於揣摩意見之表者。至其措句琢字，出鬼入神，固非《列子》之所敢望也。吾意《列子》非全文，其文當缺，而後有附會之者。凡《莊子》之所引微散漫，而《列子》之所引則簡勁，疑附會之者因《莊子》之文而加劘琢者也。柳柳州《列子辨》獨舉劉向所稱爲鄭穆公時人，以穆公在孔子前百餘歲，而歷舉列子在繻公時與其相駟子陽證其非。夫《列子》引孔子不一而足，是可知已，又何必别引子陽以爲證？且向寧不自知其非鄭穆公？「穆」之一字，當由傳録者訛，柳州之辨其所不必辨，尤可笑也。（《讀書後》卷一）

茅坤《唐宋八大家文鈔》卷二四：孔子没，而百家之言各出其見，以相揣摩，而柳子厚爲之辨析，並有指歸可觀覽。

蔣之翹輯注《柳河東集》卷四引虞集曰：孔子没而百家之言各出，其見以相揣摩，而柳子厚爲之辯析，並有指歸，可觀覽。「至如是」句下評：一字之誤乃爾，校書者不可不慎也。「可廢耶」句下引朱熹曰：《孟子》、《莊子》，文氣俱好，《列子》便有迂僻處，《左氏》亦然，皆好高而少事實。因言《列子》語，佛氏多用之。《莊子》全寫《列子》，又變得峻奇。《列子》語温純，故柳子厚常稱之。

何焯《義門讀書記》卷三五：「然其書亦多增竄非其實」二句：李（光地）云：又轉一意，言雖非孔子前，要是莊周以前人也。「其楊朱力命」至「不可信」：楊朱、力命，《列子》篇名。此數句發明增竄也。李云：諸辨皆極簡嚴有法。

焦循批《柳文》卷一三：考核精，文氣疏宕，足以舉之。又：精當無支葉，考證之文，當以此爲法。

王文濡《評校音注古文辭類纂》卷七引方苞云：古雅澹蕩。又云：朱子云：《列子》語，佛氏多用之，《列子》語温醇，《莊子》全用之，又變得峻奇。子厚稱其質厚少僞作，爲莊周放依其辭，皆古人讀書有特識處。又引張裕釗云：史公論贊，用意反側蕩漾，尺幅具尋丈之勢，惟孫、吴、白起、魏其傳另是一體。子厚辨諸子文從此出。又云：柳州辨諸子極峻，與退之不相上下。韓、柳之峻，時時提起，直接直轉，極具爐錘，如高山深谷，可尋階級而上。半山之峻，破空而來，意取直上，斗然險絶，如峭壁懸崖，故文境較瘦削，而氣味之厚則遜。

高步瀛《唐宋文舉要》甲編卷四：「推知其時」句下：以上辯《列子》時代之誤。「放依其辭」句下：此説未是，乃《列》放依《莊》，非《莊》放依《列》也。「余故取焉」句下：以上《列子》亦有可取者。「少爲作」句下：此評亦未確，姚首源（際恒）已譏之矣。「不可信」句下：以上又辯《楊朱》、《力命》二篇出列子後，不可信。文末：以上讀《列子》之法。

## 辯文子

《文子》書十二篇，其傳曰老子弟子〔一〕。其辭時有若可取①，其指意皆本老子②，然考其書③，蓋駁書也。其渾而類者少，竊取他書以合之者多。凡孟、管輩數家④，皆見剽竊⑤〔二〕，嶢然而出其類〔三〕。其意緒文辭，叉牙相抵而不合〔四〕，不知人之增益之歟？或者衆爲聚斂以成其書歟？然觀其往往有可立者，又頗惜之，憫其爲之也勞⑥。今刊去謬惡亂雜者，取其似是者，又頗爲發其意〔五〕，藏於家。

【校　記】

① 世綵堂本注：「一去『若』字。」

② 意，詁訓本作「書」。

③ 考，注釋音辯本作「考」，並注：「考即考字。」

④ 世綵堂本注：「一去『凡』字。」孟管，注釋音辯本作「孟子」。

⑤ 世綵堂本注：「竊，一本作劫。」

⑥ 世綵堂本注：「一無也字。」

【解　題】

［注釋音辯］或曰姓辛名研，字文子，號曰計然，葵丘濮上人。范蠡之師。［韓醇詁訓］《史記·范蠡傳》：「文子姓辛名研，文子其字也，葵丘濮上人，號曰計然。其書十二篇。」案《唐·藝文志》有徐靈府注，有李暹訓注。其學蓋受於老子，或者謂此書特文子録老子遺言爲十二篇。且劉向所録止九卷，今觀公之文，與《藝文志》及徐、李所注卷數皆合，豈暹等有以析之歟？［百家注引孫汝聽曰］《漢志》：《文子》九篇，與孔子同時，而稱周平王問，似依託者也。按文子稱墨子，墨子稱吴起，皆周安王時人。［蔣之翹輯注］李暹注《文子》，其傳曰：「文子姓莘名研，文子其字也，葵丘濮上人，號曰計然。范蠡師事之。本受業於老子，録其遺言爲十二篇云。」按劉向録《文子》九篇而已。《唐志》録暹注，又有徐靈府注，與子厚所稱篇次皆合，豈徐、李有以折之歟？顔師古以其與孔子並時，而稱周平王問，疑依託者。然三代之書既經嬴秦灰燼之後，幸而存者，其錯亂參差，類如此。按：《漢書·藝文志》道家有《文子》九篇，注曰：「老子弟子，與孔子並時，而稱周平王問，似依託者也。」《隋書·經籍志三》録《文子》十二卷，注云：「《七略》有九篇，梁《七録》十卷，亡。」《新唐書·藝文志三》有徐靈府、李暹注《文子》各十二卷，並云天寶元年詔號《文子》爲《通玄真經》。晁公武《郡齋讀書志》卷三上《文子》：「右李暹注，其傳曰：姓辛氏，葵丘濮上人，號曰計然，范蠡師事之。本受業於老子，文子録其遺言爲十二篇云。按劉向録《文子》九卷而已，《唐志》録暹注，與今篇次同，豈暹析之歟？顔籀以其與孔子並時，而稱周平王問，疑依託者。然三代之書經秦火之後，幸而存者，其錯亂參差類

如此。《小雅》，周公作也，而有張仲孝友；列子，鄭穆公時人，而有子陽餽粟是也。李暹師事僧般若流支，蓋元魏人也。」陳振孫《直齋書録解題》卷九《文子》：「題默希子注，案《漢志》有《文子》九篇，老子弟子，與孔子同時，而稱周平王問，似依託者也。又案《史記·貨殖傳》徐廣注：計然，范蠡師，名鈃。裴駰曰：計然，葵丘濮上人，姓辛氏，字文子。默希子引以爲據。然自班固時已疑其依託，況又未必當時本書乎？至以文子爲計然之字，尤不可考信。柳子厚亦辨其爲駁書，而亦頗有取焉。默希子，不著名氏，晁公武曰：唐徐靈府自號也。」洪邁《容齋續筆》卷一六：「《漢書·貨殖傳》：粤王句踐困於會稽之上，迺用范蠡、計然，遂報彊吴。孟康注曰：姓計名然，越臣也。蔡謨曰：計然者，范蠡所著書篇名耳，非人也。謂之計然者，所計而然也。群書所稱句踐之賢佐，種、蠡爲首，豈復聞有姓計名然者乎？若有此人，越但用半策，便以致霸，是功重於范蠡，而書籍不見其名，史遷不述其傳乎？顔師古曰：蔡説謬矣。《古今人表》計然列在第四等，一名計研。班固《賓戲》研桑心計於無垠，即謂此耳。計然者，濮上人也，嘗南遊越，范蠡卑身事之。其書則有《萬物録事》，見《皇覽》及《晉中經簿》。又《吴越春秋》及《越絶書》並作計倪，此則倪、研及然聲皆相近，實一人耳，何云書籍不見哉？予按唐貞元中馬總所述《意林》一書，抄類諸子百餘家，有《范子》十二卷，云：計然者，葵丘濮上人，姓辛字文子，其先晉國之公子也。爲人有内無外，狀貌似不及人，少而明學陰陽，見微知著，其志沈沈不肯自顯，天下莫知，故稱曰計然。時遨遊海澤，號曰漁父，范蠡請其見越王，計然曰：越王爲人烏喙，不可與同利也。據此，則計然姓名出處，皎然可見。裴駰注《史記》亦知引《范子》。

《北史》蕭大圜云：留侯追蹤於松子，陶朱成術於辛文，正用此事。曹子建表引《文子》，李善注以爲計然，師古蓋未能盡也。而《文子》十二卷李暹注，其序以謂范子所稱計然，但其書一切以老子爲宗，略無與范蠡謀議之事。《意林》所編文字正與此同。所謂《范子》，乃别是一書，亦十二卷，馬總只載其叙計然及他三事，云餘並陰陽曆數，故不取，則與《文子》了不同，李暹之説誤也。《唐·藝文志》：《范子》、《計然》十五卷，注云范蠡問，計然答，列於農家，其是矣。而今不存。」《四庫全書總目》卷一四六《文子》提要：「因《史記·貨殖傳》有范蠡師計然語，又因裴駰《集解》有計然姓辛字文子，其先晉國公子語，北魏李暹作《文子》注，遂以計然、文子合爲一人，文子乃有姓有名，謂之辛鈃。案馬總《意林》列《文子》十二卷，注曰：周平王時人，師老君。又列《范子》十三卷，注曰：並是陰陽曆數也。又曰計然者，葵邱濮上人，姓辛名文子，其先晉國公子也，其書皆范蠡問而計然答。是截然兩人兩書，更無疑義。暹移甲爲乙，謬之甚矣。柳宗元集有《辨文子》一篇，稱其旨意皆本《老子》，然考其書，蓋駁書也。……是其書不出一手，唐人固已言之。然宗元所刊之本，高似孫《子略》已稱不可見，今所行者仍十二篇之本，别本或題曰《通元真經》，蓋唐天寶中嘗加是號，事見《唐書·藝文志》云。」以文子即計然、姓辛之説已遭多家駁斥，顯不成立。文子當有其人，也有其書，其與平王對話也可能是文子依託，但後世所傳《文子》的情況卻相當複雜，後人附益之者亦復不少，正如姚際恒《僞書考》云：「辯其文者柳子厚……可謂當矣。其書雖僞，然不全僞也，謂之駁書，良然。」

【注 釋】

〔一〕［注釋音辯］唐有徐靈府注，又有李暹訓注。或謂其書録老子遺言。

〔二〕高步瀛《唐宋文舉要》甲編卷四：「案如《精誠篇》憂民之憂者云云，出《孟子·梁惠王下》，處於不傾之地云云，出《管子·牧民篇》，皆直襲其語。又《上德篇》濯足濯纓之語，本《孟子·離婁上》，酌水車薪之語，本《孟子·告子上》，《自然篇》海不讓水潦之語，本《管子·形勢解》，其餘襲其意而異其文者，不可枚舉。要之《文子》一書，襲用《淮南子》者最多，而管、孟以及莊、荀、吕、韓等次之，其爲剽竊諸書而成無疑也。」

〔三〕［注釋音辯］童（宗説）云：嶢音堯，山高貌。或作嶤。［韓醇詁訓］嶢音堯。《説文》：「山危貌。」

〔四〕［韓醇詁訓］叉，初加切。《説文》：「手指相錯。」牙，朱加切。《説文》：「齒也，象上下相錯之形。」按：叉牙，即杈枒。《文選》王延壽《魯靈光殿賦》「枝撑杈枒而斜據」，李善注：「杈枒，參差之貌。」

〔五〕［注釋音辯］爲，去聲。

【集 評】

高似孫《子略》卷二：柳子厚以《文子》徐靈府注十二卷，及李白等注十二卷。天寶中以文子爲通玄真經子，爲老子弟子。其辭指皆本之《老子》，其傳曰老子弟子。雖其辭指柳子厚以爲時有若可取，蓋駁書也。凡孟子數家，皆入剽竊，文詞又互相抵而不合，人其損益之歟？或聚斂以成其書歟？乃爲刊去謬亂，頗發其意。子厚所刊之書，世不可見矣。今觀其言曰：「神者智之淵，神清則智明。智者心之府，智公則心平。」又曰：「上學以神聽之，中學以心聽之，下學以耳聽之。」又曰：「貴則觀其所舉，富則觀其所欲，貧則觀其所受。」又曰：「人性欲平，嗜欲害之。」此亦《文子》之一臠也。

馬端臨《文獻通考》卷二一一引《周氏涉筆》：《文子》一書，誠如柳子厚所云，駁書也。然不獨其文聚斂而成，亦黄老、名、法、儒、墨諸家，各以其説入之，氣脈皆不相應。其稱平王者，往往是楚平王，序者以爲周平王時人，非也。

儲欣《河東先生全集録》卷一：子厚自謂貶官無事，讀百家書，馳騁上下，乃少得知文章利病。今《辨列子》諸篇皆是也。其於文也，若明鏡之於妍媸，莫有遯者。

凌揚藻《蠡勺編》卷二〇：《文子》十二卷，題默希子注。……柳子厚亦辨其爲駁書，而亦頗有取焉。

高步瀛《唐宋文舉要》甲編卷四：「皆本老子」句下：以上揭明其大旨。「成其書歟」句下：以上辯其爲駁書。「藏於家」句下：以上刊削雜亂者，著爲定本，併發其意。又引方苞曰：意致妙遠，在筆墨之外。

# 論語辯二篇

## 上篇①

或問曰：「儒者稱《論語》孔子弟子所記，信乎？」曰：未然也。孔子弟子，曾參最少，少孔子四十六歲〔一〕。曾子老而死，是書記曾子之死，則去孔子也遠矣。曾子之死，孔子弟子略無存者矣。吾意曾子弟子之爲之也，何哉？且是書載弟子必以字，獨曾子、有子不然，由是言之，弟子之號之也。「然則有子何以稱子？」曰：孔子之殁也，諸弟子以有子爲似夫子，立而師之，其後不能對諸子之問，乃叱避而退〔二〕，則固嘗有師之號矣。今所記獨曾子最後死，余是以知之。蓋樂正子春、子思之徒與爲之爾〔三〕。或曰：「孔子弟子嘗雜記其言，然而卒成其書者，曾氏之徒也。」

## 下篇

堯曰：「咨，爾舜，天之曆數在爾躬，四海困窮〔四〕，天禄永終。」舜亦以命禹〔五〕。曰②：

「余小子履〔六〕，敢用玄牡〔七〕，敢昭告於皇天后土，有罪不敢赦。萬方有罪，罪在朕躬。朕躬有罪，無以爾萬方。」或問之曰：「《論語》書記問對之辭爾，今卒篇之首，章然有是，何也？」柳先生曰③：《論語》之大，莫大乎是也。是乃孔子常常諷道之辭云爾〔八〕。彼孔子者，覆生人之器者也〔九〕，上之堯舜之不遭④，而禪不及己〔一〇〕；下之無湯之勢⑤，而已不得爲天吏。生人無以澤其德，日視聞其勞死怨呼⑥，而己之德涸然無所依而施⑦〔一一〕，故於常常諷道云爾而止也。此聖人之大志也，無容問對於其間。弟子或知之，或疑之不能明，相與傳之，故於其爲書也，卒篇之首，嚴而立之。

【校　記】

① 世綵堂本注：「一本無上篇、下篇四字。」

② 世綵堂本注：「一本無曰字。」

③ 「生」字原闕，據諸本補。

④ 之，注釋音辯本、詁訓本作「言」，並注：「言，一本作之。」原注與世綵堂本注：「上之，一作上言。」世綵堂本又注：「一本『舜』下無『之』字。」

⑤ 原注與注釋音辯本、世綵堂本注：「下之，一作下言。」詁訓本作「下言」。

⑥ 世綵堂本注：「呼，一作乎。」

⑦然，注釋音辯本、《全唐文》作「焉」。世綵堂本注：「然，一作焉。」

【解　題】

［韓醇詁訓］夫子生於周靈王二十年，曾子生於周敬王十五年，此曾子在孔門其生最後於夫子，且又老而死，而《語》實載之，此公所以疑《論語》非成於孔門諸弟子之手也。然聖門師弟子道學之傳咸出此書，或曾子諸弟子成之，其亦必有自來矣。公下篇論《堯曰》首章之言，謂夫子素所諷道之辭，誠得其旨。蓋揖遜征伐之事，皆萃此數語間，非聖人諷道之餘，其何以表見於後世耶？按：《漢書·藝文志》：「《論語》者，孔子應答弟子時人，及弟子相與言，而接聞於夫子之語也。當時弟子各有所記，夫子既卒，門人相與輯而論纂，故謂之《論語》。」何晏《論語集解叙》：「漢中壘校尉劉向言：《魯論語》二十篇，皆孔子弟子記諸善言也。太子太傅夏侯勝、前將軍蕭望之、丞相韋賢，及子玄成等傳之。《齊論語》二十二篇，其二十篇中章句頗多於《魯論》，瑯琊王卿及膠東庸生、昌邑中尉王吉，皆以教授之。故有《魯論》，有《齊論》。魯恭王時，嘗欲以孔子宅爲宫，壞得古文《論語》。《齊論》有《問王》、《知道》，多於《魯論》二篇，古論亦無此二篇。分《堯曰》下章『子張問』以爲一篇，有兩子張，凡二十一篇，篇次不與齊、魯《論》同。安昌侯張禹本受《魯論》，兼講齊説，善者從之，號曰張侯論，爲世所貴。苞氏、周氏章句出焉。古論唯博士孔安國爲之訓説，而世不傳。至順帝之時，南郡太守馬融亦爲之訓説。漢末，大司農鄭玄就《魯論》篇章考之齊、古，以爲之注。近故司空陳群、太常

王肅、博士周生烈，皆爲之義説。前世傳受師説雖有異同，不爲之訓解，中間爲之訓解，至於今多矣，所見不同，互有得失。」可知《論語》的編定也有一個過程。《論語》爲孔子弟子甚至再傳弟子的記學之言，出於多人之手，柳宗元認爲是曾參的學生所編定，當有道理。其論頗有影響，如程頤《程子遺書》外書卷六：「《論語》，曾子、有子弟子論撰，所以知者，唯曾子、有子不名。」陸九淵《陸象山全集》卷三四《語録上》：「夫子平生所言，豈止如《論語》所載？特當時弟子所載止此耳。今觀有子、曾子獨稱子，或多是有若、曾子門人。」便皆采柳宗元之説。

## 【注釋】

〔一〕［注釋音辯］［百家注引韓醇曰］夫子生於周靈王二十年，曾子生於周敬王十五年。［百家注引孫汝聽曰］孔子卒時七十二，曾子年二十六。

〔二〕［百家注引孫汝聽曰］孔子既歿，諸弟子思慕，有若狀似孔子，弟子相與立爲師，師之如夫子時也。他日，弟子有所問，有若默然無以應，弟子起曰：「有子避之，此非子之座也。」按：見《史記·仲尼弟子列傳》。

〔三〕［百家注引孫汝聽曰］二人曾子弟子。按：《禮記·檀弓上》：「曾子疾病，樂正子春坐於牀下。」鄭玄注：「子春，曾參弟子。」而子思爲曾子弟子，未見漢人有此説。韓愈《送王秀才塤序》：「子思之學，蓋出曾子。」竟成定論。

〔四〕［百家注引孫汝聽曰］《論語》注云：「困，極。窮，盡。言極盡四海，皆服其化。」按：《論語·堯曰》集解曰：「曆數謂列次也。」

〔五〕《論語》集解引孔安國曰：「舜亦以堯命己之辭命禹也。」

〔六〕［百家注］履，湯名。

〔七〕［百家注引孫汝聽曰］夏尚黑，時未改夏色，故猶用黑牡。按：《論語》集解引孔安國曰：「履，殷湯名也。此伐桀告天文也。殷家尚白，未變夏禮，故用玄牡也。皇，大也。后，君也。大，大君。帝，謂天帝也。《墨子》引《湯誓》，其辭若此也。」《墨子·兼愛》引作湯禱雨之辭，與孔安國之注不同。

〔八〕［韓醇詁訓］諷，方鳳切。《説文》：「誦也。」

〔九〕［注釋音辯］覆，敷救切。［韓醇詁訓］覆，扶富切。《説文》：「蓋也。」

〔一〇〕［韓醇詁訓］（禪）音擅。

〔一一〕［韓醇詁訓］涸音鶴。《説文》：「竭也。」

【集評】

王十朋《論語三説》：《論語》何以子有子耶？柳宗元固辨之矣。雖然，未知有子也。孟子稱孔子既殁，弟子子夏、子游、子張以有若似聖人，欲以事孔子事之。所謂似聖人者，蓋必有子之學識，於群弟子中有一日之長，其見道有似吾夫子焉，如孟施舍似曾子，北宮黝似子夏之似也。世儒以謂貌似孔子，其説陋矣。且有子之似夫子，而曾子有不逮焉者。曾子嘗以喪欲速貧、死欲速朽爲夫子之言，而有子不然之，曾子質諸子游，子游曰：「甚哉有子之言似夫子也。」子游之徒知有子似夫子素矣。所謂似者，必有如辨曾子之言之類，豈以貌似之，故虚欲師事之耶？雖然，直似之耳，欲以事孔子事之，則不可。故曾子不許之，而有子未嘗居師之位也。説者謂不能答弟子之問，遂見叱而退，蓋好事者爲之辭，以誣有子耳。然世皆知顔子之後有曾子，而不知有子者亦回、參之亞匹也。序《論語》者知之，故首記夫子之言，次記有子之言，又次記曾子之言，未必言之次第如是也。（《梅溪王先生文集·詩文前集》卷一九）

魏了翁《常孰縣重修學記》：昔柳宗元謂《論語》所載弟子必以字，惟曾子、有子不字，遂謂是書出於曾門，蓋以字輕而子重也。始亦謂然，及考諸孔門之訓，則字爲至貴，蓋字與子皆得兼稱，如門人之於孔子，進而稱子不敢氏，退而稱仲尼不言子。其次亦有既子且字如閔子騫等不一二人，或子或字者又數人。然淵、弓至游、夏，最號高弟，字而不得子也。有子、曾子，子而不得字也。就二者而論，則字爲尊，蓋子雖有師道之稱，然係於氏者，不過男子之美稱耳。（《鶴山先生大全文集》卷四六）

《新刊增廣百家詳補注唐柳先生文》卷四引黄唐曰：孔安國之疏謂《堯曰》之文爲明天道，垂訓將來，誠有得夫聖人之心。柳子亦謂《堯曰》之言爲聖人之大志，其智足以知聖人，亦不減於孔氏矣。

茅坤《唐宋八大家文鈔》卷二四：此等辯析，千年以來罕見者。

蔣之翹輯注《柳河東集》卷四：（上篇）辯析明快。末段稱孔子弟子雜記其言，而卒成於曾氏之徒，是千古確論。（下篇）童宗説曰：《堯曰》首章之言從來揖遜征伐之説，皆萃於此，若非聖人諷道之餘，其何以表見於後世邪？且孔安國疏謂此文爲明天道垂訓將來，誠有得夫聖人之心。柳子亦謂爲聖人之大志，其智足以知聖人，亦不減安國矣。

張履祥《讀諸文集偶記》：子厚《論語辨》二篇，一是一非，不可無別。（《楊園先生全集》卷三〇）

儲欣《河東先生全集録》卷一：《論語》、《家語》二書，相較純雜有間，何況他書。記《論語》者必非泛泛，但不從曾子最後死看出，亦何由決爲孔子弟子雜記之，而曾子之徒卒成之也？讀聖賢書，尤尚慧業哉？

張伯行《唐宋八大家文鈔》卷四：（上篇）亦有證據，但謂盡出曾子之徒，非也。蓋有子亦自有其徒，故稱子。此乃以諸弟子嘗以爲師，故稱子，未免襲太史公列傳而誤信之耳。惟程子謂《論語》之書成於有子、曾子之門人，故其書獨二子以子稱，較爲有據。

何焯《義門讀書記》卷三五：上篇收處甚密。下篇欲張孔子之道，而所見不足以發之。

焦循批《柳文》卷一三：（上篇）不刊之論。

常安《古文披金》卷一四：（上篇）二程子亦主此説。（下篇）看書有眼。

王文濡《評校音注古文辭類纂》卷七引方苞云：摽然若秋雲之遠，可望而不可即。又云：觀此二篇，可知古人讀書，必洞見垣一方人，而後的然無疑。不如此，則朱子所謂以意包籠，如從數里外望見城郭，輒云「我已知此地」者。又云：子厚謫官後始知慕效退之文，而此二篇意緒風規，則退之所未嘗有，乃苦心深造，忽然而得此境。惜其年不永，此類竟不多得也。又云：此二篇幾可與退之並驅争先。又云：如出自宋以後人，即所見到此，文境亦不能如此清深曠邈。

吴闓生《古文範》卷三：（下篇）識議能見其大，文亦雍容有度。柳子志在用世，固以天下自任者。雖不敢遽比宣聖，而意中實有所注，故津津然有味乎其言之也。共和者，天下之公理，古今之通義。今世之論，幾以爲自西人而創獲之，不知此義古人莫不解也。如《左傳》、《孟子》言之詳矣，特詘於因革之大勢，而不易挽耳。東坡對策云：「夫天下者，非君有也，天下使君主之耳。」立於專制之朝，而敢昌言如此。然則君主之淫威，自理學盛後乃益熾。與柳子《封建論》所謂公天下、私天下，及此文所謂「禪不及己」、「不得爲天吏」等語，皆具有共和之精神，最是其學識卓偉處，彼何嘗以一姓之統紀置心目間哉！此文所談偉矣，而理論不無少誤。謂弟子以此尊大夫於之道可也，必謂孔子之不得志，乃取古聖禪代之事而常諷道之，陋矣。闓生兒時嘗爲文以此難柳子，先大夫甚激賞之，今其稿亦不復存矣。

高步瀛《唐宋文舉要》甲編卷四：（上篇）「無存者矣」句下：讀書得閒。「曾氏之徒也」句下引何焯曰：收處甚密。（下篇）「對於其間」句下：此皆於無字處讀書，真所謂善讀書矣。

## 辯鬼谷子

元冀好讀古書〔一〕，然甚賢《鬼谷子》，爲其指要幾千言。《鬼谷子》要爲無取①，漢時劉向、班固録書，無《鬼谷子》〔二〕。《鬼谷子》後出②，而險盭峭薄〔三〕，恐其妄言亂世，難信，學者宜其不道，而世之言縱横者，時葆其書〔四〕。尤者，晚乃益出《七術》〔五〕，怪謬異甚，不可考校，其言益奇〔六〕，而道益陿③〔七〕，使人狙狂失守〔八〕，而易於陷墜〔九〕。幸矣，人之葆之者少。今元子又文之以指要，嗚呼，其爲好術也過矣！

【校　記】

① 原注及世綵堂本注：「取，一作能。」

② 蔣之翹輯注本：「『後出』上或無複出『鬼谷子』三字，非是。」

③ 陿，《全唐文》作「愜」。

【解　題】

［注釋音辯］（鬼谷子）戰國時人，隱居潁川陽城之鬼谷，蘇秦、張儀之師。［韓醇詁訓］鬼谷子，

按《史記·蘇秦傳》注：「戰國時隱居潁川陽城之鬼谷，因以自號。蘇秦、張儀師之，受縱横之事。」其書三卷，《唐·藝文志》有樂臺注，有尹知章注，然其書序謂此書即授秦、儀者。《捭闔之術》十三章，《本經》、《持樞》、《中經》三卷，又有梁陶弘景注。今公又謂有元冀者爲之指要幾千言。要《鬼谷子》書大抵皆縱横之術，其於道誠隘。《唐史》叙鬼谷子遂爲蘇秦，誤矣。按：《隋書·經籍志三》縱横家類有《鬼谷子》皇甫謐注、樂壹注各三卷，《新唐書·藝文志三》以爲蘇秦撰，又載尹知章注三卷。晁公武《郡齋讀書志》卷三上：「《鬼谷子》三卷，右鬼谷先生撰。按《史記》：戰國時隱居潁川陽城之鬼谷，因以自號。長於養性治身，蘇秦、張儀師之，受縱横之事。叙謂此書即授秦、儀者。《捭闔之術》十三章，《本經》、《持樞》、《中經》三篇，梁陶弘景注。柳子厚嘗曰：『劉向、班固録書無《鬼谷子》，《鬼谷子》後出而險盭峭薄，恐其言妄亂世，難信，尤者晚乃益出《七術》，怪謬異甚，言益隘，使人倡狂失守。』來鵠亦曰：『《鬼谷子》，昔教人詭紿激訐、揣測憸滑之術，悉備於章，學之者惟儀、秦而已。始捭闔飛箝，實今之常態，是知漸漓之後，不讀《鬼谷子》書者，其行事皆得自然符契也。昔倉頡作文字，鬼爲之哭，不知鬼谷作是書，鬼何爲邪？』世人欲知鬼谷子者，觀二子言，略盡矣。故掇其大要，著之篇。」高似孫《子略》卷三：「戰國之事危矣，士有挾雋異豪偉之氣，求騁乎用，其應對酬酢，變詐激昂，以自放於文章，見於頓跌險怪，離合揣摩者，其辭又極矣。鬼谷子書其智謀，其數術，其變譎，其辭談，蓋出於戰國諸人之表。夫一闢一闔，易之神也；一翕一張，老氏之幾也。鬼谷之術，往往有得於闔闢翕張之外，神而明之，益至於自放潰裂，而不可禦。予嘗觀諸《陰符》矣，窮天之用，賊人之私，而陰謀詭祕，有《金匱》、《韜略》之所不可該者。而《鬼谷》盡得而泄之，其亦一代之雄乎？按劉向、班固録書無《鬼谷子》，《隋志》始有之，列於縱横家，《唐志》以爲蘇秦之書。然蘇秦所記，以爲周時有豪士隱者，居鬼谷，自號鬼谷先生，無鄉里族姓名字。今考其言，有曰：『世無常貴，事無常師。』又曰：『人動我静，人言我聽。知性則寡累，知命則不憂。』凡此之類，其爲辭亦卓然矣。至若盛神養志諸篇，所謂中稽道德之祖，散入神明之頤者，不亦幾乎！郭璞《登樓賦》有曰：『揖首陽之二老，招鬼谷之隱士。』又《游僊詩》曰：『青溪千餘仞，中有一道士。借問此何誰？云是鬼谷子。』可謂慨想其人矣。」胡應麟《少室山房筆叢》卷三一《四部正譌中》：「《鬼谷子》，《漢志》絶無其書，文體亦不類戰國。晉皇甫謐序傳之。按《隋志》縱横家有《蘇秦》三十一篇，《張儀》十篇，隋《經籍志》『已亡』。蓋東漢人本二書之言，會萃附益爲此，或即謐手所成，而託名鬼谷，若『子虚』『亡是』云耳。《隋志》占氣家又有《鬼谷》一卷，今不傳。（又《關尹傳》亦稱鬼谷，見《隋志》。）」蘇秦假託之説可不論，秦恩復刻陶弘景注《鬼谷子》三卷序曰：「《漢書》縱横家别有《蘇子》三十二篇，其文與《鬼谷》不類，使蘇秦託名鬼谷，班固何以略而不注？」皇甫謐僞託之説亦無確證。柳宗元言此書「不可考校」，疑其晚出，爲一家之言。《鬼谷子》仍可能是先秦古籍，然經後人附益改竄，亦在情理之中。

【注　釋】

〔一〕元冀《鬼谷子指要》，《舊唐書·經籍志》、《新唐書·藝文志》皆不載。王應麟《玉海》卷五三：

「《鬼谷子》，元冀爲指要幾千言。」蓋據柳宗元文也。

〔二〕［蔣之翹輯注］《漢志》《鬼谷子》不録，《隋志》始有之，列於縱横家。

〔三〕［注釋音辯］盭音戾。［韓醇詁訓］盭音戾。《説文》：「戾也。」

〔四〕［注釋音辯］［韓醇詁訓］葆音保。［百家注］寶也。

〔五〕［注釋音辯］［百家注引孫汝聽曰］《鬼谷子》下篇有《陰符七術》，謂盛神法《五龍》，養志法《靈龜》，實意法《螣蛇》，分威法《伏熊》，散勢法《鷙鳥》，轉圜法《猛獸》，損兑法《靈蓍》七章是也。

〔六〕［百家注］（奇）如字。

〔七〕［注釋音辯］張（敦頤）云：陿音洽，隘也。［韓醇詁訓］音洽，隘也。［百家注］陿，阨也。按：通「狹」字。

〔八〕［注釋音辯］狙，子余切。［韓醇詁訓］狙，子余切。《説文》曰：「猿屬也。」按：狙狂，狡猾欺詐。「狂」通「誑」。

〔九〕［百家注引王儔補注］晁氏《讀書志》曰：「公論《鬼谷子》書如此，而來鵠亦云：《鬼谷子》昔教人詭給激訐、揣測憸滑之術，悉備於章，學之者惟儀、秦而已。欲知是書者，二子之言略盡之。」按：來鵠《讀鬼谷子》見《唐文粹》卷四六。

## 【集　評】

《新刊增廣百家詳補注唐柳先生文》卷四引黄唐曰：治異端者塞其源，去惡木者拔其本。儀、秦縱横，孟子以妾婦處之，荀卿以詐人待之，衛瑁以亂國政責之。愚謂二子不足罪，使无鬼谷之學，則朝縱暮横，孰從而師事之？故欲閑先聖之道，距縱横之術者，不可使鬼谷之言一日得行於天下也。元冀何人，作爲指要？妄以七術表而出之，無意援溺而反推波助瀾，元生區區，自鄶無譏。愚恐當塗之士，嗜痔逐臭，則誤天下必甚矣。（按：蔣之翹輯注引作張敦頤曰。）

胡應麟《少室山房筆叢》卷三一《四部正譌中》：《鬼谷》，縱横之書也。余讀之，淺而陋矣，即儀、秦之師，其術宜不至猥下如是。柳宗元謂劉氏《七略》所無，蓋後世僞爲之者，學者宜其不道。而高似孫輩輒取而尊信之，近世之耽好之者又往往而是也。甚矣，邪説之易於入人也！宋景濂氏曰：「《鬼谷》所言捭闔、鈎箝、揣摩等術，皆小夫蛇鼠之智，家用之則家亡，國用之則國僨，天下用之則失天下。其中雖有知性寡累等語，亦庸言耳。學士大夫所宜唾去，而宋人愛且慕之，何也？」其論甚卓，足破千古之譌。

陸夢龍《柳子厚集選》卷一：故是此公當家。

蔣之翹輯注《柳河東集》卷四：《續仙傳》云：鬼谷子即王詡，得道爲地仙。此訣詞也。《鬼谷子》之書最後出，雖其命篇甚奇，此亦偉至，所以開闔張翕之機，似出戰國人意表。大要取《易》、《老》、《短長語》三書，掇拾而成之，後人所僞撰者也。柳子厚以其怪謬異甚，詞而闢之，甚得崇正本意。

儲欣《河東先生全集録》卷一：晉氏失馭，南北剖分，北患尤劇。元魏之後，裂而爲周、齊，《鬼谷子》當撰於此時。蓋北人之好亂樂禍、狙詐險戾者爲之，此所以得列於《隋志》也。先生一辨，有功世道。

常安《古文披金》卷一四：此足見柳州學術之正。儀、秦學《鬼谷子》，皆成傾危之士，乃從而文之，此何心也？末句冷語警醒，正不在多。

《四庫全書總目》卷一一七《鬼谷子》提要：柳宗元《辯鬼谷子》，以爲言益奇而道益陿，差得其真。

王文濡《評校音注古文辭類纂》卷七引方苞云：破空而游，邈然難攀。

高步瀛《唐宋文舉要》甲編卷四：「幾千言」句下：以上元冀著《鬼谷子指要》。「要爲無取」句下：斷制謹嚴。「易於陷墜」句下：以上極言《鬼谷子》之無可取。「葆之者少」句下：空際宕漾，筆妙不測。「以指要」句下：轉入捷便。總評：意嚴而語有含蓄，便不流於淺直。

## 辯晏子春秋

司馬遷讀《晏子春秋》，高之，而莫知其所以爲書〔一〕。或曰晏子爲之，而人接焉，或曰晏子之後爲之，皆非也。吾疑其墨子之徒有齊人者爲之。墨好儉，晏子以儉名於世，故墨子之徒尊著其事，以增高爲己術者。且其旨多尚同、兼愛、非樂、節用、非厚葬久喪者〔二〕，是皆出《墨子》。又非孔子，好言鬼事，非儒、明鬼，又出《墨子》。其言問棗及古冶子等〔三〕，尤怪誕，又往往言墨子聞其道而稱之，此甚顯白者①。自劉向、歆，班彪、固父子，皆録之儒家中，甚矣，數子之不詳也！蓋非齊人不能具其事，非墨子之徒則其言不若是。後之録諸子書者，宜列之墨家。非晏子爲墨也，爲是書者，墨之道也。

【校　記】

① 世綵堂本注：「一本無者字。」

【解　題】

〔注釋音辯〕齊相晏平仲，名嬰。〔韓醇詁訓〕齊晏嬰也。其書十二篇，《唐・藝文志》皆載，然嘗觀之非樂、節用、非厚葬久喪，與非儒、明鬼，誠墨者之道，公謂不當列之儒家中，信然。〔蔣之翹輯注〕嬰相景公。此書著其行事及諫諍之言，《漢志》八篇但曰《晏子》，隋、唐志或云十二卷、七卷，始號《晏子春秋》。《崇文總目》則謂《晏子》八篇，今亡此書，蓋後人採掇其事爲之。則晏子更別有書也，未知果否？按：劉向上《晏子》十一篇，定著八篇，稱「其書六篇，皆忠諫其君，文章可觀，義理可法，皆合六經之義。又有複重，文辭頗異，不敢遺失，復列以爲一篇。又有頗不合經術，似非晏子言，疑後世辨士所爲者，故亦不敢失，復以爲一篇。」《崇文總目》卷五：「《晏子》八篇，今亡此書。蓋後人採嬰行事爲之，以爲嬰撰，則非也。」《四庫全書總目》卷五七《晏子春秋》提要：「《晏子春秋》八卷，舊本題齊晏嬰撰。晁公武《讀書志》：嬰相景公，此書著其行事及諫諍之言。《崇文總目》謂後人採嬰行事爲之，非嬰所撰。然則是書所記，乃唐人《魏徵諫録》、《李絳論事集》之流，特失其編次者之姓名耳。題爲嬰者，依託也。其中如王士禎《池北偶談》所摘齊景公圉人一事，鄙倍荒唐，殆同戲劇，則妄人又有所竄入，非原本矣。劉向、班固俱列之儒家中，惟柳宗元以爲墨子之徒有齊人者爲之，其旨多尚兼愛、非厚葬久喪者，又往往言墨子聞其道而稱之。薛季宣《浪語集》又以爲《孔叢子》詰墨諸條，今皆見《晏子》書中，則嬰之學實出於墨。蓋嬰雖略在墨翟前，而史角止魯，實在惠公之時，見《吕氏春秋·仲春紀·當染篇》，故嬰能先宗其說也。其書自《史記·管晏列傳》已稱爲《晏子春秋》，故劉知幾《史通》稱晏子虞卿吕氏。陸賈其書篇第，本無年月，而亦謂之春秋，然《漢志》惟作《晏子》，《隋志》乃名春秋，蓋二名兼行也。《漢志》、《隋志》皆作八篇，至陳氏、晁氏書目，乃皆作十二卷，蓋篇帙已多，有更改矣。」諸文獻家皆不信《晏子春秋》爲晏嬰所撰，是矣。其爲先秦典籍，亦無疑義。至於今本《晏子春秋》多大程度上保留了古書原貌，另當别論。大概因附益者多，故此書既有記事性質，又雜有儒家、墨家，甚或縱横家之言。柳宗元云爲墨子之徒爲之者，應列之墨家，爲有見之言。孫星衍《孫淵如詩文集》卷三《晏子春秋序》：「其書六篇，皆忠諫其君，文章可觀，義理可法，皆合六經之義，是以前代入之儒家。柳宗元文人無學，謂墨氏之徒爲之，《郡齋讀書志》、《文獻通考》承其誤，可謂無識。晏子尚儉，《禮》所謂國奢則示之以儉，其居晏桓子之喪盡禮，亦與墨子短喪之法異。《孔叢》云《察傳》記晏子之所行，未有以異於儒焉。儒之道甚大，孔子言儒行有過失，可微辨而不可面數，故公伯寮愬子路而周列聖門，晏子尼谿之阻，何害爲儒？且古人書外篇半由依託，又劉向所謂疑後世辨士所爲者，惡得以此病《晏子》？」章學誠《文史通義·補遺續》之《與孫淵如觀察論學十規》：「柳子厚論《晏子》書謂齊人爲墨學者爲之，其説是也。蓋尚儉之意，似諷齊俗侈也，然在田齊之時，而非姜齊時書。蓋春秋時本無著述，而其文辭輕利，並不類於戰國初年文也。執事斥柳氏爲文人不學，蓋以晏氏爲春秋名卿，不當稱之爲墨學耳。不知柳氏之意，以書爲墨學，非以晏子爲墨徒也。且其説亦不始於柳氏，《孔叢·詰墨》之篇，所詰孔子相魯及晏事三君、路寢哭聲諸條，凡指爲墨説者，今俱在《晏子》書中，古人久有明證，柳説不爲無本，豈可輕議。」洪亮吉《洪北江詩文集》卷一〇《新刻晏子春秋書後》：「《晏子春秋》一書，前代入之儒家，然觀《史記·孔子世家》所載晏子對景公之言曰：『夫儒者滑稽而不可軌法，倨敖自順，不可以爲下，崇喪遂哀，破産厚葬，不可以爲俗，游説乞貸，不可以爲國』云云，是明與儒者爲難矣，故其生平行事亦皆與儒者背馳。唐柳宗元以爲墨氏之徒，未爲無據。近吾友孫君星衍校刊《晏子》，深以宗元之説爲非。謂晏子忠君愛國，自當入之儒家。然試思墨氏重趼救宋，獨非忠君愛國者乎？若必據此以爲儒、墨之分，則又一偏之見也。惟宗元以晏子爲墨氏之徒，微誤。考墨在晏子之後，當云其學近墨氏，或云開墨氏之先，則可耳。《漢書·藝文志》墨子在孔子後。」

## 【注釋】

〔一〕《史記·管晏列傳》：「太史公曰：吾讀《管子·牧民》、《山高》、《乘馬》、《輕重》、《九府》及

《晏子春秋》，詳哉其言之也。既見其著書，欲觀其行事，故次其傳。……方晏子伏莊公屍，哭之成禮然後去，豈所謂見義不爲無勇者邪？至其諫説，犯君之顔，此所謂進思盡忠、退思補過者哉。假令晏子而在，余雖爲之執鞭，所忻慕焉。」

〔二〕［**百家注引孫汝聽曰**］《墨子》有《尚同》三篇。又《孟子》曰：「墨子兼愛，是無父也。」**按**：見《孟子·滕文公下》。《兼愛》、《非樂》、《節用》、《節喪》、《非儒》、《明鬼》，皆《墨子》篇名。《墨子·節葬下》批評厚葬久喪「非仁非義，非孝子之事也」。

〔三〕［**注釋音辯**］《晏子春秋》曰：「公孫捷、田開疆、古冶子事景公，勇而無禮，晏子言於公，餽之二桃曰『三子計功而食之』云云。公孫捷、田開疆曰：『吾勇不若子，功不逮子，取桃不讓，是貪也。然而不死，無勇也。』皆反其桃，契領而死。古冶子曰：『二子死之，吾獨生不仁。』亦契領而死。」［**百家注引孫汝聽曰**］《晏子春秋》曰：「公孫捷、田開疆、古冶子事景公，勇而無禮。晏子言於公，餽之二桃曰：『三子計功而食之。』公孫捷曰：『吾持楯而再搏乳虎，可以食桃。』田開疆曰：『吾杖兵而禦三軍者再，可以食桃。』古冶子曰：『吾嘗從君濟河，黿銜左驂以入底柱之流，冶潛行水底，逆流百步，順流九里，得黿而殺之。左牽馬尾，古挈黿頭，鶴躍而出，可以食桃矣。』二子曰：『吾勇不若子，功不逮子，取桃不讓，是貪也。然而不死，無勇也。』皆反其桃，契領而死。古冶子曰：『二子死之，吾獨生不仁。』亦契領而死。」［**蔣之翹輯注**］《晏子春秋》：「景公謂晏子曰：『東海之中，有水而赤，其中有棗，華而不實，何也？』對曰：『昔者秦繆公乘龍而理天下，以黄布裹蒸棗，至東海而捐其布。破黄布，故水赤。蒸棗，故華而不實。』」按：二桃事見《晏子春秋·諫下》，蒸棗事見《藝文類聚》卷八五及八七引《晏子》及《晏子春秋·外篇》。

【集評】

晁公武《郡齋讀書志》卷四上：《晏子春秋》十二卷，右齊晏嬰也。嬰相景公。此書著其行事及諫諍之言，昔司馬遷讀而高之，而莫知其所以爲書。或曰：晏子之後爲之。唐柳宗元謂遷之言乃然，以爲墨子之徒有齊人者爲之，墨好儉名世，故墨子之徒尊著其事以增高爲己術者，且其旨多尚同、兼愛、非樂、節用、非厚葬、久喪、非儒、明鬼，皆出《墨子》，又往往言墨子聞其道而稱之，此甚顯白。自向、歆、彪、固皆録之儒家，非是，後宜列之墨家。今從宗元之説云。

宋濂《諸子辨》：《晏子》十二卷，出於齊大夫晏嬰。《漢志》八篇，但曰《晏子》，隋、唐七卷，始號《晏子春秋》，與今書卷數不同。《崇文總目》謂其書已亡，世所傳者，蓋後人采嬰行事而成，故柳宗元謂墨氏之徒有齊人者爲之，非嬰所自著。誠哉是言也。（《文憲集》卷二七）

薛季宣《浪語集》卷二七：《晏子春秋辯》：聖人之道不掠美，以爲能不瞀世以爲明善者從之，非者去之，要在乎據中庸之道，以折中於物，而不以己見爲必得，此其所以大而無方也。柳子厚《辯晏子春秋》以爲墨者齊人尊著晏子之事以增高爲己術者，其言信，典且當矣。雖聖人有不易走見而喜其辯，謂其所自見，誠有大過人者。晚得《孔叢子》讀之，至於《詰墨》，怪其於墨子無見，皆《晏子春秋》語也，迺知子厚之辨有自而起。嗚呼！若子厚者，可謂掠美瞽世也。與使《孔叢》出於其前，子厚不應無見。如在其後出，則大業書録具存。抉剔異書，扳從己出，謂他人弗見，取像攫金之子，不可謂知。子厚妙文辭者，尚亦爲此，剽竊之患，厥有由來矣。孔子曰「知之爲知之，不知爲不知」也。然則君子誠其所知，闕其所不知，而後爲真知，奚錯必妄。

蔣之翹輯注《柳河東集》卷四：儒墨之辨，不可不悉。昌黎乃謂辨生於末學，吾恐未然。文末評：一結大有斡旋。

儲欣《河東先生全集録》卷一：太史公讀《管子》，則詳列篇目，而《晏子》不然，此好事者所以敢於爲贋也。《崇文總目》稱《晏子》八篇，今無其書，今書出後人所採掇，然則太史公所讀《晏子春秋》亡矣，並劉、班所録載儒家中者，亦未必不亡。吾意東漢、魏、晉間有好儉如楊王孫其人者之爲之也，張晏子而不自知其入於墨，或轉剽《墨子》以倖晏之張，而自售其説，固未可定人歟？柳河東曰「爲此言者墨之道也」，一言決矣。

何焯《義門讀書記》卷三五：「墨好儉晏子以儉名於世」至「爲已術者」：李（光地）云：精覈。「非晏子爲墨也」二句：精到。

惲敬《讀晏子一》：《晏子春秋》，《七略》録之儒家，柳子厚以爲墨子之徒爲之，宜録之墨家。本朝《四庫全書》録之史部。《崇文總目》曰：《晏子春秋》八篇，今無其書，今書後人所采掇其言是也。

如梁丘據、高子、孔子，皆譏晏子三心。路寢之葬，一以爲逢於何，一以爲盆成適，蓋由采掇所就，故書中歧誤複重，多若此。而最陋者孔子之齊，晏子譏其窮於宋、陳、蔡是也。魯昭公二十九年，孔子之齊，至哀公三年，孔子過宋，桓魋欲殺之，明年，阨於陳、蔡，絶糧，皆在定公十年晏子卒之後。今晏子乃於之齊時逆以譏孔子，豈理也哉？其爲書淺隘，不足觀覽，後之讀書者，未必爲所惑。然古書奧衍，遠出《晏子》之上，而悖於事理者，蓋多有之，不可不慎也。（《大雲山房文稿》初集卷二）

焦循批《柳文》卷一三：斷刺老當，考古之文，正宜如是。

常安《古文披金》卷一四：位置最當。

王文濡《評校音注古文辭類纂》卷七：斷定墨子之徒，妙有佐證，文亦明爽。

## 辯亢倉子

太史公爲《莊周列傳》，稱其爲書畏累亢桑子〔一〕，皆空言無事實。今世有《亢桑子》書，其首篇出《莊子》，而益以庸言〔二〕，蓋周所云者尚不能有事實，又況取其語而益之者，其爲空言尤也。劉向、班固録書無《亢倉子》，而今之爲術者，乃始爲之傳注〔三〕，以教於世，不亦惑乎！

【解題】

［注釋音辯］唐號《洞靈真經》。潘（緯）云：亢，音庚。《莊子》作庚桑楚。楚名庚，桑姓也。《史記》作亢桑子。《大唐新語》云：「道家有《庚桑子》者，世無其書，開元末處士王（士）源撰《亢倉子》兩卷以補之。序云：庚桑、亢桑、亢倉，一也。《唐·藝文志》以爲襄陽王士元。」［韓醇詁訓］《唐·藝文志》載王士元《亢倉子》二卷，注：「天寶元年，詔號《亢倉子》爲《洞靈真經》、《莊子》爲《南華真經》。《亢倉子》求之不獲，襄陽處士王士元謂《莊子》作庚桑子，太史公《列子》作亢倉子，其實一也。取諸子文義類者補其亡。」今此書乃士元補亡者耶？公謂太史公謂莊周書多空言無事實，況取而益之，則空言尤甚，意若有所不取。《史記》注：亢音庚。亢倉子，王劭本作「庚桑子」。司馬彪曰：庚桑，楚人姓名。按：柳宗元辨《亢倉子》爲僞書，爲不移之論。晁公武《郡齋讀書志》卷三上：「《亢倉子》二卷，右唐柳宗元曰：『太史公爲《莊周列傳》，稱其爲書畏累亢桑子，皆空言無事實，今世有《亢桑子》書，其首篇出《莊子》而益以庸言，蓋周所云者尚不能有事實，又況取其語而益之者，其爲空言尤也。劉向、班固録書無《亢倉子》，而今之爲術者乃始爲之傳注，以教於世，不亦惑乎？』按大唐天寶元年，詔號《亢桑子》爲《洞靈真經》，然求之不獲。襄陽處士王士元謂《莊子》作『庚桑子』，太史公作『亢倉子』，其實一也，取諸子文義類者補其亡。今此書乃士元補亡者。宗元不知其故，而遽掊擊之，可見其鋭於譏議也。其書多作古文奇字，豈内不足者必假外飾與？何璨注。」此譏宗元不知是書爲唐人僞作。案王士元僞託《亢倉子》，肯定自稱得之於古本，未有自云作僞者，柳宗元指出「其

首篇出《莊子》，而益以庸言」，指出其爲僞者即可，非不知其出自王士元之手也。宗元對本朝人總要留些情面。李肇《唐國史補》卷上：「天寶中，天下屢言聖祖見，因以四子列學官，故有僞爲《庚桑子》者。其辭鄙俚，非聖賢書。」亦未言作僞者之名。《四庫全書總目》卷一四六《亢倉子》提要：「舊本題庚桑楚撰，唐柳宗元嘗辨其僞。……今考《新唐書·藝文志》，載王士元《亢倉子》二卷，所注與公武所言同，則公武之説有據。又考《孟浩然集》首有宜城王士元序，自稱修《亢倉子》九篇，又有天寶九載韋滔序，亦稱宜城王士元藻思清遠，深鑒文理，常遊山水，不在人間，著《亢倉子》數篇，傳之於代云云，與《新唐書》所言合。則《新唐書》之説，亦爲有據。宋濂作《諸子辨》，乃仍摘其以『人』易『民』、以『代』易『世』，斷爲唐人所僞，亦未之考矣。惟是庚桑楚居於畏壘，僅見《莊子》，而《史記·莊周列傳》則云『周爲書如畏壘、亢倉子，皆空言無事實』，則其人亦鴻濛雲將之流，有無蓋未可定。其書《漢志》、《隋志》皆不著録，至於唐代，何以無所依據，憑虚漫求，毋亦士元先有此本，而出入禁中之方士如葉法善、羅公遠者，轉相煽惑，預爲之地，因而詔求歟？觀士元自序，稱天寶四載徵謁京邑，適在書成之後，是亦明證也。劉恕《通鑑外紀》引封演之言曰：『王巨源採《莊子·庚桑楚》篇義，補葺分爲九篇，云其先人於山中得古本奏上之，勑付學士詳議，疑不實，竟不施行。今《亢桑子》三卷是也。』（原書案：此條《封氏見聞記》不載，蓋今本乃殘缺之餘，其以王士元爲王巨源，以亢倉子爲亢桑子，以二卷爲三卷，則傳聞異詞也。）然則士元此書，始猶僞稱古本，後經勘驗，知其不可以售欺，乃自承爲補亡矣。然士元亦文士，故其書雖雜剽《莊子》、《老子》、《列子》、《文子》、《商君書》、

《吕氏春秋》、劉向《説苑》、《新序》之詞而聯絡貫通，亦殊亹亹有理致，非他僞書之比。其多作古文奇字，與衛元嵩、元包相類。晁公武謂内不足者，必假外飾，頗中其病。」又《亢倉子注》提要：「舊本題何粲撰，不著時代。柳宗元《讀亢倉子》稱劉向、班固録書，無《亢倉子》，而今之爲術者，乃始爲之傳注，以教於世。則注自宗元時已有。然宗元不著注者姓名，晁公武《讀書志》乃作《亢倉子》二卷，何璨注。公武當南、北宋之間，則何璨當在北宋以前。惟璨字從玉，與今本小異，或傳寫異文歟？注文簡質，不類宋以後語，疑即宗元所見也。……《亢倉子》爲王士元所補，高似孫《子略》誤以士元爲王褒，紕謬殊甚。（黄）諫跋亦以爲王褒所作，不能考正。蓋諫平生之精力，主於以篆改隸以駭俗，取名其他，皆未能深究，固其所矣。」

【注釋】

〔一〕［注釋音辯］童（宗説）云：（畏累）上烏罪切。或作碨。下力罪切。或作壘。《莊子》音注云：碨壘，山名也。或云在魯，又云在梁州。［韓醇詁訓］畏音於鬼反，又烏罪反。累音壘，又路罪反。《史記·莊子傳》索隱曰：「按《莊子》畏累虚，篇名也。即老聃弟子畏累鄒氏。」按：《史記·莊子列傳》作「畏累虚亢桑子之屬」，司馬貞索隱解「畏累虚」爲篇名，然《莊子》無此篇，雜篇《庚桑楚》載畏壘之民與庚桑子論道，則畏壘（即畏累）爲地名。則柳宗元蓋以「虚」字爲衍文也，故去之。

〔二〕［蔣之翹輯注］篇首所載與《莊子·庚桑楚》同。

〔三〕［蔣之翹輯注］《亢倉子》有何璨注。

【集　評】

陳振孫《直齋書録解題》卷九：《亢倉子》三卷，何粲注。首篇所載與《莊子·庚桑楚》同。亢倉者，庚桑聲之變也。其餘篇亦皆依託。唐柳子厚辨其非，劉向、班固所録是矣。今《唐志》有王士元《亢倉子》二卷，注云：「天寶元年，詔號《莊子》爲『南華真經』、《列子》『沖虚』、《文子》『通玄』、《亢倉子》『洞靈真經』。然《亢倉子》求之不獲，襄陽處士王士元謂《莊子》作庚桑子，太史公《列子》作亢倉子，其實一也，乃取諸子文義類者補其亡。」然則今之《亢倉》，士元爲之也。宗元唐人，豈偶不之知耶？

高似孫《子略》卷三《亢桑子》：孔子曰：「上有好者，下有甚焉。」《亢桑子》之謂歟？開元、天寶間，天子方鄉道家者流之説，尊老氏，表莊、列，皇皇乎清虚沖澹之風矣，又以《亢桑子》號『洞靈真經』。上既不知其人之僊否，又不識其書之可經，一旦表而出之，固未始有此書也。襄陽處士王褒來獻其書，書，褒所作也。按《漢略》、《隋志》皆無其書，褒之作也，亦思所以趨世好、迎上意耶？今讀此編，往往采諸《列子》、《文子》，又采諸《吕氏春秋》、《新序》、《説苑》，又時采諸《戴氏禮》，源流不一，往往論殊而辭異，可謂雜而不純、濫而不實者矣。太史公作《莊周列傳》，固嘗言其語空而無實，而柳宗元又以爲空言之尤，皆足知其人、決其書。然柳氏所見，必是王褒所作者。

馬端臨《文獻通考》卷二一一引《周氏涉筆》：《庚桑楚》固寓言，然所居以忘言化俗，以醇和感天，今所著切切用誅罰政術，蓋全未識庚桑者。其稱危代以文章取士，剪巧綺濫益至，正指唐事。又捕賊廣引俟赦，率是獄案文書。又一鄉一縣一州，被青紫章服，皆近制。既爲唐人短淺者，無書，不煩子厚掊擊也。惟《農道》一書可讀，自合孤行。

胡應麟《少室山房筆叢》卷三一《四部正譌中》：《亢倉子》出王士元尚有可疑。夫畏壘虛，太史明謂空言，兼《隋志》弗載，則唐前固絶不聞此書，曷從而號之而訪之？豈士元既補之後，明皇好道，特取而寵異其名，世遂相沿爲實，子厚亦無從考與？

蔣之翹輯注《柳河東集》卷四：《亢倉子》議論絶無佳者，其中多作古文奇字，豈晁氏所謂「内不足者必假外飾」歟？子厚詆之，良是，但不知其爲士元所撰，亦可異也。

方苞《書柳子厚辨亢桑子後》：《亢桑子》之僞，柳子厚辨之。晁氏謂唐天寶中詔求其書不得，而襄陽王士元乃假託焉。士元年世先後，於柳雖不可知，然果詔求不得，而僞者晚出，則辨宜及之。且是書剽劉《戴記》、諸子語甚衆，而子厚第云「首篇出《莊子》而益以庸言」，又以文章取士，及被青紫章服，爲唐以後人語明甚，不據是斥之，而獨以劉向、班固無其録爲疑，然則今所傳者，又可謂即子厚之所斥邪？（《方望溪先生全集》卷五）

常安《古文披金》卷一四：本無是人，安有是書？究出作僞根源，直令鑿空者無處置喙。

## 辯鶡冠子

余讀賈誼《鵩賦》〔一〕，嘉其詞，而學者以爲盡出《鶡冠子》〔二〕。余往來京師，求《鶡冠子》，無所見。至長沙，始得其書。讀之，盡鄙淺言也，唯誼所引用爲美，餘無可者。吾意好事者僞爲其書①，反用《鵩賦》以文飾之，非誼有所取之，決也。太史公《伯夷列傳》稱賈子曰：「貪夫殉財，烈士殉名，夸者死權〔三〕。」不稱《鶡冠子》。遷號爲博極群書，假令當時有其書，遷豈不見耶？假令真有《鶡冠子》書，亦必不取《鵩賦》以充入之者。何以知其然耶？曰：不類。

【校　記】

① 世綵堂本注：「韓本作『吾意好僞者爲其書』。」今本韓醇詁訓同諸本。

【解　題】

［注釋音辯］童（宗説）云：鶡音曷。楚人，居深山，以鶡鳥羽爲冠。鶡似雉。［韓醇詁訓］《西

漢・藝文志》有《鶡冠子》一篇，下注云：「楚人，居深山，不顯名氏，以鶡鳥羽爲冠，因自號焉。」《唐志》亦有《鶡冠子》三卷。其書蓋論三才變通、古今治亂之道，韓文公嘗讀其書，謂其雜黄老刑名，其《博選》篇四稽五至之説當矣，使其人遇其時，援其道而施於國家，功德豈少哉？公則以爲皆鄙淺言，且疑好事者僞爲之。二公去取之不同如此。鶡音曷，似雞。［百家注詳注］今其爲書凡十九篇，蓋論三才變通、古今治亂之道。韓文公云：其《博選》篇四稽五至之説當矣；《學問》篇稱賤生於無所用，中流失船，一壺千金者，三讀其詞而悲之。即此書也。惟《世兵》篇頗與《鵩賦》相亂，餘十八篇則否。公之辯，似但見此一篇，故云耳。按：《漢書・藝文志》道家類載《鶡冠子》一篇，《隋書・經籍志三》、《新唐書・藝文志三》皆載《鶡冠子》三卷。韓愈《讀鶡冠子》言十有六篇，陸佃《鶡冠子序》謂自《博選》至《武靈問》凡十有九篇，而退之云十有六篇，非全書也。《崇文總目》卷五：「《鶡冠子》三卷，今書十五篇，述三才變通、古今治亂之道。唐世嘗辯此書後出，非古所謂《鶡冠子》者。」胡應麟《少室山房筆叢》卷三一《四部正譌中》：「《鶡冠子》，《漢・藝文志》有二：一道家，一兵家。兵家任宏所録，班氏省之，則今所傳蓋僞託道家者爾。然道家所列《鶡冠子》僅一篇，而唐韓愈所讀有十九篇，宋《四庫書目》迺三十六篇，晁氏《讀書志》則稱八卷，與《漢志》俱不合，而唐、宋又自相矛盾。晁、顧謂四庫篇目與昌黎所讀同，何也？説者以《鶡冠》、《亢倉》、《子華》皆因前代有其名而依託爲僞，然中實不同。《鶡冠》則戰國有其書，而後人據《漢志》補之。《亢倉》則《莊子》有其文而後人據《南華》益之。若《子華》既無其書，又無其文，特好事者因傾蓋一言，而僞撰以欺世耳。」又曰：「《鶡冠》，韓、柳二説自相紛拏，晁公武、陳振孫並主柳説，《周氏涉筆》在疑信間，獨宋景濂以非僞撰。謂其書本晦澀，後人復雜以鄙淺，故讀者厭之，不復詳悉其旨。余以此書蕪紊不馴，誠難據爲戰國文字，然詞氣瑰特渾奥，時時有之，似非東京後人所辦。蓋其書殘逸斷缺，後人之鄙淺者以己意增益傳之，故文義多不可訓，句讀者遂益不復究心，景濂之論卓矣。《世兵篇》始終皆論用兵，而中雜以賈賦，殊不類。正昧者勦入，如南華《盜跖》四篇，推此餘可例見。」《四庫全書總目》卷一一七《鶡冠子》提要：「案《漢書·藝文志》載《鶡冠子》一篇，注曰：『楚人，居深山，以鶡爲冠。』劉勰《文心雕龍》稱『鶡冠綿綿，亟發深言』。韓愈集有《讀鶡冠子》一首，稱其《博選》篇『四稽五至』之説，《學問》篇『一壺千金』之語，且謂其施於國家，功德豈少？柳宗元集有《鶡冠子辨》一首，乃詆爲言盡鄙淺，謂其《世兵》篇多同《鵩賦》，據司馬遷所引賈生二語以決其僞。然古人著書，往往偶用舊文，古人引證，亦往往偶隨所見，如『谷神不死』四語，今見《老子》中，而《列子》乃稱爲黄帝書；『克己復禮』一語，今在《論語》中，《左傳》乃謂仲尼稱志有之；『元者善之長也』八句，今在《文言》傳中，《左傳》乃記爲穆姜語。司馬遷惟稱賈生，蓋亦此類，未可以單文孤證，遽斷其僞。惟《漢志》作一篇，而《隋志》以下皆作三卷，或後來有所附益，則未可知耳。其説雖雜刑名，而大旨本原於道德，其文亦博辨宏肆，自六朝至唐，劉勰最號知文，而韓愈最號知道，二子稱之，宗元乃以爲鄙淺，過矣。」二家之説爲是。《鶡冠子》其書不僞，蓋後人附入者多，致真僞混雜。如《世兵》篇，其字句多同賈誼《鵩鳥賦》，顯爲後人增入。胡應麟《少室山房筆叢》卷三一《四部正譌中》：「陸佃解《鶡冠》，謂此書雜黄老刑名，而要其宿，時若散亂無家者，然奇言奥旨亦往往而有也。此論甚公而覈。蓋此書本道家，流入於刑名，固無足怪。而《近迭》、《世兵》、《天權》、《兵政》等篇，始終皆論兵語。考《七略》兵家有《鶡冠子》，雖班氏省之，而漢世尚傳，後人混而爲一，又雜以五行家，故駁然無統。陸氏不詳考《藝文志》，因云爾爾。《藝文志》兵家有《龐煖》三篇，《鶡冠子·兵政》稱龐煖問，而《世賢》、《武靈》等篇直稱煖語，豈煖學於鶡冠，而此二篇自是煖書，後人因鶡冠與煖問答，因取以附之與？」又按：此文云「至長沙，始得此書」，當是柳宗元貶永州路經長沙之時，則此文作於初至永州也。

【注　釋】

〔一〕［韓醇詁訓］（鵩）音服。［蔣之翹輯注］賈誼在長沙三年，有鵩飛入誼舍，止於坐隅。鵩似鴞，不祥鳥也。誼以長沙卑濕，自恐年命不得長，故爲賦以自廣。《鶡冠子·世兵》篇，其詞正與賦相亂。按：見《史記·賈生列傳》。

〔二〕［注釋音辯］《鶡冠子》上九篇論三才變通、古今治亂之道，其《世兵》篇頗與《鵩賦》相亂。按：《鶡冠子·世兵》篇之文，多見於賈誼《鵩鳥賦》。不具引。

〔三〕［百家注引孫汝聽曰］《鶡冠子》無此語。

【集　評】

黄庭堅《跋法帖》：此字與《東方朔畫贊》相似，而子瞻謂《畫贊》亦非右軍書。人間愛憎，長自

不合，如退之、柳子厚論《鶡冠子》可知也。（《豫章黄先生文集》卷二八）

林光朝《策問一十八首》：近世公論，多出於韓愈氏，而柳宗元在當時，亦爲不妄許人者。退之嘗讀《儀禮》，讀《荀子》、《墨子》、《鶡冠子》，且爲之折衷，其指畫當否何如也？子厚嘗辨《列子》、《文中子》、《鬼谷子》、《亢倉子》、《晏子春秋》，又有《非國語》，多至六十餘條。以《國語》爲宏深傑異，而所可疑者止於是，然於《鶡冠子》則以爲鄙賤不足道，退之似不然也。退之於「四稽五至」之説，蓋嗜之爲不已也。又所謂「一壺千金」三讀而悲之，其於同異何取也？今學者於韓、柳蓋有所欣慕焉，當合是數書而較其所評覈，是謂友當世爲未足而尚論古之人也。（《艾軒集》卷四）

朱熹《朱子語類》卷一三九：先生方修《韓文考異》，而學者至，因曰：韓退之議論正，規模闊大，然不如柳子厚較精密。如《辨鶡冠子》，及説列子在莊子前，及《非國語》之類，辨得皆是。

又：揚因論韓文公，謂如何用功了，方能辨古書之真僞？曰：《鶡冠子》亦不曾辨得，柳子厚謂其書乃寫賈誼《鵩賦》之類，故只有此處好，其他皆不好。柳子厚看得文字精，以其人刻深，故如此。韓較有些王道意思，每事較含洪，便不能如此。（揚）

晁公武《郡齋讀書志》卷一一：《鶡冠子》三卷：右班固載鶡冠子，楚人，居深山，以鶡羽爲冠，著書成編，因以名之。至韓愈稱愛其《博選》、《學問》篇，而柳宗元以其多取賈誼《鵩賦》，非斥之。按《四庫書目》：《鶡冠子》十六篇。與愈合，已非《漢志》之舊。今書乃八卷，前三卷十三篇，與今所傳《墨子》書同。中三卷十九篇，愈所稱兩篇皆在，宗元非之者篇名《世兵》亦在。後兩卷有十九篇，多稱引漢以後事，皆後人雜亂附益之。今削去前後五卷，止存十九篇，庶得其真。其辭雜黄老刑名，意皆鄙淺，宗元之評蓋不誣。

陳振孫《直齋書録解題》卷九《鶡冠子》三卷：陸佃解。案《漢志》：鶡冠子，楚人，居深山，以鶡爲冠。今書十九篇，韓吏部稱十有六篇，故陸謂非其全也。韓公頗道其書，至柳柳州則曰「盡鄙淺言也，好事者僞爲其書，反用《鵩賦》以文飾之」。其好惡不同如此。自今考之，柳説爲長。

張淏《雲谷雜紀》卷一：《鶡冠子》，《漢·藝文志》云楚人，居深山，以鶡爲冠。既不知其名，又不知其爲何時人。然其書時稱燕將劇辛，按辛，趙人，周赧王三年，始自趙至燕，則鶡冠子當又在其後，不然，則與之同時。書在唐十六篇。賈誼《鵩賦》嘗取之，唐初李善注《文選》復多引用。以二書參訂，稍稍可讀。韓退之云：「其《博選篇》四稽五至之説當矣，使其人遇其時，援其道而施於國家，功德豈少哉？《學問篇》稱賤生於無所用，中流失船，一壺千金者，余三讀其辭而悲之。」其見稱如此。而柳子厚以爲言盡鄙淺，惟賈誼《鵩賦》所引用爲美，意好事者所爲，反取《鵩賦》以文飾之。太史公《伯夷列傳》稱賈子曰：「貪夫殉財，烈士殉名，夸者死權。」不稱《鶡冠子》。遷號博極群書，假令當時有其書，遷豈不見耶？子厚所見與退之大不同。予觀其《世兵篇》有云：「變化無窮，何可勝言。水激則悍，矢激則遠。精神回薄，振蕩相轉。遲速止息，中必參互。同合消散，孰識其時。至人不遺，動與道俱。縱軀委命，與時往來。盛衰死生，孰識其期。儼然至湛，孰知其尤。禍乎福之所倚，福乎禍之所伏。禍與福如糾纏，渾沌錯分。其狀若一，交解形狀，孰知其則。芴芒無貌，惟聖人而後能決其意。斡流遷徙，固無休息。終則有始，孰知其極。」以上雖多爲賈誼所采取，文辭奇古，與《鵩賦》自不同。子厚謂爲僞書，若他篇固不得而知，如此篇恐後人筆力未易至此。子厚又以「貪夫殉財」之語不爲太史公所稱，按胥士之殉名，貪夫之殉財，此自《列子》之辭。獨「夸者死權」一語見於《鶡冠子》。賈誼寔合二書以成文爾。太史公謂爲賈子云則可，謂《鶡冠子》云則非矣。蓋子厚一時亦不審上文非《鶡冠子》語，遂至于誤。（原注：胥士殉名，貪夫殉財，謂爲《列子》之辭者，此李善注《文選》所云，今《列子》中無此語，善不應誤。當是近世本有脱誤耳。）

高似孫《子略》卷三《鶡冠子》：春秋戰國間人才之偉，且多有不可勝言者。不得其時，不得其位，不得其志，退而藏之山谷林莽之間，無所泄其謀慮智勇，大抵見之論著。然其經營馳騁天下之志未始一日忘，而其志亦可窺見其萬一者矣。是以功名之念有以怵其心，利害之機有以蕩其慮，而特立獨行之操，不足以盡洗見聞之陋也。是其爲書不出於黃老，則雜於刑名，是蓋非一《鶡冠子》而已也。柳子厚讀賈誼《鵩賦》嘉其詞，而學者以爲盡出《鶡冠子》，得其書讀之，殊爲鄙淺，唯誼所引用者爲甚美，餘無可言者。《列仙傳》曰：「鶡冠子楚人，隱居，衣弊履穿，以鶡爲冠，莫測其名。」著書言道家事，則蓋出於黃老矣。

馬端臨《文獻通考》卷二一一引《周氏涉筆》：韓文《讀鶡冠子》僅表出首篇「四稽五至」、末章「一壺千金」，蓋此外文勢闕，自不足録，柳子厚則斷然以爲非矣。按《王鈇》篇所載全用楚制，又似非賈誼後所爲。

黄震《黄氏日鈔》卷六〇：愚按所辨皆當云云。

王應麟《困學紀聞》卷一〇：《鶡冠子·博選》篇用《戰國策》郭隗之言，《王鈇》篇用《齊語》管子之言，不但用賈生《鵩賦》而已。柳子之辯，其知言哉！

胡應麟《少室山房筆叢》卷三一《四部正譌中》：《鶡冠》之僞，與《亢倉》不同。蓋賈誼《鵩賦》所云初非出《鶡冠子》，後世僞《鶡冠》者剽誼賦中語，以文飾其陋，唐人不能辨，以《鶡冠》在誼前，遂指爲誼所引，河東之説極得之。昌黎嚴於二氏而恕於百家，凡子書若荀卿、揚雄，皆極褒美，猶之可也。甚而《墨翟》之邪、《鶡冠》之瑣，亦標顯其所長，蓋其衷寬然長者。若抉邪摘僞，判别妄真，子厚之裁鑒，良不可誣。所論《國語》、《列禦寇》、《晏嬰》、《鬼谷》、《鶡冠》，皆洞見肝膈，厥有功，斯文亦不細矣。

蔣之翹輯注《柳河東集》卷四：子厚所辨《鶡冠子》，只《世兵》一篇耳，然其餘亦可概見。「決也」句下評：是確論。

何焯《義門讀書記》卷三五：「至長沙始得其書讀之」：李（光地）云：便是長沙人爲之耳。「何以知其然耶？曰不類」：厚齋（馮椅）云：《博選》篇用《國策》郭隗之言，《王鈇》篇用《齊語》管子之言。

盧文弨《書鶡冠子後》（庚辰）：《鶡冠子》十九篇，昌黎稱之，柳州疑之，學者多是柳。蓋其書本雜采諸家之文而成，如「五至」之言，則郭隗之告燕昭者也；伍長里有司之制，則管仲之告齊桓者也。

《世兵》篇又襲魯仲連遺燕將書中語，謂其取賈誼《鵩賦》之文，又奚疑？《近迭》篇載龐子問聖人之道何先，曰先人；人道何先，曰先兵。噫，此可謂知道乎？彼所稱詖淫詐遁者（亦襲《孟子》語），殆不能自免矣。（《抱經堂文集》卷一〇）

焦循批《柳文》卷一三：柳州精於考訂之學。又：立意與昌黎相反，宜窮鶡冠之書，以定韓柳是非。

劉熙載《藝概·文概》：朱子曰：「韓退之議論正，規模闊大，然不如柳子厚較精密。」此原專指柳州《論鶡冠子》等篇，後人或因此謂一切之文精密概出韓上，誤矣。

王文濡《評校音注古文辭類纂》卷七：文筆如快刀斬絲，無一不斷。子書僞託甚多，安得柳子一一辨正之？

高步瀛《唐宋文舉要》甲編卷四：「決也」句下：以上言《鶡冠子》襲取《鵩鳥賦》。「不類」句下：以上又據史公不引《鶡冠》，以明其僞。總評：佐證既確，文字亦極操縱之能。又：辨別古書真僞，清儒尤善其長。後世學者羨前人之得名也，於是鹵莽滅裂，不肯深思切究，稍有所疑，輒斥爲僞書，以迎合淺人不悦學之心理，而博取高名，遂致古書竟無可讀者。其流毒遂不可勝言。昔吾友劉際唐斥爲仇士良愚主之術，雖爲笑謔之言，亦深中其欺世盜名之心矣。讀子厚諸篇，能不爲之三歎耶？

# 柳宗元集校注卷第五

## 碑①

### 箕子碑

凡大人之道有三：一曰正蒙難〔一〕，二曰法授聖，三曰化及民。殷有仁人曰箕子〔二〕，實具兹道，以立于世，故孔子述六經之旨，尤殷勤焉〔三〕。當紂之時，大道悖亂，天威之動不能戒〔四〕，聖人之言無所用。進死以併命，誠仁矣〔五〕，無益吾祀，故不爲。委身以存祀，誠仁矣〔六〕，與去吾國②〔七〕，故不忍。具是二道，有行之者矣。是用保其明哲〔八〕，與之俯仰，晦是謩範〔九〕，辱於囚奴〔一〇〕，昏而無邪，隤而不息〔一一〕。故在《易》曰「箕子之明夷」〔一二〕，正蒙難也。及天命既改，生人以正，乃出大法〔一三〕，用爲聖師，周人得以序彝倫而立大典〔一四〕。故在《書》曰「以箕子歸，作《洪範》」〔一五〕，法授聖也。及封朝鮮〔一六〕，推道訓俗，惟德無陋，惟人無遠〔一七〕，用廣殷祀，俾夷爲華，化及民也〔一八〕。率是大道，藂於厥躬〔一九〕，天地變化，我得其正，其大人歟？

於虖③！當其周時未至，殷祀未殄，比干已死，微子已去，向使紂惡未稔而自斃④〔二〇〕，武庚念亂以圖存〔二一〕，國無其人，誰與興理？是固人事之或然者也⑤。然則先生隱忍而爲此⑥，其有志於斯乎？唐某年作廟汲郡〔二二〕，歲時致祀。嘉先生獨列於《易》象，作是頌云：

蒙難以正，授聖以謩。宗祀用繁⑦〔二三〕，夷民其蘇⑧。憲憲大人〔二四〕，顯晦不渝〔二五〕。聖人之仁，道合隆汙。明哲在躬，不陋爲奴。沖讓居禮，不盈稱孤。高而無危，卑不可踰。非死非去，有懷故都。時詘而伸〔二六〕，卒爲世模。《易》象是列，文王爲徒〔二七〕。大明宣昭，崇祀式孚〔二八〕。古闕頌辭，繼在後儒。

【校　記】

①原標作「古聖賢碑」，詁訓本標作「碑九首」。此據注釋音辯本、五百家注本及百家注本總目改。

②去，原作「亡」，注釋音辯本、五百家注本、世綵堂本同，此據詁訓本改。

③於虖，詁訓本作「於戲」。世綵堂本校：「虖，一作呼。」皆爲感歎詞，可通。

④向，詁訓本作「尚」。

⑤ 世綵堂本校：「一無『或然者』三字，非是。」蔣之翹輯注本無「者也」二字。

⑥ 蔣之翹輯注本無「然」字。

⑦ 原校：「『繁』字一作『緊』。」世綵堂本校：「『繁』字一作『係』。」蔣之翹輯注本云：「『繁』或作『係』，非是。此以『繁』而爲『緊』，因『緊』而又作『係』也。」

⑧ 世綵堂本校：「夷，一作裔。」

【解　題】

［韓醇詁訓］事之本始，詳於碑作之年月，碑皆不載，然當是未遷謫前作。附次貞元十六年文章後。［百家注引孫汝聽曰］箕子名胥餘，紂之諸父。［蔣之翹輯注］箕子名胥餘，紂戚也。馬融、王肅以爲紂之諸父，服虔、杜預又以爲紂之庶兄，未知孰是。但食采於箕，故曰箕子。紂始爲象箸，又爲淫佚、炮烙之刑，箕子諫，不聽。人或曰：「可以去矣。」箕子曰：「知不用而言，愚也。殺身以彰君之惡，而自説於民，吾不忍爲也。二者不可，然且爲之，不祥莫大焉。」乃解衣披髪佯狂，遂隱而鼓琴以自悲。及武王既克殷，乃訪問箕子，爲之陳《洪範》篇，於是武王乃封箕子於朝鮮，示不臣也。其文具《周書·洪範》。按：箕子事見《史記·殷本紀》。此文作年不詳。韓醇推測爲未遷謫前作，應大抵不差。此文議論一段，認爲箕子隱忍，或別有所圖，故謝枋得評大有杜牧《題烏江亭》詩「卷土重來未可知」之意。是否此意可勿論，然此文意氣風發，則有目共見。

【注釋】

〔一〕［注釋音辯］［韓醇詁訓］難，乃旦切。［百家注引孫汝聽曰］蒙，犯也。正蒙難者，以正犯難也。［蔣之翹輯注］《易》：「内難而能正其志。」

〔二〕［百家注引孫汝聽曰］孔子曰：「殷有三仁焉：微子去之，箕子爲之奴，比干諫而死。」按：見《論語·微子》。

〔三〕［百家注引孫汝聽曰］謂下《易》、《詩》所載是也。

〔四〕［百家注引孫汝聽曰］《書》：「今天動威。」按：《尚書·金縢》：「今天動威，以彰周公之德。」

〔五〕［注釋音辯］謂比干。［韓醇詁訓］謂比干諫而死。按：紂淫亂，比干犯顔强諫，紂怒，云聞聖人有七竅，於是剖其心。見《史記·宋微子世家》。

〔六〕［注釋音辯］謂微子。［韓醇詁訓］謂微子去之。微子諫紂王不聽，去國。周滅商，稱臣於周，周乃封其於宋。見《史記·宋微子世家》。

〔七〕［注釋音辯］［韓醇詁訓］與音預。

〔八〕［百家注引孫汝聽曰］《詩》：「既明且哲，以保其身。」按：見《詩經·大雅·烝民》。

〔九〕［韓醇詁訓］（謩）謨同。［世綵堂］謨音模。

〔一〇〕［百家注引孫汝聽曰］《書》：「囚奴正士。」正士，即謂箕子也。按：見《尚書·泰誓下》。

〔一一〕［蔣之翹輯注］隤音頽。

〔一二〕［百家注引孫汝聽曰］夷，傷也。日入地中，明夷之義。故卦曰明夷。按：《周易·明夷》：「箕子之明夷，利貞。」象説：「明入地中。」吴楚材、吴調侯《古文觀止》卷九注：「《易·明夷》卦：『六五，箕子之明夷。』夷，傷也。言六五以宗臣居暗地，近暗君，而能正其志，箕子之象也。」

〔一三〕［百家注引孫汝聽曰］大法，《洪範》也。

〔一四〕［百家注引孫汝聽曰］《書》：「天乃錫禹《洪範》九疇，彝倫攸叙。」彝倫，常道。按：見《尚書·洪範》。

〔一五〕見《尚書·洪範》。吴楚材、吴調侯《古文觀止》卷九注：「大法謂《洪範》。洪，大也。範，法也。《書》：『天乃錫禹《洪範》九疇，彝倫攸叙。』《漢志》曰：『禹治洪水，錫《洛書》，法而陳之，《洪範》是也。』《史記》：『武王克殷，訪問箕子以天道，箕子以《洪範》陳之。』蓋《洪範》發之於禹，箕子推衍增益，以成篇歟？」

〔一六〕［注釋音辯］（鮮）音仙。東夷地。［百家注引孫汝聽曰］《書》傳云：「武王釋箕子之囚，箕子不忍周之釋，走之朝鮮。武王聞之，因以朝鮮封之。」鮮音仙。［世綵堂］朝音潮，鮮音仙。以有汕水，故名。

〔一七〕［世綵堂］《左傳》：「國無陋矣。」《選》：「惠濟無遠。」語法本此。

〔一八〕［注釋音辯］箕子去之朝鮮，教其民以禮義、田蠶織作，民犯禁八條，其民終不相盜，無門户之閉，婦人貞信不淫辟。其田民飲食以籩豆爲可貴，此仁賢之化也。出《前漢志》。［百家注引孫汝聽曰]《漢書·地理志》:「箕子去之朝鮮，教其民以禮義、田蠶織作。樂浪朝鮮民犯禁八條，相殺以當時償殺，相傷以穀償，相盜者男沒入爲其家奴，女子爲婢，欲自償者，人五十萬。雖免爲民，俗猶羞之，嫁娶無所讎。是以其民終不相盜，無門户之閉，婦人貞信不淫辟，其田民飲食以籩豆。可貴哉，仁賢之化也！」[蔣之翹輯注]按朝鮮東夷地，秦屬遼東外徼，漢武帝定之，置郡。晉末，陷入高麗。洪武二年，封爲高麗王。二十年仍更名朝鮮。

〔一九〕[注釋音辯]童(宗説)曰：蘴，徂紅切。正作「叢」。[韓醇詁訓]蘴，徂紅切。正作叢，俗書作蘴。

〔二〇〕[百家注]斃，頓也。音敝。

〔二一〕《尚書·洪範》:「武王勝殷殺受，立武庚。」武庚爲紂王之子，周武王滅商後受封爲殷君，後勾結管叔、蔡叔，聯絡東夷方國部落等叛周，周公東征三年，武庚失敗，被殺。

〔二二〕[注釋音辯]紂故都，在今衛州。[百家注引孫汝聽曰]汲郡，今衛州，紂故都也。[蔣之翹輯注]今爲河南衛輝府。廟屬淇縣。按：何焯《義門讀書記》卷三五：「《後漢書·郡國志》陳留郡考城縣下劉昭注：『陳留，志有箕子祠。』不知何以移之汲郡也。」

〔二三〕[百家注引孫汝聽曰]自箕子後，傳四十餘世至朝鮮侯準，自稱王。

〔二四〕[注釋音辯]童(宗説)云：憲音顯。《中庸》注云：「興盛貌。」

〔二五〕[蔣之翹輯注]渝，變也。

〔二六〕［注釋音辯］詘，音屈。按：通「屈」。

〔二七〕［注釋音辯］《易·明夷》卦：文王以之，箕子以之。［百家注引孫汝聽曰］《易》：「内文明而外柔順，以蒙大難，文王以之。内難而能正其志，箕子以之。」按：見《周易·明夷》。

〔二八〕［百家注引孫汝聽曰］謂唐始立廟祀之。

**【集評】**

黄震《黄氏日鈔》卷六〇：愚謂子厚發明箕子之道，善矣，但恐不當於三人分重輕。

謝枋得《文章軌範》卷六：此等文章天地間有數，不可多見，惟杜牧之絶句詩一首似之。《題烏江項羽廟》云：「勝敗兵家不可期，包羞忍恥是男兒。江東子弟多豪俊，卷土重來未可知。」

李夢陽《論學上篇·事勢篇第七》：柳氏謂箕子佯狂，意紂或崩，武庚幸立，無人輔之。空同子曰：細人哉斯言！箕子，《洪範》數學之源也，乃獨不知天命去留邪？微子去之，亦爲輔武庚去邪？武庚可輔之君否邪？（《空同集》卷六六）

張寧《天順四年春予以使事至朝鮮道經平壤謁箕子廟瞻拜仰止退書所見於大同館》：唐柳宗元以正蒙難、法授聖、化及民三者叙箕子廟碑，大人之能事畢矣。獨其所謂紂惡未稔而自斃，武庚念亂以圖存，國無其人，誰與興理之論，竊不自揆，未能無疑。（《方洲集》卷一三）

《王荆石先生批評柳文》卷二：殊未見所長。

茅坤《唐宋八大家文鈔》卷二七：總只是謝枋得所摘數言爲妙解。

都穆《南濠詩話》：杜樊川《題烏江項羽廟》詩云：「勝敗兵家家不可期，包羞忍恥是男兒。江東子弟多豪俊，卷土重來未可知。」後王荆公詩云：「百戰疲勞壯士哀，中原一敗勢難迴。江東子弟今雖在，肯爲君王卷土來？」荆公反樊川之意，似爲正論，然終不若樊川之死中求活。謝疊山謂柳子厚《書箕子廟碑陰》，意亦類此。

蔣之翹輯注《柳河東集》卷五：似從《論語》「殷三仁」起論，而「於虖」以下，一往更有深情。「於斯乎」句下評：語極淋漓感慨，故謝枋得删録此段。

陸夢龍《柳子厚集選》卷二：文之快徹不待言，用三語起作冒子，杜撰。

金聖歎批《才子古文》卷一二：一篇文字，真如天外三峰，卓然峭峙。末忽换筆，變作天風海濤，可謂大奇已。

康熙敕纂《御選古文淵鑒》卷三七：立議奇而不軼於法，有此識力，始可以尚論古人。

儲欣《河東先生全集録》卷一：末段亦書生事後揣測之談，當日不顧行遁，何暇計及？文亦方板，未入作家。

吴楚材、吴調侯《古文觀止》卷九：「化及民」句下：總提三柱立論。「殷勤焉」句下：出箕子。「無所用」句下：總起。「故不爲」句下：閣過比干。「故不忍」句下：閣過微子。「行之者矣」句下：將正寫箕子，先入此段，斡旋多少。「蒙難也」句下：應前一曰。「法授聖也」句下：應前二曰。

「化及民也」句下：應前三曰。「大人歟」句下：應前大人第一句。首提作柱，以次分應，似正意，卻是客也。下一段寫出箕子意中事，是作者大旨。「於斯乎」句下：忽然别起波浪，語極淋漓感慨，使人失聲長慟。總評：前立三柱，直如天外三峰，卓然峭峙。「於虖」以下，忽然换筆，一往更有深情。

林雲銘《古文析義》二編卷六：殷之三仁，卻有三般作用，夫子亦未明言其所以然。但微、比之作用易見，而箕子之作用難知。即後來作《洪範》，封朝鮮，皆非蒙難時所能預知，且與殷無干涉。雖列於《易》象，其一段佯狂苦衷，總無處討消息。欲撰此等文，又拋不下作《洪範》、封朝鮮二事，細思篇中最難安頓。看他提出大人來爲客，先把正蒙難一道，帶出法授聖、化及民二道，立個冒頭，隨點出仁人來爲主，因撇開比干併命、微子存祀二道，認他腳根，然後把他畢生事業，段段分應大人之道訖。即從其不爲微子、比干處，推出他當日用心，全在殷將亡未亡時，希冀萬一，則仁人之苦衷畢現。其佈置甚費斡旋。坊本或只摘出末段，可謂不善讀古者矣。

何焯《義門讀書記》卷三五：此貞元間文，詞理淳雅，集中亦不多得。「進死以併命」至「故不忍」：微子遁於荒野，非若紀季入至齊，委身而與亡吾國。廣殷祀於朝鮮之封，則非無益殷祀。尚考經不詳。出大法於改命之後，則非與亡吾國。「晦是謩範」：伏下之根。「推道訓俗」：承上之緒。「當其周時未至」至「其有志於斯乎」：孔子仁之，尤在《明夷》，故收處獨歸重正蒙難一節。法授聖者，非所期也。化及民者，其緒餘也。按《軌範》録此三行是其宋亡未遽死之，微逸前後，則斷斷不事北之節也。嗚呼，謝氏其仁矣哉！……「沖讓」「居禮」二語：似贅設。

沈德潛《唐宋八家文讀本》卷七：整潔峻削，近東漢人。開天明道者爲聖人，箕子闡《洪範》天人感應之理，捷於影響，切於布帛菽粟，固聖人也。乃因亡國之臣而忽之，又其時周家父子兄弟聖人聚於一堂，故自古及今，無以聖人目箕子者。以柳子之特識，而祇稱曰大人，然則聖人殆有幸不幸耶？愚作《箕子論》暢言之，識其大略於此。

孫琮《山曉閣選唐大家柳柳州全集》卷二：前幅總提分應，平列三段，此是就箕子身上實寫。後幅另發一意，獨作一段，此是就箕子意中虚寫。有實寫，文不蹈空。有虚寫，筆不犯實。又引張侗初云：善作文章，兒戲事説出大體，敗局中看出勝著，乃妙如《桐葉封弟辯》、《箕子碑陰》，皆是從無説有、從虚説實，乃見過人處。又引盧文子（元昌）云：首立三柱，以次應。還似正意，卻是客也。結後一段，是作者大意所在。

乾隆敕纂《御選唐宋文醇》卷一七：儲欣謂末段乃書生事後揣測之談，當日不顧行遁，何暇計及？今按《易·明夷六五》曰：「箕子之明夷利貞。」孔子曰：「箕子之貞明不可息也。」當紂之時，孟子謂故家遺俗、流風善政猶有存者，猶有微子、微仲、王子比干、箕子、膠鬲，皆賢人也。相與輔相之，故久而後失之也。然則比干死，微子、微仲、膠鬲歸周，若無箕子明不既息矣乎？宗元末段之意，實本諸孔子也。碩果不食，松柏後凋，守先王之道，以待後之學者，誠聖賢與天地同心之處。觀夫東漢之末，賢士大夫淪胥以亡，於是郭泰有殄瘁之傷，卓、操無顧忌之意。宗元之論，夫又曷可議哉？

焦循批《柳文》卷一五：文章之妙，全在意味無窮。前之評者，必分是主是客、是虚是實，皆非知文者。

王符曾《古文小品咀華》卷三：拈出妙解，於想當然處得之，故堪光景常新。

林紓《韓柳文研究法·柳文研究法》：《箕子》一碑，立義壯闊。一曰正蒙難，二曰法授聖，三曰化及民，三項並列，就文讀之，似箕子生平實兼是三德。而柳州之文，亦正重此「正蒙難」一層。謂箕子之辱於囚奴者，有所希望也。握要之言，在周時未至，殷祀未殄。比干已死，微子已去，向使紂惡未稔而自斃，武庚念亂以圖存，國無其人，誰與興理？能寫出箕子不得已之苦心，作無如何之屈節，方見得是正蒙難，方見得是箕子之明夷，辱於囚奴，實有待也。不惟史眼如炬，而且知聖功深，是一篇醇正堅實、千古不滅之文字。頌中言聖人之仁，道合隆汙，又言非死非去，有懷故都，正聲明文中「正蒙難」之故，欲俟脱難之後，使朝廷歸服於正也。

## 道州文宣王廟碑

謹案某年月日〔一〕，儒師河東薛公伯高由尚書刑部郎中爲道州〔二〕。明年二月丁亥〔三〕，公用牲幣祭于先聖文宣王之廟①。夜漏未盡三刻，公玄冕以入〔四〕，就位于庭，惕焉深惟。夫子之祀，爰自京師太學，徧于州邑，遐闊僻陋，咸用斯時致奠展誠。宿燎設懸〔五〕，鐏俎旂章〔六〕，粢穆布列，周天之下。嗚呼！夫子之道閎肆尊顯，二帝三王其無以侔大也。然其堂庭庳陋〔七〕，椽棟毁墜，曾不及浮圖外説克壯厥居〔八〕。水潦仍至〔九〕，歲加蕩沃。公蹙然不寧，若罔獲承。

既祭而出，登墉以望，爰得美地，豐衍端夷〔一〇〕，水環以流，有頖宮之制〔一一〕。是日樹表列位〔一二〕，由禮考宜〔一三〕，然後節用以制貨財，乘時以僦功役〔一四〕，逾年而克有成。廟舍峻整，階序廓大〔一五〕。講肄之位〔一六〕，師儒之室，立廩以周食②，圃畦以毓蔬〔一七〕，權其子母〔一八〕，贏且不竭〔一九〕。由是邑里之秀民，感道懷和，更來門下〔二〇〕，咸願服儒衣冠，由公訓程〔二一〕。公攝衣登席〔二二〕，親釋經旨，丕諭本統〔二三〕，父慶其子，長勵其幼〔二四〕，化用興行，人無諍訟③。

公又曰：「夫子稱門弟子顏回爲庶幾〔二五〕，其後從于陳蔡④，亦各有號〔二六〕。言出一時，非盡其徒也。于後失厥所謂，妄異科第⑤，坐祀十人以爲哲〔二七〕，豈夫子志哉？余案《月令》則曰『釋奠于先聖先師』⑥，國之故也〔二八〕。」乃立夫子像，配以顏氏。籩豆既嘉，笙鏞既成〔二九〕，九年八月丁未〔三〇〕，公祭于新廟。退考疑義，合以燕饗，萬民翼翼〔三一〕，觀禮識古。

于是《春秋》師晉陵蔣堅、《易》師沙門凝晉⑦、助教某、學生某等來告，願刻金石，明夫子之道及公之勤。惟夫子極于化初，冥于道先，群儒咸稱，六籍具存。苟贊其道，若譽天地之大，褒日月之明，非愚則惑，不可犯也。惟公探夫子之志，考有國之制，先施彝典⑧，革正道本，俾是荒服，移爲闕里〔三二〕。在周則魯侯申，能修頖宫，《詩》有其歌〔三三〕；在漢蜀守文翁，能首儒學，史有其贊〔三四〕。今公法古之大同于魯，化人之艱侔于蜀，盍銘兹德，以告于史氏，而刊之兹碑。銘曰：

荆楚之陽，厥服惟荒。民鮮由仁，帝降其良。振振薛公〔三五〕，惟德之造。赤旂金節⑨，來莅于道。師儒咸會，嘉有攸告。吉日丁亥，獻于頖宫。庭燎伊煌〔三六〕，有焕其容。公升于位，心莫不恭⑩。爰念聖祀，徧于海邦。服冕陳器，州邑攸同。感忻以欷〔三七〕，思報聖功。卜遷于嘉，惟吉之逢。昀昀其原〔三八〕，既夷且大。涣涣其流〔三九〕，實環于外。作廟有嚴，昭祀顯配。絜兹器用，觀禮斯會。布筵伊位⑪，作廩伊秩〔四〇〕。以豐其儀，以壯其室。新宫既成，崇報孔明。于古有經⑫，公粹厥誠。邦民之良，弁服是纓。公躬講論，虔默以聽〔四一〕。公降酬酢，進退齊平。柔肌洽體⑬，莫不充盈。歸歡于心，父子弟兄。欽惟聖王，厥道無涯。世有頌辭，益疚其多〔四二〕。公斯考禮，民感休嘉⑭。從于魯風⑮，祇以詠歌。公錫于天，眉壽來加〔四三〕。公賚于王〔四四〕，休命是荷〔四五〕。師于辟雍，大邦以和。侑酳申申〔四六〕，王道式訛〔四七〕。諸儒作詩，思繼頖水。丕揚厥聲，以告太史。

【校　記】

①世綵堂本校：「廟，一作宫。」

②世綵堂本校：「周，一作固。」

③世綵堂本校：「諍，一作尤。」諍，《全唐文》作「争」。

④世綵堂本校：「後，一作或。」

⑤世綵堂本校：「異，一作引。」

⑥則曰，原校與注釋音辯本校：「一本作『曰則』，一本作『則由』。」世綵堂本校：「一無『則曰』二字，一本作『則由』，一本作『曰則』。」

⑦翇，原校與注釋音辯本校：「童（宗説）云：音辯，俗作翇。」詁訓本注：「辯，俗作翇。」世綵堂本作「辯」，並注：「平免切。」周密《癸辛雜識》前集引作「安」。

⑧先，原作「光」，據注釋音辯本改。世綵堂本校：「光，一作先。」

⑨旆，世綵堂本校：「旆，一作旆。」《全唐文》作「旗」。

⑩世綵堂本校：「心，一作以。」

⑪伊，注釋音辯本、《全唐文》作「依」。

⑫于，原作「千」，據注釋音辯本與《全唐文》改。注釋音辯本校：「于，一本作千。」世綵堂本校：「千，一作于。」

⑬ 世綵堂本校：「一作『鮮肥合體』。」

⑭ 原校與注釋音辯本、詁訓本、世綵堂本校：「感，一本作咸。」

⑮ 世綵堂本校：「從，一作徙。」

【解　題】

［韓醇詁訓］公集有《斥鼻亭神記》，云「元和九年河東薛公由刑部郎中刺道州」，則序所謂某年月日者，即元和九年也。其曰「明年二月丁亥」，即元和十年。公是歲三月出爲柳州刺史，碑蓋在柳時作。序云「九年八月丁未祭于新廟」，當作「十年八月」，蓋唐制釋奠，春、秋皆用上丁。以長曆推之，九年八月乙亥朔，是月無丁未，且新廟之作起于十年二月丁亥，既祭之後云。［百家注引童宗説曰］《唐書·歸崇敬傳贊》引此碑。［蔣之翹輯注］此子厚在永州作。《一統志》：「道州，今屬永州府。吴營陽，唐道州江華也。」按：韓之繫年誤。認爲柳宗元文字有誤，其實柳文未有一誤。薛伯高元和七年爲道州刺史，柳宗元《箏郭師墓誌》言郭師之復州依李宙，會宙貶賀州，道州刺史薛伯高以書招之去。《册府元龜》卷七〇〇：「李宙爲丹王府長史，元和七年以前任復州刺史，坐贓貶爲賀州司户參軍。」祝穆《方輿勝覽》卷二四道州：「薛伯高，唐元和七年由刑部郎爲州刺史，遷州學于城西。柳宗元爲記。」皆可證薛伯高任道州刺史在元和七年。若以薛伯高爲道州刺史在元和九年，明年則爲元和十年，元和十年二月無丁亥，且柳宗元元和十年正月即奉召回京，安能爲此碑撰文？以元和

七年計，則明年爲元和八年，元和八年二月乙酉朔，則丁亥爲二月初三日，毫無矛盾。也誠如韓醇所説，元和九年八月無丁未，然是年有閏八月，閏八月乙巳朔，丁未爲初三日。所以此文之「九年八月丁未」當是元和九年閏八月丁未。何以薛伯高祭孔廟不在八月而在閏八月？當是年八月孔廟尚未完全竣工，故爾推遲到閏八月。事實當是：元和八年二月丁亥，薛伯高祭孔子于舊廟。因見舊廟卑陋，遂建新廟，文亦云「逾年而克有成」。遂元和九年閏八月丁未，祭于新廟。柳宗元此文即作于元和九年閏八月。至于《道州毁鼻亭神記》之「元和九年河東薛公由刑部郎中刺道州」亦不誤，然非任道州刺史之第一年，文亦未云「始刺道州」。可知薛伯高刺道州，建新文宣廟在先，毁鼻亭神在後。

【注　釋】

〔一〕［百家注引韓醇曰］按集有《斥鼻亭神記》，云元和九年，河東薛公由刑部郎中刺道州。此云某年，即元和九年也。［世綵堂］公年四十二，在永。**按**：韓説非是。某年當是元和七年。詳見解題。

〔二〕［百家注引孫汝聽曰］伯高名景晦。**按**：《新唐書·藝文志三》：「薛景晦《古今集驗方》十卷。」注：「元和刑部郎中貶道州刺史。」李肇《唐國史補》卷中載余長安爲父、叔報讎殺人，議當死，有老儒薛伯高遺（元）錫書曰：「大司寇是俗吏，執政柄乃小生，余氏子宜其死矣。」又卷下：「大曆已後，專學者有蔡廣成《周易》，强象《論語》，啖助、趙匡、陸質《春秋》，施士丐《毛詩》，刁彝、仲子陵、韋彤、裴茝講《禮》，章廷珪、薛伯高、徐潤並通經。」《文苑英華》卷三九九有《授薛伯高少府少監制》。皆稱薛伯高。或是薛景晦字伯高，然以字行。

〔三〕［百家注引韓醇曰］即元和十年。［蔣之翹輯注］《隋志》：「國子寺每歲以四仲月上丁釋奠先聖先師。」即《禮》所稱先庚三日、後甲三日也。按：韓注誤。當是元和八年，説已見解題。

〔四〕［百家注引孫汝聽曰］《周禮·司服》：「卿大夫之服，自玄冕而下如孤之服。」又曰：「祭群小祀則玄冕。」

〔五〕［注釋音辯］張（敦頤）云：燎，力照切。宿燎，謂庭燎。設懸，謂懸筍簴。［韓醇詁訓］燎，力照切，又音了。［百家注引孫汝聽曰］《周禮·司烜氏》：「凡邦之大事，共墳燭庭燎。」注云：「樹于門外曰大燭，于門内曰庭燎。」設懸，謂懸筍簴之屬也。

〔六〕［注釋音辯］罇音尊。［百家注引孫汝聽曰］《禮記·月令》：「以爲旂章。」注云：「章，幟。」罇音尊。

〔七〕［注釋音辯］庳音婢。［韓醇詁訓］音卑。［百家注］庳，短也。按：「庳」通「卑」。

〔八〕［百家注引孫汝聽曰］外説，鬼神之類也。

〔九〕章士釗《柳文指要》上《體要之部》卷五：「仍，頻也。」

〔一〇〕［百家注］衍，廣也。［蔣之翹輯注］衍，廣。夷，平也。墉，城垣也。

〔一一〕［注釋音辯］頖與泮同。諸侯學曰頖宫。［百家注引孫汝聽曰］《禮記·王制》：「天子辟雍，諸侯頖宫。」皆學名也。

〔一二〕［百家注］樹，立也。

〔一三〕［蔣之翹輯注］《周禮》：「土方氏掌土圭之法，以致日景。」注：「立八尺之表，夏至則景五寸，冬至則景丈三尺。」按：見《周禮·夏官司馬·土方氏》。

〔一四〕［注釋音辯］僦，即就切，雇也。［世綵堂］僦即賃也。

〔一五〕［百家注］序，廊也。

〔一六〕［注釋音辯］肄，羊至切，習也。

〔一七〕［注釋音辯］毓與育同，蔬菜也。［韓醇詁訓］毓音育。《周禮》：「園圃毓草木。」按：百家注本引作童宗説曰。見《周禮·天官冢宰·大宰》。

〔一八〕［注釋音辯］母謂本錢，子謂利息。［百家注引孫汝聽曰］《周語》：「民患輕則爲之作重幣，于是乎有母權子而行。若不堪重，則多作輕，于是乎有子權母而行。」注云：「重，曰母。輕，曰子。權，稱也。」［世綵堂］母謂本，子謂利。按：所引見《國語·周語下》及韋昭注。

〔一九〕［注釋音辯］赢音盈。

〔二〇〕［注釋音辯］更，平聲。按：更謂接連不斷。

〔二一〕［注釋音辯］（程）法也。

〔二二〕［蔣之翹輯注］攝，摳也。禮將升堂，兩手摳衣，使去地尺，恐躡之而傾跌失容也。

〔二三〕〔蔣之翹輯注〕丕，大也。本統，言歷聖傳道之統也。

〔二四〕〔蔣之翹輯注〕長，上聲。

〔二五〕〔百家注引孫汝聽曰〕《易》曰：「顔氏之子，其殆庶幾乎？」按：見《周易·繫辭下》。

〔二六〕〔百家注引孫汝聽曰〕謂四科之目。按：《論語·先進》：「子曰：『從我于陳、蔡者，皆不及門也。德行顔淵、閔子騫、冉伯牛、仲弓，言語宰我、子貢，政事冉有、季路，文學子游、子夏。』」

〔二七〕〔百家注引孫汝聽曰〕開元八年，敕改顔子等十哲爲坐像，悉預配享。

〔二八〕〔百家注〕故，典故也。〔世綵堂〕按《記·文王世子》：「釋奠于先聖先師。凡釋奠者，必有合也，有國故則否。」注：「若唐虞有夔，周有周公，魯有孔子，則各自奠之，不合也。」舊注以故爲典故。〔蔣之翹輯注〕《禮》釋菜即舍菜，舍菜即祭菜。然則國子入學，以蘋蘩告成祀其師，以敬道也。故，典故也。按：柳宗元所引見《禮記·文王世子》：「凡始立學者，必釋奠于先聖先師。」非《月令》中語。當是作者誤記。

〔二九〕〔注釋音辯〕張（敦頤）云：鏞，鐘名。〔百家注〕鏞，大鐘名。

〔三〇〕〔百家注引韓醇曰〕當作十年八月。蓋唐制：釋奠，春、秋皆用上丁。以長曆推之，九年八月乙亥朔，是月無丁未。且新廟之作，起于十年二月丁亥既祭之後云。按：韓説誤。八月指閏八月。元和九年閏八月乙巳朔，丁未爲初三日。

〔三一〕翼翼，恭謹貌。

〔三二〕［蔣之翹輯注］闕里，孔子故居，在兖州曲阜縣魯城内。按：章士釗《柳文指要》上《體要之部》卷五：「移，轉也。爲，有也。經典中有、爲二字恒互用。」

〔三三〕［注釋音辯］魯僖公名。［百家注引孫汝聽曰］申，僖公名。［蔣之翹輯注］魯僖公名申。《詩·魯頌·泮水》美僖公也。

〔三四〕［蔣之翹輯注］《漢書》：文翁爲蜀郡太守，及諸郡縣小吏，起學官，設官使弟子授業，遂變鄒魯之風。天下並令立學。按：見《漢書·循吏傳·文翁》。

〔三五〕［注釋音辯］童（宗説）云：振音真，仁厚也。［韓醇詁訓］振音真。振振公子，仁厚也。按：《詩經·周南·麟之趾》：「振振公子。」毛傳：「振振，信厚也。」

〔三六〕［韓醇詁訓］（煌）音皇。［世綵堂］胡光切。按：章士釗《柳文指要》上《體要之部》卷五：「伊，維也。此限制性之副詞。」

〔三七〕［注釋音辯］張（敦頤）云：欷音希，歔也。［韓醇詁訓］（欷）音希。

〔三八〕［注釋音辯］童（宗説）云：畇，均、匀二音。［韓醇詁訓］畇音匀，又音旬。《説文》：「墾田也。」［世綵堂］《詩》：「畇畇原隰，曾孫田之。」畇，墾田也。按：見《詩經·小雅·信南山》。

〔三九〕［百家注引孫汝聽曰］《詩》：「溱與洧，方涣涣兮。」涣涣，水流貌。按：見《詩經·鄭風·溱洧》。

〔四〇〕章士釗《柳文指要》上《體要之部》卷五：「伊，有也。」

〔四一〕［注釋音辯］聽，平聲。

〔四二〕［注釋音辯］［韓醇詁訓］疚音究。

〔四三〕［百家注引孫汝聽曰］《詩》：「天錫公純嘏，眉壽保魯。」按：見《詩經·魯頌·閟宫》。

〔四四〕［百家注］齎，賜予也。

〔四五〕［注釋音辯］［韓醇詁訓］荷音河。

〔四六〕［注釋音辯］酳音胤。少少飲，食已而蕩口也。［韓醇詁訓］酳，余振切。［百家注引孫汝聽曰］《賈山傳》：「養三老五更于太學，執醬而餽，執爵而酳。」酳者少少飲酒，食已而蕩口也。此言景晦將入爲天子三老，養于太學，亦《魯頌》祝僖公之意云。按：侑，勸酒。酳，以酒漱口。

〔四七〕章士釗《柳文指要》上《體要之部》卷五：「訛，化也。」

【集評】

《新唐書》卷一六四《歸崇敬傳贊》：韓愈稱郡邑通得祀社稷、孔子，獨孔子用王者事，以門人爲配，天子以下，北面拜跪薦祭，禮如親弟子者。句龍、棄以功，孔子則以德，固自有次第。崇敬乃請東揖，以殺太重。方是時，公卿無韓愈之賢，無有折其非是者。道州刺史薛伯高嘗謂：夫子稱顔回爲庶幾，其從于陳蔡者亦各有號，出于一時，後世坐祀十人以爲哲，豈夫子志哉？觀七十子之賢，未有加于十人，坐而祀之，始于開元，非特牽于一時之稱號。《記》曰：「祭，有其舉之，莫敢廢也。」如崇敬誠不知禮，尊君以媚世，歷朝循而不改矣。伯高之語，柳宗元志之于其書，必有辨其妄者。

《新刊增廣百家詳補注唐柳先生文》卷五引黄唐曰：薛伯高評十哲之科妄出後世，而開元之祀，非夫子志，是已失矣。子厚于碑反指爲確論。宋子京贊唐史，灼見其非，追咎薛氏，而子厚之失，以俟來者。愚請畢之。夫顔淵以下十人，皆孔門高弟，顯顯間出者，謂非盡其徒，可乎？取其所長，序以四科，萬世而後，知有聖言品題，不敢擬議，可謂後世之妄乎？李元瓘雖非名臣，而請祀十哲，列爲坐像，務尊師重道，是先王未之有，可以義起，何害其爲夫子志乎？嗟夫！伯高妄論之于前，柳子溢美之于後，微景文之論，則薛得爲賢守，柳得爲通儒。

周密《癸辛雜識》前集：唐世士大夫重浮屠，見之碑銘，多自稱弟子，此已可笑。柳子厚《道州文宣廟記》云「《春秋》師晉陵蔣堅、《易》師沙門凝安」，有先聖之宫，而可使桑門横經于講筵哉？此又可笑者。然《樊川集》亦有《燉煌郡僧正除州學博士僧慧苑除臨壇大德制》，則知當時此事不以爲異也。

儲欣《河東先生全集録》卷一：直序，肅穆。薛伯高謂從于陳蔡，亦各有號，言出一時，非盡其徒也。此論甚正，觀曾子不列，其不足以盡審矣。因怪當事妄異科第，坐祀十人，于是乎以顔子配，而自顔以下則撤之。吁，亦悍且悖矣！柳碑載此，只史氏紀實之體，非美其所爲而決以爲是。責薛不及柳，可也。

何焯《義門讀書記》卷三五：「曾不及浮圖外説」二句：何必以是相形。「公又曰夫子稱門弟子」至「豈夫子志哉」：宋祁《唐書》曰：「觀七十子之賢，未有加于十人，坐而祀之，始于開元，非特牽于一時之稱號。記曰有其舉之，莫敢廢也。伯高之語，必有辨其妄者。」「惟公探夫子之志」十五句：序與銘皆但言伯高改作新廟之事，于此自疏其立言指趣，然似不如韓子《南海神廟碑》之恰好。

林紓《韓柳文研究法·柳文研究法》：孔子廟碑，古來恒有作者，然畫工之畫天也，天之混茫無極，將何處著筆。理學家自謂能知聖人，而多不能文章。文章家能爲恢富華瞻之言，而又不能真知孔子。昌黎自謂道統所繫，而《處州孔子廟碑》但記從祀圖壁諸賢，及用王儀釋奠而已。李北海《兗州曲阜縣宣聖廟碑銘》較堂皇莊重，然亦稍傷排比，但言褒貶善惡，未嘗闡發道源，表彰聖學也。子厚之《道州文宣廟碑》爲薛伯高作，且述伯高之言曰：「夫子稱門弟子顔回爲庶幾，其後從于陳蔡，亦各有號，言出一時，非盡其徒也。于後失厥所謂，妄異科第，坐祝十人以爲哲，豈夫子志哉？」似以開元八年，改顔子等十哲爲坐像，悉預配饗爲非。是故伯高祠孔子，僅配以顔氏。此説極爲宋子京所非，既咎伯高，且詬子厚。要之伯高實非知道之人，即李瓘之請易十哲爲坐像，亦特一時興到語，不必即有崇儒重道之意。子厚此文或爲伯高請託，一向失檢，輕易轉述其語。然按其文中叙述，亦未嘗稱伯高爲特見。今但就文論文，無暇爲左右之説矣。此文嚴肅，仿佛《南海廟碑》。入手言祀事，因歎夫子之道，二帝三皇無以侔大也。遂以其堂庭庳陋，椽棟毁墜之故，乃易新構。以下述「節用乘時，始克有成」，寫州官貪薄之狀，然澤以高文，乃不見其寒儉。至于立廩周食，拓圃毓蔬，權子母求贏，以供祭典，語雖瑣碎，然用《周禮》、《國語》，尤不見其俗。「感道懷和」以下，叙高德政，是應有之筆。迨述伯高議論，不加溢美之詞，只閒閒叙過，蓋子厚之心，固知伯高之好奇，斷無于碑文中用斥駁語者。及文末言「惟夫子極于化初，冥于道先，群儒咸稱，六籍具存。苟贊其道，若譽天地之大，褒日月之明，非愚則惑，不可犯也」此數語，即不佞所謂天不可畫也。且「犯」之一字，細思之，亦似有理解。夫褒與譽，美詞也。用美詞尚稱之爲犯，然則伯高黜去十哲，單祀顔子，寧獨非犯？且爲人請託而成文，原不宜面指其短，但于空中射影，使之迴光反照。善于言者，固有此法也。文似摹仿《魯頌》，奕奕有光氣。

## 柳州文宣王新修廟碑①

仲尼之道與王化遠邇。惟柳州古爲南夷，椎髻卉裳〔一〕，攻劫鬬暴，雖唐虞之仁不能柔〔二〕，秦漢之勇不能威。至于有國②〔三〕，始循法度，置吏奉貢，咸若采衛〔四〕，冠帶憲令，進用文事③。學者道堯、舜、孔子，如取諸左右。執經書，引仁義，旋辟唯諾〔五〕。中州之士，時或病焉，然後知唐之德大以遐，孔氏之道尊而明。

元和十年八月，州之廟屋壞，幾毀神位。刺史柳宗元始至〔六〕，大懼不任，以墜教基。丁未，奠薦法，齊時事，禮不克施，乃合初、亞、終獻三官衣布〔七〕，洎于贏財，取土木金石，徵工僦功，完舊益新。十月乙丑，王宮正室成。乃安神棲，乃正法庭，祗會群吏④，卜日之吉，虔告于王靈曰：「昔者夫子嘗欲居九夷，其時門人猶有惑聖言⑤，今去夫子代千有餘載⑥，其教始行，至于是邦。人去其陋，而本于儒，孝父忠君，言及禮義，又況巍然炳然，臨而炙之乎？（後闕⑦）惟夫子以神道設教〔八〕，我今罔敢知，欽若兹教，以寧其神。追思告誨，如在于前，苟神之在，曷敢不虔！居而無陋，罔貳昔言〔九〕。申陳嚴祀⑧，永永是尊，麗牲有碑〔一〇〕，刻在廟門。」

【校　記】

①《英華》題作「柳州新修文宣王廟碑」，並于「新修」下注云：「石本有『玄聖』二字。」世綵堂本注：「一作先聖文宣王柳州廟碑。」

②國，《全唐文》作「唐」。

③原校與注釋音辯本、詁訓本、世綵堂本校：「事，一作士。」

④世綵堂本校：「祇，一作刻。」

⑤詁訓本、世綵堂本校：「一無『有』字。」

⑥「去」字原闕，世綵堂本校：「『今』下有『去』字。」據補。《英華》作「今夫子去代」，亦通。陳景雲《柳集點勘》卷一：「『代』上脱『去』字，當據《文苑》增。又《大鑒碑》亦有『去世百有六年』語，可以參證。」「代」即「世」字，唐人避諱改。載，《全唐文》作「歲」。

⑦《英華》無「後闕」二字。世綵堂本校：「後闕，一本與『惟夫子』相接，同行爲文。」意「後闕」爲文中語。

⑧世綵堂本校：「祀，一作祠。」

【解　題】

［韓醇詁訓］作之年月具本篇。柳州隸嶺南，故曰古爲南夷。碑末尚闕，惜乎不得其全也。［世綵堂］憲宗元和十年乙未，公時年四十三。刺柳州。

【注　釋】

〔一〕［注釋音辯］椎，音槌。髻音計。《漢書》注：「一撮之髻，其形如槌。」卉音毁，絺、葛之屬。［韓醇詁訓］椎音槌。《漢書·李陵傳》：「胡服椎結。」師古曰：「結，讀爲髻。一撮之髻，其形如椎。」卉音毁，草也。《書》：「島夷卉服。」按：所引《書》見《尚書·禹貢》。

〔二〕［百家注引孫汝聽曰］柔，安也。《書》曰：「柔遠能邇。」按：見《尚書·顧命》。

〔三〕［注釋音辯］至唐也。［百家注引孫汝聽曰］謂唐有天下。

〔四〕［百家注引孫汝聽曰］《周禮·職方氏》：「辨九服之邦國。」謂侯、甸、男、采、衛、蠻、夷、鎮、藩爲九。

〔五〕［注釋音辯］旋音璿。辟音壁，又音避。唯，以水切。［韓醇詁訓］旋音璿。辟音璧。唯，以水切。並見《禮記》。［世綵堂］《禮記》：「還辟再拜。」還，通作旋，盤辟也。辟音璧，又音僻。按：旋辟即逡巡不前，謙讓之意。

〔六〕［百家注引孫汝聽曰］是歲七月，公至柳州。

〔七〕［百家注引孫汝聽曰］《語》曰：「齊，必有明衣布。」注云：「以布爲沐浴之衣。」按：陳景雲《柳集點勘》卷一云：「《唐·禮樂志》：『國學釋奠，以祭酒、司業、博士爲三獻，州學以刺史、上佐、博士三獻，縣學以令、丞、主簿若尉三獻。如社祭，給明衣。』此所謂衣，即明衣也。又柳州《井銘》序云：『凡用罰布六千三百。』則布即錢耳。蓋當給衣者，例以錢代其直耳。劉禹錫有《奏記丞相府論學事》云：『舉天下郡縣，一歲釋奠凡費四千萬，適資三獻官飾衣裳飴妻子，于學無補。』則當日衣布之給必厚，故可藉其資以修廟也。」衣布指官府所頒發祭廟所用衣布之費。

〔八〕［百家注引孫汝聽曰］《易》：「聖人以神道設教，而天下服。」按：見《周易·觀》。

〔九〕［注釋音辯］謂子欲居九夷。［百家注引孫汝聽曰］《語》曰：「子欲居九夷，或曰：『陋如之何？』子曰：『君子居之，何陋之有？』」按：見《論語·子罕》。

〔一〇〕［注釋音辯］麗猶繫也。《禮·祭義》云：「君牽牲，既入廟門，麗于碑。」［韓醇詁訓］《祭義》：「祭之日，君牽牲，穆答君，卿大夫序從。既入廟門，麗于碑。」注：「麗，猶繫也。」

【集評】

王應麟《玉海》卷二〇四《辭學指南》：所謂立意，如《學記》泛説尚文，是無意也，須就題立意，方爲親切。柳子厚《柳州學記》説「仲尼之道與王化遠邇」，此兩句便見嶺外立學，不可移於中州學校也。

又：柳《文宣王廟碑》「仲尼之道與王化遠邇」，似此之類，此作記起頭體制也。

樓昉《崇古文訣》卷一三：此文所以不可及者，以其是柳州文宣王廟，更移在他州不得。

《王荆石先生批評柳文》卷二：起得重。

茅坤《唐宋八大家文鈔》卷二七：予覽子厚之文，其議論處多鑱畫，其記山水處多幽邃夷曠，至于墓誌碑碣，其爲御史及禮部員外時所作多沿六朝之遺，予不録，録其貶永州司馬以後稍屬雋永者，凡若干首，以見其風概云。然不如昌黎多矣。

陸夢龍《柳子厚集選》卷二：平叙，自佳。

蔣之翹輯注《柳河東集》卷五：子厚碑碣銘誌，已遠不逮昌黎。試以昌黎《處州孔子廟碑》較之可見。「炙之乎」句下引茅坤曰：本色，引證妙。

孫琮《山曉閣選唐大家柳柳州全集》卷二：起手以聖道王化並提，立論開局何等弘敞。後幅工成告神，以夫子居夷借端發論，結局何等瀟灑。中幅記廟圮、記廟成，乃是作廟正文，自不可少。

儲欣《河東先生全集録》卷一：遣言措意並妙境，確是柳州文廟碑，確是柳州太守撰。《柳州文廟碑》，或問比昌黎《處州碑》何如？得無少遜乎？曰：韓碑大而靈，柳碑廉而大，真正敵手。

何焯《義門讀書記》卷三五：切柳州。

乾隆敕纂《御選唐宋文醇》卷一七：從孔子之化行及于夷蠻處立議，體裁最善。韓愈《處州碑》雖極鋪張盛美，然如繪乾坤之容而摹日月之光，安得崑崙爲筆、大海爲墨？

## 終南山祠堂碑 并序

貞元十二年〔一〕，夏洎秋不雨。穡人焦勞，嘉穀用虞。皇帝使中謁者禱于終南山①〔二〕，申命京兆尹韓府君祗飾祀事②〔三〕，考視祠制。以爲棟宇不稱，宜有加飾。遂命盩厔令裴均虔承聖謨〔四〕，剏制祠堂③〔五〕。乃徵土工、木工、石工備器執用，來會祠下，斬板榦〔六〕，礱柱礎〔七〕，陶瓴甓〔八〕，築垣墉④，恢度舊制〔九〕，立三筵六〔一〇〕。尋既興功，玄雲觸石，霈澤周被，植物擢茂，期于豐登。神道感而宣靈，人心歡而致和，嘉氣充溢，抃蹈布野。

于是邑令僚吏，至于胥徒、黄髮、耆艾、野夫、阪尹⑤〔一一〕，僉曰：「蓋聞名山之列天下也，其有能奠方域〔一二〕、産財用、興雲雨，考于《祭法》，宜在祀典。惟終南據天之中〔一三〕，在都之南，西至于褒斜〔一四〕，又西至于隴首⑥〔一五〕，以臨于戎〔一六〕。東至于商顏〔一七〕，又東至于太華〔一八〕，以距于關〔一九〕。實能作固，以屏王室。其物產之厚，器用之出，則璆琳琅玕〔二〇〕，《夏書》載焉；紀堂條枚⑦〔二一〕，《秦風》詠焉。今其神又能對于禱祝⑧，化荒爲穰，易沴爲和〔二二〕，厥功章明，宜受大禮，俾有憑託，而宣其烈也。非我后敬神重穀，則曷能發大號、尊明靈？非我公勤人奉上，則曷能對休命、作新廟？人事既備，神明時若⑨，豐我公田，遂及我私〔二三〕。粢盛無虞，儲峙用充〔二四〕，厥猷茂哉！」遂相與東向蹈舞，拜手稽首，願頌帝力，且宣神德，永著終古。辭曰：

皇帝垂德，制定統極，神道泰寧。祀典修飾，禳祈禜雩〔二五〕，皆有準程。顧惟終南，祠位庳陋〔二六〕，不稱顯名。爰降制詔，充大厥宇，啟寤誠明。昭感神衷，道宣天休，獲此利貞。篤災愆陽〔二七〕，化爲豐穰，實我粢盛〔二八〕。人賴蓄給，鼓腹而歌，以樂其生。巍巍靈山，興利產財⑩，作固鎬京〔二九〕。擁其嘉休，眷祐于人，永宅厥靈。奕奕新廟〔三〇〕，整頓端莊，神位密清。後祀承則，潔心勤禮，導暢純精。邑吏嗇夫，鮐背鯢齒〔三一〕，願垂表經。頌宣聖德，篆刻堅石⑪，永世飛聲〔三二〕。

【校　記】

①注釋音辯本、《全唐文》無「山」字。世綵堂本校：「一無『山』字。」

②飾，《全唐文》作「飭」。世綵堂本校：「飾，一作飭。」

③堂，原作「宇」，此據注釋音辯本及《全唐文》改。因題既曰「祠堂碑」，作「堂」字更切。

④世綵堂本校：「築，一作勤。」

⑤阪，原作「版」，據世綵堂本改。

⑥「于」字原闕，據詁訓本補。

⑦詁訓本注：「它本一作『杞棠條枚』，一作『祀堂條枚』，誤甚矣哉。」原注與世綵堂本亦有此注。

⑧原校與注釋音辯本、詁訓本、世綵堂本校：「祝，一作祀。」

⑨明，注釋音辯本作「用」。世綵堂本校：「明，一作用。」

⑩財，世綵堂本作「材」。

⑪堅，注釋音辯本、《全唐文》作「金」。

【解　題】

［韓醇詁訓］終南山在京兆府武功縣。潘岳《關中記》云：「其山一名中南，言在天之中，居都之南。」「京兆尹韓府君，即韓臯也。據《臯傳》云：「貞元十四年大旱，民請蠲租賦，臯奏不實，遂貶撫

州。」則十二年旱又可知矣。作之年見本篇。［百家注引孫汝聽曰］《漢志》：扶風武功縣東有終南山。［蔣之翹輯注］終南山即中條山也。……今在陝西西安府城南。按：陳景雲《柳集點勘》卷一：「此與《太白山祠堂碑》並貞元十二年秋作，時年二十四。又《與楊誨之書》云：『吾年二十四，求博學宏詞，二年乃得仕。』則作碑時正應省試不利，未獲通籍也。而金石碑版已照耀一時，早歲文譽之盛，于是可考。」柳宗元應博學宏詞不中爲貞元十一年事，貞元十二年宏詞登第，陳説有誤。參見卷三六《上大理崔大卿應制舉不敏啟》解題。

【注釋】

〔一〕［世綵堂］是歲丙午，公年二十四，求試博學宏詞時也。

〔二〕［百家注引孫汝聽曰］《漢表》：「謁者掌賓贊受事。」灌嬰爲中謁者，後常以閹人爲之，諸官加「中」者，多閹人也。

〔三〕［注釋音辯］名皋。［百家注引孫汝聽曰］貞元十一年四月，以兵部侍郎韓皋爲京兆尹。

〔四〕［注釋音辯］童（宗説）云：盩厔，音周質，縣名。盩一音侜，厔一音窒。［韓醇詁訓］盩音侜，厔音窒，縣名，隸扶風郡。［百家注引韓醇曰］裴均字君齊。［世綵堂］縣在鳳翔府。水曲曰盩，山曲曰厔。

〔五〕［百家注］「刱」與「創」同。

〔六〕［百家注引孫汝聽曰］榦，所以當牆兩邊障土者。

〔七〕［注釋音辯］［韓醇詁訓］礱，盧紅切。礎音楚。［世綵堂］（礎）負柱石也。

〔八〕［注釋音辯］瓴音零。童（宗説）云：甓，蒲歷切。《詩》：「中堂有甓。」［韓醇詁訓］瓴音零。《説文》：「甕似瓶。」甓，博厄切。《爾雅》：「瓴甋謂之甓。」《詩》：「中堂有甓。」按：見《詩經・陳風・防有鵲巢》，然「堂」作「唐」。

〔九〕［韓醇詁訓］度，徒故切。《説文》：「法制也。」［百家注］恢，枯回切。度，徒故切。

〔一〇〕［世綵堂］立三筵六，言其廟宇高三尋，廣六尋也。按：蔣之翹以「尋」字屬下句，是。「尋」爲副詞，「不久」義也。然其注誤。「立三」謂建三間。祠堂一般爲三間，《宋文鑑》卷七六宋祁《成都府新建漢文翁祠堂碑》亦曰「作堂三楹」。一楹即一間。《文選》張衡《東京賦》：「度堂以筵，度室以几。」李善注引薛綜：「堂，明堂也。筵，席也，長九尺。几，俎也，長七尺。」又李善注：「《周禮》曰：室中度以几，堂上度以筵。」「筵六」即六筵之廣，長五丈四尺。

〔一一〕［百家注引孫汝聽曰］《書》：「三亳阪尹。」阪尹，阪之尹長。按：見《尚書・立政》。孔安國傳：「蠻夷微盧之衆帥及亳人之歸文王者三所，爲之立監及阪，地之尹長皆用賢。」

〔一二〕［百家注］奠，安也。

〔一三〕［注釋音辯］終南一名中南山。

〔一四〕［注釋音辯］（斜）音耶，谷名，長四百七十里。南口曰褒，北口曰斜。［百家注引孫汝聽曰］褒、斜，二谷名。《梁州記》曰：「萬石城泝漢上七里有褒谷，南口曰褒，北口曰斜，長四百七十里。」按：酈道元

《水經注》卷二七沔水：「褒水又東南歷褒口，即褒谷之南口也。北口曰斜，所謂北出褒斜。」

〔一五〕［注釋音辯］山名。［蔣之翹輯注］隴首，隴山也。今在隴州。按：《漢書·禮樂志》之《朝隴首》，顔師古注：「隴坻之首也。」《後漢書·班彪傳》：「右界褒斜、隴首之險。」李賢等注：「隴首，山名，在今秦州。」

〔一六〕［蔣之翹輯注］戎，西戎。

〔一七〕［注釋音辯］商山之顔。顔猶額也。出《前漢·溝洫志》。［百家注引孫汝聽曰］商顔，商山之顔。［蔣之翹輯注］今在商州。按：《漢書·溝洫志》：「自徵引洛水至商顔下。」顔師古注：「應劭曰：徵在馮翊。商顔，山名也。師古曰：徵音懲，即今所謂澄城也。商顔，商山之顔也。謂之顔者，譬人之顔額也，亦猶山領象人之頸領。」王先謙《漢書補注》卷二九謂商顔，山名。商山乃另一山，在渭水之南甚遠。並引《同州志》：俗稱鐵鐮山，又名長虹嶺。顔師古注誤。

〔一八〕［注釋音辯］（華）去聲，西嶽也。［百家注］太華，華山。［蔣之翹輯注］太華即西嶽，在華陰。

〔一九〕［蔣之翹輯注］關，潼關也。

〔二〇〕［注釋音辯］璆音球，玉名。琅玕，石而似珠。出《禹貢》。［韓醇詁訓］璆音球，琳音林。《禹貢》：「終南惇物，至于鳥鼠。厥貢惟球、琳、琅玕。」按：見《尚書·禹貢》。《禹貢》屬《夏書》，下句之《夏書》即謂此。百家注引作童宗説曰。

〔二一〕［注釋音辯］出《毛詩·秦風》。紀，基也。堂，畢道平如掌也。條，槄也。枚，枏也。［韓醇詁訓〕《詩・終南》篇：「終南何有？有條有枚。」條，槄。梅，柟也。又云：「終南何有？有紀有堂。」紀，基也。堂，畢道平如堂也。按：見《詩經・秦風・終南》。

〔二二〕〔注釋音辯〕沴音戾，妖氣也。〔韓醇詁訓〕沴音戾。

〔二三〕〔百家注引王儔補注〕《詩》：「雨我公田，遂及我私。」按：見《詩經・小雅・大田》。

〔二四〕〔注釋音辯〕儲音除。峙，直里切。〔韓醇詁訓〕儲音除。《說文》：「偫也。」峙，丈里切。《爾雅》：「供、峙，具也。」

〔二五〕〔注釋音辯〕（禜雩）音詠于，並祭名。〔韓醇詁訓〕《禮記・祭法》：「相近于坎壇，祭寒暑也。禜雩，祭水旱也。」禜音詠，雩音于。相近即禳。祈音也。〔百家注引孫汝聽曰〕禜，祭名也。《周禮》云：「禜，門祭，用瓢齎。雩，請雨之祭。」

〔二六〕〔注釋音辯〕庳音婢。〔百家注〕庳音卑，又音婢。

〔二七〕〔蔣之翹輯注〕《左傳》：「攻無愆陽。」按：見《左傳》昭公四年。杜預注：「愆，過也。謂冬温。」

〔二八〕〔注釋音辯〕（盛）平聲。〔蔣之翹輯注〕盛音成。

〔二九〕〔注釋音辯〕〔韓醇詁訓〕鎬，下老切。〔百家注引孫汝聽曰〕《詩》：「宅是鎬京。」鎬京，武王所都，其地在長安西上林苑中。按：見《詩經・大雅・文王有聲》。

〔三〇〕〔注釋音辯〕張（敦頤）云：弈音亦。《書》或作「奕」，同。〔韓醇詁訓〕弈音亦，與「奕」同。〔百家注引孫汝聽曰〕弈弈，佼美也。《詩》：「新廟弈弈，奚斯所作。」按：見《詩經·魯頌·閟宫》。

〔三一〕〔注釋音辯〕鮐音臺。鯢音倪。皆壽徵。〔韓醇詁訓〕鮐音臺。齯音倪。〔百家注引孫汝聽曰〕鮐背鯢齒，皆壽徵。〔世綵堂〕鮐背，注見第二卷。鯢，《唐韻》：「老人齒落復生曰齯。」《説文》：「齯，老人齒。」通作「兒」。《詩》：「黄髮兒齒。」唯《選》「鯢齒眉壽」，用此「鯢」字。按：古稱老人背如鮐魚皮者老壽。《爾雅·釋詁》：「鮐背，耇老，壽也。」《文選》張衡《南都賦》：「于是乎鯢齒眉壽鮐背之叟，皤瓶然披黄髮者。」《爾雅·釋詁》作「齯齒」。

〔三二〕〔注釋音辯〕此文用秦碑體，三句一韻。〔百家注〕此詞三句爲韻。

【集評】

《王荆石先生批評柳文》卷二：雄整。

蔣之翹輯注《柳河東集》卷五：文具典麗。

儲欣《河東先生全集録》卷一：序潔，辭頗仿李斯。永州前文字之可誦者。

何焯《義門讀書記》卷三五：修整。「非我后敬神重穀」六句：此唐格。碑詞用秦碑體。

## 太白山祠堂碑　并序

雍州西南界于梁〔一〕，其山曰太白〔二〕。其地恒寒，冰雪之積，未嘗已也。其人以爲神，故歲水旱則禱之，寒暑乖候則禱之，癘疾祟降則禱之①〔三〕，咸若有答焉者。貞元十二年孟秋，旱甚。皇帝遇災悼懼，分命禱祀，至于兹山。又詔京兆尹宜飾祠廟〔四〕，遂下令于甸邑〔五〕。邑令裴均臨事有恪，革去狹陋，恢閎楝宇，階室之廣，三倍其初。翌日大雨，黍稷用豐，野夫讙謡，欽聖信神。願垂頌聲，刻在金石。文曰（文亡②）

## 碑陰文③〔六〕

時尹韓府君諱皋，祇奉制詔，發付邑吏。令裴府君諱均④，承荷君公之命，督就祠宇，莅事謹甚。克媚神意，用獲顯貺，邑人靈之，其事遂聞。詔事嘉異，勞主者甚厚〔七〕。乃刻兹石，立于西序右階之下，肆列裴氏之政于碑之陰：

惟君教行于家，德施于人。撫字惠厚，柔仁博愛之道，洽于鰥嫠〔八〕；廉毅肅給，威斷猛制之令，行于强禦。獄訟不私于上，罪責不及于下。農事課勵，厚生克勤，征賦首入，而其人益贍；創立傳館〔九〕，平易道路〔一〇〕，改作甚力，而其人彌逸。韓府君每用嘉褒，稱其理爲甸服最。今兹設廟位神，神歡而寧，宜爲君之誠敬，克合于上，用啟之也。不可以不志。

【校　記】

①　癘，注釋音辯本、《全唐文》作「厲」。

②　文亡，詁訓本注曰「闕」。按：疑《終南山祠堂碑》之文字即此碑正文，詳見辨證。

③　各本皆以《碑陰文》爲一篇獨立文章，然題目不全，故附於《太白山祠堂碑》文後。

④　令，詁訓本作「今」。按：或以爲「吏」字衍，「令」字屬上句，非是。

【解　題】

［韓醇詁訓］此碑與前篇同時，皆以禱旱作。太白、終南地勢相屬。韓集《南山》詩謂「西南雄太白，突起莫間篙」，則二山誠關中之名勝，禱應如響，宜哉！韓、裴蓋有勞於二祠者，故公又作文碑陰以志之。［百家注引孫汝聽曰］山在鳳翔府郿縣。上有靈湫，禱雨輒應。按：酈道元《水經注》卷一八渭水：「渭水又逕武功縣故城北，王莽之新光也。《地理志》曰：『縣有太一山。古文以爲終南，杜預以爲中南也。』亦曰：『太白山在武功縣南，去長安二百里，不知其高幾何。俗云：武功太白，去天三百。山下軍行，不得鼓角，鼓角則疾風雨至。』杜彥達曰：『太白山南連武功山，于諸山最爲秀傑，冬夏積雪，望之皓然。』」《終南山祠堂碑》頌美京兆尹韓皋，《碑陰文》則頌美縣令裴均。裴均爲柳宗元的姊夫裴墐的堂兄弟，《舊唐書》無其傳，《新唐書》附於《裴行儉傳》後，然對其無好語，云「以財交權倖，任將相凡十餘年，荒縱無法度」。觀裴均求爲宦官竇文場養子，爲人無品格，爲方鎮時向皇帝

進貢「羨餘」以邀寵，又是迫順宗内禪的重要方鎮之一。裴均爲盩厔令在前，也許尚未腐敗到如此程度。柳宗元牽于姻親，不好推託，故有此溢美媚俗之文。

【注　釋】

〔一〕［注釋音辯］雍，于用切。［百家注引孫汝聽曰］雍州，謂秦地。雍、梁，皆《禹貢》九州之舊。

〔二〕［蔣之翹輯注］《一統志》：「關中諸山，莫高于太白，積雪六月不消。」

〔三〕［注釋音辯］張（敦頤）云：祟，音邃，神禍也。［世綵堂］鬼災曰癘。按：韓醇詁訓本同注釋音辯本。

〔四〕［百家注引孫汝聽曰］尹，韓皋也。

〔五〕［百家注引孫汝聽曰］盩厔屬京兆，故云甸邑。［世綵堂］盩厔，次，畿縣。故云甸邑。

〔六〕［百家注引韓醇曰］韓、裴蓋有勞于二祠者也，故公又作文碑陰以志之。

〔七〕［注釋音辯］勞，力到切。

〔八〕［注釋音辯］張（敦頤）云：（鰥嫠）上姑頑切，下陵之切。［韓醇詁訓］（嫠）音釐。《説文》：「無夫也。」

〔九〕［注釋音辯］傳，株戀切，驛也。

〔一〇〕［注釋音辯］易，以豉切，治也。

【集　評】

陸夢龍《柳子厚集選》卷二：一勺有千里放海之勢。

何焯《義門讀書記》卷三五：「其地恒寒」三句：著太白之所以名。《碑陰文》：志此于碑陰，視《南海神廟碑》爲尤謹于法。

【辯　證】

太白山即終南山。《終南山祠堂碑》云：「貞元十二年，夏洎秋不雨。」《太白山祠堂碑》云：「貞元十二年孟秋，旱甚。」二文亦皆提到京兆尹韓皋、盩厔令裴均，皆云重修祠堂禱雨，可知二文不僅作于一時、爲同一事而作，所云終南山祠堂即太白山祠堂，亦實爲一處。一時一事一地而作二文，且樹二碑，理有未通，何況後者自「文曰」下又無文字。故以爲二文實爲一文。《太白山祠堂碑》「文曰」以下，各本注曰「文亡」，實即《終南山祠堂碑》之文。《太白山祠堂碑》「文曰」以上與《終南山祠堂碑》首段文字内容無異，然《太白山祠堂碑》於京尹只曰京兆尹，未出韓皋其姓與名，卻有邑令裴均之名，而《終南山祠堂碑》云「京兆尹韓府君」。裴均爲柳宗元姊夫裴墐之堂兄，故碑文美裴均之處甚多。二文實爲一文，疑《太白山祠堂碑》爲首作，可能有人對此文專美裴均提出異議，宗元亦自覺不妥，遂將首段文字改寫，其下則仍其舊，即《終南山祠堂碑》之文字。至於《碑陰文》，亦仍其舊。故此文之主體文字未亡也，未知然否？

# 湘源二妃廟碑

元和九年八月二十日，湘源二妃廟災〔一〕。司功掾守令彭城劉知剛〔二〕、主簿安邑衛之武，告于州刺史御史中丞清河崔公能〔三〕。祗栗厥戒，會群吏洎衆工，發開元詔書，懼廢守祀，搜考嬴羨〔四〕，均節委積〔五〕，咸執牘聿①〔六〕，至于祠下。稽度既備〔七〕，傭役惟時。斬木于上游〔八〕，陶埴于水涯〔九〕，迺桴迺載〔一〇〕，工逸事遂，作貌顯嚴，粲然而威。十有一月庚辰，陳奠薦辭，立石于廟門之宇下。惟父子夫婦，人道之大。大哉二神，咸極其會。爲子而父堯，爲婦而夫舜〔一一〕，齊聖並明，弼成授受。內若嚚瞽〔一二〕，上承輝光，克艱以乂，德罔不至。帝既野死〔一三〕，神亦不返，食于兹川，古有常典。歐祓戾孽②〔一四〕，恢宣淑靈，敢或失職，以奸天刑③〔一五〕。有翼其恭④，有苾其馨〔一六〕，沉牲爰告〔一七〕，即石是銘。銘曰：

淵懿承聖，舜妻堯女。德形嫣汭〔一八〕，神位湘滸〔一九〕。揆兹有初，克碩厥宇〔二〇〕。唐命秩祀⑤，兹邑攸主。毛牷既疈⑥〔二一〕，椒馨爰糈〔二二〕。胤于萬年，期保伊祜。潛火煽孽，炖于融風〔二三〕。神用播遷，時罔克龔。邑令群吏，告于君公⑦。廉用積餘〔二四〕，以就爾功。桴木負埴〔二五〕，載流于江。既夷以成，崇宇峻墉。潔嚴清閟⑧〔二六〕，左右率從。神樂來歸，徒御雍雍〔二七〕。神既安止，邦人載喜。奉其吉玉⑨，以對嘉祉。南風湑湑〔二八〕，湘水如舞。將子無讙⑩，神聽鍾鼓。豐其交報，邦邑是與。刻此樂歌，以極終古。

【校　記】

①聿，《英華》作「律」。《全唐文》注：「《大典》作『筆』。」

②戾，注釋音辯本、世綵堂本作「戾」，並注：「『戾』即『戾』字。」

③天，原作「大」，據諸本改。

④恭，注釋音辯本作「躬」。

⑤《英華》作「命秩其祀」。

⑥副，詁訓本、《英華》作「肆」。原校與注釋音辯本、世綵堂本校：「一本『副』作『肆』。」注釋音辯本並云：「肆，託歷切，解牲體也。」詁訓本注：「肆，一作副，拍逼切。《周禮》：『副辜祭。』籀作副。」按：二字可通。

⑦君公，《英華》、《全唐文》作「郡公」。按：郡公爲爵名，君公可指諸侯，「君公」近是。

⑧潔，注釋音辯本作「絜」，可通。詁訓本校：「（間）一作聞。」

⑨原校與注釋音辯本、世綵堂本校：「玉，一作主。」

⑩原校與世綵堂本校：「讙，一作護。」

【解　題】

〔韓醇詁訓〕《唐志》：永州縣四，湘源居其一。公永貞元年出爲永州司馬，至是凡十年矣。清河崔公能，史有傳。其曰十有一月庚辰，即十一月七日也。二妃事，韓文公《黄陵廟碑》紀之甚悉。〔蔣之翹輯注〕二妃，即舜妃娥皇、女英。按：此文元和九年爲永州刺史崔能重修湘源二妃廟而作。酈道元《水經注》卷三八湘水：「湘水又北逕黄陵亭西，右合黄陵水口，其水上承大湖。湖水西流，逕二妃廟南，世謂之黄陵廟也。言大舜之陟方也，二妃從征，溺于湘江，神游洞庭之淵，出入瀟湘之浦。瀟者，水清深也。《湘中記》曰：『湘川清照五六丈，下見底石如樗蒱矢，五色鮮明，白沙如霜雪，赤崖若朝霞。』是納瀟湘之名矣。故民爲立祠于水側焉。荆州牧劉表刊石立碑，樹之于廟，以旌不朽之傳矣。」

【注　釋】

〔一〕〔韓醇詁訓〕天火曰災。

〔二〕〔注釋音辯〕唐有司功參軍。守，攝也。〔百家注引孫汝聽曰〕以司功攝令也。按：即代理之意。

〔三〕〔百家注〕（崔）能，史有傳。按：《舊唐書・崔能傳》：「（元和）六年，轉黔中觀察使。坐爲南蠻所攻，陷郡邑，貶永州刺史。」

〔四〕［注釋音辯］（羨）延面切，餘也。［韓醇詁訓］延面切。《説文》：「餘也。」［蔣之翹輯注］羨餘也。

〔五〕［注釋音辯］童（宗説）云：（委積）上于僞切，下子智切。聚也。《周禮》注：「少曰委，多曰積。」［韓醇詁訓］上于僞切，下子智切，聚也。《周禮》：「遺人掌邦之委積，以待施惠。」注：「少曰委，多曰積。」按：百家注本引孫汝聽注同。見《周禮·地官司徒·遺人》。

〔六〕［注釋音辯］《説文》：「牘，書版。聿，所以書。」［百家注引孫汝聽曰］《説文》：「牘，書版。聿，所以書。楚謂之聿，吴謂之不律，燕謂之弗。」

〔七〕［注釋音辯］度，徒洛切。

〔八〕［蔣之翹輯注］上游字見《漢書》，猶言上流也。

〔九〕［注釋音辯］張（敦頤）云：埴音植，埏也。童（宗説）云：涯音宜，又宜佳切。［韓醇詁訓］埴音植，埏也。

〔一〇〕［百家注引孫汝聽曰］桴，編木以渡。［蔣之翹輯注］桴，編竹以渡也。

〔一一〕［百家注引孫汝聽曰］《列女傳》：「舜二妃，堯之二女，曰娥皇、女英。」按：見劉向《列女傳》卷一。

〔一二〕［百家注引王儔補注］若，顧也。《書》曰：「瞽子，父頑，母嚚。」按：見《尚書·堯典》。

〔一三〕［百家注引孫汝聽曰］《史記》：「舜踐帝位三十九年，南巡狩，崩于蒼梧之野。二妃從舜不及，道死于沅湘之間。」按：見《史記·五帝本紀》。

〔一四〕［注釋音辯］敺袚，音區弗。［韓醇詁訓］敺音區，袚音弗。《説文》：「除惡祭也。」［世綵堂］敺袚，驅除也。

〔一五〕［注釋音辯］［韓醇詁訓］奸音干。

〔一六〕［注釋音辯］苾，香也。［百家注］苾，香也。薄必切。

〔一七〕［百家注］《周禮》：「以貍沉祭山林川澤。」注云：「祭川澤曰沉。」按：見《周禮·春官宗伯·大宗伯》。

〔一八〕［注釋音辯］張（敦頤）云：（嬀汭）上俱爲切，姓也。下儒税切，水名。［韓醇詁訓］《史記》：「堯妻舜二女，以觀其德。舜飭下二女于嬀汭。嬀汭，舜所居嬀水之汭。」嬀，俱爲切。汭，儒税切。［百家注引孫汝聽曰］《書》：「釐降二女于嬀汭。」嬀水之汭也。按：見《史記·五帝本紀》、《尚書·堯典》。嬀，水名。水涯曰汭。

〔一九〕［注釋音辯］［韓醇詁訓］（滸）音虎。

〔二〇〕［百家注］碩，壯大也。

〔二一〕［注釋音辯］《周禮·牧人》：「毛之，取純毛也。」牛純色曰牷。副，柏逼切，副辜祭。［百家注孫汝聽曰］《周禮·牧人》：「凡陽祀，用騂牷毛之，陰祀，用黝牷毛之。毛之，取純毛也。」《説文》：「牛純色曰牷。」牷音全。

〔二二〕［注釋音辯］童（宗説）云：糈，先吕切，祠神之米。［百家注引韓醇曰］《詩》：「有椒其馨。」糈，祭神米。先吕切。按：見《詩經·周頌·載芟》。

〔二三〕［注釋音辯］童（宗説）云：炖，他昆切，風而火也。［韓醇詁訓］炖，徒渾切。《説文》：「火盛貌。」［百家注引孫汝聽曰］《説文》云：「炖，風而火盛貌。」《左》昭十八年：「梓慎曰：是謂融風，火之始也。」注：「東北風曰融風。融風，木也。木，火母，故曰火之始。」

〔二四〕［百家注］廉，節也。

〔二五〕［注釋音辯］童（宗説）云：桴，芳無切。編竹木爲之，大曰筏，小曰桴。按：韓醇詁訓本：「桴音敷。」

〔二六〕［注釋音辯］（間）音閑。按：「間」通「閒」。

〔二七〕雍雍，儀態大方、從容不迫貌。

〔二八〕［注釋音辯］（湑）私吕切。［韓醇詁訓］音胥，又寫與切。《説文》：「露貌也。」按：湑湑，風吹拂貌。韓注未確。

【集評】

陸夢龍《柳子厚集選》卷二：説得大而確。

儲欣《河東先生全集録》卷一：雅健，洵金石之文。先生與外久，朝廷大製作，不以命士大夫，所欲撰豐碑深刻，不以相屬，有文無題，以不得盡其才，而耳食者流謂碑碣非先生所長，何昧昧也。嗟乎！士不幸不遇，窮于有文無題，而爲耳食所姍笑，不少矣，獨先生也哉？

## 饒娥碑

饒娥，饒人，饒姓娥名。世漁鄱水〔一〕。娥爲室女，淵懿靖專①，雖小家，未嘗出游。治絺葛〔二〕，供女事循整②，鄉閭敬式。娥父醉漁，風卒起〔三〕，不能舟，遂以溺死。求屍不得〔四〕。娥聞父死，走哭水上，三日不食，耳鼻流血，氣盡伏死。明日屍出，黿魚鼉蛟浮死萬數〔五〕，塞川下流〔六〕。鄱旁下民悲感怨號③〔七〕，以爲神奇。縣人鄉人會錢具儀，葬娥鄱水西横道上。追思不足，相與作石④，以詒後世⑤〔八〕。其辭曰：

生德無類，氣靈而休，嗟兹孝娥，惟行之周。淵懿含貞⑥，好靖不游，纖葛絺紵〔九〕，克供以修。蒸蒸在家〔一〇〕，其父世漁，飲酒不節，死乎風濤⑦。匐匍來哭，號天以呼，顔目耳鼻，膏血交流。三日頓踣〔一一〕，氣竭形枯⑧，父屍既出，孝質已殂。鼉鼈黿鼉，有蛟洎魚，充流溢岸，旁出仰浮。見怪形異⑨，適與我謀，鄱民哀號，或以頌歌。齊女色憂，傷槐罷誅〔一二〕。趙姬完父，操棹爰謳〔一三〕。肉刑不施，漢美淳于〔一四〕。烈烈孝娥⑩，水死上虞〔一五〕，娥之至德，實與爲儔。恒人有言，惟教是圖，懿兹德女，家世不儒。奇行特出，神道莫酬，窮哀罔泄，終古以留。鄉人好禮，爰立兹丘，建銘當道〔一六〕，過者下車⑪。

【校　記】

①原校與詁訓本、世綵堂本校：「靖，一作静。」

②世綵堂本校：「循，一作脩。」按：陳景雲《柳集點勘》卷一：「『循』當作『修』。碑辭中有『克供以修』語，是其證也。古脩、循二字止差一筆，故多相混。」《新唐書·列女傳·饒娥》亦作「勤織絍，頗自修整。」然此文「循」字未必誤，循，遵禮度也。整，嚴謹也。

③下，注釋音辯本、詁訓本、世綵堂本作「小」。

④世綵堂本校：「石，一作碑。」

⑤詒，詁訓本作「貽」，通。原校與注釋音辯本、世綵堂本校：「詒，一作詔。」《全唐文》即作「詔」。作「昭」似更切。

⑥世綵堂本校：「淵，一作沉。」貞，詁訓本作「真」。

⑦原校與注釋音辯本、世綵堂本校：「乎，一本作于，或作於。」詁訓本「乎」作「于」，並校：「于，一作乎，一作於。」

⑧原校與詁訓本、世綵堂本校：「形枯，一作面汙。」

⑨形異，原作「異形」，據注釋音辯本、詁訓本、世綵堂本改。

⑩世綵堂本校：「孝，一作曹。」《全唐文》作「曹」。

⑪世綵堂本校：「過，一作見。」

## 【解題】

［韓醇詁訓］饒娥，史有傳。字瓊真，饒州樂平人。父勣。餘悉如碑所載。又云：「鄉人異之，歸賵具禮，葬父及娥鄱水之陰，縣令魏仲光碣其墓。建中初，黜陟使鄭叔則表旌其閭。河東柳宗元爲立碑。」其曰建中初，則公之文當在貞元間作。按：章士釗《柳文指要》上《體要之部》卷五認爲此文非柳宗元所作，饒娥死事在寶應間，柳宗元生於大曆八年，相距甚遠；子厚不喜推天引神，然此碑卻多言神奇。故碑不可能爲柳宗元所作。章士釗之論，未有確據，只可備一説。柳宗元平生蹤跡未嘗至饒州，此文當是受人請托而作。集有《答元饒州論春秋書》、《答元饒州論政理書》，此元饒州，郁賢皓《唐刺史考》第四册江南西道以爲元洪，元和七年至九年爲饒州刺史，引據甚詳，當是。則此文爲應元洪之請而作，作於永州。王象之《輿地碑記目》卷一饒州碑記除記有柳宗元《唐饒娥碑》外，尚有唐魏仲兕《饒娥碣》，在樂平（兕，《新唐書·列女傳·饒娥》作「光」）；唐魏惜《饒娥碣》，亦在樂平（「魏惜」當作「魏愔」，爲魏仲兕族孫）。諸碑早已不存。然據岳珂、王應麟所引碑記，饒娥並未因撈父屍而死，傳聞失實，也是可能的。

在府城南。

## 【注釋】

〔一〕［注釋音辯］鄱，蒲禾切。［韓醇詁訓］鄱，蒲波切。［蔣之翹輯注］饒州今爲府，屬江西。鄱江在府城南。

〔二〕［百家注引孫汝聽曰］葛，所以爲絺綌。精曰絺，粗曰綌。

〔三〕［注釋音辯］「卒」即「猝」字。

〔四〕［百家注引孫汝聽曰］娥父勣，漁於江，遇風濤，舟覆，屍不出。

〔五〕［韓醇詁訓］黿音元。鼉，徒河切。

〔六〕［百家注引孫汝聽曰］娥年十四，哭水上，不食三日死。俄大震電，水蟲多死，父屍浮出。

〔七〕［注釋音辯］［韓醇詁訓］（怨號）上音冤，下音豪。

〔八〕［百家注］並見題注。

〔九〕［注釋音辯］童（宗説）云：纖，思廉切。絺，丑知切。細葛也。紵，直吕切。［韓醇詁訓］（絺紵）上丑知切，下直吕切。

〔一〇〕蒸蒸，謂孝順。《文選》張衡《東京賦》：「蒸蒸之心，感物增思。」李善注引薛綜：「《廣雅》曰：蒸蒸，孝也。」

〔一一〕［注釋音辯］（踣）蒲北切，僵也。［韓醇詁訓］匹侯切，又鼻墨切。《説文》：「斃也，僵也。」

〔一二〕［注釋音辯］《列女傳》：「齊景公有所愛槐，傷槐者死。嬙父衍醉而傷槐，景公使拘之。嬙造於晏子之門，晏子言於公，廢傷槐之法，出犯槐之囚。」［韓醇詁訓］《晏子春秋》曰：「齊景公有所愛槐，令曰：『犯槐者刑，傷槐者死。』有醉而傷槐者，且加刑焉。其女懼而告晏子曰：『妾恐鄰國聞之，謂君愛槐而賤人，可乎？』晏子入言之，公乃出傷槐之囚。」［百家注引孫汝聽曰］劉向《列女傳》：「齊傷槐衍之女婧。齊景公有所愛槐，使人守之，下令曰：『犯槐者刑，傷槐者死。』於是衍醉而傷槐，景公使拘之，且加罪焉。婧懼，九造於晏子之門，曰：『妾聞明君不爲六畜傷人民，不爲野草傷禾苗。今吾君以槐故殺婧父，鄰國聞之，皆謂君愛樹而賊人，其可乎？』晏子明日朝，言於公，景公即廢傷槐之法，出犯槐之囚。」按：見《列女傳》卷六、《晏子春秋·諫下》。

〔一三〕［注釋音辯］同上：「趙津女娟者，河津吏之女。趙簡子南擊楚，吏醉不能渡，簡子欲殺之，娟懼，願備父持楫，中流發《河激之歌》。簡子以爲夫人。」［韓醇詁訓］（謳）烏侯切，亦作嘔。《列女傳》：「趙簡子南擊荆，至河津，津吏醉不能渡，趙怒，將殺之。津吏之女乃持楫而前告曰：『妾父聞君王將渡，恐風波起，水神動駭，故禱祀九江三淮之神，不勝杯酌餘瀝，醉如此。君若誅，願以微軀易父死。』趙將渡，少一人操棹，曰：『妾居河濱，習舟楫之事。』遂與操渡，中流奏《河激之歌》。簡子乃聘爲夫人。」［百家注引孫汝聽曰］《列女傳》：「趙津女娟者，趙河津吏之女。趙簡子南擊楚，至河津，吏醉卧不能渡，簡子怒，欲殺之。娟懼，持揖而前曰：『妾父聞主君且來，恐風波起，水神動駭，故禱祠九江三淮之神，不勝杯酌，醉至如此。願待其醒而殺之。』簡子渡，用楫者少一人，娟願備父持楫，許之。中流爲簡子發《河激之歌》，簡子悦，以爲夫人。」

按：見劉向《列女傳》卷六。

〔一四〕［注釋音辯］漢淳于公有罪，少女緹縈上書，文帝遂除肉刑。［韓醇詁訓］《漢志》：「太倉令淳于公有罪當刑，詔獄逮繫長安。淳于公無男，有五女，會逮，罵曰：『生女不生男，緩急，非有益。』其少女緹縈悲泣，乃隨其父至長安，願没爲官婢，以贖父刑。天子憐悲其意，遂下令除肉刑。」［百家注引孫汝聽曰］《史記》：「漢文帝十三年，太倉令淳于公有罪當刑，其少女緹縈上書，天子悲憐其意。五月，有詔除肉刑法。」事亦見《漢·刑法志》。按：見《史記·孝文本紀》、《漢書·刑法志》。

〔一五〕［注釋音辯］後漢曹娥，上虞人。父盱能按節撫歌，婆娑樂神，逆濤迎伍君，爲水所淹，不得其屍。娥年十四，哀吟旬有七日，遂投江死，抱父屍浮出。［百家注引孫汝聽曰］邯鄲淳《曹娥碑》曰：「娥，上虞曹盱之女。盱能按節撫歌，婆娑樂神。漢安二年五月，時迎伍君，逆濤而上，爲水所淹，不得其屍。娥時年十四，號慕思盱，哀吟澤畔，旬有七日，遂自投江死。經五日，抱父死屍出。度尚設祭誄之。」范曄《後漢史》云「迎婆娑神」，謬矣。當以碑爲正。按：邯鄲淳《曹娥碑》見《古文苑》卷一九。

〔一六〕［百家注引孫汝聽曰］當道，即謂横道上也。

【集　評】

程登庸《題唐顯孝饒娥墓》：悠悠古憤倚中流，飽閲川陵四百秋。水際叢祠猶昨日，人間坏土幾

荒邱。故鄉愛説饒饒姓，往事空傳柳柳州。滿目夕陽凝睇久，桐花飛落釣魚舟。（引自厲鶚《宋詩紀事》卷七四）

岳珂《上宰執第二書》：近觀唐大曆間樂平令魏仲兕記饒娥之事，與史大異，及考之柳子厚所傳，則史蓋全用其文。而不知仲兕爲令，於此得之親見，彼子厚特傳聞之訛也。以此知古今之史，邈親見而信傳聞者，其失實多矣，不特此一二事也。（《金佗稡編》卷二七）

王應麟《困學紀聞》卷一七：按魏仲兕（大曆間樂平令）作《饒孝女碣》，旌其里閭，不言娥死。子厚失於傳聞，而史承其誤。

李存《顯孝録序》：饒娥，饒州樂平人，古今天下皆知其爲孝也，見唐柳子厚文。寶應間，父勣醉漁，風卒起，不能舟，溺死。娥年十四，走哭水上，耳鼻流血，氣盡伏死。國朝邑人許道傳獨得大曆四年邑令魏仲光《孝女碣》，謂勣涉河采薪，爲水物所斃，不言娥死。《樂平圖經》謂娥訖父喪終身不嫁。乾符間，仲光族孫愔爲令時所立碣，賊火焚壞，因再立碣，亦言終身不嫁。大曆去寶應甚近，乾符雖遠，祖孫皆令其土三年，與士民接詢訪，豈不覈？子厚本北人，雖謫守江南，蓋得之傳聞，而《新唐書》因之，二魏文不顯行，故無知者。今許子集前後名搢紳詩文，建中旌表始末，共爲一編，題曰《顯孝録》。其友魯志敏持以示余，謂將鋟諸梓。余曰：許子之心，豈不以娥憤父死，而一時與俱，固難也，而仁勇者能之。終身不嫁，則是終身憤父之死。先王之制喪禮也，哀有隆殺，一時之死，孰難於終身之哀乎？終身之哀，則是終身之不燕。孟子曰：「大孝終身慕父母。」是以不可以無辨。至正

辛卯八月朔日書。（《俟庵集》卷一二）

蔣之翹輯注《柳河東集》卷五：饒娥事甚卓異，而文未稱。

陸夢龍《柳子厚集選》卷二：碑不詞費，銘唯起語佳耳，後複而竭，今删之。

何焯《義門讀書記》卷三五：碑詞用韻甚古。

# 唐故特進贈開府儀同三司揚州大都督南府君睢陽廟碑　并序①

急病讓夷義之先〔一〕，圖國忘死貞之大〔二〕。利合而動，乃市賈之相求〔三〕；恩加而感，則報施之常道〔四〕。睢陽所以不階王命〔五〕，横絶凶威，超千祀而挺生②，奮百代而特立者也。

時惟南公〔六〕，天與拳勇〔七〕，神資機智，藝窮百中〔八〕，豪出千人。不遇興詞，鬱尨眉之都尉〔九〕；數奇見惜，挫猨臂之將軍〔一〇〕。天寶末，寇劇憑陵，隳突河華〔一一〕，天旋虧斗極之位，地圮積狐狸之穴〔一二〕。親賢在庭，子駿陳謨以佐命〔一三〕；元老用武③，夷甫委師而勸進〔一四〕。惟公與南陽張公巡、高陽許公遠，義氣懸合，訏謀大同④〔一五〕，誓鳩武旅，以遏横潰〔一六〕。裂裳而千里來應〔一七〕，左袒而一呼皆至〔一八〕。柱厲不知而死難〔一九〕，狼瞫見黜而奔師〔二〇〕。忠謀朗然，萬夫齊力⑤，公以推讓，且專奮擊。爲馬軍兵馬使，出戰則群校同强〔二一〕，入守而百雉齊固〔二二〕。初據雍丘〔二三〕，謂非要害，將保江淮之臣庶，通南北之奏復〔二四〕。拔我義類，扼於睢陽〔二五〕。前後捕斬要遮〔二六〕，凶氣連沮⑥〔二七〕。漢兵已絶，守疏勒而彌堅〔二八〕；虜騎雖强，頓盱眙而不進〔二九〕。

賊徒乃棄疾於我，悉衆合圍，技雖窮於九攻〔三〇〕，志益專於三板〔三一〕。偪陽懸布之勁⑦〔三二〕，汧城鑿穴之奇〔三三〕。息意牽羊⑧，羞鄭師之大臨〔三四〕；甘心易子，鄙宋臣之病告〔三五〕。諸侯環顧而莫救，國命阻絶而無歸〔三六〕，以有盡之疲人，敵無已之强寇。公乃躍馬潰圍，馳出萬衆，抵賀蘭進明乞師。進明乃張樂侑食，以好聘待之〔三七〕。公曰：「弊邑父子相食，而君辱以燕禮，獨何心歟？」乃自噬其指，曰：「噉此足矣！」遂慟哭而返〔三八〕，即死孤城〔三九〕。首碎秦庭，終懵《無衣》之賦〔四〇〕；身離楚野，徒傷帶劍之辭〔四一〕。至德二年十月，城陷遇害〔四二〕。無傳燮之歎息〔四三〕，有周苛之慷慨〔四四〕。聞義能徙，果其初心〔四五〕。烈士抗詞，痛臧洪之同日〔四六〕；直臣致憤，惜蔡恭於累旬〔四七〕。

朝廷加贈特進揚州大都督⑨，定功爲第一等⑩，與張氏、許氏並立廟睢陽，歲時致祭。男在繦褓〔四八〕，皆受顯秩，賜之土田。葬刻鮑信之形⑪〔四九〕，陵圖龐德之狀〔五〇〕。納宦其子⑫，見勾踐之心〔五一〕；羽林字孤，知孝武之志〔五二〕。舉門闕於周典〔五三〕，徵印綬於漢儀〔五四〕。王猷以光，寵錫斯備。

於戲！睢陽之事，不惟以能死爲勇，善守爲功，所以出奇以恥敵，立慬以怒寇⑬〔五五〕，俾其專力於東南，而去備於西北，力專則堅城必陷，備去則天討可行。是故即城陷之辰，爲剋敵之日〔五六〕。世徒知力保於江淮，而不知功靖乎醜虜⑭，論者或未之思歟？

公諱霽雲〔五七〕，字某，范陽人。有子曰承嗣，七歲爲婺州別駕，賜緋魚袋。歷刺施、涪二州⑮〔五八〕。服忠思孝，無替負荷〔五九〕。懼祠宇久遠，德音不形，願劖堅石〔六〇〕，假辭紀美。惟公信以許其友，剛以固其志，仁以殘其肌，勇以振其氣，忠以摧其敵，烈以死其事，出乎內者合於貞，行乎外者貫於義，是其所以奮百代而超千祀者矣。其志不亦宜乎？廟貌斯存，碑表攸託⑯。洛陽城下，思鄉之夢儻來〔六一〕；麒麟閣中，即圖之詞可繼〔六二〕。銘曰：

貞以圖國，義惟急病，臨難忘身〔六三〕，見危致命。漢寵死事，周崇死政〔六四〕，烈烈南公，忠出其性。控扼地利，奮揚兵柄，東護吳楚，西臨周鄭。棼棼群凶〔六五〕，害氣彌盛，長蛇封豕〔六六〕，踊躍不定。屹彼睢陽〔六七〕，制其要領〔六八〕，橫潰不流，疾風斯勁⑰。梯衝外舞〔六九〕，缶穴中偵〔七〇〕，鈴馬非艱〔七一〕，析骸猶競〔七二〕。浩浩列士⑱，不聞濟師〔七三〕，兵食殲焉，守逾三時。公奮其勇，單車載馳，投軀無告，噬指而歸。力窮就執，猶抗其辭〔七四〕，圭璧可碎，堅貞不虧。寇力東盡，兇威西惡〔七五〕。孤城既拔，渠魁受戮〔七六〕。雷霆之誅，由我而速，巢穴之固，由我而覆〔七七〕。江漢淮湖，群生咸育，倬焉勳烈，孰與齊躅〔七八〕？天子震悼，陟是元功，旌褒有加，命秩斯崇。位尊九牧，禮視三公，建茲祠宇，式是形容。牲牢伊碩，黍稷伊豐，虔虔孝嗣，望慕無窮。刊碑河滸，萬古英風〔七九〕。

【校記】

①世綵堂本校：「一作『唐故特進南公睢陽廟碑』。」

②超，五百家注本作「越」。

③武，世綵堂本作「老」。

④謀，詁訓本作「謨」。可通。

⑤原校與注釋音辯本、世綵堂本校：「力，一作志。」詁訓本作「志」，並校：「一作力。」

⑥沮，《全唐文》作「阻」。

⑦勁，原校與注釋音辯本、世綵堂本校：「一本作巧。」詁訓本校：「一作功。」

⑧羊，五百家注本作「牛」。

⑨注釋音辯本、詁訓本無「大」字。

⑩世綵堂本校：「一無『爲』字。」

⑪鮑信，原校與世綵堂本校：「今本作鮑勛，誤。」注釋音辯本注：「一本作『鮑勛』者非。」

⑫宧，注釋音辯本、詁訓本、世綵堂本作「官」。

⑬慬，注釋音辯本校：「一本作『僅』者非。」原校與世綵堂本校：「一本作僅。」詁訓本作「僅」，並校：「一作慬。」

⑭功，詁訓本作「力」。

⑮注釋音辯本、《全唐文》無「剌」字。世綵堂本校：「一本無『剌』字。」施涪，原作「涪施」，據諸本改。

⑯託，《全唐文》作「記」。

⑰世綵堂本校：「斯，一作知。」

⑱列，注釋音辯本、詁訓本作「烈」。世綵堂本校：「士，一作土。」

【解　題】

［韓醇詁訓］南霽雲，新、舊史皆有傳，魏州頓丘人。少微賤，爲人操舟。禄山反，鉅野尉張沼起兵討賊，拔以爲將。尚衡擊汴州賊李廷望，以爲先鋒，遣至睢陽，與張巡計事，遂留巡所。至德二年，禄山圍雍丘，時賀蘭進明以重兵守臨淮，巡因遣霽雲乞師，不果如請。事詳碑中。霽雲遂自臨淮還睢陽，縋城而入城中。將吏知救不至，慟哭累日。十月城陷，霽雲等皆爲賊所執。賊將以刃脅巡，不降。又降霽雲，未應。巡呼曰：「南八，男兒死耳，不可爲不義屈。」霽雲笑曰：「欲將有爲也。公知

我者，敢不死！」亦不降。乃與姚誾等遇害。惟許遠執送洛陽。韓文公嘗叙李翰所作《張巡傳後》，其言南公之爲人，亦甚悉。據傳，霽雲子承嗣歷涪州刺史，劉闢叛，以無備，謫永州。公謂承嗣歷施、涪二州，服忠思孝，無替負荷。則此碑當在永州作也。〔百家注詳注〕南府君名霽雲，魏州頓丘人。禄山反，張巡、許遠守睢陽，遣霽雲乞師於賀蘭進明，不果如請。事詳碑中。霽雲還入城。十月，城陷，與巡等同被害。初贈開府儀同三司，再贈揚州大都督。〔世綵堂〕憲宗元和三年戊子，公時三十六。永州司馬。按：此文爲在永州應南承嗣之請而作，至於是否刻碑，則不詳。南承嗣爲南霽雲之子，元和三年謫來永州，成爲柳宗元好友。文安禮《柳先生年譜》繫之於元和三年，大致可從。此文多用駢偶，蓋意在讚頌，而非叙事也。

## 【注釋】

〔一〕〔注釋音辯〕《國語》：「臧文仲曰：賢者急病遜夷。」夷，平也。〔百家注引孫汝聽曰〕《國語》：「臧文仲曰：『賢者急病讓夷，居官當事不避難。』」夷，平也。按：見《國語·魯語上》。

〔二〕〔注釋音辯〕《左傳》昭公元年：「趙孟曰：圖國忘死，貞也。」〔百家注引孫汝聽曰〕昭元年《左氏》：「趙孟稱叔孫豹曰：『思難不越官，信也。國難忘死，貞也。』」按：陳景雲《柳集點勘》卷一：「謚法：圖國忘死曰貞。又：『圖國忘死，貞也。』《左氏》昭元年傳文。」

〔三〕〔注釋音辯〕〔韓醇詁訓〕賈音古。

〔四〕［注釋音辯］施，去聲。

〔五〕［注釋音辯］睢，息遺切。唐睢陽郡，乃宋州。［蔣之翹輯注］今爲河南歸德府。

〔六〕［注釋音辯］此乃南霽雲廟，《唐書》有傳。

〔七〕［注釋音辯］《毛詩》注：「拳，力也。」［百家注引孫汝聽曰］《詩》：「無拳無勇。」注：「拳，力也。」按：見《詩經·小雅·巧言》。

〔八〕［注釋音辯］（中）去聲。謂善射。［韓醇詁訓］《史》：「養由基去楊葉百步射之，百發百中。」《霽雲傳》：「善騎射。見賊百步内乃發，無不應。」按：養由基事見《史記·周本紀》。

〔九〕［注釋音辯］《漢武故事》：「上至郎省，見一郎尨眉皓白，問之，對曰：『臣姓顔名駟，三葉不遇。』上感其言，擢爲會稽都尉。」［韓醇詁訓］《楚辭》：「尉尨眉而郎潛兮，逮三葉而遘武。」注：「《漢武故事》曰：上至郎省，見一老郎鬢眉皓白，問：『何時爲郎？何其老也。』對曰：『臣姓顔名駟，以文帝時爲郎。文帝好文而臣好武，景帝好老而臣尚少，陛下好少而臣已老，是以三葉不遇也。』上感其言，擢爲會稽都尉。」按：百家注本引孫汝聽注引作：「張衡賦曰：『尉尨眉而郎潛兮，逮三葉而遘武。』」見《文選》張衡《思玄賦》。陳景雲《柳集點勘》卷一：「注引《漢武故事》改『庬眉皓髪』作『鬢眉皓白』，殊失本義。又『郎省』據本文當作『郎署』。」世綵堂本注引已改「郎省」爲「郎署」。

〔一〇〕［注釋音辯］童（宗説）云：數，所角切。奇，居宜切。猨即猿字。漢李廣猨臂善射，上以李廣數奇，不令當單于。注言廣命奇，隻不偶也。［韓醇詁訓］《漢書・李廣傳》：「廣歷七郡太守，前後四十餘年，家無餘財，終不言生産事。爲人長猨臂，其善射亦天性。元狩四年，爲前將軍從衛青擊匈奴，青乃自以精兵出塞捕虜，而令廣並右將軍出東道。先是大將軍陰受上指，以爲數奇，毋令當單于，恐不得所欲。」猨臂，注曰：「臂如猨臂，通肩也。」按：百家注本引韓醇注引書作《史記》。李廣事又見《史記・李將軍列傳》。

〔一一〕［注釋音辯］（華）音畫。［韓醇詁訓］音畫，山名。

〔一二〕［韓醇詁訓］圮音起。《説文》：「山無草木也。」［百家注］圮，毁也。又《説文》云：「山無草木也。」

〔一三〕［注釋音辯］謂陳希烈等。漢劉歆字子駿，佐王莽爲國師。［韓醇詁訓］漢劉歆字子駿。哀帝初，大司馬王莽舉歆宗室，有材行，爲侍中大夫，遷騎都尉，奉車、光禄大夫，貴幸。復領五經，卒父前業。歆乃集六藝群書，種别爲《七略》。［百家注引孫汝聽曰］劉歆字子駿。爲王莽佐命，官至國師。按：見《漢書・劉向傳》附劉歆。

〔一四〕［注釋音辯］謂哥舒翰等。晉王衍字夷甫，爲石勒所破，勸勒稱尊號。［韓醇詁訓］晉王衍字夷甫。嘗與王越共討苟晞。衍以太尉爲太傅，及越薨，衆共推衍爲元帥。衍懼賊鋒，辭曰：「今日之事，安可以非才處之？」俄而舉軍爲石勒所破。勒呼王公，相見語移日，衍因自説少不豫事，欲求自免，且勸勒稱尊號。勒怒曰：「破壞天下，正是君罪。」使左右扶出。按：見《晉書・

王衍傳》。百家注本引孫汝聽注與韓注略同。

〔一五〕［注釋音辯］訏，凶于切，大也。《説文》云：「齊楚謂信曰訏。」［韓醇詁訓］訏，匈于切。《説文》：「齊楚謂信曰訏。一曰大也。」［百家注］訏，大也。

〔一六〕［注釋音辯］（横潰）上户孟切，下音會。

〔一七〕［韓醇詁訓］《文選》：「脱耒爲兵，裂裳爲旗。」按：見《文選》干令升《晉紀總論》。

〔一八〕［注釋音辯］呼，火故切。［韓醇詁訓］《漢書》：「太尉以一節入北軍，一呼，士皆袒左爲劉氏。」呼，火故反。按：見《漢書·高后紀》。

〔一九〕［注釋音辯］（難）去聲。《列子》：「杜厲叔事莒敖公，自以爲不知己，去之海上。及公有難，乃往死之，曰：『以愧後世之人主不知其臣者也。』」［韓醇詁訓］《列子》：「杜厲叔事莒敖公，自謂不知己，去居海上。及公有難，乃辭其友而往死之。友曰：『子自以爲不知己，故去。今往死之，是知與不知無辨也。』杜厲叔曰：『不然。自以爲不知，故去。全死，是果不知我也。吾將死之，以醜後世之人主不知其臣者也。』凡知則死之，不知則弗死，此直道而行者也。杜厲叔可謂懟以忘其君者也。」按：見《列子·説符》。百家注本引孫汝聽注略同注釋音辯本。

〔二〇〕［注釋音辯］瞫，尺甚、式忍二切。《左傳》文公二年：「狼瞫爲右，先軫黜之，狼瞫怒。及彭衙既陳，以其屬馳秦師，死焉。」［韓醇詁訓］《春秋》文公二年：「晉侯及秦師戰於彭衙。晉襄公縛秦囚，使萊駒斬之。囚呼，萊駒失戈，狼瞫取戈以斬囚，禽之以從公乘，先軫黜之。狼瞫怒，其友曰：『曷死之？』瞫曰：『吾未獲死所，死而不義，非勇也。吾以勇求右，無勇而出，亦其所也。』其友曰：『子姑待之。』及彭衙既陳，以其屬馳秦師，死焉。晉師從之，大敗秦師。君子謂狼瞫於是乎君子。」瞫，尺甚切，又式衽切。按：百家注本引孫汝聽注較韓注爲略。

〔二一〕［韓醇詁訓］謂賊酋張通晤陷宋、曹等州，張公巡率吏哭玄元祠，遂起兵討賊，從者千餘也。

〔二二〕［注釋音辯］城三堵爲雉。［韓醇詁訓］百雉，城也。城高三堵爲雉。謂賊攻雍丘城，張公巡設百樓栅城上，束芻灌膏以焚，賊不敢向也。

〔二三〕［韓醇詁訓］隸汴州。謂單父尉賈賁合兵擊宋州，張通晤走襄邑，爲頓丘令所殺。賁引軍進至雍丘，巡與之合，有衆二千也。［百家注引孫汝聽曰］至德元載三月，真源令張巡起兵討賊，據雍丘。

〔二四〕［注釋音辯］《周禮》：「諸臣之復。」謂奏事於王也。［百家注引孫汝聽曰］《周禮》：「諸臣之復，萬民之逆。」按：見《周禮·天官冢宰·小宰》。

〔二五〕［韓醇詁訓］睢陽隸宋州。謂張公巡以馬三百、兵三千至睢陽，與太守許公遠等合，遣將南霽雲等戰寧陵北，斬賊將二十，殺萬餘人，投尸於汴。［百家注引孫汝聽曰］十二月，巡拔雍丘，東守寧陵。二載正月，賊將尹子奇寇睢陽，睢陽太守許遠告急於巡，巡引兵入睢陽。睢陽隸宋州。

〔二六〕［注釋音辯］要，去聲。

〔二七〕［百家注引韓醇曰］此謂巡至睢陽，與許遠合。霽雲戰寧陵北，斬賊將二十，殺萬餘人，投尸於汴也。

〔二八〕［注釋音辯］疏音踈。後漢班超在疏勒，而龜兹、姑墨數攻疏勒，超孤立無援，吏士單少，拒守歲餘。又耿恭據疏勒，匈奴擁絶澗水，救兵不至，車師復叛，與匈奴共攻恭。［韓醇詁訓］疏勒、盱眙皆地名。［百家注引孫汝聽曰］漢永平十七年，班超在疏勒國。十八年，帝崩，焉耆以中國大喪，攻没都護，而龜兹、姑墨數攻疏勒，超孤立無援，吏士單少，拒守歲餘。按：當是用耿恭事。耿恭據疏勒城以抗匈奴，水絶糧盡，匈奴數招降之，不從。其艱難情況與張巡守睢陽頗相似。見《後漢書·耿恭傳》。

〔二九〕［注釋音辯］盱音吁，眙音怡。宋文帝元嘉二十八年，魏主攻盱眙，輔國將軍臧質堅守三旬，不拔。［百家注引孫汝聽曰］《南史》：「宋文帝元嘉二十八年，魏主攻盱眙，輔國將軍臧質堅守。魏人殺傷萬計，尸與城平，三旬不拔，魏主退走。」按：見《南史·臧燾傳》附臧質。

〔三〇〕［注釋音辯］《吕氏春秋》：「公輸般設攻宋之械，墨子設守宋之備，公輸般九攻之，墨子九卻之，遂輟不攻宋。」［韓醇詁訓］《史》：「墨翟，宋大夫，善守禦。公輸般爲雲梯之械，將攻宋，墨子見之，乃解帶爲城，以褋爲械，九設攻城之機，墨子九拒之。公輸般攻械盡，墨子守有餘，公輸爲之屈。」［百家注引韓醇曰］《吕氏春秋》：「公輸般爲高雲梯，欲以攻宋。墨子聞之，見荆王曰：『宋必不可得，請令公輸試攻之，臣請試守之。』於是公輸般設攻宋之械，墨子設守宋之備，公輸般九攻之，墨子九卻之，不能入。故荆輟不攻宋矣。」墨子名翟，宋大夫。按：見《墨子·

公輸》、《吕氏春秋·開春論·愛類》。

〔三一〕［注釋音辯］《史記》：「智伯率韓魏攻趙襄子，奔保晉陽，三國引汾水灌其城，城不没者三板。」［韓醇詁訓］《公羊傳》：「雉者何？ 五板而堵，五堵而雉，百雉而城。」《通鑑》周紀：「智伯帥韓魏之甲以攻趙氏，圍而灌之，城不浸者三板。」［百家注引孫汝聽曰］《史記·趙世家》：「智伯率韓魏攻趙襄子，奔保晉陽。三國引汾水灌其城，城不沉者三板。」

〔三二〕［注釋音辯］《左傳》襄公十年：「晉伐偪陽，主人縣布，秦堇父登之，及堞而絶之，隊，則又縣之，蘇而復上者三。」「縣」即「懸」字，「隊」即「墜」字。［韓醇詁訓］《左傳》襄公十年：「晉荀偃、士匄請伐偪陽，主人懸布，堇父登之，及堞而絶之，隊，則又懸之。」按：百家注本引孫汝聽注同韓注，並曰：「偪音逼。」

〔三三〕［注釋音辯］汧音牽。 其事未詳。 或曰田單穴城火牛。［韓醇詁訓］《史》：田單攻齊，收城中牛，得千餘。束兵刃於其角，而灌脂束葦於其尾，燒其端，鑿城數十穴，夜縱牛。牛尾熱，怒而奔燕軍，燕軍大驚，敗走。偪音逼。汧音牽。［世綵堂］晉元康中，氐羌反，汧督馬敦固守孤城。群氐四面雨射城中，城中鑿穴而處，負户而汲。詳見潘岳《馬汧督誄》。舊注指田單事，非。按：田單事與汧城無關，廖瑩中世綵堂注是。 陳景雲《柳集點勘》卷一亦云：「或曰田單穴城火牛。 或説疏甚。 潘岳《馬汧督誄序》云『城中鑿穴而處』。」潘岳文見《文選》。

〔三四〕［注釋音辯］臨，力鴆切，哭也。《左傳》宣公十二年：「楚子圍鄭，國人大臨。楚子退師，鄭人修城，進，復圍之，三月克之，鄭伯肉袒牽羊以逆。」注：「示服爲臣僕。」〔韓醇詁訓〕《春秋》宣公十二年：「楚子圍鄭，鄭人卜行成，不吉。卜臨于大宫，且巷出車，吉。國人大臨，守陴者皆哭。楚子退師，鄭人修城。進，復圍之，克之。鄭伯肉袒牽羊以逆，曰：『孤不天，不能事君，使臣懷怒，以及敝邑，孤之罪也。』」

〔三五〕〔注釋音辯〕《左傳》宣公十五年：「楚子圍宋，宋華元夜入楚師，登子反之牀曰：『寡君使元以病告，曰敝邑易子而食。』」〔韓醇詁訓〕宣公十五年，楚子圍鄭，不能服，將去之。申叔時僕曰：「築室反耕者，宋必聽。」宋人懼，使華元夜入楚師，謂子反曰：「寡君使元以病告，曰：敝邑易子而食，析骸以爨，雖然，城下之盟，有以國斃，不能從也。」

〔三六〕〔注釋音辯〕《唐·張巡傳》：「時賀蘭進明屯臨淮，許叔冀、尚衡次彭城，皆觀望莫肯救。當此時，王命不復通，巡設天子畫像，率軍士朝，人人盡泣。」

〔三七〕〔注釋音辯〕好，呼報切。

〔三八〕〔韓醇詁訓〕據《舊傳》云：「『請嚙一指，留於大夫，示之以信。』歸報本州。」《新傳》云：「『請置一指以示信，歸報中丞。』因拔佩刀斷指，一坐大驚。」韓文公云：「因拔佩刀斷一指，血淋漓，以示賀蘭。」温公《考異》止從《舊傳》。公此所載又有「噉此足矣」之文，其不同有如此。〔百家注引孫汝聽曰〕巡等守睢陽，死傷之餘，纔六百人。時河南節度使賀蘭進明在臨淮，擁兵不救。八月，巡令霽雲將三十騎犯圍而出，告急臨淮。進明具食與樂，延霽雲坐，霽雲泣且語曰：「睢陽之人不食月餘矣，霽雲雖欲獨食，且不下嚥。」因噬嚙落一指，以示進明曰：「霽雲既不能達主將之意，請留一指以示信歸報。」坐中皆爲泣下。

〔三九〕［百家注引韓醇曰］霽雲遂自臨淮還睢陽，縋城而入。城中將吏知救不至，慟哭累日。

〔四〇〕［注釋音辯］懵，武亘切。《左傳》定公四年：「申包胥如秦乞師，秦哀公爲賦《無衣》，九頓首而坐。」故庾信賦云：「申包胥之頓地，碎之以首。」［韓醇詁訓］《春秋》定公四年傳：「申包胥如秦乞師，秦哀公爲賦《無衣》，九頓首而坐，秦師乃出。」注云：「《無衣》三章，章三頓首。」懵，武亘切。［百家注引孫汝聽曰］庾信《哀江南賦》曰：「申包胥之頓地，碎之以首。」

〔四一〕［注釋音辯］《楚詞·九歌·國殤》篇云：「帶長劍兮挾秦弓，首雖離兮心不懲。」［韓醇詁訓］韓信，淮陰人也。項梁渡淮，信仗劍從之。梁敗，又屬項羽，爲郎中。信數以策干項羽，羽弗用。漢王入蜀，信亡楚歸漢，未得知名。爲連敖，坐法當斬，其儕十三人皆已斬，至信，信乃仰視，適見滕公，曰：「上不欲就天下乎？而斬壯士。」滕公奇其言，壯其貌，釋弗斬。按：百家注本引孫汝聽注同注釋音辯本，是。韓注非。

〔四二〕［百家注引韓醇曰］霽雲等皆爲賊所執，賊將以刃脅巡，巡不降。又降霽雲，霽雲未應。巡呼曰：「南八，男兒死耳，不可爲不義屈。」霽雲笑曰：「將欲有爲也。公知我者，敢不死！」亦不降。乃與姚誾等遇害。惟遠執送洛陽。

〔四三〕［注釋音辯］《後漢》：傅燮爲漢陽太守，賊欲送燮歸鄉里，燮嘆曰：「吾行何之？」遂戰没。

[韓醇詁訓]《後漢》：「傅燮與耿鄙共討金城賊，燮子幹恐燮性剛，有高義，恐不能屈志以免，欲令棄郡而歸。燮慨然歎曰：『汝知吾必死耶？蓋聖達節，次守節。殷紂之暴，伯夷不食周粟而死，仲尼稱其賢。吾行何之？必死於此。汝有才智，勉之，勉之！』」[百家注引孫汝聽曰]《後漢》：傅燮字南容，爲漢陽太守。賊圍漢陽，欲送燮歸鄉里，燮慨然嘆曰：「吾行何之？吾必死於此。」遂麾左右進兵，臨陣戰没。按：見《後漢書·傅燮傳》。

〔四四〕[注釋音辯]漢高祖使周苛守滎陽，項羽生得苛，苛罵羽，羽烹之。[韓醇詁訓]《漢書·高帝紀》：「項羽西拔滎陽城，生得御史大夫周苛。羽謂苛：『爲我將，以公爲上將軍。』苛罵曰：『若不趨降漢，今爲虜矣。』羽遂烹周苛。」慷，下朗切。慨，口溉切。壯士不得志也。按：百家注本引孫汝聽注略同。

〔四五〕[百家注引童宗説曰]《語》曰：「聞義不能徙，是吾憂也。」按：見《論語·述而》。

〔四六〕[注釋音辯]《後漢》：袁紹執臧洪，殺之，陳容曰：「寧與臧洪同日死。」遂見殺。見者相謂曰：「如何一日戮二烈士？」[韓醇詁訓]《東漢·臧洪傳》：「初，張超遣洪與大司馬劉虞計事至河間，值幽、冀交兵，行塗阻絶，因寓於袁紹。紹初見奇之，其後憚其能，適曹操圍張超於雍丘，洪聞超圍，乃徒跣號泣，勒所領將赴其難，且從紹請兵，而紹不聽。超城遂陷。洪因怨紹不與通，紹興兵圍之，城陷，遂生執洪，殺之。時洪邑人陳容見洪當死，因謂紹曰：『將軍欲爲天下除暴，而先專誅忠義，豈合天意？』紹曰：『汝非臧洪疇，空復留爲？』容曰：『今日寧與臧洪同日死，不與將軍同日生。』遂復見殺。見者無不歎息，竊相謂曰：『如何一日戮二烈士？』」按：百家注本引孫汝聽注略於韓注而詳於注釋音辯本。見《後漢書·臧洪傳》。

〔四七〕［注釋音辯］梁武帝天監三年，魏兵圍義陽，蔡道恭禦之，相持百餘日。道恭病卒，詔曹景宗救援，景宗不進，義陽遂陷。任昉彈景宗曰：「道恭云逝，城守累旬，景宗之存，一朝棄甲。」［韓醇詁訓］劉璠《梁典》曰：「梁天監三年，魏人圍義陽，司州刺史蔡道恭禦之，相持百餘日，魏人雖盡力攻城，而道恭輒隨方抗禦。道恭疾篤，乃以城付其弟靈恩，道恭尋卒。先是，詔使郢州刺史曹景宗舉兵爲之救援，景宗頓兵不進，義陽遂陷。御史中丞任昉奏彈景宗，其略曰：『道恭云逝，城守累旬，景宗之存，一朝棄甲。生曹死蔡，優劣若是。』」直臣蓋指任昉也。按：見《梁書·蔡道恭傳》及《文選》任昉《奏彈曹景宗》李善注引劉璠《梁典》。

〔四八〕［世綵堂］繈，本作襁。《説文》：「負兒衣。」「緥」與「褓」同。《説文》：「小兒衣。」《前漢》注：「繈，小兒繃。緥，小兒大藉。」

〔四九〕［注釋音辯］魏初平三年，鮑信擊黄巾戰死，求屍不能得，乃刻木爲信狀，祭而哭焉。［韓醇詁訓］《三國志》：「魏武帝三年，青州黄巾衆百萬入兗州，劉岱欲擊之，濟北相鮑信諫以爲不可，岱不從。遂戰，爲賊所殺。信乃與州吏萬潛等至東郡迎太祖領兗州牧，進兵擊黄巾於壽張，力戰鬭死。購求信喪不得，衆乃刻木如信形狀，祭而哭焉。」按：陳景雲《柳集點勘》卷一謂「魏初平三年」，「魏」當作「漢」。百家注本引孫汝聽注作「初平三年」。見《三國志·魏書·武帝紀》。

〔五〇〕［注釋音辯］魏龐德與關羽戰，敗不降，爲羽所殺。魏帝令於陵屋畫關羽戰克，龐德憤怒，于禁降伏之狀。［韓醇詁訓］《魏書》：「龐德初從張魯，聞太祖定漢中，隨衆來降，拜立義將軍。與曹仁共討關侯樊下。仁使德屯樊北，會天大霖雨，漢水暴溢，侯乘船攻之，德乘小船欲還仁營，船覆，爲侯所得。侯欲降之，德力争不服，遂爲侯所殺。太祖聞而悲之。及齊王正始三年，詔祀大司馬曹真、將軍龐德等十八人於太祖廟廷。」［百家注引孫汝聽曰］《魏志》：「龐德字令明，與關侯戰，爲侯所得。侯謂曰：『不降何爲？』德罵曰：『我寧爲國家鬼，不爲賊將也。』爲侯所殺。于禁等七軍皆没。孫權稱藩，遣禁還，魏帝令北詣鄴，謁高陵。帝使豫於陵屋畫關侯戰克，龐德憤怒，禁降伏之狀，禁見慙恚，發病薨。」按：見《三國志·魏書·龐德傳》。

〔五一〕［注釋音辯］《越語》：「勾踐捷於會稽，乃令於三軍曰：『孤子寡婦，疾疹貧病者，納官其子。』」注云：「仕其子而教之。」［韓醇詁訓］《國語》：「越王勾踐棲於會稽之上，乃號令於三軍曰：『有能助寡人謀而退吴者，吾與之共知越國之政。』乃致其父母昆弟而誓之曰：『孤子寡婦、疾疢貧病者，納官其子。』」按：見《國語·越語上》。百家注本引孫汝聽注又引韋昭注：「官，仕也。仕其子而教之，廩以食之也。」

〔五二〕［注釋音辯］《前漢·百官表》：「武帝時，從軍死事者之子，養羽林，官教以五兵，號羽林孤兒。」［韓醇詁訓］《漢·百官表》：「羽林掌送從次期門。武帝太初元年初置，名曰建章營騎，後更名羽林騎。凡從軍死事之子孫，養羽林，官教以五兵，號曰羽林孤兒。」按：百家注本引孫汝聽注尚有「少壯令從軍」句。見《漢書·百官公卿表》。

〔五三〕［注釋音辯］《周禮·司門》：「凡財物犯禁者舉之，以其財養死政之老與其孤。」注：「財謂門關之委積也。死政之老，死事者之父母孤子也。」［韓醇詁訓］《周禮·地官》：「司門掌授管鑰，以啟閉國門。凡財物犯禁者舉之，以其財養死政之老與孤。」注：「死政之老，謂死事之父母，與其子也。又遺人掌門關之委積，以養老孤。」按：百家注本引孫汝聽注略同。

〔五四〕［注釋音辯］後漢張奂云：「吾前後十要銀艾。」銀即銀印，艾即緑綬。要音腰。十要者，每一官即佩一印。［韓醇詁訓］漢時印綬，非若今之金紫、銀緋，長使服之也。蓋居是官則佩是印綬，罷則解之，故三公上印綬。後漢張奂云：「吾前後十要銀艾。」銀即銀印，艾即緑綬。十要者，一官一佩之耳。印不甚大。淮南王曰「方寸之印，丈二之組」是也。漢世功臣死後，多賜印綬焉。見《孔氏雜説》。按：所説見孔平仲《珩璜新論》。陳景雲《柳集點勘》卷一云：「徽印綬於漢儀，注引張奂『十要銀艾』語，按以上納官三句例之，則此語蓋亦謂漢代恤孤之典，但未詳所出耳。注泛引無謂。」

〔五五〕［注釋音辯］慬，勤、謹二音，勇也。《列子》：「無以立慬於天下。」［百家注引孫汝聽曰］《列子》：「俠客曰：『虞氏富樂之日久矣，而常有輕易人之心，吾不侵犯之而辱我以腐鼠，不報，無以立慬於天下。』」按：見《列子·説符》。

〔五六〕［百家注引孫汝聽曰］（至德二載）十月癸丑，睢陽城陷。庚申，安慶緒棄河北。壬戌，克東京。

〔五七〕［韓醇詁訓］霽，子計切。

〔五八〕［注釋音辯］涪音浮。

〔五九〕［世綵堂］《左傳》：「其子不克負荷。」荷，平聲。按：見《左傳》昭公七年。

〔六〇〕［百家注］斲音卓。

〔六一〕［注釋音辯］後漢温序爲隗囂將所執，不降而死。光武命送喪到洛陽城旁爲塚地，長子壽爲鄒平侯相，夢序告之曰：「久客思鄉里。」壽即棄官，乞歸葬。帝許之。［韓醇詁訓］洛陽，唐東都也。［百家注引孫汝聽曰］《後漢》：「温序字次房，爲護羌校尉。行部至襄武，爲隗囂將苟宇所執，欲降之，序不聽，伏劍而死。光武命送喪到洛陽城旁爲塚地。長子壽爲鄒平侯相，夢序告之曰：『久客思鄉里。』壽即棄官，上書乞骸骨，歸葬。帝許之，乃反舊塋焉。」按：見《後漢書·獨行傳·温序》。

〔六二〕［注釋音辯］前漢趙充國以功德畫未央宮，至成帝時，西羌嘗有警，上思將帥之臣，召揚雄即充國圖畫而頌之。［韓醇詁訓］《漢書》：「宣帝甘露三年，以戎狄賓服，思股肱之美，乃圖畫其人於麒麟閣。惟霍光不名，曰大司馬大將軍博陸侯姓霍氏。」［百家注引孫汝聽曰］《漢書》：「趙充國以功德與霍光等，列畫未央宮。至成帝時，西羌嘗有警，上思將帥之臣，追美充國，迺召黄門侍郎揚雄即充國圖畫而頌之。」按：趙充國事較切。見《漢書·趙充國傳》。

〔六三〕［注釋音辯］［韓醇詁訓］難，乃旦切。

〔六四〕［百家注］並見上注。

〔六五〕［注釋音辯］婪，盧含切，貪也。［韓醇詁訓］婪，盧含切。《説文》：「貪也。」［世綵堂］婪婪群狄，出潘岳作《馬汧督誄》。按：陳景雲《柳集點勘》卷一：「婪婪群凶，潘岳《馬汧督誄》云『婪婪群狄』，此作者所本，注未悉。」廖瑩中已云及。

〔六六〕［注釋音辯］封，大也。見《左傳》定公四年。［百家注引孫汝聽曰］封，大也。《左氏》：「吴爲封豕長蛇，薦食上國。」

〔六七〕［注釋音辯］屹，魚乞切。山貌。［韓醇詁訓］屹，魚乙切。《説文》：「屹，崒山貌。」

〔六八〕［注釋音辯］童（宗説）云：（要領）上一遥切。《前漢·張騫傳》注云：「要，衣要也。領，衣領也。凡持衣者則執要與領，故以爲喻。」［韓醇詁訓］要，伊消切。《説文》：「腰也。」

〔六九〕［注釋音辯］賊攻睢陽，爲雲梯，置精兵其上，推之臨城。巡潛鑿三穴，候梯將至，一穴中出大木鈎之，一穴中出木拄之，一穴中出鉄籠，盛火焚之。［百家注引孫汝聽曰］賊爲雲梯，勢如半虹，置精兵二百於其上，推之臨城，欲令騰入。巡預於城潛鑿三穴，候梯將至，於一穴中出一大木，末置鐵鈎鈎之，使不得退。一穴中出一木柱之，使不得進。一穴中出一大木，置鐵籠盛火焚之，其梯中折。梯上卒盡燒死。

〔七〇〕［注釋音辯］偵，五正切，伺視也。［韓醇詁訓］偵，豬孟切，廡視也。又丑正切，問也。［百家注引孫汝聽曰]偵伺也，視也。丑正切，又豬孟切。

〔七一〕[注釋音辯]《公羊傳》宣公十五年：「鉗馬而秣之。」[百家注引孫汝聽曰]宣十五年《公羊傳》：「鉗馬而秣之。」鈐、鉗並通用。

〔七二〕[注釋音辯]《左》宣十五年：華元曰：「析骸以爨。」[百家注]解見上。按：見注〔三五〕。

〔七三〕[百家注引孫汝聽曰]時許叔冀在譙郡，尚衡在彭城，賀蘭進明在臨淮，皆擁兵不救。

〔七四〕[注釋音辯]《唐・忠義傳》：「霽雲被執，賊欲降之，巡呼曰：『南八，男兒死耳，不可爲不義屈。』霽雲笑曰：『將欲有爲也，公知我者，敢不死。』遂遇害。」[百家注]解亦見上。

〔七五〕[注釋音辯]（恧）女六切，慙也。[韓醇詁訓]女六切。《説文》：「慙也。」按：陳景雲《柳集點勘》卷一：「兇威而恧，任昉《彈曹景宗》『力屈兇威』。」

〔七六〕[注釋音辯]（渠魁）安慶緒。

〔七七〕[注釋音辯]（巢穴）范陽。

〔七八〕[注釋音辯]（躅）廚玉切。[韓醇詁訓]廚玉切。《説文》：「蹢躅也。」

〔七九〕[百家注引孫汝聽曰]大曆十二年四月，以南霽雲子爲歙州別駕。又貞元二年二月，授承嗣官，旌忠烈之後云。

【集評】

黄震《黄氏日鈔》卷六〇：《南睢陽廟碑記》，南霽雲也。然一句一事，始終屬對，全似韓柳未出時文體，與子厚他文不類。當是少年作。（原按：柳碑多排句，非韓比。近世晦翁嘗以年考之，乃子厚晚年作，殆自隳以從俗耶？）

王楙《野客叢書》卷五：《西清詩話》曰：「唐人以詩爲專門之學，雖名世善用故事，不免小誤。王維詩曰：『衛青不敗由天幸，李廣無功爲數奇。』不敗由天幸，乃霍去病，非衛青也。」《邵氏聞見録》亦如此言，乃以此詩爲張籍之作，且云《漢書音義》「數」作「朔」，則亦不可對天矣。僕謂此詩誤用天幸事，固已無疑，然考山谷之言，謂顔師古以數奇爲命隻不耦，則數乃命數之數，非疏數之數也。宋景文公《筆録》得江南《漢書》本，乃所具反，傳寫誤以所具反爲所角反耳。僕觀黄、宋二公之説，則知此詩以「天幸」對「數奇」，不爲失也。又觀杜子美詩曰：「數奇謫關塞，道廣存箕潁。」白樂天詩集序曰：「文士每數奇，詩人尤命薄。」樂天以「數奇」對「命薄」，子美以「數奇」對「道廣」，益信黄、宋二公之言爲有驗，是皆以數爲命數之數。若柳子厚碑曰：「不遇興時，鬱駝眉之都尉；數奇見惜，挫猿臂之將軍。」楊蟠詩曰：「仲父嘗三逐，將軍老數奇。」此乃爲疏數字用也。

王志堅《四六法海》卷一一：杜厲叔事莒敖公，自以爲不知己，去居海上。及公有難，乃往死之，曰：「以醜後世之人主不知其臣者。」晉襄公縛秦囚，使萊駒以戈斬之，囚呼，萊駒失戈，狼瞫取戈斬囚，遂以爲右。箕之役，先軫黜之，狼瞫怒。及彭衙既陳，以其屬馳秦師，死焉。此二事用於《霽雲碑》，是子厚微意。徐師川詩：「開元天寶中，袞袞見諸公。不聞張與許，名在臺省中。」亦子厚指也。

蔣之翹輯注《柳河東集》卷五：南公固是偉人，子厚乃以此靡靡之文屬之，幾無生氣。又引陳仁錫曰：此篇似模燕、許，在柳文中又是一格，而峭鬱之意自見。「未之思歟」句下：妙論，從無人道破。「不亦宜乎」句下：數語似見南公生平。

陸夢龍《柳子厚集選》卷二：數語寫出睢陽人品。南公是張、許所部，上稱睢陽是作文分寸。又評：説睢陽功烈及感慨時人如盡，文雖俳偶，實與左、史馳騁，非六朝作手所能。又「睢陽之事」一段眉批：透快。死者有知，當爲擊節。

康熙敕纂《御選古文淵鑒》卷三七：以兩漢之健骨，運六代之腴辭。

儲欣《河東先生全集録》卷一：子厚晚年痛除夙習，出拔駢儷，狀段太尉逸事，咄咄如生，不應於南公乃有此作。然末段沉雄，又非少時可及。陳明卿曰：「規模燕許，柳文又一格也。」録之。

何焯《義門讀書記》卷三五：當時睢陽死守，李翰既爲之傳南八事首尾，韓氏又書之矣。此碑用南朝文體，蓋相避也。「鬱龐眉之都尉，挫猿臂之將軍」，「杜厲不知而死難，狼瞫見黜而奔師」：柳子方爲僇人，假以發其憤慨。四六使事，復不覺其訐露耳。聞義能徙，所謂「欲以有爲，公有言，雲敢不死也」。「於戲睢陽之事」至「或未之思歟」：此段議論求與人異，其於當日事勢實疏。蓋力保江淮，則租賦無壅，可以天下全力摧翦一隅之賊，韓公謂「天下不亡，其誰之力」，乃爲可據。柳子則徒計算時日，憑虛懸揣耳。

王之績《鐵立文起》前編卷六：淩約言曰：近世文士製碑序，終申以銘，猶大雄氏演法義，終宣以偈，多是隱括上文，不免牀上架牀之病。獨韓、柳作銘，超然以他語發揮之，不襲常格。

錢大昕《跋柳河東集》：注柳集者，南城童宗説、雲間潘緯，不知何人合而刻之。潘氏音義成於乾道三年，此本於「敦」字尚未缺筆，當刊行於乾道、淳熙之朝矣。《南府君廟碑》「汧城鑿穴之奇」句，蓋用潘安仁《馬汧督誄》，而注家不知出處，疑其用田單火牛事，殊可笑也。（《潛研堂文集》卷三一）

焦循批《柳文》卷一五：此當與昌黎《張中丞傳後叙》參看，各有佳處。韓似太史公，此似左丘明。

# 柳宗元集校注卷第六

## 碑①

### 曹溪第六祖賜謚大鑒禪師碑②

扶風公廉問嶺南三年〔一〕，以佛氏第六祖未有稱號，疏聞于上，詔謚大鑒禪師，塔曰靈照之塔。元和十年十月十三日下尚書祠部，符到都府〔二〕，公命部吏洎州司功掾③，告于其祠。幢蓋鐘鼓〔三〕，增山盈谷，萬人咸會，若聞鬼神。其時學者千有餘人，莫不欣踴奮厲④，如師復生，則又感悼涕慕，如師始亡。因言曰：自有生物，則好鬭奪相賊殺，喪其本實，誖乖淫流〔四〕，莫克返于初。孔子無大位，没以餘言持世，更楊、墨、黄、老益雜，其術分裂，而吾浮圖説後出，推離還源〔五〕，合所謂生而静者〔六〕。梁氏好作有爲，師達摩譏之，空術益顯〔七〕。六傳至大鑒〔八〕。大鑒始以能勞苦服役〔九〕，一聽其言，言希以究，師用感動，遂受信具〔一〇〕。遁隱南海上，人無聞知。又十六年，度其可行〔一一〕，乃居曹溪〔一二〕，爲人師，會學去來嘗數千人。其道以無爲爲有，以空洞爲實，以廣大不蕩爲歸。其教人，始以性善，終以性善，不假耘鋤，本其静矣。中宗聞名，使幸臣再徵，不能致，取其言以爲心術。其説具在，今布天下。凡言禪皆本曹溪〔一三〕。大鑒去世百有六年⑤〔一四〕，凡治廣部而以名聞者以十數，莫能揭其號，乃今始告天子，得大謚。豐佐吾道，其可無辭。

公始立朝〔一五〕，以儒重。刺虔州，都護安南〔一六〕，由海中大蠻夷連身毒之西〔一七〕，浮舶聽命，咸被公德。受旂纛節戟〔一八〕，來涖南海〔一九〕，屬國如林。不殺不怒，人畏無噩〔二〇〕，允克光于有仁。昭列大鑒，莫如公宜。其徒之老，乃易石于宇下，使來謁辭。其辭曰：

達摩乾乾〔二一〕，傳佛語心。六承其授，大鑒是臨。勞勤專默，終揖于深⑥。抱其信器，行海之陰。其道爰施，在溪之曹。厖合猥附，不夷其高〔二二〕。傳告咸陳，惟道之褒。生而性善，在物而具。荒流奔軼〔二三〕，乃萬其趣。匪思愈亂，匪覺滋誤。由師内鑒，咸獲于素。不植乎根，不耘乎苗⑦。中一外融，有粹孔昭。在帝中宗，聘言于朝。陰翊王度，俾人逍遥。越百有六祀⑧，號謚不紀，由扶風公告今天子，尚書既復〔二四〕，大行乃誄〔二五〕。光于南土，其法再起。厥徒萬億，同悼齊喜。惟師教所被，洎扶風公所履，咸戴天子。天子休命，嘉公德美。溢于海夷，浮圖是視。師以仁傳，公以仁理。謁辭圖堅，永胤不已。

【校　記】

① 原標目作「釋教碑」，世綵堂本同，此據注釋音辯本、五百家注本及百家注本總目改。詁訓本標作「碑五首」。

② 《全唐文》題下有「并序」二字。

③ 掾，詁訓本作「篆」。

④ 踴，詁訓本作「躍」。

⑤ 去，詁訓本作「出」。

⑥ 原校與注釋音辯本、世綵堂本校：「揖，一本作挹。」

⑦ 上二「乎」字，《全唐文》作「胡」。世綵堂本校：「二『乎』作『胡』字。」何焯《義門讀書記》卷三五亦云：「二『乎』當作『胡』字。」按：「乎」即「于」義。二字皆可通。作「胡」爲疑問語氣。二語皆就惠能的主觀唯心主義而言。

⑧ 《全唐文》無「越」字。

【解　題】

［注釋音辯］六祖名惠能，姓盧氏。［韓醇詁訓］六祖大鑒禪師，蓋自達摩爲初祖，大滿爲二祖，鑒智爲三祖，大醫爲四祖，弘忍爲五祖，至大鑒爲六也。據《傳燈録》，大鑒即慧能。大師俗姓盧氏，父

武德中左宧於南海之新州，遂占籍焉。始因聞客讀《金剛經》，遂問法焉，客以得於黄梅忍大師爲對。師因去，直抵韶州，與尼無盡藏者解説《涅槃經》，尼驚異之，告鄉里耆老云：「能，有道者。」居人於是競來瞻禮，且營緝寶林古寺舊地居之。師謂：「我求大法，豈可中道而止？」明日遂行。遇智遠禪師，請益。遠曰：「菩提達摩傳心印於黄梅，宜往參決。」師辭去，遂造焉。忍默識之，後果傳衣法。至儀鳳元年，届南海，遇印宗法師於法性寺，師大異，因請出所傳信衣瞻禮，會諸名德爲之剃髮，受滿分戒於智光律師。明年，要歸舊隱，遂返曹溪，學者不下千數。中宗嘗詔之，不起。後化於新州國恩寺。肅宗、代宗皆敬事之。至憲宗時，始謚大鑒禪師，塔曰元和靈照。扶風公，馬總也。據《總傳》：自虔州刺史遷安南都護，徙桂管經略觀察使。今以碑考之，蓋自安南遷南海，非桂管也。東坡居士嘗題此碑後，亦詳及之矣。公元和十年三月十四日出爲柳州刺史，碑蓋十月後作。東坡居士又謂柳子厚南遷始究佛法，作曹溪、南嶽諸碑，妙絶古今。其知言哉！［百家注詳注］六祖，惠能也。姓盧氏，新州人。化於新州國恩寺。憲宗時賜謚大鑒，塔曰元和靈照。公在柳州作此碑。東坡嘗曰：「子厚南遷，始究佛法，作曹溪、南嶽諸碑，絶妙古今。」真知言哉！［百家注引王儔補注］邵太史曰：「東坡於古人，但寫淵明、子美、太白、退之、子厚之詩，爲南華寫子厚《六祖大鑒禪師碑》，南華又欲寫劉夢得碑，則辭之。」［世綵堂］公在柳州作此碑，時年四十三。按：禪宗爲中國佛教重要流派之一，創始人菩提達磨。至六祖惠能，以主觀覺悟爲解脱之路，不假外求，遂與神秀有南、北宗之别。惠能實際上否定了禪定的傳統修行方式，故對後世尤其是文人士大夫影響甚大。從柳宗元作《東海若》

觀之，其對南宗主觀唯心之説並不以爲然，故此文也未對惠能學説作大力頌揚。諸家皆定此文作於元和十年，是。文云「扶風公廉問嶺南三年」，馬總元和八年爲廣州刺史、嶺南節度使，至元和十年正爲三年，文亦明言「元和十年十月」云云。然劉禹錫《劉夢得文集》卷三〇《大唐曹溪第六祖大鑒禪師第二碑》云：「元和十一年某月日，詔書追褒曹溪第六祖能公謚曰大鑒，實廣州牧馬總以疏聞，繇是可其奏。……馬公敬其事，且謹始以垂後，遂咨於文雄今柳州刺史河東柳君，爲前碑。後三年，有僧道琳率以其徒由曹溪來，且曰：願立第二碑。學者志也。」則惠能賜號大鑒禪師在元和十一年。柳碑與劉碑皆云惠能死後百有六年得謚，惠能卒年有先天元年、先天二年二説，即以先天元年卒計，百有六年則是元和十二年，與柳、劉二碑之年月皆不合。如何解釋其中的矛盾？以爲惠能得謚確在元和十年，柳文亦作於元和十年，柳文之碑則立於元和十一年。劉禹錫《第二碑》「元和十一年」云云，乃立碑年，非賜謚年。劉禹錫撰文之碑則立於元和十四年。王象之《輿地碑記目》卷三「韶州碑記」：「《六祖賜謚碑》，唐柳州刺史柳宗元撰，元和十年立。」誤以賜謚年爲立碑年。孫星衍《寰宇訪碑録》卷四：「《大鑒禪師碑》，柳宗元撰，正書，元和十一年正月。明嘉靖乙巳重刻，廣東曲江。」所云即爲立碑年。至於柳、劉二文所云惠能死後百有六年得謚，是柳、劉推算有誤，還是諸書所記惠能卒年有誤，則未敢斷言。

【注釋】

〔一〕〔注釋音辯〕馬揔，扶風人。爲嶺南節度使。〔百家注引孫汝聽曰〕元和八年十二月，以桂管觀察使馬揔爲嶺南節度使。揔，扶風人。

〔二〕〔百家注〕都府，節度府也。

〔三〕〔注釋音辯〕幢，傳江切。

〔四〕〔注釋音辯〕張（敦頤）云：誖，蒲昧切，亂也。〔韓醇詁訓〕誖音佩，又音勃。《説文》：「亂也。」

〔五〕章士釗《柳文指要》上《體要之部》卷六解「推離」爲「推入」，「還源」即「還原」。即深入佛理，探其與儒學相合處，而歸其本原。

〔六〕〔注釋音辯〕《記·樂記》：「人生而静，天之性也。」按：百家注本引孫汝聽注同。

〔七〕〔注釋音辯〕《傳燈録》：「梁武帝問達摩曰：『朕造寺，寫經度僧，不可勝紀，有何功德？』師曰：『並無功德。此但人天小果，如影隨形，雖有非實。』」〔百家注引孫汝聽曰〕後魏太和十年，有僧達摩者，本天竺王子，以護國出家。入南海，得禪宗妙法，云自釋迦相傳，有衣鉢爲記，世相付授。達摩賫衣鉢浮海而來，至梁詣武帝，帝問以有爲之事，達摩不悦。乃之魏，隱於嵩山少林寺，遇毒而卒。是爲初祖。按：章士釗《柳文指要》上《體要之部》卷六解「爲」與「僞」同，有爲即有僞。達摩事見釋道原《景德傳燈録》卷三、釋贊寧《宋高僧傳》卷八《唐荆州當陽山度門寺神秀傳》。

〔八〕〔注釋音辯〕達摩本天竺王子，得禪宗妙法，云自釋迦相傳，有衣鉢爲記，世稱傳授。達摩傳惠可，爲二祖。惠可傳璨，爲三祖。璨傳道信，爲四祖。信傳弘忍，爲五祖。忍傳惠能，爲六祖。［百家注引孫汝聽曰］達摩以其法傳慧可，是爲二祖。惠可傳璨，是爲三祖。璨傳道信，是爲四祖。信傳弘忍，是爲五祖。忍傳惠能，是爲六祖。

〔九〕［注釋音辯］能，即「耐」字。按：何焯《義門讀書記》卷三五：「『能』即『耐』字。」

〔一〇〕［注釋音辯］衣鉢也。［蔣之翹輯注］《高僧傳》：「能初見忍師，忍試之曰：『汝從何來？』對曰：『嶺表來參禮，唯求作佛。』忍曰：『嶺南人無佛性。』能曰：『人有南北，佛性無南北。』曰：『汝作何功德？』曰：『願竭力抱石而舂，供衆而已。』既和其偈，忍遂以衣鉢寄託，曰：『小子識之。』」按：見釋贊寧《宋高僧傳》卷八《唐韶州今南華寺慧能傳》。

〔一一〕［注釋音辯］度，待洛切。

〔一二〕［注釋音辯］（曹溪）韶州地名。唐咸亨末，（惠）能住韶州寶林寺。［百家注引孫汝聽曰］咸亨末，能住韶州寶林寺。曹溪，韶州地名也。［蔣之翹輯注］咸亨中，能未遇忍師，嘗往韶州，遇劉志略，有勸於寶林古寺修道，自謂曰：「本誓求師而貪住寺，取乎道也。何異卻行歸舍乎？」遂去。後十六年，居曹溪。曹溪，亦韶州地名。《一統志》云：「在府城東南。梁時有天竺國僧自西來，泛舶曹溪口，聞異香，曰：『上流必有勝地。』尋之，遂開山立石，云百七十年後當遇無上法師在此演法。今六祖南華寺是也。」按：祝穆《方輿勝覽》卷三五韶州：「曹溪在曲江縣東南三十五里，源出本縣界牛嶺下，西流五十里合大江、湞水，南流下英州。以土人曹叔良捨宅爲寺，因名曹溪。」

〔一三〕［蔣之翹輯注］《高僧傳》：「武太后、孝和皇帝咸降璽書，詔赴京闕，續遣中官薛簡往，詔復，謝病不起。」按：見《宋高僧傳》卷八。

〔一四〕［百家注引孫汝聽曰］先天二年卒，是歲癸丑，至元和十三年爲戊戌，爲一百六年。按：以惠能先天二年去世算起，至元和十年爲百有三年。若以先天元年去世算起，至元和十年爲百有四年。疑諸書所載惠能卒年有誤。自中宗景龍四年至玄宗開元元年，四年之中年號屢换，故所記惠能卒年不一定確切。以至元和十年爲百有六年推算，則惠能卒於唐睿宗景雲元年。

〔一五〕［注釋音辯］謂馬揔。

〔一六〕［百家注引孫汝聽曰］元和五年七月，（馬）揔自虔州刺史爲安南都護。

〔一七〕［注釋音辯］潘（緯）云：身毒，《史記》：上音捐，下音篤。《前漢》：下音篤，一名天篤。浮圖，佛是也。又《西南夷傳》注：「即天竺，亦曰捐篤。」［百家注引童宗説曰］身毒，國名，即天竺也。

〔一八〕［注釋音辯］童（宗説）云：纛，杜皓切，翳也。舞者所執，徒沃切，羽葆幢。又徒刀、大到二切。潘（緯）云：大到切，羽毛幢也。以犛牛尾爲之，大如斗，或在騑頭，或在衡。又音毒。［韓醇詁訓］纛音導。左纛也，以旄牛尾爲之。［世綵堂］蔡邕曰：以犛牛尾爲之，大如斗，或在騑頭，或在衡。按：見蔡邕《獨斷》卷下。

〔一九〕［百家注引王儔補注］按韓文公《祭揔文》云：「于泉于虔，始執郡符。遂殿交州，抗節番禺。」交州，即安南都護府。番禺，則南海郡廣州也。與公此碑合。而唐史乃云揔自安南都護遷桂管經略觀察使，誤矣。東坡曰：「以碑考之，蓋自安南遷南海，非桂管也。」可以正唐史之誤。按：《舊唐書·憲宗紀下》：「（元和八年七月丁丑）以安南都護馬總爲桂管觀察使。」「（十二月）丙戌，以桂管觀察使馬總爲廣州刺史、嶺南節度使。」馬總由桂管遷廣州不誤，蓋任桂管時間較短。

〔二〇〕［注釋音辯］（噩）逆各切，譁訟也。潘（緯）云：《周禮》「噩」。當爲驚愕之「愕」。［韓醇詁訓］噩音咢。《説文》曰：「譁訟也。」按：陳景雲《柳集點勘》卷一：「人畏無噩，注：『噩，譁訟也。』誤。案《玉篇》云：『噩，驚也。』」

〔二一〕［韓醇詁訓］（乾）渠焉切。《説文》：「上出也。」［百家注引孫汝聽曰］乾乾，不息之貌。

〔二二〕章士釗《柳文指要》上《體要之部》卷六：「厖，雜也。猥，瑣也。夷，傷也。謂合者厖雜，附者猥瑣，而不傷其高也。」

〔二三〕［注釋音辯］（軼）徒結切。［韓醇詁訓］徒結切。《説文》：「車相出也。」

〔二四〕［蔣之翹輯注］復，奏復也。注見前卷《睢陽廟碑》。

〔二五〕［注釋音辯］潘（緯）云：魯水切。壘也，壘述前人之功德。［蔣之翹輯注］誄，累前人之功德而述之也。

【集評】

蘇軾《書柳子厚大鑒禪師碑後》：釋迦以文教，其譯於中國，必託於儒之能言者，然後傳遠。故《大乘》諸經至《楞嚴》，則委曲精盡、勝妙獨出者，以房融筆授故也。柳子厚南遷，始究佛法，作曹谿、南嶽諸碑，妙絶古今，而南華今無刻石者。長老重辯師儒釋兼通，道學純備，以謂自唐至今，頌述祖師者多矣，未有通亮簡正如子厚者。蓋推本其言，與孟軻氏合，其可不使學者晝見而夜誦之。故具石請予書其文。唐史：元和中，馬總自虔州刺史遷安南都護，徙桂管經略觀察使，入爲刑部侍郎。今以碑考之，蓋自安南遷南海，非桂管也。韓退之祭馬公文亦云：「自交州抗節番禺，曹谿謚號。」決非桂帥所當請。以是知唐史之誤，當以碑爲正。紹聖二年六月九日。（《蘇軾文集》卷六六《題跋》，又載《五百家注音辯唐柳先生文集》附録卷二、世綵堂本《河東先生集》附録卷下）

唐庚《書大鑒碑陰記》：《曹溪大鑒禪師碑》，元和中柳柳州文。紹聖中，蘇定武書，前長老辨公立石。至崇寧初，此碑坐累毁去，今長老和公更書而刻之。唐子曰：大鑒之道，不以文而重輕；柳州之文，不以字而隱顯。辨公以大鑒之道、柳州之文、定武之書，三法和合，以成此碑。使喜書者因字以求文，好文者因詞以求道，其意以爲更相發明，而不知其適足以相累何？則志於字者，見字而不見文；志於文者，見文而不見道，安在其爲更相發明？纔去其一，而二者皆病，此和合之患也。今子復以柳州之文配大鑒之道，雖無前日字畫之累，亦安能免於所謂和合者哉？雖然，是間蓋有理焉。文寄於字，是字而非文；道寓於文，是文而非道。三法雖和合，體相各差别。眼色合爲見色，雖去而視存；耳聲合爲聞聲，雖亡而聽自若也。既不能相爲用矣，又烏能相爲累哉？和喜曰：「然。請書子言。」刻之碑陰。（《眉山文集》卷二）

邵博《邵氏聞見後録》卷一五：東坡於古人，但寫陶淵明、杜子美、李太白、韓退之、柳子厚之詩。爲南華寫柳子厚《六祖大鑒禪師碑》，南華又欲寫劉夢得碑，則辭之。吕微仲丞相作《法雲秀和尚碑》，丞相意欲得東坡書石，不敢自言，委甥王讜言之。東坡先索其槀，諦觀之，則曰：「軾當書。」蓋微仲之文自佳也。

張端義《貴耳集》卷下：韶州南華寺，迺六祖大鑒禪師真身道場，有達磨衣鉢存焉。所謂袈裟，尚有髣髴，而鉢猶存有一痕，僞劉公主所觸。今寺有補鉢莊，即公主捨也。有虎夜必來守衣鉢。如則天所賜，皆不存。獨有柳子厚文，亦非舊本。更有黄葉齋僧文，自稱率土大將軍。唐之丁酉年後，彭帥爲經略，適有曾忠之變，亦是丁酉年，遂碎此碑。碑陰迺東坡《飯僧疏文》。二碑俱不存矣。

蔣之翹輯注《柳河東集》卷六：昌黎學業正大，絶無異端外説之文，縱有之，亦只諭以吾道文章人品。子厚俱不及，遠甚矣。乃蘇子瞻謂子厚南遷，始究佛法，作曹溪、南嶽諸碑，妙絶古今。此亦崇佛氏之誤也。

陸夢龍《柳子厚集選》卷二：脈頭楚楚。贊六祖一語千斤。又「以空洞爲實」數語眉批：確甚，逾檀經數語。

錢謙益《陽明近溪語要序》：吾嘗讀柳子厚之書，其稱浮圖之説，推離還源，合於生而静者，以爲不背於孔子；其稱大鑒之道，始以性善，終以性善，不假耘鋤者，以爲不背於孟子，然後恍然有得於儒釋門庭之外。涉獵先儒之書，而夷考其行事，其持身之嚴，任道之篤，以毗尼按之，殆亦儒門之律師也。……若夫以佛合孔，以禪合孟，則非余之言，而柳子之言也。（《牧齋初學集》卷二八）

又《一樹齋集序》：余觀有宋諸儒辭闢佛氏之説，心竊疑之。至于張無盡、李純甫之徒，張皇禪學，掊擊儒宗，亦未敢以爲允也。柳子厚之稱大鑒曰：「其教人始以性善，終以性善，不假耘耡，合所謂生而静者。」吾讀之而快。然以爲儒與禪之學皆以見性，性善之宗本于孟氏，而大暢于大鑒，推離還源，如旅人之歸其鄉井也，自東自西，一而已矣。禪師大弘大鑒之道，苞並禪律，其書滿家，推離還源，要不出於子厚所云。（同上卷三三）

儲欣《河東先生全集録》卷一：作釋氏文者，勦竄彼語，猥雜不倫，吾所惡以此耳。高古如《曹溪大鑒碑》悉譏焉。太史氏於老莊盛行有所稱述，今學者讀《史記》，未嘗廢《老莊列傳》也。而讀柳欲廢此碑，可乎？余於作釋氏文者大概少可，特録此碑，以與《老莊列傳》相抗。

何焯《義門讀書記》卷三五：「取其言以爲心術，其説具在」：以世教言之，則謬舉也。即崇信其説，亦有爲法也，何取而牽率附會侈其盛哉？……碑詞：必欲附會而張大之，故少味。

焦循批《柳文》卷一五：從扶風公起，至扶風公收。師與公並稱。

林紓《韓柳文研究法·柳文研究法》：集中六、七兩卷均和尚碑，不佞昧於佛理，不能盡解，故特闕而不論。

## 南岳彌陀和尚碑①

在代宗時，有僧法照〔一〕，爲國師。乃言其師南岳大長老有異德，天子南鄉而禮焉，度其道不可徵，乃名其居曰般舟道場〔二〕，用尊其位。公始居山西南巖石之下，人遺之食則食〔三〕，不遺則食土泥、茹草木。其取衣類是。南極海裔，北自幽都，來求厥道，或值之崖谷，羸形垢面，躬負薪槱〔四〕，以爲僕役而媟之〔五〕，乃公也。凡化人，立中道而教之權〔六〕，俾得以疾至，故示專念，書塗巷，刻谿谷②，丕勤誘掖③，以援于下④。不求而道備，不言而物成。人皆負布帛，斬木石，委之巖户，不拒不營。祠宇既具，以泊于德宗，申詔褒立，是爲彌陀寺。施之餘〔七〕，則與餓疾者⑤，不尸其功。

公始學成都唐公，次資州詵公⑥，詵公學於東山忍公〔八〕，皆有道。至荆州，進學玉泉真公〔九〕，真公授公以衡山，俾爲教魁，人從而化者以萬計。初，法照居廬山，由正定趨安樂國⑦〔一〇〕，見蒙惡衣侍佛者，佛告曰：「此衡山承遠也。」出而求之，肖焉，乃從而學。傳教天下，由公之訓。公爲僧凡五十六年，其壽九十一〔一一〕，貞元十八年七月十九日終于寺。葬于寺之南岡，刻石于寺大門之右。銘曰：

一氣迴薄茫無窮，其上無初下無終。離而爲合蔽而通，始末或異今焉同。虚無混冥道乃融，聖神無跡示教功。公之率衆峻以容，公之立誠教其中⑧。服庇草木蔽穹隆，仰攀俯取食以充。形游無極交大雄，天子稽首師順風⑨〔一二〕。四方奔走雲之從，經始尋尺成靈宫。始自蜀道至臨洪〔一三〕，咨謀往復窮真宗。子弟傳教國師公，化流萬億代所崇。奉公寓形於南岡，幼曰弘願惟孝恭，立之兹石書玄蹤。

【校　記】

①《全唐文》題下有「并序」二字。陀，注釋音辯本、詁訓本作「陁」，注釋音辯本並注：「陁，一本作陀。」二字通。

②世綵堂本校：「谷，一作石。」

③丕，原作「不」，據諸本改。世綵堂本校：「丕，一作不。」

④于下，詁訓本作「乎正」，並校：「一作于下。」

⑤詁訓本「與」上有「施」。

⑥州，原作「川」，注釋音辯本、詁訓本、世綵堂本同。陳景雲《柳集點勘》卷一云：「吕温有《南嶽彌陀寺承遠和尚碑》，貞元十八年代湖南廉使楊憑作，此文乃第二碑也。猶元和十一年柳子作《大鑒碑》，後三年劉夢得應僧道琳請更爲撰碑耳。柳碑中『資川詵公』，吕碑作『資州』，似當從吕

碑。」按：釋贊寧《宋高僧傳》卷一九《唐成都淨衆寺無相傳》稱資中智詵禪師。唐劍南道有資州資陽郡，作「資州」是，故改。

⑦原校與注釋音辯本、詁訓本、世綵堂本校：「由，一本作中。」

⑧教，注釋音辯本作「放」，並校：「放，本或作教。」原校與詁訓本、世綵堂本校：「教，一作放。」

⑨天，五百家注本、世綵堂本作「夫」。

【解題】

［韓醇詁訓］嘗考釋氏宗派，法照、智詵皆學於五祖忍公，惟唐公、真公及衡山承遠皆未詳。其曰南嶽大長老，天子名其居曰般舟道場，公嘗爲《南嶽般舟和尚第二碑》，蓋指日悟爲般舟和尚，即此所謂般舟道場也。公貞元十八年爲藍田尉，和尚死於七月十九日，碑蓋七月後作。［百家注］東坡評説見上篇題注。［蔣之翹輯注］今按南嶽即衡山也，在今湖廣衡州府。按：舊注皆誤彌陀和尚即法照，故彌陀和尚、法照、般舟和尚三者之間的關係搞不清楚。彌陀和尚爲法照之師，即承遠，與《文苑英華》卷八六六吕温《南嶽彌陀寺承遠和尚碑》之承遠爲一人。據吕碑，彌陀和尚承遠姓謝氏，漢州綿竹人。至于般舟和尚，則另是一人。吕碑作於貞元十八年，爲代湖南觀察使楊憑作。碑即立於衡州。一時而有二人作碑文，似無必要。歐陽修《集古録跋尾》及趙明誠《金石録》皆云柳宗元撰文之碑立於元和五年。《金石録》卷九：「第一千七百三，《唐彌陀和尚碑》，柳宗元撰並正書。上兩碑並

元和五年。」闕名《寶刻類編》卷五：「《彌陀和尚碑》，（柳宗元）撰並書。元和五年七月。同上（指潭州）。」觀吕、柳二家之文，吕文詳而柳文略。吕文「貞元歲，某獲分朝寄，廉問湘中」，顯爲代作之語氣，柳文則非。以常理論，撰文年與立碑年不會相距太遠。故柳宗元此文當是撰於元和五年或四年。陳景雲《柳集點勘》卷一云此爲第二碑，是。

【注　釋】

〔一〕釋贊寧《宋高僧傳》卷二一《唐五臺山竹林寺法照傳》：「釋法照，不知何許人也，大曆二年棲止衡州雲峰寺。」即此人。

〔二〕［注釋音辯］般舟和尚，蓋日悟也。［百家注引韓醇曰］公嘗爲《般舟和尚第二碑》，蓋指日悟爲般舟和尚，即此所謂般舟道場也。按：柳宗元《南嶽般舟和尚第二碑》云般舟和尚名日悟，俗姓蔣氏，零陵人。所居衡州龍興寺。彌陀和尚承遠俗姓謝氏，所居衡州彌陀寺。人非一人，寺亦非一寺，則此般舟道場指彌陀寺承遠之道場。舊注誤。中華書局《柳宗元集》點校者已言及此誤。又，《文苑英華》吕温《南嶽彌陀寺承遠和尚碑》：「（法）照奏陳師德，乞降皇恩，由是道場有般若之號。」校曰：「（若）集作舟。」則承遠之道場很可能名般若道場。

〔三〕［韓醇詁訓］遺，以醉切。《説文》：「贈也。」

〔四〕［注釋音辯］（槱）音酉，以九切。［韓醇詁訓］音酉。《説文》：「積木燎之也。」［百家注引孫汝聽曰］《詩》：「薪之槱之。」槱，積木燎之也。按：見《詩經・大雅・棫樸》。

〔五〕［注釋音辯］媟音薛。［韓醇詁訓］媟音薛。《説文》：「嬻也。」

〔六〕權，權衡，法度。

〔七〕［注釋音辯］施，施智切。［韓醇詁訓］施，施智切。《説文》：「惠也。」

〔八〕［注釋音辯］姓周，黄梅人。即五祖。［百家注詳注］釋氏五祖忍公，姓周，黄梅人。與四祖道信並住東山寺，故謂其法爲東山法。法照、智詵皆學於忍。惟唐公、真公，及衡山承遠未詳。按：承遠即彌陀和尚。智詵爲弘忍弟子、承遠之師，法照則承遠弟子，注者已誤法照、彌陀和尚爲一人，又謂法照學於弘忍，混亂之甚。唐公，《文苑英華》卷八六六吕温《南嶽彌陀寺承遠和尚碑》稱：「初事蜀郡唐禪師（原校：集作康），禪師學於資州詵公，詵公得於東山弘忍。」則唐公即蜀郡唐禪師。真公，吕碑云「開元二十三年至荆州玉泉寺謁蘭若真和尚」，亦即柳宗元《衡山中院大律師塔銘》之蘭若真公，亦即《文苑英華》卷八六〇李華《荆州南泉大雲寺故蘭若和尚碑》之惠真。上述中華書局《柳宗元集》亦已言及。

〔九〕祝穆《方輿勝覽》卷二九荆門軍：「玉泉寺，在當陽縣西南二十里玉泉山，陳光大中，浮屠知顗自天台飛錫來居此山。寺雄於一方，殿前有金龜池。」

〔一〇〕［蔣之翹輯注］《金陵語録》：「定有出定、入定之意，非若士無所不定，慧者見微而已。不若止觀，無所不見。」按：見《錦繡萬花谷》前集卷二九引王安石《金陵語録》。葉廷珪《海録碎事》

卷一三下：「《菩薩處胎經》云：過此西方十二億那由他，有懈慢國，快樂安穩。人欲往生阿彌陀佛國，若從此國過，人多染著，即願生其中，遂不得到阿彌陀佛國。若人見此不貪不愛，即得越過，至安樂國。此懈慢國亦曰疑城，人遥見此城，謂是極樂，便生愛著。」

〔二〕吕温《南嶽彌陀寺承遠和尚碑》云「報齡九十有一，僧臘六十有五」，柳文云「爲僧凡五十六年」，僧齡有異。吕文又云「大師峰棲木下六十餘年」，可知柳文誤六十五爲五十六。

〔三〕天子，指唐代宗。

〔三〕承遠先至成都，後赴資州，然後出蜀。「臨」指邛州臨邛。邛州與資州相鄰。「洪」指洪州豫章。文云法照居廬山，見蒙惡衣侍佛者，告曰「此衡山承遠」，則承遠曾至廬山。廬山屬洪州。

【集　評】

歐陽修《集古録跋尾》卷八：《唐南嶽彌陀和尚碑》（元和五年）：右《南嶽彌陀和尚碑》，柳宗元撰並書。自唐以來言文章者惟韓柳，柳豈韓之徒哉？真韓門之罪人也。蓋世俗不知其所學之非，第以當時輩流言之爾。今余又多録其文，懼益後人之惑也，故書以見余意。（右集本）

趙明誠《金石録》卷二九：右《唐彌陀和尚碑》，柳宗元撰並書。以集本校之，不同者十餘字，皆當以碑爲正。

《詩林廣記》卷四引《蔡寬夫詩話》：柳子厚書跡，湖湘間多有其碑刻，而體不一。或疑有假託其名者。惟《南嶽彌陀和尚碑》最善，大底規模虞永興矣。然不知「柳家新様元和腳者」如何也。

陸夢龍《柳子厚集選》卷二：「凡化人」一段眉批：一語盡頓教。

儲欣《河東先生全集録》卷一：古奥。

何焯《義門讀書記》卷三五：尊之甚，故其名因佛語而見。「授公以衡山」：「授公」上有「真公」二字。上注云：「惟唐公、真公及衡山承遠未詳。」按承遠即般舟，注家可謂昧於文義。銘詞末「幼曰宏願惟孝恭」：宏願於銘中補書，亦一體。

焦循批《柳文》卷一五：此銘贊體。今人作古詩，好爲此狀，是詩文之體未别也。

## 岳州聖安寺無姓和尚碑①

維某年月日，岳州大和尚終於聖安寺〔一〕。凡爲僧若干年②，年若干。有名無姓，世莫知其閭里宗族。所設施者有問焉，而以告曰：「性，吾姓也。其原無初，其胄無終〔二〕，承于釋師，以係道本，吾無姓耶？法劍云者③，我名也。實且不有，名惡乎存？吾有名耶？性海，吾鄉也；法界，吾宇也。戒爲之墉，慧爲之户④，以守則固，以居則安。吾閭里不具乎？度門道品，其數無極，菩薩大士〔三〕，其衆無涯。吾與之戚而不吾異也，吾宗族不大乎？」其道可聞者如此而止。讀《法華經》、《金剛般若經》〔四〕，數逾千萬。或譏以有爲，曰：「吾未嘗作。」嗚呼！佛道逾遠，異端競起，唯天台大師爲得其説〔五〕。和尚紹承本統，以順中道，凡受教者不失其宗〔六〕。生物流動，趨向混亂，惟極樂正路爲得其歸⑤。和尚勤求端慤，以成至願⑥，凡聽信者，不惑其道。或譏以有跡，曰：「吾未嘗行。」

始居房州龍興寺中，徙居是州⑦，作道場於楞伽北峰〔七〕，不越閫者五十祀〔八〕。和尚凡所嚴事⑧，皆世高德。始出家，事而依者曰卓然⑨，師居南陽立山⑩〔九〕，葬岳州⑪。就受戒者曰道穎，師居荆州。弟子之首曰懷遠，師居長沙安國寺，爲南岳戒法，歲來侍師，會其終。遂以某月某日葬于卓然師塔東若干步⑫。銘曰：

道本於一⑬，離爲異門。以性爲姓，乃歸其根。無名而名，師教是尊。假以示物，非吾所存。大鄉不居，大族不親。淵懿内朗⑭，沖虚外仁。聖有遺言，是究是勤。惟動惟默，逝如浮雲⑮。教久益微，世罕究陳。爰有大智〔一〇〕，出其真門⑯。師以顯示⑰，俾民惟新。情動生變，物由湮淪。爰授樂國〔一一〕，參乎化源⑱。師以誘導，俾民不昏。道用不作，神行無跡。晦明俱如，生死偕寂。法付後學，施之無斁〔一二〕。葬從我師，無忘真宅。薦是昭銘，刻兹貞石⑲。

## 碑陰記

無姓和尚既居是山，曰：「凡吾之求，非在外也，吾不動矣。」弘農楊公炎自道州以宰相徵〔一三〕，過焉。以爲宜居京師，强以行，不可。將以聞，曰：「願間歲乃往。」明年，楊去相位，竄謫南海上〔一四〕，終如其志。趙郡李萼〔一五〕，辯博人也，爲岳州，盛氣欲屈其道，聞一言，服爲弟子。河東裴藏之舉族受教〔一六〕。京兆尹弘農楊公某以其隱地爲道場〔一七〕，奉和州刺史張惟儉買西峰⑳〔一八〕，廣其居。凡以貨利委堂下者，不可選紀，受之亦無言。將終，命其大弟子懷遠，授以道妙，終不告其姓。或曰：周人也。信州刺史李某爲之傳〔一九〕，長沙謝楚爲行狀〔二〇〕，博陵崔行儉爲《性守》一篇〔二一〕。凡以文辭道和尚功德者，不可悉數。弘農公自餘杭命以行狀來㉑〔二二〕，懷遠師自長沙以傳來，使余爲碑。既書其辭，故又假其陰以記。

【校　記】

① 碑，《全唐文》作「碑銘」，題下且有「并序」二字。
② 「年」字原闕，據諸本補。
③ 世綵堂本校：「一本『者』下有『即』字。」
④ 慧，原作「惠」，注釋音辯本同，此據詁訓本、世綵堂本改。
⑤ 路，注釋音辯本作「師」。
⑥ 世綵堂本校：「至，一作志。」
⑦ 原校與世綵堂本校：「徙居，一作徙于。」詁訓本校：「（居）一作于。」

⑧ 凡所嚴事，世綵堂本校：「一作『凡事嚴師』。」

⑨ 世綵堂本校：「一無『事』字。」

⑩ 世綵堂本校：「一本無『立』字。」立山未詳。或無「立」字是，作「南陽山」。

⑪ 世綵堂本校：「『葬』字上有『卒』字。」《全唐文》即作「卒葬」。

⑫ 注釋音辯本、詁訓本無「某月」二字。世綵堂本校：「一本無『某月』二字。」某日，《全唐文》作「日」。

⑬ 世綵堂本校：「於，一作爲。」

⑭ 世綵堂本校：「懿，一作懿。」

⑮ 世綵堂本校：「如，一作水。」何焯《義門讀書記》卷三五：「『如』字作『水』字。」

⑯ 原校與注釋音辯本、詁訓本、世綵堂本校：「門，一作論。」

⑰ 世綵堂本校：「師，一作匝。」

⑱ 源，注釋音辯本作「原」。

⑲ 世綵堂本校：「貞，一作玄。」《文粹》即作「玄石」。

⑳ 張，原作「楊」，據諸本改。

㉑ 詁訓本無「命」字。

【解　題】

［韓醇詁訓］作之年月，碑皆不載。《碑陰記》謂京兆尹弘農楊公以其隱地爲道場，及師之死，自餘杭命以行狀來，使余爲碑。據新舊史：京兆尹弘農楊公，楊憑也。憑元和四年以爲江西觀察使時贓罪，貶臨賀尉，俄徙杭州長史。公時爲永州司馬，碑蓋是時作云。［蔣之翹輯注］按岳州，今爲府，屬湖廣。按：文云「弘農公自餘杭命以行狀來」，楊憑元和六年自臨賀尉徙杭州長史，此文當作於元和六年。《碑陰記》提到信州刺史李位，《册府元龜》卷九三三：「韋岳者，信州刺史李位小將也。憲宗元和九年四月，貶位爲建州司馬。初帝密遣中使往洪州訊事，朝野莫知其故，及觀察使裴堪奏到，方知岳告位大逆。及追至，命三司使推，所告不實，量貶位而韋岳杖死。位常好黄老及煉餌金丹，遣山人王仁恭爲之，兼修道教齋籙。岳緣有求不遂，怨憾誣告位於當道監軍使，稱位與術士圖謀非望，及三司按得情實，故有是命。」又見《舊唐書·孔戣傳》及《薛存誠傳》。可知元和九年前李位正爲信州刺史，與之亦合。

【注　釋】

〔一〕王象之《輿地碑記目》卷三「岳州碑記」：「《無姓和尚碑》，報恩光孝寺舊名聖安，即柳宗元《無姓和尚碑》所著者也。」乾隆《大清一統志》卷二七九岳州府：「聖安寺，在巴陵縣東南五里楞伽北峰。唐無姓和尚所居，楊憑建寺。」

〔二〕［百家注引孫汝聽曰］冑，胤也。

〔三〕［注釋音辯］潘（緯）云：菩，薄胡切。薩，桑葛切。佛書云「菩提薩埵」，唐言覺有情也。從簡稱菩薩。

〔四〕［注釋音辯］潘（緯）云：般，北末切。若，而也切。梵語謂智慧也。

〔五〕天台大師指智顗。智顗俗姓陳，年十八出家，從師於南嶽慧思，受《法華經》。陳光大元年止金陵瓦官寺，後入天台，稱智者大師，名其宗爲天台宗。見釋道宣《續高僧傳》卷一七《隋國師智者天台山國清寺釋智顗傳》。

〔六〕［蔣之翹輯注］《高僧傳》：「昔佛滅度後十有三世，至龍樹始用文字，廣第一義諦，嗣其學者號法性宗。元魏、高齊間，有釋慧文默而識之，授南嶽思大師，由是有三觀之學。洎智者大師蔚然興於天台，而其教益大。」按：所引見釋贊寧《宋高僧傳》卷六《唐台州國清寺湛然傳》。

〔七〕［注釋音辯］楞音稜。伽音茄。［韓醇詁訓］楞音稜。［世綵堂］《藏經》：「南海濱有楞伽山，釋伽爲大慧菩薩説法處，故謂之《楞伽經》。」

〔八〕［韓醇詁訓］閫，苦本切。與「梱」同。按：閫，門檻。

〔九〕［百家注引孫汝聽曰］南陽，鄧州。

〔一〇〕何焯《義門讀書記》卷三五：「爰有大智，謂天台。」

〔一一〕何焯《義門讀書記》卷三五：「爰授樂國，謂極業。」

〔一二〕〔注釋音辯〕〔韓醇詁訓〕（斁）夷益切，厭也。

〔一三〕〔百家注引孫汝聽曰〕大曆四年八月，以道州刺史楊炎同平章事。

〔一四〕〔百家注引孫汝聽曰〕建中二年十一月，炎自左僕射貶崖州司户參軍。

〔一五〕〔韓醇詁訓〕（蕚）音諤。按：陳景雲《柳集點勘》卷一：「按蕚字伯高，趙人。擢制科，遷南華令。安禄山反，蕚客清河，爲乞師平原太守顔真卿，一郡獲全。歷廬州刺史。見《新史·元德秀傳》：『蕚，德秀門人也。』此云爲岳州，當是刺廬以前事。」李蕚曾佐顔真卿於湖州，與皎然、袁高等聯句，皎然有《奉同顔使君真卿李侍御蕚游法華寺登鳳翅山望太湖》、《奉同顔使君真卿送李侍御蕚賦得荻塘路》等詩。《全唐文》卷五一四殷亮《顔魯公行狀》：「貞元元年……今吉州刺史李公崿重其器、悦其能者。」李崿即李蕚。其刺岳州約在貞元間。

〔一六〕《文苑英華》卷三九八賈至《授裴藏之司農少卿制》，稱「蜀都司馬裴藏之」，時代稍早，恐非一人。

〔一七〕〔注釋音辯〕楊憑。〔百家注引孫汝聽曰〕元和四年，楊憑爲京兆尹。

〔一八〕柳宗元《先君石表陰先友記》：「（張）惟儉，和州刺史。」其任和州約在貞元中。

〔一九〕〔注釋音辯〕李位。〔韓醇詁訓〕（李某）一云「公位」。〔世綵堂〕公集有位墓誌。按：李某即李位。陳景雲《柳集點勘》卷一：「按位歷刺岳、信二州，聖安寺在岳，位所曾莅之也。」柳宗元《唐故邕管經略招討等使朝散大夫持節都督邕州諸軍事守邕州刺史李公墓誌銘并序》稱李位「刺岳、信二州」。《舊唐書·孔戣傳》：「（元和）九年，信州刺史李位爲州將韋岳讒譖於本使監軍高重謙，言位結聚術士，以圖不軌。」《唐會要》卷六〇作元和八年。可知元和八、九年前李位爲信州刺史。

〔二〇〕《太平廣記》卷一五四引《前定録》：「（陳）彦博以元和五年崔樞侍郎及第，上二人李顧行、李仍叔、謝楚明年于尹躬下擢第。」《文苑英華》卷五八六有謝楚《爲同州顔中丞謝上表》。顔中丞爲顔防，元和初爲同州刺史。

〔二一〕《新唐書·宰相世系表二下》博陵第二房崔氏：「行檢，字聖用，池州刺史。」爲崔庶之子。當即此人。

〔二二〕［注釋音辯］楊憑自臨賀尉徙抗州刺史。［百家注引孫汝聽曰］楊憑元和四年爲江西觀察使，以贓罪貶臨賀尉，俄自臨賀尉徙杭州長史。按：陳景雲《柳集點勘》卷一：「按楊憑以元和六年自臨賀徙杭州，明年入爲王傅，此文之作蓋在既量移而未召入時也。又注憑徙杭州刺史，『刺』當作『長』，蓋州佐耳。」

【集　評】

晁説之《宋故明州延慶明智法師碑銘》：柳子厚爲無姓和尚言曰：「佛道愈遠，異端競起，惟天台得其傳。」又於永州龍興浄土院書天台《十疑論》於牆宇，使觀者起信。又爲龍安禪師言曰：「傳道益微，言禪最病，今之空空愚夫縱傲自我者，皆誣禪以亂其教，冒乎囂昏，放乎淫荒，吾將合焉，馬鳴龍樹之道也。」（《嵩山文集》卷二〇）

劉壎《隱居通議》卷一五：坡翁曰：「柳子厚南遷始究佛法，作曹谿、南嶽諸碑，妙絶古今。」不知以柳之文言耶？抑以其學言耶？《無姓和尚碑》尤妙。

陸夢龍《柳子厚集選》卷二：是柳碑之最快者。

何焯《義門讀書記》卷三五：《碑陰記》：紀之碑陰，以塞衆意，則文不喧奪，亦一法也。

## 龍安海禪師碑①

佛之生也，遠中國僅二萬里〔一〕，其没也，距今兹僅二千歲②。故傳道益微，而言禪最病。拘則泥乎物，誕則離乎真〔二〕，真離而誕益勝。故今之空愚失惑縱傲自我者③〔三〕，皆誣禪以亂其教，冒于嚚昏〔四〕，放于淫荒。其異是者，長沙之南曰龍安師。

師之言曰：「由迦葉至師子二十三世而離〔五〕，離而爲達摩〔六〕。由達摩至忍④〔七〕，五世而益離，離而爲秀爲能〔八〕。南北相訾〔九〕，反戾鬬狠〔一〇〕，其道遂隱。嗚呼！吾將合焉。且世之傳書者⑤，皆馬鳴、龍樹道也〔一一〕。二師之道，其書具存，徵其書，合於志，可以不慁〔一二〕。」於是北學於惠隱，南求於馬素〔一三〕，咸黜其異，以蹈乎中，乖離而愈同，空洞而益實。作《安禪通明論》〔一四〕，推一而適萬，則事無非真；混寓而歸一，則真無非事。推而未嘗推，故無適；混而未嘗混，故無歸。塊然趣定，至于旬時，是之謂施用。茫然同俗，極乎流動，是之謂真常〔一五〕。

居長沙，在定十四日，人即其處而成室宇，遂爲寶應寺。去于湘之西，人又從之⑥，負大木，礱密石〔一六〕，以益其居，又爲龍安寺焉〔一七〕。尚書裴公某、李公某、侍郎吕公某、楊公某〔一八〕、御史中丞房公某〔一九〕，咸尊師之道，執弟子禮。凡年八十一⑦，爲僧五十三期，元和三年二月九日而没。其弟子玄覺洎懷直、浩初等〔二〇〕，狀其師之行，謁余爲碑。曰：「師，周姓，如海，名也。世爲士。父曰擇交，同州録事參軍。叔曰擇從，尚書禮部侍郎。師始爲釋，其父奪之志，使仕，至成都主簿，不樂也。天寶之亂，復其初心。嘗居京師西明寺〔二一〕，又居岣嶁山〔二二〕，終龍安寺。葬其原。」銘曰：

浮圖之修，其奥爲禪〔二三〕。殊區異世，誰得其傳？遁隱乖離，浮游散遷。莫徵旁行〔二四〕，徒聽誣言⑧。空有互鬬，南北相殘。誰其會之？楚有龍安。龍安之德，惟覺是則。苞併絶異〔二五〕，表正失惑。貌昧形静，功流無極。動言有爲⑨，彌寂而默。祠廟之嚴，我居不飾。貴賤之來，我道無得。逝耶匪追，至耶誰抑？惟世之機⑩，惟道之微。既陳而明，乃去而歸。象物徒設，真源無依。後學誰師？嗚呼兹碑⑪。

【校　記】

①《全唐文》題下有「并序」二字。

②歲，《全唐文》作「載」。

③空愚失惑，原校及注釋音辯本、世綵堂本校：「一本作『空空愚夫失惑』云云。」詁訓本即作「空空愚夫失惑」，並校：「一云『空愚失惑』。」

④世綵堂本校：「一本無『由達摩』字。」

⑤詁訓本、世綵堂本校：「一無『書』字。」

⑥之，原作「而」，此據注釋音辯本、詁訓本、世綵堂本改。

⑦一，詁訓本作「二」。

⑧誣，注釋音辯本、《全唐文》作「浮」。

⑨世綵堂本校：「有，一作事。」

⑩機，注釋音辯本、《全唐文》作「幾」。

⑪原校及注釋音辯本、詁訓本校：「一作『動言事爲』。」

【解　題】

［韓醇詁訓］元和三年永州作。師言由迦葉至師子二十三世而離，蓋自迦葉尊者至師子尊者爲

二十三也。馬鳴即馬鳴尊者，去迦葉爲世十有一。龍樹即龍樹菩薩，去迦葉爲世十有三。公謂其弟子「浩初等狀其師之行，謁余爲碑」，據公集又有《送浩初序》，頗亟稱之，即初之賢，蓋足知海之爲人矣。［世綵堂］永州作，時年三十六。按：柳宗元《送僧浩初序》元和五、六年作於永州，此文爲應浩初之請而作，則當作於元和五年。韓説非是。

【注釋】

〔一〕［韓醇詁訓］《後漢・西域傳》：「天竺國一名身毒。世傳明帝夢見金人，長大，頂有光明，問群臣，或曰：『西方有神，名曰佛。』以地理考之，安南者，嶺南之極邊也，而天竺之道自此而通。安西者，隴右之極邊也，而西域之道自此而入。」則其道里之遠，可知矣。［蔣之翹輯注］《法顯記》：「佛生於殷末，道成於周初。或云佛生於周昭王二十四年，在世化教四十九年。後於拘尸那城娑羅雙樹間入般涅槃，年七十九歲。」

〔二〕［百家注］誕，欺也。

〔三〕［百家注引韓醇曰］《論語》：「有鄙夫問於我，空空如也。」按：見《論語・子罕》。

〔四〕［注釋音辯］嚚，魚巾切。［韓醇詁訓］嚚，魚巾切。《春秋》傳：「口不道忠信之言爲嚚。」按：見《左傳》僖公二十四年。

〔五〕［注釋音辯］潘（緯）云：迦，居牙切。葉，書涉切。是釋迦大弟子，一名飲光。［百家注］迦葉，尊者。師子，尊者。

〔六〕［注釋音辯］達摩，「摩」當作「磨」，莫卧切。西天第二十八祖東震旦土，謂之初祖。

〔七〕［韓醇詁訓］忍即五祖弘忍大師也。

〔八〕［注釋音辯］神秀，姓李氏，隋末出家，事弘忍。弘忍卒，秀乃居常陽山。同學僧惠能姓盧氏，弘忍卒，往韶州寶林寺。天下散傳其道，謂秀爲北宗。能爲南宗。［韓醇詁訓］秀即神秀禪師，號北宗。能即大鑒禪師，號南宗。［百家注引孫汝聽曰］神秀姓李氏，汴州尉氏縣人。隋末出家爲僧。後遇蘄州雙峰山東山寺僧弘忍，以坐禪爲業，乃歎伏曰：「此真吾師也。」便往事弘忍，專以樵汲自役，以求其道。咸亨五年，弘忍卒，秀乃往荆州，居當陽山。則天聞其名，追赴都。秀同學僧惠能，姓盧氏，新州人。忍卒，往韶州寶林寺。秀嘗奏則天請追能赴都。至神龍元年，中宗遣内侍薛簡馳詔往請能，能竟不度嶺而卒。天下乃散傳其道，謂秀爲北宗，能爲南宗。

〔九〕［注釋音辯］（訾）音紫，毁也。

〔一〇〕［韓醇詁訓］（狠）下懇切。《説文》：「不聽從也。」

〔一一〕［百家注］馬鳴，尊者。龍樹，菩薩。［世綵堂］《摩訶摩耶經》曰：「正法衰微，六百歲已，九十六種諸外道等，邪見競興，破滅佛法。有一比丘，名曰馬鳴，善説法要，降伏一切外道輩。七百歲已，有一比丘，名曰龍樹，善説法要，滅邪見幢，燃正法炬。」《選·頭陀寺碑》云：「馬鳴幽讃，龍樹虚求。」按：馬鳴，梵名阿濕縛瞿沙，北印度人。先奉婆羅門教，逢脅尊者，遂皈依佛教。

至迦濕彌羅，受迦貳色迦王保護，與法救、世友等共隆大乘。龍樹，印度古代高僧，南天竺人。釋迦滅後七百年出世。爲馬鳴弟子迦毗摩羅尊者之弟子，提婆菩薩之師。初奉婆羅門教，後皈依佛教，大弘佛法，大乘教大行於南天竺。

〔一二〕［注釋音辯］（慁）胡困切。［韓醇詁訓］音圂。《説文》：「擾也。」［世綵堂］亂也。

〔一三〕［蔣之翹輯注］《高僧傳》：「釋玄素字道清，俗姓馬氏。厥後江西嗣法布於天下，號爲馬祖。」或以姓名兼稱曰馬素。按：光聰諧《有不爲齋隨筆》辛：「蔣之翹注《龍安海禪師碑》引《高僧傳》：釋玄素字道清，俗姓馬氏，厥後江西嗣法布於天下，號爲馬祖，或以姓名兼稱曰馬祖。按《高僧傳》係梁僧所輯，不應有唐代僧，當是太平興國時敕封者。馬祖名道一，什邡人，爲六祖再傳法嗣。玄素字道清，亦姓馬氏，延陵人，爲四祖旁出第七世法嗣，住持潤州鶴林寺，與道一同源三祖而輩晚二世。蔣注徒以其俗姓同，誤合爲一人，未實考也。道一以貞元四年卒，見《五燈會元》。玄素以天寶十一載卒，見李華所作碑銘，行輩雖後，年齒則先矣。」光聰諧所説是。馬素指玄素，字道清，俗姓馬氏，見《文苑英華》卷八六二李華《潤州鶴林寺故徑山大師碑銘》，與馬祖道一非一人。《宋高僧傳》卷二一有《唐代州北臺山隱峰傳》，云隱峰俗姓鄧氏，元和時人。疑此文惠隱即指此人。

〔一四〕尤袤《遂初堂書目》釋家類有《通明論》，未知是否龍安所著。

〔一五〕上述一大段闡述佛理之言，章士釗《柳文指要》上《體要之部》卷六解釋説：「乖離者，散實也，而空洞爲共相。散實雖衆，咸集中於一誼，是謂乖離而愈同。共相雖虛，而無在不可以徵驗，是謂空洞而益實。散實極其數曰萬，共相歸其原於一。由共相以規散實，是爲推一以適萬。由散實以求共相，是爲混萬而歸一。事之云者，即散實之總稱。真之云者，又共相之妙諦。推一而適萬，則事無非真者，謂將共相置之散實，散實無不與共相相符。混萬而歸一，則真無非事者，謂驅散實使趨共相，共相皆不出散實之外。由是散實共相，集於一環，推與混徒有其名，而直無相聯之動作以爲之配。故曰推而未嘗推，故無適；混而未嘗混，故無歸。」

〔一六〕［注釋音辯］礱音聾。［韓醇詁訓］礱音聾。《説文》曰：「礱也。」

〔一七〕乾隆《大清一統志》卷二七七長沙府：「龍安寺，在湘潭縣東。唐柳宗元《龍安海禪師碑》：『師去於湘之西，人從之，負大木，礱密石，以益其居，又爲龍安寺焉。』」

〔一八〕［注釋音辯］裴胄、李巽、吕渭、楊憑。［百家注引孫汝聽曰］貞元三年閏五月，以國子司業裴胄爲湖南觀察使。七月，徙江西。（貞元）八年十二月，以給事中李巽爲湖南。十三年九月，徙江西。以禮部侍郎吕渭爲湖南。十六年七月卒。（貞元）十八年九月，以太常少卿楊憑爲湖南。

〔一九〕［蔣之翹輯注］房公某未詳。按：陳景雲《柳集點勘》卷一：「上文裴、李、吕、楊四公，舊注皆詳其名，而房獨逸。按此房啟也。《順宗實録》云：『貞元二十一年五月，以萬年令房啟爲容州刺史兼御史中丞。將赴容州，經長沙，宿留久之而後行。』其師事龍安在此時也。」

〔二〇〕［蔣之翹輯注］子厚集有《送浩初序》。

〔二二〕宋敏求《長安志》卷一〇延康坊：「西南隅西明寺，本隋尚書令越國公楊素宅。大業中，素子玄感謀反，誅後没官。武德中爲萬春公主宅，貞觀中以賜濮王泰。泰薨後，官市之，立寺。顯慶元年，高宗爲孝敬太子病癒所立。大中六年，改爲福壽寺。」

〔二三〕［注釋音辯］張（敦頤）云：岣嶁、拘縷二音。岣又音古后切。嶙，力后切。［韓醇詁訓］岣，古后切，一音矩。嶁，力后切。一音摟縷。山在衡州。［百家注引孫汝聽曰］衡山一名岣嶁山，本「拘縷」二音。岣，又音古后切。嶁，又音力后切。［蔣之翹輯注］岣嶁山在衡州府城北，有禹碑在其處。

〔二四〕［韓醇詁訓］奥，於到切。

〔二五〕［注釋音辯］（行）胡郎切。［韓醇詁訓］胡郎切。《説文》：「列也。」

〔二六〕［韓醇詁訓］苞音包。《説文》：「裹也。」

【集　評】

蔣之翹輯注《柳河東集》卷六：碑雖稱南北異宗，而龍安會之，然據其安禪師《明論》數語，亦只淺淺者。

陸夢龍《柳子厚集選》卷二：「是之謂施用」一段眉批：大有會語。

# 柳宗元集校注卷第七

## 碑銘①

### 南嶽雲峰寺和尚碑

乾元元年某月日〔一〕，皇帝曰〔二〕：「予欲俾慈仁怡愉洽于生人②，惟浮圖道允迪。」乃命五嶽求厥元德，以儀于下〔三〕。惟兹嶽上于尚書，其首曰雲峰大師法證③。凡莅事五十年，貞元十七年乃没。其徒曰詮，曰遠，曰振，曰巽〔四〕，曰素④，凡三千餘人。其長老咸來言曰：「吾師軌行峻特〔五〕，器宇弘大⑤。有來受律者，吾師示之以爲尊嚴整齊⑥，明列義類，而人知其所不爲。有來求道者，吾師示之以爲高廣通達⑦，一其空有⑧，而人知其所必至。元臣碩老，稽首受教，髫童毁齒〔六〕，踊躍執役。故從吾師之命而度者，凡五萬人。吾師冬不燠裘〔七〕，飢不豐食。每歲會其類，讀群經，俾聖言畢出，有以見其大。又率其仵⑨〔八〕，伐木葺土，作佛塔廟洎經典，俾像法益廣〔九〕，有以見其用。將没，告門人曰：『吾自始學至去世，未嘗有作焉，然後知其動無不虛，静無不爲，生而未始來，殁而未始往也⑩。』其道備矣，願刻山石，知教之所以大。」其詞曰：

師之教，尊嚴有耀，恭天子之詔，維大中以告，後學是效。師之德，簡峻淵默，柔惠以直，涣焉而不積，同焉而皆得，茲道惟則。師之功，勤勞以庸，維奥祕必通⑪，以興祠宫，遐邇攸從。師之族，由虢而郭〔一〇〕，世德有奕，從佛于釋。師之壽，七十有八，惟終始罔缺，丕冒遺烈。厥徒蒸蒸，維大教是膺，維憲言是徵。溥博恢弘〔一一〕，如川之增，如雲之興，如嶽之不崩，終古其承之。

【校　記】

①原作「釋教碑銘」，世綵堂本同，據注釋音辯本、五百家注本及百家注本總目改。詁訓本標作「碑銘六首」。

②予，原作「子」，據諸本改。

③世綵堂本校：「證，一作澄。」

④世綵堂本校：「素，一作索。」

⑤世綵堂本校：「宇，一作識。」

⑥注釋音辯本、詁訓本無「爲」字。

⑦注釋音辯本、詁訓本無「爲」字。
⑧世綵堂本校：「一其，一本作『統一』。」
⑨世綵堂本校：「仵，一作伍。一無此一句。」詁訓本無此句。
⑩原校及注釋音辯本、世綵堂本校：「二『而』字下或有『知』字。」詁訓本於二「而」字下分別注：「一有『知』字。」
⑪世綵堂本校：「必，一作是。」

【解　題】

［韓醇詁訓］乾元元年，肅宗在位之三載也。南嶽，衡山也。其山在衡州。據《塔銘》，法證和尚死於貞元十七年九月十七日，十月二十七日葬。公其年秋方調藍田尉，碑及塔銘皆同時作也。［世綵堂］年二十九。按：本文提到法證之徒曰巽，《南嶽雲峰和尚塔銘》亦曰：「余既與大乘師重巽游，巽，其徒也。」然法證去世與葬地皆在南嶽，重巽等可能不遠千里到京師求柳宗元爲碑文乎？韓説大可商榷。柳宗元《永州龍興寺修浄土院記》云「巽上人居其宇下」，並提到永州刺史馮叙，馮叙元和元年至三年爲永州刺史，可知柳宗元一至永州便與重巽結交，則此文與下文皆當是元和元年於永州作。陳景雲《柳集點勘》卷四《文安禮柳集年譜附》亦云：「譜繫《雲峰碑》於貞元十七年，蓋以碑云雲峰没於是年耳。然塔銘中明言『余與重巽游』、『重巽亟爲余言，故爲其銘』，柳子至永州後始識重

巽，則寺碑、塔銘皆作於元和中，譜考之未詳也。」

【注釋】

〔一〕［注釋音辯］戊戌歲。［百家注引孫汝聽曰］乾元，肅宗年號。元年，歲在戊戌。

〔二〕［注釋音辯］肅宗。

〔三〕［百家注引童宗説曰］儀，謂表儀。

〔四〕柳宗元在永州作有《送巽上人赴中丞叔父召序》、《巽公院五詠》等，即此重巽。

〔五〕［注釋音辯］軏，屋洧切，法也。［韓醇詁訓］軏，矩鮪切。《説文》：「車轍也。」［百家注引童宗説曰］軏，法也。又《説文》云：「車轍也。」軏，居洧切。

〔六〕［注釋音辯］髫音迢。童子垂髪。［韓醇詁訓］髫音迢。髫髦，童子垂髪貌。［百家注詳注］髫，童子垂髪貌。《説文》云：「齔，毁齒也。男八月而齒生，八歲而齔。女七月而齒生，七歲而齔。髫音迢。」

〔七〕［注釋音辯］燠，乙六切，又感遇切。按：燠，煖也。

〔八〕［注釋音辯］（仵）音午，偶也。

〔九〕［蔣之翹輯注］像法，《漢書》注：「作金人，以爲天人之主而祭之。即今佛像，是其遺法也。」

〔一〇〕［注釋音辯］周武王封虢叔於西虢，平王東遷，奪其地與鄭武公，求虢叔之裔孫序，封於其陽，號曰虢父。［百家注引孫汝聽曰］周武王封文王弟虢叔於西虢，平王東遷，奪虢叔之地與鄭武公，求虢叔之裔孫序，封於陽曲，號曰虢公。虢謂之郭，聲之轉也。［世綵堂］《千姓編》曰：「周文王弟封於虢，爲晉所滅，公子配遂稱郭氏。」

〔一二〕溥博，盛大豐富。

【集評】

黄震《黄氏日鈔》卷六〇：六卷、七卷皆浮屠家碑銘，其理蕩而不可究詰，其辭遁而不可明喻，惟《南嶽》、《大明》二碑僅明白可曉，姑録之。《南嶽》之碑曰：「有來受律者，吾師示之以尊嚴整齊，明列義類，而人知其所不爲。有來求道者，吾師示之以高廣通達，一空其有，而人知其所必至。」《大明》之碑曰：「儒以禮立仁義，無之則壞；佛以律持定慧，去之則喪。」愚謂此二者立語未爲盡瑩，而理則近是。蓋二碑所主者律，而餘多言禪也。律者嚴潔其身，佛所教人之本旨，而禪之説創於達磨，自稱教外，别傳佛書，初無此説也。律以斷惡修善，而禪者謂惡不必斷、善不必修，惟問心之有無如何。苟無心殺人而殺人，即殺人爲無罪。至罵其師瞿曇爲乾矢橛，爲一棒打殺，作死狗煮喫，亦爲無心，故無罪者也。律出於佛，其徒憚而小之。禪不出於佛，其徒張而大之，使人不得而詰其罪者也。然則世之言佛者，將安從乎？

陸夢龍《柳子厚集選》卷二：暢邃。又「吾師示之以尊嚴整齊」一段眉批：妙贊。

何焯《義門讀書記》卷三五：銘詞「如嶽之不崩」：收南嶽。銘佳。

## 南嶽雲峰和尚塔銘①

雲峰和尚族郭氏，號法證②。爲竺乾道五十有七年，年七十有八，貞元十七年九月十七日終，十月二十七日葬。凡度學者五萬人，爲弟子者三千人③。色厲而仁，行峻而周，道廣而不尤，功高而不有。毅然居山之北峰，以爲儀表。世之所謂賢人大臣者，至南方，咸所嚴事。由其内者，聞大師之言律義④，莫不震動悼懼，如聽誓命〔一〕。由其外者，聞大師之稱道要，莫不悽欷欣踴〔二〕，如獲肆宥〔三〕。故時推人師，則專其首，詔求教宗，則冠其位。披山伐木，崇構法宇，則地得其勝；捐衣去食，廣閲群經，則理得其深。其道實勤，而其心無求⑤。自大師化去，教亦隨喪。嗚呼！大師之葬，門人慕號〔四〕，長老愁痛，遂相與以爲兹塔。礱石峻整，植木蓊茂〔五〕，凡衡山無與爲比者。然而未有能紀其事。余既與大乘師重巽游，巽，其徒也，亟爲余言〔六〕，故爲其銘。銘曰：

苞元極兮韜大方，威而仁兮幽以光。行峻潔兮貌齋莊⑥，氣混溟兮德洋洋。演大律兮離毫芒，度群有兮耀柔剛。棟宇立兮像法彰，文字闡兮聖言揚〔七〕。詔褒列兮宅南方，道之廣兮用其常。後是式兮宜久長，閟靈室兮記崇岡。即玄石兮垂文章，學者慕兮哀無疆⑦。

【校　記】

①《全唐文》題下有「并序」二字。

②世綵堂本校：「證，一作澄。」

③「爲」字原闕，據注釋音辯本、《全唐文》補。世綵堂本校：「一有『爲』字。」

④律義，《佛祖歷代通載》作「律儀」，是。律儀爲佛家語。律指戒律，儀指立身儀則。《大乘義章》云：「言律儀者，制惡之法，説名爲律，行依律戒，故號律儀。」

⑤詁訓本無「其」字。

⑥峻，原作「浚」，據注釋音辯本改。注釋音辯本注：「峻，一本作浚。」齋，世綵堂本作「齊」。

⑦學，詁訓本作「孝」。

【解　題】

與上文同時作，元和元年於永州。塔，和尚葬骨灰之所。

【注　釋】

〔一〕〔百家注引王儔補注〕此即前碑所云「有來受律者，吾師示之以尊嚴整齊，明列義類，而人知其所不爲」也。

〔二〕［注釋音辯］［韓醇詁訓］欷音希。

〔三〕［百家注引王儔補注］此即前碑所云「有來求道者，吾師示之以高廣通達，一空其有，而人知其所必至」也。［蔣之翹輯注］此即前碑所云受律、求道二段之意。

〔四〕［韓醇詁訓］（號）音豪。

〔五〕［注釋音辯］蓊，烏孔切，木盛貌。［韓醇詁訓］蓊音翁，又烏孔切。草木盛貌。

〔六〕［注釋音辯］亟、爲，並去聲。

〔七〕［韓醇詁訓］闡，齒善切。

## 南嶽般舟和尚第二碑①

佛法至于衡山，及津大師始修起律教〔一〕。由其壇場而出者，爲得正法。其大弟子曰日悟和尚，盡得師之道，次補其處，爲浮圖者宗。世家于零陵〔二〕，蔣姓也。和尚心大而行密，體卑而道尊，以爲由定發慧②，必用毗尼爲之室宇〔三〕，遂執業于東林恩大師，究觀祕義，乃歸傳教。不視文字，懸判深微。登壇涖事，度比丘衆〔四〕，凡歲千人者三十有七，而道不慁。以爲去凡即聖，必以三昧爲之軌道〔五〕，遂服勤於紫霄遠大師〔六〕。修明要奥，得以觀佛，浩入性海〔七〕，洞開真源③。道場專精，長跪右遶，不衡不倚④，凡七日者百有二十，而志不衰。

初，開元中詔定制度，師乃居本郡龍興寺。肅宗制天下名山，置大德七人，兹嶽尤重，推擇居首。師乃即崇嶺，是作精室。闢林莽⑤，剗巖巒〔八〕，殿舍宏大，廊廡修直〔九〕。不命而獻力，不祈而薦貨。凡南方顓念佛三昧者⑥〔一〇〕，必由於是，命曰般舟臺焉〔一一〕。和尚生十三年而始出家，又九年而受具戒，又十年而處壇場⑦，又三十七年而當貞元二十年正月十七日化于兹室。嗚呼！無得而修，故念爲實相，不取于法，故律爲大乘〔一二〕。壞衣不飾〔一三〕，揣食不味〔一四〕。覆薦服役，凡出于生物者，擯而勿用，不自知其慈。攝取調御，凡歸于正真者，動而成群，不自知其教。萬行方厲，一性恒如，寂用之涯，不可得也。有弟子曰景秀，嗣居法會，欲廣其師之德，延于罔極。故申明陳辭，俾刊之兹碑。銘曰：

像教南被〔一五〕，及津而尊。威儀有嚴，載闢其門。吾師是嗣，增濬道源。度衆逾廣，大明群昏。乃興毗尼，微密是論〔一六〕。八萬總結，彰于一言。聲聞熙熙，遐邇來奔。如木既拔，有植其根。乃法般舟，奧妙斯存。百億冥會，覿于化元。同道祁祁〔一七〕，功庸以敦。如水斯壅，流之無垠〔一八〕。帝求人師，登我先覺。赫矣明命，表兹靈嶽。于彼南阜，齋宫爰作。負揭致貨〔一九〕，時靡要約〔二〇〕。祖奮程力，不呼而諾。是刈是鑿，既塗既斲。層構孔碩，以延後學。出不牛馬，服不絮帛。匪安其躬，亦菲其食。勤而不勞，在用恒寂。縱而不傲，在捨恒得。洪融混合，孰究其跡？懿兹遺光，式是嘉則。容貌往矣，軌儀無極。其徒追思，賡薦兹石。

【校記】

①《全唐文》題下有「并序」二字。

②慧，原作「惠」，據詁訓本、世綵堂本改。

③原注與世綵堂本注：「碑本作『廓開真源』。」注釋音辯本注：「石碑本『洞』作『廓』。」

④原注與世綵堂本注：「碑本無『長跪』二字。」「碑本無『不衡』二字。」世綵堂本又注：「又一本作『右遶不倚』。」注釋音辯本注：「(石碑本)無『長跪』及『不衡』字。」

⑤原校與世綵堂本校：「碑本作『斬林莽』。」注釋音辯本校：「碑本『鬭』作『斬』。」

⑥注釋音辯本、詁訓本、《全唐文》及《佛祖歷代通載》「南方」下有「人」。世綵堂本校：「一本『方』下有『人』字。一本作『入念』。」何焯《義門讀書記》卷三五：「『南方』下有一『入』字。」按：當作「凡南方入念佛三昧者」。「顓」通「專」。作「顓念」與「入念」皆通。

⑦原校與注釋音辯本、世綵堂本校：「石本『處』作『居』。」

【解題】

［韓醇詁訓］公嘗作《南嶽彌陀和尚碑》，謂代宗時有僧法照，言其師南嶽大長老有異德，天子禮

焉，度其道不可徵，乃名其居曰般舟道場。此碑所載肅宗制天下名山，置大德七人，推擇居首，師乃即崇嶺是作精室，與前篇合。甲申，貞元二十年，公時蓋爲監察御史云。［百家注引孫汝聽曰］按碑云：前永州司馬員外置同正員柳宗元撰並書，元和三年十月二十九日僧景秀立，刻者林鴻。［世綵堂］蓋元和三年立也。般舟，上如字。大藏有《般舟三昧經》。按：韓醇誤彌陀和尚與般舟和尚爲一人，彌陀和尚爲承遠，俗姓謝，般舟和尚爲日悟，俗姓蔣。彌陀和尚居衡州彌陀寺，般舟和尚居衡州龍興寺，彌陀和尚之般舟道場，「舟」字或作「若」，亦非一處。此碑立於元和三年。闕名《寶刻類編》卷五柳宗元：「《般舟和尚碑》，永州司馬撰並書、篆額，元和三年立。潭。」則此文亦當作於元和三年或二年，不會距立碑日太遠。王觀國《學林》卷七亦云「乃子厚南貶時書也」。此云第二碑，則日悟卒時曾立碑，不知何人所撰文，柳宗元撰文之碑則爲重立。只是《寶刻類編》云此碑立於潭州而非衡州，未得其解。陳景雲《柳集點勘》卷四《文安禮柳集年譜附》：「作譜者未見碑刻，但據般舟化去之歲，遂繫以貞元二十年，其誤正與繫《雲峰碑》於十七年同。東坡言：子厚南遷，始究佛法，作曹溪、南嶽諸碑，妙絶古今。東坡必盡見石刻及般舟、雲峰、彌陀、無姓諸碑，皆得其歲月之詳，故云爾。」又，章士釗《柳文指要》上《體要之部》卷七：「子厚浮屠諸碑，大抵限於楚、越間，而南嶽最多。子厚本善書，碑由子厚撰並書丹者不少，而苦於不易指明，惟《般舟和尚第二碑》載在張世南《游宦紀聞》者，證據確鑿。……後來不聞湘人曾見此碑，想已毁滅無遺矣。」

【注　釋】

〔一〕［蔣之翹輯注］子厚《永州龍興寺記》：「金仙氏之道，蓋本於孝敬，而後積以衆德，歸於空無。其敷演教戒於中國者，離爲異門，曰禪曰法曰律，以誘掖迷濁。」

〔二〕［蔣之翹輯注］《一統志》：「永州，秦屬長沙，曰零陵。」今有零陵縣。

〔三〕［注釋音辯］潘（緯）云：毗，頻脂切，律也。《傳燈録》云：「律師啟毗尼之法。」［世綵堂］毗尼，梵語律也。《傳燈録》：「律師者啟毗尼之法燈。」按：見釋道原《景德傳燈録》卷二八《越州大殊慧海和尚》。

〔四〕［注釋音辯］潘（緯）云：比音鼻。梵語云比丘，如秦云乞士，謂上於諸佛乞法資、益惠命，下於施主乞食資、益色聲。

〔五〕［蔣之翹輯注］《佛書雜記》：「道家云貞一，儒者云致一，釋氏云三昧，其義通也。言一即有二，遂至於三。即昧在其間，反覆存之而已。」

〔六〕紫霄，峰名，在廬山。陳舜俞《廬山記》卷三：「（簡寂）觀在白雲峰之下，其間一峰獨出而秀卓者曰紫霄峰。」遠大師即慧遠，俗姓賈氏，雁門婁煩人。初師釋道安，後於廬山與劉遺民、雷次宗、周續之等修浄土宗業，共期西方。見釋慧皎《高僧傳》卷六《晉廬山釋慧遠傳》。

〔七〕［蔣之翹輯注］《維摩經》注：「是性是情，同歸覺海。」

〔八〕［韓醇詁訓］（巒）音鸞。小山而鋭。

〔九〕［注釋音辯］廡音武。［韓醇詁訓］廡音武。《説文》：「堂下周屋。」

〔一〇〕［韓醇詁訓］（顓）音專。［世綵堂］遠法師作《念佛三昧詠》。按：《説郛》弓五七闕名《東林蓮社十八高賢傳・慧遠法師》：「復率衆至百二十三人，同修浄土之業，造西方三聖像，建齋立誓。令劉遺民著《發願文》，而王喬之等復爲《念佛三昧詩》以見志。」《開元釋教録》卷五下有《菩薩念佛三昧經》六卷。

〔一一〕［注釋音辯］潘（緯）云：般，如字。大藏有《般舟三昧經》云：「一心念佛若一日，晝夜若七日七夜。」又云：「經行不得休息不得坐，三月速得是三昧。」今釋氏有依此教修行者。按：上文之「長跪右遶，不衡不倚」，即此修行之法。

〔一二〕［蔣之翹輯注］李顒《大乘賦序》：「大乘者，蓋如來之道場也。故緣覺聲聞，謂之小乘。謂法駕之通馳，如舟車之致遠也。」

〔一三〕［世綵堂］《四分律》云：「一切上色衣不得蓄，當壞作袈裟色。」

〔一四〕［注釋音辯］揣，從官切，聚貌。［韓醇詁訓］揣，徒官切。《説文》：「聚貌。」［世綵堂］字合作「摶」。見《維摩經》。《集韻》：「聚貌。」賈誼賦「何足控揣」，卻見此「揣」字。《選》作「摶」。按：所引見賈誼《鵩鳥賦》。何焯《義門讀書記》卷三五：「『揣』字合作『摶』。」章士釗《柳文指要》上《體要之部》卷七：「揣食，當是不用箸，以手摶而食之。」

〔一五〕［世綵堂］《選・頭陀寺碑》「象教陵夷」，注：「謂爲形象以教人也。」按：指佛教。

〔一六〕〔韓醇詁訓〕（論）盧昆切。〔蔣之翹輯注〕論，平聲。

〔一七〕〔注釋音辯〕〔韓醇詁訓〕祁祁，盛貌。

〔一八〕〔注釋音辯〕（垠）音銀，岸也。〔韓醇詁訓〕音銀。《説文》：「岸也。」

〔一九〕〔注釋音辯〕潘（緯）云：揭音竭，又音朅，又音憩，並牽也。〔世綵堂〕揭，巨列切，又丘傑切，又音憩，牽也。

〔二〇〕〔注釋音辯〕要，平聲。

## 【集評】

歐陽修《集古録跋尾》卷八：唐柳宗元《般舟和尚碑》（元和三年）：右《般舟和尚碑》，柳宗元撰並書。子厚所書碑世頗多有，書既非工，而字畫多不同，疑喜子厚者竊借其名以爲重。子厚與退之皆以文章知名一時，而後世稱爲韓柳者，蓋流俗之相傳也。其爲道不同，猶夷夏也。然退之於文章每極稱子厚者，豈以其名並顯於世，不欲有所貶毀，以避争名之嫌，而其爲道不同，雖不言，顧後世當自知歟？不然，退之以力排釋老爲己任，於子厚不得無言也。治平元年三月廿二日書。

趙明誠《金石録》卷二九：右《唐般舟和尚碑》，柳宗元撰並書。子厚頗自矜其書，然亦不甚工，今見於世者，惟此與《彌陀和尚碑》爾。雖字畫大小不同，然筆法煞相似。歐陽公以爲不類，又疑他人借子厚之名者，非也。

范成大《驂鸞録》：柳子厚《般舟和尚碑》，子厚自書，亦有楷法。余病寒，不能風雨中登山，遂還。

王觀國《學林》卷七：趙璘《因話録》曰：「柳子厚善書，當時重其書，湖、湘以南，士人皆學其書。柳氏前有公權，後有子厚。有此二人。」歐公《集古録》有子厚書《般舟和尚碑》並《南嶽彌陀和尚碑》，歐公跋曰：「書既非工，而字畫多不同，疑喜子厚者竊借其名以爲重。」觀國嘗於南嶽山間見此子厚二碑，詳觀之，乃子厚南貶時書也。子厚書，體格雖疎静，好藏鋒，類崛筆書，然在唐末，可以名家，故唐史及唐人文集未嘗言其善書。大抵士人，文章稱著，則並其書亦爲世所貴重。子厚嘗以文稱於朝矣，及其南貶也，湖、湘以南，士人慕其文章，又學其書，此古今之常態也。《因話録》謂柳氏有此二人，蓋奬飾子厚之過耳。

張世南《游宦紀聞》卷八：何賢良名致，字子一。嘉定壬申游南嶽，至祝融峰下。按《嶽山圖》，禹碑在峋嶁山，詢樵者，謂采樵其上，見石壁有數十字，何意其必此碑，俾之導前，過隱真屏，復渡一二小澗，攀蘿捫葛，至碑所。爲苔蘚封剥，讀之，得古篆五十餘，外癸酉二字，俱難識。韓昌黎所謂「科斗拳身薤葉披，鸞飄鳳泊拏蛟螭」，而其形模，果爲奇特。字高闊約五寸許，取隨行市買歷辟而模之，字每摹二一，雖墨濃澹不匀，體畫卻不甚糢糊。歸旅舍，方湊成本。何過長沙，以一獻曹十連彦約，並柳子厚所作及書《般舟和尚第二碑》，以一揭座右，自爲寶玩。曹喜甚，牒衡山令搜訪。柳碑本在上封寺，僧法圓申以去冬雪多凍裂。禹碑自昔人罕見之，反疑何取之他處，以誑曹。何遂刻之嶽麓書院後巨石，但令解柳碑來，匣之郡庠而已。

# 南嶽大明寺律和尚碑①

儒以禮立仁義，無之則壞；佛以律持定慧②，去之則喪。是故離禮於仁義者，不可與言儒；異律於定慧者〔一〕，不可與言佛。達是道者，惟大明師。師姓歐陽氏，號曰惠開③〔二〕，唐開元二十一年始生④，天寶十一載始爲浮圖，大曆十一年始登壇爲大律師，貞元十三年十一月十一日卒。元和九年正月，其弟子懷信〔三〕、道嵩、尼無染等〔四〕，命高道僧靈嶼爲行狀〔五〕，列其行事，願刊之兹碑。宗元今掇其大者言曰：師先因官世家潭州⑤〔六〕，爲大姓⑥，有勳烈爵位，今不言，大浮圖也〔七〕。凡浮圖之道衰，其徒必小律而去經⑦，大明恐焉。於是從峻洎侃，以究戒律，而大法以立。又從秀洎昱，以通經教，而奥義以修〔八〕。由是二道，出入隱顯。後學以不惑，來求以有得。廣德二年⑧，始立大明寺於衡山，詔選居寺僧二十一人，師爲之首。乾元元年⑨，又命衡山立《毗尼藏》〔九〕，詔選講律僧七人⑩，師應其數。凡其衣服器用，動有師法，言語行止，皆爲物軌。執巾匜〔一〇〕，奉杖屨，爲侍者數百；翦髪髦，被教戒，爲學者數萬。得衆若獨，居尊若卑，晦而光，介而大，灝灝焉無以加也〔一一〕。其塔在祝融峰西趾下⑪〔一二〕，碑在塔東。其辭曰：

儒以禮行，覺以律興。一歸真源，無大小乘。大明之律，是定是慧。丕窮經教，爲法出世。化人無疆⑫，垂裕無際。詔尊碩德，威儀有繼。道徧大州⑬，徽音勿替。祝融西麓〔一三〕，洞庭南裔。金石刻辭，彌億千歲。

## 碑陰

凡葬大浮圖，無竁穴〔一四〕，其於用碑不宜⑭。然昔之公室，禮得用碑以葬〔一五〕。其後子孫，因宜不去⑮，遂銘德行，用圖久於世。及秦刻山石〔一六〕，號其功德，亦謂之碑，而其用遂行。然則雖浮圖亦宜也。凡葬大浮圖，其徒廣則能爲碑。晉、宋尚法，故爲碑者多法。梁尚禪，故碑多禪。法不周施，禪不大行，而律有焉，故近世碑多律。凡葬大浮圖，未嘗有比丘尼主碑事。今惟無染實來，涕淚以求，其志益堅，又能言其師他德尤備，故書之碑陰。

師凡主戒事二十二年，宰相齊公映、李公泌、趙公憬、尚書曹王皋、裴公胄、侍郎令狐公峘〔一七〕，或師或友。齊親執經，受大義，爲弟子。又言師始爲童時，夢大人縞冠素舄〔一八〕，來告曰：「居南嶽大吾道者，必爾也。」已而信然。將終，夜有光明，笙磬之音，衆咸見聞。若是類甚衆。以儒者所不道，而無染勤以爲請，故末傳焉。無染，韋氏女，世顯貴。今主衡山戒法。

【校　記】

①《全唐文》題下有「并序」二字，注釋音辯本題作「大明和尚碑」，《文粹》題作「衡山大明寺律和尚塔碑銘并序」。

②慧，詁訓本作「惠」。以下文中「慧」字，詁訓本亦作「惠」。

③惠開，《全唐文》作「慧聞」。

④世綵堂本校：「一，或作二。」

⑤官，《佛祖歷代通載》作「宧」，近是。

⑥姓，《全唐文》、《佛祖歷代通載》作「族」。

⑦詁訓本無「律」字。

⑧二，《佛祖歷代通載》作「三」。

⑨注釋音辯本注：「一本作『某年』，蓋乾元在廣德前，恐誤。」詁訓本韓醇於解題中云：「據碑云：廣德二年始立大明寺，乾元元年又命衡山立毗尼藏。以史考之，乾元，肅宗即位之三年；廣德，代宗即位之一載。如此，則乾元當在先，廣德當在後。然此碑正謂南嶽大明寺律和尚，則大明寺始立於廣德爲信，當是乾元字誤矣。一本於『乾元元年』特曰『某年』，正疑之。」原注與世綵堂本於「乾元元年」下皆引韓醇此注。按：誤不在「乾元」而在「廣德」，因柳宗元不可能把年號的前後次序搞顛倒。「廣德二年」當爲「至德二載」之誤。至德二載爲肅宗即位的第二年，乾元元年爲

第三年，正相銜接。至德稱「載」不稱「年」，疑柳宗元原文誤「載」爲「年」，後人因改「至」字爲「廣」，遂造成年號的先後舛錯。

⑩ 七，世綵堂本作「士」。

⑪ 趾，原作「址」，據注釋音辯本、詁訓本及《全唐文》改。二字通用。

⑫ 世綵堂本校：「疆，一本作量。」《全唐文》、《佛祖歷代通載》作「量」。

⑬ 州，注釋音辯本作「洲」。世綵堂本校：「州，一本作洲。」

⑭ 於用，注釋音辯本作「用於」。

⑮ 宜，詁訓本作「而」。

**【解　題】**

［韓醇詁訓］作之年月及師之出處死生，碑載之甚詳。……碑陰爲尼無染書也。［世綵堂］時元和九年甲午，公年四十二。在永州。按：文云元和九年正月，惠開弟子懷信等來請柳宗元爲碑文，即此文之作年。佛教有禪師與律師之別。章士釗《柳文指要》上《體要之部》卷七云：「禪與律之別，讀子厚浮屠各碑，義自顯明。《大鑒禪師碑》曰：『其道以無爲爲有，以空洞爲實，以廣大不蕩爲歸，其教人始以性善，終以性善，不假耘鋤，得其靜矣。』此禪之説也。《大明和尚碑》曰：『儒以禮立仁義，無之則壞；佛以律持定慧，去之則喪。是故離禮於仁義者，不可與言儒；異律於定慧者，不可與

言佛。』此律之説也。凡通禪者稱禪師，如大鑒之類是。明律者曰律師，甚曰大律師，如大明之類是。」

【注　釋】

〔一〕［蔣之翹輯注］《五燈會元》：法要有三，曰戒、定、慧。唐宣宗問弘辨禪師曰：「云何名戒？」對曰：「防非止惡謂之戒。」帝曰：「云何爲定？」對曰：「六根涉境，心不緣染爲定。」帝曰：「云何爲慧？」對曰：「心境俱空，照覽無惑爲慧。」按：見釋普濟《五燈會元》卷四《章敬暉禪師法嗣》。

〔二〕皎然《杼山集》卷九《唐湖州大雲寺故禪師瑀公碑銘并序》：「寺主玄懽等皆秉大明惠開道。」當即柳碑之惠開。

〔三〕釋贊寧《宋高僧傳》卷一九有《唐揚州西靈塔寺懷信傳》，疑是一人。

〔四〕［蔣之翹輯注］尼無染，章氏女。見《碑陰記》。《事物原始》：「漢明帝時，洛陽婦女阿潘出家爲尼，此中國爲尼之始也。」

〔五〕［世綵堂］嶼音序。山在水中。

〔六〕［蔣之翹輯注］唐潭州，今湖廣長沙府。

〔七〕［注釋音辯］不序其宦族，所以尊大浮圖之道。

〔八〕［蔣之翹輯注］峻、侃、秀、昱，皆僧名。按：《宋高僧傳》卷一四有《唐洪州大明寺嚴峻傳》，又卷九《唐南嶽觀音臺懷讓傳》云其有弟子道峻、道一，未知「峻」指道峻還是嚴峻。「侃」未詳。

神秀即禪宗北宗神秀，《宋高僧傳》卷八有《唐荆州當陽山度門寺神秀傳》。皎然有《酬李司直縱諸公冬日游妙喜寺題照昱二上人房寄長城潘丞述》、《寄昱上人上方居》、《夏日與綦毋居士昱上人納涼》等詩，「昱」或即是與皎然交遊之昱上人。

〔九〕毗尼爲梵語，佛教各種戒律的統稱。《太平御覽》卷六五八：「《毘婆羅論》曰：『善分别戒名爲毘尼藏。』《大智論》曰：『諸羅漢問：「誰能明瞭集毘尼藏？」皆言優婆離持律第一，請就師子坐。問：「佛在何處？」説：「初毘尼戒優婆離言：我聞佛在毘舍離，爾時須鄰那迦藍陀長者。子初犯戒，以是因緣，故結初罪如是。二百五十戒義三部，七法八法，尼律增一。開雜部、菩部，如是等八部十作。」」』《毗尼藏經》云：『五戒：一不殺生，二不偷盗，三不邪淫，四不妄語，五不飲酒食肉，故云五戒。佈施持戒，忍辱精進，禪定智慧，以法能度死生，故云六度。聲、色、香、味、虧法、怨忿，汙人之浄心，故云六塵。』」《開元釋教録》卷一八：「《毗尼藏經》一卷。」

〔一〇〕［注釋音辯］童（宗説）云：（匜）移之、移爾二切。《左傳》：「奉匜沃盥。」［韓醇詁訓］音移，盥器也。又演爾切。［百家注引孫汝聽曰］《左氏傳》：「奉匜沃盥。」注：「匜，沃盥器也。」按：見《左傳》僖公二十三年。

〔一一〕［注釋音辯］張（敦頤）云：灝音浩，義同。［韓醇詁訓］灝音浩。《説文》：「夷曠也。」

〔一二〕［百家注引孫汝聽曰］衡山有五峰，祝融其一也。

〔一三〕［注釋音辯］童（宗説）云：（麓）音鹿。山足曰麓。

〔一四〕［注釋音辯］窆，樞絹切。穿地。［韓醇詁訓］窆音釧。穿地也。［世綵堂］窆，昌絹、昌鋭二切。《説文》：「穿地也。」《周禮》：「葬兆甫窆。」注：「鄭讀爲穿，杜讀爲毳，皆謂葬穿壙也。今南陽名穿地爲窆。聲如腐脆之脆。」按：見《周禮·春官宗伯·小宗伯》及鄭玄注。

〔一五〕［世綵堂］《檀弓》：「公室視豐碑。」注：「斲大木爲之，形如石碑，於槨前後四角樹之，穿中，於間爲鹿盧，下棺以繂繞。」

〔一六〕［世綵堂］《史記》秦始皇帝二十八年，鄒嶧山刻石。三十二年，刻碣石門。東萊云：「刻石始於此。」［蔣之翹輯注］秦始皇既爲皇帝，巡行郡縣，所至之地，必立石頌秦德焉。

〔一七〕［世綵堂］已上六人史皆有傳。按：齊映約在貞元五年爲衡州刺史，至貞元七年遷桂管觀察使。李泌於肅宗朝曾隱衡州。趙憬建中時爲湖南觀察副使，後知留後，建中四年正拜湖南觀察使。嗣曹王李皋大曆中爲衡州刺史，坐小法，貶潮州刺史，復拜衡州刺史，至建中元年遷湖南團練使。裴胄貞元三年至七年爲湖南觀察使。令狐峘建中時爲衡州別駕，遷刺史。

〔一八〕［注釋音辯］縞音杲，白色。舄音昔，履也。［韓醇詁訓］縞音杲。《説文》：「鮮色也。」舄音昔。《説文》：「履也。」

## 【集　評】

蔣之翹輯注《柳河東集》卷七：起處得體。

陸夢龍《柳子厚集選》卷二：「其徒必小律而去經」眉批：是六祖以後病根。

黄宗羲《金石要例・塔銘例》：柳州云：「凡葬大浮圖無窆穴，其用碑不宜。」然柳州之爲浮圖碑多矣。今釋氏之葬，不曰碑銘而曰塔銘者，猶存不宜用碑之義也。

何焯《義門讀書記》卷三五：起四語：名言，柳固深通其説者。此文尤峻整。

焦循批《柳文》卷一五：簡肅。又批《碑陰》：柳州文極錯綜之中，極嚴密，有法度。昌黎便時自放縱，不可把握。

## 衡山中院大律師塔銘

衡山中院大律師曰希操，没年五十七①。既没二十七年，其大弟子誡盈奉公之遺事②，願銘塔石。公昝姓〔一〕，凡去儒爲釋者三十一祀③，掌律度衆者二十六會④。南尼戒法，壞而復正，由公而大興；衡岳佛寺，毁而再成，由公而丕變。故當世之士，若李丞相泌，道未嘗屈，覩公而稽首，尊之不名。出世之士，若石廩瓚公⑤〔二〕，言未嘗形，遇公而歎息，推以護法。是以建功之始，則震雷大風示其兆⑥；滅跡之際，則隕星黑祲告其期〔三〕。斯爲神怪，不可度已。故其興物大同，終始無争，受學之衆，他莫能偕也。凡所受教，若華嚴照公、蘭若真公⑦〔四〕，荆州至公、律公，皆大士。凡所授教，若惟瑗、道郢、靈幹、惟正、惠常、誡盈，皆聞人。嗚呼，始終哉！爲之銘曰：

首有承兮卒有傳，革大訛兮持法權。衆之至兮志益虔，雷發兆兮功已宣。星告妖兮壽不延，靈變化兮迎大仙。礱兹石兮垂萬年，世有壞兮德無遷。

【校記】

①原校與世綵堂本校：「没年，一作末年。」詁訓本「没」作「末」，並校：「一作没。」

②「其」字原闕，據注釋音辯本、詁訓本補。世綵堂本校：「一作『有大弟子』。」

③世綵堂本校：「一無『一』字。」

④世綵堂本校：「律，一作徒。」

⑤「石廩」下原有「公」字。蔣之翹輯注本同，並云：「衡山有石廩峰，因名。」何焯《義門讀書記》卷三五：「若石廩瓚公，瓚，僧名也，號懶殘。」無前「公」字。懶殘居衡岳，石廩爲衡山五峰之一，石廩瓚公即謂懶殘，故删二「公」字。

⑥兆，注釋音辯本作「地」，並注：「兆字。」

⑦真，《全唐文》作「貞」。

【解題】

〔韓醇詁訓〕作之年月碑雖不載，然公前篇《大明師碑》嘗謂丞相李公泌執經受大義，今又謂覩大律師而稽首尊之，師之出處，蓋必與大明師同也。碑當次前篇作。

【注釋】

〔一〕〔注釋音辯〕〔韓醇詁訓〕昝，子感切。〔蔣之翹輯注〕《姓譜》：「晉有昝堅，桓温將。」

〔二〕〔注釋音辯〕衡山有石廩峰。瓚，僧名也，號懶殘。〔百家注引孫汝聽曰〕衡山有石廩峰。按：《太平廣記》卷三八引《鄴侯外傳》：「（李泌）又與明瓚禪師游，著《明心論》。明瓚，釋徒，謂之嬾殘。泌嘗讀書衡嶽寺，異其所爲，曰：『非凡人也。』聽其中宵梵唱，響徹山林，泌頗知音，能辨休戚，謂嬾殘經音先悽惋而後喜悦，必謫墮之人。時至將去矣，候中夜，潛往謁之。嬾殘命坐，撥火出芋以啗之，謂泌曰：『慎勿多言，領取十年宰相。』泌拜而退。」

〔三〕〔注釋音辯〕祲，音浸。妖氣。〔韓醇詁訓〕祲音浸。《説文》：「精氣感祥。」《春秋》傳：「見赤黑之祲。」

〔四〕〔注釋音辯〕潘（緯）云：若，面也切。官賜額者爲寺，私造者爲招提蘭若。〔世綵堂〕《唐會要》：「元和二年，薛平奏請賜中條山蘭若額爲大和寺。」蓋官賜額者爲寺，私造者爲招提蘭若。《俱舍論》云：「一牛鳴地，可置蘭若，取離喧故也。」按：法照即釋贊寧《宋高僧傳》卷二一《唐五臺山竹林寺法照傳》之法照。蘭若真公即《文苑英華》卷八六〇李華《荆州南泉大雲寺故蘭若和尚碑》之惠真。餘僧未詳。

**【集　評】**

《王荆石先生批評柳文》卷二：此篇格卑甚，可删。

# 柳宗元集校注卷第八

## 行狀

### 段太尉逸事狀

太尉始爲涇州刺史時〔一〕，汾陽王以副元帥居蒲〔二〕，王子晞爲尚書〔三〕，領行營節度使，寓軍邠州〔四〕，縱士卒無賴。邠人偷嗜暴惡者，卒以貨竄名軍伍中①〔五〕，則肆志，吏不得問。日群行，丐取於市，不嗛〔六〕，輒奮擊，折人手足，椎釜鬲甕盎盈道上②〔七〕，袒臂徐去③。至撞殺孕婦人〔八〕。邠寧節度使白孝德以王故〔九〕，戚不敢言。

太尉自州以狀白府，願計事。至則曰：「天子以生人付公理④〔一〇〕，公見人被暴害，因恬然，且大亂，若何？」孝德曰：「願奉教。」太尉曰：「某爲涇州，甚適，少事，今不忍人無寇暴死，以亂天子邊事。公誠以都虞候命某者〔一一〕，能爲公已亂〔一二〕，使公之人不得害。」孝德曰：「幸甚。」如太尉請。既署一月，晞軍士十七人入市取酒，又以刃刺酒翁，壞釀器〔一三〕，酒流溝中⑤。太尉列卒，取十七人，皆斷頭注槊上⑥〔一四〕，植市門外。晞一營大譟〔一五〕，盡甲。孝德震恐，召太尉曰：「將奈何⑦？」太尉曰：「無傷也。」請辭於軍。孝德使數十人從太尉，太尉盡辭去，解佩刀，選老躄者一人持馬〔一六〕，至晞門下。甲者出，太尉笑且入曰⑧：「殺一老卒，何甲也？吾戴吾頭來矣〔一七〕。」甲者愕。因諭曰：「尚書固負若屬耶？副元帥固負若屬耶？奈何欲以亂敗郭氏？爲白尚書，出聽我言。」晞出見太尉，太尉曰：「副元帥勳塞天地，當務始終。今尚書恣卒爲暴，暴且亂，亂天子邊，欲誰歸罪？罪且及副元帥。今邠人惡子弟以貨竄名軍籍中〔一八〕，殺害人，如是不止，幾日不大亂？大亂由尚書出，人皆曰尚書倚副元帥不戢士〔一九〕，然則郭氏功名其與存者幾何？」言未畢，晞再拜曰：「公幸教晞以道，恩甚大，願奉軍以從。」顧叱左右曰：「皆解甲，散還火伍中〔二〇〕，敢譁者死。」太尉曰：「吾未晡食〔二一〕，請假設草具。」既食，曰：「吾疾作，願留宿門下。」命持馬者去，且曰：「旦日來⑨。」遂卧軍中⑩。晞不解衣，戒候卒擊柝衛太尉。旦，俱至孝德所，謝不能，請改過。邠州由是無禍。

先是太尉在涇州爲營田官〔二二〕，涇大將焦令諶取人田〔二三〕，自占數十頃，給與農曰：「且熟，歸我半。」是歲大旱，野無草，農以告諶。諶曰：「我知入數而已，不知旱也。」督責益急。且飢死，無以償⑪，即告太尉。太尉判狀，辭甚巽〔二四〕，使人求諭諶⑫。諶盛怒，召農者曰：「我畏段某耶？何敢言我！」取判鋪背上，以大杖擊二十，垂死，輿來庭中。太尉大泣曰：「乃我困汝。」即自取水洗去血，裂裳衣瘡〔二五〕，手注善藥，旦夕自哺農者〔二六〕，然後食。取騎馬賣，市穀代償，使勿知。淮西寓軍帥尹少榮⑬，剛直士也，入見諶，大罵曰：「汝誠人耶？涇州野如赭〔二七〕，人且飢死，而必得穀，又用大杖擊無罪者。段公，仁信大人也，而汝不知敬。今段公唯一馬⑭，賤賣市穀入汝，汝又取不恥⑮。凡爲人，傲天災、犯大人、擊無罪者，又取仁者穀，使主人出無馬，汝將何以視天地？尚不愧奴隸耶〔二八〕？」諶雖暴抗〔二九〕，然聞言則大愧流汗，不能食，曰：「吾終不可以見段公。」一夕自恨死⑯〔三〇〕。

及太尉自涇州以司農徵〔三一〕，戒其族：「過岐〔三二〕，朱泚幸致貨幣〔三三〕，慎勿納。」及過，泚固致大綾三百匹⑰，太尉壻韋晤堅拒，不得命。至都，太尉怒曰：「果不用吾言。」晤謝曰：「處賤，無以拒也。」太尉曰：「然終不以在吾第。」以如司農治事堂⑱，棲之梁木上⑲。泚反⑳〔三四〕，太尉終〔三五〕，吏以告泚，泚取視㉑，其故封識具存〔三六〕。

太尉逸事如右。

元和九年月日，永州司馬員外置同正員柳宗元謹上史館㉒。

今之稱太尉大節者，出入以爲武人一時奮不慮死㉓，以取名天下，不知太尉之所立如是。宗元嘗出入岐、周、邠、斄間〔三七〕，過真、定〔三八〕，北上馬嶺〔三九〕，歷亭鄣堡戍㉔〔四〇〕，竊好問老校退卒，能言其事。太尉爲人姁姁㉕〔四一〕，常低首拱手行步㉖，言氣卑弱，未嘗以色待物〔四二〕。人視之儒者也。遇不可，必達其志，決非偶然者。會州刺史崔公來〔四三〕，言信行直，備得太尉遺事，覆校無疑。或恐尚逸墜，未集太史氏，敢以狀私於執事。謹狀。

【校記】

①原校與注釋音辯本、世綵堂本校曰：「卒，一本作率。」詁訓本作「率」，並校：「一作卒。」《英華》、《文粹》均作「率」。

②原校與詁訓本、世綵堂本校曰：「盈，一作『蔡』，與『撒』同，讀如蔡，蔡叔之蔡。《新史》改作『盈』，故或作『盈』，一本又作『棄』。」按：「蔡」爲「撒」意，謂撒了一路，較「盈」字佳。

③祖，注釋音辯本作「把」，並校：「把，一作祖。」原校與詁訓本、世綵堂本校曰：「祖，一作把，非是。」

④伏，注釋音辯本作「分」，並校：「分，一作付。」原校與世綵堂本校曰：「付，一作分。」

⑤原校與世綵堂本校曰：「流，一作留。」注釋音辯本作「留」，並校：「留，一作流。」

⑥注，《文粹》作「拄」。

⑦《文粹》、《全唐文》「奈」下有「之」。

⑧《英華》「入」下有「焉」。

⑨「且曰」二字原闕，據《文粹》補。旦日，《文粹》作「明旦」。
⑩遂，注釋音辯本作「還」。
⑪《英華》、《文粹》「且」上有「農」。
⑫求，《英華》作「來」。
⑬尹少，原作「少尹」，據諸本改。
⑭「公」字原闕，據諸本補。
⑮《全唐文》無「又」字。《文粹》、《全唐文》「取」下有「之」。
⑯世綵堂本校：「夕，一作昔。」
⑰《文粹》無「固」字。匹，注釋音辯本作「疋」，《英華》、《文粹》作「兩」。世綵堂本校：「匹，一作兩。」
⑱《文粹》、《全唐文》「以」下有「綾」。
⑲原校與世綵堂本校：「一本無『之』字。」詁訓本無「木上」二字。
⑳詁訓本「洮」上有「至」。
㉑原校與世綵堂本校：「一有『之』字。」詁訓本作「視之」。
㉒《全唐文》「月日」上有「某」。世綵堂本注：「一本無上二十三字。」《文粹》即無上二十三字。
㉓《文粹》無「出入」二字。按：出入即大抵、不外乎之意。

㉔ 堡，《文粹》作「戎」。

㉕ 世綵堂本校：「姁姁，又一本作煦煦。」

㉖ 原校與注釋音辯本、詁訓本、世綵堂本校曰：「行，一作促。」《英華》、《全唐文》作「促」。

**【解　題】**

［注釋音辯］段秀實。［韓醇詁訓］太尉段秀實。代宗時，以白孝德薦爲涇州刺史，新、舊史皆有傳。舊史載其事甚詳，新史取公所爲狀。書之汾陽王，郭子儀也。王子晞，子儀之子晞耳。據狀，元和九年永州作。集又有《與史官韓愈致段太尉逸事書》，此狀當在書之先云。［世綵堂］段太尉，秀實也，字成公。新、舊史皆有傳。此狀，公元和九年在永州作，時年四十二。按：段秀實字成公，汧陽人。玄宗時舉名經，後從軍，先後事馬靈詧、高仙芝、封常清，肅宗時佐李嗣業、荔非元禮、白孝德三府，益知名。代宗時，吐蕃襲京師，代宗奔奉天，因軍糧匱乏，秀實自請爲軍候，知奉天行營事。白孝德薦爲涇州刺史，封張掖郡王。後拜四鎮、北庭行軍司馬、涇原鄭潁節度使。德宗建中元年徵爲司農卿。建中四年朱泚反。朱泚於殿上議稱帝事，秀實勃然奮起，奪象笏擊泚，中其額，泚匍匐走，秀實亦爲所殺。興元元詔贈太尉，謚曰忠烈。本文補叙段秀實的幾則逸事。行狀，又稱行述，文體名。記述事主生平事蹟，供撰寫史傳者採用。因此文只記述段秀實逸事，故稱逸事狀。

## 【注釋】

〔一〕［注釋音辯］大曆十二年。［韓醇詁訓］涇與邠州皆隸關内道。［百家注引孫汝聽曰］大曆十二年，邠寧節度使白孝德薦秀實爲涇州刺史。［蔣之翹輯注］按涇州，今屬陝西平涼府。按：舊注誤。《資治通鑑》卷二二三繫之事於代宗廣德二年十一月，是。並引《考異》曰：「此出柳宗元《段太尉逸事狀》。《段公家傳》曰：『廣德二年正月，白孝德授邠寧節度使。七月，大軍西還，頗有俘掠。又以邠土經寇，未暇耕耘，乃謀頓軍奉天，取給畿内。時倉廩匱竭，吏人潛竄，軍士公行發掘，兼施捶訊，閭里怨苦，遠近彰聞。孝德知之，力不能制。公戲謂賓朋曰：「若使余爲軍候，不令至是。」行軍司馬王稷以其言啟於白孝德，即日以公爲都虞候，兼權知奉天縣事。浹旬而軍不犯禁，逾月而路不拾遺。永泰元年，孝德奉詔歸邠州，表公進封張掖郡王、北庭行軍、邠寧都虞侯。』據《實録》，時晞官爲左常侍，宗元云尚書，誤也。又按《實録》：廣德二年十月，吐蕃寇邠州，孝德、晞閉城拒守。《汾陽家傳》：其年九月，公使陳回光與孝德議邊事於邠州。則孝德不以永泰元年始歸邠州，陳翃誤也。《逸事狀》又云：『先是太尉在涇州爲營田官，涇大將焦令諶取人田，自占數十頃，給與農曰：「且熟，歸我半。」是歲大旱，野無草，農以告，諶曰：「我知入數而已，不知旱也。」督責益急，且飢死，無以償，即告太尉。太尉判狀辭甚巽，使人求諭諶。諶盛怒，召農者曰：「我畏段某耶？何敢言我！」取判鋪背上，以大杖擊二十，垂死，輿來庭中。太尉大泣曰：「乃我困汝！」即自取水洗去血，裂裳衣瘡，手注善藥，旦夕自哺農者，然後食。取騎馬賣市穀代償，使勿知。淮西寓軍帥尹少榮，剛直士也，入見諶，大罵曰：「汝誠人邪？涇州野如赭，人且飢死，而必得穀，又用大杖擊無罪者。段公，仁信大人也，而汝不知敬。今段公唯一馬，賤賣市穀入汝，又取不恥。凡爲人傲天災、犯大人、擊無罪者，又取仁者穀，使主人出無馬，汝將何以視天地？尚不愧奴隸耶？」諶雖暴抗，然聞言則大愧流汗，不能食，曰：「吾終不可以見段公。」一昔自恨死。』按《段公別傳》，大曆八年，焦令諶猶存。蓋宗元得於傳聞，其實令諶不死也。」《册府元龜》卷七二一：「大曆中，秀實爲涇原節度馬璘行軍司馬。時吐蕃來寇，戰於鹽倉，官軍不利。璘爲寇戎所隔，逮暮未還。敗將潰兵，争道而入。時都將焦令諶與諸將四五輩狼狽而至，秀實召讓之曰：『兵法：失大將，麾下當斬。公等忘其死而欲安其家耶？』令諶等恐懼，下拜數十。秀實乃悉驅城中士卒未出戰者，使驍將統之，東依古原，列奇兵，示賊將戰，且以收合敗亡。蕃衆望之，不敢逼。及夜，璘方獲歸。」《資治通鑑》繫其事於大曆八年。大曆十二年段秀實又爲涇州刺史，兼本州團練使，見《舊唐書·代宗紀》。舊注誤以邠州事爲段秀實第二次爲涇州刺史時事。

〔二〕[注釋音辯]郭子儀治河中，即蒲州。[百家注引孫汝聽曰]是歲正月，以汾陽王郭子儀爲關内、河東副元帥、河中節度等使，治河中。河中，蒲州也。[蔣之翹輯注]舜都，今屬山西平陽府。

〔三〕[注釋音辯]（晞）音希，汾陽王之子。[百家注引孫汝聽曰]晞，子儀子。時爲左常侍，不爲尚書，恐誤。[蔣之翹輯注]史傳：子儀自行營入朝，晞在邠州，放縱不法。按唐涇與邠州皆隸關內道。邠州，古豳國之地，今屬陝西西安府。按：郭晞爲郭子儀第三子，安史亂時，郭晞隨父征伐，有功，官御史中丞。卒後贈兵部尚書。郭晞當時官非尚書。

〔四〕［注釋音辯］邠，悲巾反。［百家注引孫汝聽曰］子儀自行營入朝，晞在邠州，士放縱不法。

〔五〕［注釋音辯］［韓醇詁訓］竄，取亂切。［百家注］竄，七亂切。按：指邠州的好吃懶做橫行不法之徒，以賄賂的手段買通軍營中人，使自己也名列軍營名册中，以軍隊爲保護傘，得以强取暴斂。

〔六〕［注釋音辯］張（敦頤）云：（嗛）音歉，不滿也。［韓醇詁訓］音歉。《說文》：「不足也。」［百家注］［世綵堂］嗛音慊。

〔七〕［注釋音辯］童（宗說）云：鬲音歷，鼎屬。盎，于浪切，瓦盆屬。［韓醇詁訓］釜音輔，正作鬴。鬲音歷，鼎屬也。盎，於浪切，盆也。

〔八〕［注釋音辯］［韓醇詁訓］撞，傳江切。

〔九〕［注釋音辯］邠寧節度使姓白名孝德。

〔一〇〕［注釋音辯］理，治也。按：生人即生民，理即治，唐人因避諱改。

〔一一〕都虞候，軍中執法官。

〔一二〕［注釋音辯］爲，去聲。已，止也。

〔一三〕［注釋音辯］壞音怪。釀，女亮切。［韓醇詁訓］壞，胡怪切。釀，女亮切。

〔一四〕［注釋音辯］童（宗説）云：（槊）音朔，長矛也。［韓醇詁訓］槊音朔。《説文》：「長矛也。」

〔一五〕［韓醇詁訓］（譟）先到切，與噪同。

〔一六〕［注釋音辯］張（敦頤）云：躄，蒲結切，又俾亦切。不能行。［韓醇詁訓］躄，必亦切。《説文》：「不能行也。」按：百家注本引作童宗説曰。

〔一七〕［百家注引王儔補注］邵太史曰：「宋景文修新史，曰『吾戴頭來矣』。去一『吾』字，便不成語。吾戴頭來者，果何人之頭耶？」按：「吾戴吾頭來矣」，有嘻謔意，表現出段秀實臨危不懼，從容鎮定。去後「吾」字，此意大減。

〔一八〕惡，兇惡，指壞人。

〔一九〕戢，管束。

〔二〇〕何焯《義門讀書記》卷三五：「從軍及作役者十人爲火。」

〔二一〕［注釋音辯］張（敦頤）云：（哺）音逋，晚食。按：韓醇詁訓本同。

〔二二〕［百家注引孫汝聽曰］白孝德初爲邠寧，署秀實支度營田副使。

〔二三〕［注釋音辯］童（宗説）云：（諶）氏壬切，信也。［韓醇詁訓］氏壬切。［百家注］音忱。

〔二四〕巽，通「遜」，謙恭。

〔二五〕［注釋音辯］［韓醇詁訓］衣，于既切。按：衣，作動詞用，意爲包紮。

〔二六〕［注釋音辯］童（宗説）云：哺，音逋，啜也。按：韓醇詁訓本同。百家注本引作張敦頤曰。

〔二七〕［注釋音辯］（赭）音者，赤土。［韓醇詁訓］音者。《説文》：「赤土也。」

〔二八〕［注釋音辯］［韓醇詁訓］隸，郎計切。

〔二九〕［世綵堂］《史記》：「高祖至暴抗也，然籍孺以佞幸。」按：見《史記・佞幸列傳》。

〔三〇〕［百家注引孫汝聽曰］《段公別傳》曰：「大曆八年令諶猶存者。」蓋公之得於傳聞，其實令諶不死。按：文云「先是太尉在涇州爲營田官」，自是廣德二年前事，然焦令諶大曆中猶在，可知云令諶「自恨死」不確。

〔三一〕［百家注引孫汝聽曰］建中元年二月，秀實自涇原節度使召爲司農卿。

〔三二〕［韓醇詁訓］（岐）音祁，山名。［世綵堂］音祈。州名，朱泚所鎮。［蔣之翹輯注］岐，古岐，周地，今爲岐山縣，屬鳳翔府。

〔三三〕［注釋音辯］童（宗説）云：（泚）此禮切。按：韓醇詁訓本同。

〔三四〕［百家注引孫汝聽曰］（建中）四年十月，昭涇原節度使姚令言率師救哥舒曜。丁未，出京城，至滻水，倒戈謀反，乃於晉昌里迎朱泚爲帥。

〔三五〕［百家注引孫汝聽曰］庚戌，泚殺秀實。興元元年二月，贈秀實太尉，謚忠烈。

〔三六〕［注釋音辯］識音志。

〔三七〕［注釋音辯］童（宗説）云：斄，后稷所封。音部。［韓醇詁訓］斄，他來切。［世綵堂］《前漢・地理志》「右扶風斄縣」。注：「后稷所封。師古曰：斄，讀與部同，音胎。」按：百家注本引童宗説尚云：「今本作漦，音侯甾切，水名。」

〔三八〕［蔣之翹輯］真定，唐中山，今爲府，屬北直隸。按：蔣注非是。此非鎮州常山郡之真定，彼屬河北道，不屬關内道。此指寧州之真寧、定平，爲寧州屬縣。《新唐書·地理志一》寧州彭原郡：「真寧，緊。本羅川，有要册湫。天寶元年獲玉真人像二十七，因更名。」「定平，上。武德二年析定安置，後隸邠州，元和三年復來屬，四年隸左神策軍。有高摭城，唐末以縣置衍州。」寧州正是柳宗元曾經遊歷之地。

〔三九〕馬嶺，唐慶州順化郡屬縣有馬嶺。《舊唐書·地理志一》慶州：「馬嶺，隋縣治天家堡，貞觀八年移理新城，以縣西有馬嶺阪。」

〔四〇〕［注釋音辯］鄣，之向切。［韓醇詁訓］鄣音章。《説文》：「紀邑也。」堡音保。《説文》：「墇也。」［世綵堂］《漢書》：「武帝使狄山乘鄣。」鄣音章，又去聲。堡音保。［蔣之翹輯］《漢書》：「十里一亭，十亭一鄉。」《説文》：「鄣，紀也。堡，墇也。戍邊守也。」按：韓醇之注，百家注引作張敦頤。然其注未妥。鄣同障，謂險要處用於防禦之城堡。世綵堂所引見《漢書·張湯傳》，顔師古注：「鄣謂塞上要險之處，别築爲城，因置吏士，而爲鄣蔽以捍寇也。」陳景雲《柳集點勘》卷一：「宗元嘗出入岐周邠漦間，案《叔父侍御府君墓版》云：『貞元十二年終於朔方私館，冢侄某等奉孤即位。』冢侄即子厚也。侍御歷朔方、渭北二府，子厚嘗往省之，其遊歷邊塞，當在此時。」

〔四一〕［注釋音辯］（姁）火羽切。［韓醇詁訓］況羽切。［百家注］凶於切，又況羽切。［世綵堂］《前漢·韓信傳》：「言語姁姁。」注云：「和好貌。」

〔四二〕［蔣之翹輯注］《後漢書》：「物色空錯愕。」按：《後漢書·寒朗傳》：「試以（劉）建等物色，獨問（顔）忠、（王）平。」李賢等注：「物色，謂形狀也。」物色待人，謂待人傲慢。

〔四三〕［百家注］永州刺史。按：此崔公爲崔能，元和九年由黔中觀察使貶永州刺史。

【集評】

王令《段秀實太尉傳》（原注：作時《新唐書》未出）：吾每讀柳子厚《上史館書》及《太尉遺事》，再三欲捨而不能也。心疑其韓退之直史館時而久不得太尉傳，今而得之，徒斷斷無奇節，又烏覩所謂遺事哉？已而疑子厚實獻否也，間取而併之，此則柳志耳，更爲之贊云。（《廣陵集》卷二一）

邵博《邵氏聞見後録》卷一四：柳子厚書段太尉遺事：「解佩刀，選老躄者一人持馬，至郭晞門下，甲者出，太尉笑且入曰：『吾戴吾頭來矣。』」宋景文修《新史》，曰：「吾戴頭來矣。」去一「吾」字，便不成語。吾戴頭來者，果何人之頭耶？

汪藻《范文正公祠堂記》：昔段秀實盡忠於唐世，徒以爲一時奮取功名之人，而不知居官必有可書之事。柳宗元爲摭其實，上之史官，今所以知段太尉逸事者，宗元發之也。（《浮溪集》卷一八）

樓鑰《跋姜堯章所編張循王遺事》：柳河東以段太尉逸事上史館，自言好問老校退卒，能言其事。考其所載者三：戮郭晞之軍士，撫焦令諶之農者，不受朱泚大綾之幣。顧太尉忠節顯著，何必俟此三者而後爲賢？蓋惜其逸墜，且以見太尉之平昔非一時奮不顧死以得名者。舊唐史之傳雖詳，以未見河東之狀，故三事皆闕而不書。宋景文公謹謹書之，其爲佳傳之助多矣。（《攻媿集》卷七一）

黄震《黄氏日鈔》卷六〇：段太尉逸事凡三：其一斷汾陽王子晞軍擾市者十七人頭，其二賣馬代償大將焦令諶所取旱歲農人穀，其三朱泚致其壻韋晤綾三百疋，棲之司農治事堂梁上。文高事覈，曲盡其妙。

羅璧《羅氏識遺》卷一：柳子厚《段太尉逸事狀》曰「吾戴吾頭來矣」，宋史削去下一「吾」字，曰「吾戴頭來矣」，河南邵氏謂去下一「吾」字，「戴頭來，果誰頭耶」，豈知段之不懼，正以自請一死，詞之工，正在下一「吾」字。此則不詳文義而省者。

樓昉《崇古文訣》卷一四：筆力老健，真有作史手段。

王得臣《揮麈後録》卷一：《新唐書》載事倍於舊書，皆取小説。本朝小説尤少，士夫縱有私家所記，多不肯輕出之。度謂史官欲廣異聞者，當擇人叙録所聞見，如《段太尉逸事狀》、《鄴侯家傳》之類上之史官，則庶幾無所遺矣。

鎦績《霏雪録》卷下：《邵氏聞見後録》云：「子厚書段太尉遺事云『吾戴吾頭來矣』。宋景文公修史曰『吾戴頭來矣』。去一吾字，便不成語。吾戴頭者，何人之頭邪？」眉山蘇太史伯衡作《唐應奉肅墓誌》曰：「尤工篆楷，深得筆意。」密庵謝元功指「筆意」上曰：「此處似闕二字惟中。」愚士問：

「闕何字？」」元功曰：「當添『古人』二字，不然，得何人筆意邪？」」此即「吾戴吾頭」例也，二君服其論。予謂此例，經有之，如《泰誓》「朕夢協朕」，《卜語》「吾日三省吾身」，《孟子》「我善養吾浩然之氣」之類，特未有人拈出耳。

《王荆石先生批評柳文》卷二：嘻笑怒駡，靦腆之狀，纚纚筆端，昌黎不能作。

胡應麟《題李習之集二則》二：歐陽永叔至韓李並稱，而不及子厚，以其識也。然其文率人所能至，竟集中無可與《梓人》、《封建》及嶺右諸記等列者。翱生平得意《高愍女》、《楊烈婦傳》，自以不減孟堅，以較《段太尉逸事》尚避三舍，況霍光等傳摹勒如畫者哉？唐惟柳差可配韓，而歐公去取若是，蓋一時論道之語，非定評也。（《少室山房集》卷一〇五）

胡應麟《少室山房筆叢》卷一三《史書佔畢一》：以昌黎毛穎之筆而馳驟古人，奚患其不史也？而《順宗録》有取舍之譏，《曹王碑》多軋茁之調。柳以史筆推韓，與書翊戴至矣，而韓弗任也。《段秀實傳》一臠足珍，他絶不覯。李習之翱鋭以史自居，第唐一代，詎止高、楊兩女子哉？宋王、曾、蘇氏重名，居館職，徒成故事。《隆平集》今傳，非荀、袁匹也。史有別才，歷較唐、宋諸子，益信矣。

又：唐文章近史者三焉：退之《毛穎》之於太史也，子厚《逸事》之於孟堅也，紫薇《燕將》之於《國策》也。宋而下蔑聞矣。

茅坤《唐宋八大家文鈔》卷二八：巉刻情事。

蔣之翹輯注《柳河東集》卷八：《段太尉逸事狀》可當昌黎《書張中丞傳後》一篇，然韓作俊逸，柳作縝密，俱見擅場。又引王世貞曰：退之《海神廟碑》猶有相如之意，《毛穎傳》尚規子長之風，子厚《晉問》頗得枚叔之情，《段太尉逸事》差存孟堅之造。下此益遠矣。「存者幾何」句下評：語語皆頂門一鍼，雖大頑惡人，能不自悔。「由是無禍」句下：一段已結汾陽王子晞擾軍事，然秀實固偉人，晞亦非俗子。「自恨死」句下：叙賣馬代納令諶穀，奇矣。得尹少榮一番議論，更痛快。「封識具存」句下：末段叙次，不群不理，大有筆法。文末引茅坤曰：史家顯微闡幽之意，略見於此。

黄宗羲《金石要例·行狀例》：行狀爲議謚而作，與求志而作者，其體稍異。爲謚者須將謚法配之，可不書婚娶子侄（昌黎狀董晉亦書子侄），柳州狀段太尉、狀柳渾是也。爲求文者，昌黎之狀馬韓、柳州之狀陳京、白香山之狀祖父是也。

康熙敕纂《御選古文淵鑒》卷三七：刻畫情事，能使太尉鬚眉畢現，與昌黎《張中丞傳後叙》工力悉敵。臣（王）鴻緒曰：直起直收，巉峭簡嚴，逼真史遷叙事文字。臣（張）英曰：叙太尉三事，皆剛正慈仁，《詩》所謂不畏强禦，不侮鰥寡者歟？筆勢復陡健雄邁，曲盡情事。

儲欣《河東先生全集録》卷二：十七人斷頭注槊，勇也。賣馬市穀代償，仁也。誡不受朱泚貨幣，識逆賊於未然，智也。棲之司農梁上，義也。三事而四德具焉。段公千古偉人，此狀寫生，字字欲活，亦是千古絶調。又評：柳記事文，段狀第一。昌黎謂巧匠旁觀，固當服膺此等矣。或以此狀擬韓《張中丞傳後篇》，余謂彼是議論叙事參錯見奇，此但叙事，不入議論一句，爲尤難也。

李光地《榕村語録》卷二九：柳子叙事學《史》《漢》便是《史》《漢》，韓子不肯學《史》《漢》高於

《史》《漢》。《張中丞傳後叙》亦倣伯夷等傳體，而詞調風格，毫不步趨。《段太尉逸事狀》居然是孟堅極得意文字。

何焯《義門讀書記》卷三五：深謹。「至晞門下」至「其與存者幾何」：其精神正在次第婉轉、深穩頓挫處，神閒氣定，筆墨如生。凡《史》《漢》文字最綿密，與《左氏》異者，特周、漢文質，以時變耳。今人以疏率貌之，所以遠也。……「先是太尉在涇州」至「一昔自恨死」：又詳在涇州事，見太尉不徒以剛勇取勝一時。「及太尉自涇州以司農徵」至末：言又有先識見微明，非一時意氣所成也。

沈德潛《唐宋八家文讀本》卷九：凡逸事三：一寫其剛正，一寫其慈惠，一寫其清節，段段如生。至於以笏擊賊，此致命大節，人人共喻，不慮史官之遺也。後劉昫撰《唐書》，仍不採所上之狀，至宋祁始補入之。

浦起龍《古文眉詮》卷五四：書以聲之，狀以條之，跋以振之，合而成篇。太尉大節，擊泚以死，事具史館，偉矣。若狀中三事卓卓，正足以平生秉志，仁勇識力，徵其見危致命之有本，公特表而出之，絶頂學識。歸安本不録《與史官書》，可笑。

趙翼《陔餘叢考》卷一二：《段秀實傳》，《新書》增郭晞軍士縱暴，秀實斬十七人，及大將焦令諶責農租，秀實賣馬代償，令諶愧死二事，皆《舊書》所無。按此出柳宗元所記《段太尉逸事狀》，謂之逸事，必是國史所本無者。宗元蓋嘗見國史本傳，故另作狀以著之。由此以推，可見《舊書》全抄國史原本，《新書》則參考他書成之，亦見子京用功之深也。

孫琮《山曉閣選唐大家柳柳州全集》卷四：此篇叙太尉三逸事，截然是三段文字。第一段，寫太尉以勇服王子晞，便寫得千人辟易，一軍皆驚。第二段，寫太尉以仁愧焦令諶，便寫得慈祥愷悌，不是煦煦之仁。第三段，寫太尉以廉服朱泚，便寫得從容辭讓，不是孑孑之義。末幅，證獻狀之不謬，筆墨疏朗，不下史遷作法。又引盧文子（元昌）云：首段寫其剛，次段寫其仁，三段寫其節。

王之績《鐵立文起》卷五：王懋公曰：行狀體有正變，正如韓愈《董公行狀》，變如柳宗元《段太尉逸事狀》。

又引曾弗人曰：唐宋四大家，蘇既不長於叙事，傳狀誌銘，獨退之、永叔爲多。宗元叙段太尉逸事，其刻畫生動，無論永叔諸誌，幾欲追子長而掩退之。而《梓人》、《橐駝》諸傳，皆感事寓言。傳誌行狀，不少概見，豈求之者少耶？

蔡世遠《古文雅正》卷九：段公忠義明決，叙得懔懔有生氣，文筆酷似子長，歐、蘇亦未易得此古峭也。又評：先殺十七人，而後見晞，事似太爽快，近危道。公蓋知晞可與言者，又不如此而先見晞，恐不足以彌之。然公是時義激於中，生死總不計及，不然，笏擊逆泚，豈自分不死耶？

乾隆敕纂《御選唐宋文醇》卷五六曾鞏《撫州顔魯公祠堂記》：世謂柳宗元記段秀實、曾鞏記顔真卿，皆不以一死重其平生，以爲具眼定論。然兩作自是不同。秀實武人，宗元恐後世以其奮笏擊朱泚爲出於一時激烈所爲，没其平日慈惠忠清可以當大事之學識，故特著其逸事，以傳後世。若顔真卿之大節卓卓，震耀耳目，其不僅以一死重者。夫人知之，不待鞏言，非若秀實之傳於今，實宗元表章之之力也。

且也死不忘君，握拳透爪，其生平事蹟，真所謂屑栴檀寸寸皆香者，又何從較其輕重哉？

惲敬《卓忠毅公遺藁書後》：敬嘗喜於詩文集求古人性情之所在，年譜、行狀求其瑣屑不經意之事，以觀其學問之所至。……李將軍名將，子長記其被獲卧兩馬間。張都督百戰保江淮，退之記其不忘名姓。段太尉手擊朱泚，子厚記其鬻馬償債。皆其人精神意氣流露於不及覺者，故可以爲觀人之法。（《大雲山房文稿》二集卷二）

焦循批《柳文》卷二〇：皆寫生之筆，字字入神。

王文濡《唐文評注讀本》下册：保全郭氏，勇也。賣馬償穀，仁也。卻朱泚帛，廉且智也。文亦寫得奕奕如生，是學史公而得其神髓者。

林紓《韓柳文研究法·柳文研究法》：柳州《段太尉逸事狀》，與昌黎《張中丞傳後叙》，均洋洋有生氣，亦皆良史之才也。不佞甚惜柳州不爲史官。其寫忠義慷慨處，氣壯而語醇，力偉而光斂，可稱極筆。寫郭晞悍卒，「日群行丐取於市，不嗛，輒奮擊折人手足，椎釜鬲甕盎盈道上，袒臂徐去」。且撞殺孕婦人，又「入市取酒，以刃刺酒翁，壞釀器，酒流溝中」云云，皆極寫邠州客兵無賴狀態，力摹《漢書》。時白孝德方爲邠甯節度使，「以王故，戚不敢言」作一頓，於是接入「太尉自州，以狀白府」。自州者，太尉時爲涇州刺史也。其告白公曰：「天子以生人付公理，公見人被暴害，因恬然，且大亂，若何？」又曰：「某爲涇州，甚適少事，今不忍人無寇暴死，以亂天子邊事。公誠以都虞候命某者，能爲公已亂，使公之人不得害。」一往爲冤民言，既責近孝德之畏懦，因而表己之幹力，言激而忠，果而非躁。學《史》《漢》而能成自然，非若侯雪苑之竄取《史記》句法，即謂爲能學《史記》也。及「太尉列卒，取十七人，皆斷頭注槊上，植市門外」，直逼《漢書·酷吏傳》矣。工夫在用一「注」字、「植」字，光色燦然動目。一軍盡甲後，太尉笑且入曰：「殺一老卒，何甲也？吾戴吾頭來矣。」老卒者，太尉自謂身爲虞侯也。宋景文《新唐書》去二「吾」字，求簡而轉晦，無取也。太尉語極抗强，卻極委婉，一則哂全軍之不武，一則示一身之有膽。太尉遺事，固自風流，然不有此等文章，亦描摹不能盡致。其責郭尚書語，侃直而簡貴。及造府謝過，邠州之事已畢，遂繞叙到涇州惠政矣。大將焦令諶因旱而責穀於民，民飢無以償，告太尉，太尉判辭甚巽。使人喻諶，諶怒，召農者，鋪其判辭於農背，大杖之。太尉竟爲農傅善藥，貸馬代償其穀，諶聞之大愧。合兩事而言，公能殺郭晞之卒，詎不能面斥此悍將？不知徵營田之入，諶非有罪也。在禮宜巽，且宜感之以誠。驕卒之殺人，節度使宜問也。既問，則宜執法以治之，無憚貴要。段太尉大節，在笏擊朱泚，此特其遺事。然先叙殺卒注頭，後叙賣馬償穀者，則兼仁勇言也。見得太尉神武凜然，百死無懼。而先乃愛民如慈母之將子，後先倒叙，似疾雷迅雷過後，卻見朗月當空，使觀者改容，是叙事妙處。

## 故銀青光禄大夫右散騎常侍輕車都尉宜城縣開國伯柳公行狀①

曾祖善才，皇荆王侍讀。

祖尚素，皇潤州曲阿縣令。

父慶休，皇渤海郡渤海縣丞②，贈蔡州刺史、工部尚書。

汝州梁縣梁城鄉思義里柳渾年七十四狀〔一〕。

公字惟深〔二〕，其先河東人。晉永嘉年〔三〕，有濟南太守卓者，去其土，代仕江左③〔四〕，公實後之。柳氏自黄帝、后稷降於周、魯，以字命族，因地受氏，載在左氏內、外傳及太史公書〔五〕。自卓至公十有一代〔六〕，爲士林盛族，著於南朝歷代史及柳氏家牒〔七〕。惟公質貌魁傑，度量宏大，弘和博達，而遇節必立，恢曠放弛而應機能斷〔八〕。其居室，奉養撫字之誠〔九〕，儀於宗戚，而內行著焉；其蒞政，柔仁端直之德，洽於府寺，而外美彰焉。凡爲學，略章句之煩亂，採摭奧旨〔一〇〕，以知道爲宗；凡爲文，去藻飾之華靡，汪洋自肆，以適己爲用。自始學至於大成，躭嗜文籍〔一一〕，注意鑽礪〔一二〕，倦不知游息，威不待榎楚〔一三〕。儒言雅旨④，夙有聞知。

年十餘歲，有稱神巫來告曰：「若相法當夭且賤〔一四〕，幸而爲釋，可以緩而死耳，位祿非若事也。」公諸父素加撫愛，尤所信異，遽命奪去其業，從巫言也⑤。公不可，且曰：「夫性命之理，聖人所罕言，搢紳者所不道，巫何爲而能盡之也⑥？且令從之而生，去聖人之教而爲異術，不若速死之愈也。」於是爲學甚篤。其在童幼，固不惑於怪譎矣〔一五〕。

開元中舉汝州進士，計偕百數，公爲之冠〔一六〕。禮部侍郎韋陟異而目之，一舉上第〔一七〕。調授宋州單父尉⑦〔一八〕。操斷舉措，通乎細大，絜廉檢守，形於造次。加雲騎尉。秩滿，江南西道連帥聞其名，辟至公府〔一九〕。以信州都邑〔二〇〕，人罹凶害〔二一〕，靡弊殘耗，假守永豐令〔二二〕。公於是用重典以威姦暴⑧〔二三〕，鋪大和以惠鰥嫠⑨〔二四〕，敺除物害〔二五〕，消去人隱〔二六〕，吏無招權乾没之患〔二七〕，政無犯令尨茸之蠹〔二八〕，宰制聽斷，漸於訟息。耕夫復於封疆，商旅交於關市。既庶而富，廉恥興焉；既富而教，庠塾列焉〔二九〕。里閈大變，克有能稱，遂表爲洪州豐城令〔三〇〕。到職，如永豐之政，而仁厚加焉。授衢州司馬〔三一〕。

夫器宏者，恥效以圭撮之任〔三二〕；足逸者，難局以尋常之地〔三三〕。公遂滅跡藏用，遁隱於武寧山〔三四〕。群公交書，諸侯走幣，皆謝絶不就。方將究賢人之業，窮君子之儒，味道腴以代膏粱，含德輝而輕紱冕，遺榮養素，恬淡如也。朝右籍甚有聲，徵拜御史〔三五〕。公曰：「君命也，安敢逃乎？」即日裝束上道。公嘗好大體，不爲細家之迫束⑩，非其志也，以疾辭。授右補闕⑪〔三六〕。不隱忠以固位，不形直以奸名⑫。除殿中侍御史，賜緋魚袋，赴江西，與租庸使議復榷鐵及常平倉〔三七〕，便宜制置，得以專任⑬。和鈞關石之緒〔三八〕，出納平準之宜〔三九〕，國利人逸，得其要道⑭〔四〇〕。遷侍御史，充江南西路都團練判官〔四一〕。時屬支郡，不知連帥之職，公請出巡盡征之地，大詰姦謬⑮，所至風動。其有非常之政裕於人者，必舉其課績，歸之使府〔四二〕。又以文采殷勤歌詠之，俾其風謡頌聲〔四三〕，聞於他部，達於京師而後已。改祠部員外郎，轉司勳郎中，餘如故。就拜袁州刺史〔四四〕。公於是酌古良牧之政宜於今者，宗而奉之；考諸理國之説稱於人者，承而守之。均利器用，以致其富；昭明物則，以教之禮。示優裕之德以周惠，利緩九賦⑯〔四五〕；推廣厚之心以固和，慈保萬人。明其制量，臨長群吏，示之法禁，考中備敗，無不得其極。理行高第，朝廷休之，召拜諫議大夫〔四六〕，充浙江東西道黜陟使〔四七〕，將舉其能政端於外邦也。公則修《虞書》之考績〔四八〕，舉漢代之課第〔四九〕，處事詳諦，無依違故縱之敗〔五〇〕；奉法端審，無隱忌峭刻之文〔五一〕。時分部所繫於公尤重，淩江並海〔五二〕，竟吴越之域，皆所涖焉。復命稱職，加朝散大夫。又拜左庶子集賢殿學士。奉翊儲后，修其宫政，統理文籍，紀於祕府。拜尚書左丞⑰。直而多容，簡而有制，去苛削之文〔五三〕，而吏皆率法，務弘大之道，而政不失中。加銀青光禄大夫，遷右散騎常侍⑱。

涇卒之亂，公以變起卒遽〔五四〕，盡室奔匿於終南山〔五五〕。賊徒訪公所在，追以相印。既及公而問焉，公變名氏以紿之〔五六〕，捐家屬以委之。賊遂執公愛子，榜箠訊問〔五七〕，折其右肱，而公不之顧。即步入窮谷，披草逕⑲，踰秦嶺⑳，由褒、駱朝于行宫〔五八〕。上嘉其誠節，不時召見。公頓首流涕，累陳計畫。賊平，策勳賜輕車都尉㉑，封宜城縣開國伯，拜尚書兵部侍郎〔五九〕。公名載，字元輿，至是奏請改名，以滁僞署之汙〔六〇〕。是歲，盜據淮滸〔六一〕，方議討戮，宰相以大理評事李元平者有名，以爲才堪攘寇，拜爲汝州。群臣望聲徇利者皆曰「德舉」，公獨慷慨言於朝曰〔六二〕：「是夫喋喋〔六三〕，衒玉而賈石者也〔六四〕。王衍誤天下〔六五〕，殷浩敗中軍〔六六〕，華而不實，異代同德。往且見獲，何寇之攘？」時人不之信也㉒。未幾，盜襲汝州，以元平歸〔六七〕，凡百莫不嗟服焉。俄以本官同中書門下平章事〔六八〕，登翊聖皇㉓〔六九〕，匡弼大政，造膝盡規諫之志，當事無矜大之容。援下情於上，以酌天心；順嘉謨於外，用彰君德。故績用茂著，而人罕知之。然其章布於外，敷聞在下者，十一二焉〔七〇〕。

貞元初，上以甸服長人〔七一〕，天下理本，於是親擇郎吏，分宰於京師外部〔七二〕。未幾而人謡大和，擊壤之頌歸於帝力〔七三〕。上召丞相告之，左僕射、平章事張延賞抃蹈稱慶。公俯伏不賀，且曰：「甸服之政，固宜慎重，然則此屑屑者㉔，特京兆尹之職耳。陛下當擇臣輩以輔聖德，臣當選京兆以承大化，京兆當求令長以親細事，夫然後宜。捨此而致理，可謂愛人矣，然非王政之大倫也。不知所賀。」上深然之。漢惠悦曹參之言〔七四〕，絳侯慙曲逆之對〔七五〕，考之前志，我無負焉。既而西戎乘間入邑，詐以請盟〔七六〕，侍中北平王燧建議許之〔七七〕，自公卿以下，莫有異慮。公獨陳謀獻畫，言戎之詐，固不可許，竟留中不下，而前議遂行。於是册命上將〔七八〕，涖盟諸戎。戎果縱兵逼好，大敺掠而去。上召對前殿，嘉歎者久之〔七九〕。時諫臣有廷争陷於訕上者〔八〇〕，上未之善也。公從容候間，陳古以諷，所以示寬裕之德，招讜正之言，詞旨切直，意氣勤懇，動合聖謨，卒見納用。無何，工人有以理乘輿服器得罪於左右者㉕〔八一〕，有司以盜易御物，請論如法，制初可之。公不奉詔，因抗疏曰：「跡其罪狀，未甚指明。方春殺人，懼傷和氣㉖。」上覽之大悦，即原其罪〔八二〕。刑官慎恤之事，正於邦典；聖君含育之德，彰於天下。論者難之。時上相與光禄卿裴腆不協，候公休沐，以御酒或闕，陰請貶之。制命既行，公堅執不下，請訊支計之吏，校其供入之實，原本定罪，窮理辯刑，而腆竟獲宥，克復本職。白志貞有羈靮之勤〔八三〕，獻利屢中㉗，上嘉其功效，特寵異之。方議大用，公以爲胥徒雜類㉘，出自微賤，負乘致寇，盜之招也。累疏以聞而止〔八四〕。

公竭誠盡忠，憂勞庶務，有耄忘之疾〔八五〕，懇迫陳讓，除右散騎常侍，罷知政事〔八六〕。貞元五年二月五日，薨於昌化里〔八七〕。終於散地，故褒贈不及。惟公致君之志，孜孜焉不有怠也；立誠之節，侃侃焉無所屈也〔八八〕。故處心積慮〔八九〕，博蹇之道，表於朝端；弼違釋回，朴忠之誠〔九〇〕，沃於帝念。内有敢言之勇，進當不諱之明，用能直道自達，而無罪悔者也。公累更重任，禄秩之厚，布於宗姻。無一廛之土以處其子孫〔九一〕，無一畝之宫以聚其族屬。待禄而飽，傭室而安，終身坦蕩，而細故不入。其達生知足，落落如此。夫其子恭父慈，善行也㉙；拊循制理㉚，能政也；直廉潔静，儉德也；拒疑獨斷，明識也；冒危以扞牧圉〔九二〕，大節也；犯顔以陳訏謨，至忠也。有一於此，尚宜旌褒，矧兹備體，焉可以已㉛？固當飾以榮號，章示後來，而故吏遺孤，淪寓遐壤，久稽彝典，罪在宗屬㉜。敢用評隲舊行〔九三〕，敷贊遺風。若乃揚孔氏褒貶之文，舉周公懲勸之法，徵於誅謚，則有司存。謹狀。

貞元十五年正月日㉝，故銀青光禄大夫右散騎常侍輕車都尉宜城縣開國伯柳公從孫將仕郎守集賢殿正字宗元謹上尚書考功㉞〔九四〕

## 謚議（裴堪）㉟〔九五〕

伏以《魯史》褒貶〔九六〕，《虞書》黜陟〔九七〕，彰善癉惡〔九八〕，王教之端。自周公以來，謚法未改。謹按柳公累歷清貫㊱，茂著名節，貞亮存誠，潔廉中禮。納忠爲争臣之表〔九九〕，出守乃牧人之良。刺舉必聞，澄清可紀，冒危而大節不奪，更名而純誠克彰〔一〇〇〕。遂踐鼎司，以匡王國，奉上盡陪輔之志，退跡有推讓之高。圭璋聞望㊲〔一〇一〕，洽於人聽。所以聳厲在位，關於政教，聲聞王者㊳，其事實繁。褒善勸能，固將不廢。宗元既當族屬，且又通家，傳信克備其遺芳，考行敢徵於故事。謹具署其懿績，布以懿詞，定謚之制，請如律令㊴〔一〇二〕。謹狀。

下太常。博士裴堪謚議曰貞〔一〇三〕，奉敕依㊵。

【校記】

①《全唐文》題無「故」字。

②渤海縣丞，注釋音辯本、《全唐文》無「渤海」二字。

③原校與注釋音辯本、詁訓本、世綵堂本校：「代，一本作往。」

④原校與詁訓本、世綵堂本校：「雅，一作經。」注釋音辯本、游居敬本作「經」，並校：「經，一作雅。」

⑤原校與世綵堂本校：「一云『從巫之言也』。」注釋音辯本「巫」下有「之」，並校：「一本無『之』字。」詁訓本校：「（巫）一有『之』字。」

⑥盡之也，《英華》作「言之耶」。

⑦授，原作「受」，據五百家注本及《英華》改。

⑧威，《英華》作「滅」。

⑨鋪，《全唐文》作「溥」。

⑩《英華》、《全唐文》「細」下有「故」。何焯《義門讀書記》卷三五：「『細』下有『故』字。『家』作『加』。」陳景雲《柳集點勘》卷一：「《文苑》『細』下有『故』字。似當作『細故』，衍一『家』字。」又，「束」原作「速」。原校與注釋音辯本、世綵堂本校曰：「速，一作束。」兩唐書《柳渾傳》皆言渾性放曠，不甚檢束，則「速」字非是，故據校改。

⑪右補闕，《舊唐書·柳渾傳》「右」作「左」。

⑫奸，《英華》、《全唐文》作「干」。注釋音辯本注：「童（宗説）云：奸音干。有本誤作『姧』，非也。」原注與世綵堂本注：「奸音干，它本作『姧』，非也。」詁訓本注：「奸音干，與『姧』同。」按：干，犯。與「奸」可通。奸、姧、姦三字皆有以邪犯正之義，亦可通。

⑬原校與世綵堂本校：「任，一作征。」詁訓本作「征」，並校：「一作任。」

⑭道，《英華》作「術」。世綵堂本校：「道，一作速。又音束。」

⑮謬，原作「繆」，據注釋音辯本、五百家注本改。二字可通。

⑯世綵堂校：「九賦，一作『惠賦』二字。」

⑰左，原作「右」，據《英華》改。《舊唐書·柳渾傳》亦作「左」。

⑱右，《舊唐書·柳渾傳》作「左」。

⑲披，原作「拔」，詁訓本作「扳」，據注釋音辯本、世綵堂本及《英華》改。

⑳秦，《英華》坐「蓁」。

㉑注釋音辯本「策」作「筞」，並注：「筞即策字。」

㉒之，五百家注本、蔣之翹輯注本作「知」。

㉓翊聖皇，《英華》作「庸翊聖」。

㉔《全唐文》無「則」字。

㉕「者」字原闕，據諸本補。

㉖懼，注釋音辯本、《全唐文》作「恐」。

㉗原校與注釋音辯本、世綵堂本校：「利，一作謀。」

㉘胥，注釋音辯本作「骨」，並注：「骨，俗作胥。」百家注本注：「胥，俗作骨。」

㉙注釋音辯本「父慈」下注：「或添『仁義』。」世綵堂本注：「或作『恭孝仁義善行也』，一作『孝恭慈仁』。」善，《英華》作「義」。

㉚制，《英華》作「至」。

㉛焉，《英華》作「烏」。

㉜屬，五百家注本作「族」。

㉝正，《英華》作「三」。

㉞《英華》無「從」字。尚書考功，世綵堂本校：「一本無此四字。」按：以上五十一字原列《謚議》中，今移於「謚議」二字前。行狀後每有上狀人之官銜、署名及呈狀年月，如柳宗元所作段太尉、陳京兩狀皆是，故上五十一字亦爲柳宗元自署。至於謚議，則是裴堪所作。説詳見下一條校記。

㉟《文苑英華》卷八四一題作《左常侍柳渾謚議》，單獨成篇，作者署柳宗元，且無「貞元十五年」至「宗元謹上」四十七字小序。彭叔夏《文苑英華辨證》卷六：「柳宗元《左常侍柳渾謚議》(原注：《行狀》載九百七十七卷)，按宗元乃渾侄孫，作渾行狀，仍作此上考功，狀下太常博士裴寬，因謚

曰貞。本集並載其事，而寬議不録，今乃編在謚議中。」蔣之翹輯注本及《全唐文》題作《謚議》，亦獨立成篇，唯蔣本將上述四十七字作序文，《全唐文》作正文，而皆將「尚書考功」四字入《謚議》正文。按：彭叔夏《辨證》「裴寬」爲「裴堪」之誤。自「伏以」以下爲《謚議》正文，爲裴堪作。作謚議乃太常之職也，柳宗元職不當此，故非柳自作。所謂四十七字之文字亦非《謚議》之序，爲柳宗元狀後自署，則非裴堪之文，故已移之於上。裴堪之議，柳宗元集各本將其作爲附録載入，以「謚議貞元十五年正月日故銀青光禄大夫右散騎常侍輕車都尉宜城縣開國伯柳公從孫將仕郎守集賢殿正字宗元謹上」爲題，並以之爲柳宗元文，《文苑英華》承其誤。今從蔣本將《謚議》作爲正文之附録，並以括弧標明作者爲裴堪。

㊱《英華》「歷」下有「臺閣」二字。

㊲聞，《英華》作「問」。

㊳世綵堂本校：「謝本無『聲聞王』三字。」陳景雲《柳集點勘》卷一：「『王』疑當作『主』。《行狀》未言徵於誄謚，則有司存主者，即定謚有司，謂考功太常之主其事者也。六朝教令及唐制敕中，每有主者施行語，又集中《太白山碑文》亦云詔書勞主者。」

㊴請，注釋音辯本作「謹」，並校：「謹，一本作請。」

㊵議宜謚，《英華》作「謚議」。《全唐文》無「謹狀」以下十五字。《文苑英華》卷八四一文後按云：「宗元乃渾之侄孫，作此議上考功，或是裴堪因其説而就謚曰貞，故載之謚議。」按：自「下太常」

以下當是當事宰相批語及處理結果。《新唐書·柳渾傳》載謚曰貞,《舊傳》未及。《唐會要》卷七九《謚法上》謚「貞」者亦無柳渾。

【解　題】

〔注釋音辯〕柳渾。〔韓醇詁訓〕柳渾,新舊史皆有傳,又字夷曠。柳氏本自魯孝公子展之孫,以王父字爲展氏。至展禽,食采於柳下,又以氏爲柳。魯爲楚滅,柳氏入楚。楚爲秦滅,乃還晉之解縣。秦置河東郡,故爲河東解縣人。公謂其先河東人,自黄帝、后稷降於周、魯,以字命族,因地受氏,蓋以此也。據謚議,貞元十五年從孫某謹上狀,蓋同時作。〔世綵堂〕貞元十五年己卯,公年二十七。爲集賢殿正字時作。按:此文述柳宗元從祖柳渾生平事蹟,並爲其乞謚號。《新唐書·柳渾傳》多采此文。此文於贊頌處多用駢偶,蓋當時風氣如此。

【注　釋】

〔一〕新、舊唐書《柳渾傳》皆言柳渾貞元五年卒,年七十五。

〔二〕〔注釋音辯〕一字夷曠。按:柳渾原名載,平定朱泚亂後改名渾。

〔三〕〔韓醇詁訓〕永嘉,懷帝時也。〔百家注引童宗説曰〕永嘉,懷帝年號。

〔四〕〔注釋音辯〕柳純子卓。〔百家注引孫汝聽曰〕西晉末,柳純位平陽太守,純子卓避永嘉之亂,自本郡遷於襄陽，官至汝南太守。今云濟南，恐誤。

〔五〕［注釋音辯］（傳）去聲。魯孝公子伯展，展孫無駭，賜姓展氏。無駭生禽，字季，爲魯士師，食邑柳下，謚曰惠，固以柳爲氏。魯爲楚滅，柳氏入楚。楚爲秦滅，乃還晉之解縣，爲河東人。［百家注引孫汝聽曰］魯孝公子伯展，展孫司空無駭，無駭生禽字季，爲魯士師，食邑柳下，謚曰惠，因以柳爲氏。魯爲楚滅，柳氏入楚。楚爲秦滅，乃還晉之解縣。後秦置河東郡，故爲河東解縣人。按：左氏内、外傳指《左傳》、《國語》。太史公書指司馬遷《史記》。「乃還晉之解縣」之「還」，世綵堂本注作「遷」，是。

〔六〕［百家注引孫汝聽曰］卓子恬，西河太守。恬子憑，馮翊太守。憑子叔宗。字雙鱗。宋建威參軍。叔宗子世隆，字彦緒，南齊尚書令。世隆子惔，字文通，梁左僕射、曲江穆侯。惔子映。映子奭。奭子善才。善才子尚素。尚素子慶休。慶休子渾。自卓至渾，十一世也。

〔七〕［百家注引孫汝聽曰］柳元景弟叔宗已下，《南史》皆有傳。［世綵堂］（牒）達協切。《前漢》「披圖案牒」，蘇林曰：「牒，譜第之也。」按：見《漢書·禮樂志》所載《齊房》詩。

〔八〕［注釋音辯］（斷）去聲。［百家注］音煅。

〔九〕撫字，撫養教育。

〔一〇〕［注釋音辯］摭，之石切，拾也。［韓醇詁訓］摭，之石切。《説文》：「拾也。」按：百家注本引作童宗説曰。

〔一一〕［注釋音辯］躭，都含切。［韓醇詁訓］「躭」與「耽」同，都含切。

〔一二〕［注釋音辯］鑽，祖官切。［韓醇詁訓］鑽，祖官切。《説文》：「所以穿也。」按：百家注本引作童宗説曰。

〔一三〕［注釋音辯］［韓醇詁訓］榎，古雅切。［蔣之翹輯注］與「檟」同。《經》一作「夏」。《禮記》云：「夏楚二物，收其威也。」按：見《禮記·學記》，鄭玄注：「夏，槄也。楚，荆也。二者所以撲撻犯禮者。」

〔一四〕［注釋音辯］夭，上聲。若，汝也。

〔一五〕［注釋音辯］童（宗説）云：譎，古穴切。《説文》：「權詐也。」按：韓醇詁訓本同。百家注本引作張敦頤曰。

〔一六〕［注釋音辯］［韓醇詁訓］（冠）音貫。後同。［蔣之翹輯注］《前·漢武紀》：「徵吏民明當世之務，習先聖之業者，縣次續食，令與計偕。」注：「計上最簿，使郡國每歲遣詣京師，所徵之人與俱來也。」

〔一七〕［百家注引孫汝聽曰］天寶元年，禮部侍郎韋陟知貢舉，柳載中第十四人。載，後改名渾。

〔一八〕［注釋音辯］調，去聲。父，上聲。［蔣之翹輯注］單父，魯邑名。今爲單縣，屬兗州府。宋州，今河南歸德是也。

〔一九〕［注釋音辯］帥，所類切。辟音璧。謂爲江西採訪皇甫先判官。［百家注引孫汝聽曰］至德中，爲江西採訪皇甫侁判官。按：注釋音辯本注「先」爲「侁」之誤。

〔二〇〕［蔣之翹輯注］唐信州，今爲江西廣信府。

〔二一〕［注釋音辯］［韓醇詁訓］罹，鄰知切，遭也。

〔二二〕［蔣之翹輯注］永豐，信（州）屬縣也。按：假守，即代理。

〔二三〕［注釋音辯］童（宗説）云：重，直隴切。《周禮》：「刑亂國用重典。」按：見《周禮·秋官司寇·大司寇》。

〔二四〕［注釋音辯］（嫠）陵之切。［韓醇詁訓］（鰥嫠）上古頑切，下陵之切。按：嫠即寡婦。

〔二五〕［注釋音辯］敺即驅字。［韓醇詁訓］敺音區。

〔二六〕［蔣之翹輯注］人隱謂民隱也，子厚以避諱故耳。

〔二七〕［世綵堂］招音翹。《前漢》：「招權而爲亂首。」注：「招，舉也，猶賣弄也。」乾音幹，出《張湯傳》，注：「得利曰乾，失利曰没。」蘇鶚《演義》云：「乾没，猶陸沉之義。」［蔣之翹輯注］《漢·刑法志》：「政衰聽怠則廷平，將招權而爲亂首矣。」注：「招，求也，招致權著己也。」又《張湯傳》：「湯始爲小吏，乾没，與長安富賈田甲之屬交私。」注：「得利爲乾，失利爲没。」

〔二八〕［注釋音辯］張（敦頤）曰：尨茸，亂貌。尨音蒙，一音莫江切。茸，如容切。𧑍音姤。［韓醇詁訓］尨音蒙。茸，如容切。《説文》：「尨茸，亂貌。」［世綵堂］《左傳》僖五年：「狐裘尨茸。」注：「亂貌。」

〔二九〕［注釋音辯］塾音孰。門内之學。［韓醇詁訓］塾音孰，學也。《禮》：「家有塾。」［百家注引童宗説曰］塾，學也。《禮記》：「家有塾。」塾音孰。按：見《禮記·學記》。

〔三〇〕［蔣之翹輯注］唐洪州，今江西南昌府。豐城，其屬縣也。

〔三一〕［蔣之翹輯注］衢州，春秋爲越西鄙姑蔑地，今爲府，隸浙江。

〔三二〕［注釋音辯］撮，蒼括切。量容六十四黍爲圭，四圭爲撮。［韓醇詁訓］撮，倉括切。［世綵堂］《前漢》：「量多少者不失圭撮。」孟康曰：「六十四黍爲圭。」應劭曰：「四圭曰撮，三指撮之也。」按：見《漢書·律曆志上》。

〔三三〕［世綵堂］《左傳》：「争尋常以盡其民。」注：「八尺曰尋，倍尋曰常。」按：見《左傳》成公十二年。

〔三四〕［蔣之翹輯注］武寧，洪屬邑也。其山以渾嘗隱此，至今稱柳公山。按：祝穆《方輿勝覽》卷一九隆興府：「柳山在武寧縣西四十里，縣之絶景。唐史：柳惲棄官，隱於武寧山。」

〔三五〕［百家注引孫汝聽曰］拜監察御史。

〔三六〕［蔣之翹輯注］史傳：「召拜監察御史。臺僚以儀矩相繩，而渾放曠，不樂檢局，乃求外職。宰相惜其才，留爲左補闕。」

〔三七〕［注釋音辯］榷音角。［韓醇詁訓］榷，克角切。按：常平倉，漢宣帝時，耿壽昌建議於邊郡築糧倉，穀賤時以較高價糴入，穀貴時以較低價賣出，稱常平倉。以後歷代於都會之處常設這種糧倉，用以平抑糧價，或救荒賑恤。

〔三八〕［蔣之翹輯注］《書》：「關石和鈞，王府則有。」按：見《尚書·五子之歌》。關，通也。和，平也。古時一百二十斤曰石，三十斤曰鈞。

〔三九〕［蔣之翹輯注］《史記》注：「大司農屬官有平準令丞，以均天下郡國輸斂，平賦相準者也。」按：《史記·平準書》：「故抑天下物名曰平準。」出納即收支。

〔四〇〕［百家注引孫汝聽曰］明年，自左補闕除殿中侍御史，知江西租庸院事。

〔四一〕［百家注引孫汝聽曰］大曆三年，以刑部侍郎魏少游爲江西觀察使，少游表渾爲其府判官。

〔四二〕［蔣之翹輯注］使府，觀察使之府，謂少游也。

〔四三〕［韓醇詁訓］謡音揺。

〔四四〕［百家注引孫汝聽曰］（大曆）十二年，拜袁州刺史。

〔四五〕［蔣之翹輯注］《周禮·天官·太宰》：「以九賦斂財賄，一曰邦中之賦，二曰四郊之賦，三曰郊甸之賦，四曰家削之賦，五曰邦縣之賦，六曰邦都之賦，七曰關市之賦，八曰山澤之賦，九曰幣餘之賦。」

〔四六〕［百家注引孫汝聽曰］（大曆）十四年五月，以中書舍人崔祐甫平章事。崔薦渾爲諫議大夫。

〔四七〕［百家注引孫汝聽曰］建中元年二月，命黜陟使十一人分巡天下。

〔四八〕［蔣之翹輯注］《虞書》：「三載考績，三考黜陟。」按：見《尚書·舜典》。

〔四九〕［世綵堂］課第，如《蕭何傳》「給泗水卒史事第一」，注云：「課最上。」尹翁歸以高第入守扶風，黄霸以治行第一入守京兆，蕭育爲茂陵令課第六之類。［蔣之翹輯注］漢元帝建昭中京房奏：宜令百官各試其功，奏考功課吏法。按：《漢書·京房傳》：「宜令百官各試其功，災異可息。詔使房作其事，房奏考功課吏法。」顔師古注引晉灼曰：「令、丞、尉治一縣，崇教化，亡犯法者，輒遷。有盗賊滿三日不覺者，則尉事也。令覺之自除，二尉負其罪。率相準如此法。」

〔五〇〕［世綵堂］《漢·刑法志》：「作見知故縱之法」。師古注：「見知人犯法不舉告爲故縱。」

〔五一〕［注釋音辯］［韓醇詁訓］峭，七肖切。［百家注］刻音尅。

〔五二〕［注釋音辯］童（宗説）云：（並海）上蒲浪切，近也。《列子》：「並歌並進。」又音立，上聲。［韓醇詁訓］並，蒲浪切。《説文》：「近也。」［世綵堂］潘（緯）曰：《前漢》：「北至琅琊並海。」師古曰：「並，讀曰傍。傍，依也。」按：所引見《列子·天瑞》、《漢書·武帝紀》元封五年。

〔五三〕［韓醇詁訓］苛音何。

〔五四〕［注釋音辯］卒，即「倅」字。

〔五五〕［世綵堂］《左傳》：「盡室以行。」按：見《左傳》成公二年。杜預注：「室家盡去。」

〔五六〕［注釋音辯］張（敦頤）云：江南呼欺曰紿。音怠。［韓醇詁訓］紿音怠。江南呼欺曰紿。

〔五七〕［注釋音辯］張（敦頤）云：榜，比孟切，笞也。《張敖傳》載：「貫高榜笞數千。」［韓醇詁訓］搒音彭。《説文》：「笞擊也。」［百家注引張敦頤曰］榜音彭。所以輔弓弩。又去聲四十三映，北孟切。進也，笞也。《張敞傳》載「貫高榜笞數千」。又音膀，木片也。又音謗，進舡。［蔣之翹輯注］箠，士蕊切。亦作捶。按：所引見《漢書·張敞傳》。

〔五八〕［百家注引孫汝聽曰］（建中）四年十月，朱泚反。渾微服徒行，遁終南山谷。賊素聞其名，以宰相召，執其子榜笞之，搜索所在。渾步至奉天，扈從至梁州，改左散騎常侍。［世綵堂］褒，韻作裦。按：秦嶺，山脈名。主峰爲太白山。褒駱，褒谷和駱谷。李吉甫《元和郡縣圖志》卷二京兆府：「駱谷道，漢魏舊道也。南通蜀漢。魏少帝正始四年，曹爽伐蜀，諸軍入駱谷三百餘里，不得前進，牛馬驢騾以轉運死者略盡。少帝甘露三年，蜀將姜維出駱谷，圍長城，亦此道也。」又卷二二興元府：「褒谷山，在（南鄭）縣北五里。南口爲褒，北口爲斜，長四百七十里。」

〔五九〕［百家注引孫汝聽曰］貞元二年，拜兵部侍郎，封宜城縣伯。按：《舊唐書·柳渾傳》作貞元二年，而《德宗紀下》作貞元元年，《新唐書·柳渾傳》亦作貞元元年。當以「元年」爲正。

〔六〇〕［韓醇詁訓］謂賊追以相印。渾奏言：「臣名向爲賊汙，且載於文從戈，非偃武所宜。」乃更今名也。按：百家注本引孫汝聽注與韓醇注略同。

〔六一〕［注釋音辯］淮西節度李希烈反。［百家注引孫汝聽曰］淮西節度使吳少誠反。按：《新唐書·柳渾傳》「貞元元年，遷兵部侍郎，封宜城縣伯。李希烈據淮、蔡，關播用李元平守汝州，渾曰」云云。又據《舊唐書·李希烈傳》，李希烈卒貞元二年，可知貞元元年據淮西反者爲李希烈，非吳少誠也。

〔六二〕［注釋音辯］（慷慨）上，口朗切。下，口溉切。

〔六三〕［注釋音辯］喋音牒，多言。［韓醇詁訓］音牒，多言也。

〔六四〕［注釋音辯］衒，扃縣切。賈音古。［韓醇詁訓］（衒）扃縣切。《説文》：「行且賣也。」賈音古。《説文》：「賣售也。」

〔六五〕［世綵堂］晉王衍嘗造山濤，既去，濤曰：「何物老嫗，生此寧馨兒。然誤天下蒼生，未必非此人。」［蔣之翹輯注］王衍字夷甫，官司徒。後爲石勒所殺。按：見《晉書·王衍傳》。

〔六六〕［世綵堂］晉殷浩有盛名，朝廷欲引爲心膂，以抗桓温。爲中軍將軍。後北征兵敗，温疏浩罪，廢爲庶人。［蔣之翹輯注］殷浩字惟深，陳郡人。仕至中宰將軍。俱晉人。按：見《晉書·殷浩傳》。

〔六七〕［百家注引孫汝聽曰］（建中）四年正月，李希烈陷汝州，執別駕李元平。襲音習。按：《舊唐書·德宗紀上》：「（建中四年春正月）庚寅，李希烈陷汝州，執州將李元平而去。」是爲朱泚亂前事，非柳渾爲兵部侍郎時事也。當爲柳宗元誤記。《新唐書·柳渾傳》亦述此事，採自柳宗元之狀，時間倒錯。吴縝《新唐書糾謬》卷一六：「今案《本紀》建中四年（是歲癸亥）正月庚寅，李希烈陷汝州，執刺史李元平。十月，涇原節度使姚令言反，犯京師。戊申，如奉天，朱泚反。興元元年（甲子）六月，姚令言、朱泚伏誅。貞元元年（乙丑）、二年（丙寅）、三年（丁卯）正月，兵部侍郎柳渾同中書門下平章事。又案《關播傳》叙播用李元平守汝，爲李希烈所縛，然後述從幸奉天事。然則元平失守，在朱泚反之前久矣。今渾傳則先叙朱泚建中四年十月反事，又及貞元元年事，然後述建中四年正月已前用李元平事，此失其序矣。」

〔六八〕［百家注引孫汝聽曰］貞元三年正月，以本官同平章事。

〔六九〕［韓醇詁訓］翊音翼。

〔七〇〕［蔣之翹輯注］十一二焉，猶言十之一、二也。

〔七一〕［世綵堂］《禹貢》注：「規千里之内謂之甸服，爲天子服治田。去王城面五百里。」鄭玄云：「服治田，出穀税也。」按：見《尚書·禹貢》孔安國傳。

〔七二〕［百家注引孫汝聽曰］帝嘗親擇吏宰畿邑，而政有狀，召宰相語，皆賀帝得人。

〔七三〕擊壤，王充《論衡》卷八《增藝》：「傳曰：有年五十擊壤於路者，觀者曰：『大哉堯德乎！』擊壤者曰：『吾日出而作，日入而息，鑿井而飲，耕田而食，堯何等力？』」又見皇甫謐《高士傳》卷上。

〔七四〕［世綵堂］惠帝謂曹參日飲，無所請事，參曰：「蕭何之法，臣等守之，不亦可乎？」帝悦。［蔣之翹輯注］《史記·曹丞相世家》：「參子窋爲中大夫，惠帝怪相國不治事，乃謂窋曰：『若歸，試問而父曰：君爲相，日飲無所請事，何以憂天下乎？然無言吾告若也。』窋歸，間侍，自從其所諫參，參怒而笞窋二百，曰：『趣入，侍天下事，非若所當言也。』至朝，帝讓之，對曰：『陛下自察，聖武孰與高帝？』上曰：『朕乃安敢望！』曰：『陛下觀臣能，孰與蕭何賢？』上曰：『君似不及也。』參曰：『陛下言之是也。且高帝與蕭何定天下，法令既明，今陛下垂拱，參等守職。

遵而勿失，不亦可乎？』惠帝曰：『善。』」

〔七五〕［注釋音辯］曲逆，音去遇，一音皆如字，縣名。陳平所封。絳，縣名，周勃所封。謂對決獄、錢穀之問。［百家注引王儔補注］《漢書》：「上問右丞相勃天下一歲決獄、錢穀，勃不能對。問左丞相平，平曰：『有主者。』上曰：『君所主何事也？』平謝曰：『宰相者，上佐天子理陰陽順四時，下遂萬物之宜，外鎮撫四夷諸侯，内親附百姓，使卿大夫各得任其職也。』上稱善，勃大慙。」

按：見《漢書·陳平傳》。

〔七六〕［注釋音辯］間，去聲。吐蕃尚結贊請厚盟平涼。

〔七七〕［注釋音辯］馬燧。［蔣之翹輯注］北平王，馬燧也。

〔七八〕［注釋音辯］（將）去聲。命軍瑊爲會盟使。［蔣之翹輯注］上將，渾瑊也。

〔七九〕［百家注引孫汝聽曰］五月，以侍中渾瑊爲吐蕃清水會盟使，兵部侍郎崔漢衡副之。閏五月辛未，瑊與吐蕃尚結贊同盟於平涼。是日，上視朝。渾曰：「戎狄，豺狼也，非盟誓可結。今日之事，臣竊憂之。」瑊果爲蕃兵所劫，狼狽而獲免。漢衡以下將吏陷没者六十餘人。上使謂渾曰：「卿書生，乃能料敵如此其審耶？」

〔八〇〕［百家注］訕音疝。［蔣之翹輯注］争，去聲。

〔八一〕［注釋音辯］《唐傳》云：「玉工作帶，誤毀一銙，私市它玉足之。」

〔八二〕［百家注引孫汝聽曰］玉工爲帝作玉帶，誤毀一銙，工不以聞，私市他玉足之。及獻，帝識不類，擿之，工人伏罪。帝怒其欺，詔京兆府論死。渾曰：「陛下殺人則已，若委有司，須詳讞乃可。於法，誤傷乘輿器服，杖六十。請論如律。」詔從之。

〔八三〕［注釋音辯］靮音的。馬韁。［韓醇詁訓］靮音的。《説文》：「韁也。」［世綵堂］《説文》：「羈，馬絡頭也。靮，韁也。」《記·檀弓》：「執靮羈以從。」

〔八四〕［百家注引孫汝聽曰］三年，以果州刺史白志貞爲浙西觀察使。渾奏：「志貞興小史，縱嘉其才，不當超劇職，臣不敢奉詔。」會渾移疾出，即日詔付外施行。疾間，因乞骸骨，不許。

〔八五〕［注釋音辯］耄音冒。忘，去聲。［韓醇詁訓］耄音冒。

〔八六〕［百家注引孫汝聽曰］八月，以右散騎常侍，遂罷知政事。

〔八七〕［百家注引孫汝聽曰］卒年七十五。

〔八八〕［注釋音辯］童（宗説）云：侃，空旱切。剛直。［韓醇詁訓］侃，可旱切。《説文》：「剛直。」

〔八九〕［世綵堂］出《穀梁傳》。凡兩用之。按：見《穀梁傳》隱公元年。

〔九〇〕［注釋音辯］《禮記·禮器》篇「禮釋回」，注：「釋，猶去也。回，邪僻也。」

〔九一〕廛，《説文》：「二畝半，一家之居也。」

〔九二〕［世綵堂］《左傳》注：「牛曰牧，馬曰圉。」

〔九三〕［注釋音辯］騭音質。定也。［韓醇詁訓］騭音質。《説文》：「定也，升也。」

〔九四〕［蔣之翹輯注］《禮記》幼名、冠字、死謚，周道也。《五經通義》云：「謚者，死後之稱，累生前之行而謚之。生有善行，死有善謚，所以勸善戒惡也。謚之言列其所行，身雖死，名常存，故謂謚也。」

〔九五〕［韓醇詁訓］次前狀作謚法，云「大行受大名，小行受小名」。以狀考之，今所議謚，其受大名者哉！

〔九六〕《魯史》指《春秋》。杜預《春秋左氏傳序》稱「春秋雖以一字爲褒貶，然皆須數句以成言」。

〔九七〕《尚書·虞書·舜典》：「三載考績，三考黜陟幽明。」

〔九八〕［注釋音辯］癉，丁但切。疾也。

〔九九〕［注釋音辯］争音諍。［蔣之翹輯注］争，去聲。按：「争」通「諍」。

〔一〇〇〕［注釋音辯］更，平聲。謂元名載，因寇亂改名渾。

〔一〇一〕［注釋音辯］聞音問。

〔一〇二〕［蔣之翹輯注］如律令，謂官遵行也。

〔一〇三〕王溥《唐會要》卷三八「貞元十三年七月，張茂宗將尚公主，太常博士裴堪上疏曰」云云；又卷五九「貞元十二年十月，朝廷欲以太學生令於郊廟攝事，將去齋郎，以從省便。太常博士裴堪因奏議曰」云云，可知貞元十三年前後裴堪正爲太常博士。

## 【集評】

黄震《黄氏日鈔》卷六〇：葬令五品以上爲碑，龜趺螭首，降五等爲碣，方趺圓首（見楊凝碣）。

不知二者之於君其末也。

蔣之翹輯注《柳河東集》卷八：以叙事時出駢語，具見子厚習氣未除。

黄宗羲《金石要例·書國號例》：凡書出仕於前代，稱其國號，當代稱皇，柳州柳渾、陳京狀是也。

何焯《義門讀書記》卷三五：柳渾謚議：由當時之體而鍛鍊有加。

焦循批《柳文》卷二〇：春容大雅之作，於狀大臣體度自應爾爾。又批：每叙一事先用跌筆，通篇以此爲局格。又批：以下叙事分明，一以春容出之，絶無峭刻之筆，可知大家之文無所不能，此所以爲大家也。

## 唐故祕書少監陳公行狀

五代祖某①，陳宜都王。

曾祖某，皇會稽郡司馬。

祖某，皇晉陵郡司功參軍。

父某②，皇右補闕、翰林學士，贈祕書少監〔一〕。

某州某縣某鄉某里③，陳京年若干狀④。

公姓陳氏，自潁川來，隸京兆萬年胄貴里，諱京。既冠，字曰慶復。舉進士〔二〕，爲太子正字，咸陽尉，太常博士，左補闕，尚書膳部、考功員外郎，司封郎中，給事中，祕書少監。自考功以來，凡四命爲集賢學士。德宗登遐，公病痼，輿曳就位，備哀敬之節。由是滋甚，遂以所居官致仕。貞元二十一年四月二十五日，終於安邑里妻黨之室〔三〕。無子〔四〕。伯兄前監察御史瓚，仲兄前大理評事蕢〔五〕，以公文行之大者，告於嘗吏於公者，使辭而陳之。

大曆中，公始來京師，中書常舍人袞、楊舍人炎讀其文，驚以相視曰：「子雲之徒也〔六〕。」常以兄之子妻公，由是名聞。游太原，太原尹喜曰：「重客至矣〔七〕。」授館致餼，厚以泉布獻焉〔八〕。公曰：「非是爲也。某嘗爲《北都賦》未就，願即而就焉。其宮室城郭之大，河山之富，關閈之壯，與其土疆之所出，風俗之所安，王業之所興⑤，苟得聞而覩之足矣。若曰受大利，是以利來〔九〕，蓋異前志也⑥。吾不能，敢辭。」遂逆大河，踰北山，彷徉而歸⑦〔一〇〕。賦成，果傳天下。爲咸陽尉。留府廷，主文章，決大事，得其道。爲博士，舉疵禮〔一一〕，修墜典，合於大中者衆焉。

涇人作難〔一二〕，公徒行以出，奔問官守〔一三〕。段忠烈之死〔一四〕，上議罷朝七日，宰相曰：「不可。方居行宮，無以安天下。」公進曰：「是非宰相之言。天子褒大節，哀大臣，天下所以安也，況其特異者乎⑧？」上用之。其勤勞侍從⑨，謀議可否，時之所賴者大。巡狩告至⑩〔一五〕，上行罪己之道焉，曰：「凡我執事之臣，無所任罪。予惟不謹於理而有是也。」將復前之爲相者〔一六〕，公曰：「天子加惠群臣而引慝焉，德至厚也⑪，而爲相者復，是無以大警於後⑫，且示天下。」率其黨争之。上變於色，在列者咸恟而退〔一七〕。公大呼曰：「趙需等勿退！」遂進而盡其辭焉。不果復〔一八〕。上迎訪太后〔一九〕，間數歲，外頗怠其禮，公密疏發之，天子感悦焉〔二〇〕。初，禮部試士，有與親戚者，則附於考功，莫不陰授其旨意而爲進退者⑬。及公則否，卓然有有司之道，不可犯也。太廟闕東向之禮且久矣，公自爲博士、補闕、尚書郎、給事中，凡二十年，勤以爲請。殷祭之不墜，繄公之忠懇是賴，故有赤紱銀魚之報焉〔二一〕。昭陵山峻而高〔二二〕，寢宫在其上。内官憊其上下之勤、輓汲之艱也〔二三〕，謁於上，請更之。上下其議，宰相承而諷之，召官屬使如其請。公曰：「斯太宗之志也。其儉足以爲法，其嚴足以有奉，吾敢顧其私容而替之也⑭？」奏議不可。上又下其議，凡是公者六七人，其餘皆曰：「更之便。」上獨斷焉，曰：「京議得矣。」從之〔二四〕。在集賢，奏祕書官六員隸殿内⑮，而刊校益理。納資爲胥而仕者罷之⑯。求遺書，凡增繕者，乃作藝文新志，制爲之名曰《貞元御府群書新録》。始御府有食本錢，月權其贏以爲膳，有餘，則學士與校理官頒分之，學士常受三倍，由公而殺其二〔二五〕。書史之始至，入禮幣錢六十緡，亦皆分焉，公悉致之官，以理府署作書閣，廣群官之堂，不取於將作少府，而用大足。居門下，簡武官，議典禮，上以爲能，益器之。與信臣議，且致相位，遇公有惑疾，使視之，疾甚，不能知人，遂不用〔二六〕。用鄭吏部、高太常爲相⑰〔二七〕，而以祕書命公〔二八〕，所以示優之也。

公有文章若干卷⑱，深茂古老，慕司馬相如、揚雄之辭，而其詁訓多《尚書》、《爾雅》之説，紀事朴實，不苟悦於人，世得以傳其藁。其學自聖人之書，以至百家諸子之言，推黄、炎之事〔二九〕，涉歷代洎國朝之故實〔三〇〕，鈎引貫穿〔三一〕，舉大苞小，若太倉之蓄，崇山之載，浩浩乎不可知也，豈揚子所謂仲尼駕説者耶〔三二〕？夫其忠烈之褒也⑲，相府之有誡也，太廟之東向也，昭陵之不更其故也，官守之不可奪也，立言之不可誣也，利之不苟就也，害之不苟去也，其忠類朱雲〔三三〕，其孝類潁考叔〔三四〕，廉類公儀休〔三五〕，而又文以文之，學以輔之⑳，而天子以爲之知。既得其道，又得其時，而不爲公卿者，病也。故議者咸惜其始，而哀其終焉。

公之喪，凡五十四日，而夫人又没，毁也。夫人之父曰偕，司農卿。祖曰某，贈太子太保。宗元㉑，故集賢吏也〔三六〕，得公之遺事於其家，書而授公之友，以誌公之墓。謹狀。

永貞元年八月五日，尚書禮部員外郎柳宗元狀。

【校　記】

① 某，《英華》作「叔明」。何焯《義門讀書記》卷三五：「『某』作『叔明』。」

②某，《英華》作「兼」。且「某」下無「皇」字。
③鄉，原作「年」，據諸本改。
④注釋音辯本注：「一本無此一行。」
⑤注釋音辯本、《英華》「興」上有「由」。
⑥蓋異，《英華》作「非」。
⑦彷，《全唐文》作「徜」。
⑧蔣之翹輯注本：「況其，《新史》作『況卓卓』。」
⑨勤勞，注釋音辯本、《英華》作「勞勤」。
⑩原校與世綵堂本校：「告，一作所。」注釋音辯本校：「一本作『所至』者非。」
⑪至，《英華》、《全唐文》作「之」。
⑫《英華》、《全唐文》無「是」字。
⑬原校與世綵堂本校：「一無者字。」詁訓本無「者」字，並校：「一有者字。」且「授」作「受」。
⑭替，《英華》作「贊」。世綵堂本校：「替，一作贊。」「也」上原有「者」，據諸本删。
⑮世綵堂本校：「重校『奏』下有『省』字。」詁訓本無「殿」字。
⑯胥，注釋音辯本作「骨」，並注：「『骨』即『胥』字，吏也。」
⑰《英華》無「用」字。

⑱ 章，《英華》作「草」。

⑲ 「其」字原闕，據注釋音辯本、詁訓本、世綵堂本補。何焯《義門讀書記》卷三五：「『忠烈』上有『其』字。」

⑳ 以上十字《英華》作「而又文學以輔之」。

㉑ 宗元，注釋音辯本作「某」。

【解題】

［注釋音辯］陳京。［韓醇詁訓］陳京，新、舊史皆書於《儒林傳》。五代祖叔明，父兼。陳氏自潁川、汝南、下邳、廣陵、東海、河南有六望，潁川居其一也。段忠烈，太尉秀實耳。其曰：「將復前之爲相者。」京率其黨争之，蓋德宗欲以前相盧杞爲饒州刺史，京與趙需、裴佶、宇文炫等五人争之也。據狀，永貞元年八月五日爲尚書禮部作。或曰貶永州司馬作，非是。蓋貶邵及永在九月後云。［世綵堂］時永貞元年乙酉，公年三十三。永州司馬。按：陳京名列柳宗元《先友記》，《新唐書·儒學傳下》有其傳，《舊唐書》無之。《新唐書》特爲陳京立傳，受此文的影響不可低估。然《新唐書·儒學傳下·陳京》也有此狀所未及者，如載：「初，帝討李希烈，財用屈，京與户部侍郎趙贊請税民屋架，籍賈人貲力，以率貸之。憲宗嘗問宰相李吉甫：『我在藩邸，聞德宗播遷梁漢，久乃復，誰實召亂？爲我言之。』對曰：『德宗始即位，躬行慈儉，引崔祐甫輔政，四方企望至治。祐甫殁，宰相非其人，姦

佞營蠱，謂河北叛臣可以力服。甘語先入，主聽惑焉。而陳京、趙贊爲帝稅屋架，貸賈緡，内怨外忿，身及大亂。咎興信宵人，剥下佐上，賴天之靈，敗不抵亡。』帝恨惋曰：『京與贊真賊臣。』」可參看。柳宗元此文貶永之前作。

【注　釋】

〔一〕所列陳京世系缺高祖一代。岑仲勉《元和姓纂四校記》云：「缺高祖不書者，未仕或非仕於唐也。兼於天寶十一載以前曾任封丘縣丞。」

〔二〕［百家注引孫汝聽曰］大曆元年，京中進士第。按：柳文《先君石表陰先友記》亦有陳京，孫注作大曆六年中進士第，「元」、「六」二字當有一誤。代宗永泰二年十一月改元大曆，故進士及第習稱永泰二年而不稱大曆元年，故陳京當是大曆六年進士登第。

〔三〕［百家注引孫汝聽曰］京娶常袞兄女。

〔四〕［百家注引孫汝聽曰］京無子，以從子褒爲嗣。

〔五〕［百家注引孫汝聽曰］蕢娶柳氏，公之妹。按：林寶《元和姓纂》卷三臨淮陳氏：「右補闕陳兼，生當、蕢、京、歸。當，贊善大夫。蕢，京兆法曹。京，給事中。歸，考功員外。」岑仲勉《元和姓纂四校記》：「（陳）當於元和二年任滎州刺史，見《元氏長慶集》三七。五年貶吴川縣尉，見《元龜》七〇〇。又《新書》一九四《陽城傳》有陳蕢（本自《傳載》），《辨證》六以爲即此人。

《叢編》一四引《復齋碑録》：《烏程縣新升望記》，縣尉陳萇撰，大曆十三年立。又《河東集》一三《李夫人誌》，貞元十九年作，云『潁川陳萇爲校書郎、渭南尉』。萇候陽城請俸，見《南部新書》丙及《語林》三。」陳萇娶柳宗元伯祖之女，見《伯祖妣趙郡李夫人墓誌銘》，則萇妻爲柳宗元之姑，孫汝聽注誤。

〔六〕漢揚雄字子雲。

〔七〕［世綵堂］《漢·高紀》：「聞令有重客。」按：重客即貴客。

〔八〕［韓醇詁訓］錢、布，二錢名也。《漢書·食貨志》：「王莽即真，至天鳳元年罷大小錢，改作貨布，其文右曰貨、左曰布，重二十五銖，直貨泉二十五。貨徑一寸，重五銖，文右曰貨、左曰泉，枚直一，與貨、布二品並行。其後私鑄作泉布者，妻子没入官。」

〔九〕［世綵堂］《史記》：「天下熙熙，皆爲利來。」按：見《史記·貨殖列傳》。

〔一〇〕［注釋音辯］彷徉，音房羊。［韓醇詁訓］彷音房，徉音陽，徙倚也。按：即徘徊留戀之意。

〔一一〕［注釋音辯］童（宗説）云：（疵禮）上才支切。《説文》：「病也。」按：韓醇詁訓本同。

〔一二〕［百家注引孫汝聽曰］建中四年十月，涇原節度使姚令言反，犯京師。戊申，德宗幸奉天。

〔一三〕［注釋音辯］（守）手又切。《左傳》僖公二十四年：「天子蒙塵於外，敢不奔問官守。」［世綵堂］《左傳》僖二十四年：「冬，王師來告難云云，臧文仲對曰：『敢不奔問官守。』」

〔一四〕［注釋音辯］段秀實爲朱泚所害。［百家注引孫汝聽曰］庚戌，朱泚殺司農卿段秀實。

〔一五〕［注釋音辯］謂還宮也。［蔣之翹輯注］告至謂還宮也。或云「至」即《左傳》「歸而飲至，以數軍實」之「至」也。按：蔣引見《左傳》隱公五年。告至即請至，謂德宗至於奉天。下詔罪己，爲奉天時事，非還京後也。《資治通鑑》卷二二九唐德宗建中四年：「陸贄言於上曰：『今盜遍天下，輿駕播遷，陛下宜痛自引過，以感人心。昔成湯以罪己勃興，楚昭以善言復國，陛下誠能不吝改過，以言謝天下，使書詔無所避忌，臣雖愚陋，可以仰副聖情，庶令反側之徒革心向化。』上然之。故奉天所下書詔，雖驕將悍卒聞之，無不感激揮涕。」

〔一六〕［注釋音辯］相，去聲。謂盧杞。

〔一七〕［注釋音辯］恟音凶，憂恐也。［韓醇詁訓］恟音匈。

〔一八〕［百家注引孫汝聽曰］德宗還京，以京爲左補闕。貞元元年正月，赦天下。故宰相新州司馬盧杞量移吉州長史，未幾，用爲饒州刺史。制出，京與趙需、裴佶、宇文炫、盧景亮、張薦共劾杞輔政要位，大臣踰時月不得對，百官懍懍，常若兵在頸，今復用之，則姦賊皆唾掌而起。上大怒，諫者稍引卻。京顧曰：「趙需等勿退。此國大事，當以死爭之。」上意稍解。壬戌，以杞爲澧州司馬。

〔一九〕［注釋音辯］沈太后，德宗母。

〔二〇〕［百家注引孫汝聽曰］帝之初立，迎訪沈太后不得，意且怠，京密白：「第遣使物色以求。」帝大悟，終代不敢置。

〔二一〕［注釋音辯］京獻議二十年，至貞元十九年孟夏，禘祭方正太祖東向之位。帝賜京緋衣、銀魚袋。［韓醇詁訓］議詳京傳。［百家注引孫汝聽曰］京自博士獻議，彌二十年。至貞元十九年孟夏，禘祭方正太祖東向之位。已下列叙昭穆，其獻祖、懿祖附於德明、興聖之廟。每禘祫年，就本室饗之。諸儒無復言。帝賜京緋衣、銀魚。［蔣之翹輯注］初，玄宗、肅宗既附室，遷獻、懿二祖於西夾室。引太祖位東向。禮儀使于休烈議：獻、懿屬尊於太祖，若合食，則太祖位不得正。請藏二祖神主，以太宗、中宗、睿宗、肅宗從世祖南向，高宗、玄宗從高祖北向。禘祫不及二祖，凡十八年。建中初，代宗喪畢，當大祫，京以太常博士上言：《春秋》之義，毁廟之主，陳於太祖，未毁廟之主，合食於祖，無毁廟遷主不享之言。唐家宜别爲獻、懿二祖，立廟禘祫，則太祖遂正東向位。德明、興聖二帝，向已有廟，則藏祔二主爲宜。詔百官普議，彌二十年，至貞元十九年孟夏，禘祭方正。太祖東向之位已下列叙昭穆，其獻祖、懿祖祔於德明、興聖之廟，每禘祫年就本室饗之。諸儒無復言。帝賜京緋衣、銀魚袋。

〔二二〕［蔣之翹輯注］昭陵，唐太宗陵，在醴泉縣西。

〔二三〕［注釋音辯］童（宗説）云：輓，武遠切，引之也。亦作挽。又無販切。引車也。［韓醇詁訓］輓，武遠切。《説文》：「引之也，與挽同。」又音萬，引車也。

〔二四〕［百家注引孫汝聽曰］貞元十四年，昭陵寢殿爲火所焚。四月，以宰相崔損爲修奉陵使。獻、昭、乾、定、泰五陵，各造屋三百八十間，橋、元、建三陵，據闕補造。昭陵占山上，宦侍憚輓汲乏，請更其所，宰相不能抗。京曰：「此太宗之志，其儉足以爲後世法，不可改。」議者多附宦人，帝曰：「京議善。」卒不徙。

〔二五〕［注釋音辯］殺，所界切。

〔二六〕［百家注引孫汝聽曰］帝器京，謂有宰相才，欲用之。會病狂易，自刺弗殊，遂不用。猶自考功員外再遷給事中。

〔二七〕［注釋音辯］鄭珣瑜、高郢。［百家注引孫汝聽曰］（貞元）十九年十二月，以太常卿高郢、吏部侍郎鄭珣瑜同平章事。

〔二八〕［百家注引孫汝聽曰］帝疑京爲忌者中傷，中人問賚相繼。後對延英，帝諭遣，京沮駭走出，罷爲祕書少監。

〔二九〕［注釋音辯］黄帝、炎帝。

〔三〇〕［注釋音辯］「洎」即「暨」字。

〔三一〕［注釋音辯］（穿）去聲。

〔三二〕［蔣之翹輯注］仲尼駕説，見《揚子·學行篇》。駕，傳也。言仲尼乘行而贊述之，駕説者也。

〔三三〕［韓醇詁訓］《漢書》：「朱雲請於成帝曰：『願賜上方斬馬劍，以斷佞臣一人頭。』上大怒，命御史將雲下。雲攀殿檻，檻折。」按：見《漢書·朱雲傳》。

〔三四〕［韓醇詁訓］《春秋》隱公元年：「鄭伯克段于鄢，遂寘姜氏於城潁，既而悔之。潁考叔聞之，有獻于公，公賜之食。舍肉，請以遺母。公曰：『爾有母遺，繄我獨無。』考叔曰：『君何患焉？若闕地及泉，隧而相見，其誰曰不然？』公從之。遂爲母子如初。君子曰：穎考叔，純孝也。」

〔三五〕［韓醇詁訓］《史記》：「公儀休者，魯博士也。以高第爲魯相，奉法循理，無所變更，百官自正。使食禄者不得與下民争利，受大者不得取小。」其他辭魚、燔機事，皆類是。按：見《史記·循吏列傳》。

〔三六〕［百家注引王儔補注］公前爲集賢殿正字。

【集評】

馮時可《雨航雜録》卷上：柳宗元稱陳京之文深茂古老，紀事朴實，不苟悦人，其學推黄、炎以下，涉歷代暨國之故，鈎引貫穿，舉大包小，若太倉之蓄，崇山之載，浩乎不可既云。京文不多見，觀柳所稱如此，其人可知。近來誌銘傳記之作，惟務繁縟，極力賛述，苟悦子孫，無取月旦，即號爲大家者尤甚。致使將來賢愚莫辨，信史無徵，是文之大病也。昌黎云：「爲文而使一世之人不好，吾悲其爲文。爲文而使一世之人好，吾悲其爲人。」二公之言若此，其意皆欲以文維世，不徒逞膏馥爲名美，務容悦爲利媒者。

蔣之翹輯注《柳河東集》卷八：文詞朴茂。史，陳京載《藝文傳》，其事亦多用之。

儲欣《河東先生全集録》卷二：一脱俳儷，便廉悍儁傑，可爲法程。天生柳公，輔韓起衰，即永州以前文字可見。

何焯《義門讀書記》卷三五：「宗元故集賢吏也」：應「告於嘗吏於公者」。是狀後於惟深行狀者又五六年，故尤知所裁。

焦循批《柳文》卷二〇：叙次節節有筋骨。又批：結束或舉前事，或虚説，極化裁之妙。

平步青《霞外攟屑》卷七下：蘇文忠公《六一居士集叙》云：「歐陽子論大道似韓愈，論事似陸贄，記事似司馬遷，詩賦似李白，此非余言也，天下之言也。」數語推崇六一，所謂言大非誇也。此段文法，本柳州《陳京行狀》，云：「其忠類朱雲，其孝類潁考叔，其廉類公儀休。」後人多效之，如劉忠端公《恒岳朱公燮元墓誌銘》。

# 柳宗元集校注卷第九

## 表銘碣誄①

### 唐相國房公德銘之陰②

天子之三公稱公，王者之後稱公〔一〕，諸侯之入爲王卿士亦曰公。有土封，其臣稱之曰公。尊其道而師之，稱曰公。楚之僭，凡爲縣者皆曰公③。古之人通謂年之長老曰公。故言三公若周公、召公〔二〕，王者之後若宋公〔三〕，爲王卿士若衛武公、虢文公、鄭桓公④〔四〕，其臣稱之，則列國皆然。師之尊若太公〔五〕，楚之爲縣者若葉公、白公⑤〔六〕，年之長老若毛公、申培公⑥〔七〕，而大臣罕能以姓配公者。雖近有之⑦，然不能著也。唐之大臣以姓配公最著者曰房公。房公相玄宗，有勞於蜀，人咸服其節。相肅宗，作訓於岐〔八〕，人咸尊其道。惟正直慈愛，以成於德，用是進退，所居而事理辯⑧，所去而人哀號。理袁人，袁人不勝其懷⑨，爲文士趙郡李華銘公之德〔九〕，亂，故不克立。

今刺史太原王涯嘉公之道猶在乎人〔一〇〕，袁人不忘公之道⑩，爲之刻石。且曰：「州之南有亭曰需宴亭〔一一〕，公之爲也，人之思也。」乃增飾棟宇，即而立焉。州人大悦，咸會，隕涕言曰：「昔公以周召之德、微子之仁，有土封，以爲卿士，道爲三公，德爲國師，年爲元老。嘗爲縣，縣懷其化，至於州，州濡其澤〔一二〕。凡我子孫⑪，罔不戴慕。盛德之詞，文而不刻⑫，更刺史數十，莫克興起，乃卒歸於王公。王公嘗以機密匡天子於禁中，遵公之道⑬，刺於我邦，承公之理⑭。又能尊公之德，起遺文以昭前烈，則其入爲卿士三公也，孰曰不宜？吾懼其去我也遽，願書於銘之陰，用永表於邦之良政。」

## 【校記】

① 詁訓本標作「表銘碣誄一十首」。

② 百家注本、五百家注本、世綵堂本此篇前首列李華所撰《唐丞相太尉房公德銘》，並於柳文此篇題下注「德銘見上」。世綵堂本題下又注：「一本『唐』下有『故』字，無『德』字。」注釋音辯本、詁訓本則不收李華文，蔣之翹輯注本則將李華所作以小字附録於柳文此篇解題。今亦將李華文附録於後。

③ 原注與注釋音辯本、詁訓本、五百家注本、世綵堂本注：「爲，一作與。」

④ 「王」字原闕，據注釋音辯本、世綵堂本及《文粹》補。

⑤注釋音辯本、世綵堂本注：「爲，一作與。」

⑥申培公，原作「申公涪公」，據《全唐文》改。何焯校本：「『涪』當作『培』。」按：《史記·儒林列傳》：「言《詩》於魯則申培公。」裴駰集解：「徐廣曰：一作陪。韋昭曰：培，申公名，音扶尤反。」即此人。

⑦近，《文粹》作「僅」。

⑧世綵堂本注：「辯，一作辨。」

⑨原注與五百家注本、世綵堂本注：「袁，一本並作遠。」「二「袁」字，詁訓本並作「遠」，並注：「與上『遠』字一並作『袁』。」蔣之翹輯注本：「二『袁』字一作『遠』，非是。」按：「袁」指袁州，房琯曾爲袁州刺史，「袁」字是。

⑩「袁」原闕，據《全唐文》補。世綵堂本注：「一本作『袁人不忘公之道』。」何焯《義門讀書記》卷三五：「『人』字上有『袁』字。」

⑪我，注釋音辯本作「公」。世綵堂本注：「我，一作公。」

⑫世綵堂本注：「(刻)一作列。」

⑬原注與詁訓本、世綵堂本注：「遵，一作承。」注釋音辯本作「承」，並注：「承，一作遵。」

⑭原注與詁訓本、五百家注本、世綵堂本注：「承，一作由，又作序。」注釋音辯本作「由」，並注：「由，一作序，又作承。」

【解　題】

［注釋音辯］房琯也。《德銘》，李華所撰。［韓醇詁訓］相國房公琯也。玄宗時，嘗以坐善李適之、韋堅，斥爲宜春太守。今刺史太原王涯，蓋涯以左拾遺爲翰林學士，進起居舍人。元和初，會其甥皇甫湜以賢良方正對策異等忤宰相，坐不避嫌，罷學士，再貶虢州司馬，徙爲袁州刺史。宜春，即袁州也。涯刺袁州在元和三年間，此碑當是時作。［蔣之翹輯注］房琯字次律，河南人。雅自負，以天下爲己任。天寶間，拜文部尚書，同中書門下平章事。後拜太子賓客，遷禮部尚書，爲晉、漢二州刺史。寶應二年，召拜刑部尚書，道病卒，贈太尉。唐史有傳。其《德銘》乃李華所撰，子厚特爲之書其陰云。按：《舊唐書·房琯傳》：「坐與李適之、韋堅等善，貶宜春太守。歷琅琊、鄴郡、扶風三太守。」宜春即袁州。王涯爲袁州刺史見《新唐書·王涯傳》，《舊唐書·王涯傳》云：「元和三年，爲宰相李吉甫所怒，罷學士，守都官員外郎，再貶虢州司馬。五年，入爲吏部員外郎。」王涯爲袁州刺史在貶虢州司馬後，故其爲袁州刺史當在元和四、五年間，則柳宗元此文當作於元和四年。李華《唐丞相太尉房公德銘》之碑立於袁州，柳宗元此文刻其碑陰。雍正《江西通志》卷三九袁州府古蹟：「需宴亭，林《志》：唐天寶間太守房琯建。《柳河東集》：袁州之南有亭曰需宴，刺史太原王涯增飾以立《房公德銘》。按《德銘》李華所作，宗元書其碑陰。」章士釗《柳文指要》上《體要之部》卷九：「子厚於王涯素不重其人，而此文『起遺文以昭前烈，則其入爲卿士三公也，孰曰不宜』云云，佞王過當，不似子厚手筆。『吾懼其去我也遽』，尤佞之甚，子厚應不可能作此語。」柳宗元此文爲受王涯請托而

作，借鄉民之口稱頌王涯之德政，事在情理之中，不必因此疑其非柳文也。章説無理。

【注釋】

〔一〕［百家注引王儔補注］《公羊傳》文。［蔣之翹輯注］二語見《公羊傳》文。按：見《公羊傳》隱公五年。

〔二〕［百家注引王儔補注］《公羊傳》：「三公者何？天子之相也。天子之相則何以三？自陝而東，周公主之。自陝而西，召公主之。一相處乎内。」按：見《公羊傳》隱公五年。

〔三〕［韓醇詁訓］《史記》：「微子開者，商帝乙之首子，而紂之庶兄也。周公既承成王命誅武庚，殺管叔，放蔡叔，乃命微子開代商後，作《微子之命》以申之，國於宋。微子開卒，立其弟衍，是爲微仲。微仲卒，宋公稽立。」按：見《史記·宋微子世家》。

〔四〕［韓醇詁訓］《史記·衛世家》：「周公以成王命，以商餘民封康叔爲衛君，八傳至於釐侯。釐侯卒，太子共伯餘立爲君。其弟和初有寵於釐侯，多予之賂，和以其賂賂士，以襲攻共伯於墓上，共伯入釐侯羨自殺，衛人因葬之，而立和爲衛侯，是爲武公。」《鄭世家》：「鄭桓公友者，周厲王少子，而宣王庶弟。宣王立二十二年，友初封於鄭，是爲桓公。」《晉世家》：「晉假道於虞以伐虢，虞大夫宫之奇諫虞君曰：『虢仲、虢叔，王季之子也，爲文王卿士，其記勳在王室，藏于盟府。』」［百家注引王儔補注］《詩·奥》：「美衛武公能入相于周。」《緇衣》：「美鄭武公父子並爲司徒。」鄭武公父，即桓公也。《左氏》：「宫之奇諫曰：『虢仲、虢叔，王季之穆也，爲文王卿士，動在王室，藏于盟府。』」按：王儔所引見《左傳》僖公五年。

〔五〕即太公望呂尚。周武王克商，封于齊。見《史記·齊太公世家》。

〔六〕[注釋音辯]葉，失涉切。［韓醇詁訓］《史記·楚世家》：「楚昭王卒，立越女之子章，是爲惠王。王二年，平王之庶弟子西召故平王太子建之子勝于吴，以爲巢大夫，號曰白公。」服虔曰：白，邑名。楚邑大夫皆稱公。葉公，公子高也。葉，失涉切。楚邑名。

〔七〕[注釋音辯]張（敦頤）云：涪音浮，又房尤切。《漢書》有申培公。培音陪。［韓醇詁訓］《西漢·儒林傳》：「毛公，趙人也。治《詩》爲河間獻王博士。申公，魯人也。少與楚元王交，俱事齊人浮丘伯受《詩》。武帝即位，使使束帛加璧，安車以蒲裹輪駕駟迎申公。申公時年已八十餘。涪音浮。」[百家注引孫汝聽曰]《漢·儒林傳》：「毛公，趙人。申公，魯人。」又云「于魯則申培公」。培字音陪，今此作「涪公」，未詳。涪音浮。按：申培公，因原文誤作「申公涪公」，故有此注。

〔八〕[百家注引孫汝聽曰]至德元載九月，肅宗次順化郡，琯自蜀至，爲相如故，遂同至鳳翔。鳳翔，即岐州也。

〔九〕[蔣之翹輯注]天寶五載，殺括蒼郡太守韋堅，琯坐與堅善，貶袁州宜春太守。李華字遐叔，趙州贊皇人。官監察御史。

〔一〇〕[百家注引韓醇曰]涯以左拾遺爲翰林學士，進起居舍人。元和初，其甥皇甫湜以賢良對策忤宰相，涯坐避嫌，罷學士，再貶虢州司馬，徙爲袁州刺史。

〔二〕［蔣之翹輯注］《一統志》：「亭今在袁州府治南，琯嘗于公暇宴耆民之處。」按：《明一統志》卷五七袁州府：「需宴亭，在府治南，唐天寶間太守房琯建。公暇宴耆民于此。元和初，刺史王涯刻李華所撰《房琯德銘》于石，柳宗元書其碑陰。」

〔三〕［注釋音辯］濡音如。［韓醇詁訓］濡音儒。《説文》：「霑濕也。」按：百家注本引作童宗説曰。

【集　評】

儲欣《河東先生全集録》卷二：特揭「公」字，古趣，歷落可愛。後來學之往往纖薄，王介甫《君子齋記》是也。李華德銘房公，本末粲然。此書其陰，故不復舉。揭「公」字發議論，是搜奇法。

何焯《義門讀書記》卷三五：起首何用此詞費！「楚之爲縣者若葉公白公」：楚之爲縣勝計乎？……「王公嘗以機密匡天子於禁中」至末：特爲廣津作也，甚卑，宜削。

【附　録】

李華《唐丞相太尉房公德銘》（百家注本、五百家注本、世綵堂本題下注：房琯。）：玄宗季年，逆將持兵。天錫房公，言正其傾。群兇害直，事乃不行。虜起幽陵，連覆二京。（［百家注引孫汝聽曰］天寶十四年十一月，范陽節度使安禄山反。十二月，陷東京。）帝慈蒸人，避狄西蜀。（［百家注引孫汝聽曰］十五載六月，玄宗狩蜀，禄山陷京師。）爰命監撫，理兵北朔。（［百家注引孫汝聽曰］辛丑，皇太子至平涼。數日，朔方留後支度副使杜鴻漸、六城水陸運使魏少游、節度判官崔漪、支度判官盧簡金、關内鹽池判官李涵、河西行軍司馬裴冕，迎太子治兵於朔方。）登賢爲輔，讓子以續。公賚册書，亦捧瑞玉。（[百家注引孫汝聽曰]玄宗至普安，琯以憲部侍郎求謁見，即日以琯同平章事。是日，太子即位於靈武。八月己亥，玄宗命琯奉傳國寶玉册詣靈武傳位。）聖人神聖，天地咸若。子孝臣忠，元臣踴躍。命帥中軍，謀殲羿浞。（[百家注引孫汝聽曰]十月，加琯持節招討西京、兼防禦蒲潼兩關兵馬節度等使。辛丑，琯以中軍、北軍，及安禄山之衆戰於陳濤斜，敗績。）人咸有言，志屈道行。公曰不可，屈則佞生。柄不在公，象昬曀明。退師儲宮，出守函谷。（[百家注引孫汝聽曰]至德二載五月，罷琯爲太子少師。）入爲尚書，正色諤諤。（[百家注引孫汝聽曰]上元元年四月，以琯爲禮部尚書。）又刺汾澮，遽臨彭濮。（[百家注引孫汝聽曰]琯尋出爲晉州刺史。八月，改爲漢州刺史。）何負而東？何負而西？公受挫抑，邦人悽悽。帝懷明德，俾不我迷。徵拜秋官，僉曰休哉。（[百家注引孫汝聽曰]寶應二年。）薨殂閬中，（[百家注引孫汝聽曰]廣德元年八月四日，琯卒於閬州僧舍，年六十七。）國瘁人哀。（[百家注引孫汝聽曰]《詩》：「人之云亡，邦國殄瘁。」）喬嶽隕蹎，輔星昬霾。天子洟涕，追崇上台。（[百家注引孫汝聽曰]追贈太尉。）巖巖岱宗，瞻其峻極。赫赫房公，尊其盛德。昔撫宜春，列郡是式。（[百家注引孫汝聽曰]天寶五載，殺括蒼郡太守韋堅，琯坐與堅善，貶宜春太守。）建銘江濆，以慰南國。（按：百家注本、五百家注本、世綵堂本皆收入此篇，又見李華《李遐叔文集》卷二、《文苑英華》卷七八五、《唐文粹》卷六八。異字不校，擇善而從。）

# 國子司業陽城遺愛碣

四年五月，皇帝以銀印赤紱，即隱所起陽公爲諫議大夫〔一〕。後七年，廷諍懇至，累日不解，帝尤嘉異，遷爲國子司業〔二〕。旌直優賢，道光師儒。又四年九月己巳，出拜道州刺史〔三〕。太學生魯郡季儻①、廬江何蕃等百六十人②，投業奔走，稽首闕下，叫閽籲天〔四〕，願乞復舊。朝廷重更其事〔五〕，如已巳詔。翌日，會徒北嚮如初〔六〕。行至延喜門〔七〕，公使追奪其章，遮道願罷，遂不果獻。生徒嗷嗷〔八〕，相眄徘徊③〔九〕。昔公之來，仁風扇揚，暴慠革面〔一〇〕，柔輭有立④。聽聞嘉言，樂甚鐘鼓〔一一〕，瞻仰德宇，高逾嵩岱〔一二〕。及公當職施政，示人準程，良士勇善，僞夫去飾，隳者益勤，誕者益恭。沉酗腆酒〔一三〕，斥逐郊遂〔一四〕，違親三歲，罷退鄉黨。令未及下，乞歸就養者二十餘人〔一五〕。禮順克彰，孝悌以興。則又講貫經籍，俾達奥義，簡習孝秀，俾極儒業〔一六〕。冠屨裳衣，由公而嚴，進退揖讓，由公而儀。公征甚遐〔一七〕，吾黨誰師？遂相與咨度署吏〔一八〕，布告諸儒，願立貞珉〔一九〕，侔高狀明。乃訪于學古之士，紀公名字，垂憲于後。

公名城，字亢宗。家于北平，隱于條山〔二〇〕。惟公端粹沖和，高嶷懿醇〔二一〕，道德仁明，孝愛友悌〔二二〕，薰襲里閈，布聞天下。守節貞固，患難不能遷其心，怡性坦厚，榮位不足動其神。爲司諫，義震于周行；爲司業，愛加于生徒⑤。宜乎立石，俾後是憲。其辭曰：

惟兹陽公，履道葆醇。爰初隱聲，覆簣基仁〔二三〕。德充而形，乃作諫臣。抗志勵義，直道是陳。帝求師儒，貳我成均〔二四〕。開朗蒙滯，宣明德教。大和潛布，玄機密照。群生聞禮，後學知孝。進退作則，動言是傚〔二五〕。匪公之軌⑥，人用奚蹈⑦？麄厲貪淩〔二六〕，待公順之。欺僞譎詐，待公信之。少年申申〔二七〕，咸適其宜。榎楚廢弛〔二八〕，尊嚴而威。公褒其良，俾升于堂。癯者既肥〔二九〕，榮如袞衣。公棄不用，懲咎内訟。既訟于内，猶公之誨。匪仁孰親？匪德孰尊？今公于征，孰表儒門？生徒上言，稽首帝閽。謂天蓋高，曾莫我聞。青衿涕濡〔三〇〕，填街盈衢。遠送于南，望慕踟躕〔三一〕。立石書德，用揚懿則。嗚呼斯文，遺愛罔極。

【校　記】

①儻，注釋音辯本、詁訓本作「償」。注釋音辯本注：「一本作儻。」世綵堂本注：「一作償。」按：岑仲勉《唐史餘瀋》卷二《遮留陽城之太學生》：「《舊書》一九二《陽城傳》：『出爲道州刺史，太學生王魯卿、季償等二百七十人詣闕乞留。』《元龜》六〇〇引此作『人（太）學生魯郡李賞等二百七十人』。按《河東集》九《陽城遺愛碣》云：『太學生魯郡季儻、廬江何蕃等百六十人投業奔走，稽

首闕下，叫閽籲天，願乞復舊。』集注：『儻，一作償。』參合比觀，知無論爲季儻、季償，或李賞，實爲同一姓名之訛轉。舊傳之『魯卿』，必『魯郡』之訛，『王』字殆『生』之衍文。詎《新書》一九四《城傳》竟云：『太學諸生何蕃、季儻、王魯卿、李讜等二百人，頓首闕下請留城。』於季儻、何蕃而外，復重出王魯卿、李讜，蓋雜採柳集、舊傳，堆砌成文，絕不稍加考索也。《河東集》三四《與太學諸生書》注作『諸生何蕃、李儻、王魯卿、李譚』，蓋引新傳而再訛『讜』爲『譚』者。季儻之名，有儻、償、賞、讜四樣寫法，今石碣已亡，難言其孰是。姓又有李、季兩寫。考《廣韻》李姓十二望，無魯郡，季出於魯之季友，柳文廬江爲何姓望，則魯郡亦當指郡望言之，故知作『李』者誤。」所考甚是。

②注釋音辯本、百家注本引孫汝聽注、世綵堂本注：「或云二百七十人。」按：《舊唐書・隱逸傳・陽城》云二百七十人，《新唐書・卓行傳・陽城》云二百人。

③相眄，注釋音辯本、詁訓本作「顧眄」，《全唐文》作「顧盼」。注釋音辯本注：「顧，一本作相。」世綵堂本注：「相，一作顧。」

④原注：「輭，乳兖切。一作懦。」詁訓本作「懦」，並注：「一作輭。」注釋音辯本注：「輭，一作懦。乳兖切。」世綵堂本作「輭」，並注：「輭，乳兖切。一作懦，又作輭。」

⑤世綵堂本注：「加，一作均。」

⑥世綵堂本注：「軌，一作軓。」

⑦世綵堂本注：「奚，一作爰。」

【解　題】

［韓醇詁訓］陽公，史列之於《卓行傳》。既及進士第，乃去隱中條山。時陝虢觀察使李泌欲辟致之府，不起，乃薦諸朝，以著作郎召，並賜緋魚。城自稱多病，封還，泌不敢强。及爲宰相，又言於德宗，於是召拜諫議大夫。碣謂四年五月，即貞元四年。又云後七年者，貞元十一年也。又云四年九月者，當在貞元十五年九月。然考城貶在十四年，則所謂又四年者，當云「三年」，字之誤矣。公集又《與太學諸生書》，論此亦甚悉。公貞元十四年時爲集賢殿正字，碣蓋是時作。［百家注引韓醇曰］陽城字亢宗，定州北平人，後徙陝州夏縣。新史列之《卓行傳》。公爲集賢殿正字作此碣。集又有《與太學諸生書》，論城事亦甚悉。按：陳景雲《柳先生年譜跋》云：「又陽城自國子司業出判道州，唐史無年月，《通鑑考異》據柳子厚所作《司業遺愛碣》，謂在貞元十四年，譜則以《遺愛碣》及《與太學諸生書》並繫貞元十五年，與《通鑑》異。然諦觀碣文，則譜爲是也。」岑仲勉《唐集質疑·陽城出刺道州》駁之曰：「按我國計年，祇論干支，不求足數，此通習也。自貞元十一年起計四祀，則爲貞元十四年無疑。陳氏而不同時諦觀書文，斯其失也。」又云：「唯依《通鑑》作十四年，則九月二十三日詔城出刺道州，翌日二十四，而太學生詣闕乞留。又翌日二十五，而陽城阻其再請。宗元致書，即在其更後一日二十六。如是，則事實合拍緊湊，不必再生猜擬矣。」岑氏考之甚詳。此文即作於貞元十四年陽城出刺道州後。陽城正直敢諫，爲人師表，爲柳宗元所慕。作文刻石，既表彰陽城德行，又有安撫太學生之意。

【注釋】

〔一〕［百家注引孫汝聽曰］貞元四年六月，以陝虢觀察使李泌平章事。泌薦城可用爲諫議大夫，賜緋衣銀魚袋。

〔二〕［韓醇詁訓］城本傳：「德宗召拜諫議大夫，居位八年，人不能窺其際。及裴延齡誣逐陸贄、張滂、李充等，帝怒甚，無敢言者。城聞之，約拾遺王仲舒守延英閤，上疏極論延齡罪，慷慨累日不止，聞者寒懼。帝意不已，欲遂相延齡，城顯語曰：『延齡爲相，吾當取白麻壞之。』哭於廷。帝不相延齡，城力也。坐是下遷國子司業。」［百家注引孫汝聽曰］（貞元）十一年四月，裴延齡誣宰相陸贄等，贄坐貶忠州别駕。帝怒甚，無敢言者。城即率拾遺王仲舒等數人守延英門，上疏論延齡姦佞，贄等無罪。德宗怒，將加城等罪，良久乃解。七月，下遷城國子司業。

〔三〕［百家注引孫汝聽曰］有太學生薛約者，嘗學於城。（貞元）十四年，以言事得罪，謫連州。吏捕跡，得之城家，城坐吏於門與約飲，訣别涕泣，送之郊外，帝聞之，以爲黨罪人。九月，出城爲道州刺史。

〔四〕［韓醇詁訓］籲音裕。《説文》：「呼也。」［百家注］籲，呼也。張（敦頤）曰：《書》：「無辜籲天。」籲音裕。按：見《尚書·泰誓中》。

〔五〕章士釗《柳文指要》上《體要之部》卷九：「重，難也。」

〔六〕章士釗《柳文指要》上《體要之部》卷九：「由太學赴闕下，路綫應是由南而北，故曰北嚮。昨日曾叫閽，今日繼續爲之，故如初。」

〔七〕《資治通鑑》卷二四八唐宣宗大中三年「上御延喜門樓見之」胡三省注：「延喜門在皇城東北角。《六典》：『皇城東面二門：北曰延喜，南曰景風。』延喜門則承天門外横街東直通化門。」

〔八〕［百家注］（噭）音嫯。按：噭噭，形容衆聲嘈雜。

〔九〕［韓醇詁訓］眄音沔。《説文》：「邪視也。」［百家注引童宗説曰］眄，《説文》云：「邪視也。音沔。」

〔一〇〕［注釋音辯］慠音傲。

〔一一〕［蔣之翹輯注］言其中心之樂有甚於作樂也。

〔一二〕［百家注］（嵩岱）上音崧，下音代。［蔣之翹輯注］嵩岱，二嶽名。按：嵩山與泰山。

〔一三〕［注釋音辯］童（宗説）云：酗，吁句切。醉怒也。亦作酌。腆，他典切。多也。［韓醇詁訓］酗，吁句切。《説文》：「酒醬也。」腆，它典切。《説文》：「多也。」按：百家注引作張敦頤曰。

〔一四〕［蔣之翹輯注］《書·費誓》：「魯人三郊三遂。」注：「國外曰郊，郊外曰遂。」

〔一五〕［百家注引童宗説曰］城爲司業，引諸生告之曰：「凡學，所以學爲忠與孝也。諸生寧有久不省其親者乎？」明日，謁城以歸養者二十有餘人。有三年不歸侍者，斥之。

〔一六〕［百家注引童宗説曰］城又簡秀才德行升堂上，沉酗不率教者皆罷。躬講經籍，生徒斤斤，皆有法度。

〔一七〕［百家注引孫汝聽曰］謂城爲道州，其行甚遠也。
〔一八〕［蔣之翹輯注］度，徒洛切。
〔一九〕［蔣之翹輯注］珉，武巾切。珉，石之似玉者。字亦作玟、瑉。按：指碑石。
〔二〇〕李吉甫《元和郡縣圖志》卷一二河中府：「雷首山一名中條山，在（河東）縣南十五里。」
〔二一〕［注釋音辯］［韓醇詁訓］嶷，魚力切，又魚其切。
〔二二〕［百家注引韓醇曰］城初隱中條山，與弟堦、域常易衣出。年長不肯娶，以爲既娶則間外姓，雖共處而益疏。
〔二三〕［注釋音辯］簣音匱。［韓醇詁訓］覆，孚救切。簣音匱。《語》：「雖覆一簣，進，吾往也。」注：「簣，土籠也。」［百家注引孫汝聽曰］孔子曰：「譬如平地，雖覆一簣，進，吾往也。」簣，盛土之器。覆，孚救切。簣音匱。按：見《論語·子罕》。
〔二四〕［注釋音辯］成均，五帝之學。謂爲司業。［蔣之翹輯注］《周禮》：「大司樂職掌成均之法。」注：「成均，五帝之學。」此謂城爲司業也。按：見《周禮·春官宗伯·大司樂》。司業爲國子監副長官。
〔二五〕［蔣之翹輯注］《詩·小雅》：「君子是則是傚。」按：見《詩經·小雅·鹿鳴》。
〔二六〕［韓醇詁訓］（麄）倉胡切。
〔二七〕《論語·述而》：「子之燕居，申申如也，夭夭如也。」申申，舒和貌。

〔二八〕［注釋音辯］榎，古雅切。《禮記·學記》注：「榎，楸也。楚，荆也。所以撲撻犯禮者。」［百家注引張敦頤曰］《禮記》：「榎、楚二物，收其威也。」又曰：「師嚴然後道尊。」

〔二九〕［注釋音辯］［百家注引孫汝聽曰］臞音衢。《韓非子》云：「子夏始臞而後肥，有問之者，子夏曰：『吾戰勝。』問曰：『何爲戰勝？』子夏曰：『吾入見夫子之義，則榮之。出見富貴，又榮之。二者戰於胸臆，故臞。今見夫子之義勝，故肥也。』」［韓醇詁訓］臞音衢。按：見《韓非子·喻老》。

〔三〇〕《詩經·鄭風·子衿》：「青青子衿，悠悠我心。」毛傳：「青衿，青領也，學子之所服。」

〔三一〕［韓醇詁訓］（踟躕）上音馳，下音廚。《説文》：「行不進也。」

【集　評】

茅坤《唐宋八大家文鈔》卷二八：情文經緯。

蔣之翹輯注《柳河東集》卷九：古雅質實，不爲浮華之詞，故自佳。唐順之曰：文甚緊嚴。「相眄徘徊」句下引王世貞曰：北嚮字晦。「吾黨誰師」句下引林希元曰：此不韻之銘。

何焯《義門讀書記》卷三五：「帝尤嘉異」四句：城爲司業乃下遷，嘉異旌優，語非實録。特以爲逐臣立碑，不得不有所回互耳。

乾隆敕纂《御選唐宋文醇》卷一八：陽城獨行君子，絶似東漢人。宗元作《遺愛碣》，亦力倣東漢金石文字。

林紓《韓柳文研究法·柳文研究法》：《國子司業陽城遺愛碣》，至難學。以序中用四言，厥體如銘，不過不用韻耳。而銘復四言，讀之疑複。韓、柳多有此體，然亦易辨。銘有韻以限之，法宜循聲按節，平仄雖不盡調，然韻腳調也。序中用四字成句，則可以不調平仄。仄處累仄，讀之暗塞，平處累平，讀之鏗鏘。且一氣黏貫而下，可以數句作一句讀。銘則八句一頓，自有節奏，不能讀作一氣也。

## 唐故給事中皇太子侍讀陸文通先生墓表①

孔子作《春秋》千五百年，以名爲傳者五家〔一〕，今用其三焉〔二〕。秉觚牘〔三〕，焦思慮，以爲論注疏説者百千人矣〔四〕。攻訐很怒〔五〕，以辭氣相擊排冒没者，其爲書，處則充棟宇，出則汗牛馬，或合而隱，或乖而顯。後之學者，窮老盡氣，左視右顧②，莫得而本。則專其所學，以訾其所異〔六〕，黨枯竹〔七〕，護朽骨，以至於父子傷夷③〔八〕，君臣詆悖者〔九〕，前世多有之。甚矣聖人之難知也。

有吴郡人陸先生質，與其師友天水啖助④〔一〇〕，洎趙匡〔一一〕，能知聖人之旨，故《春秋》之言，及是而光明。使庸人小童，皆可積學以入聖人之道，專聖人之教，是其德豈不侈大矣哉〔一二〕！先生字某〔一三〕，既讀書，得製作之本，而獲其師友。於是合古今，散同異，聯之以言，累之以文。蓋講道者二十年，書而志之者又十餘年，其事大備。爲《春秋集注》十篇、《辯疑》七篇、《微旨》二篇〔一四〕，明章大中，發露公器。其道以聖人爲主⑤，以堯舜爲的，苞羅旁魄〔一五〕，膠轕下上〔一六〕，而不出於正。其法以文、武爲首，以周公爲翼，揖讓升降，好惡喜怒，而不過乎物〔一七〕。既成，以授世之聰明之士⑥，使陳而明之，故其書出焉，而先生爲巨儒。用是爲天子争臣〔一八〕、尚書郎、國子博士、給事中、皇太子侍讀〔一九〕，皆得其道。刺二州〔二〇〕，守人知仁。永貞年〔二一〕，侍東宫，言其所學，爲《古君臣圖》以獻，而道達乎上。是歲，嗣天子踐祚而理⑦〔二二〕，尊優師儒，先生以疾聞，臨問加禮。某月日，終於京師〔二三〕。某月日，葬於某郡某里。

嗚呼！先生道之存也以書，不及施於政；道之行也以言，不及覩其理。門人世儒，是以增慟。將葬，以先生爲能文聖人之書，通於後世，遂相與謚曰文通先生⑧。後若干祀，有學其書者過其墓，哀其道之所由，乃作石以表碣⑨。

【校　記】

①《英華》題無「唐故」二字。世綵堂本注：「一無『唐故』二字。」

②原注與世綵堂本注：「『視』字一本作『晛』。」

③傷，《英華》作「反」。

④與，注釋音辯本作「以」。

⑤聖，注釋音辯本、世綵堂本及《英華》作「生」。注釋音辯本注：「生人，一本作『聖人』。」

⑥授，原作「受」，據諸本改。

⑦祚，五百家注本作「阼」。二字實可通，以指帝位。

⑧世綵堂本注：「與，一作以。」

⑨原注與注釋音辯本、詁訓本、世綵堂本注：「一無『碣』字。」

## 【解題】

［注釋音辯］陸淳字元沖，後避憲宗諱，改賜名質。門人私謚曰文通先生。［韓醇詁訓］陸質，新、舊史有傳。本名淳，字元沖。學深於《春秋》。少師事趙匡，匡師啖助。助、匡皆爲奥儒，頗傳其學。時陳少游鎮淮南，表在幕府，薦諸朝，授左拾遺，累遷左司郎中，歷信、台二州刺史。素與韋執誼善。方執誼附叔文，竊威柄，用其力，召爲給事中、皇太子侍讀。避憲宗名，遂改賜名質。卒於貞元二十一年。又有《類禮》二十卷、《君臣圖翼》二十五卷行於世。其曰「是歲嗣天子踐阼而理」，蓋貞元二十一年八月，憲宗立，改元元和也。公集有《答元饒州論春秋書》云：「宗元出邵州，不克卒業於陸先生之門。」書末又謂：「始至是州，作《陸文通先生墓表》，今以奉獻，與宣英讀之。」此表蓋作於元和

元年九月出爲邵州刺史後。按：陸質卒於永貞元年九月，但此文卻是元和元年作於永州，韓説是。何焯《義門讀書記》卷三五云：「陸先生字伯沖。」陳景雲《柳集點勘》卷一云：「按文通字伯沖，見權文公《送弟況序》。新史本傳同。潘緯音義作元沖，不知何據。」又按：陸質所作《春秋集傳纂例》、《辨疑》、《微旨》三書今存，清編四庫全書皆收之。晁公武《郡齋讀書志》卷一下：「《春秋纂例》十卷，右唐陸淳撰。其序云：啖氏製《統例》，分疏通會其義，趙氏損益，多所發揮。今纂而合之，凡四十篇。」陳振孫《直齋書録解題》卷三：「《春秋集傳纂例》十卷、《辨疑》七卷，唐給事中吴郡陸質伯淳撰。初潤州丹陽主簿趙郡啖助叔佐明《春秋傳》，洋州刺史河東趙匡伯循，質從助及伯循傳其學。助考三傳，舍短取長，又集前賢注釋，補以己意，爲《集傳集注》，又撮其綱目爲《統例》。助卒，質與其子異繕録以詣伯循，請損益焉。質隨而纂會之。大曆乙卯歲，書成。質本名淳，避憲宗諱改焉，故其書但題陸淳。助之學，以爲左氏叙事雖多，解意殊少。公、穀傳經密於左氏。至趙、陸，則直謂左氏淺於公、穀，誣謬實繁，皆孔門後之門人。但公、穀守經，左氏通史，其體異爾。丘明，夫子以前賢人，如史佚、遲任之流。焚書之後，學者見《傳》及《國語》俱題左氏，遂引以爲丘明。且《左傳》、《國語》文體不倫，叙事多乖，定非一人所爲也。蓋左氏廣集諸國之史以解《春秋》，子弟門人見事蹟多不入傳，或復不同，故各隨國編之，以廣異聞。自古豈止一丘明姓左乎？案漢儒以來，言《春秋》者惟宗三傳。三傳之外，能卓然有見於千載之後者自啖氏，始不可没也。《唐志》有質《集注》二十卷，今不存。然《纂例》、《辨疑》中大略具矣。又有《微旨》二卷，未見。質，梁陸澄七世孫，仕通顯，黨王叔文，侍憲宗東宮，會卒，不及貶。然則其與不通《春秋》之義者，相去無幾耳。」元代柳貫《待制集》卷一八《記舊本春秋纂例後》云：「右陸文通先生《春秋纂例》十卷，平陽府所刊本。末有識云：『泰和三年五月十三日，(趙)秉文置其裝標，猶用宋紹聖間故門狀紙。』蓋金仕宦家物也。延祐三年，貫客京師而得之。」《四庫全書總目》卷二六《經部春秋類》：「《春秋集傳辨疑》十卷，唐陸淳所述啖、趙兩家攻駁三傳之言也。柳宗元作淳墓誌，稱《辨疑》七篇。《唐書·藝文志》同。吴萊作序亦稱七卷。此本十卷，亦不知何人所分。刊本於萊序之末，附載延祐五年十一月集賢學士克酬言：唐陸淳所著《春秋纂例》、《辨疑》、《微旨》三書，有益後學，請令江西行省鋟梓云云，其分於是時歟？」又：「《春秋微旨》三卷，唐陸淳撰。案陳振孫《書録解題》稱《唐志》有淳《春秋集傳》二十卷，今不存。又有《微旨》一卷，未見。袁桷作淳《春秋纂例後序》，稱來杭得《微旨》三卷，乃皇祐間汴本。蓋其書刻於開封，故南渡之後遂罕傳本，至桷得北宋舊槧，乃復行於世也。柳宗元作淳墓表，稱《春秋微旨》二篇，《唐書·藝文志》亦作二卷，此本三卷，不知何時所分。然卷首有淳自序，實稱總爲三卷。或校刊柳集者誤『三篇』爲『二篇』，修《唐書》者因之歟？」

**【注釋】**

〔一〕［注釋音辯］《左氏》、《公羊》、《穀梁》三傳，故有鄒氏、夾氏，凡五家。［韓醇詁訓］《前漢·藝文志》「《春秋》分爲五」注：謂《左氏》、《公羊》、《穀梁》、《鄒氏》、《夾氏》。［百家注引孫汝聽曰]《漢書・藝文志》:「《春秋左氏傳》三十卷、《公羊傳》、《穀梁傳》、《鄒氏傳》、《夾氏傳》各一十卷。」鄒氏、夾氏有録無書。夾音頰。

〔二〕[韓醇詁訓][百家注引孫汝聽曰]《左氏》、《公羊》、《穀梁》也。

〔三〕[注釋音辯]觚音弧,竹簡也。字合作「⿱竹觚牘」,木板,古者用以寫書。[韓醇詁訓](觚牘)上音孤,下音讀。**按**:陳景雲《柳集點勘》卷一云:「按此自用《文賦》『操觚』字,不必加竹。」

〔四〕[蔣之翹輯注]論注疏説如何休、范甯、賈逵之類,於《春秋》皆有著述。

〔五〕[注釋音辯]訐,居謁切。很,下懇切。[韓醇詁訓]訐,居謁切。《説文》:「相斥罪,相告訐也。」很,下懇切。《説文》:「不聽從,一曰盭也。」

〔六〕[韓醇詁訓]呰,將支切,又音紫。《説文》:「毁也。」

〔七〕[蔣之翹輯注]古無紙,以竹爲簡,故云枯竹也。

〔八〕[百家注引孫汝聽曰]漢宣帝時,詔劉向受《穀梁春秋》,及其子歆校祕書,見《左氏傳》,大好之,數以難向,向不能非間也。然猶自持其《穀梁》義。**按**:見《漢書・楚元王劉交傳》附劉向劉歆。

〔九〕[蔣之翹輯注]後漢陳元疏曰:「陛下知丘明親受孔子,而公、穀傳於後學,故立《左氏》博士。論者沈溺所習玩,守舊聞,《左氏》孤學少與,遂爲墨家所排。」**按**:所引見《後漢書・陳元傳》。《漢書・儒林傳・瑕丘江公》載武帝尊《公羊春秋》,由是《公羊》大興,詔衛太子受之。太子私問《穀梁》而善之。及宣帝即位，聞衛太子好《穀梁春秋》，大興《穀梁》之學。甘露元年，《公羊》博士嚴彭祖，侍郎申輓、伊推、宋顯，《穀梁》議郎尹更始、待詔劉向、周慶、丁姓並論兩家同異，《公羊》家多不見從。所謂「君臣詆悖」當指此事。

〔一〇〕［注釋音辯］啖，徒濫切。助字叔佐，《唐書》有傳。［韓醇詁訓］啖音淡。［百家注引孫汝聽曰］助字叔佐，趙州人，後徙關中。天寶末爲台州臨海尉、丹陽主簿。上元二年，集三傳釋《春秋》，至大曆五年而畢，號《集傳》。啖，塗濫切。按：何焯《義門讀書記》卷三五：「啖氏，姓。苻氏臣有啖鐵。」

〔一一〕［注釋音辯］字伯循。［百家注引孫汝聽曰］匡字伯循，河東人。歷淮南節度判官、洋州刺史。

〔一二〕［蔣之翹輯注］《公羊傳》制《春秋》之義，以俟後聖，以君子爲亦有樂乎此也。

〔一三〕［百家注］見題注。

〔一四〕［蔣之翹輯注］《崇文總目》載唐給事中陸淳纂《春秋三書》，共十七卷。云：「三家之説不同，故采獲善者，參以啖助、趙匡之説，爲《集傳》。又本褒貶之意，更爲《微旨》、《條别》三家，以朱墨紀其勝否。又摭三家得失與經戾者，以啖、趙之説訂正之，爲《辨疑》。」按：何焯《義門讀書記》卷三五：「《新唐書》：『助卒，質與其子異裒録助所爲《春秋集注總例》，請匡損益，質纂會之，號《纂例》。』蓋今所傳《纂例》者，即《集注》之異名也。」

〔一五〕［注釋音辯］童（宗説）曰：（魄）步角切。《封禪書》云「旁魄四塞」，魄字唯此，音步角。《唐韻》除四陌切外，别音託。注：《史記》「落託貧無家」。《集韻》又作「薄」，音白各切，注云：「聲也。」歐陽《尚書》：「火流于王屋爲烏，其聲魄。」韻中音義于此不通。今依《封禪書》音步角切。按：韓醇詁訓本、百家注本引孫汝聽注皆與上同。百家注本尚曰：「旁魄，混同。」蔣之翹輯注：「亦作『旁礴』。」「旁魄」即「旁礴」。《莊子·逍遥遊》：「將旁礴萬物，以爲一世蘄乎亂。」同一義。

〔一六〕［注釋音辯］張（敦頤）曰：膠，或作「轇」，音膠。轕音葛。解在第二卷。［韓醇詁訓］「膠」或作「轇」，音膠。轕音葛。《説文》：「長遠貌。一曰車馬喧雜。」按：膠轕，馳驅。

〔一七〕［百家注引童宗説曰］《禮記》：「仁人不過乎物，孝子不過乎物。」按：見《禮記·哀公問》。

〔一八〕［注釋音辯］質佐陳少游幕府，少游薦之朝，授左拾遺。［百家注引孫汝聽曰］質佐淮南節度陳少游幕府，少游薦之朝，授左拾遺。

〔一九〕［百家注引孫汝聽曰］貞元二十一年四月，自給事中爲太子侍讀。

〔二〇〕［注釋音辯］謂歷台、信二州刺史。按：百家注本引孫汝聽注略同。陸質爲信州刺史在爲台州刺史之前，由台州刺史徵入朝爲給事中。

〔二一〕［百家注引孫汝聽曰］是歲（貞元二十一年）改爲永貞元年。

〔二二〕［注釋音辯］憲宗。［百家注引孫汝聽曰］謂憲宗即位也。按：前之「東宫」，即後即位爲憲宗之李純。

〔三〕〔百家注引孫汝聽曰〕九月辛巳，質卒。

【集　評】

吴萊《春秋纂例辨疑後題》：自唐世言文者，一變而王楊盧駱，再變而燕許，三變而韓柳。雖其文振八代之弊，及見當世經生攻訓詁、治義疏，則深敬之。太常殷侑新注《公羊》，退之欲爲之序，幸得掛名經端，以蘄不朽。及寄詩盧仝，又言其抱遺經、束三傳，然仝所著《春秋摘微》一卷，間見一二，亦未甚爲學者輕重。惟子厚《答元饒州書》，恒願掃於陸先生之門，執弟子禮，會先生病，子厚出邵州，竟不克卒業。先生蓋河東陸淳元沖也，與子厚同郡。且云先生師天水啖助及趙匡，知聖人之旨，兼用二帝三王法，至先生大備。《春秋集注纂例》、《辨疑》、《微旨》等書，苞羅旁魄，轇輵上下，一出於正，於是乎《春秋》有啖、趙、陸氏之學。往予北遊京師，始從國子學，見陸氏《纂例》十卷，是金泰和間禮部尚書趙秉文手本，太原板行。後又得陸氏《辨疑》七卷、《微指》二卷，而《集注》久闕。自唐世學者説經，一本孔氏正義，及宋之盛，説者或不用正義，六經各有新注，争爲一已自見之論，而欲求勝於先儒已成之説。宋子京傳《唐書》，猶不滿於啖助者，豈啖助實有以開之故歟？雖然，啖、趙、陸氏，未可毁也。後之學者，自肆於藩籬閫域之外，口傳耳剽，而不難於議經者，必引啖、趙、陸氏以自解，是或未之思也夫！（《淵穎吴先生文集》卷一二）

王行《墓銘舉例》卷一：右表議論以發其端，而叙爲《春秋》之學者互相排詆，所以歎聖人之難知，而著其《春秋集注》爲有功也，又一例也。略其履歷者，非所重也。按此例蓋以其所專重者不可不詳，故於其不必兼詳者不得不略，又略例之大者也。韓文凡四：《殿中少監馬君誌》、《太學博士李君誌》云云，見補闕。

蔣之翹輯注《柳河東集》卷九引唐順之曰：暢達。

康熙敕纂《御選古文淵鑒》卷三七此篇解題：按質附韋執誼、王叔文爲給事中，故《唐書》與執誼、叔文同傳。宗元自與質善，特爲褒美。然史亦稱其能文聖人書，通於後世，其功蓋不可泯也。又總評：表章經學之文，要須如此簡確。臣（陳）廷敬曰：首尾以《春秋》一事闡發，乃文之特例，而其渾淪滂魄，淵古之氣蒸浹肌髓，固當雄視一世。

儲欣《河東先生全集録》卷二：起段妙於形容，此風近世移而用之講學矣。聖人難知性，天道滋甚，或合而隱，或乖而顯，又可勝道哉！

何焯《義門讀書記》卷三五：李（光地）云：子厚亦學《春秋》有得者，故有味乎其言之。「後之學者」至「前世多有之」：不可以通於後世。「甚矣聖人之難知也」：不足以文聖人之書。……「得製作之本而獲其師友」：上句起後，下句顧前。「於是合古今」至「微指二篇」：是文之。……「明章大中」至「不過乎物」：數語發明聖人之旨特精神，所謂得製作之本者也。「既成以授世之聰明之士」三句：是通之。「道之存也以書」四句：所以但表其著述而略乎他，爲碣以明，能副文通之實也。

沈德潛《唐宋八家文讀本》卷九：峻整醇厚。唐以前説《春秋》者，俱倍傳以測經，自啖助、趙匡，及陸質，始據經以核傳，後宋儒得所據依，其功不可没也。此篇「明章大中」以下一段，極言所學之醇，得《春秋》之體要矣。

浦起龍《古文眉詮》卷五四：作墓表，不侈張他行，只叙得説《春秋》一事原委，古人不爲諛墓辭如此，所以可貴也。啖、趙舍傳求經，文通本之爲例，未免有束書鑿空之譏，然此表古鍊，後世無嗣音。

蔡世遠《古文雅正》卷九：仲尼祖述堯舜，憲章文武，而作《春秋》，陸氏蓋知此意，以求其道法之原，非若他家莫得而本者也。此文醇深峻整，雖西京《藝文志》，殆不是過。又：文通字元沖，本名淳，避憲宗諱，賜今名。所著《春秋》三種，兼採啖、趙，時益以己見。啖、趙之專家，久不孤行，其所存者，恃此而已。又：解《春秋》者，三傳之外，有唐三傳：啖助、趙匡、陸淳，三家是也。始能繹經，而不專信傳，最得《春秋》體要。宋程伊川、胡康侯、劉原父最善。余尤喜原父之説。宋末家氏鉉翁亦明快，宜爲文信國所心賞之人。

乾隆敕纂《御選唐宋文醇》卷一八：漢唐經師之所蔽情狀，備於此文。質之著作，名在《經籍志》，而今能述之者尠矣。司馬遷不云乎：「後之人欲砥行立名者，非附青雲之士，曷能施於後世？」蓋謂青雲所在，其下有賢聖也。今質爲韋執誼、王叔文所臂使，亦異乎附青雲者矣，其説曷能久而不廢哉？又：《唐書》本傳：陸質字伯沖，世居吴。明《春秋》，師事趙匡，匡師啖助。質盡傳二家學，歷信、台二州刺史，素善韋執誼。方執誼附叔文，竊威柄，用其力，召爲給事中。憲宗爲太子，詔侍讀。時執誼懼太子怒己專，故以質侍東宫，陰伺意解釋，左右之。質伺間有所言，太子輒怒曰：「陛下命先生爲寡人講學，何可及他？」質惶懼出。

姚範《援鶉堂筆記》卷四三：啖助云：「公羊子言樂道堯舜之道，以擬後聖。」《春秋》用二帝三王法，不壹守周典明矣。子厚學《春秋》於陸質，質之學本於啖助，故云見聖人之道與堯舜合，不惟文、武、周公之志，獨取其法。而《陸質墓表》云：「以堯舜爲的，以文、武爲首，以周公爲翼。」而他文亦曰：「理不一斷於古書，老生直趣堯舜大道。」其淵源本於此也。啖助之學不喜左氏，故子厚喜《穀梁》，作《非國語》。

又卷五〇：《唐故給事中皇太子侍讀陸文通先生墓表》「是其德豈不侈大矣哉」：《吴語》：「伯父秉德已侈大哉。」「後若干祀有學其書者過其墓」：按伯沖墓不詳何處，亦未詳子厚何時過其墓。後幅明健，莊而有體。子厚師伯沖，故聳其學而企仰之如此。（方東樹按：先生謂此文前半嫌其矜厲，樹竊以論述經傳，題目重大，政以矜莊嚴肅爲得體。獨惜其論次失序，又「甚矣聖人之難知也」至「侈大矣哉」，輕促不稱耳。又其所云以辭氣相擊排冒没者，伯沖之書亦不免焉。昔李石言施士丐《春秋》於文宗，帝曰：「朕見之矣。」穿鑿之徒徒爲異同，但學者如浚井得美水而已，何必勞苦旁求然後爲得耶？韓公贈盧仝詩曰「春秋三傳束高閣」，明婁諒著《春秋本意》十二篇，不採三傳事實，言是非必待三傳而後明，是《春秋》爲棄書矣。是皆過中之見焉。）昌黎於施士丐、殷侑，皆道其《春秋》之學不及陸淳，於《順宗實録》云：「叔文於有當時名欲僥倖而速進者，陸質、吕温、李景儉、韓煜、韓泰、陳諫、劉禹錫、柳宗元等十數人，結爲死交。」吕温險躁近利，與諸人馳鶩功利，僥倖速進，則固有之。

而淳似爲諸人所嚴事，引而進之，未得概斥爲比匪也。

焦循批《柳文》卷一八：簡括。詳於言學，略於官政，於此可明表墓、志墓之體。

## 唐故兵部郎中楊君墓碣①

貞元十九年正月某日，守尚書兵部郎中楊君卒。某月日②，葬於奉先縣某原〔一〕。既葬③，其子姪洎家老〔二〕，謀立石以表於墓④，葬令曰〔三〕：「凡五品以上爲碑，龜趺螭首〔四〕。降五品爲碣〔五〕，方趺圓首⑤，其高四尺⑥。」按郎中品第五，以其秩不克偕，降而從碣之制，其世系則紀于大墓〔六〕。

君諱凝，字懋功。與季弟凌生同日〔七〕，不周月而孤。伯兄憑剪髮爲童〔八〕，家居於吴。太夫人母道尊愛，教飭謹備。君之昆弟，孝敬出於其性，禮範奉于其舊，克有成德，輯其休光〔九〕。東薄海岱，南極衡巫，文學者皆知誦其詞，而以爲模準。進修者率用歌其行，而有所矜式。君既舉進士〔一〇〕，以校書郎爲書記，毗贊元侯於漢之陰，式徙荆州〔一一〕，由協律郎三轉御史。元戎出師〔一二〕，用顯厥謀，遂入王庭，爲起居郎。書事不回⑦，著垂國典。又爲尚書司封員外郎，革正封邑，申明嫡媵〔一三〕，事連權右，斥退勿憚。直聲彰聞，乃參選部⑧〔一四〕，以馭群吏。姦臣席勢〔一五〕，威福自己。他人求附離而不可得者⑨〔一六〕，公則卻之。私以胥吏求署，一皆罷遣。曰：「吾不以三尺法爲己利害。」居喪致哀〔一七〕，内盡其志，外盡其物，而無有不得於心者⑩。服除，爲右司郎中。危言直己，以致其誠。然卒中於詖辭〔一八〕，不得朝請，以檢校吏部郎中爲宣武軍節度判官〔一九〕。亳人缺守，往莅其政。孤老撫安，强猾戮死，墾鑿嶢鹵⑪〔二〇〕，芟艾榛荒〔二一〕。作爰田〔二二〕，以贍人食。濬決潢汙⑫〔二三〕，築復堤防，爲落渠以定水禍。理不半歲，利垂千祀。會朝復命，次於汴郊，帥喪卒亂⑬，不可以入，遂西走闕下〔二四〕。璽書迎門，勞徠甚備。以疾居家三年，復登于朝〔二五〕。遐邇詠歌，仍遇痼疾。天子致問，逾三月不賜告〔二六〕，幸其愈而用之，遂卒。天下文行之士，爲之悲哀。

嗚呼！君有深淳之行，有强毅之志。内以和於親戚，正於族屬；外以信於朋友，施於政事。故身之進退，人之喜戚繫焉。凡其昆弟，申明于朝⑭，制書咸曰孝友，君子謂楊氏其仁義之府。君之文若干什，皆可以傳於世〔二七〕。若某者，以姻舊獲愛〔二八〕，不腆之文，君實知之。惟車馬幣玉，無可以稱其德，用君之所以知者酬焉⑮。

【校記】

① 世綵堂本題下注：「一本無『唐故』二字。」

②世綵堂本無「月」字，《全唐文》作「某年月日」。

③「既葬」二字原闕，據注釋音辯本、詁訓本、世綵堂本、《全唐文》補。何焯《義門讀書記》卷三五：「『其子姪洎家老』上有『既葬』二字。」

④謀，五百家注本作「某」。

⑤原注與世綵堂本注：「圓，一作圭。《説文》：『圭，瑞玉，上圓下方。』」注釋音辯本、詁訓本注：「圓，一作圭。」

⑥尺，注釋音辯本作「足」。

⑦事，注釋音辯本、世綵堂本作「法」。按《左傳》宣公二年：「董狐，古之良史也，書法不隱。」作「法」近是。書事、書法，皆指紀事。

⑧乃，注釋音辯本、詁訓本、世綵堂本作「仍」。注釋音辯本、世綵堂本注：「仍，一本作乃。」

⑨「可」字原闕，據注釋音辯本、詁訓本、世綵堂本補。世綵堂本注：「一無『可』字。」

⑩於，原作「其」，據注釋音辯本、詁訓本、世綵堂本改。

⑪嶢，注釋音辯本、世綵堂本作「墝」，並注：「『墝』與『磽』同。」嶢、墝、磽，三字可通。

⑫潢，原作「黄」，據諸本改。

⑬詁訓本注：「『帥』一作『師』。據《凝傳》：凝爲董晉幕府，時孟叔度横縱撓軍治，而凝亦荒湎，晉卒，亂作，凝走還京師。則作『師喪』者，字之誤矣。」

⑭ 詁訓本注：「(明)一作命。」

⑮ 蔣之翹輯注本：「『知』上一無『以』字。」

【解題】

［注釋音辯］楊凝。［韓醇詁訓］貞元十九年癸未爲御史時作。《新史·楊凝傳》一如公碣，惟不載其以校書郎爲書記耳。凝初爲宣武軍節度判官，時蓋汴州節度李萬榮疾甚，其子有不軌之謀，朝廷以董晉爲檢校左僕射兼汴州刺史、宣武軍節度度支營田汴宋觀察使，晉辟之於幕府也。其守亳州，亦晉之力焉。［百家注引孫汝聽曰］楊君，凝也。《新史·凝傳》一如公碣，惟不載其以校書郎爲書記耳。［世綵堂］時歲在癸未，公年三十一，爲監察御史裏行。按：韓定之作年是也。章士釗《柳文指要》上《體要之部》卷九：「子厚於碣末自承以姻舊獲愛，凡爲文辭涉楊氏，每多方藻飾以蔽其惡，而於憑之碩德偉材，尤頌揚備至，實則憑以豪侈犯物議，殆無可諱言。……汴州之亂，料凝之荒湎，亦自從中造因不少，而子厚皆一概置之不問，此與子厚從不記楊憑之豪侈，事同一律。君子於此，終不得不許子厚爲親者諱之《春秋》筆法云。」

【注釋】

［一］［蔣之翹輯注］唐奉先縣隷同州馮翊郡，今爲蒲城縣，屬陝西西安府。

〔二〕［百家注引孫汝聽曰］家老，謂其族之老也。

〔三〕［百家注引孫汝聽曰］葬令，唐時喪葬之令。

〔四〕［注釋音辯］蹢合作「螭」，丑知切。如龍，無角而黄。趺音夫，足也。謂碑足爲龜形。［韓醇詁訓］趺音膚。《説文》：「足也。」螭，抽知切。《説文》：「似龍而黄。」［百家注引童宗説曰］趺，足也。足爲龜形，首爲螭形也。

〔五〕［百家注王儔補注］《説文》云：「碣，特立之石也。」

〔六〕［百家注引孫汝聽曰］凝，虢州弘農人。遠祖越恭公鈞。鈞生儉，西魏侍中。儉生文偉，隋安、温二州刺史。文偉生榮。榮生恪。恪生元政，司勳郎中。元政生志玄，殿中侍御史。志玄生成名。成名生凝。

〔七〕［百家注引孫汝聽曰］凌字恭履。按：二人同日而生，爲雙胞胎耶？或非同母。

〔八〕［百家注引孫汝聽曰］憑字虚受，一作字嗣仁。按：權德輿《權載之文集》卷三三《唐故尚書兵部郎中楊君文集序》：「君諱凝，字懋功。孝悌絶懿，中和特立。蚤歲違難於江湖間，與伯氏嗣仁、叔氏恭履，修天爵，振儒行，東吴賢士大夫號爲『三楊』。」

〔九〕［注釋音辯］輯音集。［韓醇詁訓］輯音集，歛也。《書》曰：「輯五瑞。」按：見《尚書・舜典》。百家注引作童宗説曰。

〔一〇〕［百家注引韓醇曰］大曆三年，凝舉進士第。

〔一一〕［注釋音辯］凝大曆三年進士。興元元年，樊澤節度山南東道，凝掌書記。貞元三年，澤徙荆南節度使，凝隨府遷。［百家注引孫汝聽曰］興元元年正月，以樊澤爲山南東道節度使，凝自祕書省校書郎爲其府掌書記。貞元三年閏五月，澤徙荆南節度使，凝隨府遷。按：何焯《義門讀書記》卷三五：「凝，大曆三年進士。興元元年，樊澤節度山南東道。式，用也。」

〔一二〕［百家注引童宗説曰］元戎，元帥也。《詩》：「元戎十乘，以先啟行。」按：見《詩經·小雅·六月》。

〔一三〕［注釋音辯］嫡，丁歷切。媵，以證切。［韓醇詁訓］上丁歷切，下以證切。［百家注］送女從嫁曰媵。

〔一四〕［注釋音辯］選，去聲。謂爲吏部員外郎。［百家注引孫汝聽曰］隋改吏部爲選部。凝爲吏部員外郎。

〔一五〕［百家注引童宗説曰］席勢，乘勢也。

〔一六〕［注釋音辯］［韓醇詁訓］離音麗。

〔一七〕［百家注引童宗説曰］子游曰：「喪致乎哀而止。」按：見《論語·子張》。

〔一八〕［注釋音辯］詖音賁，險也。［韓醇詁訓］詖，彼義切。《孟子》：「詖辭知其所蔽。」［百家注引童宗説曰］《孟子》：「詖辭知其所蔽。」詖，險詖也。字音賁。按：見《孟子·公孫丑上》。

〔一九〕［百家注引韓醇曰］貞元十二年八月，凝自左司郎中爲檢校吏部郎中、汴宋亳潁等州觀察判官。

〔二〇〕［注釋音辯］童（宗説）云：（嶢鹵）上丘交切，與「磽」同。下音魯，鹹也。［韓醇詁訓］上丘交切。《説文》：「磽也。」下音魯。《説文》：「鹹也。」［百家注引張敦頤曰］嶢，山之多石者。鹵，鹹地也。嶢，丘交切。鹵音魯。

〔二一〕［注釋音辯］潘（緯）云：「芟」與「刈」同。［韓醇詁訓］芟音衫，刈草也。

〔二二〕［百家注引孫汝聽曰］僖十五年《左傳》：「作爰田。」爰，易也，如《周禮》一易再易之田也。

〔二三〕潢汙，積水之地。《左傳》隱公三年：「潢汙行潦之水。」杜預注：「蓄水謂之潢。」

〔二四〕［注釋音辯］［百家注引孫汝聽曰］貞元十四年冬，凝朝正京師。十五年春，還汴。二月，節度使董晉卒，汴軍亂，凝走還京師。

〔二五〕［注釋音辯］［百家注引韓醇曰］（貞元）十八年，凝起家爲兵部郎中。

〔二六〕［百家注引孫汝聽曰］漢律有賜告。賜告者，病滿三月當免，天子復賜其告，使得帶印綬將官屬歸家治其病。

〔二七〕［百家注引韓醇曰］凝有文二十卷，權德輿爲之序云。按：《權載之文集》卷三三《唐故尚書兵部郎中楊君文集序》即爲楊凝文集而作。稱楊凝所著文一百四十餘篇，歌詩倍之，嗣仁（楊憑）類其文爲二十編。

〔二八〕［注釋音辯］子厚乃凝兄楊憑之壻。［韓醇詁訓］子厚，憑之婿。見《弘農楊氏誌》。故曰「某以姻舊獲愛」云。

【集　評】

《王荆石先生批評柳文》卷三：不甚古。

何焯《義門讀書記》卷三五：「惟車馬幣玉」三句：於時文價，已自許如此。

# 故御史周君碣①

有唐貞臣汝南周氏諱某，字某。以諫死，葬於某。貞元十二年，柳宗元立碣於其墓左。在天寶年②，有以諂諛至相位〔一〕，賢臣放退〔二〕，公爲御史，抗言以白其事，得死於墀下〔三〕，史臣書之。公之死③，而佞者始畏公議。於虖！古之不得其死者衆矣。若公之死，志匡王國④，氣震姦佞，動獲其所，斯蓋得其死者歟？公之德之才，洽於傳聞，卒以不試，而獨申其節，猶能奮百代之上，以爲世軌⑤。第令生於定、哀之間，則孔子不曰「未見剛者」〔四〕；出於秦楚之後，則漢祖不曰「安得猛士」〔五〕。而存不及興王之用，没不遭聖人之歎，誠立志者之所悼也。故爲之銘。銘曰：

忠爲美，道是履。諫而死，佞者止。史之志，石以紀，爲臣軌兮⑥。

【校　記】

①《文粹》題作「唐監察御史周公墓碣銘」。

②「天寶」係「開元」之誤。柳文所述之事，據《舊唐書·玄宗紀上》在開元二十四年，《資治通鑑》卷二一四同，《新唐書·牛仙客傳》亦載之。韓醇《柳文後記》：「《御史周君碣》以『開元』爲『天寶』，則時日差矣。」晁公武《郡齋讀書志》卷四上《柳宗元集》：「集中有《御史周君碣》，司馬温公《考異》以此碣爲周子諒碣，實開元二十五年也，柳作天寶時，誤。按此碣殊疏略。《舊唐書紀》、《牛仙客傳》、《玄宗實録》皆載子諒彈牛仙客，杖流瀼州，死藍田。」當是作者誤記。

③「之」字原闕，據注釋音辯本、詁訓本、世綵堂本及《文粹》補。

④王，《文粹》作「邦」。

⑤原注與注釋音辯本、五百家注本、世綵堂本注：「一本下有『者也』二字。」詁訓本「世軌」下有「者也」二字，並注：「一無『者也』字。」

⑥原注與注釋音辯本、詁訓本、五百家注本、世綵堂本注：「一本無『兮』字。」

【解　題】

［注釋音辯］張唐英云：御史必周子諒也。事見唐《張九齡傳》。［韓醇詁訓］御史周君，周子諒也。新、舊史：明皇開元二十有四年冬，張九齡等罷知政事，遂以牛仙客爲工部尚書、同中書門下三

品，仍知門下事。二十五年夏，監察御史周子諒竊言於御史大夫李適之，謂仙客不才，濫登相位。大夫，國之懿親，何得坐觀其事？適之遽以子諒之言奏，明皇大怒，廷詰之，子諒辭窮，摽之殿庭，朝廷決杖，死之。公謂在天寶年，與史若不相合耳。作之年月，碣首紀之。〔百家注〕周子諒也。孫（汝聽）曰：按公此碣，子諒當是柳州人也。〔世綵堂〕時貞元十二年丙子，公年二十四，應博學宏詞。

**按**：此文已明言作年。周子諒爲汝南人，孫汝聽云柳州人，誤。諸家皆云周君爲周子諒，甚是。《資治通鑑》卷二一四唐玄宗開元二十五年：「夏四月辛酉，監察御史周子諒彈牛仙客非才，引讖書爲證。上怒，命左右摽於殿庭，絶而復蘇，仍杖之朝堂。流瀼州，至藍田而死。」司馬光《考異》曰：「柳宗元《周君墓碣》云：『有唐貞臣汝南周氏諱某，字某。』又曰：『在天寶年，有以諂諛至相位，賢臣放退，公爲御史，抗言以白其事，得死於墀下。』宗元集此碣雖無名字，然其事則子諒也。云在天寶年，誤矣。」林寶《元和姓纂》卷五汝南周氏：「監察御史周子諒，京兆人。生頌，大理司直。生居（君之訛）巢，循州刺史。」則周子諒爲周君巢之祖。周君巢爲柳宗元友人，即柳文《故殿中侍御史柳公墓表》所提及汝南周公巢，則此碣當是受周君巢請託而作。牛仙客出身微賤，固非宰相才，然亦未有惡跡。章士釗《柳文指要》上《體要之部》卷九云：「子厚之草此碣，殆如劉夢得所謂有激而然，似未叶文章正軌。」

【注　釋】

〔一〕〔注釋音辯〕牛仙客。〔韓醇詁訓〕諂，丑琰切。諛音腴。〔百家注引韓醇曰〕開元二十四年十一月，以牛仙客爲工部尚書、同中書門下三品。

〔二〕［注釋音辯］張九齡等。［百家注引韓醇曰］二十四年十一月，侍中裴耀卿爲尚書左丞相，中書令張九齡爲尚書右丞相，並罷知政事。按：《舊唐書・張九齡傳》：「初，九齡爲相，薦長安尉周子諒爲監察御史。」《全唐文》卷二八八張九齡《荊州謝上表》：「臣往年按察嶺表，便道赴使，訪聞周子諒，久經推覆，遥即奏充判官。」可知周子諒與張九齡之關係。

〔三〕［韓醇詁訓］墀，陳尼切。《釋文》：「塗地也。以丹漆地，故稱丹墀。」［百家注］童（宗説）曰：《釋文》：「墀，塗地也。丹漆地，故稱丹墀。」孫（汝聽）曰：開元二十五年四月，子諒以監察御史彈牛仙客非才，引讖書爲證。上怒甚，親加詰問，命左右撲於殿庭，絶而復蘇，仍杖之朝堂。流瀼州，至藍田而死。此云天寶，誤也。（王儔）補注：晁氏《讀書志》曰：温公《考異》辨之矣。按：孔平仲《珩璜新論》：「待士大夫有禮，莫如本朝，唐時風俗尚不美也。《張嘉貞傳》：姜皎爲祕書監，至於杖死。《張九齡傳》：周子諒爲監察御史，以言事杖於朝堂。代宗命劉晏考所部官吏善惡，刺史有罪，五品以上繫劾；六品以下，杖然後奏。玄宗時，監察御史蔣挺坐法，詔決於朝堂，張廷珪執奏：御史有譴，當殺之，不可辱也。士大夫服其知體。」

〔四〕見《論語・公冶長》。

〔五〕《漢書・高帝紀下》高祖還沛，作歌：「大風起兮雲飛揚，威加海内兮歸故鄉，安得猛士兮守四方？」

【集評】

張唐英《發明周御史論》：柳子厚作《御史周君碣》曰：「有唐正臣周某字某，以諫死，葬於某。」所云：「天寶中，有諂諛至相位，賢臣放逐，公爲御史，抗言以白其事，得死於墀下。」然不言周君名字，及諂諛爲相者誰，及賢臣放逐者何人。今以唐史質之，周君必子諒也，諂諛必牛仙客也，賢臣必張九齡也。林甫薦仙客爲宰相，九齡言其不可，上不悦，罷九齡相位。時子諒爲御史，白於大夫李適之曰：「仙客不才，濫登相位，公何得坐觀其事？」適之遽奏之，上怒，決配子諒於瀼州，至藍田賜死。以九齡所薦子諒非其人，左遷荆州都督。嗟乎！九齡以子諒能抗言朝廷之失，是不負其職，而九齡爲能知人爾。而明皇悦邪佞之臣，反以九齡所薦非其人而逐之，如此則後之大臣薦臺諫官者，當薦依阿取容，喑喑如秋蟬，泛泛如浮萍，則無患矣，何以爲朝廷之耳目哉？夫植木而欲其茂也，必時溉之。溉而惡大，反自伐之，必衰之理也。明皇之惡子諒，乃自求衰之謂乎？西幸之禍，有所召爾。（《五百家注音辯唐柳先生集》附録卷二、世綵堂《河東先生集》附録卷下）

茅坤《唐宋八大家文鈔》卷二八：調不入《史》《漢》，而氣韻亦勁。

王行《墓銘舉例》卷一：《故御史周君碣》，右碣惟叙其以諫而死一事，此所謂立石者也。他非所重，故多略也。

陸夢龍《柳子厚集選》卷二：是寫生手。

蔣之翹輯注《柳河東集》卷九：詞簡而氣王，似歌似哭。雖千載下，可以招魂復起。又引焦竑曰：議論偉然不凡。「死者歟」句下引焦竑曰：贊其死可以不朽，真可以壯忠臣義士之氣。「故爲之銘」句下：如此議論，真然突翻出，奇絕卓絶。

儲欣《河東先生全集録》卷二：簡而宕。人知愛其宕耳，不知其序次簡嚴，若鍊精鑌，尤不可迫視。

何焯《義門讀書記》卷三五：「則漢祖不曰安得猛士」：引猛士，不類。豈緣子諒言牛仙客應圖讖故耶？

沈德潛《唐宋八家文讀本》卷九：玄宗罷裴耀卿、張九齡，而相李林甫、牛仙客，此治亂之轉關也。子諒以直諫杖死，子諒死而諫者無人矣。乃玄宗不聞悔過，而後世不加褒封，立碣表墓，其容已乎！文中不輕下一字，表正直，誅奸諛，居然史筆。

王之績《鐵立文起》前編卷六：王懋公曰：正如《潘黄門碣》，若柳宗元《故御史周君碣》，則體之變也。

又引胡秋宇曰：近世史家修列傳，多據渠家墓誌，筆削成篇，然誌往往紀載溢美，擬類非論……是以論篤君子不敢阿所好，蓋慎之也。若柳子《故御史周君碣》，登之太史氏無忝矣。

乾隆敕纂《御選唐宋文醇》卷一八：玄宗罷裴耀卿、張九齡，而相李林甫、牛仙客，安危之機定於此矣。子諒志存忠愛，奮不顧身，慷慨陳詞，受杖而死，可謂能得死所者也。論者或謂徒死無益，不若從容以觀其變，不知子諒之爲此，亦何忍逆料其君之必不聽，而姑爲是一死以成名哉！蓋明皇初政，非甚昏暗，苟倖邀宗社之福，因諍臣一言，大悔於厥心，則轉敗爲功，固忠臣義士所禱祀而求者矣。不謂奸邪之錮蔽已深，彼蒼之降禍已亟，事之不成，命也。然子諒之死，實不爲無益。大凡權奸之亂政，其初未嘗不畏公議，故必於臺諫之地廣布私人，而後可以得志。即觀林甫立仗馬之言，固欲以威力脅服廷臣，而其中亦有不自安之意焉。然則子諒此舉，雖無救於敗，亦足以伸志士之氣，而褫佞臣之魄矣。勒石青史，題曰貞臣，百世而下，猶可想其風節，洵豪傑之士哉。

王符曾《古文小品咀華》卷三：以雋思逸筆，發潛德幽光，覺味美在酸鹽之外。

## 唐故衡州刺史東平吕君誄①

維唐元和六年八月日②，衡州刺史東平吕君卒。爰用十月二十四日，藁葬于江陵之野〔一〕。嗚呼！君有智勇孝仁，惟其能，可用康天下；惟其志，可用經百世③。不克而死，世亦無由知焉。君由道州，以陟爲衡州〔二〕，君之卒，二州之人哭者逾月。湖南人重社飲酒④，是月上戊〔三〕，不酒去樂，會哭于神所而歸。余居永州，在二州中間⑤，其哀聲交于北南⑥。舟船之下上，必呱呱然〔四〕，蓋嘗聞于古而覩于今也⑦。君之志與能不施于生人，知之者又不過十人，世徒讀君之文章，歌君之理行〔五〕，不知二者之于君其末也⑧。嗚呼！君之文章，宜端于百世⑨。今其存者，非君之極言也，獨其詞耳。君之理行，宜及于天下⑩，今其聞者，非君之盡力也，獨其跡耳。萬不試而一出焉，猶爲當世甚重⑪，若使幸得出其什二三，則巍然爲偉人，與世無窮，其可涯也？君所居官爲第三品，宜得謚于太常〔六〕，余懼州吏之逸其辭也⑫，私爲之誄，以志其行。其辭曰：

麟死魯郊〔七〕，其靈不施。濯濯夫子〔八〕，故潔其儀⑬〔九〕。冠仁服義，干櫓《書》《詩》〔一〇〕。忠貞繼佩，智勇承綦〔一一〕。跨騰商周〔一二〕，堯舜是師。道不勝禍，天固余欺。鬼神齊怒⑭，妖孽咸疑⑮〔一三〕。何付之德，而奪其時？嗚呼哀哉！命姓惟吕，勤唐以力。輔寧萬邦，受胙爾國〔一四〕。維師元聖〔一五〕，周以降德。世征五侯〔一六〕，伊祖之則。嗣濟厥武〔一七〕，前書是式。至于化光，爰耀其特。《春秋》之元，儒者咸惑。君達其道，卓焉孔直⑯。聖人有心，由我而得〔一八〕。敷施變化，動無不克。推理惟工⑰，舒文以翼。宣于事業，與古同極。道不苟用，資仕乃揚。進于禮司〔一九〕，奮藻含章。決科聯中〔二〇〕，休問用張⑱，署讎百氏〔二一〕，錯綜逾光。超都諫列〔二二〕，屢皂其囊〔二三〕。帝殊爾能，人服其智。戎悔厥禍，欵邊求侍〔二四〕。盛選邦良，難乎始使。君登御史，贊命承事〔二五〕。風動海壖〔二六〕，皇威以致。來總征賦，甲兹郎吏〔二七〕。制用經邦，時推重器。諸臣之復⑲〔二八〕，周官匪易。漢課牋奏〔二九〕，鮮云能備。君自他曹，載出其技⑳。筆削自任，群儒革議㉑。正郎司刑〔三〇〕，邦憲爲貳〔三一〕。糺逖伊肅〔三二〕，諂諛具畏㉒。遷理于道〔三三〕，民服休嘉。恩踈若昵，愓邇如遐。實閉其閤〔三四〕，而撫于家。載其愉樂，申以舞歌。賦無吏迫，威不刑加。浩然順風，從令無譁。絲蠶外邑㉓，我繭盈車。雜耕鄰邦，我黍之華。既字其畜，亦藝其麻。鼛鼓斯屏〔三五〕，人喜則多㉔。始富中教〔三六〕，興良廢邪。考績既成，王用興嗟。陟于嶽濱〔三七〕，言進其律〔三八〕。號呼南謁，謳謡北溢。欺吏悍民，先聲如失。逋租匿役㉕，歸誠自出。兼并既息，罷羸乃逸〔三九〕。惟昔舉善，盜奔于鄰〔四〇〕。今我興仁，化爲齊人〔四一〕。惟昔富人，或賑之粟〔四二〕。今我厚生，不竭而足。邦思其弼，人戴惟父。善胡召災？仁胡罹咎？俾民伊祐㉖，而君不壽。矯矯貪凌，乃康乃茂。嗚呼哀哉！廩不餘食㉗，藏無積帛㉘〔四三〕。内厚族姻，外賙賓客㉙。恒是懸罄〔四四〕，逮兹易簀〔四五〕。僮無凶服，葬非舊陌。嗚呼哀哉！

君昔與余，講德討儒。時中之奥〔四六〕，希聖爲徒。志存致君，笑詠唐虞。揭兹日月〔四七〕，以耀群愚㉚。疑生所怪，怒起特殊。齒舌嗷嗷〔四八〕，雷動風驅。良辰不偶，卒與禍俱。直道莫試，嘉言罔敷。佐王之器㉛，窮以郡符。秩在三品，宜謚王都。諸生群吏，尚擁良圖㉜。故友咨懷，累行陳謨。是旌是告，永永不渝。嗚呼哀哉！

【校　記】

① 世綵堂本題下注：「一無『唐故』二字。」

②「日」字原闕，據注釋音辯本、詁訓本、世綵堂本及《英華》、《文粹》補。
③世綵堂本注：「經，一作康。」
④蔣之翹輯注本：「『湖南』下或無『人』字，而『社』字下有『鄉』字。」
⑤間，《文粹》、《全唐文》作「聞」。若作「聞」，其字屬下句。
⑥北南，《全唐文》作「南北」。
⑦原注與世綵堂本注：「靚，一作觀。」注釋音辯本作「觀」，並注：「觀，一本作靚。」
⑧世綵堂本注：「其，一作之。」
⑨端，《全唐文》作「傳」。
⑩及，原作「極」，據注釋音辯本、詁訓本及《英華》、《文粹》、《全唐文》改。
⑪甚，《文粹》作「所」。
⑫原注與詁訓本、世綵堂本注：「州吏，一作刺史。」
⑬世綵堂本注：「故，一作胡。」何焯《義門讀書記》卷三五：「『故』作『胡』。」
⑭齊，注釋音辯本作「不」。詁訓本、世綵堂本注：「齊，一作不。」
⑮孽，注釋音辯本、詁訓本作「蘖」。注釋音辯本注：「蘖，一本作孽，魚列切。」世綵堂本注：「孽，魚列切。一作蘖。」二字可通。
⑯焉，詁訓本、《文粹》作「然」。

⑰ 工，注釋音辯本作「公」。
⑱ 問，《英華》作「聞」。
⑲ 注釋音辯本、世綵堂本注：「（復）一本作『後』者非。」
⑳ 其，詁訓本作「於」，並注：「一作其。」世綵堂本注：「其，一作於。」
㉑ 革，世綵堂本作「草」，《英華》作「莫」。
㉒ 原注與五百家注本、世綵堂本於「紇遨伊肅」下注：「一本作『紇佞肅邪』。」於「諂諛具畏」下注：「一作『邪諂具畏』。」注釋音辯本作「紇佞肅邪」，並於二句後注：「一作『糾遨伊爾，邪諂具畏』。」
㉓ 絲，原作「繇」，據《英華》、《文粹》、《全唐文》改。世綵堂本注：「『繇』作『絲』，一云『繇』字遥、冑、由三音。據文『繇蠶外邑』，恐字誤。」《英華》作「遨佞肅邪」，並注：「柳州本作『紇遨佞肅』。」紇、糾，同「糾」。
㉔ 則，注釋音辯本、游居敬本、蔣之翹輯注本作「其」。
㉕ 役，《英華》作「税」。何焯《義門讀書記》卷三五：「『役』作『税』。」
㉖ 祐，世綵堂本、《全唐文》作「祜」，五百家注本、《英華》、《文粹》作「怙」。注釋音辯本注：「一本作怙。」世綵堂本注：「祜，一本作怙。」
㉗ 食，《英華》作「糧」。
㉘ 無，《英華》作「不」。

㉙ 賓，五百家注本作「貧」。

㉚ 群，《英華》作「凡」。

㉛ 佐王，《文粹》、《全唐文》作「王佐」。

㉜ 何焯《義門讀書記》卷三五：「『擁』作『壅』。」

【解　題】

［注釋音辯］呂温字化光，一字和叔。［韓醇詁訓］呂衡州名温，字和叔，一字化光。德宗貞元末，自集賢殿校書郎擢爲左拾遺。二十年，回紇請和，上問能使絶域者，君以奇表，有專對材膺選，轉殿内史，還拜尚書户部員外郎。轉司封，遷刑部郎中，兼御史，副治書之職。會以誣奏李吉甫，貶道州刺史。以政聞，遂改衡州。初從陸質治《春秋》，又從梁肅爲文章，藻翰精富，一時流輩推尚。公集又有《與呂道州書》，正與温論《非國語》也。劉夢得集有《衡州刺史呂君集紀》，亦以文字亟稱之。公謂「至於化光，爰燿其特」，信矣。元和六年永州作。［百家注引孫汝聽曰］呂君名温，字化光，一字和叔。河中人。年四十，卒。《周禮》：「小史掌卿大夫之喪，讀誄。」誄謂生時行跡者也。［世綵堂］時元和六年辛卯，公年三十九，在永。按：章士釗《柳文指要》上《體要之部》卷九云：「本篇不曰墓碑而曰誄者，以化光殁後藁葬，無碑可紀，又化光官居三品，不便於私人爲立碑傳，因易而號爲誄云。」

【注　釋】

〔一〕［韓醇詁訓］藁音杲。［蔣之翹輯注］《後漢·馬援傳》：「援征武溪蠻，卒，不敢以喪還，買城西數畝地，藁葬而已。」注：「藁，草也。」唐江陵，今爲荆州府，與衡州、道州俱屬湖廣。按：藁葬，草草埋葬。

〔二〕［百家注引韓醇曰］元和三年貶道州刺史。五年，以政聞，改衡州。

〔三〕［百家注引韓醇曰］（元和）六年八月八日戊子社。［蔣之翹輯注］《周禮·肆師》職曰：「社之日涖卜來歲之稼。」《荆楚歲時記》：「社日共結綜會，社牲醪，爲屋於樹下，先祭神，然後共用其胙。」湖南即衡州也。

〔四〕［注釋音辯］呱音孤。［韓醇詁訓］呱音孤。《書》：「啟呱呱而泣。」［百家注引童宗説曰］呱呱，泣聲。《書》：「啟呱呱而泣。」呱音孤。按：見《尚書·益稷》。

〔五〕［蔣之翹輯注］理行，本作「治行」，避唐諱也。下倣此。

〔六〕太常，太常寺，唐代掌禮儀之官署。

〔七〕［百家注引孫汝聽曰］《春秋》哀十四年：「西狩獲麟。」按：《史記·孔子世家》：「及西狩見麟，曰：『吾道窮矣！』」裴駰集解引何休曰：「麟者太平之獸，聖人之類也。時得而死，此天亦告夫子將殁之證，故云爾。」姚範《援鶉堂筆記》卷五〇：「『麟死魯郊，其靈不施』：哀十四年傳『西狩獲大野』，杜注：『在高平鉅野縣東北。』《晉書志》：『鉅野屬高平國。』注：『獲麟所。』

呂，東平人，緣其地望而起義也。」

〔八〕濯濯，光明貌。

〔九〕［百家注引孫汝聽曰］言如麟之復出也。

〔一〇〕［注釋音辯］童（宗説）云：櫓音魯，防城具也。［韓醇詁訓］櫓音魯。《説文》：「大盾也。」［百家注引孫汝聽曰］干櫓，盾也。《禮記》：「禮義以爲干櫓。」此則言以《書》《詩》爲干櫓也。櫓音魯。按：見《禮記·儒行》。

〔一一〕［注釋音辯］（綦）音其，履飾。［韓醇詁訓］音其。

〔一二〕［百家注］騰音滕。

〔一三〕［韓醇詁訓］孽，魚列切。［百家注］孽，魚列切。

〔一四〕［韓醇詁訓］胙音祚。［百家注引孫汝聽曰］《史記》：「齊太公呂尚，其先爲四岳，佐禹平水土有功，封於呂。」《國語》有曰：「胙四岳國，命爲侯伯。賜姓曰姜，氏曰有呂。」胙，報也。按：見《史記·齊太公世家》、《國語·周語下》。

〔一五〕［注釋音辯］太公望。［百家注引孫汝聽曰］《詩》：「維師尚父。」《書》：「聿求元聖。」按：見《詩經·大雅·大明》、《尚書·湯誥》。

〔一六〕［百家注引孫汝聽曰］僖四年《左氏》：「管仲曰：『昔召康公命我先君太公曰：五侯九伯，女實征之，以夾輔周室。』」

〔一七〕〔蔣之翹輯注〕武，步也。

〔一八〕〔百家注引韓醇曰〕温從陸質治《春秋》。

〔一九〕〔百家注引韓醇曰〕試禮部也。

〔二〇〕〔百家注引孫汝聽曰〕貞元十四年，尚書左丞顧少連知禮部貢舉，温中第。按：貞元十五年，吕温又中博學宏詞科。

〔二一〕〔百家注引孫汝聽曰〕讎，校也。温爲祕書省校書郎。

〔二二〕〔百家注引孫汝聽曰〕温與王叔文、韋執誼善，再遷左拾遺。

〔二三〕〔注釋音辯〕《漢官儀》：「凡章奏言密事用皂囊。」〔韓醇詁訓〕後漢蔡邕靈帝時爲諫議大夫，上以邕經學深奥，故密特稽問，宜披露得失，指陳政要，勿有依違，自生疑諱。具對經術，以皂囊封上。〔百家注引王儔補注〕袁夢麒《漢制叢録》云：「《漢官儀》：凡章奏皆啟封，其言密事，乃用皂囊。東方朔言文帝集書囊爲殿幃，翟酺又言文帝飾帷帳於皂囊者，指此。其後，靈帝詔蔡邕指陳政要，具對經術，以皂囊封上，遵前制也。」

〔二四〕〔百家注引童宗説曰〕戎謂吐蕃。欵，叩也。求侍者，遣子入侍。

〔二五〕〔百家注引孫汝聽曰〕（貞元）二十年六月，以祕書監張薦爲吐蕃弔祭使，温以工部郎中副之，轉侍御史。

〔二六〕〔注釋音辯〕（壖）而宣切。〔韓醇詁訓〕而宣切。《説文》：「城下田也。」按：百家注本引作童宗說曰。

〔二七〕［百家注引韓醇曰］元和元年，使還，温遷户部員外郎。

〔二八〕［注釋音辯］出《周禮》：「宰夫掌諸臣之復。」注：「復，反也，報於王。」［百家注引孫汝聽曰］《周禮》：「宰夫之職掌諸臣之復，萬民之逆。」注云：「復，報也，反也，反報於王。」按：見《周禮·天官冢宰·宰夫》。

〔二九〕［韓醇詁訓］後漢順帝陽嘉元年，尚書令左雄上言：「孔子曰：四十不惑，禮稱强仕。請自今孝廉年不滿四十，不得察舉，皆先詣公府諸生試家法，文吏課牋奏。」按：見《後漢書·左雄傳》。

〔三〇〕［百家注引孫汝聽曰］温自户部員外郎遷司封員外郎、刑部郎中。

〔三一〕［注釋音辯］竇群爲御史中丞，請温爲知雜。［百家注］貳，副也。孫（汝聽）曰：竇群爲御史中丞，請温爲知雜，故云「邦憲爲貳」也。

〔三二〕［百家注引孫汝聽曰］《左傳》：「糺逖王慝。」注云：「逖，遠也。有惡者糾而遠之。」按：見《左傳》僖公二十八年。

〔三三〕［注釋音辯］貶道州刺史。［百家注引韓醇曰］（元和）三年，宰相李吉甫以疾，在第召醫人陳登診視，夜宿於安宿里第。温伺知之，詰旦，令吏捕登，鞫問之，又奏劾吉甫交通術士。憲宗異之，召登而訊其事，皆虚。十月，再貶温道州刺史。

〔三四〕［百家注引韓醇曰］汲黯爲東海太守，卧閤不出，歲餘，東海大治。按：見《漢書·汲黯傳》。

〔三五〕［注釋音辯］（屏）必郢切。［韓醇詁訓］鼛音皋。《説文》：「大鼓也。」［百家注引童宗説曰］《説文》云：「鼛，大鼓也。音皋。」屏，必郢切。

〔三六〕［百家注引韓醇曰］《論語》：「子適衛，冉有僕。子曰：『庶矣哉！』冉有曰：『既庶矣，又何加焉？』曰：『富之。』曰：『既富矣，又何加焉？』曰：『教之。』」按：見《論語·子路》。

〔三七〕［注釋音辯］衡州。［百家注引孫汝聽曰］温自道州遷衡州刺史。嶽濱，衡嶽之濱也。

〔三八〕［百家注引韓醇曰］《禮記·王制》：「諸侯有功德於民者，加地進律。」［蔣之翹輯注］（《禮記》）注：「律者，爵命之等，加地而進之，以示勸也。」

〔三九〕［注釋音辯］「罷」即「疲」字。

〔四〇〕［注釋音辯］《左》宣十六年晉士會。［韓醇詁訓］《左傳》宣公十六年：「晉士會帥師滅赤狄甲氏及留吁鐸辰，三月，獻狄俘，晉侯請於王。戊申，以黻冕命士會將中軍，且爲大傅。於是晉國之盜逃奔於秦。羊氏職曰：『吾聞之禹稱善人，不善人遠，此之謂也。』」［百家注引孫汝聽曰］宣十六年《左氏》：「晉士會爲太傅，晉國之盜逃奔於秦。」

〔四一〕齊人，治民，大治之民。

〔四二〕［注釋音辯］《左》襄二十九年，子皮餼國人粟户一鍾。［韓醇詁訓］《左傳》文公十六年：「宋公子鮑禮於國人，宋饑，竭其粟而貸之，年自七十以上，無不饋詒也。」又襄公二十九年：「鄭饑，而未及麥，民病，子皮以子展之命餼國人粟，户一鍾，是以得鄭國之民，故罕氏常掌國政。」

〔四三〕［百家注］藏，才浪切。

〔四四〕［韓醇詁訓］《左傳》：「室如懸磬，野無青草，何恃而不恐？」［百家注引孫汝聽曰］《國語》：「齊孝公謂魯人曰：『室如懸磬，野無青草，何恃而不恐？』」按：見《左傳》僖公二十六年、《國語・魯語上》。

〔四五〕［韓醇詁訓］易音亦，簀音責。《禮記》：「曾子寢疾病，樂正子春坐於牀下，曾元、曾申坐於足，童子隅坐而執燭。童子曰：『華而晥，大夫之簀歟？』子春曰：『止。』曾子聞之，瞿然曰：『吁。』曰：『華而晥，大夫之簀歟？』曾子曰：『然。斯季孫之賜也，我未之能易也。』元起易簀，曾元曰：『夫子之病革矣，幸而至於旦，請敬易之。』曾子曰：『吾何求哉？吾得正而斃焉，斯已矣。』舉扶而易之，反席未安而歿。」［百家注引韓醇曰］《禮記》：「曾子寢疾病，曾元易簀。」注：「簀，謂牀第。」易簀，音亦責。按：見《禮記・檀弓上》。後用作人之將死之典故。

〔四六〕［百家注引孫汝聽曰］《禮記》：「君子之中庸也，君子而時中。」按：見《禮記・中庸》。

〔四七〕［百家注引孫汝聽曰］《莊子》：「昭昭乎若揭日月而行。」按：見《莊子・達生》。

〔四八〕［注釋音辯］（嗷）斗刀切。衆口愁也。［韓醇詁訓］嗷，牛刀切。《説文》：「衆口愁也。」按：百家注引作童宗説曰。

## 【集評】

蘇軾《東坡志林》卷二：柳宗元敢爲誕妄，居之不疑。吕温爲道州、衡州，及死，二州之人哭之逾月，客舟之道於永者，必呱呱然，雖子産不至此，温何以得之？其稱温之弟恭亦賢豪絶人者。又云：恭之妻，裴延齡女也。孰有士君子肯爲裴延齡壻者乎？宗元與伾、叔文交，蓋亦不羞與延齡姻也。恭爲延齡壻，不見於史，宜表而出之，見宗元文集《恭墓誌》云。

劉克莊《後村詩話》前集卷一：吕温坐伾、文黨，黜守道、衡二州，卒于衡。柳子厚誄之曰：「遷理于道，民服休嘉。賦無吏迫，威不刑加。」又言二州之人哭者逾月。坡公謂温小人，何以得此？然余觀温集《送江華毛令》絶句云：「布帛精麤任土宜，疲人識信每先期。今朝臨别無他囑，雖是蒲鞭也莫施。」太守送縣令之言如此，則子厚所書非溢美矣。今世士大夫笑温者比肩，及爲二千石，屬縣能督賦者蒙殊奬，負殿者受嚴譴，有能爲温此言，未見其人也。

吴訥《文章辨體·誄辭哀辭》：按《文章緣起》載漢武帝《公孫弘誄》，然無其辭。惟《文選》録曹子建之誄王仲宣、潘安仁之誄楊仲武，蓋皆述其世系行業而寓哀傷之意。厥後韓退之之於歐陽詹、柳宗元之於吕温，則或曰誄辭，或曰哀辭，而名不同。迨宋南豐、東坡諸公所作，則總謂之哀辭焉。

《王荆石先生批評柳文》卷三：誄極精工。

茅坤《唐宋八大家文鈔》卷二八：魏晉以下誄並藻麗，子厚自爲機杼，亦有可觀。

何孟春《餘冬叙録》卷一八：柳宗元爲《吕温誄》云……蓋嘗聞於古而觀於今也。蘇子瞻謂宗元敢爲妄誕，居之不疑……今之爲太守者，不卹縣令，虐取厲民，於諸邑唯觀其督課之多寡，以爲殿最，是則又吕司馬之罪人也。温之爲政，視他人蓋必有可觀，而足感乎人者，後人徒以其平生而不信之，其所言又出黨人之口，人益不信。人之修身養心誠意，平生不可不謹，蓋爲是，宗元之誄乃曰：「君之志與能，不施於生人，知之者又不過十人，世徒讀君之文章，歌君之理行，不知二者之於君其末也。君之文章，宜端於百世。其存者非君之極言也，獨其詞耳。君之理行，宜及於天下，今其聞者，非君之盡力也，獨其跡耳。萬不試而一出焉，猶爲當世甚重，若幸得出其什二三，巍然爲偉人，與世無窮，其可涯也。」其祭文又云：「君理行第一，尚非所長，文章過人，略而不有，夙志所蓄，巍然可知。所慟者志不得施，蚩蚩之民，不被化光之德，庸庸之俗，不知化光之心」云云。柳之言，且不見信於當世之人，況後人乎？

陸夢龍《柳子厚集選》卷四：慷慨淋漓。

蔣之翹輯注《柳河東集》卷九：意致纚纚，而組織亦自精工。唐順之曰：魏晉以來誄並藻麗，子厚自爲機杼，亦有可觀。「覩於今也」句下：吕君政治何以感人之深如此，筆亦寫得濃至，極淋漓。

孫琮《山曉閣選唐大家柳柳州全集》卷四：此篇第一段，悼惜吕君志能，世無由知。第二段，寫二州人會哭，已是寫得淒絶。妙在從二州中間增出一個永州聞哭人來，便覺連州越郡一片哭聲，尤爲淒絶也。第三段，寫吕君文章理行，不足重君，已是極表吕君，妙在就文章中轉出更有妙文章，理行中轉出更有真理行，便見得今日之不足重君者已是不可限量，尤爲極表吕君也。

儲欣《河東先生全集録》卷二：誄辭詭豔，心競退之，與《祭河南張員外文》同一奇麗矣。序二州之人，亦復史筆有神，出入班、馬。

何焯《義門讀書記》卷三五：「葬非舊陌」：衡州已得量移，非若淩準之不得歸葬者，乃以貧故，難致先墓也。故詩中亦有「五畝」「九原」一聯。「時中之奧」二句：和叔自是一時負才用而未究設施之人，時中希聖，則已僭矣。子厚文精彩處必過於抑揚，不能恰好，此所學不粹之由耳。

林紓《韓柳文研究法·柳文研究法》：《唐故衡州刺史東平吕君誄》爲吕和叔作也。和叔謫衡州，竟藁葬於江陵之野。子厚悲其同貶，又道、衡二州，夾永州於其中，故云哀聲交南北也。温學《春秋》於陸質，學文章於梁肅，劉禹錫曾編次其文，所學頗有根柢。柳州言其文章：「宜傳於百世，今之存者，非其極言，獨其詞耳。理行宜極於天下，今其聞者，非其所盡力，獨其跡耳。」所稱不無太過。然八司馬同貶之時，子厚欲以柳易播，氣誼振一時，詎眼見和叔藁葬，有不悲者？言藁葬者，薄葬耳，不必以土親膚。惟其悲之深，遂不覺其言之過。誄文纏綿往復，舉温生平，一一運以韻語。自「麟死魯郊」起至「堯舜是師」，居然以道統歸吕温，此文人溢美之辭也。顧不如是起，則「道不勝禍」一轉爲無力。「《春秋》之元，儒者咸惑。君達其道，卓然孔直。聖人有心，由我而得。」此言温從陸質得《春秋》之學。「推理惟工，舒文以翼。」則道及文章矣。「奮藻含章，決科聯中。」此言貞元十四年温中第事。「休問用張，署讎百氏。」官校書郎也。「錯綜逾光，超都諫列。」遷左拾遺也。「君登御史，贊命承事。」爲吐蕃弔祭使也。「來總征賦，甲兹郎吏。」遷户部員外郎也。「正郎司刑，邦憲爲貳。」竇群爲御史中丞，請温爲知雜，故云「邦憲爲貳」也。「糺逖伊肅，諂諛具畏。」此言宰相李吉甫召醫人陳登入宿，温劾奏吉甫交通術士，庭訊無左驗，遂貶道州。以下均叙道、衡二州政績，唯其廉貞，故死無餘蓄。結穴處用「疑生所怪，怒其特殊。齒舌嗷嗷，雷運風驅。良辰不偶，卒與禍俱。」則憑弔生平，哀其末路也。文綿細中卻極伉爽，進止皆有法程，是極善爲韻語者。

## 唐故尚書户部郎中魏府君墓誌①

魏氏世墓於某縣某原。唐興，有聞士諱之邉者〔一〕，與子及孫咸舉進士，嗣爲儒，家綿州。涪城尉諱全瑶②〔二〕，魏州臨黄主簿諱欽慈，太常主簿諱緄〔三〕，尚書膳部員外郎兼江陵少尹諱萬成，凡五代，名高而不浮於行，才具而不得其禄。江陵府君益之以閎達之量、經緯之謀，故豪士賢大夫痛慕加厚。生郎中府君諱弘簡，字曰裕之，以文行知名。既冠，而德禮聞於鄉黨；既仕，而法制立於官政③。温柔發乎外，見而人莫不親；直方存乎内，久而人莫不敬。由進士策賢良，連居科首〔四〕。授太子校書，歷桂管、江西、福建、宣歙四府，爲判官、副使，累授協律郎、大理評事，三爲御史④，賜緋魚袋。在州六年，而人樂之。廉使崔衍曰〔五〕：「吾敢專天下之士，獨惠兹人乎？」遂獻於天子，拜度支員外郎⑤，轉户部郎中。邦賦克舉，人望逾重。年四十七，貞元二十年九月三十日，不疾而殁。震悼之聲，遐邇一辭⑥，且曰：「斯人也，而不得爲善之利，中人其怠乎！」

君嘗三娶，而卒無主婦〔六〕，庭無倚廬〔七〕，堂無抱孤。有令兄弟以主其喪，有孝女以守其祀〔八〕，故哭於客位，弔於殯東者，咸加哀焉。凡爲部從事，府喪而當其位者三，州缺而居其守者二⑦，皆得其理。君之先，再世貧不得葬，故以禄仕遊於諸侯，薄衣食，損車馬，凡十有餘祀⑧，卒獲於厥心。其族屬之無主後者，皆位於墓，娣姪之無歸從者，咸會於家。由是處約以終其世。既斂，家宰庀其政⑨〔九〕，視廩唯釜鍾〔一〇〕，視藏唯束帛，無餘積焉。十有一月，遣車歸於洛師〔一一〕。某日，祔於墓。監察御史柳宗元聞其道而翫其文也久，居又同閈〔一二〕，故哀而銘之。其辭曰：

郎中之道，惟直是保。淳泊坦厚，温恭孝友。郎中之文，惟孝是宣。溥暢周流，炳蔚紛綸。爲周賢能〔一三〕，爲漢賢良〔一四〕。始任讎校⑩，篇籍有光。仍授使檄，訏謨用揚〔一五〕。二居郎位，征賦以理。休聲載起，顯命伊始。生而不壽，孰知其止？殁而不嗣，孰濟其美？有翩其旗，爰舉裳帷〔一六〕。行道遲遲，望墓而歸。象物是宜〔一七〕，卜筮孔時。里人作銘，不愧於辭。

【校記】

① 世綵堂本題下有「并序」二字，並注：「一無『唐故』二字。」《英華》無「唐故」二字。

② 珯，注釋音辯本、游居敬本作「瑶」，並注：「一本作珯。」

③ 「於」下原有「其」，據諸本删。

④ 原注與世綵堂本注：「諸本多無『三爲』兩字。」注釋音辯本注：「一本無『三爲』字。」陳景雲《柳集點勘》卷一云：「三爲御史，言歷監察、殿中、侍御三院也。《張都護誌》語同。一本無『三爲』字，非是。」

⑤ 「郎」字原闕，據注釋音辯本、詁訓本及《英華》、《全唐文》補。何焯《義門讀書記》卷三五：「『拜度支員外』，下有『郎』字。」

⑥ 原注與詁訓本、世綵堂本注：「一作『一同』，一作『同辭』。」注釋音辯本注：「（辭）一作同。」

⑦ 二，注釋音辯本、游居敬本作「一」，並注：「一本作二。」世綵堂本注：「二，或作一。」

⑧ 祀，《英華》作「事」。何焯《義門讀書記》卷三五：「『凡十有餘祀』，『祀』作『事』，謂所事者十餘人也。」

⑨ 家，詁訓本作「冡」。

⑩ 任，注釋音辯本、游居敬本及《英華》、《全唐文》作「仕」。

**【解　題】**

［注釋音辯］魏弘簡。［韓醇詁訓］作之年月具本篇。魏府君，弘簡。新舊史皆無傳。公謂「宗

元聞其道而翫某文也久，居又同閈，故哀而銘之」。按柳公世系，其先蓋河東人，從曾祖奭爲中書令，得罪武后，死高宗時。父鎮，天寶末遇亂，奉母隱王屋山，常間行求養，後徙於吳。則府君亦吳人矣。［世綵堂］時貞元二十年甲申，公年三十二，爲監察御史裏行。按：柳文「居又同閈」，當指家居長安同里坊也。又按：林寶《元和姓纂》卷八西祖魏氏載「叔虬，京兆户曹，生弘簡、弘遠。弘簡，户部郎中。緄，萬年尉。生叔驥、萬成。萬成，檢校員外。」據《姓纂》，弘簡爲萬成之從侄，而柳誌稱弘簡爲萬成子。二者多不合，疑《姓纂》誤繫。《全唐詩》卷一四八有劉長卿《歲夜喜魏萬成郭夏雪中相尋》、《題魏萬成江亭》，卷一五〇劉長卿《春日宴魏萬成湘水亭》等作。又長慶初有樞密内臣魏弘簡，與元稹善，乃姓名偶同者，非一人。

**【注釋】**

〔一〕［注釋音辯］逷，他歷切，又音狄。［韓醇詁訓］逷，它歷切。

〔二〕［韓醇詁訓］（珤）與寶同。

〔三〕［注釋音辯］［韓醇詁訓］（緄）音袞。

〔四〕［百家注引孫汝聽曰］建中元年，弘簡中進士第。貞元元年，又中賢良。按：王溥《唐會要》卷七六：「貞元元年九月，賢良方正能直言極諫科：韋執誼、鄭利用、穆質、楊邵、裴復、柳公綽、歸登、李直方、崔邠、鄭敬、魏弘簡、沈迥、田元祐、徐袞及第。博通墳典達於教化科：熊執易、劉簡甫及第。識洞韜略堪任將帥科：許贊及第。」

〔五〕［百家注引孫汝聽曰］貞元十二年八月，衍自虢州刺史爲宣歙池觀察使，辟弘簡爲副。按：崔衍貞元十二年至永貞元年爲宣歙觀察使，魏弘簡攝官江州刺史當在此期間。白居易《白氏長慶集》卷四三《遊大林寺序》：「周覽屋壁，見蕭郎中存、魏郎中弘簡、李補闕渤三人姓名文句……自蕭、魏、李遊迨今垂二十年，寂寥無繼來者。」即此魏弘簡。

〔六〕何焯《義門讀書記》卷三五：「君嘗三娶而卒無主婦，三娶而無主婦，豈亦如裴評事之未娶嫡妻耶？抑以『卒』爲讀也？當仍如裴之未娶嫡妻也。若嫡妻先卒，未有不書夫人某氏、後夫人某氏某氏者。」

〔七〕［注釋音辯］（倚廬）服舍也，倚木爲之。［韓醇詁訓］《戰國策》：「齊王孫賈之母謂賈曰：『汝朝出而晚來，則吾倚門而望。暮出而不還，則吾倚廬而望。』」［百家注引孫汝聽曰］倚廬，服舍。倚木爲之，故名。［世綵堂］《揚雄傳》：「結以倚廬。」孟康曰：「在倚廬行三年喪。」師古曰：「倚牆至地爲之。」《江都易王傳》服舍注：倚廬，堊室之次，若《禮記·問喪》云「居於倚廬」，此字祖也。按：韓引見《戰國策·齊策六》，「倚廬」作「倚閭」。世綵堂引見《漢書》，似更切。

〔八〕陳景雲《柳集點勘》卷一：「《唐史·錢徽傳》：『徽與魏弘簡、薛正倫善，二人前卒，徽撫其孤，至婚嫁成立。』今誌言弘簡無子有女，蓋歿後徽嘗撫其家，嫁其女也。」按錢徽貞元元年進士及第，魏弘簡貞元元年制科登第。

〔九〕［注釋音辯］童（宗説）曰：庀，匹婢切，具也。［韓醇詁訓］庀，普弭切。《説文》：「治也，具也。」［百家注引童宗説曰］家宰，家之老者。庀，治也，具也。庀，匹婢切。

〔一〇〕［注釋音辯］釜，六斗四升。鍾，六斛四斗。［百家注引孫汝聽曰］昭三年《左氏》：「齊舊四量：豆、區、釜、鍾。四升爲豆，各自其四，以登於釜。釜十則鍾。」是四升爲豆，四豆爲區，四區爲釜。釜，六斗四升也。十釜爲鍾，鍾，六斛四斗也。視廩唯釜鍾，言其家無餘財。

〔一一〕［注釋音辯］遣，詰戰切，送死者之車。洛師，洛陽。［韓醇詁訓］遣，喆戰切。《周禮》：「大喪飾遣車，遂廞之行之。」《説文》：「遣，祖奠也。」［百家注引孫汝聽曰］《周禮·巾車》云：「大喪飾遣車。」遣車，送死者之車。《説文》：「遣，祖奠也。」《書》：「朝，至於洛師。」洛師，洛陽。遣，詰戰切。

〔一二〕［注釋音辯］［韓醇詁訓］（閈）音翰，里門也。

〔一三〕［韓醇詁訓］《周禮》：「卿大夫之職，三年則大比，考其德行道藝，而興賢者能者。」按：見《周禮·地官司徒·小司徒》。

〔一四〕［韓醇詁訓］《漢書》：武帝詔丞相、御史、列侯、中二千石。二千石，諸侯相舉賢良方正直言極諫之士。［世綵堂］《漢文帝紀》二年，舉賢良方正能言極諫者。賢良科始此。按：分別見《漢書·文帝紀》、《武帝紀》建元元年。

〔一五〕［百家注引孫汝聽曰］《詩》：「訏謨定命。」訏，大也。按：見《詩經·大雅·抑》。

〔一六〕［蔣之翹輯注］裳帷，車飾也。

〔一七〕［百家注引孫汝聽曰］象物，明器。［蔣之翹輯注］塗社芻靈之類。

【集評】

《王荆石先生批評柳文》卷三：序世系超朗。

何焯《義門讀書記》卷三五：唐格，少生氣。……「居又同閈」：以同閈居得銘。

焦循批《柳文》卷一九：氣局閒雅整肅。

## 唐故朝散大夫永州刺史崔公墓誌①

維元和五年九月十五日壬子，永州刺史崔公薨于位，享年六十有八②。己未③，殯于路寢〔一〕。景寅④，遷神于舟。以某年某月日，歸葬于某縣某原，祔于皇考吏部侍郎贈户部尚書府君之墓⑤。尚書諱漪⑥〔二〕。玄宗南巡，内禪聖嗣〔三〕，府君以謀畫定命，起一旅以復天下〔四〕，厥功載焉〔五〕。尚書之先曰貴鄉丞贈太常少卿府君諱子美，太常之先曰揚州江都丞府君諱道禎⑦〔六〕。行高位卑，華冠士族。

公諱某〔七〕，字某。承世德之清源，浚之以蠲潔〔八〕，以端其志；采群言之枝葉，植之以茂實，以脩其能。始由右千牛備身佐環衛〔九〕，更盩厔、三原、藍田尉〔一〇〕，仍有大故，三徙同位〔一一〕。繼授許州臨潁、汝州龍興令〔一二〕，推以直道，二邑齊風。哥舒曜尹河南〔一三〕，鯨寇猾驁⑧〔一四〕，黎人播越，表公尉河南⑨。糗糧芻茭〔一五〕，戎備畢給，版圖田洫〔一六〕，民事時乂。遷楊州録事參軍〔一七〕，實吴楚之大都會也⑩〔一八〕。政令煩拏〔一九〕，貢奉叢沓，一日不葺⑪〔二〇〕，鑴譙四至〔二一〕，公爲之優游有裕。長史司徒杜公與之揖讓〔二二〕，異于賓僚⑫。入爲太子司議郎，拜歸州刺史〔二三〕。巖險湍悍，人類鳥獸，古號難理。公克有聲，遷永州刺史、朝散大夫。惟是南楚，風浮俗鬼〔二四〕，户爲胥徒，家有禳禋〔二五〕。大者虐鰥孤以盜邦賦，敺愚蒙以神訛言，悖于政經，莫有禁禦。公于是修整部吏，黜侵凌牟漁者數百人〔二六〕，以付信于下，而征貢用集。擒戮妖師，毁君蒿淫昏者千餘室〔二七〕，以舉正群枉，而田閭克和。寬以容物，直以率下。邦人方安其理，搢紳猶鬱其望，體魄遽降〔二八〕，哀何有窮，嗚呼！

公前夫人徐州參軍滎陽鄭鉅女，有子曰義和，早夭。後夫人萬年尉范陽盧彤女，嘉淑之德，繼聞宗族。有子曰貽哲、貽儉，克承于家。洎公之兄子曰勵、曰禮，誠願志于墓，無忘公之德。銘曰：

孰爲德門？清河濬源〔二九〕，其流沄沄⑬〔三〇〕。世有顯懿，揚其清芬。焕炳增華⑭，昭于後昆。

惟魴與鯉〔三一〕，舊史是尊。孰爲茂功？尚書清風〔三二〕，藹其有融。勃焉而興〔三三〕，披草從龍〔三四〕。布令諸夏，敷和六戎。赫矣太陽，克昇于中。孰爲惠政？公嗣餘慶，形于謡詠。小程其功，大遂其性。黠吏是省〔三五〕，妖風以正。于邑于邦⑮，克揚休命。孰爲遺愛？公去昭代，邦人斯痗〔三六〕。始焉是賴，今也何戴？孰葬我公，于洛之會？何以銘之？徽音不昧〔三七〕。

【校記】

①《英華》題無「唐故」二字，「誌」下有「銘」字。

②諸校本無「有」字。

③己，原作「乙」，據《英華》、《全唐文》改。何焯《義門讀書記》卷三五：「『乙未』作『己未』。」舊説人之初亡，七日爲忌，崔敏九月十五日壬子卒，第七日爲九月二十二日，正爲己未，故據改。

④景寅，《英華》作「庚寅」，蔣之翹輯注本作「甲寅」，俱誤。景寅即丙寅，唐人避李淵父李昞諱改。丙寅爲九月二十九日。

⑤皇考，《英華》作「祖考」。按：下文云「尚書諱滈」，崔敏爲崔滈子，作「皇考」是。

⑥滈，原注及世綵堂本注：「俗本作『崔猗』，字誤矣。」詁訓本作「猗」。注釋音辯本注：「一本作『猗』者非。」

⑦禎，《新唐書·宰相世系表二下》作「楨」。

⑧鯨，《英華》作「鯨」。

⑨表公尉河南，《英華》作「爲河南尉」。

⑩楚，《英華》作「越」。

⑪葺，原作「葺」，注釋音辯本注：「張（敦頤）云：七入切。當是『葺』字，寫轉作『葺』。吴本《楚辭》中有如此書者。」詁訓本注：「字當作『葺』。諸韻皆無此字，唯吴本《楚辭》中『葺』字有如此書，且文云『一日不葺，鐫譙四至』，當是『葺』字明矣。」世綵堂本注：「《左氏傳》昭公二十三年：『叔孫所館者，雖一日，必葺其牆屋。』觀文意，『葺』當是『葺』字，傳寫作『葺』耳。諸韻無此字，唯吴本《楚辭》中有如此書者，今從。葺，七入切。」故據改。

⑫原注與詁訓本、世綵堂本注：「異，一作夷。」《英華》作「夷」。

⑬原注與世綵堂本注：「一本作『遠哉沄沄』。」其流，注釋音辯本作「遠哉」，並注：「遠哉，一作其流。」此句《英華》作「垂芳著慶」。此句下《英華》、《全唐文》尚有「自葉流根」一句。何焯《義門讀書記》卷三五：「『世有顯懿』上有『自葉流根』四字。」按：檢此誌銘文句韻規律，前四韻之前三句爲一組，押兩韻，以下轉爲二句一韻。故當無此句。或「其流沄沄」一作「自葉流根」。

⑭焕炳，《英華》作「炳焕」。

⑮原注與注釋音辯本、世綵堂本注：「一作『施于邑邦』。」《英華》作「于邦于家」。

## 【解題】

［注釋音辯］崔敏。［韓醇詁訓］公集又有《祭崔史君敏文》，即永州公也。文謂某「咸以罪戾，謫茲炎方」，誌云「以某年某月日歸葬于某縣某原」，則此誌當在永州時作。**按**：韓説是。此文元和五年作于永州。據柳宗元《祭崔君敏文》「出令三歲，人無怨讟」，崔敏自元和三年爲永州刺史。

## 【注釋】

〔一〕［**百家注引孫汝聽曰**］莊三十一年《公羊傳》云：「薨于路寢。路寢者何？正寢也。」注：「天子諸侯皆有三寢：一高寢，二路寢，三小寢。」

〔二〕［注釋音辯］於宜切。［韓醇詁訓］猗，於宜切。按史：玄宗天寶十四載，禄山反，玄宗乃謀幸蜀，時肅宗在東宮，亦親揔諸軍討之。既至平凉郡，會朔方留後杜鴻漸、魏少游、崔猗等奉牋迎上及至靈武，遂從容進曰：「今寇逆亂常，毒流函洛，主上倦勤，移幸川蜀，江山阻脩，奏請路絶。宗社神器，須有所歸，萬姓顒顒，思崇明聖。天意人事，不可固違。伏願殿下順其樂推，以安社稷，王者之大孝也。」凡六上牋詞，情激切，上不得已，遂即皇帝位。即日奏其事于上皇，乃大赦天下。以朔方支度副使大理司直杜鴻漸爲兵部郎中，朔方節度判官崔猗爲吏部郎中，並知中書舍人事。**按**：《舊唐書·肅宗紀》作「崔漪」。

〔三〕［韓醇詁訓］禫音擅。**按**：何焯《義門讀書記》卷三五：「當時謂幸蜀曰南巡。」

〔四〕［百家注引孫汝聽曰］《左氏》：「有衆一旅。」旅，五百人。按：見《左傳》哀公元年。

〔五〕［百家注引韓醇曰］天寶十五載六月，玄宗狩蜀，留太子討賊。太子次平涼，朔方節度判官崔漪迎太子，治兵于朔方。七月甲子，太子即皇帝位，是爲肅宗。

〔六〕［注釋音辯］（禎）陟盈切。［韓醇詁訓］知盈切。

〔七〕［百家注］諱敏。

〔八〕［注釋音辯］蠲，居淵切，潔也。［韓醇詁訓］蠲，圭淵切。［百家注］亦潔也。

〔九〕［韓醇詁訓］《唐·百官志》：「左右千牛衛，上將軍各一人，掌侍衛及供御兵仗。以千牛備身左右執弓箭宿衛，以主仗。」又云：「千牛備身，備身左右，各十二人，掌執御刀。」［百家注引孫汝聽曰］武德五年，改隋左右備身府曰左右府。顯慶五年，改左右府曰左右千牛府。

〔一〇〕［注釋音辯］（盩厔）音輈窒。［韓醇詁訓］盩厔隸鳳翔，三原、藍田隸京兆。盩音輈，厔音窒。［蔣之翹輯注］盩厔、三原、藍田三縣，今皆屬陝西西安府。按：百家注本引作童宗説曰，並云「皆縣名」。

〔一一〕［注釋音辯］三徙皆爲尉。［百家注引童宗説曰］言三徙皆爲尉也。

〔一二〕［蔣之翹輯注］唐臨潁縣屬許州，今屬開封府。龍興縣屬汝州，今爲汝州寶豐縣。

〔一三〕［百家注引孫汝聽曰］曜字子明。興元元年，自東都畿汝節度使遷河南尹。

〔一四〕［韓醇詁訓］鯨，巨京切。鶩音敖。

〔一五〕［注釋音辯］糗，去久切，又丘救切。熬米麥也。茭，乾芻。［韓醇詁訓］糗，去久切，又丘救切。［百家注引韓醇曰］《書》：「峙乃糗糧，無敢不逮。峙乃芻茭，無敢不多。」糗，熬米麥也。茭，乾芻。按：見《尚書・費誓》。

〔一六〕［注釋音辯］（洫）許域切。［百家注引孫汝聽曰］《周禮》：「聽閭里以版圖。」版，户籍。圖，地圖。洫，溝洫也。應邵云：「溝廣四尺，深四尺。洫廣深倍于溝。」洫，許域切。按：見《周禮・天官冢宰・大宰》。

〔一七〕［蔣之翹輯注］《一統志》：「揚州今屬南直隸，枕江臂淮襟海，古稱東南都會。」

〔一八〕［百家注引童宗説曰］都會者，謂一都之會。

〔一九〕［注釋音辯］（拏）汝加切。［韓醇詁訓］女加切。

〔二〇〕［蔣之翹輯注］葺，修也。

〔二一〕［注釋音辯］鐫，遵全切。譙，才笑切。亦作誚，謫也。［韓醇詁訓］鐫，遵全切。譙，才笑切。言鐫秩誚謫之也。［百家注］譙，責讓。［世綵堂］「鐫」字本《漢書・薛宣傳》「故使掾平鐫令」。如淳曰：「激切使自知過也。」師古曰：「琢鑿也。」「譙」字本《漢書・高帝紀》「噲因譙讓羽」。注：「以辭相責也。」

〔二二〕［注釋音辯］杜佑也。［百家注引孫汝聽曰］貞元元年十二月，以杜佑爲揚州長史、淮南節度使。佑奏敏爲州參軍。

〔二三〕［蔣之翹輯注］唐歸州巴東郡，今爲縣，屬荆州府。

〔二四〕［百家注引童宗説曰］其俗尚鬼也。

〔二五〕［注釋音辯］（禋）音梗，禦害之祭。［韓醇詁訓］音梗。［百家注引孫汝聽曰］禳禋皆除疾殃之祭。禋音梗，謂禋禦未至之害。［世綵堂］一作禬。禋字諸韻並無，疑是「梗」字。《周禮·女祝》：「掌以時招梗禬禳之事。」按：何焯《義門讀書記》卷三五亦云「禋」疑是「梗」字。所引見《周禮·天官冢宰·女祝》。其説有理。

〔二六〕［注釋音辯］牟，取也。

〔二七〕［注釋音辯］焄音薰，氣也。《禮記》云：「焄蒿悽愴。」又《左傳》云：「用諸淫昏之鬼。」［韓醇詁訓］焄音薰。《説文》：「臭菜也。」［百家注引孫汝聽曰］《禮記》：「焄蒿悽愴。」焄蒿，香臭之氣。淫昏，《左氏》所謂「淫昏之鬼」也。焄音薰。按：見《禮記·祭義》、《左傳》僖公十九年。

〔二八〕［注釋音辯］死也。出《記·禮運》。［百家注引孫汝聽曰］《禮運》：「體魄則降，知氣在上。」

〔二九〕［百家注引童宗説曰］崔氏，清河郡人。

〔三〇〕［百家注引童宗説曰］沄沄，《説文》：「轉流也。」

〔三一〕［韓醇詁訓］魴音防。［百家注引韓醇曰］《詩》：「豈其食魚，必河之魴？豈其食魚，必河之鯉？」裴氏，清河人，故以魴鯉喻之，言世有顯德也。魴音防。按：見《詩經·陳風·衡門》。

〔三二〕［百家注引孫汝聽曰］漪爲户部尚書。

〔三三〕［百家注引童宗説曰］《左傳》：「禹、湯罪己，其興也勃焉。」按：見《左傳》莊公十一年。

〔三四〕［百家注］童（宗説）曰：《易》：「雲從龍。」孫（汝聽）曰：此言漪從肅宗起靈武也。按：見《周易·乾》。

〔三五〕［韓醇詁訓］黠，下八切。

〔三六〕［注釋音辯］（痗）音每，病也。［韓醇詁訓］音每，又音妹，病也。［百家注引孫汝聽曰］《詩》：「使我心痗。」痗，病也。痗，莫佩切。按：見《詩經·衛風·伯兮》。

〔三七〕［百家注］徽，美也。

【集評】

《王荆石先生批評柳文》卷三：每至一官，輒先形容地方之難理，體格欠活。

焦循批《柳文》卷一九：從祔于尚書，遂自尚書追叙其先。

## 故永州刺史流配驩州崔君權厝誌①

博陵崔君，由進士入山南西道節度府，始掌書記〔一〕。至府留後。凡五徙職②，六增官，至刑部員外郎。出刺連、永兩州。未至永而連之人愬君〔二〕，御史按章具獄，坐流驩州。

幼弟訟諸朝，天子黜連帥〔三〕，罷御史，小吏咸死③，投之荒外，而君不克復。元和七年正月二十六日卒。孤處道洎守訥，奉君之喪，踰海水，不幸遇暴風，二孤溺死。七月某日，柩至于永州〔四〕。八月甲子，藁葬于社壝之北四百步④〔五〕。

崔氏世嗣文章，君又益工⑤。博知古今事，給數敏辯，善謀畫。南敗蜀虜〔六〕，西遏戎師，其慮皆君之自出。後餌五石〔七〕，病瘍且亂⑥〔八〕，故不承于初。今尚有五丈夫子。夫人河東柳氏〔九〕，德碩行淑，先崔君十年卒〔一〇〕，其葬在長安東南少陵北。君以竄没，家又有海禍，力不克祔。三年，將復故葬也。徒志其一二大者云。

鯢爲祖，暈爲父⑦。世文儒，積彌厚〔一一〕。簡其名，子敬字⑧。年五十，增以二。葬湘滋〔一二〕，非其地。後三年，辭當備。

【校　記】

①注釋音辯本、詁訓本題無「流配驩州」四字。世綵堂本題下注：「一無『流配驩州』四字。」

②「凡」字原闕，據注釋音辯本、詁訓本、世綵堂本補。

③陳景雲《柳集點勘》卷一云：「按『咸』當作『減』，謂減死遠竄也。」

④世綵堂本注：「『社』字下一本無『壝』字，『北』字下有『壝』字。」詁訓本「社」下、「北」下皆無

「壝」字。

⑤工，詁訓本作「攻」。

⑥原注與詁訓本注：「（瘍）一本作『昜』，非是。」

⑦世綵堂本注：「畢，一作畢。」

⑧原注及世綵堂本注：「他本皆作『字敬守』。」詁訓本作「字敬守」。

【解　題】

［注釋音辯］崔簡，字子敬，子厚之姊夫。［韓醇詁訓］崔氏出自齊丁公吕伋，食采於崔，因以爲氏。後分清河、博陵二望。據誌：君諱簡，字敬守，其曰葬湘滐，即永州也。元和七年壬辰作。［百家注引劉崧曰］崔君名簡，字子敬。［世綵堂］時元和七年壬辰，公年三十九，在永州。［蔣之翹注］集中又有祭崔簡二文。按：章士釗《柳文指要》上《體要之部》卷九：「子厚爲崔氏一門所作文字，夥頤沈沈，往往同一事而辭令不一，從不犯複，然亦非有意避就，恍若瓜熟蒂落，俯拾即是。」

【注　釋】

［一］［百家注引孫汝聽曰］貞元五年，簡中進士第。山南西道節度使辟爲掌書記。

［二］［韓醇詁訓］愬音訴。

〔三〕［百家注引孫汝聽曰］連帥，湖南觀察使也。按：時湖南觀察使爲李衆。

〔四〕［百家注引童宗説曰］時公爲永州司馬。

〔五〕［注釋音辯］壝，以醉切，又平、上二音。按：壝，矮牆。

〔六〕［百家注引孫汝聽曰］嚴礪屢破劉闢之師。按：陳景雲《柳集點勘》卷一：「南敗蜀虜，謂元和元年破劉闢也。時嚴礪帥山南西道，崔蓋以府僚佐礪立功。集中有《劍門頌》，爲礪作也。」

〔七〕［百家注引童宗説曰］五石，丹砂之屬。

〔八〕［注釋音辯］瘍音陽，瘡也。［韓醇詁訓］瘍音陽。《説文》：「瘡癰也。」又音易。按：五百家注本引《説文》作：「瘍，頭創也。」

〔九〕［百家注引童宗説曰］簡娶公之姊。

〔一〇〕［百家注引童宗説曰］公有《柳氏誌》。

〔一一〕［百家注引孫汝聽曰］簡五世祖太師。子挹，國子祭酒。挹子湜，爲平章事。湜子鯢。鯢子鼂，司直。鼂子簡。按：陳景雲《柳集點勘》卷一：「『鯢爲祖，鼂爲父』注：『簡五世祖太師。子挹，國子祭酒。挹子湜，平章事。湜子鯢。鯢子鼂。鼂子簡。』按『太』當作『仁』。仁師相太宗，唐史有傳。子挹，孫湜，並見傳。後挹歷官尚書，非祭酒也。又簡祖鯢乃挹兄，參軍擢之孫，吏部郎液之子，非挹、湜後也。《宰相世系表》甚明，注皆誤。」陳説是。然挹亦曾爲國子祭酒，見《舊唐書·崔仁師傳》。其餘參《新唐書·宰相世系表二下》博陵安平崔氏。

〔三〕［注釋音辯］童（宗説）曰：（滏）音笓，水涯。［韓醇詁訓］音笓。《説文》：「水涯也。」

【集評】

茅坤《唐宋八大家文鈔》卷二七：風神似可掬。

王行《墓銘舉例》卷一：《故永州刺史崔君權厝誌》：右誌既書二孤溺死，又云今尚有五丈夫子，則子蓋七人也，而惟二孤書名。權厝，略也。族出諱字壽年，見銘詩中，同《筝郭師誌》例也。權厝有誌，又一例也。

陸夢龍《柳子厚集選》卷二：數十言耳，多少含鬱。

儲欣《河東先生全集録》卷二：藁葬不詳，固也，撮要正難。筆力蒼遒，直是嶄絶。

何焯《義門讀書記》卷三五：以權厝，故略其實，誌崔君如是足矣。文中亦緻密，無一罅可議，讀者未之玩耳。誌所略者見於銘。

焦循批《柳文》卷一九：家世年歲，以韻語括之。

## 唐故萬年令裴府君墓碣①

公諱墐，字封叔，河東聞喜人〔一〕。太尉公諱行儉，實高祖。侍中公諱光庭，實曾祖。

刑部員外郎府君諱稹②，實祖〔二〕。大理卿府君諱徹，實父。公由進士上第〔三〕，校書崇文館〔四〕。飭館事③，修整左春坊，由是立署局〔五〕。後參京兆軍事，按覆校巡，大尹恒得以取直〔六〕。爲太常主簿〔七〕，搜逖疑玄④〔八〕，探抉遯隱〔九〕，宿工老師，不得伏匿，皆來會堂下。耆股肱〔一〇〕，役喉喙〔一一〕，以集樂事，作坐、立《二部伎圖》〔一二〕。卿奇其績，奏超以爲丞〔一三〕。司空杜公聯奉崇陵、豐陵禮儀〔一四〕，再以爲佐。離紛尨〔一五〕，導滯塞，闢百執事，條直顯遂，司空拱手以成。自開元制禮，諱去《國恤》章〔一六〕，累聖陵寢，皆因事擘綴〔一七〕，取一切乃已，有司卒無所徵。公乃撰《二陵集禮》〔一八〕，藏之南閣。轉殿中侍御史，仍拜尚書比部員外郎。會校成要〔一九〕，朞歲畢具。刺金州〔二〇〕，決高弛隟⑤〔二一〕，去人水禍，渚茇原茅，闢成稻粱。陟萬年令。叢劇辨肅，談晏終日，人視之若居冗官然。會金州猾吏來，揚言恐喝，以煩褻事⑥，曰：「不得三十萬，吾能爲禍。」公大怒，召罵之，恣所爲。吏巧以聞，御史按章具獄，再謫道州、循州爲佐、掾〔二二〕。會赦，量移吉州長史〔二三〕。元和十二年秋七月日⑦，病痁泄〔二四〕，卒。

始公以唯諾聞長安中，奔人危急，輕出財力，如索水火。性開蕩，進交大官，不視齒類。挾同列，收下輩〔二五〕，細大畢歡。喜博弈，知聲音，飲酒甚少，而工於糾謫〔二六〕。謡舞擊咢〔二七〕，纖屑促密，皆曲中節度，而終身不以酒氣加人。晝接人事，夜讀書考《禮》，收捃策牘〔二八〕，未嘗釋手，以是重諸公間。初娶范陽盧氏，無子。後夫人柳氏〔二九〕，德爲九族冠。生三男子，喪其二焉。貞元十六年某月日卒，祔于長安御宿之北原〔三〇〕。冢子銑⑧〔三一〕，奉柩以明年月日，克葬于墓。銑以文書來柳州，告其叔舅宗元，願碣于墓左⑨，則涕爲之銘。其辭曰：

有鬱其馨，惟裴之卿〔三二〕。世服大僚〔三三〕，仍耀烈名。封叔申之〔三四〕，實惟其英。讎書宮闈〔三五〕，佐職于京〔三六〕。太常命吏，以能增秩。相儀考禮，大弁斯畢〔三七〕。鳩工展伎〔三八〕，爰備聲律。或圖或書，藏之府室。史于柱下〔三九〕，郎于會司〔四〇〕。徼循以周，大比是宜〔四一〕。作牧于金，金人允懷。溝防漢滸〔四二〕，墊沃卒移〔四三〕。增我歲食，易其芋魁〔四四〕。游手閒民〔四五〕，相顧聚來。徼爲萬年，治劇于都。百務叙成，談宴以娛。誰恤誰恃？不忍悍吏。胡巧其辭，按章以遂。由道斥循，施施三年〔四六〕。更赦進資，廬陵是遷〔四七〕。人曰世德，宜慶于延。又曰良能，宜力之宣。朝有大賚〔四八〕，期賜其還⑩。鬼神不享，命隕在前〔四九〕。長原有墓，高曾祖父，淑靈是祔〔五〇〕。封叔爰歸，左右惟具⑪。孤銑磨石，祈辭海陬〔五一〕。遂升其趺，于道之周。

【校記】

①詁訓本題無「唐」字。世綵堂本注：「一無『唐故』二字。」

②原注：「『稹』字一本作『植』。」注釋音辯本、五百家注本、世綵堂本注：「一本作『植』者非。」《新唐書·裴行儉傳》裴行儉孫稹，作「稹」是。

③世綵堂本注：「餝，一作飾。」

④遬，《全唐文》作「剔」。玄，原作「互」，此從詁訓本。《荀子·正論》：「上周密則下疑玄矣。」語出此。

⑤弛，注釋音辯本作「施」。並注：「張（敦頤）云（隟）字當作『隙』，乞逆切。柳文『隙』字皆作『隟』，檢韻並無。」原注與世綵堂本注尚云：「檢韻並無『隟』，惟有『鄵』，音巢，縣名也。」按：「隟」即「隙」字異體。

⑥褻，詁訓本作「瀆」。

⑦注釋音辯本、詁訓本及《全唐文》無「秋」字。

⑧冢子詵，注釋音辯本注：「一本作『有諵子』三字。」原注與詁訓本、世綵堂本注：「或添『洎永』二字。」

⑨碣，原作「謁」，據諸本改。

⑩原注與注釋音辯本、世綵堂本注：「還，一作環。」陳景雲《柳集點勘》卷一云：「『期』一作『明』爲

是。謂明詔也。元和十三年正月，赦令左降官例得量移，故曰『明賜其還』。惜裴之不及霑恩而前卒也。」

⑪ 具，原作「昆」，據諸本改。

【解　題】

［注釋音辯］裴墐。［韓醇詁訓］公集有《梓人傳》，其首曰：「裴封叔之弟在光德里。」當即聞喜也。史傳裴光庭之子稹，則刑部員外郎府君諱稹，甚明。一作「植」，非是。司空杜公，黄裳也。德宗葬崇陵，順宗葬豐陵，集又有《裴君豐崇二陵集禮後序》，即此所謂藏之南閣者也。葬在元和十三年，碣蓋是時作。［世綵堂］公年四十六，刺柳。按：裴墐爲柳宗元姊夫。

【注　釋】

〔一〕［百家注引童宗説曰］聞喜，絳州縣。［蔣之翹輯注］今屬山西平陽府。

〔二〕［百家注引童宗説曰］行儉字守約。光庭字連城，玄宗侍中。稹以蔭仕，累遷起居郎、祠部員外郎。

〔三〕［百家注引孫汝聽曰］貞元三年，墐中進士第。

〔四〕［百家注引孫汝聽曰］崇文館有校書郎二人，掌校理書籍。

〔五〕［百家注引孫汝聽曰］貞元八年，隸左春坊。［蔣之翹輯注］乾元初以宰相爲學士，總館事。貞元八年隸左春坊。

〔六〕［蔣之翹輯注］大尹，京兆尹也。

〔七〕［百家注引孫汝聽曰］唐太常寺主簿二人，從七品上。

〔八〕［韓醇詁訓］逖，他歷切。

〔九〕［韓醇詁訓］抉音決，遯音鈍。

〔一〇〕［韓醇詁訓］耆，渠伊切。《詩》：「耆定爾功。」［世綵堂］左氏《國語》：「耆其股肱，以從司馬。」耆，致也。按：所引見《詩經·周頌·武》、《國語·晉語九》。

〔一一〕［韓醇詁訓］）喙，訐濊切。《説文》：「口也。」

〔一二〕唐玄宗將宫廷樂隊分爲二部：堂下立奏，稱立部伎。堂上坐奏，稱坐部伎。坐部大都演奏絲竹細樂。不適宜在坐部的樂工，改在立部。見《舊唐書·音樂志二》、馬端臨《文獻通考》卷一二九。

〔一三〕［百家注引孫汝聽曰］太常寺卿一人，丞二人。［蔣之翹輯注］太常寺卿一人，丞二人，從五品下。掌判寺事。凡享太廟，則修七祀於西門之内。

〔一四〕［注釋音辯］杜黄裳。德宗葬崇陵，順宗葬豐陵。［百家注引孫汝聽曰］貞元二十一年正月，德宗崩。七月，以太常卿士杜黄裳平章事，爲禮儀使。十月，葬崇陵。元和元年正月，順宗崩。

仍以杜黄裳爲使。七月，葬豐陵。黄裳再辟墐爲判官。

〔一五〕［注釋音辯］尨，雜貌。

〔一六〕［百家注引孫汝聽曰］高宗顯慶三年正月，長孫無忌等上所修新禮，詔中外行之。時許敬宗、李義府用事，所損益多希旨，學者非之。太常博士蕭楚材等以爲預備凶事，非臣子所宜言，遂焚《國恤》一篇，由是凶禮遂闕。至開元二十年九月，新禮成，遂因之不改。

〔一七〕［韓醇詁訓］擥音覽。綴，林衛切。按：擥，通「攬」。

〔一八〕［百家注引韓醇曰］公集有《裴君豐崇二陵集禮後序》。

〔一九〕［注釋音辯］《周禮》：「日成月要，並會計簿書。」［百家注引孫汝聽曰］比部員外郎掌勾會内外賦斂經費之事。會，大計也。《周禮》：「聽出入以要會。」注云：「要會，計最之簿書。月計曰要，歲計曰會。」

〔二〇〕《册府元龜》卷六九九：「裴墐爲金州刺史，以上供違旨條限，爲度支所奏，罰一季俸料，屬官免殿者八人。」

〔二一〕［韓醇詁訓］弛，賞是切。《説文》：「弓解也。」隳，去逆切。《説文》：「陒塞也。」［百家注］《説文》云：「弛，弓解也。隙，阬塞也。」弛，賞是切。隳，迄逆切。

〔二二〕［蔣之翹輯注］唐循州，今爲廣東惠州府。按：陳景雲《柳集點勘》卷一：「按佐乃長史、司馬，掾則諸曹參軍耳。蓋初貶道州佐，復謫循州掾也。二州既有湖、嶺遠近之分，而掾秩尤卑，觀銘中『由道斥循』語，可見後命之嚴矣。」

〔二三〕［蔣之翹輯注］吉州，江西吉安府。

〔二四〕［注釋音辯］童（宗説）云：痁，詩廉切。泄音薛。［韓醇詁訓］泄音薛。［蔣之翹輯注］痁，瘧疾也。

〔二五〕［世綵堂］下輩，《漢書・灌夫傳》「薦寵下輩」，字本此。

〔二六〕［注釋音辯］「糺」即「糾」字。

〔二七〕［注釋音辯］（咢）五洛切。徒擊鼓曰咢。徒歌曰謡。［韓醇詁訓］五各切。［百家注引孫汝聽曰］咢，亦歌也。《詩》：「或歌或咢。」按：見《詩經・大雅・行葦》。

〔二八〕［注釋音辯］捃，俱詠切。拾也。［韓醇詁訓］捃，俱運切。《説文》：「拾也。」

〔二九〕［百家注］柳氏，即公之姊。

〔三〇〕［注釋音辯］御宿，地名。［百家注引孫汝聽曰］御宿，長安地名。《漢書》亦作御羞。［蔣之翹輯注］《漢書》：「武帝廣開上林，南至宜春、鼎湖、御宿、昆吾是也。」按：李吉甫《元和郡縣圖志》卷一京兆府：「御宿川在（萬年）縣南三十七里。漢爲離宫别館，禁御人不得往來遊觀，止宿其中，故曰御宿。」

〔三一〕［注釋音辯］（詵）蘇典切。冡子，長子也。［韓醇詁訓］銑，蘇典切。

〔三二〕［注釋音辯］墐父儆爲大理卿。

〔三三〕［百家注引孫汝聽曰］《書》：「有服在大僚。」謂世爲大僚也。按：見《尚書·多方》。

〔三四〕［百家注］申，重也。

〔三五〕［百家注引孫汝聽曰］謂校書崇文館。

〔三六〕［百家注引韓醇曰］謂爲京兆府參軍。

〔三七〕［注釋音辯］《書·顧命》云：「率循大卞。」「弁」與「卞」同。［百家注引童宗説曰］《書》：「率循大卞。」大卞，大法也。「弁」與「卞」同。

〔三八〕［百家注引孫汝聽曰］謂作坐、立《二部伎圖》。

〔三九〕［韓醇詁訓］《史記·老子傳》：「周守藏室之史也。」索隱曰：「藏室史乃周藏書室之史。」又《張蒼傳》：「老子爲柱下史。」即藏室之柱下，因以爲官名。［百家注引王儔補注］墐爲殿中侍御史，故云史於柱下也。

〔四〇〕［韓醇詁訓］《周禮》：「司會之職，以參互考日成，以月要考月成，以歲會考歲成，以周知四國之治。以詔王及冢宰廢置。」謂裴府君爲比部員外郎會校成要也。［百家注引王儔補注］墐爲比部員外郎，故云郎于會司。會，古外切。

〔四一〕［蔣之翹輯注］比音避。《周禮》：「小司徒之職，三年則大比。」注：「謂使天下簡閲民數及財物。」按：見《周禮·地官司徒·小司徒》。

〔四二〕［百家注引孫汝聽曰］漢滸，漢水之滸。滸，水際也。［蔣之翹輯注］金州臨漢，故云。

〔四三〕［注釋音辯］墊，都念切。［韓醇詁訓］墊，都念切。《書》：「下民昬墊。」按：見《尚書·益稷》。
〔四四〕［世綵堂］《前漢》：「飯我豆食羹芋魁。」按：《漢書·翟方進傳》：「王莽時常枯旱，郡中追怨方進，童謡曰：『壞陂誰？翟子威，飯我豆食羹芋魁。』」顔師古注：「芋魁者，以芋根爲羹也。」
〔四五〕［百家注引童宗説曰］《周禮》：「閒民，無職事者。」閒音閑。按：見《周禮·天官冢宰·大宰》。
〔四六〕［注釋音辯］《孟子》注：「施施，猶扁扁，喜悦之貌。」［韓醇詁訓］施，余支切。改易也。［蔣之翹輯注］施施，無事而喜悦之貌。
〔四七〕［蔣之翹輯注］唐吉州廬陵郡。
〔四八〕［百家注引童宗説曰］《語》曰：「周有大賚，善人是富。」賚，賜也。按：見《論語·堯曰》。
〔四九〕［百家注引孫汝聽曰］元和十二年十月平吴元濟，十三年正月大赦，而墐以十二年七月卒，故云殞命在前也。
〔五〇〕［百家注引孫汝聽曰］淑靈，謂柳氏也。
〔五一〕［注釋音辯］（陬）將侯切。［百家注引王儔補注］公時爲柳州刺史，爲作此碣。［世綵堂］（陬）隅也。

## 【集　評】

陸夢龍《柳子厚集選》卷二：沉鬱。

儲欣《河東先生全集録》卷二：始公以唯諾下子厚，只要寫出活封叔與萬世人看，何嘗倣司馬子長來！

何焯《義門讀書記》卷三五：隨事點染。「耆股肱」：立部伎。「役喉喙」：坐部伎。「告其叔舅宗元」：子厚無他兄弟，歸于裴者其女兄，故稱叔舅。銘詞：銘中以事大小稍錯綜合叙。

焦循批《柳文》卷一七：鍊。

# 柳宗元集校注卷第十

## 誌①

### 唐故中散大夫檢校國子祭酒兼安南都護御史中丞充安南本管經略招討處置等使上柱國武城縣開國男食邑三百户張公墓誌銘 并序

漢光中興，馬援雄絶域之志〔一〕；晉武一統，陶璜布殊俗之恩〔二〕。理隨德成，功與時並。今皇帝載新景命〔三〕，丕冒海隅〔四〕，時惟公祗復厥績，交趾之理〔五〕，續于前人。公諱某，字某，某郡人也。曾祖彦師，朝散大夫、尚書駕部郎中。祖瑾，懷州武德縣令。考清，朝議郎、試大理寺丞，贈右贊善大夫。咸有懿美，積爲餘慶。公以忠肅循其中，以文術昭于外，推經旨以飾吏事，本法理以平人心。始命蘄州蘄春主簿〔六〕，句會敏給〔七〕，厥聲顯揚。仍以左領軍衛兵曹爲安南經略巡官，申固扞衛，有聞彰徹〔八〕。轉金吾衛判官，三歷御史②，績用弘大，揚于天庭。加檢校尚書禮部員外郎，换山南東道節度判官。復轉郎中，爲安南副都護，賜紫金魚袋，充經略副使。遷檢校太子右庶子兼安南都護、御史中丞，充本管經略招討處置等使〔九〕。

公自爲吏〔一〇〕，習于海邦，凡其比較勤勞，利澤長久，去之則夷獠稱亂③〔一一〕，復至而寇攘順化。及受命專征④，得陳嘉謨，誓拔禍本，納于夷軌⑤。乃命一其貢奉，平其斂施，牧人盡區處之方⑥，制國備刑體之法。道阻而通百貨，地偏而具五人〔一二〕。儲偫委積⑦〔一三〕，師旅無庚癸之呼〔一四〕；繕完板榦〔一五〕，控帶兼戊己之位〔一六〕。文單環王〔一七〕，怙力背義，公于是陸聯長轂〔一八〕，海合艨艟〔一九〕，再舉而克殄其徒⑧〔二〇〕，廓地數圻⑨〔二一〕，以歸于我理。烏蠻酋帥⑩，負險蔑德，公于是外申皇威，旁達明信，一動而悉朝其長，取州二十⑪，以被于華風。易皮卉以冠帶⑫，化姦宄爲誠敬，皆用周禮，率由漢儀。公患浮海之役，可濟可覆，而無所恃，乃刳連島〔二二〕，以闢坦途。鬼工來并，人力罕用，沃日之大〔二三〕，束成通溝。摩霄之阻，哲爲高岸〔二四〕，而終古而蒙利。公患疆埸之制，一彼一此，而不可常，乃復銅柱爲正制⑬〔二五〕。鼓鑄既施，精堅是立，固圉之下〔二六〕，明若白黑。易野之守〔二七〕，險逾丘陵，而萬世無虞。奇琛良貨〔二八〕，溢于玉府⑭〔二九〕，殊俗異類，盈于藁街〔三〇〕。優詔累旌其忠良，太史嗣書其功烈，就加國子祭酒，封武城男，食邑三百户。凡再策勳〔三一〕，至上柱國，三增秩至中散大夫。某年月薨于位，年若干。天子震悼，傷辭有加〔三二〕。明年，其孤某官與宗人號奉裳帷，率其家老，咨于叔父延唐令某，卜宅于潭州某原〔三三〕，葬用某月某日⑮，人謀皆從，龜兆襲吉〔三四〕。乃刻兹石，著公之閥，以志于丘竁⑯〔三五〕，以告于幽明。銘曰：

周限荆衡〔三六〕，秦開百粤〔三七〕。交州之治，炎劉是設〔三八〕。德大來服，道消自絶。伏波南征〔三九〕，漢威載烈。宛陵北附⑰〔四〇〕，晉政爰發。我唐流澤，光于有截〔四一〕。皇帝中興，武城授鉞〔四二〕。肅肅武城，惟夫之哲〔四三〕。更歷毗贊〔四四〕，顯揚彰徹。既受休命，秉兹峻節。度其謀猷，守以廉潔。厚農薄征，匪貊匪桀〔四五〕。通商平貨，有來胥悦。踐山跨海，堅其鶴列〔四六〕。製器足兵，潰兹蟻結〔四七〕。烏蠻屈服，文單翦滅。柔遠開疆，會朝天闕。銅柱乃復，環山以哲⑱〔四八〕。海無遘迕⑲〔四九〕，寇罔踰越。琛賮之獻〔五〇〕，周于窮髮〔五一〕。帝嘉成德，載旌茂閥。增秩策勳，土封斯裂。位厄元侯，年虧大耋〔五二〕。邦人號呼，夷裔悽咽。卜葬長沙，連岡啟穴。書銘薦辭，德音罔缺。

【校記】

① 五百家注本標作「墓誌」，詁訓本作「誌八首」。按：此卷文九首，注釋音辯本及詁訓本皆無《故連州員外司馬凌君墓後誌》一首，故八首。

② 三，《英華》作「二」。

③稱，原作「復」，據注釋音辯本、詁訓本、世綵堂本改。
④專征，《英華》作「再任」。
⑤納，《英華》作「約」。
⑥牧，《英華》作「收」。
⑦待，《英華》作「峙」。
⑧再，《英華》作「兩」。
⑨原注與世綵堂本注：「『數』字，一本作『故』。」詁訓本作「故」，並注：「一作數。」
⑩酋，原作「首」，據注釋音辯本、游居敬本、蔣之翹輯注本及《全唐文》改。
⑪二，《英華》作「三」。
⑫卉，原作「弁」，據《英華》改。《尚書·禹貢》有「島夷皮服」、「島夷卉服」之句，指其族以獸皮、草卉爲衣服，而弁乃古冠名，周時天子及卿大夫服之，見《周禮·夏官司馬·弁師》，故改。
⑬蔣之翹輯注本「爲」上有「以」。《全唐文》「制」上有「古」。
⑭玉，注釋音辯本作「王」，非是。原注與世綵堂本注：「今本皆作『王府』。」
⑮連上句《英華》無「某原葬用」四字。
⑯志，《英華》作「至」。
⑰附，五百家注本作「府」。

⑱ 哲，《英華》作「哲」，並注：「一作折。」

⑲ 迕，五百家注本作「逆」。

## 【解　題】

［注釋音辯］張舟。［韓醇詁訓］張公名舟。考之舊史在憲宗元和元年，以安南經略副使爲安南都護、本管經略使。四年八月丙申，奏破環王國。餘不可考。而五年七月，乃以虔州刺史馬總爲安南都護、本管經略使。公謂張公某年月日死於位，其書葬特曰用「某月日」，則張公之死及葬當是元和四、五年間矣。公時蓋在永州云。［百家注引童宗説曰］張公名舟，事詳見本篇注。《誌銘》在永州作。按：此誌元和五年作於永州。陳景雲《柳集點勘》卷一：「按《世系表》，舟吴郡人，德宗朝名相張鎰之族。」《舊唐書・憲宗紀上》：「（元和元年四月）戊戌，以安南經略副使張舟爲安南都護、本管經略使。」「（四年八月）丙申，安南都護張舟奏破環王國三萬餘人。」張舟又見《新唐書・宰相世系表二下》吴郡張氏。章士釗《柳文指要》上《體要之部》卷一〇：「此張公誌也，全體用駢語，而如『文單環王怙力背義』云云，竟用七句相對爲長聯，『公患浮海之役可濟可覆而無恃』云云，且用十句相對，其聯更長，此最爲桐城派所不喜。然子厚似亦好用其所長過甚，因遭到儉腹者疾首蹙額，理有固然。」

## 【注　釋】

〔一〕［注釋音辯］爲伏波將軍討交趾。［百家注引孫汝聽曰］漢光武建武十六年，交趾女子徵側反，自立爲王。十七年，以馬援爲伏波將軍往討之。按：見《後漢書·馬援傳》。

〔二〕〔注釋音辯〕都督交州。〔百家注引孫汝聽曰〕《晉書》：「陶璜，字世英。孫皓時都督交州諸軍事，晉武帝因而任之。在南方三十年，威恩著於殊俗。」安南，即古交州也，故舉援、璜之事。按：見《晉書·陶璜傳》。

〔三〕〔注釋音辯〕憲宗。〔百家注引韓醇曰〕今皇帝，憲宗也。《詩》：「景命有僕。」景命，明命也。按：見《詩經·大雅·既醉》。

〔四〕〔百家注引童宗説曰〕《書》：「丕冒海隅出日，罔不率俾。」丕，大也。按：見《尚書·君奭》。

〔五〕〔韓醇詁訓〕《唐志》：「安南，中都護府。本交趾郡，武德五年曰交州，治交趾。」〔蔣之翹輯注〕今在廣西、雲南界，濱海。洪武初歸附，賜安南國王印。王姓陳氏，爲權臣黎季犛所篡。永樂初，發兵進討，俘獲季犛父子。郡縣其地甫定，而黎利復叛。宣德間遣使謝罪，因宥而封之。

〔六〕〔蔣之翹輯注〕唐蘄州蘄春郡，今其地皆屬湖廣黄州府。

〔七〕〔注釋音辯〕句音構。會，古外切。〔百家注引孫汝聽曰〕句會，會計也。會，古外切。按：何焯《義門讀書記》卷三五：「句音構。」

〔八〕〔世綵堂〕《左氏》昭三十一傳：「又名章徹。」

〔九〕〔百家注引韓醇曰〕《史》：「元和元年四月，舟自安南經略副使充本管都護。」

〔一〇〕〔百家注王儔補注〕即上所言爲安南巡官、副使云云。

〔一一〕[注釋音辯]張（敦頤）云：獠，魯皓切，又竹巧切。西南夷名。[韓醇詁訓]獠音潦。[百家注引孫汝聽曰]去，謂爲山南東道節度判官。獠，西南夷名。獠，魯皓切，又竹巧切。

〔一二〕[蔣之翹輯注]「人」當作「民」，避唐諱也。《曲禮》：「中國戎夷五方之民，皆有性也。」按：見《禮記·王制》。

〔一三〕[注釋音辯]童（宗説）云：偫，直里切，待也。《羽獵賦》音雉。委，於僞切。積，子智切。[韓醇詁訓]儲音除。偫，直里切。積，子智切。[百家注]偫，待也。孫（汝聽）曰：《周禮》：「遺人掌邦之委積，以待施惠。」委積，牢米薪蒭之總名。儲音除。偫，直里切。《羽獵賦》音雉。委，於僞切。積，子智切。按：所引見《周禮·地官司徒·遺人》。陳景雲《柳集點勘》卷一：「按『偫』字《玉篇》本有二訓，此應從『儲具』解，不當訓『待』。」

〔一四〕[注釋音辯]《左》哀十三年：「庚申，叔儀乞糧，呼曰庚癸乎。」注：「庚，西方，主穀。癸，北方，主水。」[韓醇詁訓]《周禮》：「遺人掌邦之委積，以待施惠。」傳：「吳申叔儀乞糧於魯公孫有山，山曰：『登首山呼「庚癸兮」，則諾。』」注：「庚，西方，穀。癸，北方，水。軍中不敢正言，故謬諾。」[百家注引韓醇曰]哀十三年《左氏》：「吳申叔儀乞糧於公孫有山氏，對曰：『若登首山以呼曰「庚癸乎」，則諾。』」注云：「庚，西方，主穀。癸，北方，主水。」按：因軍中缺糧，故用隱語。後稱向人告貸爲庚癸之呼。無庚癸之呼，謂財糧充足。

〔一五〕[注釋音辯]（榦）工翰切，築牆板。下從木。[百家注引童宗説曰]榦，築垣之板也。

〔一六〕［注釋音辯］《前漢·西域志》：「元帝置戊、己二校尉。」注：「戊己中央，鎮覆四方。」［韓醇詁訓］《漢·西域傳》：「武帝時，西域内屬，有三十六國，漢爲置使者、校尉領護之。宣帝改爲都護，元帝又置戊、己二校尉，屯田於車師前王庭。」注云：「戊己中央，鎮覆四方。又開渠播種，以爲厭勝，故稱戊己焉。」［百家注引韓醇曰］《西域志》：「漢元帝初元元年，置戊、己二校尉。」注：「戊己中央，鎮覆四方。」

〔一七〕［注釋音辯］單，都寒切，虜姓。可單氏後，改爲單氏，即真臘國。環王本林邑，一曰占婆。［百家注］韓（醇）曰：單，虜姓。可單氏後改爲單氏。孫（汝聽）曰：文單，即陸真臘，一曰波鏤環王。本林邑，一曰占不勞，一曰占波。單，都寒切。按：陳景雲《柳集點勘》卷一：「舊史：真臘國其王姓刹利氏，亦名文單國。則文單非姓也。注誤。都護奏破環王國事見《憲紀》，蓋環王即文單王耳。」王溥《唐會要》卷九八：「貞觀二年十一月，又與林邑國俱來朝貢，太宗嘉之，賜賚甚厚。今南方人謂真臘國爲善國。自神龍已後，真臘分爲二：半以南近海多陂澤處，今謂之水真臘；半以北多山阜處，今謂之陸真臘，亦謂之文單國。貞觀中累遣使朝貢，永徽二年遣使獻馴象。」是陸真臘又名文單。環王則别有其國，本林邑，見《新唐書·南蠻傳下》。陳説未確。

〔一八〕［注釋音辯］轂，車。出《左傳》。［百家注引童宗説曰］長轂，戰車。

〔一九〕［注釋音辯］（艨艟）即蒙衝，突敵之戰船。［韓醇詁訓］上音蒙，下音同。《博雅》云：「舟也。」

[百家注引孫汝聽曰]艨艟，戰船，所以突敵者。蒙、衝二音。

〔二〇〕[百家注引孫汝聽曰]元和四年八月，環王寇安南，(張)舟敗其衆三萬人，獲戰象並王子五十九人。

〔二一〕[注釋音辯]數，上聲。圻音沂，出《左傳》。[百家注引王儔補注]圻，千里地。《春秋傳》：「今大國多數圻矣。」圻音祈。按：《左傳》昭公二十三年：「今土數圻，而郢是城，不亦難乎？」

〔二二〕[韓醇詁訓][百家注引童宗説曰]連烏未詳，然當是山名。刳音枯。

〔二三〕[百家注引童宗説曰]沃日，海也。

〔二四〕[注釋音辯]童(宗説)云：晢，他力切，又丈列切，毀也。周官有晢蔟氏。[韓醇詁訓]晢音昔。《説文》：「擿也。」周官有晢簇氏。[百家注引童宗説曰]晢，毀也。周官有晢蔟氏。音昔，又丑列切。

〔二五〕[韓醇詁訓]《唐史·南蠻傳》：「環王本林邑也，一曰占不勞，亦曰占婆。直交州南海行三千里地，東西三百里而贏，南北千里。西距真臘霧温山，南抵奔浪陀州。其南大浦有五銅柱。山形若倚蓋，西重巖，東涯海，漢馬援所植也。」其後馬總充安南都護，時其在南海累年，清廉不撓，夷獠便之，乃於漢所立桐柱處，以銅一千五百斤特鑄二柱，刻書唐德，以繼伏波之跡。以公誌觀之，則張公亦嘗有是作，特史不書之耳。[百家注引孫汝聽曰]《廣州記》：「馬援到交趾，立銅柱爲漢之極界。」(張)舟復之。按：韓醇所引見《新唐書·南蠻傳下·環王》。此謂立銅柱作爲疆界標誌。

〔二六〕［百家注引童宗説曰］圉，邊陲。《左氏傳》：「亦聊以固吾圉也。」按：見《左傳》隱公十一年。

〔二七〕［注釋音辯］張（敦頤）云：易，以豉切，平地也。出《周禮》。［韓醇詁訓］［百家注引孫汝聽曰］易，以豉切。《周禮》：「險野，人爲主。易野，車爲主。」此言雖易而險也。按：見《周禮·夏官司馬·大司馬》。

〔二八〕［注釋音辯］琛，丑林切，寶也。［韓醇詁訓］琛，癡林切。《爾雅》曰：「寶也。」

〔二九〕［百家注引孫汝聽曰］《周禮》：「玉府掌王之金玉玩好兵器，凡良貨賄之藏。」今本皆作「王府」。按：見《周禮·天官冢宰·玉府》。

〔三〇〕［注釋音辯］街名。漢有蠻夷邸館。［韓醇詁訓］《魏都賦》：「藁街之邸不能及。」注：「藁街，邸蠻夷之館，漢時所立也。」［百家注引孫汝聽曰］《漢書·陳湯傳》：「郅支縣頭藁街。」藁街，街名。蠻夷邸在此。邸若唐鴻臚客館。《三輔黄圖》云：「藁街在長安城門内。」

〔三一〕［百家注引孫汝聽曰］桓二年《左氏》：「反行飲至，舍爵策勳。」言書勳於策，紀有功也。

〔三二〕［百家注引童宗説曰］傷辭，謂贈策也。

〔三三〕［蔣之翹輯注］《家語》：「孔子曰：『卜其宅兆。』」宅，墓也。唐潭州，今湖廣長沙府。按：《禮記·雜記上》：「大夫卜宅與葬日。」孔穎達正義：「宅謂葬地。」

〔三四〕［百家注引韓醇曰］《書》：「龜筮協從，卜不習吉。」注云：「習，因也。」今作襲，亦因也。按：

見《尚書·大禹謨》。

〔三五〕［注釋音辯］童（宗説）云：（窆）樞縜、充芮二切，穿地也。出《周禮》。［韓醇詁訓］音釧，又充芮切。《説文》：「穿地也。」《周禮》：「大喪甫窆。」［百家注引童宗説曰］窆，穿地也。《周禮》：「大喪甫窆。」音釧，又充芮切。按：《周禮·春官宗伯·小宗伯》：「卜葬兆甫，窆亦如之。」

〔三六〕［韓醇詁訓］荆、衡之地，在周非所有，至秦始併爲三十六郡。

〔三七〕［韓醇詁訓］秦始皇併天下，分爲三十六郡。平百越，又置閩中、南海、桂林、象郡四郡。「粤」與「越」同。

〔三八〕［注釋音辯］漢武帝元鼎元年，置交趾郡。［韓醇詁訓］武帝初置交趾郡，元鼎六年開屬交州。［百家注引孫汝聽曰］漢武帝元鼎元年，定越地以爲交趾郡。

〔三九〕［注釋音辯］漢馬援。［韓醇詁訓］伏波馬援也，事見上。［百家注］見上注。

〔四〇〕［注釋音辯］晉封陶璜宛陵侯。［韓醇詁訓］謂晉武太康元年，王濬克西陵，杜預克江陵，吴滅，孫皓受降於晉也。［百家注引孫汝聽曰］孫皓降晉，手書敕璜歸順，晉武帝封璜爲宛陵侯。

〔四一〕［百家注引童宗説曰］《詩》：「海外有截。」注云：「四海之外率服，截爾整齊。」按：見《詩經·商頌·長發》。

〔四二〕［百家注引孫汝聽曰］言（張）舟爲都護也。

〔四三〕［百家注引童宗説曰］《詩》：「哲夫成城。」按：見《詩經·大雅·瞻卬》。

〔四四〕［百家注引孫汝聽曰］言舟爲巡官、副使也。

〔四五〕［韓醇詁訓］貊音陌。《孟子》：「欲輕之於堯舜之道者，大貊小貊也。欲重之於堯舜之道者，大桀小桀也。」注：「貊，蠻貊。桀，夏桀也。」按：見《孟子·告子下》。百家注並引韓醇《孟子》注：「貊，蠻貊。桀，夏桀也。貊，夷貊之人在荒服者，二十而取一。」並云：「貊音陌。」

〔四六〕［注釋音辯］陳兵也。《莊子》云：「鶴列於麗譙之間。」［韓醇詁訓］《莊子》：「必無盛鶴列於麗譙之間。」注：「鶴列，陳兵也。」按：見《莊子·徐无鬼》。

〔四七〕［韓醇詁訓］《禮》：「蟻結於四隅。」［百家注引童宗説曰］蟻結，言小寇如蟻聚也。《禮》：「蟻結於四隅。」按：見《禮記·檀弓上》。

〔四八〕［注釋音辯］張（敦頤）云：救列切，摘墮也。［百家注引孫汝聽曰］《齊語》：「環山於有牢。」環，繞也。折，摘墮也。折，敕列切。

〔四九〕［注釋音辯］（迕）音午。［韓醇詁訓］音午，又音忤。

〔五〇〕［注釋音辯］童（宗説）云：（賫）徐刃切。亦作「賮」，同。［韓醇詁訓］賫，徐刃切。與「賮」同。按：賫，指財禮。

〔五一〕［注釋音辯］不毛之地。［百家注引孫汝聽曰］《莊子》「窮髮之北」，窮髮，不毛之地。按：見《莊子·逍遥遊》。

〔五二〕［韓醇詁訓］徒結切。《説文》：「年八十曰耋。」［百家注引孫汝聽曰］《易》：「大耋之嗟凶。」《説文》云：「年八十曰耋。」耋音迭。

【集評】

《王荆石先生批評柳文》卷三：學古者略其格而取其詞，足知三乘一貫，更無差别。

茅坤《唐宋八大家文鈔》卷二七引唐順之曰：備一格，六朝體。

蔣之翹輯注《柳河東集》卷一〇：不免駢儷綺靡之遺。王世貞曰：遥對尤長而整，六朝之變極矣，然終不近自然。

孫琮《山曉閣選唐大家柳柳州全集》卷四：張公一生事業莫大于安南，故一起獨提此事，爲一篇之冠。下志其家世，志其仕宦，志其政績，獨于安南致詳，是一篇著眼處。妙在志安南政績一段内，分五小段。一段總贊其經理之盡善，二段以征文單與三段服烏蠻作對寫，四段以通海道與五段復銅柱又作對寫。其體格猶有六朝遺意。

儲欣《河東先生全集録》卷二：序於厥體中特工藻耳，究非記、誌所宜。銘辭鏗鏘可誦。

何焯《義門讀書記》卷三五：「周限荆衡」二句：《詩》曰：「于疆于理，至于南海。」則五嶺之外，至東遷之後不復通爾。

焦循批《柳文》卷一九：排偶中别一種格調，非四傑之所能。

# 唐故邕管經略招討等使朝散大夫持節都督邕州諸軍事守邕州刺史兼御史中丞賜紫金魚袋李公墓誌銘　并序①

公諱某〔一〕，字某，實惟文皇帝之玄孫〔二〕。別子曰承乾〔三〕，爲皇太子，以藩愛逼奪，危慄致禍。後封恒山，爲愍王，贈荆州大都督〔四〕。繼別曰象，蘄春郡太守，贈越州大都督，封郇國公。大宗曰玭②〔五〕，太子詹事，贈祕書監。生廙〔六〕，尚書左丞。凡四代，有土田，居貴仕。公丕承之，以率南服，克荷天休，繼有功德。

公始以通經入崇文館〔七〕，登有司第，選同州參軍〔八〕，入佐金吾衛〔九〕，進太僕王簿，參引大駕。府移，爲左右神策行營兵馬節度，以爲推官〔一〇〕。拜監察御史，賜緋魚袋。凡二使，其率皆范司空希朝〔一一〕。進殿中侍御史、湖南都團練判官〔一二〕。以寬通簡大，輔治得中道。府遷，主後事。師人愛慕，欲以貞元故事爲請〔一三〕，公恐懼抑留，復徙浙東爲都團練副使，轉侍御史。又徙浙西③，如其職〔一四〕，加著作郎。凡三使，其率皆薛大夫苹〔一五〕。刺岳、信二州。得劉向祕書，以能卒化黄白〔一六〕，日召徒試術，爲仇家上變，就鞫無事，敕笞殺告者，猶降建州司馬〔一七〕。陟刺泉州〔一八〕。會烏獠夷叛④〔一九〕，殺郡吏，毆縛農民。詔以公都督邕州兼御史中丞〔二〇〕，賜紫金魚袋，爲經略招討使。既至，則戢弓櫜甲〔二一〕，去斥候，禁部內，無敢以賊名，使得自澣濯〔二二〕。諸酋長咸頓首送欵，故虜獲輸税奉貢⑤，願比內郡人，遣子吏都督所〔二三〕。人復耕稼，無有威刑。居五月頃，有黑螭鼓江流〔二四〕，壞北岸，直城南門，覆船殺人，然後去。父老泣曰：「吾公其殆矣！」嘗合汞、流黄、丹砂爲紫丹〔二五〕，能入火不動，以爲神，服之且十年。然卒以是病，暴下赤黑，數日薨。實元和十三年六月十五日，年五十七。僚宰庀事，有緹五兩〔二六〕，無金銀泉貝〔二七〕，幾不克歛。夷人號呼，致幣歸。以明年月日葬，附其穆長安西南高陽原上〔二八〕。

夫人陳氏，先公十五年没。父曇，亦都督邕州終〔二九〕。孤孟輿，愿且文。亞曰仲權，次曰季謀，年自九歲以下。有兩壻：博陵崔行儉，勁峭有立志；滎陽鄭師貞，敏捷能群。皆聞名。銘曰：

文濬維祥〔三〇〕，實亘實延。冢讒不嗣⑥〔三一〕，宗以支傳。郇公克庸，詹事繼賢。湜湜左丞〔三二〕，惟道之宣。公寬且惠，以教則順。五參戎政〔三三〕，一佩郡印〔三四〕。師歡民愛，克懷以信。詖辭告訕⑦，卒白其訊。烏猲猖狂，盜海剽山。帝命于南⑧，逖彼群蠻⑨。虎龍煌煌，英蕩是將〔三五〕。舟之金玉〔三六〕，以爲公服。公既涖止〔三七〕，告以文理。推義赴仁，弢弓服矢〔三八〕。闢是垣壘，完其父子。復我邦賦，弛予卒士。貌不功矜，情不伐喜。蠻人涕懷，投刃以俟。方底成績，蟲孽告妖。悍石構災，升屋而號〔三九〕。椎髻卉裳〔四〇〕，來賻來觀。膴膴鮮原⑩〔四一〕，祔之顯魂。松柏芊芊〔四二〕，封域安安。代有高墳，堯文之孫。

【校　記】

① 原題脱「節」字、「誌」字，據諸本補。詁訓本題無「并序」二字。

② 玭，原作「玼」，據世綵堂本、蔣之翹輯注本、《全唐文》改。注釋音辯本注「蒲蠲、毗賓二切」，詁訓本注「駢還、毗賓二切」，可知是「玭」而不是「玼」字。《新唐書·宗室世系表下》李玭爲李承乾孫。李位爲李玭孫，爲邕管經略使兼御史中丞，即此誌之主。故據改。

③ 原注與五百家注本、世綵堂本注：「一本二『徙』字並作『從』。」注釋音辯本皆作「從」。

④ 叛，原作「刺」。注釋音辯本注：「刺，一本作叛。」原注與世綵堂本注：「一本作『會烏猾夷叛』，即無下『刺』字。」可知「刺」爲「叛」之訛，故據注改。

⑤ 故，《全唐文》作「放」。

⑥ 冢，世綵堂本作「家」，並注：「家，一作冢。」按冢謂冢子，即太宗太子承乾也。作「家」非是。

⑦ 原注與注釋音辯本、詁訓本、世綵堂本注：「（訕）一作訟。」

⑧ 于，注釋音辯本、游居敬本、《全唐文》作「平」。

⑨ 陳景雲《柳集點勘》卷一：「按《詩》『遬彼東南』，鄭箋：『遬當作剔。剔，治也。』今觀此句自用鄭

義，仍當從《詩》本作『逖』爲是。」然諸本皆作「逖」，未見有作「剔」者。

⑩鮮，原作「鱗」。原注與世綵堂本注：「鱗，一作鮮。鮮，善也。《詩》：『度其鮮原。』」按：見《詩經·大雅·思齊》。「鮮原」是，故據改。

【解　題】

［注釋音辯］李位。［韓醇詁訓］考之史志：太宗文武大聖皇帝十四子，長曰承乾。承乾生象，象生玭，玭生廙，廙生位。位即邕管經略招討使也。《禮記》曰：「別子爲祖，繼別爲宗，繼禰者爲小宗。」注曰：「別子爲公子始來在此國者，後世以爲祖。」又曰：「繼別爲宗者，別子之世適也，族人尊之謂之大宗，是宗子也。」又曰：「繼禰爲小宗者，父之適也，兄弟尊之謂之小宗。」誌謂別子曰承乾，繼別曰象，大宗曰玭。以是推之，蓋可得而考矣。據葬在元和十四年，誌是時作。

【注　釋】

〔一〕［百家注］諱位。

〔二〕［百家注］太宗初謚文皇帝。

〔三〕［注釋音辯］［韓醇詁訓］別，筆列切。［世綵堂］《禮記·喪服小記》：「別子爲祖，繼別爲宗。」詳見下注。

〔四〕［百家注引孫汝聽曰］太宗長子承乾，武德三年封恒山王。九年，立爲皇太子。貞觀中，魏王泰有寵于上，潛有奪嫡之意，由是廢承乾爲庶人。天寶中，復故封。謚曰愍王。

〔五〕［注釋音辯］張（敦頤）云：（玭）蒲蠲、毗賓二切。《夏書》作嬪。［韓醇詁訓］駢還、毗賓二切。按：百家注本引韓醇注《禮記·喪服小記》已見解題。又云：「玭，步田、毗賓二切。《説文》云：『玭，珠也。』《夏書》作蠙。」

〔六〕［注釋音辯］（廙）冀、翼二音。［韓醇詁訓］音異。

〔七〕［百家注引孫汝聽曰］唐崇文館學生二十人，課送舉試如弘文館。

〔八〕［蔣之翹輯注］唐同州馮翊郡，秦内史地。今屬陝西西安府。

〔九〕［注釋音辯］右金吾大將軍范希朝奏位佐其府。［百家注引孫汝聽曰］貞元十九年十一月，以振武節度使范希朝爲右金吾大將軍。奏位佐其府。

〔一〇〕［注釋音辯］永貞元年，范希朝爲左右神策京西諸城鎮行營兵馬節度使，鎮奉天。復奏位爲府推官。［百家注引孫汝聽曰］永貞元年五月，以希朝爲左右神策京西諸城鎮行營兵馬節度使，鎮奉天。復奏位爲府推官。

〔一一〕［注釋音辯］率，所類切。即「帥」字。［韓醇詁訓］率音帥。［百家注］率，將帥也。字與「帥」同。

〔一二〕［百家注引孫汝聽曰］永貞元年十一月，以御史大夫薛苹爲湖南都團練使。苹辟位爲判官。

〔一三〕［韓醇詁訓］《唐·藩鎮傳》：「安史亂天下，至肅宗大難略平，君臣皆幸安，故瓜分河北地以授叛將，護養萌孽，以成禍根。亂人乘之，遂擅署吏，以賦稅自私。至大曆、貞元之間，其弊尤甚。」公謂貞元故事者，蓋欲擅署之也。［百家注引孫汝聽曰］元和三年正月，芊自湖南遷浙東。

〔一四〕［百家注引孫汝聽曰］（元和）五年八月，芊遷，仍以位爲副使。

〔一五〕［韓醇詁訓］率音帥。

〔一六〕［百家注引韓醇曰］《劉向傳》：「淮南有《枕中鴻寶苑祕書》，言神仙使鬼物爲金之術。向幼而讀誦，以爲奇，獻之，言黄金可成。上令典尚方鑄作事。」

〔一七〕［百家注引孫汝聽曰］位爲信州刺史，好黄老道，數祠禱。部將韋岳告位集方士圖不軌，洪州監軍高昌奏位謀大逆，追捕位，劾禁中。薛存誠、孔戣一日三表，請付御史臺。詔戣與三司雜治，無反狀。岳坐誣罔，誅。貶位建州司馬。詔曰：「信州刺史李位，心希祕術，跡狎匪人，謂捕影之可求，乃先風之是點。名教之内，本無異端，典刑之中，豈容僻好？可守建州司馬云。」按：其事見兩《唐書·孔戣傳》。《唐會要》卷六〇繫此事在元和八年。陳景雲《柳集點勘》卷一：「誌云就鞫，謂就逮赴鞫也。」

〔一八〕［蔣之翹輯注］泉州清源郡，今爲府，亦屬福建。

〔一九〕［注釋音辯］童（宗説）云：獢字諸韻無，疑是「猘」，牛進、魚巾二切。《楚詞》「猛犬猘猘」。烏猘，犬戎也。或云當作「烏滸」，即黄洞蠻也。［韓醇詁訓］獢字，諸韻皆無。或謂當作「猘」，然考之史傳，蓋是「烏滸」也。烏滸，黄洞蠻也。[世綵堂]《漢書・南蠻傳》曰：「交趾西有噉人國，今烏滸人是也。」《選》：「烏滸狼𦵸。」注：「南夷別名。」作「滸」是。按：注釋音辯本之注，百家注引作張敦頤曰。陳景雲《柳集點勘》卷一：「當作『烏滸』。見《後漢書・靈帝紀》及《南蠻傳》。又左思《吴都賦》同。萬震《南州異物志》：『烏滸在廣州南、交州北。』唐代屬邕管。」諸家所考甚是，當作「烏滸」。

〔二〇〕[蔣之翹輯注]唐邕州郎陵郡，今爲廣西南寧府。

〔二一〕[注釋音辯]韔，與「弢」同。它刀切，弓衣也。槖音託，囊也。[韓醇詁訓]韔音韜，弓衣也。槖音託，囊也。按：百家注本引作童宗説曰，尚有「槖，囊也，所以藏甲」語。

〔二二〕[百家注]澣，胡管切。

〔二三〕[注釋音辯]言爲吏於都督之所。按：百家注引作韓醇曰。

〔二四〕[韓醇詁訓]螭音癡，文似龍，無角。[百家注引童宗説曰]螭，狀似龍而無角。螭音癡。

〔二五〕[注釋音辯]童(宗説)云：汞，亦作「澒」，胡貢切。水銀也。[韓醇詁訓]汞，胡貢切，與「澒」同。《説文》：「水銀也。」[百家注引童宗説曰]《説文》云：「汞，丹砂所化，爲水銀也。」

〔二六〕[注釋音辯]童(宗説)云：緹音題，又他禮切。赤色帛。兩音量，力讓切。[韓醇詁訓]緹音題，又它禮切。《説文》：「赤色帛。」兩，直讓切。《周禮》：「無過五兩。」[百家注引童宗説曰]緹，赤色帛。兩，疋也。

〔二七〕［百家注引童宗説曰］泉，錢别名。貝，《説文》：「海介蟲。」［蔣之翹輯注］古者貨貝而寶龜，至周而有泉，到秦廢貝行泉。
〔二八〕［百家注引韓醇曰］穆，昭穆也。父爲昭，子爲穆。
〔二九〕［百家注引孫汝聽曰］貞元十三年六月，以陳曇爲邕州經略使。按：《舊唐書・德宗紀下》：「（貞元十三年）六月己卯朔，以衡州刺史陳雲爲邕管經略使。」誤「曇」爲「雲」。
〔三〇〕［注釋音辯］文皇帝，即太宗。［百家注引孫汝聽曰］文，謂文皇帝。
〔三一〕［注釋音辯］太子承乾。
〔三二〕［注釋音辯］湜，視力切。［韓醇詁訓］湜，丞職切。《説文》：「水清也。」《詩》：「湜湜其沚。」按：百家注引作童宗説曰。見《詩經・邶風・谷風》。
〔三三〕［百家注引王儔補注］謂佐金吾衛、左右神策行營、湖南、浙東、浙西，凡五府。
〔三四〕［百家注引王儔補注］謂典岳、信二州。
〔三五〕［百家注引孫汝聽曰］《周禮》：「山國用虎節，澤國用龍節，皆金爲之，英蕩輔之。」注：「金爲節，象龍虎之狀。英蕩，函器。」［世綵堂］或曰：英蕩，書函。按：見《周禮・地官司徒・掌節》。
〔三六〕［百家注引孫汝聽曰］《詩》：「何以舟之？維玉及瑶。」舟，帶也。謂帶以金玉。按：見《詩經・大雅・公劉》。

〔三七〕［百家注引童宗説曰］蒞，臨蒞也。《詩》：「方叔蒞止。」按：見《詩經·小雅·采芑》。

〔三八〕［韓醇詁訓］弢音韜，與上同。

〔三九〕［注釋音辯］（號）平聲。招魂也。出《禮記·禮運》篇。［百家注引孫汝聽曰］升屋，招魂也。［世綵堂］詳見《禮記·喪大記》。謂以衣升屋招魂也，號輒曰皋，某復矣。皋，長聲也。

〔四〇〕［注釋音辯］椎音搥。髺音介。謂髻如椎也。卉，詡里切，蕉葛之服。並南蠻之飾。［韓醇詁訓］椎音槌。髺音介。卉，詡里切。皆夷服也。［百家注引孫汝聽曰］《書》：「島夷卉服。」卉，猶蕉葛之屬。按：見《尚書·禹貢》。

〔四一〕［韓醇詁訓］［百家注引孫汝聽曰］膴音武，美也。《詩》：「周原膴膴。」按：見《詩經·大雅·緜》。

〔四二〕［注釋音辯］（芊）音千。［韓醇詁訓］音千，茂也。［百家注］芊芊，草盛貌。

【集評】

王行《墓銘舉例》卷一：右誌世系用宗法書，以其代有土田也，又一例也。

儲欣《河東先生全集録》卷二：名貴之至。就其人一節兩節，出數語模畫，著筆不多，精神百倍，真尤物也。韓奇柳貴，未易軒輊。

# 唐故邕管招討副使試大理司直兼貴州刺史鄧君墓誌銘 并序①

君諱某，字某。南陽人，漢司徒禹之世也②〔一〕。曾祖倚，皇建州浦城令③。祖少立，皇滄州司馬。考邕，皇左武衛兵曹參軍④。惟君敏給以御下，廉忠以承上，幹蠱之稱〔二〕，洽于諸侯；信謹之跡⑤，彰于所蒞。故自始仕以至没世，未嘗無聞焉。初以試太常寺奉禮郎，更職于劍南、湖南、江西，前後連帥咸器其能，以柄于事。于劍南〔三〕，則亭疑閲實⑥〔四〕，以循官刑⑦〔五〕，盡哀敬之情⑧〔六〕，致淑問之頌〔七〕，寬猛之適，克合于中。于湖南〔八〕，則外按屬城，内專平準，蒞丱人錫石之地〔九〕，參凫氏鼓鑄之功〔一〇〕。溢山告祥，國用益贍，吏無並緣以巧法〔一一〕，人無怨讟以苦役〔一二〕。凡處斯職，莫能加焉。于江西〔一三〕，則旁緝傳置〔一四〕，下繩支郡，俾無有異政，以一于詔條。財賦之重，待君而理。無何，邕州經略使路公恕，奏署試大理評事兼貴州刺史〔一五〕。參帷幕之任，董貔虎之威〔一六〕，夷俗敬愛，革面受事〔一七〕。朝廷將以武定南服，命安南大校御史中丞趙良金爲邕州〔一八〕，復以君兼招討判官，録其異能，奏加司直，昇招討副使，兼統横、廉、貴三州事。尨茸之下〔一九〕，直道有立；獷悍之内〔二〇〕，義威必行。賦增而不擾，法一而無憾。然以憂慄間于多虞〔二一〕，卒成耳目之塞，道致齒牙之猾⑨〔二二〕。元和五年五月二十一日，疾卒于公館，年五十五。明年某月日，返葬于潭州某原。夫人隴西李氏，大理評事練之女，年三十三，貞元十六年終于郴州⑩。有子四人，曰贇，曰某。贇十三年矣，哀禮具焉。

京兆尹弘農公〔二三〕，始由湖南爲江西，再以君爲從事，知之最厚。痛君之能不施于劇任，惜君之志見屈于群疑，且以誌授宗元，使備其闕。古者觀其所使，而知在上之德。今也觀其所使⑪，而知在下之誠。嗚呼，可無辭乎！銘曰：

曼姓之裔〔二四〕，司徒隆漢〔二五〕。惟君是承，有植其幹⑫。始屬奉常，出參藩翰。議讞西蜀〔二六〕，平其狴犴〔二七〕。巡視南楚，總兹條貫。貿遷化居〔二八〕，貨殖攸贊〔二九〕。改煎鎔範，貢輸增筭〔三〇〕。既飭財賦〔三一〕，亦專傳館⑬〔三二〕。去牧荒陬〔三三〕，肅其聽斷。斂數以息〔三四〕，暴戾斯逭。行非選事，進不避難。始賴其寧⑭，終聞見憚。疾與憂積，志隨魄散⑮。年極中身⑯〔三五〕，葬兹高岸。才耶命耶？君子興歎。

【校　記】

①　詁訓本題無「邕管招討副使」六字，《英華》題無「唐故邕管招討副使」八字及「并序」字。

②　世，《全唐文》作「後」。

③建州浦城，原作「連州普城」，據《英華》及《全唐文》改。何焯《義門讀書記》卷三五：「『皇建州普城令』，作『連州浦城令』。」按：唐建州建安郡，其屬縣有浦城，而連州隸嶺南，屬縣僅桂陽、陽山、連山三縣。何説非是。

④左，《英華》作「右」。

⑤信謹，《英華》作「謹言」。

⑥亭，《英華》作「停」。疑，原作「擬」。何焯《義門讀書記》卷三五：「『擬』作『疑』。」陳景雲《柳集點勘》卷一云：「宋本作『考疑』，又一本作『亭擬』。按『亭疑』見《史記·張湯傳》，注云：『亭，平也。』《傳》又云『奏讞疑事』，則當作『亭疑』爲是。」故據改。

⑦循，詁訓本作「修」。世綵堂本注：「循，一作修。」何焯《義門讀書記》卷三五：「『循』作『修』。」

⑧世綵堂本注：「敬，一作矜。」

⑨世綵堂本注：「道，一作遂。」

⑩郴，原作「柳」，據注釋音辯本、詁訓本、世綵堂本及《英華》改。郴州唐時屬江南西道，鄧君貞元間在江西任職時，夫人終於此。柳州屬嶺南道，鄧君於元和間任貴州刺史，然其時夫人已卒。故作「柳州」非是。

⑪原注與注釋音辯本、世綵堂本注：「(使)一本作以。」

⑫其，《英華》作「有」。

⑬ 專，世綵堂本作「新」。
⑭ 世綵堂本注：「始，一本作治。」
⑮ 志，《英華》作「忠」。
⑯ 極，五百家注本作「及」。

【解　題】

〔韓醇詁訓〕鄧氏出南陽、安定二望。商王武丁封叔父説於河北，是爲鄧侯，後因爲氏。一曰本曼姓，春秋有鄧侯吾離，後爲楚所滅，因爲氏焉。公謂刺史鄧君爲曼姓之裔，則系蓋出此。京兆尹弘農公，楊憑也。據誌云元和五年卒，明年某月日葬。誌當是五年作云。〔蔣之翹輯注〕鄧諱、字未詳。

按：此誌當作於元和六年。

【注　釋】

〔一〕〔百家注引韓醇曰〕禹字仲華，南陽新野人。漢光武帝時爲大司徒。

〔二〕〔韓醇詁訓〕蠱音古。〔百家注引童宗説曰〕《易》：「幹父之蠱。」蠱，事也。蠱音古。

〔三〕〔注釋音辯〕佐節度韋皋。〔百家注引孫汝聽曰〕劍南節度使韋皋辟佐其府。

〔四〕〔百家注引孫汝聽曰〕亭，亦平也。閲實，謂檢閲核實之也。《書》：「閲實其罪。」按：見《尚書·吕刑》。

〔五〕［百家注引孫汝聽曰］《書》：「鞭作官刑。」注云：「官事之刑。」按：見《尚書·舜典》。

〔六〕［百家注引孫汝聽曰］《書》：「哀敬折獄。」按：見《尚書·吕刑》。

〔七〕［百家注引孫汝聽曰］《詩》：「淑問如皋陶」。淑問，善聽訟也。按：見《詩經·魯頌·泮水》。

〔八〕［注釋音辯］佐觀察楊憑。［百家注引孫汝聽曰］貞元十八年九月，以太常少卿楊憑爲湖南觀察使，以鄧佐其府。

〔九〕［注釋音辯］童（宗説）云：丱音礦，古猛切。《周禮》有丱人。［韓醇詁訓］丱，古猛切。《周禮》：「丱人掌金玉錫石之地，而爲之厲禁以守之。」《説文》：「丱，銅鐵樸石也。」與「礦」同。按：見《周禮·地官司徒·丱人》。

〔一〇〕［韓醇詁訓］《周禮》：「梟氏爲鐘，兩欒謂之銑，銑間謂之于，于上謂之鼓。」按：見《周禮·冬官考工記·梟氏》。

〔一一〕［注釋音辯］［韓醇詁訓］並，蒲浪切。

〔一二〕［注釋音辯］童（宗説）云：讟音讀，怨也。按：韓醇詁訓本同。

〔一三〕［注釋音辯］佐楊憑。［百家注引孫汝聽曰］永貞元年十一月，以楊憑爲江西觀察使，以鄧爲從事。

〔一四〕［注釋音辯］傳，株戀切。驛也。

〔一五〕［百家注引孫汝聽曰］元和元年，邕管經略使路恕辟佐其府。

〔一六〕［注釋音辯］黿印虎符。［百家注引孫汝聽曰］黿，黿印。虎，虎符也。謂其爲貴州刺史也。

〔一七〕［百家注引童宗説曰］《易》曰：「小人革面。」按：見《周易・革》。

〔一八〕［百家注引孫汝聽曰］（元和）二年，以（趙）良金爲邕州。

〔一九〕［注釋音辯］尨，莫江切。茸，如容切。亂貌。［韓醇詁訓］尨，謨逢切，又莫紅切。茸，而融切，又如容切。《説文》：「亂貌。」

〔二〇〕［注釋音辯］獷，古猛切。悍音汗。［韓醇詁訓］獷，古猛切。悍，下罕切，又音汗。

〔二一〕［注釋音辯］間音閑，出《左傳》哀公五年。［百家注引王儔補注］哀五年《左氏》之詞。

〔二二〕［注釋音辯］《國・晉語》：「齒牙爲猾。」謂讒口之爲害。［百家注引孫汝聽曰］《晉語》：「獻公卜伐驪戎，史蘇占之，曰：『遇兆，挾以銜骨，齒牙爲猾。』」齒牙爲猾，以象讒口之害。按：見《國語・晉語一》。

〔二三〕［注釋音辯］京兆尹楊憑，弘農人。［百家注引韓醇曰］楊憑時尹京兆。

〔二四〕［注釋音辯］春秋鄧國，曼姓後，以國爲姓。［百家注引韓醇曰］《左氏》：「楚子夫人鄧曼。」鄧，曼姓，後以國氏。按：見《左傳》桓公十一年。

〔二五〕［注釋音辯］漢鄧禹。

〔二六〕［注釋音辯］張（敦頤）云：讞，語蹇、魚戰、巨列三切。並議罪也。按：韓醇詁訓本同。百家注引張敦頤曰：「讞，議獄也。」

〔二七〕〔注釋音辯〕童（宗説）云：（狴犴）陛、岸二音。上又邊迷切。〔韓醇詁訓〕上部禮切。下音岸。獄名。〔百家注引童宗説曰〕《揚子》：「狴犴使人多禮乎？」狴犴，獄也。按：見揚雄《法言·吾子》。

〔二八〕〔韓醇詁訓〕貿音懋。《書》：「貿遷有無化居。」〔百家注引孫汝聽曰〕《書》：「懋遷有無化居。」今作「貿」。貿，交易也。化，謂以其所有易其所無。居，謂近水者魚鹽，近山者居林木之類也。按：見《尚書·益稷》。

〔二九〕〔百家注引孫汝聽曰〕子曰：「賜不受命而貨殖焉。」注：「唯財貨是封殖也。」贊，助也。按：見《論語·先進》。

〔三〇〕〔百家注〕筭，數也。

〔三一〕〔百家注引童宗説曰〕飭，整備也。《周禮》「飭化八材」是也。按：見《周禮·天官冢宰·大宰》。

〔三二〕〔注釋音辯〕傳，直戀切。〔韓醇詁訓〕傳，柱戀切。

〔三三〕〔注釋音辯〕（陬）將侯切，隅也。謂爲貴州刺史。〔百家注引王儔補注〕謂爲貴州刺史。

〔三四〕〔注釋音辯〕敚斆，即「奪攘」字。〔韓醇詁訓〕敚音奪，斆音攘。

〔三五〕〔百家注引孫汝聽曰〕《書》：「文王受命惟中身。」中身，年五十也。按：見《尚書·無逸》。

【集評】

蔣之翹輯注《柳河東集》卷一〇「以柄于事」句下：先總括，以後分疏其事績。

何焯《義門讀書記》卷三五：「有子四人」至「哀禮具焉」：童幼如禮，得附書。

## 吕侍御恭墓誌①

吕氏世居河東〔一〕，至延之始大，以御史大夫爲浙東道節度大使〔二〕。延之生渭，爲中書舍人、尚書禮部侍郎，刺湖南七州〔三〕。生四子：温、恭、儉、讓。以温爲尚書郎，再贈至右僕射〔四〕。

恭字敬叔，他名曰宗禮〔五〕，或以爲字，實惟吕氏宗子。尚氣節，有勇略，不事小謹。讀從横書〔六〕，理《陰符》、《握機》、《孫子》之術〔七〕，曰：「我，師尚父胄也〔八〕。大父洎先人咸統方岳②，今天下將理，平蔡、兗，冀、幽洎戎猶負命〔九〕。」早夜呼憤，以爲宜得任爪牙，畢力通天子命，作文章咸道其志云。又曰：「由吾兄而上三世，世爲進士。吾之文不墜教戒③，獨武事未克纘厥緒〔一〇〕。」因棄去，從山南西道節度府掌書記〔一一〕。預謀畫不甚合，以試守軍衛佐，加協律郎，入薦爲長安主簿。復出以監察御史參江南西道都團練軍事〔一二〕，府表進殿中侍御史〔一三〕。爲桂管都防禦副使。元和八年去桂州，相國尚書鄭公遮留，假嶺南道節度判官④〔一四〕。至廣州，病痎瘧加癖⑤〔一五〕，六月二十八日卒。妻裴氏，户部尚書延齡女。有丈夫子三人：曰爽，曰瓌，曰特。女子三人⑥：曰環，曰鸞，曰倩，皆幼。行於道而倩又死，遂以柩如洛陽，祔葬於大墓，欵志⑦。

吕氏世仕至大官，皆有道，翼興於世。温洎恭名爲豪傑⑧，知者以爲是必立王功，活生人。不幸温刺衡州，年四十卒〔一六〕。恭未及理人，年三十七又卒。世固有有其具而不及其用若温、恭者耶⑨？恭貌奇壯，有大志，信善容物，宜壽考碩夫而又不克。吕氏之道惡乎興？銘曰：

渢渢之風乎不可追〔一七〕，有志之大乎今安歸⑩？吕君去我死乎吾誰依？

【校　記】

① 注釋音辯本「誌」作「銘」。《英華》題作「嶺南節度判官吕公墓誌銘」。

② 方岳，《英華》作「兵」。

③ 之，注釋音辯本、游居敬本、《全唐文》作「爲」。詁訓本注：「之，一作爲。」之文，《英華》作「文爲」。

④ 詁訓本無「道」字。

⑤ 痎，注釋音辯本作「痻」，《英華》作「疹」，《全唐文》作「痞」。蔣之翹輯注本：「痎，舊本作疥，非是。」㾓，《英華》作「滯」。

⑥《英華》無「子」字。

⑦ 陳景雲《柳集點勘》卷一云：「按《淩準墓後志》有祔墓刻志語，此『歟』字疑當『刻』。『刻志』二字句絶。」

⑧《英華》無「洎」字。

⑨ 注釋音辯本不疊「有」字。詁訓本注：「一無下『有』字。」

⑩ 乎，詁訓本作「兮」。

【解　題】

［注釋音辯］呂温之弟。［韓醇詁訓］公常爲《衡州刺史東平呂君温誄》，今又誌呂侍御恭墓，其稱述二君蓋詳。相國尚書鄭公，餘慶也。元和八年癸巳，永州作。按：鄭公爲鄭絪，元和五年爲嶺南節度使。韓注誤。誌云呂恭爲呂渭宗子，則其兄呂温當是庶出。呂恭母柳氏爲柳識女。章士釗《柳文指要》上《體要之部》卷一〇：「文有不待求而自作者，如子厚之誌呂氏諸子是。」蓋云其感情真實也。

【注　釋】

〔一〕［百家注引韓醇曰］史云河東人。

〔二〕［百家注引孫汝聽曰］乾元二年六月，以延之爲浙江東道節度使。

〔三〕［百家注引孫汝聽曰］渭字君載。貞元十三年爲禮部尚書，知貢舉，擢裴延齡子操居上第，會入閣，遺私謁之書於廷。九月，罷爲湖南觀察使。

〔四〕［百家注引孫汝聽曰］初贈陝州大都督，元和初，温爲户部員外郎，再贈渭尚書右僕射。

〔五〕陳景雲《柳集點勘》卷一：「恭之他名，史傳及《世系表》並不載，唯見韓子《韋丹誌》，文云從事東平吕宗禮是也。」

〔六〕［注釋音辯］［韓醇詁訓］從，子容切。按：百家注引韓醇曰：「《漢書》：從横十二家，一百七篇。」「從」即「縱」字。

〔七〕［注釋音辯］［百家注引孫汝聽曰］《周書陰符》九篇。《握機》，亦兵書名。《孫子》十三篇。［蔣之翹輯注］《握機》亦兵書名。云天地風雲龍虎鳥蛇，四爲正，四爲奇。餘奇爲握機。按：《隋書·經籍志三》著録《太公陰符鈐録》一卷，又《周書陰符》九卷。《宋史·藝文志六》著録《風后握機》一卷，晉馬隆略序。又《握機圖》一卷、《陰符握機運宜要》五卷。

〔八〕［注釋音辯］尚父吕望。［百家注引孫汝聽曰］《詩》：「維師尚父。」師尚父吕望，恭之先也。按：見《詩經·大雅·大明》。

〔九〕［百家注引童宗説曰］蔡，吴元濟。兖，李師道。冀，成德軍。幽，盧龍軍也。

〔一〇〕［韓醇詁訓］纘，作管切。按：纘，繼也。

〔一一〕［注釋音辯］佐節度嚴礪。［百家注引孫汝聽曰］爲山南西道節度使嚴礪掌書記。

〔一二〕［注釋音辯］佐韋丹。［百家注引孫汝聽曰］元和二年正月，以韋丹爲江南西道都團練使，恭爲軍府參軍。

〔一三〕［世綵堂］府即江南西道。

〔一四〕［注釋音辯］鄭絪。［百家注引孫汝聽曰］元和五年三月，以故相禮部尚書鄭絪爲嶺南節度使。至此年，恭去桂州，絪留爲府判官。

〔一五〕［注釋音辯］童（宗説）云：痻音皆，與「痎」同。（痡）音帶。［韓醇詁訓］痎，舊本作「疥」。胥山沈公謂當作「痎」，音皆，瘧疾也。痡音帝，又音帶。《説文》：「創也，一曰下病。」［世綵堂］痎，舊本作「疥」，胥山沈公謂當作「痎」。痎，梁元帝音該，又音皆。二日一發瘧也。《説文》：「熱休寒作曰瘧。」瘧音虐。痡，下病也。音帶，又音帝。痎，一作痻。《素問》曰：「夏傷於暑，秋作痎瘧。」按：百家注引童宗説與韓醇詁訓本同。痡，痢疾。

〔一六〕［百家注引孫汝聽曰］元和六年温卒。

〔一七〕［注釋音辯］童（宗説）云：渢音馮。「美哉渢渢乎」，見《左傳》襄二十九年。一説當作「泱泱」，齊風也。［百家注引孫汝聽曰］襄二十九年《左氏》：「吴季札來聘，爲之歌齊，札曰：『美哉，泱泱乎，大風也哉！表東海者，其太公乎？』爲之歌魏，曰：『美哉，渢渢乎！』」呂氏，太公後，當言「泱泱」。今作「渢渢」，誤也。渢渢，大聲也。渢音馮。

【集評】

陸夢龍《柳子厚集選》卷二：銘佳。

蔣之翹輯注《柳河東集》卷一〇：末路感歎，情思黯然，如遇淒風苦雨。銘詞用古歌體，亦奇。

儲欣《河東先生全集録》卷二：呂君固以氣自豪，文善寫生，讀之辟易。

何焯《義門讀書記》卷三五：「實惟呂氏宗子」：敬叔爲宗子，知化光非嫡出。

焦循批《柳文》卷一九：忽叙事，忽述其言，全是得之《左氏》。

## 唐故嶺南經略副使御史馬君墓誌

元和九年月日①，扶風馬君卒。命于守龜〔一〕，祔于先君食，卜葬明年某月庚寅亦食。其孤使來以狀謁銘，宗元删取其辭，曰：

君凡受署〔二〕，往來桂州、嶺南、江西、荆南道②，皆大府。凡命官，更佐軍衛、録王府事〔三〕、番禺令〔四〕、江陵户曹録府事〔五〕、監察御史，皆爲顯官。凡佐治，由巡官、判官至押番舶使〔六〕、經略副使，皆所謂右職〔七〕。凡所嚴事，御史中丞良、司徒佑、嗣曹王皋、尚書胄、尚書伯儀、尚書昌〔八〕，皆賢有勞諸侯。其善事，凡管嶺南五府儲跱〔九〕，出卒致穀，以謀叶平哥舒晃〔一〇〕，假守州邑〔一一〕，民以便安。殄火訛，殺吏威〔一二〕，海鹽增筭，邦賦大減，所至皆用是理。年七十，不肯仕，曰：「吾爲吏逾四十年，卒不見大者。今年至慮耗③〔一三〕，終不能以筋力爲人贏縮〔一四〕。」因罷休，以經書教子弟，不問外事。加七年，卒。君始以長者重許與聞，凡交大官皆見禮。司徒佑嘗以國事徵，顧謂君曰：「願以老母爲累。」受託，奉視優崇，至忘其子之去。君諱某，字某。曾祖某，某官。祖某，某官④。父某，某官。嗣子，隴西李氏出，曰徵，由進士爲右衛胄曹，早没。次四子，皆京兆韋氏出，曰儆，曰倣，曰敏，曰庭。女一人，嫁柳氏，壻曰宗一。其銘曰：

不懈于位，不替于謀。慮寇以平⑤，撫民以蘇。僭火不孽⑥，悍吏不牟〔一五〕。惟寶于鹽⑦，亦贏其籌。公以忠施，私以義躋。既至于年，乃静于懷。衣柔膳甘，子侍孫攜⑧。觀經考古，教導斯齊。克壽克樂，嗚呼終哉！于陰之原，爰位其墓。千萬子孫，來拜來附⑨。

【校記】

①九，五百家注本作「元」。

②原注與世綵堂本注：「往來，一作往事。」注釋音辯本、詁訓本注：「來，一作事。」

③原注與世綵堂本注：「年至，謂七十當致仕也。今俗本誤作『年志』。」至，注釋音辯本、詁訓本作「志」。注釋音辯本注：「志，一本作至，謂年至七十。」

④「祖某某官」句原闕，據注釋音辯本、游居敬本及《全唐文》補。世綵堂本注：「一有『祖某某官』。」何焯《義門讀書記》卷三五：「『曾祖某某官』下補『祖某某官』。」

⑤原注與注釋音辯本、世綵堂本注：「寇，口候切。一本作役。」

⑥原注與世綵堂本注：「一本作『孽火不作』，一本作『僭夫不孽』。」

⑦世綵堂本注：「鹽，一本作鹽，一本作監。」

⑧原注與注釋音辯本、世綵堂本注：「侍，一作掖。」詁訓本作「掖」，並注：「一作侍。」

⑨何焯《義門讀書記》卷三五：「『附』作『祔』。」

【解題】

［韓醇詁訓］御史馬君，史無其傳，考之表系亦莫詳。公元和十年三月出爲柳州，誌云元和九年卒，明年其孤使以狀來謁，銘當是在柳時作也。司徒杜公佑、嗣曹王皋、尚書戴公胄、尚書趙公昌，此

皆其所嚴事者。婿曰宗一，即公之從兄弟云。［百家注引童宗説曰］馬君，史無傳，表系亦莫詳。［世綵堂］時公在柳州作。按：諸家之考作時甚是。誌云馬君嗣子徵，即與柳宗元同登貞元九年進士第者，見《太平廣記》卷二五六引《嘉話録》、徐松《登科記考》卷一三。

【注釋】

〔一〕［注釋音辯］龜，食墨也。《尚書》云「惟洛食」。［百家注引孫汝聽曰］食者，以墨畫龜，然後灼之，兆順食墨則爲吉也。［世綵堂］命，占也。按：所引見《尚書·洛誥》。

〔二〕［百家注］署，辟署。

〔三〕［百家注引孫汝聽曰］謂爲王府録事參軍。

〔四〕［注釋音辯］童（宗説）云：番禺，音潘愚。南海郡縣名。［世綵堂］番禺，廣州縣名。

〔五〕［百家注引孫汝聽曰］亦謂爲江陵府録事參軍。

〔六〕［韓醇詁訓］舶音白，蠻夷泛海舟曰舶。［百家注引孫汝聽曰］嶺南節度府有押番舶使。

〔七〕［百家注］右職，要職也。

〔八〕［注釋音辯］（良）未詳姓氏。杜佑。李皋。戴胄。張伯儀。趙昌。［百家注］韓（醇）曰：良，未詳。興元元年三月，杜佑爲嶺南節度使。孫（汝聽）曰：建中三年十月，以（李）皋爲江西觀察使。貞元元年四月，徙荆南節度使。貞元七年正月，以裴胄爲江西觀察使。八年二月，徙荆南節度使。大曆十二年五月，以張伯儀爲嶺南節度使。建中三年三月，徙荆南節度使。元和元年四月，以趙昌爲嶺南節度使。三年四月，徙荆南節度使。按：陳景雲《柳集點勘》卷一：「御史中丞良，舊注未詳姓氏。尚書胄，舊注戴胄。按良姓李氏，出宗室越王房之裔，爲桂府都督。『戴』當作『裴』。戴胄乃貞觀名臣，相去懸絶。」良謂李良。《舊唐書·代宗紀》：「（大曆二年九月）桂州山獠陷州城，刺史李良遁去。」《新唐書·宗室世系表下》紀王房有「襲丹楊公桂府都督良」。即此人。陳考甚是。

〔九〕［注釋音辯］嶺南五府：嶺南、安南、桂管、容管、邕管也。跱，丈里切。亦作峙。［韓醇詁訓］謂嶺南、安南、桂、容、邕也。韓集有《送鄭權尚書序》曰：「嶺之南，其州七十，其二十二隸嶺南節度府，其四十餘分四府，府各置帥，然獨嶺南節度爲大府。大府始至四府，必使其佐問起居。」正謂此也。跱，丈里切。

〔一〇〕［注釋音辯］大曆八年，循州刺史哥舒晃反。十年，江西觀察使路嗣恭討平之。［百家注引孫汝聽曰］大曆八年九月，循州刺史哥舒晃反。十年十一月，江西觀察使路嗣恭討平之。

〔一一〕［注釋音辯］［百家注引孫汝聽曰］謂爲番禺令。

〔一二〕［注釋音辯］殺，去聲。

〔一三〕［百家注引孫汝聽曰］年至，謂七十當致仕也。

〔一四〕筋，同「筋」。《玉篇》：「筋，俗筋字。」

〔一五〕［百家注引王儔補注］二句即前所云「殄火訛，殺吏威」也。牟，侵牟。

【集評】

黄震《黄氏日鈔》卷六〇：馬君、孟君、淩君誌銘，皆貶後作，與昌黎相上下，餘或多俳語。

儲欣《河東先生全集録》卷二：文以法勝，似變實嚴。此法亦從《史記》出。

何焯《義門讀書記》卷三五：可書者少，故撮舉其凡。

焦循批《柳文》卷一九：用五「凡」字、五「皆」字，括盡一切文字，既整齊潔浄，而亦如火如荼矣。

## 唐故安州刺史兼侍御史貶柳州司馬孟公墓誌銘

孟氏之孤遵慶①，奉其父命書九篇，爲善狀一篇〔一〕，來告曰：月日君薨，月日將葬于某②。敢請刻辭。嗚呼！公自假左贊善大夫、桓王司馬③、太常少卿，爲義成軍中軍兵馬使〔二〕。其帥魏國公躭爲宰相〔三〕，命公左領軍衛將軍〔四〕。事德宗、順宗、今上，立朝九年，加朝議大夫。居喪，會用兵于趙④〔五〕，起復，居故官，爲左神策行營先鋒兵馬使知牙〔六〕，而趙兵罷〔七〕，不受禄，去金革，服喪終期。命安州刺史，仍加侍御史、安州防遏兵馬使。貶柳州司馬。公嘗佐魏公平襄陽，靖梁州〔八〕，立義成軍〔九〕。魏公弘大恢奇，公能以任軍政⑤，是以又爲衛將軍，虔恭潔廉，動得禮節。伐趙之役，堅立堡壘，誓死麾下，法制明具，權力無能移，進不避患，退不敗禮。安州迫寇攘〔一〇〕，多戎事，政出一切，吏以文持之⑥，故貶。明年，用兵于蔡⑦〔一一〕，朝廷諸公洎外諸侯，咸以公爲請。未及徵，氣乘肺，溢爲水，浮膚而卒，年六十。惟公志專于中，貌嚴于外，嘗立廷中，毅然望之，若圖形刻像。聞國難，輒不寢食，謀度憤吒〔一二〕，以故病不可治。

曾祖某官諱某。祖某官諱某。父某官諱某。公之諱曰常謙。子遵慶。弟曰某。銘曰：

魯仲孫氏，其世爲孟〔一三〕。賁勇光武〔一四〕，軻儒紹聖。公傳師法，以訓戎政。執稽以庸〔一五〕，咸致厥命。濟濟于朝，冕服以光。墨非從利〔一六〕，終役服喪⑧。忠孝孔明，君子攸彰⑨。昔者雲中，六級下吏〔一七〕。公刺于安，法亦可議。黜伏南荒〔一八〕，豪士歔欷〔一九〕。聞難以激，去食廢寐。神乖氣離，支膈莫遂。廷臣進言，侯伯拜章。帝命將施，俄仆京京⑩。代山丸丸⑪〔二〇〕，植柏與松。其名惟何⑫？忠孝孟公。

【校　記】

① 注釋音辯本、世綵堂本及《全唐文》「孤」下有「曰」字。

②二「月日」，原均作「日月」，據注釋音辯本、詁訓本及世綵堂本改。注釋音辯本注：「月日，一本並作『日月』。」

③百家注本引孫汝聽注曰：「無桓王。」桓，注釋音辯本、游居敬本作「柏」。陳景雲《柳集點勘》卷一云：「以《新史·宗室世系表》考之，無桓、柏二王之封，當是『恒王』之誤。恒王瑱，明皇少子也。表雖未著其嗣封之子姓，然元稹之兄秬，嘗爲恒王參軍，則傳封之遠可知。表偶闕耳。」陳考是。

④原注與世綵堂本注：「一無『于』字。」詁訓本無「于」字，並注：「一有『于』字。」

⑤陳景雲《柳集點勘》卷一其子陳黄中按：「誌文云『魏公弘大恢奇，公能以任軍政』，『恢』下當有脱字。『奇公能』句絶。」又羅振常按：「『恢』下所脱當亦是『奇』字。」

⑥持，原作「事」，據諸本改。

⑦原注與世綵堂本注：「一無『于』字。」詁訓本無「于」字，並注：「一有『于』字。」

⑧服，注釋音辯本作「復」。世綵堂本注：「服，一作復。」

⑨世綵堂本注：「彰，一作朋。」

⑩京京，原作「于京」，並引孫汝聽注曰：「京字誤。」按：《詩經·小雅·正月》：「念我獨兮，憂心京京。」毛傳：「京京，憂不去也。」《爾雅·釋訓》：「京京，憂也。」則「于京」乃「京京」之誤。孟常謙爲討蔡而心憂，致病重而卒，作「京京」是，故改。

⑪ 原注與世綵堂本注：「丸丸，松柏高直之貌。它本作『代山兀兀』，恐非。」詁訓本作「兀兀」。
⑫ 世綵堂本注：「名，一作下。」

【解　題】

〔注釋音辯〕孟常謙。〔韓醇詁訓〕孟氏系出魯桓公子仲孫之後，仲孫爲三桓之孟，故曰孟氏也。誌云「九年」者，元和九年。「明年用兵于蔡」者，謂元和十年討吴元濟也。其年孟卒。此誌當作于十一年云。按：孟常謙卒元和十年，韓説是，然云誌作于元和十一年則非。常謙貶柳州司馬，此文首曰「孟氏之孤遵慶，奉其父命書九篇，爲善狀一篇，來告曰」，自是柳宗元來柳州之後事。故可定此文作于元和十年。《册府元龜》卷七〇〇：「孟嘗謙爲安州刺史，元和八年坐在郡貪濁，弋獵擾人，貶柳州司馬。」孟嘗謙即孟常謙。

【注　釋】

〔一〕〔百家注〕善狀，行狀也。
〔二〕〔百家注引孫汝聽曰〕貞元二年九月，以賈耽爲義成軍節度使。耽辟常謙爲中軍兵馬使。
〔三〕〔注釋音辯〕賈耽。〔韓醇詁訓〕耽，賈耽也。〔百家注引孫汝聽曰〕九年五月，耽入爲宰相。
〔四〕〔百家注引孫汝聽曰〕左右領軍衛將軍各二人。

〔五〕［百家注引孫汝聽曰］元和四年十月，詔削奪成德軍節度使王承宗官爵，命神策右軍中尉吐突承璀率兵討之，以常謙爲先鋒兵馬使。

〔六〕陳景雲《柳集點勘》卷一云：「按『知牙』即押牙。唐代方鎮都押牙亦稱都知兵馬使是也。」

〔七〕［百家注引孫汝聽曰］（元和）五年七月，赦承宗。

〔八〕［百家注引孫汝聽曰］大曆十四年十一月，以（賈）耽爲梁州刺史、山南西道節度使。建中三年十一月，以耽爲襄州刺史、山南東道節度使。常謙皆佐其府。按：陳景雲《柳集點勘》卷一云：「按平襄陽謂討梁崇義，靖梁州謂鎮山南，注皆未及。」

〔九〕［百家注引孫汝聽曰］耽鎮義成時，淄青李納雖去王號，外奉朝旨而心常蓄併吞之謀。耽待之不疑，淄青將士皆心服，不敢異議。

〔一〇〕［注釋音辯］近淮西吴元濟境。［百家注引韓醇曰］安州迫淮西之境，時淮西吴元濟叛。按：陳景雲《柳集點勘》卷一云：「按元和九年討蔡，以元濟自立拒命也。事在孟公貶官後。其前此帥淮西者乃元濟父少陽耳。元濟當作少陽。」

〔一一〕［百家注］元和九年。［世綵堂］元和十年。按：廖注是。

〔一二〕［注釋音辯］（吒）陟駕切。［韓醇詁訓］陟駕切，叱怒也。

〔一三〕［百家注引韓醇曰］孟氏世出魯桓公子仲孫之後。仲孫爲三桓之孟，故曰孟氏云。

〔一四〕［注釋音辯］賁音奔，古勇士。［百家注引孫汝聽曰］孟賁，古之勇士。音奔。

〔一五〕［百家注引孫汝聽曰］稽，士卒兵器簿書也。《周禮》「聽師田以簡籍」是也。按：見《周禮·天官冢宰·大宰》。

〔一六〕［注釋音辯］起復，用墨經。［百家注引孫汝聽曰］墨，謂墨其衰經。按：陳景雲《柳集點勘》卷一云：「按《左傳》『子墨衰經』杜注：『晉襄公以凶服從戎，故墨之。』又《禮記》：子夏曰：『金革之事無辟也者非與？』孔子曰：『吾聞之老聃曰：昔者周公伯禽有爲爲之也。今以三年之喪從其利者，吾弗知也。』『墨非』句必兼引傳、記釋之，文義乃明。注殊未悉。」謂孟常謙喪服未終以從軍也。

〔一七〕［注釋音辯］漢魏尚。［百家注引韓醇曰］魏尚爲雲中守，虜常一入，尚帥車騎擊之。坐上功幕府差六級，文帝下之吏。按：見《漢書·馮唐傳》。

〔一八〕［蔣之翹輯注］南荒，指柳州。

〔一九〕［注釋音辯］（欷）音希，又音戲。［韓醇詁訓］（歔欷）上音虛，下音戲。

〔二〇〕［百家注引孫汝聽曰］《詩》：「松柏丸丸。」丸丸，松柏高直之貌。按：見《詩經·商頌·殷武》。代山，即岱山，指泰山。孟氏系出魯也。

## 【集評】

茅坤《唐宋八大家文鈔》卷二七：氣岸鑱畫，句亦鉤洗。

陸夢龍《柳子厚集選》卷二：「謀度憤吒」眉批：説得凜然。

儲欣《河東先生全集録》卷二：以忠孝許人，談何容易。誌文核實處尤可玩。

## 故連州員外司馬凌君權厝誌①

年月日，尚書都官員外郎、和州刺史、連州司馬富春凌君諱準卒于桂陽佛寺〔一〕。先是六月，告于州刺史博陵崔君曰〔二〕：「余嘗學《黄帝書》切脈視病〔三〕，今余肝伏以濇〔四〕，腎浮以代〔五〕，將不臘而死〔六〕，審矣。凡余之學孔氏，爲忠孝禮信，而事固大謬②〔七〕，卒不能有立乎世者③，命也。臣道無以明乎國，子道無以成乎家，下之得罪于人，以謫徙醜地④；上之得罰于天，以降被罪疾⑤。余無以禦也。敢以鬼事爲累。」又告爲老氏者某曰：「余生于辰，今而寓乎戌，辰、戌衝也⑥。吾命與脈叶，其死矣乎？吾罪大，懼不克歸柩于吾鄉。是州之南，有大岡不食〔八〕，吾甚樂焉，子其以是葬吾。」及是，咸如其言云。孤夷仲、求仲，以其先人之善余也，勤以誌爲請。嗚呼！君字宗一，以孝悌聞于其鄉，杭州刺史常召君以訓于下。讀書爲文章，著《漢後春秋》二十餘萬言，又著《六經解圍人文集》，未就。有謀略，尚氣節，賙人之急，出貨力猶棄粃粺〔九〕。年二十，以書干丞相，丞相以聞，試其文，日萬言，擢爲崇文館校書郎。又以金吾兵曹爲邠寧節度掌書記。涇之亂⑦，以謀畫佐元戎〔一〇〕，常有大功。累加大理評事、御史，賜緋魚袋，換節度判官，轉殿中侍御史⑧。府喪〔一一〕，罷職。後遷侍御史爲浙東廉使判官⑨〔一二〕。撫循罷人〔一三〕，按驗汙吏，吏人敬愛，厥績以懋，粹然而光。聲聞于上，召以爲翰林學士〔一四〕。德宗崩，邇臣議祕三日乃下遺詔，君獨抗危詞，以語同列王伾，畫其不可者十六七，乃以旦日發喪〔一五〕，六師萬姓安其分。遂入爲尚書郎⑩〔一六〕，仍以文章侍從⑪。由本官參度支，調發出納，姦吏衰止⑫〔一七〕。以連累出和州，降連州〔一八〕。居母喪，不得歸，而二弟繼死。不食，哭泣，遂喪其明以没。蓋君之行事如此，其報應如此。

夫人高氏在越。孤四人。南仲、殷仲在夫人所，未至。執友河東柳宗元哀君有道而不明白于天下⑬，離愍逢尤〔一九〕，夭其生，且又同過〔二〇〕，故哭以爲志，其辭哀焉。銘曰：

噫凌君，生不淑。學孔氏，揚芬郁。好謀謨，富天禄⑭〔二一〕。讎禁書〔二二〕，贊推轂〔二三〕。觀靈龜，獲貞卜。徙東越⑮，翊明牧〔二四〕。罷人蘇，汙吏覆。升侍從，躬啟沃。匡危疑，興大福。吏尚書，徒隸肅〔二五〕。佐經邦，財用足。道之躓〔二六〕，身則辱。烏江垂〔二七〕，九疑麓〔二八〕。仍禍凶，遘兹酷。能知命，無怨毒。罪不泯，死猶僇〔二九〕。何以葬？南嶺曲。魂有靈，故鄉復。封兹壤，歸骨肉。爲之銘，志陵谷。

【校　記】

①《英華》題作「和州刺史凌君權厝誌」。

②何焯《義門讀書記》卷三五云：「『固』作『故』。」

③原注：「有立，俗本作『有示』，誤。」立，注釋音辯本、詁訓本作「示」。注釋音辯本注：「示，又作立。」

④讁，世綵堂本作「譎」。徙，五百家注本作「從」。

⑤被，注釋音辯本作「彼」。

⑥二「戍」字，原皆作「戌」，據注釋音辯本、五百家注本、世綵堂本、《英華》及《全唐文》改。何焯《義門讀書記》卷三五：「『今而寓乎戍』，作『今之遇乎戍』。」世綵堂本注：「一本『戍』作『戌』。元和三年，歲在戊子。」

⑦注釋音辯本注：「一本『涇』上有『洮』字。」五百家注本、世綵堂本及《全唐文》均有「洮」字。

⑧《英華》「中」下有「丞」字。

⑨《英華》「廉」下有「訪」。何焯《義門讀書記》卷三五：「『廉』下有『訪』字。」

⑩注釋音辯本、《英華》無「郎」字。注釋音辯本注：「一本下有『郎』字。」何焯《義門讀書記》卷三五：「作『遂入尚書』。」

⑪仍，《英華》作「乃」。

⑫原注：「姦吏，一本作『姦利』，又一誤作『姦和』。」吏，注釋音辯本作「利」，並注：「利，一本作吏。」詁訓本注：「(吏)一作利，又誤作和。」世綵堂本注：「姦吏，一本作『姦利』。」何焯《義門讀書記》卷三五：「『吏』作『利』。」

⑬《英華》無「明」字。

⑭何焯《義門讀書記》卷三五：「『富』疑作『副』，稱也。」

⑮徙，五百家注本作「從」。

【解　題】

［注釋音辯］凌準。［韓醇詁訓］年月，誌雖不書，然凌君謂：「余生于辰，今而遇乎戌，辰戌衝也，吾其死矣乎？」及是如其言，當是元和三年戊子也。公與凌君元和元年同貶員外司馬，誌在三年永州作。或謂作于元年，誤矣。集又有《哭連州員外凌司馬》詩，即與此同時。別集又有《後誌》，而此本不載，已別列之外集。**按**：陳景雲《柳集點勘》卷一云：「年月日，觀下『寓乎戌』語，是歲爲丙戌，元和元年也。」陳説是。此誌元和元年作于永州。辰、戌皆屬地支，故有相衝之説。戊屬天干，未有戊、辰相衝之説也。

【注　釋】

［一］［百家注引孫汝聽曰］準字宗一。桂陽，連州。［蔣之翹輯注］桂陽，即今廣東連州也。

〔二〕崔君，疑是崔簡，即柳宗元姊夫。如是，則崔簡元和元年已爲連州刺史。

〔三〕［蔣之翹輯注］黄帝書，《素問》、《靈樞》也。

〔四〕［注釋音辯］張（敦頤）云：（濇）音色。脈不滑也。［韓醇詁訓］音色，不滑也。

〔五〕［蔣之翹輯注］《脈經》：「浮，陽也。按指下浮之散，來緊有力。來如弓弦，去如吹毛，重按不足，輕按有餘。澀，舉之不足，按之著骨，來往難，細而遲去之，不利。往來之間，如刮竹時一止有力，曰澀也。伏則舉指全無，按之再再，尋之，重按著骨，指下似有呼吸卻去，曰伏也。代脈屬陰，指下往來，緩動不中，大止而不能自還，久而復動，主形容疲瘁，口不能言。代者死也。代者一藏絶，他藏代至，無問内外所因，凡得此必死。」按：《漢書·藝文志》醫經載《黄帝内經》十八卷，後醫書皆假託于黄帝。陳景雲《柳集點勘》卷一：「『腎浮以代』，《素問》注：『代，止也。』」

〔六〕［百家注引王儔補注］臘，歲終祭名。《左氏》：「虞不臘矣。」按：見《左傳》僖公五年。

〔七〕［世綵堂］《史記》：「事乃有大謬不然者。」按：見《漢書·司馬遷傳》。

〔八〕［注釋音辯］《禮記·檀弓上》：「擇不食之地而葬。」注：「謂不耕墾。」［百家注引王儔補注］《檀弓》：「子高曰：『我死，則擇不食之地而葬我焉。』」

〔九〕［注釋音辯］張（敦頤）云：粃音匕。粺，旁卦切。與「稗」同。［韓醇詁訓］上音匕。粺，旁卦切，不成粟也。

〔一〇〕［注釋音辯］建中四年，涇原兵反，推朱泚爲主。（凌準）佐節度使（韓）遊瓌破賊有功。［百家注引孫汝聽曰］建中四年十月，涇原節度使姚令言反，推朱泚爲主。準時爲邠寧掌書記，以謀佐其節度使韓遊瓌破賊有功。

〔一一〕［注釋音辯］邠寧節度張獻甫卒。［百家注引孫汝聽曰］貞元十二年五月，邠寧節度使張獻甫卒。按：貞元四年，張獻甫繼韓遊瓌爲邠寧節度使。

〔一二〕［注釋音辯］佐觀察賈全。［百家注引孫汝聽曰］（貞元）十八年正月，以常州刺史賈全爲浙東觀察使，以準爲判官。

〔一三〕［注釋音辯］［韓醇詁訓］罷音疲。

〔一四〕［百家注引孫汝聽曰］（貞元）二十一年正月，自浙東召爲翰林學士。

〔一五〕［百家注引韓醇曰］癸巳，德宗崩。甲午發喪。

〔一六〕［百家注引韓醇曰］遷尚書都官員外郎。

〔一七〕［百家注引孫汝聽曰］王叔文兼鹽鐵副使，以準佐其府。

〔一八〕［百家注引孫汝聽曰］永貞元年九月，自都官員外郎貶和州刺史。十一月，再貶連州司馬員外置同正員。

〔一九〕［蔣之翹輯注］離，去聲。慜音敏。離，麗。慜，憂也。

〔二〇〕［注釋音辯］謂同貶謫。［百家注］見題注。

〔二二〕［蔣之翹輯注］天禄，猶天爵也。

〔二三〕［百家注引孫汝聽曰］謂準爲崇文館校書郎。

〔二四〕［百家注引孫汝聽曰］謂準爲邠寧掌書記。

〔二五〕［百家注引韓醇曰］爲浙東觀察判官。

〔二六〕陳景雲《柳集點勘》卷一：「凌爲都官員外郎，《唐·百官志》『都官掌配徒隸』，又《哭凌詩》亦曰『徒隸肅官曹』。」

〔二七〕［注釋音辯］（躓）音致，跲也。［蔣之翹輯注］韓文「跋前躓後」。躓，跲也。按：即跌倒。

〔二八〕［注釋音辯］和州。［百家注引童宗説曰］烏江，和州。［蔣之翹輯注］《一統志》：「和州屬南直隸州，城北有烏江，亭長艤舟待項羽，即此。」陲，遠邊也。

〔二九〕［注釋音辯］連州山。［百家注引童宗説曰］九疑，連州山名。［蔣之翹輯注］舜葬處。麓，山足也。

〔三〇〕［注釋音辯］［韓醇詁訓］（僇）音戮。

## 【集評】

王若虚《文辨》：退之《盤谷序》云「友人李愿居之」。稱友人則便知爲己之友，其後但當云「予聞而壯之」，何必用「昌黎韓愈」字？柳子厚《凌準墓誌》既稱「孤某以其先人善予，以誌爲請」，而終云「河東柳宗元哭以爲誌」。山谷《劉明仲墨竹賦》既稱「顧以歸我」，而斷以「黄庭堅曰」，其病亦同。蓋予、我者自述，而姓名則從旁言之耳。劉伶《酒德頌》始稱大人先生，而後稱吾，東坡《黠鼠賦》始稱蘇子，而後稱予，蘇過《思子臺賦》始稱客，而後稱吾，皆是類也。前輩多不計此，以理觀之，其實害事。謹于爲文者，嘗試思焉。

茅坤《唐宋八大家文鈔》卷二七：凌與子厚同以附和王伾、叔文輩坐貶。

王行《墓銘舉例》卷一：右誌不書族出，不書壽年，不書葬日，權厝，略也。

陸夢龍《柳子厚集選》卷二：淒然。

蔣之翹輯注《柳河東集》卷一〇引茅坤曰：銘語三字句，詞亦鏗然。

儲欣《河東先生全集録》卷二：準佐叔文，奪天下利權，尤爲清議重斥，然亦一時能臣也。邠寧破賊，功罪相當，惜當日無以八議議之者，故此誌倍覺憤激。

何焯《義門讀書記》卷三五：銘不及五言詩。

焦循批《柳文》卷一九：學柳州須學其此種，然此正未易易也。又：不數語，而聲光赫然。

林紓《韓柳文研究法·柳文研究法》：凡銘幽之文，有大勳業者，序近《名臣列傳》。其次述德行者近《儒林》，述文章者近《文苑》。又次則叙情款，叙悲。數種之中，惟叙情叙悲者，或足動人。以外二種，但求體例無失，叙述不漏而已。柳州集中，此種文字固不少。銘詞亦古宕，可以比肩昌黎。若一一加以評語，將不勝其煩。今試舉一二篇，見其製局之異者，如《連州員外司馬凌君權厝志》、《故襄陽丞趙君墓誌》是也。凌君于元和元年與子厚同貶，此誌子厚在永州時作。入手即書于未卒之先，預言死徵，切肝腎之脈，知其澀與代，忽歎息其將不臘而死，並惜所學不終立于世，又信命而論鬼，預言其葬所。此種製局乃大奇。以下始叙官閥，及立朝風節，能處大事。末乃述其流貶，母亡弟喪，歸怨于報應之無憑。此子厚本色之文，必極于牢騷而止。銘詞用三言，咸能卓立紙上。唯中間未清出三代，頗于體例不合耳。

## 故連州員外司馬凌君墓後誌①

元和某年月日②，立太子〔一〕，赦下。嘗有非其罪，柩得返葬。凌氏孤夷仲、求仲，自連桂陽舉其先人之柩〔二〕，龜筮吉利，某年月歸于杭之新城〔三〕，祔于其墓。刻前志志其行，益以後志志其時，立碣于墳東南隅，申志于外。噫，亦勤矣！以其先人之行，宜克大于後，以其孤之志，宜克承于初，艱其躬以延于無窮，承而大，宜哉！

【校　記】

①注釋音辯本、游居敬本無此篇，詁訓本、蔣之翹輯注本收于外集。四庫全書本《詁訓柳先生文集》此篇解題按：「此誌當附《權厝誌》後，今詁訓蓋用胥山沈公所定劉連州四十五卷本，故又從其

說，以諸本所餘作外集。此誌與下四誌皆沈本未有者，用别録于此。」

②詁訓本無「元和」二字。

【解　題】

［韓醇詁訓］凌君諱準，元和元年與公同貶員外司馬，凌得連州，至三年卒。公正集中嘗爲《凌君權厝誌》，即此也。至是元和四年立太子寧，肆赦，乃得返葬，而公爲後誌，以志其時云。按：「三年」當作「元年」，凌準卒于元和元年也。見前篇解題。陳景雲《柳集點勘》卷四《文安禮柳集年譜附》亦云：「凌準以元和四年册儲肆赦始得返葬，則後誌之作當在四年。」

【注　釋】

〔一〕［百家注詳注］韓（醇）曰：元和四年立太子寧，肆赦。孫（汝聽）曰：元和七年七月，立遂王宥爲皇太子，降德音。二説未詳孰是。

〔二〕唐連州連山郡，屬縣有桂陽。

〔三〕唐杭州餘杭郡，屬縣有新城。

# 故嶺南鹽鐵院李侍御墓誌

天寶中，詔李氏由涼武昭王以下〔一〕，皆得籍宗正〔二〕。故沂州刺史福，以姑臧人〔三〕，附屬于寧、岐爲族〔四〕。曾祖生樂壽令昱，昱生虢州司馬叶①，世以儒聞。叶生監察御史澣，字濯纓。明兩經，仕歷永興、臨晉尉〔五〕。會天子方事誅伐，南平蔡〔六〕，北服趙②〔七〕，西走戎〔八〕，東討齊魯〔九〕，五年間兵征卒戍，纙行千里。凡進用，唯財賦爲難。君以試大理評事佐荆南兩税使，督天下諸侯之半，調食饒給，車擊舟連③，又守湖南鹽鐵轉運院④，以能遷官。移嶺南，益積功勞，以介厲敦勤爲率群吏先⑤。年五十三，元和十三年月日卒。妻廬江何氏，凡五世，世鄭出。父曰士謂⑥，季父曰士幹〔一〇〕，有大名。君之子二人：曰夔，曰導。女一人，曰某。夔、導皆幼，不能事，何夫人哭且戒。柩行萬里，人咸觀其禮焉⑦。葬伊闕〔一一〕，用明年某月日甲子。銘曰：

涼爲帝基〔一二〕，克顧厥胤。皇弘國牒，四邑顯進。沂以屬尊，世仕倚儒。憲憲濯纓〔一三〕，亦用學徒。既穀既官，式懋爾勞。四方用師，卒食之饒。致其廉介，率是諸侯。于荆于交〔一四〕，關石是鈞〔一五〕。邦有休功，惟吏之勤。冀施于大，以盡其有。孰司壽夭？君不克久。吉日來祔，伊闕之墓。子嗣孫承，有達宜興〔一六〕。銘詔于神，永永是徵。

【校記】

①世綵堂本注：「馬，一作田。」

②服，注釋音辯本作「復」，並注：「復，一本作服。」

③原注：「今本『擊』字誤作『繫』。『連』字或作『運』。」注釋音辯本、詁訓本作「繫」。注釋音辯本注：「一作『車擊舟連』。」世綵堂本注：「（連）或作運。」

④湖，注釋音辯本作「湘」，並注：「湘，一本作湖。」世綵堂本注：「湖，一作湘。」

⑤原注與注釋音辯本、世綵堂本注：「一無『卒』字。」

⑥謂，注釋音辯本、詁訓本及《全唐文》作「諤」。注釋音辯本注：「（諤）一本作謂。」

⑦詁訓本無「人」字。

【解題】

〔韓醇詁訓〕據誌，元和十三年卒，明年某月日甲子葬伊闕，即十四年也。誌是時作。按：此爲李辮誌。

【注　釋】

〔一〕［注釋音辯］唐高祖七世祖，諱暠。［百家注引韓醇曰］涼武昭王名暠，字玄盛。唐高祖，其七世孫也。

〔二〕［蔣之翹輯注］《宋百官春秋》：「周受命，封建宗盟，封兄弟之國一十有五，同姓之國三十有五，始選其宗中之長而董正之，謂之宗正。」

〔三〕［百家注引童宗説曰］姑臧郡，涼州。［蔣之翹輯注］唐涼州姑臧郡，今爲涼州衛，屬陝西行都司。

〔四〕［百家注引孫汝聽曰］寧王憲、岐王範，皆玄宗弟。按：寧王李憲爲玄宗之兄，非弟。何焯《義門讀書記》卷三五：「《禮大傳》：『君有合族之道，族人不得以其戚戚君位也。』故附屬于寧、岐，而不敢言天子。寧、岐，謂寧王、岐王。」

〔五〕唐鄂州江夏郡屬縣有永興，蒲州河中府屬縣有臨晉。

〔六〕［注釋音辯］平吴元濟。［百家注引韓醇曰］元和十二年十月，平蔡州。

〔七〕［注釋音辯］王承宗納德、棣二州。［百家注引韓醇曰］（元和）十三年四月，成德軍節度使王承宗以德、棣二州歸于有司。

〔八〕［注釋音辯］吐蕃。［百家注引王儔補注］戎謂吐蕃。

〔九〕［注釋音辯］伐李師道。［百家注引孫汝聽曰］東平節度使李師道。

〔一〇〕〔百家注引孫汝聽曰〕（何）士幹，永泰二年及進士第。累爲藩鎮。

〔一一〕〔蔣之翹輯注〕《一統志》：「河南府嵩縣，古伊闕地。」

〔一二〕〔百家注引孫汝聽曰〕涼即謂涼武昭王。

〔一三〕〔世綵堂〕憲音顯。

〔一四〕〔百家注引孫汝聽曰〕任荆南兩税使。按：交指交州。唐安南都護府曰交州，治交趾郡。

〔一五〕〔百家注引孫汝聽曰〕《書》：「關石和鈞。」三十斤爲鈞，四鈞爲石。按：見《尚書·五子之歌》。

〔一六〕〔百家注引孫汝聽曰〕昭七年《左氏》：「聖人有明德者，若不當世，其後必有達人。」

## 【集評】

《王荆石先生批評柳文》卷三：銘詞甚朗逸。

儲欣《河東先生全集録》卷二：首書特恩，甚莊重。佐税亦常員，具推本天子誅伐四出，踔厲發皇，以張大其閥，尤得司馬子長之髓。